NINGUÉM PODE SABER

KARIN SLAUGHTER

NINGUÉM PODE SABER

Tradução
Alexandre Martins

Rio de Janeiro, 2022

Título original: *Pieces of Her*

Copyright © 2018 by Karin Slaughter.
Todos os direitos reservados.

Direitos de edição da obra em língua portuguesa no Brasil adquiridos pela Casa dos Livros Editora LTDA. Todos os direitos reservados. Nenhuma parte desta obra pode ser apropriada e estocada em sistema de banco de dados ou processo similar, em qualquer forma ou meio, seja eletrônico, de fotocópia, gravação etc., sem a permissão do detentor do copyright.

Rua da Quitanda, 86, sala 218 – Centro – 20091-005
Rio de Janeiro – RJ – Brasil
Tel.: (21) 3175-1030

Diretora editorial
Raquel Cozer

Gerente editorial
Alice Mello

Editor
Ulisses Teixeira

Copidesque
Marina Góes

Preparação de original
Lucas Bandeira

Revisão
Carolina Vaz

Diagramação
Abreu's System

Capa
HarperCollins Design Studio

Imagens de capa
Woman by Karina Vegas / Arcangel
Landscape by David Baker / Arcangel
Todas as outras imagens por Shutterstock

Adaptação de capa
Osmane Garcia Filho

CIP-Brasil. Catalogação na Publicação
Sindicato Nacional dos Editores de Livros, RJ

S641f

Slaughter, Karin, 1971-
Ninguém pode saber / Karin Slaughter; tradução Alexandre Martins. – 1. ed. – Rio de Janeiro: Harper Collins, 2019.
416 p. ; 23 cm.

Tradução de: Pieces of her
ISBN 9788595084544

1. Romance americano. I. Martins, Alexandre. II. Título.

| 18-54292 | CDD: 813 |
| | CDU: 81-31(73) |

Vanessa Mafra Xavier Salgado – Bibliotecária – CRB-7/6644

Para meus amigos do GPP

Não sou Ninguém! Quem é você?
Ninguém — Também?
Então somos um par?
Não conte! Podem espalhar!

Que triste — ser — Alguém!
Que pública — a Fama —
Dizer seu nome — como a Rã —
Para as almas da Lama!

— EMILY DICKINSON

PRÓLOGO

DURANTE ANOS, EMBORA O amasse, parte dela o odiara daquele jeito infantil com que odiamos aquilo que não conseguimos controlar. Ele era teimoso, idiota e bonito, o que lhe dava abertura para cometer um volume infernal de erros. Sempre os mesmos erros, um atrás do outro. Afinal, por que experimentar novos quando os antigos funcionavam tão bem a seu favor?

Além disso, era encantador. Esse era o problema. Ele a enfeitiçava. Ele a deixava furiosa. E, depois, a enfeitiçava de novo, então ela não sabia mais se ele era o rato, ou se ela era o rato, e ele, o flautista.

Então ele embarcava no seu encanto e na sua fúria, magoava pessoas, encontrava coisas novas que o interessavam mais e deixava as antigas para trás, quebradas.

Até que, de repente, o encanto deixou de funcionar. Um bonde descarrilado. Um trem sem maquinista. Os erros não podiam mais ser perdoados. E, por fim, o mesmo erro não podia ser negligenciado uma segunda vez, e a terceira vez teve graves consequências, uma pena de morte, uma vida ceifada e depois quase duas, sendo a segunda a dela própria.

Como era possível ainda amar alguém que havia tentado matá-la?

Quando estavam juntos — e ela decididamente ficara com ele durante a longa queda —, haviam lutado contra o sistema. Os asilos. As emergências. Os manicômios. Os sanatórios. O desleixo. Os funcionários negligentes com os pacientes. Os auxiliares que apertavam as camisas de força. As enfermeiras que faziam vista grossa. Os médicos que distribuíam comprimidos. A urina no chão. As fezes nas paredes. Os internos, os companheiros de prisão, debochando, querendo, batendo, mordendo.

A centelha de fúria, não a injustiça, era o que mais o excitava. A novidade de uma nova causa. A oportunidade de aniquilar. O jogo perigoso. A ameaça de violência. A promessa de fama. Seus nomes em destaque. Seus feitos valorosos nas bocas de crianças que aprendiam o valor das moedas.

Um centavo, cinco centavos, dez centavos, 25 centavos, nota de um dólar...

O que ela mantinha escondido, o único pecado que nunca poderia confessar, era que ela produzira a primeira centelha.

Ela sempre acreditara — veementemente e com grande convicção — que a única forma de mudar o mundo era destruí-lo.

20 DE AGOSTO DE 2018

CAPÍTULO UM

— ANDREA — CHAMOU A mãe. Depois, em uma concessão a um pedido feito umas mil vezes: — Andy.

— Mãe...

— Me deixe falar, querida — disse Laura, antes de fazer uma pausa. — Por favor.

Andy assentiu, preparando-se para um discurso havia muito esperado. Ela fazia 31 anos naquele dia. Sua vida estava estagnada. Precisava começar a tomar decisões, em vez de deixar que a vida tomasse decisões por ela.

— Isso é culpa minha — continuou Laura.

Andy sentiu os lábios rachados se abrirem de surpresa.

— O que é culpa sua?

— Você estar aqui. Presa aqui.

Andy estendeu os braços, indicando o restaurante.

— No Rise-n-Dine?

Os olhos da mãe percorreram a distância do topo da cabeça de Andy até as mãos da filha, que se agitaram nervosamente de volta à mesa. O cabelo castanho oleoso preso em um rabo de cavalo descuidado. Olheiras fundas sob olhos cansados. Unhas roídas até o sabugo. Ossos dos pulsos que pareciam a torre de comando de um navio. Sua pele, em geral pálida, ganhara o tom de água de salsicha.

O catálogo de falhas nem incluía o traje de trabalho. O uniforme azul-marinho pendia de Andy como um saco de papel. O distintivo prateado costurado no bolso do peito era duro, o logotipo de palmeira de Belle Isle cercado pelas palavras DIVISÃO DE EXPEDIÇÃO DA POLÍCIA. Parecia oficial, mas, na verdade, não era. Parecia adulta, mas, na verdade, não era. Cinco noites por semana, Andy se sentava em uma sala escura e úmida com outras quatro mulheres atendendo a telefonemas de emergência, verificando placas de carro e carteiras de motorista e registrando casos. Então, por volta de seis da manhã, ela se arrastava de volta para a casa da mãe e passava dormindo a maior parte do que deveriam ser suas horas de vigília.

— Eu nunca deveria ter permitido que você voltasse para cá — disse Laura.

Andy apertou os lábios. Baixou os olhos para os restos de ovos amarelados no prato.

— Minha menina. — Laura estendeu a mão por cima da mesa na direção de Andy, esperando que ela erguesse o olhar. — Eu arranquei você da sua vida. Estava com medo e fui egoísta — falou, os olhos se enchendo de lágrimas. — Não devia ter precisado tanto de você. Não devia ter pedido tanto.

Andy balançou a cabeça. Os olhos se mantiveram no prato.

— Querida...

Andy continuou balançando a cabeça porque a alternativa era falar, e, se falasse, teria que contar a verdade.

Sua mãe não pedira que ela fizesse nada.

Três anos antes, quando Laura ligou, Andy estava a caminho de seu apartamento de merda no quarto andar de um prédio sem elevador no Lower East Side, temendo passar outra noite naquele buraco que dividia com outras três garotas. Não gostava muito de nenhuma delas, todas mais jovens, mais bonitas e mais bem-sucedidas que ela.

"Câncer de mama", dissera Laura, sem sussurrar ou minimizar, sendo objetiva, no seu modo calmo habitual. "Terceiro estágio. O cirurgião vai remover o tumor, e depois, enquanto eu estiver anestesiada, fará a biópsia nos nódulos linfáticos para avaliar..."

Laura havia contado mais, detalhando o que aconteceria com um grau de distanciamento e especificidade científica não absorvido por Andy, cuja capacidade de processamento de linguagem havia evaporado por um momento. Ela ouvira a palavra "mama" mais que "câncer", e na mesma hora pensara no busto generoso da mãe. Preso no maiô recatado na praia. Projetando-se para fora do decote do vestido de época na festa de aniversário de dezesseis anos de Andy, que tinha como tema a Inglaterra do século XVIII. Contido pelas taças com bojo e aro dos seus sutiãs LadyComfort enquanto ela se sentava no sofá do escritório e trabalhava com os pacientes de fonoaudiologia.

Laura Oliver não era deslumbrante, mas sempre fora o que os homens chamavam de "ajeitada". Ou talvez fossem as mulheres que a chamavam assim, provavelmente no século passado. Laura não usava maquiagem pesada e pérolas, mas nunca saía de casa sem o cabelo grisalho curto penteado, a calça de linho perfeitamente engomada, as roupas íntimas limpas e com elásticos bons.

Na maioria dos dias, Andy mal saía de casa. Estava sempre precisando voltar para pegar algo que tinha esquecido, como o celular, o crachá do trabalho e, em uma situação, os tênis, pois saíra de casa de chinelos.

Sempre que as pessoas em Nova York perguntavam como era a sua mãe, ela pensava em algo que Laura certa vez dissera sobre a própria mãe: *Ela sempre sabia onde estavam as tampas dos seus potes de plástico.*

Andy não se dava nem ao trabalho de fechar um saco Ziploc.

Ao telefone, a 1.300 quilômetros de distância, a respiração entrecortada de Laura era o único sinal de que aquilo estava sendo difícil para ela.

"Andrea?" Os ouvidos de Andy, zumbindo com os sons de Nova York, voltaram a se concentrar na voz da mãe.

Câncer.

Andy tentou grunhir. Não conseguiu produzir o ruído. Estava em choque. Com medo. Aquilo era o terror completo, porque o mundo de repente parara de girar e tudo — os fracassos, as decepções, o horror da existência de Andy em Nova York nos últimos seis anos — recuou como o retorno de um tsunami. Coisas que nunca deveriam ter sido descobertas foram expostas de uma hora para a outra.

Sua mãe tinha câncer.

Ela podia estar morrendo.

Ela podia morrer.

Laura explicara: "Primeiro vem a quimioterapia, que, segundo todos os relatos, será muito difícil." Ela estava acostumada a preencher os longos silêncios de Andy, aprendera havia muito que era mais provável que entrar em confronto por causa deles terminasse em briga do que na retomada de uma conversa educada. "Depois, passo a tomar um comprimido por dia, só isso. O índice de sobrevivência em cinco anos é superior a setenta por cento, então não há muito com o que se preocupar, a não ser com passar por isso."

Uma pausa para respirar, ou talvez a esperança de que Andy estivesse pronta para falar alguma coisa.

"É perfeitamente tratável, querida. Não quero que se preocupe. Fique onde está. Não há nada que você possa fazer."

A buzina de um carro soara. Andy erguera os olhos. Estava de pé como uma estátua no meio da faixa de pedestres. Lutou para se colocar em movimento. O celular estava quente em sua orelha. Já passava da meia-noite. Suor escorria pelas suas costas e descia das axilas como manteiga derretida. Ouvia a claque de uma sitcom, garrafas retinindo e um grito anônimo e penetrante pedindo socorro, do tipo que ela havia aprendido a ignorar no seu primeiro mês morando na cidade.

Silêncio demais no seu lado da ligação. Por fim, a mãe estimulou: "Andrea?"

Andy abrira a boca sem pensar nas palavras que deveriam sair.

"Querida", disse a mãe, ainda paciente, ainda generosa e *gentil*, do modo que era com todos que encontrava. "Estou ouvindo os barulhos da rua. Se não fosse isso, acharia que a ligação tinha caído." Ela fez uma pausa. "Andrea, eu preciso que você me diga se entende o que estou lhe contando. É importante."

A boca de Andy ainda estava aberta. O cheiro de esgoto endêmico no seu bairro se entranhara no fundo das suas fossas nasais como um espaguete cozido demais jogado em um armário de cozinha. Outra buzina. Outra mulher gritando por socorro. Outra onda de suor rolando pelas costas de Andy e se acumulando no sutiã. O elástico estava rompido no ponto em que ela apoiava o polegar quando o tirava.

Andy ainda não conseguia se lembrar de como se obrigara a sair do estupor, mas se lembrava das palavras que enfim dissera à mãe: "Estou indo para casa."

Não havia muito para levar depois de seus seis anos na cidade. Ela pediu demissão por escrito dos três empregos de meio expediente. Deu o cartão do metrô a uma sem-teto, que agradecera e depois gritara que ela era uma piranha de merda. Apenas as coisas absolutamente necessárias foram colocadas na mala: camisetas preferidas, jeans rasgados, vários livros que haviam sobrevivido não apenas à viagem desde Belle Isle, mas a cinco mudanças para apartamentos cada vez mais vagabundos. Em casa, Andy não precisaria das luvas, do casaco acolchoado de inverno ou dos protetores de orelha. Ela não se deu ao trabalho de lavar os lençóis ou mesmo de tirá-los do velho sofá Chesterfield que lhe servia de cama. Partira para o LaGuardia ao amanhecer, menos de seis horas após o telefonema da mãe. Em um piscar de olhos, a vida de Andy em Nova York tinha chegado ao fim. A única coisa que as três colegas de quarto, mais jovens e bem-sucedidas, teriam para se lembrar dela era o sanduíche de atum pela metade que Andy deixara na geladeira e a sua parte do aluguel do mês seguinte.

Isso havia sido três anos antes, quase metade do tempo que ela havia morado em Nova York. Andy não queria, mas, em momentos ruins como aquele, conferia o perfil das antigas colegas no Facebook. Elas eram o seu parâmetro, a sua provação. Uma chegara a um cargo intermediário em um blog de moda. Outra abrira uma empresa de produção de tênis sob medida. A terceira morrera depois de uma farra regada a cocaína no iate de um ricaço. Ainda assim, em certas noites, quando Andy estava atendendo a telefonemas e a pessoa do outro lado da linha era um garoto de doze anos que achava engraçado ligar para a emergência e fingir ter sido molestado, não conseguia deixar de pensar que continuava a ser a menos bem-sucedida de todas.

Um iate, pelo amor de Deus.

Um *iate*.

— Querida? — disse a mãe.

Laura tamborilou os dedos na mesa para chamar a sua atenção. A multidão do almoço tinha diminuído. Um homem sentado à frente lançava um olhar raivoso para ela por sobre o jornal.

— Onde você está com a cabeça?

Andy esticou os braços de novo, indicando o restaurante, mas o gesto pareceu forçado. As duas sabiam exatamente onde ela estava: a menos de oito quilômetros de onde havia começado.

Andy fora para Nova York pensando que lá conseguiria brilhar, mas acabara emitindo o volume de luz equivalente ao de uma velha lâmpada de emergência esquecida na gaveta da cozinha. Ela não queria ser atriz, modelo nem qualquer um dos clichês habituais. Nunca sonhara com o estrelato, mas queria estar perto das estrelas: ser a assistente pessoal, aquela que pega o café, a que cuida dos objetos cenográficos, a pintora de cenários, a gerente de mídias sociais, a funcionária de apoio que torna possível a vida da estrela. Ela queria se aquecer com o brilho delas. Estar no meio das coisas. Conhecer gente. Ter contatos.

O professor dela na Faculdade de Arte e Design de Savannah tinha parecido ser um bom contato. Andy o impressionara com a sua paixão pelas artes, ou pelo menos foi o que ele falou. Que os dois estivessem na cama no momento daquela declaração só importou para Andy depois do fato consumado. Quando ela acabou com tudo, o professor tinha considerado uma ameaça a desculpa que ela deu sobre querer se concentrar na carreira. Antes mesmo que Andy soubesse o que estava acontecendo, antes que pudesse explicar a ele que não estava tentando se valer do seu comportamento inadequado para subir na carreira, ele moveu alguns pauzinhos e arrumou para ela um trabalho de assistente do assistente de cenografia em um espetáculo off-Broadway.

Off-Broadway!

A poucos passos da Broadway!

Faltavam dois semestres para Andy se formar como técnica de artes cênicas. Ela fez as malas e mal teve tempo de acenar por cima do ombro antes de seguir para o aeroporto.

Dois meses depois, o espetáculo foi cancelado com críticas devastadoras.

Todos na equipe encontraram novos empregos rápido, entraram para outros espetáculos, exceto Andy, que dera início a uma verdadeira vida nova-iorquina. Ela trabalhou como garçonete, passeou com cachorros, pintou cartazes, foi cobradora de dívidas por telefone, entregadora, vigia de máquina de fax, fez sanduíches, foi técnica de xerox não sindicalizada e, por fim, a cretina derrotada que deixara o sanduíche de filé de peixe pela metade na geladeira e um mês de aluguel e voltara correndo para o cu da Geórgia ou qualquer que fosse o buraco de onde havia saído.

De fato, tudo que Andy levou de volta para casa fora um vestígio de dignidade, que agora ela ia desperdiçar com a mãe.

Ergueu os olhos do prato com os restos de ovos.

— Mãe — disse, tendo que pigarrear para conseguir fazer a confissão. — Amo você por dizer isso, mas não é culpa sua. É claro que quis vir para casa para ver você. Mas fiquei por outras razões.

Laura franziu a testa.

— Que outras razões? Você adorava Nova York.

Andy odiara a cidade.

— Você estava se dando muito bem lá.

Andy estava se endividando lá.

— Aquele garoto estava muito interessado em você.

E em todas as outras vaginas do prédio dele.

— Você tinha tantos amigos.

Não tivera notícias de nenhum deles desde que saíra de Nova York.

— Bem — continuou Laura, suspirando. A lista de encorajamentos havia sido curta, mas precisa. Como de hábito, ela lera Andy como um livro. — Meu amor, você sempre quis ser alguém diferente. Alguém especial. Digo, no sentido de ter um dom, um talento incomum. É claro que você é especial para mim e para o seu pai.

Andy revirou os olhos.

— Obrigada.

— Você *é* talentosa. É esperta. É mais que esperta. É *inteligente.*

Andy esfregou as mãos no rosto como se pudesse desaparecer daquela conversa. Ela sabia que era talentosa e esperta. O problema era que, em Nova York, todo mundo era talentoso e esperto. Até o cara que trabalhava no balcão da mercearia era mais engraçado, mais rápido e mais esperto que ela.

Laura insistiu.

— Não há nada de errado em ser normal. Pessoas normais têm vidas muito significativas. Olhe só para mim. Gostar de quem somos não significa que nos vendemos.

— Eu tenho 31 anos, não tive nenhum namorado de verdade nos últimos três anos, estou devendo 63 mil dólares em crédito estudantil por uma faculdade que nunca terminei e moro em um apartamento de um cômodo em cima da garagem da minha mãe — retrucou Andy, o ar passando com dificuldade pelo nariz enquanto tentava respirar. Verbalizar essa longa lista causara uma pressão no seu peito. — A questão não é o que mais eu posso fazer. É o que mais eu vou foder.

— Você não está fodendo nada.

— Mãe…

— Você está com mania de se depreciar. A gente pode se acostumar com qualquer coisa, especialmente com as ruins, sabe? Mas agora a única direção em que você pode ir é para cima. Não dá para ir abaixo do piso.

— Já ouviu falar de porões?

— Porões também têm pisos.

— Sim, o chão.

— Mas *chão* é apenas outro nome para *piso*.

— Chão é tipo sete palmos abaixo.

— Por que precisa sempre ser tão mórbida?

Andy sentiu uma irritação repentina afiar a sua língua e transformá-la em uma navalha. Mas engoliu as palavras. Hoje em dia, elas não discutiam por causa da hora de Andy chegar em casa, da maquiagem ou dos jeans apertados, então as brigas eram sobre isso: se porões tinham pisos. O jeito certo de colocar o papel higiênico no banheiro. Se garfos deviam ser postos no lava-louça com os dentes para cima ou para baixo. Se o carrinho de compras devia ser puxado ou empurrado. Se Laura pronunciava errado quando chamava o gato de "Sr. Perkins", porque o nome, na verdade, era Sr. Purrkins.

— Outro dia eu estava trabalhando com um paciente e aconteceu uma coisa estranha — disse Laura.

A mudança de assunto drástica era um dos caminhos mais batidos para chegar a uma trégua.

— Muito estranha.

Andy hesitou e, depois, assentiu para que a mãe continuasse.

— Ele tem afasia de Broca. Uma paralisia do lado direito.

Patologista da fala, Laura morava em uma comunidade litorânea cheia de aposentados. A maioria dos pacientes dela havia sofrido alguma espécie de derrame debilitante.

— Ele trabalhava com TI antes de adoecer, mas acho que isso não tem importância.

— E o que aconteceu de estranho? — perguntou Andy, fazendo a sua parte.

Laura sorriu.

— Ele estava me contando sobre o casamento do neto, e não dava para entender nada do que dizia, mas saiu algo como *"blue suede shoes"*. E me veio à mente uma espécie de lembrança, de quando Elvis morreu.

— Elvis Presley?

— Isso. Foi em 1977, eu tinha catorze anos, era mais fã do Rod Stewart do que do Elvis na época, mas mesmo assim. Na nossa igreja, havia umas senhoras muito conservadoras com aqueles penteados altos, e todas soluçaram copiosamente pela morte dele.

Andy abriu o sorriso que dava quando sabia que a mãe estava deixando algo passar.

Laura devolveu o mesmo sorriso. Efeitos da quimioterapia, mesmo tanto tempo depois da última sessão. Ela esquecera o cerne da história.

— É só uma coisa engraçada que lembrei.

— Essas senhoras com os penteados deviam ser meio hipócritas, não? — perguntou Andy, tentando estimular a memória da mãe. — Quer dizer, Elvis era um cara bem sexy, certo?

— Não importa — respondeu Laura, dando um tapinha na mão dela. — Sou muito grata a você. Pela força que me deu quando eu estava doente. A proximidade que ainda temos. Eu valorizo isso. É um presente — disse ela, a voz começando a falhar. — Mas estou melhor agora. E quero que você viva a sua vida. Quero que seja feliz ou, se não conseguir isso, que fique em paz consigo mesma. E não acho que possa fazer isso aqui, querida. Por mais que eu queira facilitar as coisas para você, sei que não vai dar certo a não ser que faça tudo sozinha.

Andy ergueu os olhos para o teto. Olhou para o shopping vazio. Por último, olhou para a mãe.

Laura tinha lágrimas nos olhos. Balançou a cabeça, como se estivesse impressionada.

— Você é magnífica. Sabia disso?

Andy deu uma risada.

— Você é magnífica por ser tão unicamente você — disse Laura, pressionando a mão sobre o coração. — Você é talentosa e bonita e vai encontrar o seu caminho, meu amor. E não importa qual seja, ele será o certo, porque foi você que o escolheu.

Andy sentiu um nó na garganta. Os olhos ficaram úmidos. Havia uma imobilidade pairando sobre elas. Andy ouvia o som do sangue correndo nas veias.

— Bem — disse Laura, rindo, outra tática habitual para amenizar um momento emotivo. — Gordon acha que eu deveria dar um prazo para você se mudar.

Gordon. O pai de Andy. Era um advogado especializado em direito patrimonial. A vida inteira dele era determinada por prazos.

— Mas não vou lhe dar um prazo nem um ultimato.

Gordon também adorava ultimatos.

— Só quero dizer que, se essa é a sua vida — falou, indicando o uniforme sério, como o de um policial —, então a abrace. Aceite. E, se quiser fazer outra coisa — e apertou a mão de Andy —, faça outra coisa. Você ainda é jovem. Não tem uma hipoteca, nem mesmo a prestação de um carro. É saudável. É esperta. Está livre para fazer qualquer coisa de que goste.

— Não com a dívida do financiamento estudantil.

— Andrea — retrucou Laura. — Não quero parecer agourenta, mas, se continuar girando em círculos, nessa letargia, logo vai ter 40 anos e vai estar exausta de viver dando voltas no mesmo lugar.

— Quarenta — repetiu Andy, uma idade que parecia menos decrépita a cada ano que passava.

— Seu pai diria…

— Cague ou desocupe a moita.

Gordon sempre dizia a Andy que se mexesse, que fizesse algo da vida, que fizesse *alguma coisa*. Durante muito tempo, ela atribuiu ao pai a culpa pela própria letargia. Quando os seus pais são pessoas motivadas e realizadas, ser preguiçoso é um ato de rebelião, certo? Fazia sentido sempre pegar o caminho fácil quando o caminho difícil era tão… difícil. Não é?

— Dra. Oliver? — chamou uma mulher mais velha, aparentemente sem notar que estava invadindo um momento particular entre mãe e filha. — Betsy

Barnard. Você atendeu meu pai ano passado. Só queria agradecer. Você fez milagres.

Laura se levantou para apertar a mão da mulher.

— Muito gentil da sua parte dizer isso, mas ele que fez todo o trabalho.

Laura entrara no que Andy chamava de seu modo "Dra. Oliver, Fonoaudióloga", com perguntas vagas sobre o paciente, claramente sem lembrar quem ele era, mas fazendo um esforço aceitável para que a mulher acreditasse naquilo.

Laura indicou Andy com a cabeça.

— Esta é a milha filha, Andrea.

Betsy repetiu o gesto com pouco interesse. Ela estava esfuziante com a atenção de Laura. Todos adoravam a mãe de Andy, independente da forma como se apresentasse: fonoaudióloga, amiga, empresária, paciente de câncer, mãe. Laura tinha uma espécie de gentileza incansável que não chegava a se tornar melosa em virtude de uma perspicácia muito dinâmica, por vezes até cáustica.

De vez em quando, depois de alguns drinques, Andy conseguia exibir as mesmas qualidades para estranhos, mas, assim que a conheciam de fato, eles quase nunca permaneciam por perto. Talvez fosse esse o segredo de Laura. Ela tinha dezenas, até mesmo centenas de amigos, mas ninguém conhecia todas as suas facetas.

— Ah! — disse Betsy, praticamente gritando. — Também quero que conheça a minha filha. Frank deve ter contado tudo sobre ela.

— Sim, de fato, ele contou.

Andy percebeu o alívio no rosto de Laura. Ela tinha mesmo esquecido o nome do homem. Piscou para Andy, retornando, por um segundo, ao modo "Mãe".

— Shelly! — chamou Betsy, acenando para a filha. — Venha conhecer a médica que ajudou a salvar a vida do vovô.

Com relutância, a jovem loura e bonita se aproximou. Incomodada, puxou as mangas compridas da camiseta vermelha da Universidade da Geórgia. O buldogue branco no seu peito vestia uma camiseta vermelha combinando. Ela estava evidentemente mortificada, ainda naquela idade em que você não quer interagir com a mãe a não ser quando precisa de dinheiro ou compaixão. Andy se lembrava desse sentimento ambíguo. Mesmo mais velha, não estava tão distante disso quanto gostaria. Era uma verdade reconhecida por todos que mães eram as únicas pessoas no mundo capazes de dizer "O seu cabelo está bonito" e fazer você escutar "O seu cabelo está sempre medonho a não ser neste único e breve momento".

— Shelly, esta é a dra. Oliver — disse Betsy Barnard, passando um braço protetor pelo da filha. — Shelly vai começar a faculdade no outono. Não é, meu bem?

— Eu também estudei na Universidade da Geórgia. Mas no tempo em que escrevíamos em placas de pedra, é claro — disse Laura.

A mortificação de Shelly aumentou alguns graus quando a mãe riu um pouco alto demais daquela piada velha. Laura tentou amenizar as coisas, perguntando à jovem sobre seu curso, seus sonhos e suas aspirações. O tipo de invasão que todo jovem considera pessoalmente ofensivo. Apenas quando você se torna adulto é que se dá conta de que são os únicos tipos de pergunta que os adultos sabem fazer.

Andy baixou os olhos para a xícara de café pela metade. Sentia um cansaço irracional. Turnos noturnos. Ela não conseguia se acostumar; emendava cochilos para conseguir aguentar, e isso significava acabar roubando papel higiênico e manteiga de amendoim da despensa da mãe porque nunca tinha tempo de ir ao mercado. Talvez por isso Laura tenha insistido em um almoço de aniversário em vez de um café da manhã, o que teria permitido a Andy retornar à sua caverna acima da garagem e cochilar diante da TV.

O resto do café estava tão frio que bateu no fundo da sua garganta como gelo moído. Procurou a garçonete. A garota estava com o nariz colado no celular. Com ombros caídos e mascando chiclete.

Andy reprimiu uma onda de antipatia enquanto se levantava da mesa. Quanto mais velha ficava, mais difícil era resistir à ânsia de se transformar na mãe. Embora, retrospectivamente, Laura com frequência tivesse oferecido bons conselhos: endireite a postura ou vai morrer de dor nas costas quando chegar aos trinta. Use sapatos mais confortáveis ou vai se arrepender quando chegar aos trinta. Melhore seus hábitos ou vai pagar bem caro quando chegar aos trinta.

Andy tinha 31. O preço era tão alto que estava quase falida.

— Você é policial? — perguntou a garçonete, enfim erguendo os olhos do celular.

— Estudante de teatro.

A garota fez uma careta.

— Não sei o que isso significa.

— Nem eu.

Andy se serviu de mais café. A garçonete continuou olhando de soslaio. Talvez fosse o uniforme similar ao da polícia. A garota parecia do tipo que teria um pouco de metanfetamina ou pelo menos uma trouxinha de maconha na bolsa. Andy também desconfiava do uniforme. Foi Gordon quem conseguira aquele emprego para ela. Andy achava que ele tinha esperanças de que a filha acabasse entrando para a polícia. A princípio, Andy rejeitara a ideia, porque acreditava que todo policial era ruim. Mas, depois de conhecer policiais de verdade, se dera conta de que eram principalmente seres humanos decentes tentando fazer um trabalho de merda. Depois de trabalhar um ano na central, recebendo as ligações de emergência, ela começou a odiar o mundo inteiro porque dois terços das chamadas eram de pessoas idiotas que não compreendiam a importância daquele serviço.

Laura continuava conversando com Betsy e Shelly Barnard. Andy vira essa cena se repetir inúmeras vezes. Elas não sabiam como terminar a conversa com elegância, e Laura era educada demais para despachá-las. Em vez de retornar à mesa, Andy foi até a vitrine. O restaurante ficava em um ótimo ponto do shopping de Belle Isle, uma loja de esquina no térreo. Depois do calçadão, o oceano Atlântico se agitava com a chegada de uma tempestade. Pessoas passeavam com cachorros ou pedalavam na areia dura.

Belle Isle não era bela nem, tecnicamente falando, uma ilha. Era basicamente uma península artificial criada quando o corpo de engenheiros do Exército dragara o porto de Savannah na década de 1980. A intenção era que o novo aterro permanecesse deserto, como uma barreira natural contra furacões, mas o estado enxergara dinheiro na nova área beira-mar. Cinco anos depois da dragagem, mais de metade da área estava coberta de concreto: mansões de veraneio, casas, condomínios, shopping. O restante eram quadras de tênis e campos de golfe. Aposentados ficavam sob o sol o dia inteiro, bebiam martínis ao poente e ligavam para a emergência quando os vizinhos deixavam as latas de lixo na calçada por tempo demais.

— Meu Deus — sussurrou alguém em tom maldoso e surpreso.

O ar havia mudado. Era a única forma de descrever. Os pelos na nuca de Andy se arrepiaram. Um calafrio percorreu a sua coluna. As narinas dilataram. A boca ficou seca. Os olhos marejaram.

Houve um ruído como o de um pote sendo aberto.

Andy se virou.

A alça da caneca de café escorregou dos seus dedos. Os olhos dela seguiram a caneca até o chão. Cacos de cerâmica branca se espalharam no piso branco.

Onde antes houvera um silêncio desconfortável, agora havia caos. Gritos. Choro. Pessoas correndo, se agachando, mãos cobrindo as cabeças.

Balas.

Pou-pou.

Shelly Barnard estava caída no chão. De costas. Braços abertos. Pernas retorcidas. Olhos arregalados. A camiseta vermelha parecia molhada, colada ao peito. Sangue escorria do seu nariz. Andy viu a fina linha vermelha escorrer pela bochecha e entrar na orelha.

Ela usava brincos pequeninos em formato de buldogue.

— Não! — gritou Betsy Barnard. — N...

Pou.

Andy viu a garganta da mulher esguichar um jorro de sangue.

Pou.

A lateral do crânio de Betsy se abriu como um saco plástico.

Ela caiu no chão. Em cima da filha. Em cima da filha morta.

Morta.

— Mãe — sussurrou Andy, mas Laura já estava lá.

Ela corria na direção da filha com os braços estendidos, joelhos curvados. A boca aberta. Os olhos arregalados de medo. Pontos vermelhos cobrindo o rosto como sardas.

A parte de trás da cabeça de Andy bateu na vitrine quando a mãe a derrubou no chão. Com o impacto, ficou sem ar e sentiu a respiração de Laura no rosto. A visão de Andy ficou embaçada, mas ela conseguiu ouvir algo se partindo. Ergueu os olhos. O vidro acima dela havia começado a rachar.

— Por favor! — berrou Laura. Ela rolou, colocou-se de joelhos e, depois, de pé. — Por favor, pare.

Andy piscou. Esfregou os olhos com os punhos. Pedacinhos de alguma coisa cortaram as pálpebras. Sujeira? Vidro? Sangue?

— Por favor! — gritou Laura.

Andy piscou de novo.

E mais uma vez.

Um homem apontava uma arma para o peito de sua mãe. Não uma pistola como a da polícia; era um revólver, como os do Velho Oeste. E ele estava vestido para o papel: jeans pretos, camisa preta com botões de madrepérola, colete de couro preto e chapéu de caubói preto. Um cinturão pendurado baixo no quadril. Um coldre para a arma, uma bainha longa para uma faca de caça.

Bonito.

O rosto era jovem, sem rugas. Era da idade de Shelly, talvez um pouco mais velho.

Só que Shelly estava morta agora. Não iria para a Universidade da Geórgia. Nunca mais ficaria mortificada por causa da mãe, pois a mãe também estava morta.

E agora o homem que assassinara as duas estava apontando uma arma para o peito da mãe de Andy.

Andy se sentou.

Laura só tinha um seio, o esquerdo, sobre o coração. O cirurgião removera o direito e ela ainda não tinha se submetido à cirurgia de reconstrução, porque não suportava a ideia de ver outro médico, passar por outro procedimento, e, naquele momento, o assassino de pé diante dela estava prestes a colocar uma bala bem ali.

— Mm...

A palavra ficou presa na garganta de Andy. Ela só conseguia pensar nela. *Mãe.*

— Está tudo bem — disse Laura com a voz calma, controlada. Ela estava com as mãos estendidas diante de si como se pudessem capturar as balas. — Você pode ir embora agora.

— Vai se foder — respondeu ele, e seus olhos se voltaram para Andy. — Cadê a sua arma, vadia?

O corpo inteiro de Andy se encolheu e ela sentiu que estava se transformando em uma bola.

— Ela não está armada — explicou Laura, a voz ainda controlada. — Ela é secretária na delegacia. Não é policial.

— Levanta! — berrou o homem para Andy. — Estou vendo o seu distintivo! Levanta, filha da puta! Faz o seu trabalho!

— Não é um distintivo — insistiu Laura. — É um emblema. Fique calmo, por favor. — Ela baixou as mãos esticadas do mesmo jeito que costumava fazer quando colocava Andy para dormir à noite. — Andy, preste atenção em mim.

— Prestem atenção em *mim*, suas putas de merda! — reagiu o homem, perdigotos voando da boca. Ele sacudiu a arma no ar. — Levanta, porra. Você é a próxima.

— Não — disse Laura, bloqueando o caminho dele. — Eu sou a próxima.

O olhar dele se voltou para Laura.

— Atire em mim — falou Laura com certeza inconfundível. — Quero que você atire em mim.

A confusão rompeu a máscara de raiva que era o rosto do homem. Ele não tinha planejado aquilo. As pessoas deveriam ficar aterrorizadas, não se voluntariar.

— Pode atirar em mim — repetiu ela.

Ele olhou por cima do ombro de Laura na direção de Andy, depois para Laura de novo.

— Anda. Só tem mais uma bala aí. Você sabe disso. Cabem apenas seis no tambor — disse Laura, erguendo as mãos e mostrando quatro dedos na mão esquerda, um na direita. — Por isso você ainda não apertou o gatilho. Só resta uma.

— Você não sabe…

— Só uma — disse, agitando o polegar, indicando a sexta bala. — E, quando atirar em mim, minha filha vai correr para longe daqui. Certo, Andy?

O quê?

— Andy — repetiu a mãe. — Preciso que você corra, querida.

O quê?

— Ele não vai conseguir recarregar rápido o bastante para atirar em você.

— Porra! — berrou o homem, tentando recuperar a raiva. — Fiquem paradas! As duas.

— Andy — chamou Laura, dando um passo na direção do atirador.

Ela estava mancando. Havia um rasgo nas suas calças de linho, por onde escorria sangue. Algo branco como osso se projetava do ferimento.

— Preste atenção em mim, querida.

— Eu falei para não se mexer!

— Passe pela porta da cozinha — disse Laura, a voz ainda firme. — Há uma saída nos fundos.

O quê?

— Fiquem paradas aí, suas piranhas.

— Você precisa confiar em mim — falou Laura. — Ele não vai conseguir recarregar a tempo.

Mãe.

— Levanta — disse Laura, dando outro passo à frente. — Mandei você levantar.

Mãe, não.

— Andrea Eloise — chamou Laura na sua voz de Mãe. — Levante-se. Agora.

O corpo de Andy funcionou por conta própria. Pé esquerdo firme no chão, calcanhar direito erguido, dedos tocando o chão, uma corredora na largada.

— Pare!

26

O homem virou a arma na direção de Andy, mas Laura se moveu com ela. Ele virou de volta e ela acompanhou o movimento, bloqueando Andy com o corpo, protegendo a filha da última bala.

— Atire em mim. Vá em frente.

— Vai se foder.

Andy ouviu um *estalo*.

A arma sendo engatilhada? O percursor atingindo o projétil?

Seus olhos tinham se fechado com força, as mãos cobriram a cabeça.

Mas nada aconteceu.

Nenhuma bala fora disparada. Nenhum grito de dor.

Nenhum som da mãe caindo morta no chão.

Piso. Chão. Sete palmos.

Andy se encolheu enquanto voltava a olhar para cima.

O homem soltara o fecho da bainha da faca de caça.

E estava desembainhando a lâmina devagar.

Quinze centímetros de aço. Serrilhado de um lado. Afiado do outro.

Ele guardou a arma e segurou a faca com a mão dominante. Não estava com a lâmina apontando para cima como quem vai cortar carne, mas para baixo, como quem vai apunhalar alguém.

— O que vai fazer com isso? — perguntou Laura.

Ele não respondeu. Apenas mostrou a ela.

Dois passos para a frente.

A faca se ergueu em arco, depois baixou na direção do coração da mãe.

Andy estava paralisada, aterrorizada demais para reagir, chocada demais para fazer algo além de ver a mãe morrer.

Laura estendeu a mão como se pudesse bloquear a faca. A lâmina penetrou bem no centro da sua palma. Em vez de desabar ou gritar, Laura fechou os dedos ao redor do cabo.

Não houve luta. O assassino tinha sido pego de surpresa.

Laura arrancou a faca do punho dele, mesmo com a lâmina longa atravessando sua mão.

O homem cambaleou para trás.

Olhou para a faca se projetando da mão de Laura.

Um segundo.

Dois.

Três.

Ele pareceu se lembrar da arma na cintura. A mão direita baixou para o coldre, seus dedos seguraram a coronha. O cano prateado brilhou. A mão esquerda se moveu para sustentar a arma enquanto ele se preparava para disparar a última bala no coração da mãe de Andy.

Em silêncio, Laura moveu o braço, cravando a lâmina na lateral do pescoço dele.

Crunch, como um açougueiro cortando um pedaço de carne.

O eco reverberou por todo o salão.

O homem engasgou. Abriu a boca. Arregalou os olhos.

As costas da mão de Laura ainda estavam presas ao pescoço dele, entre o cabo e a lâmina.

Andy viu os dedos da mãe se movendo.

Houve um estalo. A arma tremendo enquanto ele tentava erguê-la.

Laura disse algo, as palavras soando como um rosnado.

Ele continuou erguendo a arma. Tentou apontar.

Laura arrastou a lâmina pela garganta dele.

Sangue, tendões, cartilagem.

Sem jato ou névoa como antes. Tudo jorrou do pescoço aberto como uma represa se rompendo.

A camisa preta ficou ainda mais preta. Os botões de madrepérola tingiram-se em diferentes tons de rosa.

A arma caiu primeiro.

Depois, os joelhos atingiram o chão. Então, o peito. E por fim, a cabeça.

Andy observou os olhos do homem enquanto ele caía.

Estava morto antes de desabar no chão.

CAPÍTULO DOIS

NO NONO ANO, ANDY teve uma paixonite por um garoto chamado Cletus Laraby, mais conhecido como Cleet, um brincadeira com "clitóris". Ele tinha cabelo castanho escorrido, sabia tocar violão e era o garoto mais inteligente da aula de química, então Andy tentou aprender a tocar violão e também fingiu se interessar pela matéria.

Foi assim que ela acabou se inscrevendo para a feira de ciências da escola, porque Cleet iria participar.

Ela nunca tinha trocado uma palavra com ele.

Ninguém questionou se era ou não uma boa ideia dar à garota do clube de teatro que quase reprovara em ciências acesso a nitrato de amônia e interruptores de ignição, mas, em retrospecto, provavelmente a dra. Finney ficara tão contente por Andy se interessar por algo além de mímica que fizera vista grossa.

O pai de Andy também tinha ficado exultante com a novidade. Gordon levou a filha à biblioteca, onde leram sobre engenharia e projetos de foguetes. Ele preencheu o formulário para um cartão de fidelidade da loja de equipamentos local. À mesa do jantar, lia em voz alta folhetos da Associação Americana de Foguetes.

Sempre que Andy estava na casa do pai, Gordon trabalhava na garagem com as lixas, moldando as aletas e as laterais do nariz cônico, enquanto ela se sentava à bancada de trabalho e esboçava desenhos para o tubo.

Andy sabia que Cleet gostava de Goo Goo Dolls, porque tinha um adesivo deles na mochila, então achou que seria legal se o corpo do foguete parecesse o telescópio *steampunk* do clipe de "Iris", depois pensou em colocar asas nele, porque "Iris" era do filme *Cidade dos anjos*, depois pensou em colocar na lateral o rosto em perfil de Nicolas Cage, que era o anjo do filme, mas acabou decidindo pintar Meg Ryan, já que aquilo era para Cleet e ele provavelmente acharia Meg Ryan bem mais interessante do que Nicolas Cage.

Uma semana antes da feira, Andy tinha que entregar todas as suas anotações e fotografias à dra. Finney para provar que de fato fizera todo o trabalho sozinha. Ela estava colocando as provas questionáveis na mesa da professora quando Cleet Laraby entrou. Andy apertou as mãos com força para que elas não tremessem quando ele parou para olhar as fotos.

— Meg Ryan — comentou o garoto. — Saquei. Você quer explodir a vagabunda, certo?

Andy sentiu um sopro de ar frio escapar por seus lábios.

— Minha namorada adora esse filme idiota. Aquele com os anjos, não é? — disse, mostrando a ela o adesivo na mochila. — Essa música da trilha sonora é uma merda, cara. Por isso deixei esse adesivo aqui, para me lembrar de nunca vender a minha arte que nem aquelas bichas.

Andy não se moveu. Não conseguiu falar.

Namorada. Idiota. Uma merda. Cara. Bichas.

Andy deixou a sala da dra. Finney sem as anotações, os livros e até sem a mochila. Atravessou o refeitório e saiu pela porta que estava sempre aberta para que as funcionárias que serviam o almoço pudessem fumar atrás da caçamba de lixo.

Gordon morava a pouco mais de três quilômetros da escola. Era junho. Na Geórgia. No litoral. Quando chegou em casa, Andy estava muito queimada de sol e encharcada de suor e lágrimas. Pegou o foguete Meg Ryan e os dois foguetes de teste Nicolas Cage e jogou tudo na lata de lixo. Depois os encharcou com fluido de isqueiro. Então, jogou um fósforo. Ela acordou de costas na rampa da garagem de Gordon quando um vizinho molhou seu rosto com a mangueira de jardim.

A bola de fogo chamuscara as sobrancelhas, os cílios, a franja e os pelos do nariz de Andy. O som da explosão foi tão alto que seus ouvidos começaram a sangrar. O vizinho gritou com ela. A esposa dele, que era enfermeira, foi até Andy e claramente estava tentando lhe dizer algo, mas a única coisa que a garota conseguia ouvir era um zumbido agudo, como quando a sua professora de canto soprava uma única nota no seu diapasão de apito.

Iiiiiiiii...

Andy ouviu o Som, e nada além do Som, durante quatro dias inteiros.

Acordada. Tentando dormir. Tomando banho. Caminhando até a cozinha. Sentada de frente para a televisão. Lendo bilhetes que a mãe e o pai rabiscavam sem parar em um quadro branco.

Não sabemos o que houve.

Provavelmente vai passar.

Não chore.

Iiiiiiiiiii…

Aquilo já fazia quase vinte anos. Andy não pensara muito sobre a explosão até agora, e isso apenas porque o Som estava de volta. Quando ele retornou, ou quando ela se deu conta do retorno, estava no restaurante, de pé ao lado da mãe, que tinha desabado em uma cadeira. Havia três pessoas mortas no piso. No chão. O assassino, a camisa preta ainda mais preta. Shelly Barnard, a camiseta vermelha ainda mais vermelha. Betsy Barnard, a parte de baixo do rosto pendurada por restos de músculos e tendões.

Andy desviou o olhar dos corpos. Pessoas se agrupavam do lado de fora do restaurante. Clientes do shopping com sacolas da Abercrombie e da Juicy Couture, copos do Starbucks e de refrigerantes. Algumas pessoas choravam. Outras tiravam fotos.

Andy sentiu uma pressão no braço. Laura estava se esforçando para virar a cadeira na direção oposta dos espectadores. Aos olhos de Andy, cada movimento era entrecortado, como se ela assistisse a um filme quadro a quadro. Laura sacudia a mão enquanto tentava enrolar uma toalha de mesa na perna que sangrava. A coisa branca que se projetava não era um osso, mas um caco de louça. Laura era destra, mas a faca atravessada em sua mão esquerda tornava impossível a tarefa. Ela estava falando com Andy, provavelmente pedindo ajuda, mas tudo que Andy conseguia ouvir era o Som.

— Andy… — dizia Laura.

Iiiiiii…

— Andrea!

Andy olhava para a boca da mãe, imaginando se estava ouvindo a palavra ou lendo-a nos seus lábios. Era tão familiar que o cérebro dela processava como ouvida em vez de vista.

— Andy — repetiu Laura. — Me ajude.

A súplica chegara abafada, como se Laura falasse através de um tubo longo.

— Andy — chamou Laura, segurando as duas mãos da filha. Ela estava curvada na cadeira, obviamente sofrendo. Andy se ajoelhou. Começou a dar um nó na toalha de mesa.

Aperte com força...

Era o que Andy teria dito a alguém que telefonasse em pânico para a emergência. *Não se preocupe em machucá-la. Aperte o pano o mais forte possível para conter o sangramento.*

Era diferente quando eram as suas mãos apertando o pano. Diferente quando a dor que via estava estampada no rosto da própria mãe.

— Andy — chamou Laura, esperando até que ela erguesse os olhos.

Andy não conseguia focalizar. Queria prestar atenção. Precisava prestar atenção.

Laura a pegara pelo queixo e a sacudira com força para arrancá-la do estupor.

— Não fale com a polícia — pediu Laura. — Não dê nenhum depoimento. Você vai dizer que não se lembra de nada.

O quê?

— Prometa — insistira Laura. — Nada de polícia.

Quatro horas depois, Andy ainda não havia falado com a polícia, mas isso só tinha acontecido porque a polícia não falara com ela. Nem no restaurante, nem na ambulância, nem ali.

Jogada em uma cadeira de plástico, Andy aguardava ao lado das portas fechadas do centro cirúrgico enquanto os médicos operavam Laura. Andy se recusara a repousar, recusara o leito que a enfermeira oferecera, alegando que não havia nada de errado com ela. Era Laura quem precisava de ajuda. E Shelly. E a mãe de Shelly, cujo nome Andy não conseguia mais lembrar.

Afinal, quem era a sra. Barnard além da mãe da sua filha?

Andy recostou-se na cadeira. Precisava se virar de um jeito específico para que o machucado na cabeça não latejasse. A vitrine do restaurante... Andy se lembrava da mãe a derrubando no chão. A pancada atrás da cabeça quando o crânio bateu no vidro. As rachaduras que surgiram como teias de aranha após o impacto. O modo como Laura se levantara rapidamente. Como ela parecera e soara tão calma.

O modo como erguera os dedos — quatro da mão esquerda, um da direita — enquanto afirmava ao atirador que só lhe restara uma bala.

Andy esfregou o rosto. Não olhou para o relógio, porque iria acabar olhando diversas vezes, o que estenderia interminavelmente as horas. Passou a língua sobre as obturações. As metálicas haviam sido retiradas e substituídas por resina, mas ela ainda se lembrava de como o Som as fizera quase vibrar dentro dos molares. Do maxilar. Dentro do seu crânio. Um barulho de prensa e que fazia parecer que seu cérebro ia implodir.

Iiiiii...

Andy fechou os olhos com força. Na mesma hora, as imagens começaram a correr como um dos *slideshows* de férias de Gordon.

Laura erguendo a mão.

A lâmina comprida perfurando a palma.

Ela arrancando a faca das mãos dele.

Cravando a lâmina no pescoço do homem.

Sangue.

Muito sangue.

Jonah Helsinger. Era esse o nome do assassino. Andy registrou aquilo, embora não soubesse exatamente como. Tinha ouvido no rádio quando acompanhou a mãe na ambulância? Ou tinha visto no noticiário barulhento da TV quando foi levada para a sala de triagem? Ou tinha saído dos lábios das enfermeiras que a levaram para a ala cirúrgica?

Jonah Helsinger, sussurrara alguém como quem fala que o paciente tem câncer. *O nome do assassino é Jonah Helsinger.*

— Senhora? — chamou uma policial de Savannah parado diante de Andy.

— Eu não... — falou Andy, tentando manter em mente o que a mãe a mandara fazer. — Não sei o que aconteceu.

— Senhora — repetiu a policial, o que era esquisito, já que ela era mais velha que Andy. — Lamento incomodá-la, mas há um homem aqui. Ele diz que é o seu pai.

Andy olhou para o salão.

Gordon estava perto dos elevadores.

E, então, Andy se viu correndo antes mesmo de pensar no que estava fazendo. Gordon a encontrou no meio do caminho e a envolveu em um abraço apertado, tão apertado que ela podia sentir o coração dele batendo. Ela pressionou o rosto na camisa branca e engomada do pai. Ele viera direto do trabalho, estava vestindo o terno de sempre. Seus óculos de leitura ainda estavam no topo da cabeça. Sua caneta Montblanc enfiada no bolso da camisa. Andy sentiu o metal frio contra a ponta de sua orelha.

Desde o tiroteio, Andy vinha aos poucos perdendo o controle, mas, nos braços do pai, segura enfim, ela surtou completamente. Começou a chorar tanto que não suportou o peso do próprio corpo. Gordon a sustentou, enquanto a arrastava até uma fileira de cadeiras junto à parede. Abraçava-a tão forte que ela só conseguia respirar de leve.

— Estou aqui — repetia ele sem parar. — Estou aqui, minha querida. Estou aqui.

— Pai — disse Andy, a palavra saindo em um soluço.

— Está tudo bem — devolveu ele, afagando o cabelo da filha. — Você está segura agora, querida. Todos estão seguros.

Andy continuou a chorar. Chorou por tanto tempo que começou a se sentir desconfortável, como se estivesse exagerando. Laura estava viva. Coisas ruins tinham acontecido, mas ela ficaria bem. Andy ficaria bem. Ela *tinha* que ficar bem.

— Está tudo bem — murmurou Gordon. — Coloque tudo para fora.

Andy fungou e conteve as lágrimas. Tentou se recompor. E tentou de novo. Toda vez que pensava que poderia ficar bem, se lembrava de outro detalhe — o som do primeiro disparo, como um pote sendo aberto, o barulho úmido quando sua mãe enfiou a faca em carne e osso — e, então, as lágrimas voltavam a cair.

— Está tudo bem — repetiu Gordon, pacientemente acariciando a cabeça da filha. — Todos estão bem, minha querida.

Andy limpou o nariz. Trêmula, inspirou profundamente. Gordon se ajeitou na cadeira, ainda abraçado a ela, e pegou um lenço.

Andy enxugou as lágrimas e assoou o nariz.

— Desculpe.

— Você não tem nada pelo que se desculpar — falou ele, afastando a franja dela dos olhos. — Está machucada?

Ela balançou a cabeça. Assoou o nariz mais uma vez até os ouvidos estalarem.

O Som tinha sumido.

Andy fechou os olhos, inundada de alívio.

— Tudo bem? — A mão do pai nas suas costas era quente. Andy se sentiu protegida. — Você está bem?

Ela ainda estava à flor da pele, mas precisava contar ao pai o que havia acontecido. Então abriu os olhos e disse:

— A mamãe… Ela estava com uma faca, e esse cara, ela mat…

— Shhh — disse ele, levando os dedos aos lábios dela. — Mamãe está bem. Estamos todos bem.

— Mas…

Ele levou novamente o dedo aos lábios dela para mantê-la calada.

— Já falei com o médico. Mamãe está repousando agora e a mão dela vai ficar boa. A perna está bem. Está tudo bem.

Gordon ergueu uma sobrancelha e inclinou a cabeça de leve para a direita, na direção de onde a policial estava. A mulher falava ao celular, mas claramente escutava a conversa deles.

— Tem certeza de que está bem? — perguntou Gordon. — Eles examinaram você?

Andy assentiu.

— Você só está cansada, querida. Trabalhou a noite inteira E presenciou uma coisa horrível. Sua vida estava em perigo. A vida da sua mãe também. É compreensível que esteja em choque. Precisa descansar um pouco, dar um tempo para que as lembranças se encaixem — disse em um tom calculado. Andy se deu conta de que Gordon a orientava. — Tudo bem?

Ela fez que sim, porque ele fez que sim. Mas por que o pai estava lhe dizendo o que falar? Será que havia conversado com Laura? Será que a mãe dela estava em apuros?

Ela tinha matado um homem. É claro que estava em apuros.

— Senhora — falou a policial —, se importaria de me dar algumas informações? Nome completo, endereço, data de nascimento, esse tipo de coisa.

— Pode deixar comigo, policial — disse Gordon, esperando que a mulher sacasse caneta e bloco antes de começar.

Andy se colocou debaixo do braço protetor dele. Engoliu com tanta força que a garganta estalou.

E então se obrigou a ver a situação como um ser humano em vez de como uma espectadora aterrorizada.

Aquilo não tinha sido um traficante de drogas atirando em um rival no meio da rua, ou um cônjuge agressivo cometendo um crime passional. Um garoto branco atirara em duas mulheres brancas e depois fora morto por outra mulher branca em um dos shoppings mais chiques do estado.

Equipes de reportagem provavelmente viriam de Atlanta e Charleston. Advogados entrariam em cena em defesa das famílias, das vítimas, da administração do shopping, da cidade, do condado, talvez até agentes federais se envolvessem. Todas as forças policiais se apresentariam: Belle Isle, Savannah, Chatham, o Departamento de Investigação do Estado da Geórgia. Depoimentos. Perícia. Fotografias. Necropsias. Coleta de evidências.

Parte do trabalho de Andy no serviço de emergência era registrar casos de menor escala, casos que ela com frequência acompanhava ao longo dos meses, às vezes anos, até que fossem a julgamento. Ela, de todas as pessoas, deveria saber que as ações da sua mãe seriam escrutinadas em todos os níveis do sistema de justiça penal.

Como se aproveitasse a deixa, um som alto anunciou a chegada do elevador. O cinturão de couro da policial rangeu quando ela o ajustou na cintura. As portas se abriram. Um homem e uma mulher saíram para o corredor. Ambos em ternos amarrotados. Ambos com expressões cansadas. O sujeito era careca e inchado, com pele queimada descascando no nariz. A mulher tinha mais ou menos a mesma altura de Andy, era pelo menos dez anos mais velha, com pele morena e cabelo castanho.

Andy começou a se levantar, mas Gordon a manteve na cadeira.

— Sra. Oliver — disse a mulher, exibindo o distintivo para Andy. — Sou a sargento-detetive Lisa Palazzolo. Este é o detetive Brant Wilkes. Somos do Departamento de Polícia de Savannah. Estamos ajudando Belle Isle na investigação. — A policial guardou o distintivo no bolso do paletó. — Precisamos conversar com você sobre o que aconteceu esta manhã.

A boca de Andy se abriu, porém, mais uma vez, ela não conseguiu se lembrar das instruções da mãe e do pai, então voltou à sua reação padrão, que era fechar a boca e encarar com olhos vazios a pessoa que fizera a pergunta.

— Não é um bom momento, detetives — falou Gordon. — Minha filha está em choque. Ainda não está pronta para depor.

Wilkes deu um grunhido de desaprovação.

— Você é o pai dela?

— Sim, sou.

Gordon se dirigiu a ele em um tom paciente. Estava acostumado. Ao longo dos anos, ele acalmara professores ansiosos, vendedores preocupados e seguranças racistas e agressivos.

— Gordon Oliver, ex-marido de Laura. Pai adotivo de Andrea.

Wilkes fez uma careta enquanto ouvia a história em silêncio.

— Lamentamos muito pelo que aconteceu — disse Palazzolo —, sr. Oliver, mas precisamos fazer algumas perguntas à sua filha.

— Como eu disse, no momento ela não está preparada para discutir o incidente — insistiu Gordon, cruzando as pernas despreocupado, como se aquilo não passasse de uma formalidade. — Andrea é funcionária do serviço de emergência, o que você com certeza percebeu pelo uniforme. Ela trabalhou no turno da noite. Está exausta. Testemunhou uma terrível tragédia. Não tem condições de dar um depoimento.

— *Foi mesmo* uma terrível tragédia — concordou Palazzolo. — Três pessoas estão mortas.

— E a minha filha poderia ter sido a quarta — acrescentou Gordon, mantendo um braço protetor sobre os ombros de Andy. — Ficaremos felizes de marcar uma hora na delegacia amanhã.

— Há uma investigação de homicídio em andamento.

— O suspeito está morto — lembrou Gordon. — Não há pressa, detetives. Um dia a mais não vai fazer diferença.

Wilkes grunhiu de novo.

— Qual é a sua idade?

Andy se deu conta de que o homem estava falando com ela.

Gordon respondeu:

— Andy tem 31 anos. Hoje é aniversário dela.

Andy de repente se lembrou do recado de Gordon pela manhã, uma versão desafinada de "Parabéns para você" no seu tom grave de barítono.

Wilkes reagiu.

— Já está meio velha para deixar que o *papai* fale por ela, não?

Palazzolo revirou os olhos, mas interveio.

— Sra. Oliver, gostaríamos muito que nos ajudasse a colocar no papel a sequência de acontecimentos. Você é a única testemunha que ainda não depôs.

Andy sabia que isso não era verdade, porque Laura ainda se recuperava da anestesia.

Gordon interrompeu:

— Detetives, se…

— Você é o pai ou a porra do advogado dela? — perguntou Wilkes em tom agressivo. — Porque podemos retirá-lo de…

Gordon se levantou. Era pelo menos trinta centímetros mais alto do que o detetive.

— Sou advogado, sr. Wilkes, e posso dar uma aulinha sobre o direito constitucional de recusar um interrogatório, ou quem sabe posso fazer uma queixa formal aos seus superiores.

Andy viu os olhos do homem indo de um lado para o outro, ansioso para colocar Gordon no seu lugar.

Palazzolo interferiu.

— Brant, é melhor dar uma volta.

Wilkes não se moveu.

— Brant, cai fora. Eu encontro você na lanchonete. Coma alguma coisa.

Wilkes olhou para Gordon como um pitbull raivoso e saiu pisando duro. Palazzolo recomeçou.

— Sr. Oliver, compreendo que sua filha passou por muita coisa hoje, mas, embora Savannah não seja o que chamaríamos de uma cidade tranquila, não estamos acostumados a triplos homicídios. Precisamos tomar o depoimento dela. Precisamos saber o que aconteceu.

Gordon a corrigiu.

— Duplo homicídio.

— Certo — disse Palazzolo, hesitando por um momento. — Podemos fazer isso sentados — sugeriu, oferecendo a Andy um sorriso conciliador. —Também trabalho no turno da noite. Estou trabalhando há dezoito horas, sem previsão de ir para casa.

Ela arrastou uma cadeira antes que Gordon pudesse detê-la.

— Escutem, vou dizer o que eu sei, e, então, se Andrea quiser, pode acrescentar o que ela sabe. Ou não. Seja como for, vocês vão ficar sabendo o nosso lado da história. Tudo bem? — perguntou, indicando as outras cadeiras. — É um bom acordo, sr. Oliver. Espero que o leve em consideração.

Andy ergueu os olhos para o pai. Triplo homicídio? Duas pessoas feridas? Por que parecia que a detetive não estava contando Laura entre os feridos?

— Sr. Oliver? — perguntou Palazzolo, dando tapinhas no encosto da cadeira, mas sem se sentar. — Que tal?

Gordon olhou para Andy.

Ela vira aquele olhar mil vezes antes: *Lembre-se do que eu disse.*

Andy assentiu. Pelo menos nisso ela era extraordinariamente boa: manter a boca fechada.

— Ótimo — disse Palazzolo, sentando-se com um grunhido alto.

Gordon empurrou Andy para ficar bem em frente à outra mulher.

— Certo — disse a detetive, pegando o bloco, mas não a caneta. Folheou as páginas. — O nome do atirador é Jonah Lee Helsinger. Dezoito anos. Último ano do ensino médio. Já havia sido aceito na Universidade do Estado da Flórida. A jovem era Shelly Anne Barnard. Estava no restaurante com a mãe, Elizabeth Leona Barnard, conhecida como Betsy. Jonah Lee Helsinger é, era, ex-namorado de Shelly. O pai dela diz que Shelly terminou com Helsinger há duas semanas, que tinha planejado fazer isso antes de ir para a faculdade, no mês que vem. Helsinger não recebeu bem a notícia.

Gordon pigarreou.

— Um eufemismo, eu diria.

Ela assentiu, ignorando o sarcasmo.

— Infelizmente, a polícia teve muitos casos como esse para analisar ao longo dos anos. Sabemos que surtos assassinos não costumam ser coisa de momento. São ações bem-planejadas, bem-executadas, e que provavelmente foram ruminadas lá no fundo até que alguma coisa, algum acontecimento, como uma ruptura ou uma mudança de vida iminente, como ir para a faculdade, coloca o plano em ação. Em geral, a primeira vítima é uma mulher próxima, motivo pelo qual ficamos aliviados de descobrir que a mãe de Helsinger estava fora da cidade esta manhã. Negócios em Charleston. Mas a roupa de Helsinger, o chapéu preto, o colete e o cinturão que ele comprou na Amazon há seis meses, tudo isso indica que ele pensou muito em como faria aquilo. O gatilho foi Shelly ter terminado o relacionamento, mas a ideia e o plano estiveram na cabeça dele por meses.

Surtos assassinos.

As duas palavras ficaram ricocheteando dentro da cabeça de Andy.

— Um homem que estava sentado no restaurante teve o olho atingido por fragmentos. Ainda não temos a informação se ele vai perdê-lo ou não — explicou ela, e voltou a Jonah Helsinger. — O que também sabemos sobre assassinos em série é que eles tendem a colocar explosivos nas suas casas para causar o maior dano possível. Por isso chamamos o esquadrão antibombas para examinar o quarto do rapaz antes de entrarmos. Havia uma bomba caseira presa à maçaneta. Armadilha malfeita. Provavelmente pegou o projeto da internet. Nada explodiu, graças a Deus.

Andy abriu a boca para conseguir respirar. Tinha ficado cara a cara com aquele sujeito. Ele quase matara Laura. Quase matara Andy. Assassinara pessoas. Tentara explodir bombas.

Eram grandes as chances de ter sido aluno da Escola Secundária de Belle Isle, a mesma de Andy.

— Helsinger — disse Gordon. — Esse nome me soa familiar.

— É, a família é bastante conhecida no condado de Bibb. Seja como for...

— Bastante conhecida — repetiu ele, mas as duas palavras ganharam um peso que Andy não conseguiu decifrar.

Palazzolo obviamente entendeu o significado. Ela sustentou o olhar de Gordon por um momento antes de prosseguir.

— Seja como for, Jonah Helsinger deixou alguns cadernos em cima da cama. A maioria estava cheia de desenhos. Imagens perturbadoras, coisas esquisitas. Ele tinha outras quatro armas de mão, uma AR-15 e uma escopeta, então escolheu levar o revólver e a faca por um motivo. Nós acreditamos saber qual é. Encontramos no notebook dele uma pasta chamada "Plano de morte" que continha dois documentos e um PDF.

Andy sentiu um tremor percorrer o corpo. Enquanto ela se arrumava para ir trabalhar na noite anterior, Jonah Helsinger provavelmente estava deitado na cama, preparando-se para o seu surto assassino.

Palazzolo continuou.

— O PDF era uma planta do restaurante, meio que do jeito que um arquiteto faria. Um dos documentos era um cronograma: acordar em tal hora, tomar banho em tal hora, limpar arma, abastecer o carro. O outro era uma espécie de diário no qual Helsinger escreveu sobre a forma e os motivos de fazer o que fez — disse ela, e retornou ao bloco. — Os primeiros alvos seriam Shelly e a mãe, que, aparentemente, almoçavam toda segunda-feira no Rise-n-Dine. Shelly postava esses almoços no Facebook. Mandava fotos do prato por Snapchat ou algo assim. O sr. Barnard nos contou que esses encontros são um ritual que a esposa e a filha decidiram fazer durante todo o verão antes da faculdade.

— *Eram* um ritual — murmurou Gordon, porque agora tudo nas vidas daquelas mulheres era passado.

— Eram. Sim — concordou Palazzolo. — Helsinger planejou matar as duas. Ele culpava a mãe da ex-namorada pelo término. No diário, relata a culpa de Betsy, diz que ela vivia forçando Shelly, blá-blá-blá. Uma loucura. Mas não importa, porque todos sabemos que é culpa de Jonah Helsinger, não é?

— Certo — disse Gordon, a voz firme.

Palazzolo voltou a sustentar o olhar dele daquele modo significativo antes de consultar as anotações de novo.

— O plano era o seguinte: depois de matar Betsy e Shelly, Helsinger faria as outras pessoas no restaurante de reféns. Ele tinha um tempo anotado, 1:16. Não era um horário, era uma duração — contou, depois olhou para Andy e em seguida para Gordon. — Achamos que ele ensaiou esse momento porque, na semana passada, mais ou menos no mesmo horário do tiroteio de hoje, alguém jogou uma pedra na vitrine que dá para a calçada. Estamos esperando as imagens das câmeras de segurança. O incidente foi registrado como invasão. O primeiro segurança do shopping levou um minuto e dezesseis segundos para chegar ao restaurante.

Os seguranças do shopping não eram seguranças habituais, mas sim policiais de folga contratados para proteger as lojas chiques. Andy vira as armas nas cinturas e nunca mais pensara a respeito.

— No cronograma do ataque, Helsinger acreditou que poderia ter que matar pelo menos mais uma pessoa para fazer com que os policiais soubessem que era sério — contou Palazzolo. — Depois, deixaria os policiais o matarem. Helsinger deve ter pensado que ia ter que acelerar o plano quando viu o seu uniforme e supôs que você era policial. — Palazzolo encarou Andy. — As outras testemunhas disseram que Helsinger queria que você atirasse nele. Suicídio através da polícia.

Só que Andy não era da polícia.

Levanta! Faz o seu trabalho!

Foi o que Helsinger gritou para Andy.

Depois, a mãe de Andy dissera: *Atire em mim.*

— Ele é um mau elemento mesmo. Era. Esse Helsinger — disse a detetive, ainda concentrada em Andy. — Estamos com todas as anotações dele. Tudo foi planejado meticulosamente. Estava ciente de que iria matar pessoas. Esperava fazer ainda mais vítimas quando alguém abrisse a porta do seu quarto. A bomba caseira estava cheia de parafusos e pregos. Se os fios não estivessem presos na maçaneta, a casa inteira teria ido pelos ares, com qualquer pessoa que estivesse lá dentro. Teríamos encontrado pregos a dois quarteirões de distância cravados em Deus sabe quem ou o quê.

Andy queria assentir, mas se sentia imobilizada. Parafusos e pregos voando pelos ares. O que levava alguém a construir algo assim? A colocar projéteis dentro de uma bomba na esperança de que aleijassem ou matassem pessoas?

— Você tem sorte — disse Palazzolo a Andy. — Se sua mãe não estivesse lá, ele teria matado você. Ele era um cara realmente do mal.

Andy sentiu a mulher olhando para ela, mas manteve os olhos fixos no chão.

Do mal.

Palazzolo continuava repetindo a frase, como se Helsinger estar morto não fosse um problema. Como se ele tivesse recebido o que merecia. Como se qualquer coisa que Laura tivesse feito fosse justificável, pois Jonah Lee Helsinger era *do mal*.

Andy trabalhava em uma delegacia. A maioria das pessoas que era assassinada se encaixava nessa categoria, mas ela nunca ouvira qualquer um dos detetives insistir no fato de que a vítima era *do mal*.

— Sr. Oliver — falou Palazzolo, virando-se para Gordon. — Sua esposa tem treinamento militar?

Gordon não respondeu.

Palazzolo insistiu.

— O histórico dela é bastante banal — comentou ela, mais uma vez folheando as páginas do bloco. — Nascida em Providence, Rhode Island. Estudou na Universidade de Rhode Island. Mestrado e doutorado na Universidade da Geórgia. Morou 28 anos em Belle Isle. Casa quitada, meus parabéns. Ela poderia vendê-la por uma montanha de dinheiro. Mas eu entendo, para onde iria, certo? Um casamento, um divórcio. Nenhuma dívida grande. Paga as contas no prazo. Nunca saiu do país. Há três anos recebeu uma multa por estacionar em local proibido que foi paga pela internet. Deve ter sido uma das primeiras pessoas a comprar um terreno aqui. — Palazzolo se virou para Andy. — Você foi criada aqui, certo?

Andy encarou a mulher. Palazzolo tinha uma verruga perto da orelha, logo abaixo da linha do maxilar.

— Você frequentou a escola em Isle, depois fez Faculdade de Arte e Design em Savannah?

Andy passara os dois primeiros anos de vida em Athens, enquanto Laura terminava o doutorado, mas a única coisa de que lembrava da Universidade da Geórgia era o medo que sentia do passarinho que havia na casa do vizinho.

— Sra. Oliver — disse Palazzolo, num tom que demonstrava irritação. Aparentemente, estava acostumada a ter as perguntas respondidas. — Sua mãe alguma vez fez aulas de defesa pessoal?

Andy estudou a verruga. Havia pelinhos crescendo nela.

— Ioga? Pilates? Tai chi?

Palazzolo esperou. E esperou. Depois fechou o bloco e o recolocou no bolso. Enfiou a mão no outro bolso. Pegou o celular. Tocou na tela.

— Vou mostrar isso para vocês porque já está nos noticiários — falou, passando o dedo pela tela. — Um dos clientes do restaurante decidiu que era mais importante gravar um vídeo do que estava acontecendo do que ligar para a polícia ou correr para salvar a própria vida.

Ela mostrou a tela do aparelho. A imagem estava pausada, mostrando Jonah Helsinger de pé na entrada do restaurante. Uma lata de lixo cobria a metade inferior do seu corpo. Atrás dele, o shopping estava vazio. Pelo ângulo, Andy sabia que a garçonete nos fundos não fizera o vídeo. Imaginou se teria sido o homem com o jornal. O espectador havia apoiado o celular no saleiro e no pimenteiro, como se tentasse disfarçar que estava gravando um garoto esquisito vestido como o vilão de um filme de faroeste.

Para falar a verdade, o chapéu era ridículo, grande demais para a cabeça de Helsinger, rígido na copa e virado para cima de forma meio engraçada.

Andy também poderia tê-lo filmado.

— O vídeo é muito explícito — comentou Palazzolo. — Estão borrando as imagens nos noticiários, mas o que tenho aqui não foi editado. Você acha que consegue ver? — perguntou, evidentemente falando com Gordon. Andy havia visto aquilo ao vivo.

Gordon alisou o bigode com o indicador e o polegar enquanto pensava na pergunta. Andy sabia que ele podia dar conta. Gordon estava perguntando a si mesmo se de fato queria ver aquilo.

— Sim — respondeu por fim.

Palazzolo deslizou o dedo pela beirada do celular e tocou na tela.

A princípio, Andy se perguntou se o aparelho estava mesmo funcionando, porque Jonah Helsinger não se movia. Durante vários segundos, ele ficou de pé atrás da lata de lixo, com o olhar na direção do restaurante, o chapéu alto na testa reluzente.

Duas mulheres mais velhas, passeando pelo shopping, passaram atrás dele. Uma delas estudou os trajes do rapaz, cutucou a outra, e ambas riram.

Música ambiente tocava ao fundo. "Dress You Up", da Madonna.

Alguém tossiu. O som fraco vibrou nos ouvidos de Andy, e ela ficou pensando se teria percebido algum desses ruídos enquanto eles aconteciam, quando estava no restaurante dizendo à garçonete que era graduanda em teatro, ou olhando pela vitrine para as ondas quebrando à distância.

Na tela, a cabeça de Helsinger se moveu para a direita, depois para a esquerda, como se analisasse o ambiente. Andy sabia que não havia muito para ser visto. O lugar estava um pouco vazio, um punhado de clientes tomando uma última xícara de café ou chá antes de ir cuidar dos seus afazeres, como jogar golfe ou, no caso de Andy, dormir.

Helsinger saiu de trás da lata de lixo.

Uma voz masculina falou: *Meu Deus.*

Andy se lembrava daquela palavra, um comentário baixo e maldoso, um pouco surpreso.

A arma foi erguida. Fumaça saindo do cano. Um *pou* alto.

Shelly foi baleada atrás da cabeça. Caiu no chão como uma boneca de papel.

Betsy Barnard começou a gritar.

A segunda bala errou a mulher, mas um grito alto mostrou que havia atingido alguém.

A terceira bala veio em seguida.

Uma xícara na mesa explodiu em um milhão de pedaços. Cacos voaram pelo ar.

Laura estava se afastando do atirador quando um dos pedaços se enterrou na sua perna. Pela expressão da mãe, o ferimento passou despercebido. Ela começou a correr, mas não para longe. Estava mais perto da entrada do shopping que dos fundos do restaurante. Poderia ter se escondido embaixo de uma mesa. Poderia ter escapado.

Em vez disso, ela correu na direção de Andy.

Andy se viu de pé com as costas para a vitrine. A Andy do vídeo deixou a caneca de café cair. A cerâmica se partiu. Em primeiro plano, Betsy Barnard era assassinada. A quarta bala foi disparada na sua boca, a quinta, na cabeça. Ela caiu em cima da filha.

Então, Laura derrubou Andy no chão.

Houve um instante de imobilidade antes que a mãe de Andy desse um salto.

Ela passou as mãos da mesma forma que costumava fazer ao colocar Andy na cama à noite. O homem de preto, Jonah Lee Helsinger, tinha uma arma apontada para o peito de Laura. Um pouco distante, Andy podia ver a si mesma. Estava em posição fetal. O vidro atrás dela parecia uma teia de aranha. Estilhaços caíam.

Sentada na cadeira ao lado de Gordon, Andy ergueu a mão e tocou o cabelo. Tirou um caco de vidro de lá.

Quando voltou a olhar para o celular da detetive Palazzolo, o ângulo do vídeo havia mudado. A imagem era trêmula, gravada por trás do atirador. A pessoa que fez a gravação estava deitada no chão, protegida por uma mesa virada. A posição dava a Andy um ponto de vista completamente diferente. Em vez de encarando o atirador, ela agora estava atrás dele. Em vez de ver as costas da mãe, via o rosto dela. As mãos mostrando seis dedos, para indicar o número total de balas. Seu polegar se movendo para mostrar a única cápsula carregada que restava na câmara.

Atire em mim.

Era o que Laura dissera ao garoto que já havia matado duas pessoas — *atire em mim*. Dissera isso mais de uma vez. O cérebro de Andy ecoava as palavras toda vez que elas eram repetidas no vídeo.

Atire em mim, eu quero que você atire em mim, atire em mim, quando você atirar em mim minha filha vai correr…

Quando o surto assassino começou, todas as pessoas no restaurante gritaram, se encolheram, fugiram, ou as três coisas ao mesmo tempo.

Laura começara a contar o número de balas.

— Hã? — murmurou Gordon. — O que ele está fazendo?

Clique.

Na tela, Helsinger abria a bainha pendurada no cinturão.

— Uma faca? — comentou o pai de Andy. — Achei que ele tinha usado um revólver.

O revólver estava no coldre. A faca estava firme no punho de Helsinger, a lâmina apontada para baixo para causar o máximo de dano.

Andy queria fechar os olhos, mas ao mesmo tempo queria ver tudo de novo, ver o rosto da mãe, porque, naquela hora, naquele momento, quando Helsinger segurava a faca de caça ameaçadora, a expressão de Laura era quase plácida, como se um interruptor dentro dela tivesse sido desligado.

A faca foi erguida.

Gordon prendeu a respiração.

A faca fez um arco para baixo.

Laura ergueu a mão esquerda. A lâmina penetrou o centro da palma. Seus dedos se fecharam sobre o cabo. Ela arrancou a faca da mão dele e então, com a lâmina ainda cravada na carne, a enfiou no pescoço dele.

Crunch.

Os olhos de Helsinger se arregalaram.

A mão esquerda de Laura estava presa na lateral esquerda do pescoço dele como uma mensagem pregada em um quadro de avisos.

Houve uma ligeira pausa, não mais que alguns milissegundos.

A boca de Laura se moveu. Uma ou duas palavras, os lábios mal se abrindo.

Então, ela passou o braço direito sob o esquerdo, que estava preso.

Apoiou a mão direita no ombro direito de Helsinger.

A mão direita empurrou o ombro do jovem.

A mão esquerda puxou a lâmina da faca pela frente da garganta dele.

Sangue.

Por toda parte.

Gordon ficou boquiaberto.

A língua de Andy parecia feita de algodão.

Mão direita empurrando, mão esquerda puxando.

Pelo vídeo parecia que Laura tivera a intenção de passar a faca no pescoço de Helsinger.

Não apenas matando-o.

Assassinando-o

— Ela simplesmente... — disse Gordon, que também percebera aquilo.
— Ela...

Levou a mão à boca.

No vídeo, os joelhos de Helsinger batem no chão. Depois, o peito. O rosto.

Andy se viu à distância. O branco dos seus olhos formavam círculos quase perfeitos.

Em primeiro plano, a expressão de Laura permanecia plácida. Ela baixou os olhos e virou a mão para ver a faca que a atravessava — primeiro a palma, depois as costas — como se tivesse encontrado uma farpa.

Foi nesse momento que Palazzolo resolveu pausar o vídeo.

Ela esperou um instante, então perguntou:

— Querem ver de novo?

Gordon engoliu tão forte que Andy viu seu pomo de adão se mover.

— Sr. Oliver?

Ele balançou a cabeça, olhando para o corredor.

Palazzolo apagou a tela. Recolocou o celular no bolso. Sem que Andy percebesse, ela desviara a cadeira para longe de Gordon. A detetive se inclinou para a frente, as mãos apoiadas nos joelhos. Só havia um espaço de cinco centímetros entre os joelhos dela e os de Andy.

— É horrendo — disse ela. — Deve ser difícil rever isso.

Gordon assentiu. Pensou que a detetive ainda se dirigia a ele.

— Leve todo o tempo que precisar, sra. Oliver — continuou Palazzolo.
— Sei que não é fácil.

Ela estava conversando com Andy, o corpo inclinado, tão perto que Andy se sentiu desconfortável.

Uma das mãos empurrava, a outra puxava.

Empurrava o ombro dele. Puxava a faca pelo pescoço.

A expressão calma no rosto da mãe.

Vou dizer o que eu sei, e, então, se Andrea quiser, pode acrescentar o que ela sabe.

A detetive não contou nem mostrou nada que já não devia estar nos noticiários. E agora a pressionava sem parecer pressionar, invadindo um pouco seu espaço pessoal. Andy sabia que essa era uma técnica de interrogatório, porque lera alguns dos manuais de treinamento durante períodos ociosos no trabalho.

Comentários de Horton sobre interrogatório policial: depoimentos de testemunhas, interrogatório de testemunhas hostis e confissões.

É preciso fazer o interrogado se sentir desconfortável sem que ele saiba o motivo do desconforto.

E Palazzolo usava essa tática com Andy, porque não estava tomando um depoimento. Estava fazendo um interrogatório.

— Você tem sorte da sua mãe estar lá para salvá-la — disse a detetive. — Algumas pessoas a chamariam de heroína.

Algumas pessoas.

— O que ela disse a Jonah antes de matá-lo? — perguntou Palazzolo.

Andy viu o espaço entre as duas diminuir. Cinco centímetros viraram dois.

— Sra. Oliver?

Laura tinha parecido calma demais. Esse era o problema. Ela fora calma e metódica demais o tempo todo, sobretudo quando erguera a mão direita e a apoiara no ombro direito de Jonah.

Uma das mãos empurrava, a outra puxava.

Nem um sinal de temor pela própria vida.

Um ato deliberado.

— Sra. Oliver? O que a sua mãe disse?

A pergunta não enunciada pela detetive preenchia aquele minúsculo espaço desconfortável entre as duas: se Laura realmente estava tão calma, se ela de fato era tão metódica, por que não usara a mesma mão para tomar a arma de Helsinger?

— Andrea? — perguntou Palazzolo, apoiando os cotovelos nos joelhos. Andy podia sentir o cheiro de café no hálito dela. — Sei que é um momento difícil, mas podemos esclarecer isso logo se você simplesmente me disser o que a sua mãe falou antes de Helsinger morrer. — A detetive esperou um instante, depois continuou: — O celular não registrou isso. Acho que poderíamos mandar o vídeo para o laboratório do estado, mas seria mais fácil se você nos dissesse…

— O pai — disse Gordon. — Devemos rezar pelo pai.

Palazzolo não olhou para ele, mas Andy, sim. Gordon não era do tipo que rezava.

— Não consigo… — disse ele, e fez uma pausa. — Não consigo imaginar como deve ser perder a família assim. — Gordon estalou os dedos na última palavra, mas perto do rosto, como se para despertar do transe em que o vídeo o colocara. — Estou muito feliz que a sua mãe estivesse lá para protegê-la, Andrea. E a si mesma.

Andy assentiu. Pela primeira, parecia estar alguns passos à frente do pai.

— Vejam bem — disse Palazzolo, recostando-se na cadeira. — Sei que acham que não estou do lado de vocês, mas não há lados aqui. Jonah Helsinger era cruel. Ele tinha um plano. Tinha intenção de matar, e foi exatamente o que fez. E o senhor está certo, sr. Oliver. A sua esposa e a sua filha poderiam ter sido a terceira e a quarta vítimas dele. Mas eu sou policial, e o meu dever é fazer perguntas sobre o que realmente aconteceu naquele restaurante. Estou apenas em busca da verdade.

— Detetive Palazzolo — respondeu Gordon, enfim soando como ele mesmo de novo. — Ambos estamos nesta terra tempo suficiente para saber que a verdade está aberta à interpretação.

— Isso é verdade, sr. Oliver. Uma grande verdade — concordou, e olhou para Andy. — Mas acabei de me dar conta de que você não pronunciou uma única palavra durante todo esse tempo — falou, e levou a mão ao joelho de Andy com um afeto quase fraternal. — Está tudo certo, querida. Não tenha medo. Pode conversar comigo.

Andy olhou para a verruga no maxilar da mulher porque era difícil demais olhar nos olhos dela. Não estava com medo. Estava confusa.

Será que Jonah Helsinger ainda era uma ameaça quando Laura o matou? Se um agressor está ameaçando vidas, a lei permite que você o mate, mas, se a ameaça cessa, matá-lo não é mais legítima defesa.

Você está simplesmente matando.

Andy tentou pensar naquela manhã, preencher as lacunas com o vídeo. Será que Laura poderia ter deixado a faca na garganta de Jonah Helsinger, pegado o revólver e então… O *quê*?

A polícia teria chegado. A emergência teria enviado uma ambulância em vez de um rabecão, porque, mesmo com uma faca se projetando da lateral do pescoço ao estilo Herman Monstro, Jonah Helsinger não estava morto naquele momento. Não havia sangue saindo de sua boca ou seu nariz. Ele ainda havia sido capaz de mover braços e pernas, o que significava que a carótida e a jugular provavelmente estavam intactas. Significava que ele poderia permanecer vivo até Laura matá-lo.

Então, o que teria acontecido a seguir?

Os paramédicos o teriam estabilizado para ser levado ao hospital e os cirurgiões poderiam ter removido a faca com segurança, só que nada disso tinha acontecido, porque Laura apoiara a mão direita no ombro de Jonah Helsinger e dera um fim à vida dele.

— Sra. Oliver — disse Palazzolo. — Considero muito perturbadora essa falta de comunicação da sua parte. Se não há nada de errado, então por que não fala comigo?

Andy se obrigou a olhar nos olhos da detetive. Ela precisava falar. Era a sua vez de dizer que Laura não tivera escolha. *Minha mãe agiu em legítima defesa. Você não estava lá, mas eu, sim, e vou jurar com a mão em cima de uma pilha de Bíblias diante de qualquer júri que ela não teve escolha a não ser matar Jonah Lee Helsinger.*

— Laura? — disse Gordon.

Andy se virou, enfim saindo do redemoinho de Palazzolo. Achou que veria a mãe deitada em uma maca, mas Laura estava sentada em uma cadeira de rodas.

— Eu estou bem.

Apesar da afirmação, o rosto era uma máscara de dor. Ela vestia um avental branco. O braço estava preso à cintura com uma tipoia de velcro, os dedos imobilizados por algo que parecia uma luva de ciclista com as pontas cortadas.

— Só preciso trocar de roupa e, depois, estou pronta para ir para casa.

Gordon abriu a boca para protestar, mas Laura interrompeu.

— Por favor. Já disse à médica que me responsabilizo pela alta. Ela está preparando a papelada. Pode pegar o carro? — Laura pareceu irritada, sobretudo porque Gordon não se moveu. — Gordon, pode, por *favor*, ir pegar o carro?

— Dra. Oliver — disse Palazzolo. — Sua cirurgiã me avisou que você precisaria passar a noite aqui, talvez alguns dias.

Laura não perguntou à mulher quem ela era ou por que teria conversado com a cirurgiã.

— Gordon, quero ir para casa.

— Senhora — insistiu Palazzolo. — Sou a detetive Lisa Palazzolo, da polícia...

— Não quero falar com você — respondeu ela, erguendo os olhos para Gordon. — Quero ir para casa.

— Senhora...

— Você é surda? — interrompeu Laura. — Este homem é advogado. Ele pode dizer quais são os meus direitos, caso você não saiba.

Palazzolo franziu a testa.

— É, fizemos isso mais cedo. Só quero deixar uma coisa clara: está se recusando a dar um depoimento?

— Por ora — interferiu Gordon, porque nada o fazia apoiar Laura de maneira mais firme que um estranho a desafiando. — Meu escritório vai procurá-la depois e marcaremos um horário.

— Vocês sabem que tenho o direito de detê-la como testemunha material, não?

— Sim. Mas aí ela poderia ficar aqui por ordem da médica, e você teria o acesso a ela negado.

— Eu estou anestesiada — tentou Laura. — Não tenho condições de...

— A senhora tem consciência de que está piorando as coisas, certo? — perguntou Palazzolo, abandonando a fachada de prestativa e de "estamos todos no mesmo time". Ela estava com raiva. — As únicas pessoas que ficam caladas são as que têm algo a esconder.

— Meu escritório entrará em contato quando ela estiver pronta para falar — interferiu Gordon.

Palazzolo trincou os dentes, e a articulação do seu maxilar se projetou como uma trava na lateral do rosto. Então a detetive assentiu e foi embora, o paletó balançando enquanto seguia na direção do elevador.

Gordon se virou para Laura.

— Você deveria ficar internada, Laura. Ela não vai incomodar você. Posso conseguir um mandado se...

— Para casa — interrompeu Laura. — Ou você pega seu carro, ou eu chamo um táxi.

Gordon pediu ajuda ao assistente atrás da cadeira de rodas.

O homem deu de ombros.

— Não há nada que a gente possa fazer. Assim que ela assinar a papelada, não poderemos mantê-la aqui se ela não quiser ficar.

Gordon se ajoelhou diante da cadeira.

— Querida, eu não acho...

— Andrea — disse Laura, apertando a mão de Andy com tanta força que os ossos estalaram. — Não quero ficar aqui. Não posso ficar internada de novo. Não posso passar a noite em um hospital. Você entende?

Andy assentiu, porque ao menos aquilo ela entendia. Laura tinha passado quase um ano entrando e saindo do hospital por causa de complicações da cirurgia, duas pneumonias e um caso de colite induzida por *Clostridium difficile* persistente o bastante para quase deixar seus rins inúteis.

— Pai, ela quer ir para casa.

Gordon murmurou alguma coisa. Levantou-se. Enfiou a mão no bolso. As chaves fizeram barulho.

— Tem certeza? — perguntou, balançando a cabeça, pois Laura não dava declarações sem estar certa do que dizia. — Bem, então vai trocar de roupa. Assine a papelada. Eu vou esperar na porta.

Andy observou o pai se afastar. Sentiu uma velha culpa tomar seu peito por ter escolhido a exigência da mãe em detrimento dos desejos do pai.

— Obrigada — disse Laura, afrouxando o aperto na mão de Andy, depois se dirigiu ao enfermeiro: — Poderia encontrar uma camiseta ou algo assim que eu possa vestir?

Ele assentiu e foi embora.

— Andrea — chamou Laura em voz baixa. — Você disse alguma coisa para a detetive?

Andy balançou a cabeça.

— Vi você conversando com ela enquanto o rapaz me trazia pelo corredor.

— Não estávamos conversando — respondeu Andy, estranhando o tom duro da mãe. — Ela fez perguntas, mas não contei nada. — Depois acrescentou: — Eu não falei. Nada.

— Certo — disse Laura, tentando se acomodar na cadeira, embora, a julgar pela sua expressão, a dor fosse intensa demais. — Lembra-se do que estávamos discutindo antes, no restaurante? Preciso que você se mude. Ainda hoje. Você precisa ir embora.

O quê?

— Sei que falei que não daria um prazo, mas mudei de ideia, e esse prazo é agora — explicou Laura, mais uma vez tentando se acomodar na cadeira. — Você é adulta, Andrea. Precisa começar a agir como tal. Quero que encontre um apartamento e se mude. Hoje.

Andy sentiu como se tivesse levado um soco no estômago.

— Seu pai concorda comigo — disse Laura, como se isso desse maior peso. — Quero você fora da casa. Da garagem. Apenas saia, tudo bem? Não quero nem que durma lá esta noite.

— Mãe...

Laura bufou enquanto tentava encontrar uma posição confortável.

— Andrea, por favor, não discuta. Preciso ficar sozinha hoje. E amanhã, e... Você tem que ir embora. Cuidei de você por 31 anos. Conquistei o direito de ficar sozinha.

— Mas...

Andy não sabia qual era o *mas*.

Mas pessoas morreram.

Mas você poderia ter morrido.

Mas você matou alguém sem necessidade.

Não foi?

— Já tomei minha decisão. Agora, desça para garantir que seu pai estacione em frente à porta certa.

Gordon já as tinha buscado no hospital antes.

— Mãe…

— Andrea! Não dá para simplesmente fazer o que eu mando pelo menos uma vez?

Ela queria tampar os ouvidos. Nunca, em toda a vida, sentira tanta frieza no tom da mãe. Havia um gigantesco abismo entre elas.

Os dentes de Laura estavam trincados.

— Agora.

Andy deu meia-volta e se afastou. Lágrimas escorreram pelas suas bochechas. Ela ouvira a mesma frieza na voz da mãe duas vezes naquele dia e, em ambas, seu corpo reagira antes que a mente conseguisse travá-la.

Gordon não estava em lugar nenhum, mas a detetive Palazzolo esperava o elevador. A mulher abriu a boca. Andy passou direto por ela. Foi pela escada, os pés tropeçando nos degraus. Sentia-se anestesiada. A cabeça girava. Lágrimas corriam como chuva.

Mudar? Esta noite?

Tipo imediatamente? Para sempre?

Andy mordeu o lábio para parar de chorar. Precisava se controlar pelo menos até ver o pai. Gordon daria um jeito. Tudo ficaria bem. Ele teria um plano. Seria capaz de explicar o que diabos acontecera com a mãe gentil e compreensiva dela.

Ela acelerou o passo, praticamente se jogando escada abaixo. Sentiu um pequeno alívio da pressão no peito. Tinha que haver um motivo para Laura estar agindo assim. Estresse. Anestesia. Angústia. Medo. Dor. Qualquer uma dessas coisas podia fazer aflorar o pior em uma pessoa. Todas juntas podiam deixá-la louca.

Era isso.

Laura só precisava de tempo.

Andy sentiu a respiração voltando a se estabilizar. Ela contornou os degraus no patamar seguinte. A mão úmida de suor deslizou pelo corrimão, e ela perdeu o equilíbrio, caindo de bunda no chão.

Porra!

Andy pousou a cabeça nas mãos. Algo molhado escorreu pelas costas dos seus dedos, algo denso demais para ser suor.

Porra!

O nó do dedo sangrava. Ela o levou à boca. As mãos estavam trêmulas. O cérebro, a mil. Os batimentos acelerados.

Acima, uma porta se abriu, depois fechou, e então o som de passos na escada.

Andy testou o tornozelo, que, sabe-se lá como, estava bem. O pé parecia instável, mas não parecia ter torcido ou quebrado. Ela se levantou, pronta para descer até o térreo, mas uma onda de náusea tomou seu corpo.

Acima, os passos se aproximavam.

Já era ruim o suficiente vomitar em um lugar público. A única coisa pior era ter uma testemunha. Andy precisava encontrar um vaso sanitário. No patamar seguinte, abriu a porta e disparou por outro corredor até encontrar um banheiro.

Quase não alcançou o vaso a tempo. Então abriu a boca e esperou o vômito, mas, agora que estava ali, de cócoras diante do sanitário, a única coisa que subiu foi bile.

Andy vomitou o máximo que conseguiu antes de dar descarga. Sentou-se sobre o tampo fechado. Limpou a boca com as costas da mão. O suor escorria pelo seu pescoço. Respirava como se tivesse acabado de correr uma maratona.

— Andrea?

Porra.

Ela recolheu as pernas tão rápido como se puxasse uma persiana. Encaixou os calcanhares na beirada do sanitário, como se, enrolada como uma bola, ela ficasse invisível.

— Andrea? — chamou Palazzolo.

Seus pesados sapatos de policial batiam nos azulejos. Ela parou bem em frente ao reservado de Andy.

Andy olhou para a porta. Uma torneira pingava. Ela contou seis pingos até…

— Andrea, sei que está aí.

Andy revirou os olhos pela estupidez da situação.

— Entendo que não queira conversar. Mas talvez possa apenas escutar?

Andy esperou.

— Sua mãe pode estar em apuros — falou Palazzolo, depois ficou um momento em silêncio. — Ou não.

O coração de Andy deu um pulo com a possibilidade do *não*.

— O que ela fez… eu entendo. Ela estava protegendo a filha. Também sou mãe e faria qualquer coisa por aquele moleque. O meu bebê.

Andy mordeu o lábio.

— Posso ajudar vocês, está bem? Ajudar as duas a sair dessa situação.

Andy esperou de novo.

— Vou deixar o meu cartão perto da pia.

Andy continuou em silêncio.

— Pode me ligar a qualquer momento do dia ou da noite. Juntas, podemos descobrir o que você precisa dizer para acabar com esse problema. — Fez uma pausa. — Estou me oferecendo para ajudar a sua mãe, Andrea. É tudo o que eu quero... ajudar.

Andy revirou os olhos. Ela aprendera havia muito tempo que um dos preços do silêncio prolongado era que as pessoas supunham que você era simplória ou uma idiota completa.

— Mas tem uma coisa. Se você quer mesmo ajudar a sua mãe, precisa me contar a verdade. Sobre o que aconteceu.

Andy quase riu.

— E partimos daí. Tudo bem? — Palazzolo fez outra pausa intencional. — Certo?

Certo.

— O cartão está perto da pia. De dia ou de noite.

Andy escutou os pingos da torneira.

Um pingo... dois... três... quatro... cinco... seis...

— Quer me dar um sinal, tipo a descarga, para que eu saiba que você me escutou?

Andy mostrou o dedo médio para a porta do reservado.

— Tudo bem — disse Palazzolo. — Vou supor que me escutou. A questão é, é melhor fazer isso o quanto antes, entendeu? Não queremos ter que arrastar a sua mãe para a delegacia, iniciar um interrogatório formal, essas coisas. Especialmente com ela ferida. Certo?

Uma imagem surgiu na cabeça de Andy, a imagem dela se levantando do sanitário, chutando a porta do reservado e mandando aquela mulher se foder.

Então, ela se deu conta de que a porta do reservado abria para dentro, não para fora, o que inviabilizava o chute. Esperou ali, os braços abraçando as pernas, a cabeça enfiada entre os joelhos, até a detetive ir embora.

CAPÍTULO TRÊS

ANDY FICOU TANTO TEMPO sobre o vaso que o joelho estalou quando ela enfim desceu do seu poleiro. Os tendões vibraram como as cordas de um ukelele. Ela abriu a porta do reservado. Ignorou o cartão da detetive, com o brasão dourado brilhante, e lavou o rosto com água fria. O sangue no nó do dedo voltou a escorrer. Enrolou um pouco de papel no corte antes de arriscar abrir a porta do banheiro.

Conferiu o corredor. Nada da detetive Palazzolo. Andy ameaçou sair, mas, no último instante, pegou o cartão perto da pia. Entregaria ao pai. Contaria a ele o que havia acontecido. A polícia não pode interrogar uma testemunha sem a presença de um advogado. Qualquer pessoa que assiste *Law and Order* sabe disso.

Havia uma multidão diante do elevador. Mais uma vez, nada da detetive Palazzolo. Mesmo assim, Andy preferiu a escada. Começou a descer com cuidado. O nó do dedo tinha parado de sangrar, e ela jogou o papel em uma lata de lixo assim que chegou ao térreo. A sala de espera principal do hospital cheirava a desinfetante e vômito. Andy torcia para que o cheiro de vômito não viesse dela. Baixou os olhos para conferir a camisa.

— Meu Deus — murmurou alguém. — Meu bom Deus.

A TV.

Andy logo compreendeu o que era. Foi como se levasse um soco no rosto.

Todas as pessoas na sala de espera, pelo menos vinte, estavam assistindo ao vídeo do restaurante exibido pela CNN.

— Puta merda — disse outra pessoa.

Na televisão, Laura levantava os dedos para indicar seis balas.

Helsinger estava de pé diante dela. Chapéu de caubói. Colete de couro. Arma ainda apontada para o peito de Laura.

Na tela corria um aviso alertando que as pessoas estavam prestes a ver conteúdo explícito.

— O que ele está fazendo? — perguntou uma mulher.

Helsinger desembainhava a faca do cinturão.

— Mas que...

— Ah, merda!

O grupo ficou em silêncio enquanto assistia ao que veio a seguir.

Houve sons de espanto, um grito de susto, como se aquelas pessoas estivessem em um cinema, e não na sala de espera de um hospital.

Andy estava tão hipnotizada quanto todos os outros. Quanto mais via aquela cena, mais se sentia como uma observadora externa. Quem era aquela mulher na televisão? No que Laura havia se transformado enquanto Andy se encolhia junto à vitrine quebrada?

— Que vovó ninja — brincou alguém.

— Rambo da terceira idade.

Risos desconfortáveis.

Andy não conseguia escutar aquilo. Não conseguia ficar naquele saguão, naquele hospital, naquele redemoinho emocional em que o elo que sempre a ligara à mãe fora rompido.

Ela deu meia-volta e se chocou com um homem que estava de pé atrás dela.

— Desculpe — disse ele, fazendo uma mesura com o boné de beisebol do Alabama.

Andy não estava com disposição para cavalheirismo. Deu um passo para a esquerda enquanto ele dava um para a direita. O oposto aconteceu quando ela foi para a direita.

Ele riu.

Ela olhou feio para ele.

— Desculpe — disse Alabama, tirando o boné e fazendo um gesto com a mão, indicando que ela podia passar.

Andy saiu andando tão rápido que as portas automáticas não tiveram tempo de abrir totalmente e ela esbarrou nelas com a mão.

— Dia ruim? — perguntou Alabama, acompanhando-a para fora. Ele se manteve a uma distância respeitosa, mas, mesmo assim, parecia perto demais.

— Você está bem?

Andy olhou feio de novo. Ele não acabara de ver o que passara na televisão? Não entendera que Andy era a garota inútil cuja mãe havia enfrentado um assassino a sangue-frio? Cuja mãe se transformara em assassina?

— Algum problema, policial? — perguntou Alabama, ainda sorrindo.

Ela baixou os olhos para o uniforme. O distintivo prateado idiota bordado como um brasão de escoteiro... Mas com muito menos significado, porque escoteiros ao menos tinham feito alguma coisa para merecer aquilo. Tudo que Andy fazia era atender telefones e orientar pessoas aterrorizadas sobre como fazer ressuscitação ou desligar o motor do carro após um acidente.

Jonah Lee Helsinger pensara que ela era policial.

Achara que ela ia matá-lo. Assassiná-lo. A sangue-frio.

Andy olhou para as próprias mãos, que não paravam de tremer. Estava prestes a cair no choro mais uma vez. Por que não conseguia parar?

— Aqui — disse Alabama, oferecendo um lenço.

Andy olhou para o tecido branco dobrado. Ela achava que Gordon era o único homem que ainda carregava um lenço.

— Apenas tentando ajudar uma dama em dificuldades — falou, sorrindo, ainda estendendo o tecido.

Andy não aceitou, mas, pela primeira vez, olhou direito para o homem. Era alto e estava em boa forma, provavelmente perto dos quarenta anos. Jeans e tênis. A camisa branca de botões estava aberta no colarinho, as mangas arregaçadas. Parecia ter se esquecido de fazer a barba naquela manhã, ou talvez aquilo fosse parte do visual.

Um pensamento abrupto lhe ocorreu.

— Você é repórter?

Ele riu e balançou a cabeça.

— Não, eu ganho a vida honestamente.

— Policial? Detetive?

Como ele não respondeu imediatamente, ela falou:

— Por favor, me deixe em paz.

— Opa, porco-espinho — disse, erguendo as mãos, como se estivesse se rendendo. — Só estava puxando assunto, certo?

Andy não queria conversar. Ela olhou em volta em busca da BMW branca de Gordon.

Onde estava seu pai?

Então checou o celular e viu a tela cheia de alertas de mensagem e ligações perdidas. *Mindy Logan. Sarah Ives. Alice Blaedel. Danny Kwon.* De repente, todos aqueles nerds apaixonados por bandas, coral e teatro de quem Andy fora amiga no ensino médio se lembraram do número do seu telefone.

Ela ignorou as mensagens, buscou por PAI e escreveu: *vem logo*.

Alabama finalmente pareceu se dar conta de que ela não estava a fim de conversar. Enfiou o lenço de volta no bolso do jeans. Caminhou até um dos bancos e se sentou. Pegou o celular e começou a digitar.

Andy deu uma espiada para trás, perguntando-se por que Laura estava demorando tanto. Depois examinou o estacionamento da frente em busca de Gordon. Provavelmente ele estava na fila da cabine do estacionamento, o que significava que demoraria pelo menos uns vinte minutos, já que a atendente conversava com cada motorista que passava por ali.

Só restava a Andy se sentar a três bancos de distância de Alabama. Cada músculo de seu corpo parecia um elástico esticado demais. Sua cabeça latejava. Seu estômago era pura acidez. Ela conferiu o celular à espera de uma resposta, mas Gordon nunca pegava o celular enquanto dirigia porque era perigoso.

As portas automáticas se abriram. Andy sentiu alívio e apreensão ao ver a mãe. O ajudante empurrou a cadeira de rodas até junto ao meio-fio. Laura vestia uma camiseta cor-de-rosa do Centro Médico de Belle Isle que era grande demais para seu corpo magro. Ela claramente sentia dor. O rosto estava branco como papel. A mão boa apertava o braço da cadeira com força.

— Eles não te deram um analgésico? — perguntou Andy.

Laura não disse nada, então o ajudante respondeu:

— A anestesia está perdendo o efeito. A médica ofereceu uma receita, mas ela não quis.

— Mãe… — começou Andy, mas não soube o que dizer. Laura nem sequer olhou para ela. — Mãe.

— Eu estou bem — insistiu Laura, embora os dentes estivessem trincados. Virou-se para o ajudante. — Você tem um cigarro?

— Você não fuma — disse Andy, enquanto a mãe pegava um Marlboro do maço que o ajudante tirara do bolso da camisa.

O homem colocou a mão em concha e acendeu o cigarro com um isqueiro.

Andy se afastou da fumaça, mas Laura pareceu não notar. Tragou com força, depois tossiu a fumaça branca. Segurava o cigarro desajeitadamente, entre polegar e indicador, como um drogado faria.

— Estou bem — disse Laura em um sussurro rascante. — Só preciso de um tempo sozinha.

Andy obedeceu à ordem implícita, afastando-se mais e deixando uma boa distância entre ela e a mãe. Olhou para o estacionamento, desejando que Gordon chegasse logo. Havia recomeçado a chorar, mas em silêncio. Ela não sabia o que fazer. Nada daquilo fazia sentido.

— Há algumas caixas na casa do seu pai — disse Laura.

Os lábios de Andy tremeram. Não conseguiu mais segurar a língua. Ela precisava de respostas.

— O que eu fiz de errado?

— Você não fez nada de errado — respondeu Laura, tragando novamente. — Eu só preciso parar de mimar você. Você precisa aprender a se virar sozinha.

— Indo morar com meu pai?

Ela precisava que aquilo fizesse sentido. Laura sempre fazia sentido.

— Mãe, por favor...

Laura deu uma última tragada no cigarro, depois o passou ao ajudante para que terminasse. Virou-se para Andy.

— Leve só o que vai precisar para passar a noite. Seu pai não vai deixar você ficar com ele para sempre. Depois você vai conferir suas finanças e ver o que pode bancar. Quem sabe se mudar para Atlanta, ou mesmo voltar para Nova York. — Laura olhou para Andy. — Você precisa ir, Andrea. Eu quero ficar sozinha agora. Eu conquistei o direito de ficar sozinha.

— Eu não... — começou Andy, mas as palavras se embaralharam em sua boca. — Eu nunca...

— Pare! — Laura nunca falara assim com Andy. Como se a odiasse. — Só pare.

Por quê?

— Graças a Deus — murmurou Laura quando o BMW parou diante da rampa da cadeira de rodas. — Me ajuda a levantar — pediu, estendendo a mão para o ajudante, mas o cara de boné do Alabama já estava ao lado dela.

— Fico contente de ser útil, senhora — disse ele.

Se Andy não estivesse observando com atenção teria perdido a expressão que passou pelo rosto da mãe. Pânico? Medo? Repulsa?

— Vamos lá, de pé — instruiu ele.

— Obrigada — respondeu Laura, deixando que a erguessem.

Gordon contornou o carro e abriu a porta. Virou-se para Alabama.

— Eu cuido dela agora.

— Sem problema, grandão — respondeu Alabama, sem soltá-la.

Ele guiou Laura até o banco da frente, depois ergueu gentilmente as pernas dela, que se virou para frente.

— Toda sua.

— Obrigado — disse Gordon.

— O prazer foi meu — respondeu Alabama, estendendo a mão para Gordon. — Lamento pela situação da sua esposa e da sua filha.

— Ahn... Sim.

Gordon era educado demais para corrigi-lo sobre seu estado civil, quanto mais para recusar um aperto de mão.

— Obrigado.

Alabama fez uma mesura com o boné para Andy, que se sentava no banco de trás do carro. Fechou a porta antes que ela pudesse batê-la na sua cara.

Gordon se sentou ao volante e farejou o ar com visível desagrado.

— Você andou fumando?

— Gordon, só dirija, está bem?

Ele esperou que ela o encarasse, mas isso não aconteceu. Então engrenou o carro e dirigiu até a saída do estacionamento do hospital, depois parou. Virou-se para Laura, mas nada saiu quando ele abriu a boca.

— Não — pediu ela. — Não aqui. Não agora.

Ele balançou a cabeça lentamente.

— Andy não precisa ouvir isto.

Gordon não pareceu se importar.

— O garoto era filho de Bobby Helsinger. Você sabia?

Laura apertou os lábios. Andy viu que ela sabia.

— Bobby era xerife no condado de Bibb quando um assaltante de bancos explodiu a cabeça dele com uma escopeta — continuou Gordon.

Aquilo fazia seis meses. Foi mais ou menos na época em que a detetive diz que Jonah Helsinger começou a se armar.

O colete e o cinturão.

Palazzolo lhes dissera que Jonah comprara pela Amazon havia seis meses.

— Eu conferi o obituário — continuou Gordon. — Jonah tem três tios policiais, dois primos militares. A mãe trabalhava no escritório da promotoria em Beaufort antes de começar a advogar. A família é praticamente a realeza da lei. — Esperou que Laura dissesse algo. — Você ouviu? Entendeu o que eu disse?

Laura respirou fundo antes de falar.

— A realeza não nega o fato de que ele assassinou duas pessoas.

— Não foi um simples assassinato, Laura. Ele planejou aquilo tudo. Ele sabia exatamente o que estava fazendo. Ele tinha mapas e... — Gordon se interrompeu, balançando a cabeça, como se não conseguisse acreditar em quão idiota ela era. — Você acha que a família vai acreditar que o garotinho deles é um assassino sádico ou acha que vão dizer que ele tinha algum tipo de problema mental porque seu pai herói foi assassinado e que, na verdade, o garoto estava só pedindo ajuda?

— Eles podem dizer o que quiserem.

— Essa é a primeira coisa que você diz que faz algum sentido — retrucou Gordon. — Os Helsinger vão dizer *exatamente* o que querem... Que esse pobre filho de um policial morto, um garoto arrasado pela perda, merecia ir para a prisão pelo que fez, mas não ser brutalmente assassinado.

— Não é...

— Vão tratar você com mais severidade do que ele, Laura. Você fez um favor ao garoto. Vai ser tudo sobre o que *você* fez, não o que *ele* fez.

Laura ficou calada.

Andy prendeu a respiração.

— Você sabe que filmaram a cena? — perguntou Gordon.

Laura não respondeu, mas provavelmente tinha visto a TV quando o ajudante a empurrou pela sala de espera.

— Aquela detetive mostrou... — começou Gordon, mas teve que parar para engolir. — A expressão no seu rosto quando você matou o garoto, Laura. A serenidade. A banalidade. Como você acha que vão interpretar isso, em comparação com um adolescente órfão com problemas mentais?

Laura virou a cabeça e olhou pela janela.

— Sabe o que aquela detetive não parava de perguntar? Sem parar?

— Os porcos sempre fazem um monte de perguntas.

— Pare de embromar, Laura. O que você disse antes de matá-lo? — perguntou Gordon, mas ela não respondeu. — O que você disse para Helsinger?

Laura continuou a olhar pela janela.

— O que quer que tenha dito, configura como motivação. É a diferença entre talvez, apenas talvez, poder alegar homicídio justificado e evitar a pena de morte.

Andy estremeceu.

— Laura? — perguntou ele com paciência, mas depois bateu a mão no volante. — Porra, Laura! Estou falando com vo...

— Eu não sou idiota, Gordon — disse ela, o tom tão frio que parecia cortar o ar. — Por que você acha que eu me recusei a ser ouvida? Por que acha que disse a Andrea que ficasse de boca fechada?

— Você pediu a nossa filha que mentisse para uma policial? Quer que ela cometa perjúrio diante do tribunal?

— Eu quero que ela faça o que sempre faz e fique quieta.

O tom dela era sereno, mas sua raiva era tão palpável que Andy sentiu como se o ar vibrasse de fúria.

Por que a mãe não argumentava que Gordon estava errado? Por que não dizia que não teve escolha? Que estava salvando Andy? Que foi em legítima defesa? Que estava horrorizada com o que tinha feito? Que tinha entrado em pânico, simplesmente reagido, ou que estava aterrorizada e que lamentava — lamentava muito — ter matado aquele garoto perturbado?

Andy enfiou a mão no bolso. O cartão da detetive ainda estava úmido do balcão do banheiro.

Palazzolo tentou falar comigo de novo. Queria que eu entregasse você. Ela me deu um cartão.

— Laura, isso é sério como a morte — disse Gordon.

Ela soltou um riso seco.

— Gostei da escolha de palavras.

— Os policiais se protegem. Ou vai dizer que você não sabe? Eles ficam juntos, não importa como. Aquela coisa toda de fraternidade não é só uma lenda urbana que a gente ouve na TV. — Gordon estava com tanta raiva que perdeu a voz. — Essa coisa toda vai se transformar em uma cruzada só por causa do sobrenome do garoto.

Laura inspirou fundo, depois expirou lentamente.

— Eu só… Eu só preciso de um momento, Gordon. Tudo bem? Preciso de um tempo sozinha para pensar.

— Não, você precisa é de um advogado criminalista para pensar por você.

— E você precisa parar de me dizer o que fazer! — retrucou Laura, tão furiosa que as palavras saíram num grito. Ela cobriu os olhos com a mão. — Intimidação alguma vez funcionou comigo? Hein? — perguntou, sem esperar resposta. Então virou-se para Gordon, praticamente rosnando. — Foi por isso que eu me divorciei, Gordon! Eu precisava me afastar de você, tirar você da minha vida, porque você não tem ideia de quem eu sou. Nunca teve, e nunca terá.

Cada palavra era como um tapa na cara do pai de Andy.

— Meu Deus — disse Laura, agarrando o apoio acima da porta e tentando aliviar o peso da perna ferida. — Pode dirigir esse maldito carro?

Andy imaginou que Gordon diria que Laura podia ir andando para casa, mas ele não fez isso. Apenas olhou para a frente, engrenou o carro e deu uma olhada para trás antes de pisar no acelerador.

O carro avançou para a rua principal.

Andy não sabia por quê, mas também se virou para olhar pelo vidro traseiro.

Alabama ainda estava de pé na entrada. Fez uma mesura com o boné uma última vez.

A expressão no rosto da mãe. Pânico? Medo? Repulsa?

Algum problema, policial?

Alabama permaneceu fincado onde estava enquanto Gordon virava à esquerda, deixando da rampa do hospital para trás. Ainda estava lá de pé, girando a cabeça para acompanhá-los.

Andy o observou até ele ser apenas um ponto distante.

Lamento pela situação da sua esposa e da sua filha.

Como ele sabia que Gordon era pai dela?

Andy permaneceu sob o chuveiro até a água quente acabar. Pensamentos maníacos zumbiam como uma nuvem de mosquitos. Não conseguia nem piscar sem se lembrar de um detalhe do restaurante, do vídeo, da conversa com a polícia, do carro.

Nada daquilo fazia sentido. A mãe dela era uma fonoaudióloga de 55 anos. Deus do céu, a mulher jogava bridge! Ela não matava pessoas, fumava ou xingava policiais de porcos.

Andy evitou seu reflexo no espelho do banheiro enquanto secava o cabelo. A pele parecia uma lixa. Havia minúsculos cacos de vidro cravados no couro cabeludo. Os cantos de seus lábios rachados tinham começado a sangrar. Ela ainda estava muito nervosa. Ou talvez fosse a falta de sono que a fazia se sentir tão sobressaltada, ou a falta de adrenalina, ou o desespero que experimentava toda vez que lembrava a última coisa que Laura lhe dissera antes de entrar em casa...

Eu não vou mudar de ideia. Você precisa ir embora hoje.

O coração de Andy estava tão ferido que seria dilacerado pelo mais leve toque.

Ela vasculhou a pilha de roupas limpas e encontrou shorts de corrida e uma camisa de botão azul-marinho. Vestiu-se rapidamente, caminhando até a janela enquanto abotoava. A garagem ficava em um anexo. Aquele apartamento era a caverna de Andy. Paredes cinza. Carpete cinza. Cortinas bloqueando a luz. O teto inclinado, com duas pequenas mansardas que tornavam o lugar habitável.

Andy ficou parada junto à janela estreita e olhou para a casa da mãe abaixo. Não conseguia ouvir os pais discutindo, mas sabia o que estava acontecendo, como sabemos quando estamos com intoxicação alimentar: uma sensação desagradável e assustadora de que havia algo errado.

Pena de morte.

Onde sua mãe havia aprendido a usar uma faca daquele modo? Laura nunca estivera nas forças armadas. Pelo que Andy sabia, nunca tivera aulas de defesa pessoal.

Sua mãe havia passado quase todos os dias dos últimos três anos tentando não morrer de câncer ou suportando todos os momentos horríveis e vergonhosos do tratamento. Não houvera muito tempo livre para treinamento de combate corpo a corpo. Andy ficara surpresa de sua mãe ter sido capaz de erguer o braço tão rapidamente. Laura sofria para erguer uma sacola de compras, mesmo com a mão boa. O câncer de mama invadira a caixa torácica. O cirurgião removera parte do músculo peitoral.

Adrenalina.

Talvez fosse essa a resposta. Havia muitas histórias sobre mães que levantavam carros de cima de bebês presos ou realizavam outros feitos físicos tremendos para proteger os filhos. Certamente não era comum, mas acontecia.

Mas isso ainda não explicava a expressão no rosto de Laura ao puxar a faca. Vazia. Quase profissional. Nenhum pânico. Nenhum medo. Ela poderia muito bem estar sentada à escrivaninha revisando o prontuário de um paciente.

Andy estremeceu.

Um trovão soou a distância. Faltava mais de uma hora para o sol se pôr, mas as nuvens escuras e pesadas anunciavam chuva. Andy podia ouvir as ondas quebrando na praia. Gaivotas planejando o jantar. Observou pela pequena janela o bangalô bem-cuidado da mãe. A maioria das luzes estava acesa. Gordon andava de um lado para o outro diante da janela da cozinha. A mãe estava à mesa, mas tudo que Andy conseguia ver era sua mão, aquela que não estava presa à cintura, apoiada em um descanso de prato. Os dedos de Laura tamborilavam de vez em quando, mas afora isso ela estava imóvel.

Andy viu Gordon lançar as mãos para cima e caminhar na direção da porta da cozinha.

Ela recuou para as sombras. Ouviu a porta batendo. Arriscou outra espiada.

O detector de movimento ligou os holofotes quando Gordon desceu os degraus da varanda. Ele ergueu os olhos, protegendo-os com a mão. Em vez de ir na direção da garagem, ele parou no último degrau e se sentou. Apoiou a testa nas mãos.

Andy pensou que ele estivesse chorando, mas depois se deu conta de que devia estar tentando recuperar a compostura para que Andy não ficasse ainda mais preocupada ao vê-lo.

Ela vira Gordon chorar uma vez, apenas uma. Foi no começo do divórcio. Ele não explodira nem soluçara. Tinha sido muito pior. Lágrimas tinham rolado por suas bochechas, uma longa gota após outra, como água condensando em um vidro frio. Ele fungava, limpando os olhos com as costas da mão. Certa manhã, tinha saído para trabalhar supondo que seu casamento de catorze anos era sólido, mas antes do almoço tinha em mãos a papelada do divórcio.

Eu não entendo, dissera a Andy entre fungadas. *Eu simplesmente não entendo.*

Andy não conseguia lembrar quem era seu pai de verdade, e até usar a expressão "pai verdadeiro" parecia uma traição a Gordon. *Doador de esperma* era feminista demais. Não que Andy não fosse feminista, mas não queria ser o tipo de feminista que os homens odiavam.

Seu *pai biológico* — o que soava estranho, mas meio que fazia sentido, já que crianças adotadas diziam mãe biológica — era um oftalmologista que Laura conhecera no Sandals Resorts. O que era esquisito, já que sua mãe odiava viajar para qualquer lugar. Andy achava que eles tinham se conhecido nas Bahamas, mas fazia tanto tempo que ouvira a história que muitos detalhes haviam se perdido.

Essas eram as coisas que ela sabia. Que seus pais biológicos nunca haviam se casado. Que Andy nascera no primeiro ano que passaram juntos. Que o pai, Jerry Randall, morrera em um acidente de carro durante uma visita à sua cidade natal, Chicago, quando Andy tinha dezoito meses.

Ao contrário dos avós maternos, que Andy nem chegara a conhecer, Andy ainda tinha avós paternos, Laverne e Phil Randall. Tinha uma foto velha dos dois guardada em algum lugar, ela com no máximo dois anos, sentada no colo deles, equilibrada em um joelho de cada um. Atrás deles, na parede revestida de madeira, havia uma pintura de praia. O sofá parecia sujo. Eles pareciam boas pessoas, e talvez fossem, de certo modo, mas haviam cortado Laura e Andy de suas vidas quando Gordon entrou na delas.

Logo Gordon, entre todas as pessoas... Membro da Phi Beta Sigma, formado na Faculdade de Direito de Georgetown enquanto trabalhava como coordenador voluntário da ONG Habitat para a Humanidade. Um homem que jogava golfe, adorava música clássica, era o presidente da sociedade local de enófilos e escolhera como vocação uma das áreas mais tediosas do direito, ajudando pessoas ricas a decidir como seu dinheiro seria gasto depois que morressem.

Que os avós biológicos de Andy tivessem rejeitado o homem negro mais convencional e socialmente desajeitado do planeta simplesmente por causa da cor da pele era suficiente para deixar Andy contente por não ter qualquer contato com eles.

A porta da cozinha se abriu. Andy viu Gordon se levantar, disparando novamente os holofotes. Laura entregou a ele um prato de comida. Gordon disse algo que Andy não conseguiu ouvir. Em resposta, Laura bateu a porta.

Ela viu pela janela da cozinha a mãe retornar à mesa agarrando o balcão, a maçaneta, o encosto da cadeira, qualquer coisa que reduzisse o peso sobre a perna.

Andy poderia tê-la ajudado. Poderia ter ido lá para baixo, ter feito chá para a mãe e a ajudado a lavar do corpo o cheiro do hospital, como tinha feito tantas vezes antes.

Eu conquistei o direito de ficar sozinha.

A TV junto à cama de Andy chamou sua atenção. O aparelho era pequeno, e antes ficava no balcão da cozinha da mãe. Por hábito, Andy o ligara ao passar pela porta. O som estava desligado. A CNN exibia o vídeo do restaurante novamente.

Andy fechou os olhos, pois sabia o que o vídeo mostrava.

Ela inspirou.

Expirou.

O ar-condicionado zumbia em seus ouvidos. O ventilador de teto girava acima. Ela sentia o ar frio girar em volta de seu pescoço e seu rosto. Estava muito cansada. Bolas de gude deslizavam lentamente pelo cérebro. Ela queria dormir, mas sabia que não podia dormir ali. Teria que passar a noite na casa de Gordon e depois, de manhã cedo, seu pai exigiria que ela fizesse algum tipo de plano. Gordon sempre queria um plano.

Ouviu a porta de um carro ser aberta e fechada. Andy sabia que era o pai, porque as mansões na rua da mãe, todas tão enormes que literalmente bloqueavam o sol, estavam sempre vazias durante os meses de calor mais extremo no verão.

Ela ouviu passos arrastados na rampa da garagem. Depois os passos pesados de Gordon subirem a escada metálica da entrada do apartamento.

Andy pegou um saco de lixo. Ela deveria estar fazendo as malas. Abriu a gaveta de cima da cômoda e jogou suas calcinhas e sutiãs dentro dele.

— Andrea? — chamou Gordon, batendo na porta, e depois a abriu.

Ele olhou ao redor. Era difícil dizer se Andy havia sido roubada ou atingida por um tornado. Roupas sujas cobriam o chão. Sapatos estavam empilhados em cima de uma caixa achatada que continha dois sapateiros Ikea desmontados. A porta do banheiro estava aberta. Suas calcinhas de uma semana pendiam rígidas do toalheiro.

— Aqui — disse Gordon, oferecendo o prato que Laura lhe entregara. Manteiga de amendoim com geleia, batatas fritas e picles. — Sua mãe me mandou garantir que você coma algo.

O que mais ela disse?

— Eu pedi uma garrafa de vinho, mas ganhei isto — continuou ele, enfiando a mão no bolso do paletó e tirando uma garrafa pequena de Knob Creek. — Você sabia que sua mãe tem uísque em casa?

Andy sabia do estoque da mãe desde os catorze anos.

— Seja como for, acho que isto pode ajudar a acalmar os nervos. Reduzir a pressão. — Ele rompeu o lacre. — Qual a chance de você ter copos limpos nesta bagunça?

Andy colocou o prato no chão. Procurou embaixo do sofá-cama e encontrou um pacote aberto de copos descartáveis.

Gordon fez uma careta.

— Acho que é melhor do que ficar passando a garrafa como dois mendigos.

O que mais ela disse?

Ele serviu dois dedos de uísque no copo alto.

— Coma alguma coisa antes de beber. Você está cansada e de estômago vazio.

A Andy de Belle Isle não tinha tomado um drinque desde que voltara para casa e não estava certa se queria ou não quebrar o jejum. Ainda assim pegou o copo e sentou-se de pernas cruzadas no chão para que o pai pudesse se sentar na cadeira.

Ele farejou a cadeira.

— Você tem um cachorro?

Andy deu um gole no uísque. O álcool fez seus olhos lacrimejarem.

— Deveríamos brindar ao seu aniversário — sugeriu ele.

Ela apertou os lábios.

Gordon ergueu o copo.

— À minha linda filha.

Andy repetiu o gesto e tomou outro gole.

Gordon não bebeu. Enfiou a mão no bolso do terno e tirou um envelope branco.

— Isso é para você. Lamento não ter tido tempo de fazer um embrulho bonito.

Andy pegou o envelope. Ela já sabia o que havia dentro. Gordon sempre lhe dava um vale compras, porque sabia de quais lojas ela gostava, mas não tinha ideia do que comprar nelas. Ela virou o conteúdo no chão. Dois vales de 24 dólares do posto de gasolina da rua. Dois vales de 25 dólares do iTunes. Dois cartões de compras Target de 25 dólares. Um cartão de compras de 50 dólares da Dick Blick para material artístico. Ela pegou um pedaço de papel. Ele imprimira um cupom que dava direito a um sanduíche grátis no Subway se você comprasse outro de valor igual ou maior.

— Sei que você gosta de sanduíches. Achei que poderíamos ir juntos. A não ser que você queira levar alguém.

— Adorei todos, pai. Obrigada.

Ele girou o uísque, mas ainda não bebeu.

— Você deveria comer.

Andy mordeu o sanduíche. Ergueu os olhos para Gordon. Ele estava tocando o bigode novamente. Ele o alisava da mesma forma que acariciava os ombros do Sr. Purrkins.

— Não tenho ideia do que está passando pela cabeça da sua mãe — disse ele.

O maxilar de Andy fazia um barulho que parecia um triturador . Ela poderia muito bem estar comendo argamassa e papelão.

— Ela pediu para dizer que vai quitar seu financiamento estudantil.

Andy engasgou.

— Essa também foi a minha reação — comentou Gordon.

A dívida era um problema entre ela e o pai. Ele se oferecera para refinanciá-la com o intuito de evitar que Andy pagasse oitocentos dólares de juros por mês, mas, por razões conhecidas apenas por seu inconsciente, ela perdera o prazo final da papelada.

— Sua mãe quer que você volte para Nova York. Realize seus sonhos. Disse que vai ajudar na mudança. Financeiramente, quero dizer. Acho que ela ficou liberal com o dinheiro da noite para o dia.

Andy descolou manteiga de amendoim do céu da boca com a língua.

— Você pode passar a noite comigo e amanhã resolvemos. Vamos bolar um plano. Eu... Eu não quero que você volte para Nova York, querida. Você nunca pareceu feliz lá. Eu sentia que a cidade sugava você, tirava um pouco de quem você é.

A garganta de Andy fez barulho quando ela engoliu.

— Você cuidou tão bem da sua mãe quando voltou pra casa. Foi tão boa... Mas talvez isso tenha exigido demais de você. Talvez eu devesse ter ajudado mais ou... Não sei. Era muito nas suas costas. Muita pressão. Muito estresse. — A voz de Gordon estava tomada por culpa, como se fosse ele o responsável pelo câncer de Laura. — Sua mãe está certa quando diz que você precisa recomeçar sua vida. Ter uma carreira e talvez, não sei, quem sabe um dia uma família. — Ele ergueu a mão para impedi-la de protestar. — Tudo bem, eu sei que estou me adiantando, mas, seja lá qual for o problema, não acho que voltar para Nova York seja a resposta.

A cabeça de Gordon se virou para a televisão. Algo chamara sua atenção.

— Aquela não é a... da escola. O que ela...

Filha da puta.

A CNN identificara Alice Blaedel, uma das amigas de Andy do ensino médio, como "grande amiga da família".

Andy encontrou o controle remoto e ligou o som.

— ... sempre a mãe legal.

A garota contava à repórter que não falava com Andy havia mais de uma década.

— A gente podia conversar com ela sobre os nossos problemas e ela, tipo, não julgava, sabe?

Alice dava de ombros a cada duas palavras, como se estivesse sendo eletrocutada.

— Não sei, é esquisito ver o vídeo porque você fica, tipo, uau, é a sra. Oliver. É um lance meio *Kill Bill*, quando a mãe é toda normal na frente da filha, mas secretamente é uma máquina mortífera.

A boca de Andy estava cheia de manteiga de amendoim, mas ela conseguiu falar.

— Máquina mortífera?

Gordon tirou o controle remoto de Andy. Colocou a TV no mudo. Olhou para Alice Blaedel, cuja boca ainda se movia, embora ela não soubesse de merda nenhuma.

Andy serviu mais uísque em seu copo vazio. Alice tinha saído no meio da sessão de *Kill Bill* alegando que o filme era idiota e agora estava usando o filme como referência?

— Com certeza ela vai lamentar as palavras que escolheu — sugeriu Gordon.

Assim como ela lamentou as verrugas genitais que pegou transando com Adam Humphrey.

— Não sabia que você tinha voltado a ter contato com Alice…

— Não voltei. Ela é uma vagabunda egoísta — disse Andy, virando o uísque num gole só.

Tossiu com o repentino calor na garganta, depois se serviu mais.

— Talvez fosse melhor…

— Elas levantam carros — disse Andy, embora não fosse exatamente o que tinha pretendido dizer. — Mães, quero dizer. Por causa da adrenalina, quando veem que seus filhos estão correndo perigo — explicou, erguendo as mãos como se virasse um automóvel capotado.

Gordon acariciou o bigode.

— Ela estava muito calma — continuou Andy. — No restaurante.

Gordon se sentou na cadeira.

— As pessoas estavam gritando. Foi horrível. Eu não vi quando ele atirou… Quando deu o primeiro tiro. Só o segundo — disse Andy, esfregando o maxilar. — Sabe a frase que as pessoas dizem nos filmes, "Eu vou explodir sua cabeça"? Isso acontece. Literalmente.

Gordon cruzou os braços.

— Minha mãe veio correndo na minha direção.

Andy revia a cena toda. Os pontinhos vermelhos de sangue como sardas no rosto de Laura. Seus braços se estendendo para derrubar Andy no chão.

— Ela parecia assustada, pai. Mesmo com tudo o que aconteceu, esse foi o único momento em que pareceu assustada.

Ele esperou.

— Você viu o vídeo. Viu o que eu fiz. Ou melhor, não fiz. Eu estava em pânico. Inútil. É por isso que… — Ela lutava para dar voz ao seu medo. — É por isso que ela está furiosa comigo? Porque eu fui covarde?

— É lógico que não — respondeu ele, balançando a cabeça com veemência. — Não existe covardia nesse tipo de situação.

Andy ficou pensando se ele estava certo e, mais importante, se Laura concordava com aquilo.

— Andrea...

— Minha mãe matou o garoto.

Andy se calou. Dizer aquelas palavras foi como engolir um carvão em brasa.

— Ela poderia ter simplesmente desarmado ele. Ela teve tempo para fazer isso, baixar a mão, mas em vez disso ela...

Gordon continuou em silêncio.

— Quero dizer... Ela teve tempo? Dá para supor que ela era capaz de fazer escolhas racionais? — perguntou Andy, sem esperar uma resposta. — No vídeo ela parece calma, serena, como você disse. Ou talvez estejamos nós dois errados. Na verdade, ela estava inexpressiva. Você viu. O rosto não mostrava absolutamente nada. Banal.

Ele assentiu, mas ainda deixou que prosseguisse.

— Eu não vi a cena de frente. Quero dizer, eu estava atrás dela, não é? Mas depois, vendo o vídeo de frente... Pareceu diferente.

Andy tentou ordenar a confusão de pensamentos. Comeu duas batatas fritas na esperança de que o amido absorvesse o álcool.

— Eu me lembro da faca no pescoço de Jonah e de quando ele ergueu a arma... Lembro que ficou bem claro que ele podia atirar em alguém. Atirar em mim. Não é difícil apertar um gatilho, não é?

Gordon concordou em silêncio.

— Mas vendo a cena de frente... Vendo o rosto da minha mãe, a gente se pergunta se ela fez mesmo a coisa certa. Se ela pensou que poderia tomar a arma, mas decidiu não fazer isso. Ela ia matar o cara. E não por medo ou para se defender, mas como se... como se tivesse feito uma escolha consciente. Como uma máquina mortífera — disse Andy, sem acreditar que tinha usado as palavras desprezíveis de Alice Blaedel para descrever a mãe. — Eu não estou entendendo nada, pai. Por que ela não falou com a polícia? Por que não disse que agiu em legítima defesa?

Por que estava deixando todo mundo acreditar que ela deliberadamente cometera assassinato?

— Eu não estou entendendo nada — repetiu Andy. — Estou completamente perdida.

Gordon acariciou o bigode novamente. Estava virando um tique nervoso. Inicialmente ele não respondeu. Estava acostumado a avaliar cuidadosamente suas palavras. Tudo parecia especialmente perigoso naquele momento. Pai e filha não queriam dizer nada de que se arrependessem.

Sua mãe é uma assassina. Sim, ela teve escolha. Ela escolheu matar aquele garoto. Gordon finalmente falou.

— Não tenho ideia de como sua mãe foi capaz de fazer o que fez. Como foi seu raciocínio. As escolhas que fez. Por que se comportou daquele modo com a polícia. — Ele deu de ombros, as mãos erguidas. — Talvez fosse possível alegar que sua recusa em falar, sua raiva, que isso seja fruto do estresse pós-traumático, ou talvez que aquilo tenha despertado algum trauma de infância desconhecido. Ela nunca foi de comentar sobre o passado.

Ele parou novamente para organizar os pensamentos.

— O que a sua mãe disse no carro... Ela tem razão, filha. Eu não a conheço. Não consigo entender suas motivações. Quero dizer, eu entendo que ela teve o instinto de proteger você. Estou muito feliz que tenha feito isso. Muito grato. Mas *como* ela fez...

Os olhos de Gordon se voltaram para a televisão. Mais pessoas falando. Alguém apontava para uma planta do shopping de Belle Isle, explicando o caminho que Jonah Helsinger tinha tomado até o restaurante.

— Eu simplesmente não sei, Andrea. Simplesmente não sei.

Andy tinha terminado seu drinque. Sob o olhar vigilante do pai, serviu outro.

— É muito álcool em um estômago vazio.

Andy enfiou o resto do sanduíche na boca. Mastigou de um lado para poder perguntar:

— Você sabe quem é aquele cara que estava no hospital?

— Que cara?

— Aquele com boné do Alabama que ajudou minha mãe a entrar no carro. Ele balançou a cabeça.

— Por quê?

— Fiquei com a impressão de que ela o conhece. Ou talvez tenha ficado com medo dele. Ou... — Andy parou para engolir. — Ele sabia que você era meu pai, o que a maioria das pessoas não imagina.

Gordon tocou as pontas do bigode. Claramente tentava se lembrar do diálogo.

— Sua mãe conhece muita gente na cidade. Tem muitos amigos. O que, espero, vai ajudá-la.

— Juridicamente, você diz?

Ele não respondeu.

— Eu liguei para um advogado criminalista com quem já trabalhei. O cara é agressivo, mas é disso que a sua mãe precisa agora.

Andy bebericou o uísque. Gordon estava certo: ela estava relaxando. Sentiu os olhos querendo fechar.

— Quando conheci sua mãe achei que ela era um enigma. Um enigma fascinante, bonito, complexo. Mas então me dei conta de que não importava quão próximo ficasse dela, não importava qual combinação eu tentasse, ele nunca se revelava de verdade.

Ele finalmente bebeu um pouco do uísque. Em vez de engolir, como Andy, ele o deixou deslizar pela garganta.

— Bem, eu já falei demais. Lamento, querida. Foi um dia muito difícil e eu não fiz muito para ajudar — disse Gordon, apontando para uma caixa com material de desenho. — Imagino que você queira levar isto hoje?

— Eu pego amanhã.

Gordon olhou desconfiado para a filha. Quando criança, ela surtava sempre que seu material de desenho não estava à mão.

— Estou cansada demais para fazer qualquer coisa que não seja dormir — disse.

Ela não contara que não usara um carvão ou um bloco de desenho desde seu primeiro ano em Nova York.

— Pai, será que eu devo falar com ela? Não para perguntar se posso ficar, mas para perguntar por quê?

— Não me sinto capaz de dar conselhos.

O que provavelmente significava que ela não deveria.

Percebendo a melancolia de Andy, Gordon inclinou-se e colocou as mãos em seus ombros.

— Tudo vai se resolver, querida. Vamos discutir seu futuro no final do mês, certo? Isso nos dá onze dias para bolar um plano.

Andy mordiscou o lábio. Gordon iria bolar o plano. Andy iria fingir que ainda tinha muito tempo para pensar até o décimo dia, e então entraria em pânico.

— Para esta noite vamos levar escova de dentes, de cabelo, o que for absolutamente indispensável, amanhã a gente arruma o resto. E voltamos para pegar seu carro. Imagino que ainda esteja no shopping?

Andy assentiu. Tinha se esquecido completamente do carro. O Honda de Laura também estava lá. Àquela altura provavelmente haviam sido lacrados ou rebocados.

Gordon se levantou. Fechou a caixa de material de desenho e a colocou num canto.

— Acho que sua mãe só precisa de um tempo sozinha. Ela costumava sair com o carro, lembra?

Andy lembrava.

Nos fins de semana era comum Andy e Gordon fazerem algo juntos, ou Gordon ficar fazendo algo enquanto Andy lia um livro por perto, quando de repente Laura aparecia, chaves na mão, e anunciava: "Vou ficar fora o resto do dia."

Com frequência voltava para casa trazendo chocolate para Andy ou uma bela garrafa de vinho para Gordon. Certa vez trouxera um globo de neve do Tubman Museum de Macon, que ficava a duas horas e meia de casa. Sempre que perguntavam a Laura aonde tinha ido e por quê, ela respondia: "Ah, vocês sabem, eu só precisava ficar um tempo sozinha."

Andy olhou ao redor. De repente ele pareceu menos uma caverna e mais um barraco. Apertado, entulhado.

Ela falou antes que Gordon pudesse comentar qualquer coisa.

— Vamos indo?

— Sim, vamos. Mas vou deixar isto na varanda da sua mãe — disse Gordon, guardando a garrafinha de uísque no bolso. Ele hesitou, depois acrescentou: — Você sabe que sempre pode conversar comigo, não é? Eu só espero que não precise ficar de pileque para conversar.

— Pileque — repetiu Andy, rindo daquela palavra boba, porque a alternativa era chorar, e ela estava cansada de chorar. — Pai, eu acho... Acho que também quero ficar um tempinho sozinha.

— Cer-to — disse, separando cada sílaba da palavra.

— Não para sempre. Mas talvez fosse bom eu ir até a sua casa andando.

Ela precisaria de outra chuveirada quando chegasse lá, mas se sentia atraída pela noite quente e úmida.

— Tudo bem?

— Claro que sim. Vou dizer ao Sr. Purrkins para aquecer sua cama — respondeu Gordon, beijando-a no topo da cabeça e depois pegando o saco de lixo que ela enchera com calcinhas e sutiãs. — Não enrole muito, combinado? Vi aqui no aplicativo que vai começar a chover em meia hora.

— Sem enrolação — prometeu ela.

Ele abriu a porta, mas não saiu.

— Ano que vem vai ser melhor, Andrea. O tempo coloca tudo em perspectiva. Vamos superar o que aconteceu hoje. Sua mãe será ela mesma novamente. Você vai andar com os próprios pés. Sua vida voltará aos eixos.

Ela ergueu dedos cruzados.

— Tudo vai melhorar — repetiu ele. — Eu garanto.

Ele fechou a porta atrás de si.

Andy ouviu os passos pesados nos degraus metálicos.

Não acreditou em uma palavra do que ele disse.

CAPÍTULO QUATRO

ANDY ROLOU NA CAMA. Afastou alguma coisa do rosto. Com a parte semiadormecida do cérebro, disse a si mesma que era o Sr. Purrkins. A parte semidesperta, no entanto, lhe disse que a coisa era maleável demais para ser o gato malhado e roliço de Gordon. E que ela não podia estar na casa do pai, já que não tinha nenhuma lembrança de caminhar até lá.

Ela se sentou rápido demais, e a tontura a fez deitar novamente.

Um grunhido involuntário saiu da sua boca. Ela apertou os olhos. Não sabia dizer se estava grogue do uísque ou se estava em plena ressaca, mas desde o tiroteio sentia a cabeça doendo como se os dentes de um urso apertassem seu crânio.

O tiroteio.

O evento agora tinha um nome, um *depois* que separava sua vida em duas partes.

Andy deixou a mão cair. Piscou os olhos para que se ajustassem à escuridão. A luz fraca de uma televisão sem som. O flap-flap de um ventilador de teto. Ela ainda estava em seu apartamento sobre a garagem, caída sobre a pilha de roupas limpas que guardava sobre o sofá-cama. A última coisa de que se lembrava era de procurar um par de meias limpas.

A chuva batia no teto. Raios riscavam o céu do lado de fora das pequenas janelas.

Merda.

Ela tinha enrolado depois de prometer ao pai que não faria isso e agora suas escolhas eram implorar a ele que a buscasse ou caminhar pelo que soava como uma tempestade.

Sentou-se lenta e cuidadosamente. A televisão chamou sua atenção. A CNN mostrava uma foto de Laura de dois anos antes. A cabeça careca coberta por um lenço rosa. O sorriso cansado no rosto. A Marcha pela Conscientização sobre o Câncer de Mama em Charleston. Andy fora cortada da imagem, mas sua mão podia ser vista no ombro de Laura. Alguém — talvez um amigo ou um estranho — tinha usado aquele momento privado e espontâneo para receber o crédito pela foto.

Detalhes sobre Laura apareciam de um lado da tela, uma espécie de currículo:

55 anos, divorciada.

Uma filha adulta.

Fonoaudióloga.

Sem treinamento formal de combate.

A imagem mudou. O vídeo do restaurante começou a correr, o onipresente alerta de que alguns espectadores poderiam achá-lo violento.

Vão tratar você com mais severidade do que ele, Laura. Tudo será sobre o que você *fez, não o que* ele *fez.*

Andy não ia suportar ver aquilo novamente, e de fato não precisava, porque bastava piscar para ver tudo ao vivo em sua cabeça. Ela saiu cambaleando da cama. Encontrou o celular no banheiro. 1h18. Tinha dormido mais de seis horas. Gordon não mandara nenhuma mensagem, o que era quase um milagre. Devia estar tão esgotado quanto Andy. Ou talvez achasse que Laura e Andy tinham se entendido.

Quem dera.

Ela tocou no ícone de mensagem de texto e selecionou PAI. Seus olhos ficaram marejados. A luz da tela era como uma navalha. O cérebro de Andy ainda oscilava. Ela enviou um pedido de desculpas para o caso de o pai acordar, encontrar sua cama vazia e surtar: *caí no sono. já já chego aí. não se preocupe, tenho guarda-chuva.*

A parte do guarda-chuva era mentira. Também a parte de estar a caminho. E era mentira que ele não devia ser preocupar, porque ela podia muito bem ser atingida por um raio.

Na verdade, considerando o dia que tivera, as chances de que Andy fosse eletrocutada pareciam extremamente altas.

Ela olhou pela janela da mansarda. A casa da mãe estava escura, a não ser pela luz na janela do escritório. Era muito improvável que Laura estivesse trabalhando. Durante os vários ciclos da doença, ela dormira na poltrona reclinável da sala. Talvez tivesse deixado a luz acesa acidentalmente e não tivesse conseguido reunir forças para atravessar o saguão mancando para desligá-la.

Andy se afastou da janela. A televisão a chamou de volta. Laura enfiando a faca no pescoço de Jonah Helsinger.

Crunch.

Andy precisava ir embora dali.

Havia uma luminária de pé junto à cadeira, mas a lâmpada queimara havia semanas. As luzes do teto seriam como um farol na noite. Andy usou a lanterna do celular para procurar um par de tênis velhos que não se importaria de perder com a chuva e uma capa que comprara em uma loja de conveniência porque parecera um item adulto para alguma emergência.

Motivo pelo qual a deixara no porta-luvas do carro. Afinal, por que ela sairia na chuva a não ser que tivesse sido apanhada sem guarda-chuva no carro?

Um raio iluminou todos os cantos do quarto.

Merda.

Andy pegou um saco de lixo. Claro que ela não tinha tesoura. Usou os dentes para abrir um buraco com a circunferência aproximada de sua cabeça. Ergueu o celular para avaliar seu progresso.

A tela piscou, depois morreu.

A última coisa que Andy viu foram as palavras BATERIA FRACA.

Procurou o carregador na tomada antes de se lembrar de que o deixara no carro. O carro estava a quatro quilômetros dali, estacionado em frente à Ermenegildo Zegna.

A não ser que já tivesse sido rebocado.

— Porra!

Ela disse a palavra com plena convicção. Passou a cabeça pelo buraco no saco de lixo e saiu. A chuva escorreu pelas suas costas. Em segundos as roupas estavam encharcadas, transformando sua capa improvisada em plástico de embalagem.

Andy continuou andando.

A chuva de algum modo havia intensificado o calor do dia. Ela sentiu agulhas quentes penetrando na pele do rosto quando chegou à rua. Não havia iluminação pública naquela área da cidade. As pessoas compravam casas em Belle Isle porque queriam a experiência de uma legítima cidade litorânea sulista de antigamente. Pelo menos tão antigamente quando possível, já que a mansão mais barata, longe da praia, custava mais de dois milhões de dólares.

Quase três décadas antes Laura havia pagado 118 mil dólares por seu bangalô à beira-mar. A mercearia mais próxima era a Piggly Wiggly, na periferia de

Savannah. O posto de gasolina vendia iscas vivas e pés de porco em conserva em grandes potes junto ao caixa. Agora a casa de Laura era um dos únicos seis bangalôs originais que restavam em Belle Isle. O lote em si valia literalmente vinte vezes o valor da casa.

Um raio caiu do céu. Os braços de Andy se levantaram como se ela pudesse detê-lo. A chuva tinha ficado mais forte. A visibilidade era de cerca de um metro e meio. Ela parou no meio da rua. Outro clarão de raio iluminou os pingos de chuva. Não conseguia decidir se dava ou não meia-volta para esperar que a tempestade desse um tempo ou se continuava na direção da casa do pai.

Ficar parada na rua como uma idiota parecia a pior das opções.

Andy saltou sobre o meio-fio para a calçada. Seus tênis produziram uma prazerosa onda de água. Fez aquilo de novo. Colocou os pés em movimento e alargou os passos. Em pouco tempo Andy começou a correr de leve. Depois foi mais rápido. E mais rápido.

Correr era a única coisa que Andy sempre achou que sabia fazer bem. Era difícil continuar colocando um pé diante do outro sem parar. Suando. Coração acelerado. O sangue pulsando nos ouvidos. Muita gente não conseguia. Muita gente não estava sequer disposta, especialmente no verão, quando avisos de temperatura alertavam as pessoas para não ficar na rua porque podiam simplesmente morrer.

Andy conseguia ouvir a batida ritmada de seus tênis mesmo com a chuva forte. Ela desviou da rua que levava à casa de Gordon porque ainda não estava pronta para parar. O calçadão ficava uns trinta metros à frente. A praia, logo depois. Seus olhos começaram a arder por causa da maresia. Ela não conseguia ouvir as ondas, mas de algum modo sentia seu ritmo, a persistência incansável de continuar avançando, apesar da gravidade que as puxava para trás.

Ela entrou à esquerda no calçadão, travando uma batalha deselegante entre o vento e o saco de lixo antes de conseguir rasgar o plástico e jogá-lo na lixeira de coleta seletiva mais próxima. A sola dos tênis massacravam as tábuas. A chuva quente abria seus poros. Ela estava sem meias. Uma bolha surgiu no seu calcanhar. Os shorts tinham subido pela coxa. A camisa estava colada no corpo. O cabelo era como resina. Ela inspirou um grande bocado de ar úmido e o tossiu de volta.

O jato de sangue saindo da boca de Betsy Barnard.

Shelly já morta no chão.

Laura com a faca na mão.

Chunch.

O rosto da mãe.

Seu próprio rosto.

Andy balançou a cabeça. Água voou, como quando um cachorro sai do mar. Suas unhas estavam cravadas nas palmas das mãos. Ela relaxou os punhos que tinham se cerrado. Afastou o cabelo dos olhos. Imaginou seus pensamentos recuando como a maré baixa. Puxou ar para os pulmões. Correu ainda mais rápido, as pernas bombeando, tendões e músculos trabalhando para mantê-la ereta durante o que não passava de uma série de quedas controladas.

Algo estalou dentro de sua cabeça. Andy nunca experimentara o tal barato do corredor, nem quando seguiu uma espécie de cronograma de treinamento. Simplesmente chegava a um ponto em que seu corpo não doía tanto a ponto de querer parar, mas o cérebro estava ocupado o bastante com a dor para que seus pensamentos flutuassem em vez de mergulhar na escuridão.

Pé esquerdo. Pé direito.

Inspirar. Expirar.

Esquerdo. Direito. Esquerdo.

Respirar.

A tensão dos ombros se dissipou aos poucos. Seu maxilar relaxou. A dor de cabeça passou de lancinante a um incômodo suportável. Os pensamentos de Andy começaram a vagar. Ela escutou a chuva, observou as gotas caindo. Como seria abrir a caixa de material de desenho? Pegar o lápis e o bloco? Desenhar algo como a onda provocava pelos seus tênis velhos em uma poça de água? Andy imaginou linhas, luz e sombras, o impacto do seu tênis, o movimento do cadarço captado no meio da passada.

Laura quase morrera durante o tratamento do câncer. Não apenas por causa da mistura tóxica de medicamentos, mas também por conta dos efeitos colaterais. As infecções. Colite. Pneumonia. Pneumonia dupla. Estafilococos. Pneumotórax.

E agora eles podiam acrescentar à lista: Jonah Helsinger. Detetive Palazzolo. Precisar de Gordon para tirar Andy de sua vida. A necessidade de ter espaço e ficar longe da única filha.

Eles sobreviveriam à frieza de Laura como haviam sobrevivido ao câncer.

Gordon estava certo sobre o tempo colocar as coisas em perspectiva. Andy sabia tudo sobre esperas. Esperar o cirurgião sair da sala de cirurgia, a leitura dos exames, o resultado de biópsias, a quimioterapia e os antibióticos e os analgésicos e as injeções contra náusea e lençóis limpos e os travesseiros novos e, por fim, a benção de ver o sorriso cauteloso no rosto da médica quando contara a Laura e a Andy que o exame não mostrara nada.

Tudo que Andy tinha de fazer agora era esperar que sua mãe voltasse. Laura conseguiria sair desse lugar escuro em que estava até que um dia, finalmente, em um mês, seis meses ou no próximo aniversário de Andy, ela estaria lembrando do que acontecera ontem como se por um telescópio em vez de por uma lente de aumento.

O calçadão terminou antes do que Andy havia esperado. Ela saltou de volta para a rua de mão única que passava pelas mansões à beira-mar. Sentiu a solidez do asfalto sob os pés. O rugido do mar começou a morrer atrás das casas gigantescas. O litoral ao longo daquela área se curvava na ponta de Isle. O bangalô de sua mãe ainda estava a oitocentos metros. Andy não queria voltar para casa. Começou a correr no sentido oposto, e então lembrou...

A bicicleta.

Andy passava pela bicicleta pendurada no teto toda vez que entrava na garagem. A viagem até a casa de Gordon seria mais rápida em duas rodas. Considerando a tempestade de raios, ter pneus de borracha entre ela e o asfalto parecia uma boa ideia.

Ela desacelerou para um trote leve, depois para uma caminhada vigorosa. A intensidade da chuva diminuiu. Gotas gordas atingiam sua cabeça, batiam com força na pele. Andy desacelerou o passo ao ver o brilho fraco de luz no escritório de Laura. A casa estava a pelo menos cinquenta metros, mas naquela época do ano todas as mansões da vizinhança estavam desocupadas. Belle Isle era basicamente uma cidade de veraneio, um alívio para moradores do norte durante os meses de inverno rigoroso. Os outros proprietários eram expulsos pelo calor de agosto.

Andy espiou pela janela do escritório de Laura enquanto passava pela rampa da garagem. Vazio, pelo menos aparentemente. Ela usou a entrada lateral. Os vidros vibraram na porta quando ela a fechou. O barulho da chuva era amplificado pela vastidão do espaço. Andy estendeu a mão na direção do interruptor que abria a porta para acender a luz, mas se conteve no último instante porque o barulho era capaz de despertar os mortos. Felizmente, o brilho que vinha do escritório de Laura passava pelo vidro da porta lateral, permitindo um mínimo de visibilidade.

Ela foi para os fundos, deixando para trás uma trilha de poças d'água. Sua bicicleta estava pendurada em dois ganchos que Gordon aparafusara no teto.

Os ombros de Andy gritaram de dor quando ela tentou erguer os pneus da Schwinn. Uma vez. Duas. E então a bicicleta estava caindo e ela quase desabou para trás tentando colocá-la de pé antes que batesse no chão.

Era exatamente por isso que ela não quisera pendurar a maldita coisa no teto. Andy nunca, jamais, diria isso ao pai, é claro.

Um dos pedais arranhou sua canela. Andy não se incomodou com o filete de sangue. Ela conferiu os sulcos dos pneus imaginando que estariam mofados, mas descobriu que eram tão novos que ainda tinham fios de borracha nas laterais. Andy sentiu que havia dedo do pai naquilo. Ao longo do verão Gordon repetidamente sugerira que eles retomassem os passeios de bicicleta nos fins de semana. Era a cara dele garantir que tudo estivesse pronto no improvável caso de Andy dizer sim.

Ela começou a erguer a perna, mas parou no meio do movimento. Um barulho metálico muito nítido veio de cima. Andy inclinou a cabeça de lado como um cachorro confuso. Só conseguiu ouvir o ruído de fundo da chuva. Estava tentando pensar em uma piada ao estilo de Jacob Marley de *Um conto de Natal*, do Dickens, quando o barulho soou de novo. Ela se esforçou para escutar, mas não havia nada além do som constante da água caindo.

Ótimo. Ela comprovadamente era uma covarde. Simplesmente não soube a hora certa de se abrigar da chuva, e agora aparentemente estava paranoica.

Andy balançou a cabeça. Precisava se colocar em movimento de novo. Sentou na bicicleta e apertou os dedos ao redor do guidão.

Mas o coração saltou na garganta.

Um homem.

De pé do lado de fora da porta. Branco. Olhos maldosos. Capuz de um moletom escuro grudado no rosto.

Andy ficou paralisada.

Ele colocou as mãos em concha no vidro.

Ela deveria gritar. Ela deveria ficar quieta. Ela deveria procurar uma arma. Ela deveria levar a bicicleta para trás. Ela deveria se esconder nas sombras.

O homem se inclinou mais para perto, olhando para dentro da garagem. Olhou para a esquerda, depois direita, depois em frente.

Andy se encolheu, curvando os ombros como se isso pudesse fundi-la à escuridão.

O homem olhava diretamente para ela.

Ela prendeu o fôlego. Esperou. Tremeu. Ele podia vê-la, Andy tinha certeza.

Ele então virou a cabeça lentamente, examinando à esquerda, depois novamente à direita. Deu uma última olhada diretamente para Andy, e então desapareceu.

Ela abriu a boca. Inspirou levemente. Inclinou-se sobre o guidão e tentou não vomitar.

O homem do hospital, aquele com o boné do Alabama. Será que ele os havia seguido até em casa? Estaria esperando até achar que o terreno estava livre?

Não. Alabama era alto e magro. O cara à porta da garagem, Moletom, era corpulento, musculoso, mais ou menos da altura de Andy, mas três vezes mais largo.

O barulho metálico era ele descendo a escada de metal.

Fora garantir que o apartamento estava vazio.

Depois fora verificar que a garagem estava vazia.

E agora provavelmente estava a um passo de invadir a casa de sua mãe.

Andy tateou furiosamente os bolsos, ao mesmo tempo que se dava conta de que seu celular estava lá em cima, morto onde o deixara. Laura não tinha telefone fixo desde o ano anterior. As mansões dos dois lados provavelmente também não tinham. A viagem de bicicleta até a casa de Gordon levaria pelo menos dez minutos, e a essa altura sua mãe poderia estar...

O coração de Andy deu um solavanco.

Sua bexiga quis esvaziar. Seu estômago estava cheio de tachinhas. Ela desceu cautelosamente da bicicleta. Apoiou-a na parede. A chuva agora era um ruído de fundo constante. Só o que conseguia ouvir acima disso era o bater dos próprios dentes.

Ela se obrigou a andar até a porta. Com dedos frios, segurou a maçaneta. Moletom estaria à espera do outro lado da porta, costas coladas na parede da garagem, braços erguidos com um taco, uma arma ou apenas aquelas mãos gigantescas que poderiam estrangulá-la até a morte?

Andy sentiu gosto de bile na boca. A água em sua pele parecia congelada. Disse a si mesma que o homem estava indo para a praia, mas ninguém ia para a praia por ali. Especialmente na chuva. Com raios.

Andy abriu a porta. Curvou os joelhos, espiou a rampa da garagem. A luz continuava acesa no escritório de Laura. Andy não viu ninguém — nada de sombras, nenhum movimento disparando o sensor dos holofotes, nada de homem de moletom esperando com uma faca ao lado da garagem ou olhando pelas janelas da casa.

Laura era capaz de cuidar de si. Ela fizera isso *de fato* no shopping. Mas na ocasião ela contava com as duas mãos, enquanto, agora, tinha um braço imobilizado junto à cintura e mal conseguia cruzar a cozinha com a perna machucada sem se apoiar no balcão.

Andy fechou a porta da garagem suavemente. Colocou as mãos em concha no vidro da mesma forma que Moletom fizera. Olhou para o espaço escuro. Não conseguiu ver nada — bicicleta, prateleiras de comida e água para casos de emergência.

Seu alívio foi apenas leve, porque Moletom não seguira pela rampa ao sair. Ele fora na direção da casa.

Andy passou os dedos pela testa. Ela estivera suando sob a água do temporal. Mas talvez o cara não tivesse entrado no bangalô. Por que um invasor escolheria a menor casa da rua, uma das menores de toda a cidade? As mansões ao redor estavam cheias de eletrônicos sofisticados. Toda noite de sexta-feira a emergência recebia pelo menos um telefonema de alguém que tinha vindo de Atlanta esperando ter um fim de semana relaxante e em vez disso descobrira que todas as TVs da casa haviam sumido.

Moletom havia entrado em seu apartamento em cima da garagem. Ele olhara para dentro da garagem.

E não pegara nada. Estava procurando alguma coisa.

Alguém.

Andy caminhou pela lateral da casa. O sensor de movimento provavelmente não estava funcionando, porque os holofotes permaneceram apagados. Ela sentiu cacos de vidro sob o tênis. Lâmpadas quebradas? Detector de movimento quebrado? Ela ficou na ponta dos pés, espiou pela janela da cozinha. À direita, a porta do escritório estava entreaberta. A abertura estreita lançava um triângulo de luz branca sobre o piso da cozinha.

Andy esperou movimento, sombras. Nada. Recuou. Os degraus da varanda estavam à sua esquerda. Ela podia entrar na cozinha. Podia acender as luzes. Podia surpreender Moletom para que ele se virasse e atirasse nela ou a apunhalasse da mesma forma que Jonah Helsinger tentara fazer.

Porque os eventos tinham que estar conectados, certo? Era a única explicação que fazia sentido. Estavam em Belle Isle, não em Atlantic City. Caras encapuzados não espreitavam bangalôs no meio de uma tempestade.

Andy foi até os fundos da casa. Estremeceu com a brisa forte que vinha do oceano. Abriu cuidadosamente a porta de tela da varanda. O ruído da dobradiça foi abafado pela chuva. Ela encontrou a chave dentro do pires embaixo do vaso de amores-perfeitos.

Duas portas envidraçadas davam para o quarto de Laura. De novo, Andy colocou as mãos em concha no vidro para ver melhor. Ao contrário da garagem, todo o quarto era perfeitamente visível. A luz de segurança estava acesa no banheiro. A cama de Laura estava feita. Havia um livro na mesinha de cabeceira. O quarto estava vazio.

Andy colou o ouvido no vidro. Fechou os olhos, tentando concentrar todos os seus sentidos em ouvir o que vinha de dentro — o piso rangendo com os passos, a voz da mãe pedindo socorro, vidro quebrando, sons de luta.

Mas tudo que ouviu foram as cadeiras de balanço se movendo ao vento.

No fim de semana, Andy se juntara à mãe na varanda para ver o sol nascer. "Andrea Eloise", dissera Laura, sorrindo por trás da xícara de chá. "Sabia que quando você nasceu eu queria chamá-la de Heloise, mas a enfermeira não entendeu bem e escreveu 'Eloise', e seu pai achou tão bonito que eu não tive coragem de dizer a ele que estava escrito errado."

Sim, Andy sabia. Tinha ouvido a história antes. Todo ano, em seu aniversário ou perto dele, a mãe inventava um pretexto para contar que o *H* havia sido esquecido.

Andy ficou com o ouvido colado ao vidro por mais um tempo antes de se forçar a sair. Seus dedos pareciam tão inchados que ela mal conseguiu deslizar a tranca na fechadura. Os olhos ficaram cheios d'água. Andy estava morrendo de medo. Nunca estivera tão aterrorizada. Nem mesmo no restaurante, porque durante o tiroteio não houve tempo para pensar. Andy estava reagindo, não pensando. Mas naquele momento tinha bastante tempo para avaliar suas ações, e os cenários que projetava eram todos horrendos.

Moletom poderia ferir sua mãe — novamente. Talvez ele estivesse lá dentro esperando por Andy. Poderia estar matando Laura naquele instante. Poderia estuprar Andy. Poderia matá-la na frente da mãe. Poderia estuprar as duas e fazer uma assistir, ou poderia matá-las e depois estuprá-las, ou...

Os joelhos de Andy quase perderam a força quando ela entrou no quarto e fechou a porta, encolhendo-se com o estalo do trinco. Água da chuva formara uma poça no carpete. Ela tirou os tênis. Jogou o cabelo molhado para trás.

Prestou atenção.

Havia um murmurinho vindo do outro lado da casa.

Tom de conversa. Não ameaças, gritos ou pedidos de socorro. Mais como os que Andy costumava ouvir de seus pais depois que ia para a cama.

Diana Krall vai tocar na Fox no próximo fim de semana.

Ah, Gordon, você sabe que jazz me deixa nervosa.

Andy podia sentir as pálpebras pulsando como se ela fosse desmaiar. Tudo estava tremendo. O interior da cabeça era como um ginásio cheio de bolas de basquete quicando. Precisou empurrar com a mão atrás da perna para se forçar a andar.

A casa era basicamente um quadrado com um corredor que seguia em forma de ferradura pelo interior. O escritório de Laura ficava onde havia sido a sala de jantar, em frente à cozinha. Andy andou para o outro lado do corredor. Passou por seu antigo quarto, agora um quarto de hóspedes, ignorou todas as fotos de família e desenhos da escola pendurados nas paredes.

— ... faça o que for preciso — disse Laura em tom firme e claro.

Andy chegou à sala de estar. Apenas o saguão a separava do escritório de Laura. As portas de correr estavam escancaradas. A disposição da sala era tão familiar a Andy quanto seu apartamento na garagem. Sofá, cadeira, mesa de centro com tigela de flores secas, escrivaninha, cadeira de trabalho, estante, arquivo, reprodução de *O nascimento de Vênus* na parede ao lado de duas páginas emolduradas retiradas de um livro chamado *Fisiologia e anatomia aplicadas à fonoaudiologia*.

Uma foto emoldurada de Andy na escrivaninha. Um mata-borrão de couro verde brilhante. Uma única caneta. Um notebook.

— Então? — perguntou Laura.

A mãe estava sentada no sofá. Andy podia ver parte de seu queixo, a ponta de seu nariz, as pernas descruzadas, uma das mãos pousada na coxa, a outra imobilizada junto à cintura. O rosto de Laura estava ligeiramente inclinado para cima, olhando para a pessoa sentada na cadeira de couro.

Moletom.

Os jeans dele estavam encharcados. Uma poça se espalhava pelo tapete aos seus pés.

— Vamos discutir nossas opções — disse ele. — Eu poderia falar com Paula Koontz.

A voz do sujeito era grave. Andy podia sentir suas palavras vibrando dentro do seu peito.

Laura ficou em silêncio, depois disse:

— Ouvi dizer que ela está em Seattle.

— Austin — ele retrucou, depois esperou um momento. — Boa tentativa.

Outro silêncio, longo e arrastado.

Então Laura falou:

— Você sabe que me ferir não vai resultar no que você precisa.

— Eu não vou ferir você. Vou só deixar você em pânico.

Andy sentiu suas pálpebras começarem a palpitar novamente. Foi o modo como ele disse isso — com convicção, quase com prazer.

— É mesmo? — reagiu Laura, forçando um riso que soou falso. — Você acha que alguma coisa pode me assustar?

— Depende do quanto você ama a sua filha.

De repente Andy estava de pé no meio do seu antigo quarto. Dentes batendo. Lágrimas correndo. Não fazia ideia de como chegara até ali. Estava ofegante. O coração tinha parado de bater, ou talvez estivesse batendo tão rápido que ela não conseguia mais senti-lo.

O celular de Laura devia estar na cozinha. Ela sempre o deixava ali carregando durante a noite.

Saia da casa. Corra para pedir ajuda. Não se coloque em perigo.

As pernas de Andy estavam trêmulas enquanto ela percorria o corredor na direção dos fundos da casa. Involuntariamente sua mão agarrou a maçaneta do quarto de Laura, mas ela se forçou a continuar na direção da cozinha.

O celular estava no final do balcão, perto do escritório, na área banhada pelo triângulo de luz vindo da porta entreaberta.

A conversa havia parado. Por quê?

Depende do quanto você ama a sua filha.

Andy se virou, esperando ver Moletom, mas não encontrou nada além da porta aberta para o quarto da mãe.

Ela podia sair correndo. Poderia justificar que a própria mãe iria querer que ela fizesse isso, ficasse em segurança, escapasse. Fora tudo o que Laura quisera no restaurante. Era tudo que ela iria querer agora.

Andy se virou novamente para a cozinha. Ela estava dentro do seu corpo, mas de algum modo também estava desconectada dele. Viu a si mesma andando na direção do celular. O piso frio envolvendo seus pés descalços. Havia água no chão junto à entrada lateral, provavelmente de Moletom. Andy concentrou a vista no celular e trincou os dentes para que não batessem. Se o homem ainda estivesse sentado na cadeira, tudo que o separava de Andy eram noventa centímetros e uma porta de madeira fina. Ela estendeu a mão na direção do aparelho. Soltou cuidadosamente o cabo do carregador. Voltou lentamente para as sombras.

— Então — disse ele, sua voz chegando à cozinha. — Você já teve um daqueles sonhos em que você é enterrada viva? — perguntou, e esperou. — Como se estivesse sufocando?

A boca de Andy estava seca. A pneumonia. O pneumotórax. O som horrível do chiado. As tentativas apavoradas de respirar. Sua mãe tivera pânico de sufocar. Tinha ficado tão obcecada com o medo de engasgar até a morte com os fluidos dos pulmões que os médicos precisaram receitar Valium para ela dormir.

— Eu vou fazer o seguinte: vou colocar este saco sobre sua cabeça por vinte segundos. Você vai se sentir como se estivesse morrendo, mas não estará. Ainda.

O dedo de Andy tremeu quanto ela apertou o botão *home* do celular da mãe. As digitais de ambas estavam gravadas. Tocar o botão deveria destravar o aparelho, mas nada aconteceu.

— É como um afogamento a seco. Muito eficaz — continuou Moletom.

— Por favor... — disse Laura, a voz falhando. — Você não precisa fazer isso.

Andy esfregou o dedo na parede, tentando secá-lo.

— Pare! — gritou a mãe tão alto que Andy quase deixou o aparelho cair. — Preciso que você me escute. Só por um instante. Simplesmente me escute.

Andy pressionou *home* outra vez.

— Estou escutando — disse ele.

A tela destravou.

— Você não precisa fazer isso. Podemos encontrar uma solução. Eu tenho dinheiro.

— Dinheiro não é o que eu quero de você.

— Isso que está procurando... Você nunca vai conseguir de mim. Eu nunca...

— Vamos ver.

Andy tocou no ícone de texto. O serviço de emergência de Belle Isle adotara o sistema de mensagem de texto seis meses antes. Os alertas apareciam na parte superior da tela dos atendentes.

— Vinte segundos — disse o homem. — Quer que eu conte para você?

Os dedos de Andy trabalharam furiosamente no teclado.

Seaborne Av. 419 homem armado perigo real favor rápido

— A rua está deserta. Você pode gritar tão alto quanto precisar.

Andy apertou enviar.

— Para... — disse a voz de Laura, em pânico. — Por favor.

A mãe começara a chorar. Seus soluços eram abafados, como se ela tivesse algo sobre a boca.

— Por favor — suplicou. — Ai, meu Deus, por...

Silêncio.

Andy se esforçou para ouvir.

Nada.

Nem um grito, engasgos ou súplicas.

O silêncio era ensurdecedor.

— Um. — O homem começou a contar. — Dois.

Fez uma pausa.

— Três.

Clanc. O vidro pesado da mesinha de centro. Laura obviamente estava chutando. Algo caiu no carpete. Ela só tinha uma das mãos livre, com a qual mal podia erguer uma sacola de compras.

— Quatro — continuou Moletom. — Tente não se molhar.

Andy escancarou a boca, como se pudesse respirar pela sua mãe.

— Cinco — disse ele, com um prazer evidente. — Seis. Quase na metade do caminho.

Andy ouviu um chiado agudo, desesperado, o som que sua mãe tinha feito no hospital quando a pneumonia evoluíra para um pneumotórax.

Ela agarrou o primeiro objeto pesado que conseguiu encontrar. A frigideira de ferro fundido soltou um guincho alto quando ela a ergueu do fogão. Não havia mais chance de surpreender Moletom, nem como voltar atrás. Andy deu um chute na porta. O homem estava de pé sobre Laura. Suas mãos apertavam o pescoço dela. Ele não a enforcava. Seus dedos mantinham selado o saco plástico transparente que envolvia a cabeça de Laura.

O homem se virou, assustado.

Andy girou a frigideira como um bastão.

Nos desenhos, era a base chata da frigideira que sempre acertava a cabeça do coiote, como o badalo de um sino, e o deixava tonto.

Na vida real, Andy bateu com a frigideira de lado. A beirada de ferro fundido penetrou no crânio do homem com um estalo alto e nauseante.

A resposta não foi uma vibração, mas como o som que um galho de árvore faz quando se quebra.

A reverberação foi tão forte que Andy não conseguiu segurar o cabo.

A frigideira caiu no chão.

A princípio Moletom não reagiu. Não caiu. Não ficou furioso. Não revidou. Só ficou olhando para Andy, parecendo confuso.

Ela olhou de volta.

Lentamente a parte branca do olho esquerdo dele foi ficando vermelha, o sangue se movendo pelos capilares como fumaça, enroscando-se na íris. Os lábios dele se moveram sem palavras. A mão estava firme quando se levantou para tocar a cabeça. A têmpora estava esmagada em um ângulo agudo, combinando perfeitamente com a beirada da frigideira. Ele olhou para os dedos.

Sem sangue.

A mão de Andy foi na direção da própria garganta. Ela sentia como se tivesse engolido vidro.

Será que ele estava bem? Será que iria se recuperar o suficiente para machucá-la? Para sufocar sua mãe? Estuprá-las? Matar as duas? Para...

Um ruído trêmulo saiu da garganta dele. A boca escancarada. Seus olhos começaram a revirar. Ele estendeu a mão na direção da cadeira, joelhos dobrados, tentando se sentar, mas errou e caiu no chão.

Andy deu um pulo para trás, como se ele tivesse jogado água fervente na sua direção.

O homem caíra de lado, as pernas torcidas, as mãos agarrando a barriga.

Andy não conseguia desviar o olhar. Apenas ficou ali, trêmula, entrando em pânico.

— Andrea... — chamou Laura.

O coração de Andy tremulou como a chama de uma vela. Seus músculos pareciam feitos de pedra. Estava travada naquela posição, fixa como uma estátua.

— Andrea!

Andy foi arrancada do transe. Piscou. Olhou para a mãe.

Laura estava tentando se levantar do sofá. Os brancos dos olhos estavam salpicados de vasos sanguíneos rompidos. Os lábios estavam azulados. Mais vasos sanguíneos rompidos marcavam as bochechas. O saco plástico ainda estava amarrado ao redor do seu pescoço. A pele estava marcada de sulcos profundos. Ela rasgara o saco com os dedos do mesmo modo como Andy mastigara a capa de chuva de saco de lixo.

— Rápido — disse Laura, a voz rouca. — Veja se ele está respirando.

A visão de Andy entrou em foco. Sentiu tontura. Ouviu o assovio da respiração ao tentar levar ar aos pulmões. Estava começando a hiperventilar.

— Andrea. Ele está com minha arma na cintura do jeans. Passe para mim. Antes que ele acorde.

O quê?

— Andrea, puta merda.

Laura deslizou do sofá para o chão. Sua perna estava sangrando novamente. Ela usou o braço bom para se arrastar sobre o carpete.

— Precisamos pegar a arma. Antes que ele acorde.

As mãos de Moletom se moveram.

— Mãe! — disse Andy, jogando-se contra a parede. — Mãe!

— Está tudo bem, ele... — começou Laura.

Em um espasmo repentino e violento, o homem derrubou a cadeira de couro. Suas mãos começaram a se mover em círculos, então os círculos se transformaram em tremores que sacudiam seus ombros, depois a cabeça. O tronco. As pernas. Em segundos o corpo inteiro estava tomado por uma convulsão.

Andy ouviu um gemido sair de sua boca. Ele estava morrendo. Ele ia morrer.

— Andrea — chamou Laura, calma, controlada. — Vá para a cozinha.

— Mãe! — gritou Andy.

As costas do homem arquearam em um semicírculo. Seus pés chutaram o ar.

O que eu fiz? O que eu fiz?

— Andrea — repetiu Laura. — Cozinha. Agora.

O homem começou a grunhir. Andy cobriu os ouvidos, mas nada conseguia bloquear o som. Ela observou horrorizada enquanto os dedos dele se curvavam para longe das mãos. A boca espumava. Os olhos reviravam furiosamente.

— Ago...

— Ele está morrendo! — uivou Andy.

Os grunhidos se intensificaram. Os olhos reviraram tanto que parecia que algodão havia sido enfiado nas órbitas. Urina se espalhou no jeans. Seu sapato saiu voando. As mãos arranharam o ar.

— Faça alguma coisa! — gritou Andy. — Mãe!

Laura agarrou a frigideira. Levantou-a acima da cabeça.

— Não!

Andy deu um pulo e arrancou a frigideira da mãe. O braço de Laura envolveu sua cintura antes que Andy conseguisse se desvencilhar. Ela a puxou para perto e colou a boca na cabeça de Andy.

— Não olhe, querida. Não olhe.

— O que eu fiz? O que eu fiz?

— Você me salvou. Você me salvou.

— Eu n-n-n... — começou Andy, sem conseguir dizer as palavras. — Mãe... Ele está... Eu n-não...

— Não olhe — disse Laura.

Tentou cobrir os olhos de Andy, mas ela afastou a mão da mãe.

Silêncio total.

Até a chuva tinha parado de bater na janela.

Moletom estava imóvel. Os músculos no seu rosto estavam relaxados. Um olho virado para o teto. O outro para a janela. As pupilas eram grandes círculos pretos.

Andy sentiu seu coração rolar pela garganta.

A bainha do moletom dele havia subido. Acima da bainha branca da cueca, via-se a tatuagem de um golfinho sorridente saltando da água. A palavra *Maria* estava gravada em uma cursiva decorada abaixo do desenho.

— Ele está... — começou Andy, sem conseguir completar. — Mãe, ele está...

Laura foi direta.

— Está morto.

— Eu m-m-m... — tentou de novo Andy. — M-matei... M-matei...

— Andy? — disse Laura em um tom diferente. — Isso são sirenes?

Ela se virou para olhar pela janela.

— Você chamou a polícia?

Andy só conseguia olhar para a tatuagem. Será que Maria era a namorada dele? A esposa? Será que tinha matado o pai de alguém?

— Andy?

Laura se arrastou sobre o carpete e enfiou a mão embaixo do sofá. Estava procurando alguma coisa.

— Querida, rápido. Pega a carteira no bolso dele.

Andy encarou a mãe.

— Pega a carteira. Agora.

Andy não se moveu.

— Então olha aqui embaixo do sofá. Vem cá. Agora — disse Laura, estalando os dedos. — Andy, agora. Me obedeça.

Andy engatinhou até o sofá, sem saber o que deveria fazer.

— Canto do fundo — disse Laura. — Dentro do estofamento acima da mola. Enfie a mão. Há uma *nécessaire*.

Andy se apoiou no cotovelo para conseguir alcançar as entranhas do sofá. Encontrou uma bolsa de vinil preto e zíper de latão. Era pesada, estava abarrotada.

Como isso foi parar aqui?

— Preste atenção — continuou Laura, que tirava o dinheiro da carteira do homem. — Pegue tudo. Há uma cidade chamada Carrollton, no oeste de Geórgia. Fica na divisa do estado. Está prestando atenção?

Andy havia aberto a bolsa. Dentro havia um celular antigo, de flip, com carregador, um grande bolo de notas de vinte dólares e um cartão branco sem identificação do tipo que se usa para abrir um quarto de hotel.

— Andy — chamou Laura, esticando a mão na direção da foto emoldurada em sua escrivaninha. — Você precisa ir até o depósito Get-Em-Go. Consegue se lembrar? G-e-t-e-m-g-o.

O quê?

— Leve a carteira. Jogue na baía.

Andy baixou os olhos para a carteira de couro que a mãe jogara no chão. A carteira de motorista estava dentro de um envelope plástico. Os olhos dela estavam tão inchados de chorar que não conseguiu ver as palavras.

— Não use os cartões de crédito, ouviu? — disse Laura. — Apenas o dinheiro. Feche os olhos.

Laura quebrou o vidro do porta-retratos na quina da escrivaninha. Tirou a foto. Dentro havia uma pequena chave, do tipo que você usa para abrir um cadeado.

— Você vai precisar disto. Andy, está prestando atenção? Segura isso. Anda.

Andy pegou a chave. Jogou na bolsa aberta.

— Isto também — disse Laura, enfiando a carteira na *nécessaire* junto com o dinheiro. — Unidade duzentos e um. É o que você precisa lembrar. Vinte-um. Get-Em-Go em Carrollton.

Ela procurou nos bolsos do homem, achou as chaves.

— Um Ford. Ele provavelmente estacionou na rua sem saída no final da Beachview. Toma.

Andy pegou as chaves, mas sua mente não registrou o que estava segurando.

— Unidade duzentos e um. Você vai deixar o Ford e pegar o outro carro que está lá dentro, mas não sem antes soltar os cabos da bateria do Ford, está bem? Isso é muito importante, Andy. Você precisa cortar a energia do GPS. Consegue se lembrar disso, querida? Solte os cabos da bateria. Seu pai mostrou como é a bateria. Você ainda lembra?

Andy assentiu lentamente. Lembrava-se de Gordon mostrando a ela as partes de um carro.

— O número da unidade é seu aniversário. Vinte-um. Diga.

— Vinte-um — conseguiu Andy.

— As sirenes estão próximas. Você precisa ir. Preciso que você vá. Agora.

Andy estava paralisada. Aquilo era demais. Demais mesmo.

— Querida — insistiu Laura, segurando o queixo de Andy. — Preste atenção. Eu preciso que você corra. Agora. Saia pelos fundos. Encontre o Ford do cara. Se não conseguir, pega o carro do seu pai. Eu explico a ele depois. Preciso que você vá para noroeste. Ouviu?

Ela agarrou o ombro da filha enquanto lutava para se levantar.

— Andy, por favor. Está prestando atenção?

— Noroeste — sussurrou Andy.

— Tente primeiro chegar a Macon, então compre um mapa, um desses antigos, de papel, e encontre Carrollton. O Get-Em-Go é perto do Walmart — explicou Laura, puxando Andy pelo braço. — Você precisa deixar seu celular aqui. Não leve nada com você — disse, e sacudiu Andy novamente. — Preste atenção. Não ligue para o seu pai. Não o faça mentir por você.

— Mentir por...

— Eles vão me prender por isto — disse ela, levando o dedo aos lábios de Andy para impedir que protestasse. — Está tudo bem, querida. Eu vou ficar bem. Mas você tem de ir. Seu pai não pode saber onde você está. Entendeu? Se entrar em contato com seu pai, eles saberão. Eles vão rastrear e encontrar você. Telefonemas, e-mail, qualquer coisa. Não faça contato. Não tente ligar para mim. Nem para nenhum dos seus amigos ou qualquer um com que tenha tido contato. Está me entendendo? Está ouvindo o que eu digo?

Andy assentiu, porque era o que a mãe queria que fizesse.

— Continue seguindo para noroeste depois de Carrollton — disse Laura, conduzindo Andy pela cozinha, o braço apertando a cintura da filha. — Até algum lugar distante, como Idaho. Quando for seguro, eu vou ligar para o celular que está na bolsa.

Seguro?

— Você é forte, Andrea. Mais do que pensa. — Laura respirava com dificuldade, claramente tentando não chorar. — Eu ligarei para esse celular. Não volte para casa até ter notícias minhas, ouviu? Só responda à minha voz, minha voz de verdade, quando ouvir estas exatas palavras: "É seguro vir para casa." Está entendendo? Andy?

As sirenes estavam chegando mais perto. Andy podia ouvi-las agora. Pelo menos três carros. Havia um homem morto na casa. Andy o matara. Ela assassinara um homem, e os policiais estavam quase lá.

— Andrea?

— Certo — disse Andy, respirando. — Certo.

— Get-Em-Go. Duzentos e um. Certo?

Andy assentiu.

— Pelos fundos. Você precisa correr — disse Laura, tentando empurrá-la na direção da porta.

— Mãe — chamou Andy, porque não podia ir sem saber. — Você é... Você é uma espiã?

— Uma o quê? — reagiu Laura, parecendo confusa.

— Ou uma assassina, ou você trabalha para o governo, ou...

— Ah, Andy, não. — Laura pareceu achar graça. — Eu sou sua mãe. O que eu sempre fui foi sua mãe.

Ela encostou a palma no rosto de Andy.

— Tenho muito orgulho de você, meu anjo. Os últimos 31 anos foram uma benção. Você é a razão pela qual eu estou viva. Nunca teria conseguido sem você. Você me entende? Você é meu coração. Você é cada gota de sangue no meu corpo.

As sirenes estavam perto, talvez a duas ruas.

— Eu sinto muito — disse Laura, sem conseguir conter as lágrimas.

No dia anterior ela matara um homem. Fora esfaqueada, cortada, quase sufocada. Expulsara sua família e não caíra uma lágrima de seus olhos até aquele momento.

— Meu anjo. Por favor, me perdoe. Tudo o que eu já fiz foi por você, minha Andrea Heloise. Tudo.

As sirenes estavam diante da casa. Pneus cantando no asfalto.

— Corra — suplicou Laura. — Andy, por favor, minha querida, por favor... Corra.

CAPÍTULO CINCO

A AREIA MOLHADA SECOU DENTRO dos tênis de Andy enquanto ela corria pela praia. Ela estava com a *nécessaire* junto ao peito, os dedos apertando a parte de cima porque não ousava perder tempo para fechar o zíper. Não havia lua, nenhuma luz vindo das mansões, nada além da névoa à frente e o som das sirenes atrás.

Ela olhou por cima do ombro. Lanternas varriam o lado de fora da casa de sua mãe. Os gritos chegavam até a praia.

— Limpo à esquerda!

— Limpo nos fundos!

Às vezes, quando Andy se mantinha na linha em uma das chamadas de emergência que recebia, era possível ouvir os policiais ao fundo dizendo as mesmas palavras.

Pode desligar agora, dizia ela a quem ligara. *A polícia vai cuidar de você.*

Laura não diria nada aos policiais. Provavelmente estaria sentada à mesa da cozinha de boca fechada quando a encontrassem. A detetive Palazzolo não faria mais acordos depois desta noite. Laura seria detida. Iria para a cadeia. Depois seria apresentada diante de juiz e júri. Finalmente a prisão.

Andy correu mais rápido, como se pudesse se afastar da ideia da mãe atrás das grades. Mordeu o lábio até sentir o gosto metálico de sangue. A areia molhada agora era concreto dentro do tênis. Havia um pouquinho de vingança cármica naquela dor.

Moletom estava morto. Ela o matara. Ela assassinara um homem. Andy era uma assassina.

Balançou a cabeça com tanta força que o pescoço estalou. Tentou se localizar. A Seaborne se estendia por cerca de meio quilômetro antes desembocar em Beachview. Se ela perdesse a saída se veria em uma área mais habitada de Isle, onde alguém poderia espiar pela janela e chamar a polícia.

Andy tentou contar passos, duzentos metros, trezentos, depois finalmente virou à esquerda para longe do oceano. Todas as mansões tinham portões de segurança para impedir a passagem de estranhos saindo da praia. As leis municipais impediam cercas permanentes em frente às dunas de areia, então as pessoas haviam colocado frágeis varas de madeira penduradas em arame farpado que faziam as vezes de barreira. Só algumas tinham alarmes, mas todas ostentavam avisos de que uma sirene soaria caso fossem abertas.

Andy parou no primeiro portão que encontrou. Correu a mão pelas laterais. Os dedos tocaram uma caixa plástica com um fio saindo.

Alarme.

Correu até o portão seguinte e fez o mesmo.

Alarme.

Soltou um palavrão. Sabia que o caminho mais rápido para a rua era subindo as dunas. Empurrou cuidadosamente as varas de madeira com o pé. O arame cedeu. Alguma trava escondida escapou e a cerca baixou o suficiente para que ela passasse por cima. Tomou o cuidado de não prender o short no arame farpado quando ergueu a perna. Os pés esmagavam a vegetação rala na travessia da colina íngreme. Andy se envergonhou da destruição que estava causando. Quando chegou a uma trilha de pedra, estava mancando.

Apoiou a mão na parede e parou para tomar fôlego. Sua garganta estava tão seca que ela teve um ataque de tosse. Cobriu a boca, esperando que passasse. Seus olhos lacrimejaram. Seus pulmões doíam. Quando a tosse finalmente passou, Andy deu um passo e pisou em algo que poderia muito bem ser vidro. A areia em seus tênis tinha agora a consistência de areia para gato. Andy ficou descalça e tentou limpá-los. O tecido sintético havia se transformado em um ralador de queijo. Ainda assim ela tentou enfiar os pés novamente nos tênis. A dor foi forte demais. Ela já estava sangrando.

Subiu a trilha descalça. Pensou em todas as pistas que a detetive Palazzolo encontraria quando chegasse ao bangalô. O rosto de Laura, especialmente seus olhos injetados, ainda com sinais de sufocamento. O saco plástico ao redor do pescoço com as digitais do homem morto. O homem morto caído no escritório ao lado da mesinha de centro virada. A lateral da cabeça afundada. Calça encharcada de urina. Lábios com espuma seca. Olhos apontados em direções diferentes. Sangue da perna de Laura traçando uma listra no carpete. As digitais de Andy no cabo da frigideira.

Na rampa da garagem haveria o vidro quebrado dos holofotes. A fechadura da porta da cozinha provavelmente estaria arrombada. As poças no piso da cozinha indicariam o caminho que Moletom havia seguido. Mais água mostrando a rota de Andy do quarto para o corredor, para o quarto de hóspedes, para a sala e de volta.

Na praia, pegadas de Andy na areia molhada. Sua trilha destrutiva nas dunas. Seu sangue, seu DNA na calçada de pedra onde estava naquele momento.

Andy trincou os dentes e grunhiu para o céu. Seu pescoço doeu com o esforço. Ela se inclinou para a frente, cotovelos nos joelhos, curvada pelo peso de seus atos horríveis. Nada daquilo era certo. Nada fazia sentido.

O que deveria fazer?

O que *podia* fazer?

Ela precisava falar com o pai.

Andy começou a caminhar na direção da rua. Ela iria até a casa de Gordon. Ela perguntaria a ele o que fazer. E Gordon então a ajudaria a fazer a coisa certa.

Andy parou de caminhar.

Ela sabia o que seu pai faria. Gordon deixaria Laura assumir a culpa. Não permitiria que Andy se entregasse. Não correria o risco de deixar a filha passar o resto da vida presa.

Mas então Palazzolo descobriria as pegadas molhadas de Andy dentro da casa de Laura, mais pegadas na areia, seu DNA entre as mansões, e então acusaria Gordon de mentir para um policial e de ser cúmplice de um homicídio.

Seu pai poderia ir para a prisão. Ele poderia perder seu direito de advogar.

Não o faça mentir por você.

Andy se lembrou das lágrimas nos olhos da mãe, insistindo que tudo que havia feito fora por Andy. Em um nível básico, Andy precisava confiar que Laura estava lhe dizendo a verdade para fazer a coisa certa. Ela continuou a subir o caminho. Laura supusera que o Ford do homem estaria no fim da Beachview Drive. Ela também lhe dissera que Andy precisava correr, então foi isso que ela fez, agora com os tênis em uma das mãos e a bolsa na outra.

Estava virando a esquina quando uma luz brilhante atingiu seu rosto. Andy se escondeu novamente na trilha de pedra. A princípio pensou que um carro de polícia lançara os faróis sobre ela. Depois ergueu os olhos e se deu conta de que havia disparado o sensor de movimento nos holofotes.

Andy subiu a rampa correndo e se manteve no meio da rua para evitar mais sensores. Não olhou para trás, mas sua visão periférica captou as luzes vermelhas e azuis girando a distância. Aparentemente todos os carros de polícia de Belle Isle haviam respondido ao chamado de emergência. Andy talvez tivesse só alguns minutos, ou segundos, antes que o oficial no comando mandasse a equipe se espalhar e vasculhar a área.

Chegou ao final da rua de mão única. A Beachview Drive terminava na Seaborne Avenue. Havia uma curva fechada na outra ponta que servia de acesso à praia para veículos de emergência. Laura imaginara que o carro do homem morto estaria ali.

Não havia nenhum Ford à vista.

Merda.

Um par de faróis se aproximou pela Beachview. Andy entrou em pânico, correu para a esquerda, depois para a direita, então fez a volta e se jogou atrás de uma palmeira enquanto um Chevrolet Suburban preto passava. Havia uma enorme antena flexível no para-choque que dizia a Andy que o carro era da polícia.

Andy olhou novamente para a Beachview Drive. Havia uma estrada sem pavimentação no meio do caminho, mato e arbustos crescidos na entrada. Um dos seis bangalôs remanescentes em Belle Isle era propriedade dos Hazelton, um casal de Pensilvânia que tinha parado de aparecer anos antes.

Andy poderia se esconder ali, tentar descobrir o que fazer a seguir.

Ela conferiu a Seaborne para ter certeza de que nenhum carro vinha na contramão. Estudou a Beachview à procura de faróis. Depois subiu a rua correndo, os pés descalços batendo no asfalto, até a longa estrada de areia dos Hazelton.

Havia alguma coisa errada.

A barreira de arbustos crescidos estava esmagada.

Alguém subira de carro até a casa recentemente.

Andy desviou dos arbustos, seguindo para o pátio em vez de ir pela rampa. Seus pés sangravam tanto que a areia criou uma camada grudada à sola. Continuou a avançar, mas abaixada para ficar menos visível. Não havia luzes dentro da casa dos Hazelton. Andy se deu conta de que estava enxergando um pouco no escuro. Estava mais tarde — ou mais cedo — do que imaginara. Não era exatamente o alvorecer, mas Andy se lembrava de ler algo sobre como os raios refletiam na superfície do oceano e levavam a luz à praia antes que o sol propriamente pudesse ser visto.

Seja lá qual fosse o fenômeno, era o que lhe permitia ver a picape Ford estacionada na rampa. Os pneus eram maiores que o normal. Para-choques pretos. Janelas escuras. Placa da Flórida.

Havia outra picape estacionada ao lado dela. Era uma Chevrolet branca e menor, fabricada provavelmente havia uma década, mas afora isso comum. A placa era da Carolina do Sul, o que não era incomum tão perto de Charleston, mas, pelo que Andy sabia, os Hazelton ainda moravam na Pensilvânia.

Andy se aproximou cuidadosamente da Chevrolet, agachando-se para olhar para dentro. As janelas estavam abaixadas. A chave na ignição. Havia um gigantesco pé de coelho pendurado no chaveiro. Dadinhos felpudos no retrovisor. Andy não tinha ideia se a picape pertencia ou não aos Hazelton, mas deixar as chaves no carro parecia algo que o casal mais velho faria. Já os dados e o pé de coelho eram compatíveis com o neto deles.

Andy avaliou suas opções.

Sem GPS no Chevrolet. Ninguém ali para registrar o roubo. Será que deveria levar aquele? Deveria largar para trás a picape do homem morto?

Andy deixou que Laura pensasse por ela. A mãe mandara pegar a picape do homem morto, então ela ia pegar a picape do homem morto.

Andy se aproximou do Ford com cautela. As janelas escuras estavam fechadas. As portas trancadas. Ela encontrou as chaves de Moletom na *nécessaire*. O chaveiro era um abridor de latas. A única chave era a do carro. Talvez as da casa estivessem dentro da picape.

Em vez de apertar o controle Andy usou a chave para destrancar a porta. Dentro do carro reinava uma mistura de couro e perfume almiscarado. Jogou a *nécessaire* no banco do carona e precisou colocar as mãos nas laterais da cabine para subir ao banco do motorista.

A porta fez um baque surdo ao ser fechada.

Andy enfiou a chave na ignição. Virou lentamente, como se a picape fosse explodir ou se autodestruir com um movimento errado. O motor produziu um ronco grave. Colocou a mão no câmbio, mas logo parou porque alguma coisa estava errada.

O painel deveria emitir alguma luz, mas não havia nada. Andy levou os dedos ao console. Papelão, ou algo assim, fora colocado sobre os mostradores. Ela olhou para cima. A luz do teto também não acendera.

Andy pensou em Moletom sentado na picape eliminando todas as luzes e depois estacionando na casa dos Hazelton.

E depois pensou na luz no escritório da mãe. A única luz que Laura havia deixado na casa. Andy supusera que a mãe se esquecera de desligar, mas talvez ela não estivesse dormindo na poltrona reclinável. Talvez estivesse sentada no sofá do escritório esperando que alguém como Moletom invadisse.

Ele está com minha arma na cintura do jeans.

Não *uma* arma, *minha* arma.

Andy sentiu a boca secar.

Quando é que a mãe havia comprado uma arma?

O som da sirene fez Andy se encolher, mas o carro de polícia passou direto pela rampa de acesso. Ela mexeu no câmbio e lentamente foi tirando o pé do freio, testando cada posição até encontrar a ré.

Era impossível enxergar qualquer coisa do lado de fora por causa dos vidros escuros. Troncos de árvores e arbustos espinhosos raspavam na picape. Ela chegou à Beachview Drive de lado e as rodas da picape foram direto do meio-fio para o asfalto.

Andy repetiu a operação no câmbio até encontrar ao posição *drive*. Os faróis estavam apagados. Na escuridão pré-alvorecer, não conseguiu encontrar o botão para acendê-los. Manteve as duas mãos firmes no volante. Os ombros estavam tão retesados que quase batiam nas orelhas. Sentia-se prestes a despencar de um penhasco.

Quando passou pela rua que levava à casa de Gordon viu as luzes de um giroscópio ao fundo. Acelerou antes que pudesse ser vista, mas logo se deu conta de que isso era impossível, uma vez que todas as luzes do carro estavam apagadas, não apenas as internas e os faróis, mas também a dos freios, algo que ela constatou olhando pelo retrovisor.

Aquilo não era bom.

Uma coisa era cobrir todas as suas luzes quando você estava indo fazer algo ruim, mas quando você estava fugindo dessa coisa ruim, quando a rua estava tomada de policiais, dirigir um carro assim era o mesmo que escrever CULPADA na testa.

Belle Isle tinha uma ponte de acesso e saída. A polícia de Savannah devia estar vindo disparada por um lado, enquanto Andy, iluminada pelo reflexo do sol na água, estaria tentando se esgueirar para fora da cidade pelo outro.

Ela parou no estacionamento do que por acaso era o shopping de Belle Isle. Saltou da picape e foi até a traseira. Algum tipo de fita preta grossa cobria as lanternas. Quando pegou na beirada, descobriu que era na verdade uma grande folha magnética. Havia uma em cada lanterna.

Os cantos eram arredondados. As folhas tinham o tamanho exato para cobrir as lanternas traseiras e as luzes de freio.

O cérebro de Andy não conseguia processar por que isso importava. Jogou os ímãs na traseira da picape e sentou-se ao volante. Arrancou o papelão do console. Assim como os ímãs, o papel fora cortado do tamanho exato. Mais papel preto cobria o rádio e os botões iluminados no console.

Ela descobriu como acender os faróis. Dirigiu para longe do shopping. O sangue pulsava com força na lateral do pescoço enquanto se aproximava da ponte. Prendeu a respiração. Atravessou a ponte. Não havia outros carros na estrada. Não havia outros carros na saída.

Enquanto acelerava na direção da rodovia, teve um vislumbre de três carros da polícia de Savannah disparando na direção da ponte, luzes girando, sirenes ligadas.

Andy soltou o ar que estivera prendendo.

Havia uma placa na estrada:

MACON 275km

ATLANTA 400km

Conferiu o marcador de combustível. O tanque estava cheio. Ela tentaria fazer a viagem de quatro horas até Atlanta sem parar, depois compraria um mapa no primeiro posto de gasolina que encontrasse. Andy não tinha ideia de qual era a distância até Carrollton, ou de como encontraria o depósito Get-Em-Go perto do Walmart.

O número do depósito é seu aniversário. Vinte-um. Repita.

— Vinte-um — disse Andy em voz alta, de repente confusa.

O aniversário dela tinha sido na véspera, vinte de agosto. Vinte-oito.

Por que Laura tinha dito um se ela não nascera em janeiro?

CAPÍTULO SEIS

A NDY SUBIU E DESCEU o que parecia ser a rua principal de Carrollton. Encontrara facilmente o Walmart, mas, ao contrário do supermercado, o depósito Get-Em-Go não tinha um letreiro luminoso imenso que podia ser visto da rodovia interestadual.

A escala em Atlanta havia sido tediosa e — pior — desnecessária. Andy ficara tentada a usar o GPS da picape, mas decidira seguir as ordens de Laura. Comprou um mapa dobrável da Geórgia assim que chegou aos limites de Atlanta. O percurso direto de Belle Isle a Carrollton deveria levar cerca de quatro horas e meia. Mas, como Andy passara por dentro de Atlanta durante a hora do rush matinal, seis horas tinham se passado antes que finalmente chegasse ao Walmart. Suas pálpebras estavam tão pesadas que ela fora forçada a tirar um cochilo de duas horas no estacionamento.

Como as pessoas localizavam os estabelecimentos antes da internet?

As páginas amarelas pareciam uma fonte óbvia, mas não havia cabines telefônicas à vista. Andy já pedira indicações a um segurança da Walmart, mas sentia que era perigoso demais continuar perguntando. Alguém poderia desconfiar. Alguém poderia chamar a polícia. Ela estava sem carteira de motorista ou identidade. Seu cabelo encharcado de chuva transformou-se em cachos enlouquecidos e desgrenhados depois de secar. Ela estava dirigindo uma picape roubada com placas da Flórida e vestida como uma adolescente que acordara na cama errada durante o *spring break*.

Andy estivera em uma pressa tão apavorada de chegar a Carrollton que não se dera ao trabalho de imaginar por quê, para começo de conversa, a mãe a estava mandando para lá. O que havia dentro do depósito? Por que Laura tinha uma chave escondida, um celular de flip e todo aquele dinheiro, e o que Andy iria encontrar se finalmente localizasse o Get-Em-Go?

As perguntas pareciam sem sentido após mais de uma hora de buscas. Carrollton não era uma cidade fantasma, mas também não era uma metrópole vibrante. Andy imaginou que a melhor aposta seria circular aleatoriamente em busca do destino, mas estava começando a achar que nunca iria encontrá-lo.

A biblioteca.

Andy sentiu a ideia atingi-la como uma bigorna. Tinha passado ao menos cinco vezes pelo prédio, mas só agora estava fazendo a ligação. Bibliotecas tinham computadores e, mais importante, acesso anônimo à internet. Pelo menos ela conseguiria localizar o Get-Em-Go.

Andy deu uma enorme meia-volta e entrou na pista rumo à biblioteca. Os pneus enormes bateram no meio-fio. Havia vagas de sobra, então ela escolheu uma no ponto mais distante. Havia dois outros carros, duas latas-velhas. Imaginou que pertencessem a funcionários da biblioteca. O prédio era pequeno, provavelmente do tamanho do bangalô de Laura. A placa ao lado da porta da frente dizia que abria às 9 horas.

Oito minutos.

Ela olhou para o prédio baixo, as beiradas ásperas dos tijolos vermelhos, os poros na argamassa. Sua visão estava estranhamente clara. Sua boca continuava seca, mas as mãos haviam parado de tremer e seu coração não parecia mais prestes a explodir. O estresse e a exaustão dos últimos dias haviam chegado ao pico perto de Macon. Agora Andy estava em um estado de torpor quase total.

Não sentia remorso.

Mesmo quando pensava nos horríveis últimos segundos da vida de Moletom, não conseguia reunir um grama de piedade pelo homem que havia torturado sua mãe.

Se algo a deixava culpada era a falta de remorso.

Ela se lembrou de que, anos antes, um amigo da faculdade proclamara que qualquer pessoa era capaz de cometer um assassinato. Na época Andy se ofendera silenciosamente com a generalização, porque, se isso fosse mesmo verdade, não existiria estupro. Era o tipo de pergunta *e se* idiota que surgia em festas na faculdade. E se você precisasse se defender? Conseguiria matar alguém? Seria capaz de fazer isso? Os homens sempre diziam sim porque eram programados para dizer sim para tudo. As mulheres tendiam a ser vagas, talvez porque estatisticamente tivessem um bilhão de vezes mais chances de ser atacadas. Quando a pergunta invariavelmente chegava a Andy ela sempre brincava que faria exatamente aquilo que tinha feito no restaurante: se encolher e esperar a morte.

Andy não se encolhera na cozinha da mãe. Talvez fosse diferente quando alguém que você ama está sob ameaça. Talvez fosse genético.

A tendência ao suicídio pode vir de família. Seria o mesmo com assassinato?

O que Andy realmente queria saber era como estava seu rosto naquele momento. Quando abriu a porta da cozinha com um chute e girou a frigideira, ela não estava pensando, não havia um só pensamento em sua cabeça. Seu cérebro estava tomado por uma espécie de ruído branco. Havia uma completa desconexão entre a mente e o corpo. Ela não estava levando em conta sua própria segurança. Não estava pensando sobre a vida ou a morte da mãe. Estava simplesmente agindo.

Uma máquina mortífera.

Moletom tinha um nome. Andy olhara a carteira de motorista dele antes de jogar a carteira na baía.

Samuel Godfrey Beckett, residente em Neptune Beach, Flórida, nascido em 10 de outubro de 1981.

A parte Samuel Beckett a divertira, porque a existência de Moletom fora do escritório de Laura ganhara forma com o nome. Seu pai era fã de poesia irlandesa moderna. Isso de algum modo tornara a vida do homem mais real do que a tatuagem *Maria*. Andy conseguia imaginar a mãe de Moletom sentada na varanda observando o nascer do sol no quintal de trás e perguntando ao filho: "Sabe em homenagem a quem eu o batizei?", da mesma forma como Laura sempre contava a Andy a história de como o *H* ficara fora de seu nome do meio.

Andy afastou a imagem.

Precisava ter em mente que Samuel Godfrey Beckett era, nas palavras da detetive Palazzolo, *do mal.* Provavelmente Samuel, Sam ou Sammy tinha feito muitas coisas ruins ao longo da vida. Afinal, ninguém esconde todas as luzes internas de sua picape e cobre as lanternas por capricho. São coisas feitas deliberadamente, com más intenções.

E alguém provavelmente paga por esse profissionalismo.

Nove horas. Uma bibliotecária destrancou a porta e acenou para que Andy entrasse.

Andy acenou de volta, depois esperou que a mulher entrasse antes de pegar a *nécessaire* preta sob o assento. Abriu o zíper. Conferiu o celular para ter certeza de que estava carregado. Nenhum chamado registrado na tela. Fechou o celular e o enfiou de novo na bolsa juntamente com o cartão magnético, a chave e o grosso bolo de notas de vinte.

Ela havia contado o dinheiro em Atlanta. Apenas 1.061 dólares para sobreviver por sabe-se lá quantos dias até receber a ligação da mãe dizendo que era seguro ir para casa.

Andy ficou perturbada com a ideia de que teria que estabelecer algum tipo de orçamento. Algo no estilo Gordon, bem diferente do seu, que consistia em rezar para que o dinheiro brotasse do nada. Andy não tinha como ganhar mais dinheiro. Não podia conseguir um emprego sem usar seu número de seguro social, e mesmo assim, não tinha ideia de por quanto tempo precisaria do emprego. E ela especialmente não sabia que tipo de trabalho poderia executar em Idaho.

Continue seguindo noroeste depois de Carrollton... Algum lugar distante, como Idaho.

De onde afinal sua mãe havia tirado aquela ideia? Andy só havia estado na Geórgia, em Nova York, na Flórida e nas Carolinas. Não sabia nada sobre Idaho, exceto que provavelmente havia muita neve e sem dúvida muitas batatas.

Mil e sessenta e um dólares.

Combustível, refeições, quartos de hotel.

Andy fechou a bolsa. Desceu da picape. Puxou para baixo a camiseta ridiculamente pequena, tão sexy quanto estar embalada com filme plástico. Os shorts estavam duros por causa da água salgada. Os pés doíam tanto que ela mancava. Havia um corte em seu queixo que ela não lembrava onde tinha arranjado. Precisava de um banho. Precisava de band-aids, um sapato melhor, uma calça, camisas, lingerie... Aquelas mil e poucas pratas provavelmente não durariam mais que alguns dias.

Tentou fazer contas de cabeça enquanto caminhava até a biblioteca. Ela sabia graças a suas antigas colegas de quarto que a distância entre Nova York e Los Angeles era de quase cinco mil quilômetros. Idaho ficava em algum ponto no canto superior esquerdo dos Estados Unidos — Andy era péssima em geografia —, mas decididamente noroeste.

Se precisasse chutar, Andy diria que o tempo de carro entre a Geórgia e Idaho seria mais ou menos o mesmo que levava de Nova York à Califórnia. A viagem de Belle Isle a Macon fora de mais ou menos trezentos quilômetros, o que demorou cerca de duas horas e meia, então ela basicamente teria que encarar cerca de doze dias de estrada, onze noites em motéis baratos, três refeições por dia, combustível para chegar lá, quaisquer suprimentos que fossem necessários no futuro imediato...

Andy balançou a cabeça. Será que levaria doze dias para chegar a Idaho? Ela também era péssima em matemática.

— Bom dia — disse a bibliotecária. — Temos café pronto no canto.

— Obrigada — murmurou Andy, sentindo-se culpada porque não era contribuinte local e tecnicamente não deveria poder usar tudo aquilo de graça. Ainda assim se serviu uma xícara de café e se sentou diante de um computador.

A tela brilhante a fez se sentir estranhamente à vontade. Ela passara a noite inteira sem celular ou iPad. Andy não se dera conta de quanto tempo perdera escutando Spotify, checando o Instagram e o Snapchat, lendo blogs e respondendo a questionários para definir a que casa de Hogwarts pertencia até ficar totalmente sem acesso.

Ela encarou a tela do computador. Bebeu o café. Pensou em mandar um e-mail para o pai. Ou ligar para ele. Ou enviar uma carta.

Se entrar em contato com seu pai, eles saberão. Eles vão encontrar você.

Andy pousou a xícara. Buscou *Get-Em-Go Carrollton GA* e clicou no mapa. Quase riu.

O depósito ficava pouco mais de cem metros atrás da biblioteca. Ela soube disso porque o campo de futebol da escola secundária separava os dois. Andy poderia ter andado até lá. Ela verificou as horas no site do Get-Em-Go. A faixa no alto dizia que as instalações ficavam abertas 24 horas, mas também que o escritório abria entre 10h e 18h.

Ela conferiu o relógio. Faltavam cinquenta minutos.

Abriu o MapQuest no computador e conseguiu um roteiro rodoviário da Geórgia até Idaho. Três mil e setecentos quilômetros. Trinta horas dirigindo, não doze dias. Era por isso que Andy fora obrigada a repetir álgebra. Ela selecionou IMPRIMIR antes que seu cérebro a impedisse. Clicou em CANCELAR. A biblioteca cobrava dez centavos por página, mas a questão não era essa. Ela teria de ir ao balcão para buscar as páginas, o que significava que a bibliotecária veria que ela estava indo para Idaho.

O que significava que, se alguém, talvez um cara como Moletom, que tinha folhas imantadas nas lanternas e cartolina no painel, perguntasse à bibliotecária para onde Andy estava indo, a bibliotecária saberia.

Eles vão rastrear e encontrar você. Telefonemas, e-mail, qualquer coisa.

Andy refletiu silenciosamente sobre o alerta de Laura. Obviamente *eles* eram aqueles que tinham contratado Moletom, também conhecido como Samuel Godfrey Beckett. Mas para que exatamente *eles* o haviam contratado? Moletom tinha dito a Laura que não ia matá-la. Pelo menos não tão rápido. Ia primeiro deixá-la apavorada, torturá-la com sufocamento. Tudo o que Andy sabia sobre tortura vinha principalmente da Netflix. Se você não era um torturador sádico estilo *Jogos Mortais*, então estava mais para *Jack Reacher* em busca de informações.

Mas quais informações uma fonoaudióloga divorciada de 55 anos poderia dar que valessem contratar um capanga para arrancar isso dela?

Melhor ainda: durante qual período da vida Laura acumulara essa informação passível de tortura?

Tudo que a detetive Palazzolo dissera sobre o passado de Laura, desde nascer em Rhode Island até estudar na UGA e comprar a casa em Belle Isle correspondia ao que Andy sabia ser verdade. Não havia uma lacuna sem explicação na história de Laura. Ela nunca saíra do país. Nunca sequer tirara férias, porque já vivia na praia.

Então o que Laura sabia que *eles* queriam arrancar dela com tortura?

E o que era tão importante para que Laura preferisse suportar tortura a entregar?

Andy soltou o ar por entre os lábios. Poderia passar o resto da vida andando em círculos por esse buraco de coelho.

Localizou papel e lápis ao lado do computador. Pegou diversas folhas e começou a anotar o caminho para Idaho: *75S para 84E, para 80E, NE2E, I-29S, I70E...*

Andy olhou para a confusão de números e letras. Precisaria comprar um mapa. Haveria uma parada na divisa entre a Geórgia e o Alabama. Mas antes ela iria até o depósito, trocaria a picape pelo carro que Laura disse que estaria lá, e em seguida iria para noroeste.

Bufou de novo. Ela estava confiando cegamente na palavra da mãe. Se seguisse seus próprios instintos estaria naquele exato momento em uma funerária, soluçando no ombro de Gordon, enquanto ele acertava o enterro de Laura.

Os dedos de Andy retornaram ao teclado. Ela olhou por cima do ombro. Os bibliotecários tinham desaparecido, provavelmente para registrar a devolução de livros ou treinar como silenciar pessoas.

Andy clicou em CONFIGURAÇÕES sob o ícone do Google. Escolheu o modo anônimo para esconder seu histórico. Provavelmente deveria ter feito isso na primeira busca. Ou talvez fosse um exagero. Ou talvez devesse parar de se censurar por agir de modo paranoico e simplesmente aceitar o fato de que ela *estava* paranoica por uma porra de um motivo muito bom.

O primeiro site que ela acessou foi o do *Belle Isle Review*.

A capa era dedicada a Laura Oliver, fonoaudióloga da cidade e máquina mortífera. Eles na verdade não a chamavam de máquina mortífera, mas haviam citado Alice Blaedel no primeiro parágrafo, o que era a mesma coisa.

Andy examinou a matéria. Não citavam um homem de moletom encontrado com um sulco em forma de frigideira na cabeça. Não havia sequer referência a uma picape preta roubada. Ela clicou nas outras matérias e leu rapidamente.

Nada.

Ficou sentada na cadeira, perplexa.

Atrás dela a porta se abriu. Um velho entrou se arrastando, indo diretamente ao café enquanto iniciava um discurso político raivoso.

Andy não sabia sobre quem era o discurso, mas parou de prestar atenção e entrou no site da CNN. *Máquina mortífera* na manchete. Gordon estava certo sobre muitas coisas, mas Andy sabia que o pai não ficaria contente de estar certo sobre o foco do noticiário. A vida patética de Jonah Lee Helsinger era destacada no segundo parágrafo.

Seis meses atrás o pai de Helsinger, um xerife, veterano de guerra e herói local, foi morto de forma trágica em um confronto com um homem armado. Por volta da mesma época, a polícia acredita que o jovem Helsinger começou a pensar em assassinato.

Andy verificou a FoxNews, o *Savannah Reporter*, o *Atlanta Journal-Constitution*.

Todas as matérias se concentravam em Laura Oliver e o que ela tinha feito no Rise-n-Dine. Não havia referência a Samuel Godfrey Beckett, ou mesmo a uma vítima não identificada de homicídio usando moletom.

Será que Laura tinha conseguido mover o corpo? Aquilo não parecia possível. Andy imaginava que a mãe poderia ter impedido a polícia de entrar na casa, mas a mensagem para o 911 enviada pelo celular de Laura era causa provável para entrada. Mesmo se Laura conseguisse mandar embora os policiais de Belle Isle, a pessoa naquele Suburban preto descaracterizado não teria aceitado um não como resposta.

Andy tamborilou no mouse com os dedos enquanto tentava pensar em tudo. Alguém com muitas conexões estava mantendo a história longe da mídia. *Eles?*

Ela sentiu o coração na base de sua garganta. Metade da força policial estivera em frente ao bangalô de Laura. Provavelmente Palazzolo, talvez até o Gabinete de Investigação da Geórgia. Isso significaria que *eles* tinham algum poder sobre o governador, talvez até mesmo os federais.

Andy olhou para trás.

O velho estava apoiado na recepção, tentando ter uma conversa sobre política com uma das bibliotecárias.

Andy conferiu novamente a hora no computador, viu os segundos se transformando em minutos.

O número da unidade é seu aniversário. Vinte-um.

Andy pousou o café. Digitou 20 de janeiro de 1987.

20 de janeiro de 1987 foi uma terça-feira. Pessoas nascidas nesse dia são do signo de aquário. Ronald Reagan era o presidente. "Walk Like an Egyptian", dos Bangles, tocava no rádio. Condição crítica, estrelado por Richard Pryor, era campeão de bilheteria. Tempestade vermelha, de Tom Clancy, ocupava o primeiro lugar na lista dos mais vendidos do New York Times.

Andy contou de cabeça nove meses para trás e digitou *notícias de abril de 1986.* Em vez de um cronograma específico do mês ela teve uma panorâmica do ano:

Estados Unidos bombardeiam a Líbia. Irã-Contras. Desastre nuclear de Chernobyl. Perestroika. Cometa Halley. Explosão da Challenger. Primeiro-ministro sueco assassinado. Assassinato no G-FAB em Oslo. Voo Pan-Am 73 sequestrado. Explosão de jato da TWA sobre a Grécia. Bomba na bolsa mercantil. Tiroteio com o FBI em banco de Miami. Estreia o Oprah Winfrey Show. *38.401 casos de aids em todo o mundo.*

Apenas algumas daquelas palavras pareciam familiares. Ela poderia passar o dia inteiro pesquisando os acontecimentos, mas o fato era que você não podia encontrar algo se não sabia o que estava procurando.

Paula Koontz.

O nome estivera tentando entrar nos pensamentos de Andy nas horas anteriores. Ela nunca ouvira a mãe mencionar uma mulher chamada Paula. Pelo que Andy sabia, todos os amigos de Laura eram de Belle Isle. Ela nunca falara com outras pessoas ao telefone. Ela sequer tinha Facebook, porque alegava que não havia ninguém em Rhode Island com quem ela quisesse manter contato.

Eu poderia falar com Paula Koontz.

Ouvi dizer que ela está em Seattle.

Austin. Boa tentativa.

Laura tentara enganar Moletom. Ou talvez o estivesse testando? Mas testá-lo em quê?

Andy procurou *Paula Koontz Austin TX.*

Não apareceu nada específico de Austin, mas aparentemente Paula Koontz era um nome popular para corretores de imóveis no nordeste.

— Koontz — sussurrou Andy.

Não soou certo aos seus ouvidos. Ela tinha pensado em algo como o romancista Dean Koontz, mas Moletom tinha pronunciado mais como "koontz-ah". Ela tentou *koontze, koontzee, khoontzah...*

O Google perguntou: *você quer dizer koontah?*

Andy clicou na busca sugerida. Nada, mas o Google ofereceu *khoontey* como alternativa. Ela continuou clicando em *você quer dizer*. Várias tentativas depois produziram o diretório do corpo docente da Universidade do Texas em Austin.

Paula Kunde atualmente lecionava *Introdução à poesia e ao pensamento feminista das mulheres irlandesas* às segundas, quartas e sextas. Era chefe do departamento de estudos femininos.

Seu livro, *A Madona e Madonna: Like a Virgin de Jesus Cristo a Ronald Reagan*, estava disponível em brochura pela IndieBound.

Andy ampliou a foto da mulher, que havia sido tirada em um perfil nada lisonjeiro. Em preto e branco, o que não ajudava muito. Era difícil dizer a idade de Paula, porque ela obviamente passara tempo demais sob o sol. Seu rosto era desgastado e irregular. Tinha pelo menos a idade de Laura, mas não parecia com nenhuma das amigas habituais de sua mãe, que vestiam Eileen Fisher e passavam bloqueador solar sempre que saíam de casa.

Paula Kunde era basicamente uma hippie velha e cansada. Seu cabelo era uma mistura de louro e grisalho, com uma franja em tom escuro e artificial. Sua camisa, vestido, ou o que quer estivesse usando, tinha um padrão indígena.

A aparência funda de suas bochechas fez Andy se lembrar de Laura durante a quimioterapia.

Andy estudou as credenciais de Kunde. Publicações na área de teoria feminista, várias palestras principais em conferências feministas. Kunde se formara pela Universidade da Califórnia e fizera mestrado em Stanford, o que explicava o estilo hippie. O doutorado viera de uma faculdade estadual no oeste de Connecticut, o que pareceu bizarro, já que Bryn Mawr ou Vassar teriam sido mais adequadas ao seu campo de estudo, especialmente com um mestrado em Stanford, que, comparado com o curso não concluído de técnica de artes cênicas de Andy, era como diamantes perto de cocô de cachorro.

Mais importante, não havia no currículo de Paula Kunde nada que indicasse que ela tivesse um dia cruzado o caminho de Laura. Teoria feminista não coincidia com terapia da fala de nenhum modo que Andy conseguisse imaginar. Era mais provável que Laura ridicularizasse uma hippie velha do que fosse amiga dela. Então por que sua mãe reconhecera o nome dessa mulher imediatamente enquanto era torturada?

— Ei, querida — chamou a bibliotecária, sorrindo para Andy. — Lamento, mas preciso pedir que você não tome café perto dos computadores — disse, indicando com a cabeça o velho que olhava feio para Andy por cima de sua própria xícara de café fumegante. — As regras são para todos.

— Ah, me desculpe — disse Andy, porque era de sua natureza se desculpar por tudo em sua órbita. — Eu já estava indo embora.

— Ah, você não precisa... — tentou a mulher, mas Andy já estava se levantando.

— Me desculpe — insistiu Andy, enfiando no bolso as orientações escritas para chegar a Idaho.

Tentou sorrir para o velho enquanto saía. Ele não retribuiu.

Do lado de fora o sol intenso a fez lacrimejar. Andy teria que providenciar óculos de sol antes que ficasse cega. Imaginou que o Walmart seria o melhor lugar para isso. Também precisava comprar algumas coisas básicas, como calcinha, sutiã, jeans e outra camiseta, além de um casaco, caso estivesse frio em Idaho naquela época do ano.

Andy estacou no lugar onde estava. Os joelhos fraquejaram.

Alguém estava olhando dentro da picape. Não apenas dando uma olhada de passagem, mas averiguando o interior da cabine com as mãos coladas no vidro da mesma forma que Moletom tinha olhado pela porta da garagem algumas horas antes. O homem usava boné de beisebol azul, jeans e uma camiseta branca. Seu rosto estava na sombra sob a aba do boné.

Andy sentiu o grito preso na garganta. Seu coração batia forte nas costelas enquanto ela andava para trás, o que era uma idiotice, pois o cara poderia se virar a qualquer minuto e vê-la. Mas ele não fez isso, mesmo quando Andy disparou para os fundos do prédio, a garganta doendo por causa do grito contido.

Ela correu para o bosque, tentando freneticamente invocar a imagem do Google Earth, a escola atrás da biblioteca, o depósito baixo com suas fileiras de prédios metálicos. O alívio que sentiu ao ver a cerca alta ao redor do campo de futebol só foi abafado pelo medo de estar sendo seguida. A cada passo Andy tentava se convencer a deixar de ser paranoica. O cara não a tinha visto. Ou talvez não tivesse importância se tivesse visto. A picape preta era bonita. Talvez ele quisesse comprar uma. Ou talvez estivesse tentando arrombar. Ou talvez procurasse Andy.

Acha que alguma coisa pode me assustar?

Depende do quanto você ama sua filha.

As luzes do escritório do Get-Em-Go estavam apagadas. Um cartaz na porta dizia "fechado". Uma cerca de metal, ainda mais alta que a da escola, cercava os depósitos. As construções baixas e térreas com portas metálicas de enrolar pareciam saídas de *Mad Max*. Havia um portão na entrada e um leitor de cartão na altura da janela de um carro, mas sem números, apenas um quadrado de plástico preto com uma luz vermelha.

Ela abriu a bolsa. Encontrou o cartão magnético branco sem identificação. Pressionou-o sobre o quadrado preto. A luz vermelha ficou verde. O portão guinchou enquanto recuava sobre pneus de borracha.

Andy fechou os olhos. Tentou se acalmar. Ela tinha o direito de estar ali. Tinha um cartão. Tinha o número de uma unidade. Tinha uma chave.

Ainda assim, suas pernas tremiam ao entrar no complexo. Haveria respostas dentro do depósito. Andy descobriria algo sobre sua mãe. Talvez algo que ela não quisesse saber. Que Laura não queria que ela soubesse — não até agora, porque *eles* estavam atrás dela.

Andy limpou suor da nuca. Deu uma olhada para trás para ter certeza de que não estava sendo seguida. Não havia como saber se estava segura ou não. O complexo era enorme. Ela contou pelo menos dez prédios, todos eles com aproximadamente quinze metros de comprimento e portas de enrolar encardidas. Andy conferiu as placas até encontrar o prédio número duzentos. Parou diante da unidade vinte-um.

O dia do seu aniversário.

Não aquele que ela tivera a vida inteira, mas aquele que Laura lhe dissera ser o real.

— Meu Deus — sussurrou Andy.

Ela não estava mais certa sobre o que era real.

O cadeado parecia novo, ou pelo menos não estava enferrujado como os outros. Andy enfiou a mão na *nécessaire* e pegou a pequena chave. Não conseguiu impedir que as mãos tremessem enquanto abria o cadeado.

O cheiro foi a primeira coisa que ela notou: limpo, quase asséptico. O piso de concreto parecia ter sido feito na semana anterior. Não havia teias de aranha nos cantos. Nada de arranhões ou digitais nas paredes. Prateleiras de aglomerado vazias cobriam os fundos. Uma pequena mesa metálica com luminária estava encaixada no canto.

E, no meio do espaço, uma perua azul-marinho estacionada.

Andy encontrou o interruptor. Fechou a porta. Instantaneamente o calor começou a aumentar, mas ela pensou no homem olhando dentro da picape — da picape de Moletom — e percebeu que não tinha escolha.

A primeira coisa que verificou foi o carro, que era tão quadrado que parecia do Fred Flintstone. A pintura era impecável. Os pneus pareciam novinhos. Um adesivo no para-brisa dizia que o óleo havia sido trocado quatro meses antes. Assim como tudo dentro do depósito, não havia poeira, nenhuma sujeira. O carro poderia estar no salão de uma concessionária.

Andy espiou pela janela do motorista. Havia coisas giratórias, como alavancas que você tinha de torcer para abrir e fechar as janelas. Os assentos eram de vinil azul-escuro, um banco comprido, sem console central. O rádio tinha botões grossos de apertar. Havia grandes controles redondos e de deslizar prateados. O câmbio era no volante. O painel tinha adesivos nas partes lisas para simular madeira. O hodômetro marcava apenas 35.701 quilômetros.

Andy não reconheceu o logotipo no volante, um pentágono com uma estrela dentro, mas havia letras metálicas em relevo do lado de fora do carro que diziam RELIANT K TRAÇÃO DIANTEIRA.

Andy deu a volta e enfiou a mão pelo vidro. Recuou imediatamente ao abrir o porta-luvas. Uma arma caíra. Um revólver, do mesmo tipo que Jonah Helsinger apontara para o peito de Laura. Algo havia sido raspado na lateral. O número de série. Andy olhou pra a arma de aparência repulsiva caída no piso, esperando, como se a arma de repente pudesse se mover.

Não fez isso.

Encontrou também o manual do proprietário.

Plymouth Reliant SE Wagon 1989.

Folheou as páginas. Os gráficos eram antigos, as ilustrações claramente feitas à mão. Um carro de 29 anos de idade quase sem quilometragem. Dois anos mais novo que Andy. Guardado em um lugar do qual Andy não tivera notícia em uma cidade cujo nome ela nunca ouvira antes que sua mãe a mandasse ir para lá.

Muitas perguntas.

Andy começou a ir na direção dos fundos do carro, mas se deteve. Virou e ficou de pé junto à porta fechada. Escutou para ter certeza de que nenhum carro havia estacionado do lado de fora, ou de que não havia um homem de pé do outro lado. Por excesso de paranoia, deitou-se de barriga. Olhou sob a fresta da porta.

Nada.

Andy se levantou. Limpou as mãos no short. Continuou a dar a volta na perua para verificar a placa, que era tão quadrada quanto o carro. Era do Canadá, azul e branca com uma coroa entre as letras e os números e as palavras *Venha Descobrir* na base. O adesivo de licenciamento dizia DEZ 18, o que significava que o registro era válido.

Andy sabia por causa do trabalho na emergência que o Centro Nacional de Informações Criminais partilhava informações com o Canadá. A questão era que o sistema só conferia veículos roubados. Se um policial parasse aquele carro, tudo que poderia fazer era checar se o nome registrado do dono conferia com a carteira de motorista.

Isso significava que nos 29 anos anteriores sua mãe mantivera um carro secreto e impossível de rastrear escondido do mundo.

De Andy.

Ela abriu a porta traseira da perua. As molas funcionaram silenciosamente. Enrolou a cobertura de vinil que tampava o porta-malas. Saco de dormir azul marinho, um travesseiro, um cooler vazio, uma caixa de carne-seca Slim Jim, garrafas de água, uma bolsa de praia branca cheia de livros, pilhas, uma lanterna, uma caixa de primeiros socorros.

Debaixo havia uma maleta Samsonite azul. Couro sintético. Zíperes dourados. Pequena. Não do tipo com rodas, mas do tipo que você precisa carregar. A mala tinha uma abertura em cima e uma embaixo. Andy abriu primeiro a de cima. Encontrou três peças de tudo: jeans, calcinhas de seda branca combinando com sutiãs brancos, meias, camisas de abotoar com cavalos de polo bordados e uma jaqueta Members Only marrom.

Nenhuma das roupas parecia com algo que sua mãe vestiria. Talvez essa fosse a ideia. Andy tirou os shorts e vestiu uma calcinha. Ela preferia algodão, mas qualquer coisa era melhor do que o que estava vestindo. Os jeans estavam largos na cintura, mas ela não estava em posição de reclamar. Tirou as notas de vinte da bolsa e as enfiou no bolso de trás. Trocou a camisa, mas manteve seu sutiã, porque Laura era dois números maior. Pelo menos costumava ser.

O que significava que sua mãe fizera aquela mala antes do diagnóstico de câncer três anos antes.

Andy virou a mala. Abriu o zíper do outro lado.

Cacete.

Pilhas de dinheiro. Mais uma vez notas de vinte, cada pilha envolta em uma tira lilás que indicava $2.000. O design das cédulas, no entanto, parecia antigo, anterior à adoção dos novos elementos de segurança. Andy contou as pilhas. Dez no comprimento, três na largura e quatro na profundidade.

Duzentos e quarenta mil dólares.

Ela fechou a mala, puxou a cobertura vinílica do compartimento de bagagem por cima de tudo e fechou a tampa.

Andy se apoiou no carro por um momento, a cabeça girando. Valeria a pena imaginar como sua mãe tinha conseguido todo aquele dinheiro? Ela teria mais sucesso imaginando quantos unicórnios ainda viviam nas florestas.

As prateleiras atrás do carro estavam vazias a não ser por dois jarros de água sanitária, uma escova e uma pilha de panos de chão brancos dobrados. No canto havia um esfregão de cabeça para baixo. Andy correu a mão pelas prateleiras de aglomerado. Nenhuma poeira. A mãe, que não era obcecada por limpeza, esfregara aquele lugar de cima a baixo.

Por quê?

Andy se sentou à mesa no canto. Acendeu a luminária. Verificou as gavetas. Uma caixa de canetas. Dois lápis. Um bloco comum. Uma pasta de couro. As chaves do Plymouth. O arquivo estava cheio de pastas suspensas vazias. Andy as empurrou para o lado. Enfiou a mão no fundo e encontrou uma caixa de sapatos pequena com a tampa presa por fita adesiva.

Colocou a caixa em cima da mesa.

Abriu a pasta de couro. Dois bolsos. Um tinha um registro de carro da província de Ontário para um Plymouth Reliant 1989. O nome do dono registrado era Daniela Barbara Cooper. O registro original era de 20 de agosto, o dia que Andy sempre pensara ser seu aniversário, mas dois anos depois do seu nascimento, 1989. O recibo de licenciamento anual estava preso no canto. A data de processamento era 12 de maio de 2017.

O ano anterior.

Não havia calendário para confirmar, mas provavelmente por volta do Dia das Mães. Andy tentou lembrar. Será que ela havia apanhado a mãe no aeroporto antes de levá-la para almoçar? Ou isso fora no ano anterior? Laura não costumava deixar Belle Isle com frequência, mas pelo menos uma vez por ano ia a uma conferência de fonoaudiologia. Tinha sido assim desde a infância de Andy, e ela nunca se preocupara em saber quais eram os eventos. Afinal, por que faria isso?

O que ela sabia era que a peregrinação anual tinha grande importância para a mãe. Mesmo fazendo quimioterapia, ela obrigou Andy a levá-la ao aeroporto de Savannah para que pudesse ir a um encontro em Houston.

Será que realmente tinha ido a Houston? Ou fora para Austin ver sua velha amiga professora Paula Kunde?

Uma vez que deixava a mãe no aeroporto, Andy não tinha ideia de para onde Laura ia.

Andy procurou dentro do outro bolso da pasta. Duas carteiras plastificadas. A primeira era uma carteira de motorista ampliada, azul-clara, de Ontário, Canadá.

Ampliada significava que a carteira podia ser usada para travessias de fronteira marítimas e terrestres para os Estados Unidos. Então, nada de voos para o Canadá, mas de carro tudo bem.

A foto na carteira mostrava Laura antes que o câncer tivesse roubado algumas curvas de suas bochechas. A data de validade era 2024. A mãe era registrada com o mesmo nome da dona do Reliant, Daniela Barbara Cooper, nascida em 15 de dezembro de 1964, o que era errado, pois a data de nascimento de Laura era 9 de abril de 1963, mas isso não fazia diferença nenhuma, já que sua mãe, pelo que Andy sabia, não estava no momento residindo no apartamento 20 da Adelaide Street West 22, em Toronto, Canadá.

D.B. Cooper.

Andy ficou imaginando se o nome seria alguma espécie de brincadeira, mas, considerando onde ela estava sentada, talvez não fosse maluquice pensar que Laura poderia ser o famoso sequestrador que saltara de paraquedas de um avião com milhões de dólares e desaparecera completamente.

Só que Cooper era homem, e nos anos 1970 Laura ainda era uma adolescente.

Foi em 1977, eu tinha catorze anos, era mais fã do Rod Stewart do que do Elvis na época.

Andy pegou a outra carteira. Também de Ontário, também com o nome e a data de nascimento de Daniela Cooper, essa dizia HEALTH – SANTÉ. Andy fizera espanhol no secundário, portanto não sabia nada de francês e não tinha ideia do que seria *santé*. Ela se perguntou por que diabos a mãe não usara o sistema de saúde nacional do Canadá em vez de torrar a maior parte de suas economias para a aposentadoria pagando pelo tratamento de câncer nos Estados Unidos.

O que a levou à caixa de sapatos. Tampa presa, escondida em uma gaveta de escrivaninha dentro de um depósito secreto trancado. O logotipo do lado de fora era da Thom McAn. A caixa era pequena, decididamente não de sapatos adultos. Quando Andy era pequena Laura sempre a levava ao shopping de Charleston para comprar sapatos antes do começo das aulas.

O que quer que houvesse dentro era leve, mas parecia uma bomba.

Ou talvez fosse mais como a caixa de Pandora, contendo todos os males do mundo de Laura. Andy conhecia o resto do mito, de que, assim que você deixava sair o mal, tudo o que restava era a esperança, mas ela duvidava seriamente de que algo dentro da caixa pudesse trazer esse conforto.

Andy puxou a fita. O lado adesivo se transformara em pó. Ela não teve dificuldade em tirar a tampa.

Fotografias. Não muitas, algumas em preto e branco, algumas em cores desbotadas.

Um punhado de polaroides estava preso por um elástico velho. Andy escolheu essas primeiro porque nunca vira a mãe parecer tão jovem.

O elástico se rompeu em suas mãos.

Laura devia ter vinte e poucos anos quando as fotos foram tiradas. Os anos 1980 estavam por toda parte, de sua sombra de olhos azul ao batom cor-de-rosa, passando pelo blush que subia pelas bochechas como as asas de um pássaro. Seu cabelo normalmente castanho estava de um louro chocante e com permanente demais. Ombreiras enormes tornavam quadrado o suéter branco de mangas curtas. Ela parecia prestes a contar a todos quem atirara em J.R. Ewing em *Dallas*.

O único motivo pelo qual Andy não estava sorrindo era que ficava claro pela foto que alguém socara o rosto de sua mãe repetidamente.

O olho esquerdo de Laura estava inchado e fechado. Seu nariz estava torto. Havia grandes hematomas ao redor do pescoço. Ela encarava a câmera, sem expressão. Estava em algum outro lugar, sendo outra pessoa, enquanto seus ferimentos eram documentados.

Andy conhecia aquele olhar.

Ela passou para a polaroide seguinte. O suéter branco estava levantado para mostrar hematomas no abdômen de Laura. A foto seguinte mostrava um talho no lado interno da coxa.

Andy tinha visto aquela cicatriz de aparência horrenda durante uma das estadias da mãe no hospital. Sete centímetros e meio, rosada e irregular mesmo depois de todo aquele tempo. Andy chegara a engasgar à visão dela.

Patinando no gelo, dissera Laura, revirando os olhos como se as três palavras explicassem tudo.

Andy pegou a pilha de fotos seguinte, que eram perturbadoras, mas apenas por serem diferentes. Em vez de polaroides, fotos ampliadas comuns de uma criança pequena vestindo roupas de inverno cor-de-rosa. A data impressa no verso era 4 de janeiro de 1989. A série registrava a garotinha rolando na neve, lançando bolas de neve, fazendo anjos, depois um boneco que em seguida aparece destruído. Às vezes havia um adulto na foto — uma mão sem corpo caída ou um pé se projetando abaixo de um casaco de lã pesado.

Andy se reconheceu. Desde pequena sempre tivera os mesmos olhos amendoados marcantes, uma característica que herdara da mãe.

De acordo com a data no verso, a pequena Andy teria quase dois anos quando as fotos foram tiradas. Era a época em que tinham morado nos alojamentos da UGA, enquanto Laura terminava seu doutorado.

Aquele tipo de neve não caía em Athens, e especialmente não em Belle Isle. Andy não se lembrava de um dia ter viajado para o norte. Nem Laura alguma vez lhe contara sobre algo assim. De fato, quando Andy revelou seus planos de se mudar para Nova York a primeira coisa que Laura dissera fora: *Ah, querida, você nunca esteve tão longe de casa.*

As duas últimas fotos na caixa estavam presas com um clipe de papel.

Phil e Laverne Randall, os pais do seu pai biológico, estavam sentados em um sofá. Uma pintura da praia pendia na parede revestida de madeira atrás deles. Havia algo muito familiar nas expressões de ambos, na posição em que estavam sentados, até mesmo na sombra de uma luminária de pé projetada no encosto do sofá.

Andy tirou o clipe para revelar a segunda foto.

As mesmas pessoas, mesmas expressões, mesmas poses, mesmas sombras — mas dessa vez Andy, com talvez seis meses de idade, estava sentada no colo dos Randall, equilibrada em um joelho de cada um.

Ela passou o dedo ao longo da borda de sua versão bebê.

Na escola, Andy aprendera a usar Photoshop para, entre outras coisas, superpor imagens. Tinha se esquecido de que antes dos computadores as pessoas tinham que alterar as imagens à mão. Você pegava um estilete e cuidadosamente cortava alguém de uma foto, passava cola no verso e colocava a imagem recortada em uma fotografia diferente.

Assim que estava satisfeito com o resultado, você precisava tirar outra fotografia das imagens superpostas, e mesmo assim não era sempre que dava certo. As sombras ficavam estranhas. As poses não pareciam naturais. O processo inteiro era dolorosamente delicado.

O que tornava muito mais impressionante a habilidade de Laura.

Durante a adolescência de Andy, ela com frequência olhara com saudade para a foto de seus avós Randall. Normalmente quando estava furiosa com Laura ou, pior, com Gordon. Às vezes analisava os traços dos avós, tentando adivinhar por que seu ódio e seu preconceito eram mais importantes do que ter contato com a filha única de seu filho morto.

Andy na verdade nunca se concentrara em observar a si mesma na imagem. O que era muito ruim. Se tivesse feito isso, mesmo sem muita atenção, teria notado que na verdade não estava sentada no colo dos Randall.

Pairando descrevia melhor.

Os Randall, os racistas, eram um assunto difícil que Andy não puxava com a mãe, da mesma forma que não mencionava os pais da própria Laura, Anne e Bob Mitchell, que tinham morrido antes do nascimento de Andy. Ela também não perguntava sobre Jerry Randall, seu pai, que morrera em um acidente de carro muito antes que Andy pudesse consolidar qualquer lembrança dele. Elas nunca tinham visitado seu túmulo em Chicago. Nunca tinham visitado o túmulo de ninguém.

Vamos nos encontrar em Providence, dissera Andy a Laura em seu primeiro ano em Nova York. *Você poderia me mostrar onde foi criada.*

Ah, querida, respondera Laura com um suspiro. *Ninguém quer ir a Rhode Island. Além disso, faz tanto tempo que saí de lá que não me lembro de mais nada.*

Havia todo tipo de fotografias em casa, uma abundância de fotos. De caminhadas e férias na Disney, piqueniques na praia e primeiros dias de aula. Algumas poucas mostravam Laura sozinha, porque ela odiava ser fotografada. Não havia nenhum registro pré-Andy. Laura tinha apenas uma foto de Jerry Randall, a mesma foto que Andy encontrara pela internet nos obituários do *Chicago Sun Times*.

Jerome Phillip Randall, 28 anos; oftalmologista e grande torcedor dos Bears; deixa uma filha, Andrea, e os pais Phillip e Laverne.

Andy também vira outros documentos: a certidão de nascimento e o atestado de óbito do pai, ambos emitidos no condado de Cook, Illinois. Os vários diplomas de Laura, sua certidão de nascimento de Rhode Island, seu cartão do seguro social, sua carteira de motorista. O registro de nascimento de Andrea Eloise Mitchell datado de 20 de agosto de 1987. O documento de transferência da casa de Belle Isle. Registros de vacinação. Certidão de casamento. Documento de divórcio. Documentos de carros. Cartões de seguro. Extratos bancários. Extratos de cartão de crédito.

A carteira de motorista de Daniela Barbara Cooper. O registro do carro em Ontário. O cartão de saúde. A perua com uma arma no porta-luvas, suprimentos e dinheiro que estava à espera em um depósito em uma cidade anônima.

A *nécessaire* escondida dentro do sofá no escritório de Laura. A chave presa com fita atrás da foto emoldurada de Andy.

Tudo o que eu já fiz foi por você, minha Andrea Heloise. Tudo.

Andy espalhou as polaroides da mãe na mesa. O talho na perna. O olho roxo. O pescoço machucado. O abdômen ferido. O nariz quebrado.

Partes de uma mulher que ela nunca conhecera.

26 DE JULHO DE 1986

Tentaram nos enterrar.
Não sabiam que éramos sementes.

PROVÉRBIO MEXICANO

CAPÍTULO SETE

OS FILHOS DE MARTIN Queller eram mimados daquela forma tipicamente americana. Dinheiro demais. Educação demais. Viagens demais. Era tudo demais, e essa abundância os deixara vazios.

Laura Juneau achava doloroso ver especialmente a garota. Seus olhos disparando pelo salão furtivamente. O modo nervoso como ela continuava a mover os dedos como se flutuassem sobre teclas invisíveis. Sua necessidade de contato lembrava um polvo esticando cegamente os tentáculos em busca de alimento.

Quanto ao rapaz... Bem, ele tinha charme, e muito podia ser perdoado em um homem charmoso.

— Com licença, madame? — disse o *politi*, que era alto e magro. O fuzil pendurado em seu ombro lembrava a Laura o brinquedo preferido do seu filho. — Esqueceu seu crachá da conferência?

Laura franziu as sobrancelhas enquanto se apoiava na bengala.

— Eu tinha planejado fazer o credenciamento antes da minha apresentação.

— Posso escoltá-la?

Ela não tinha escolha. A segurança extra não era nem inesperada nem injustificada. Manifestantes estavam reunidos diante do centro de conferências de Oslo, a mistura habitual de anarquistas, antifascistas, skinheads e criadores de caso, junto com imigrantes paquistaneses com raiva da recente política migratória norueguesa. Essa inquietação dera um jeito de chegar ao interior do prédio, onde pairava uma forte desconfiança a respeito do julgamento de Arne Treholt, que se dera no ano anterior. O antigo membro do partido trabalhista cumpria então uma pena de vinte anos por alta traição. Havia aqueles que acreditavam que os russos tinham mais espiões infiltrados no governo norueguês. E eram em número ainda maior os que temiam que a KGB estivesse se espalhando como uma hidra para o resto da Escandinávia.

O *politi* se virou para garantir que Laura o estava seguindo. A bengala era um incômodo, mas ela tinha 43, não 93. Ainda assim, abriu caminho em meio à multidão de homens velhos e inexpressivos em seus ternos rígidos, todos usando crachás que os identificavam por nome, nacionalidade e especialidade. Havia os esperados filhos das principais universidades — MIT, Harvard, Princeton, CalTech, Stanford —, e os convidados habituais: Exxon, Tenneco, Eastman Kodak, Raytheon, DuPont e, em um círculo ao redor de Lee Iacocca, o principal palestrante, um saudável grupo de altos executivos da Chrysler.

A mesa de credenciamento ficava sob uma grande faixa que dizia BEM-VINDOS AO G-FAB. Assim como em toda a comunicação do Global Finance and Business Consortium, o texto aparecia em inglês, francês, alemão e, em deferência aos anfitriões, norueguês.

— Obrigada — disse Laura ao policial, mas o homem não foi embora.

Ela sorriu para a mulher sentada atrás da mesa e contou a mentira bem ensaiada:

— Sou a dra. Alex Maplecroft, da Universidade da Califórnia em Berkeley.

A mulher folheou um catálogo e pegou as credenciais adequadas. Laura teve um momento de alívio quando achou que a mulher simplesmente entregaria o crachá, mas ela disse:

— Sua identificação, por favor, madame.

Laura apoiou a bengala na mesa. Abriu a bolsa. Procurou sua carteira. Conteve o tremor nos dedos.

Ela também ensaiara para isto. Não ensaiara realmente, mas imaginara os passos que daria para se aproximar da mesa de credenciamento, pegar a carteira e mostrar o documento falso que a identificava como Alexandra Maplecroft, professora de economia.

Lamento, mas poderia agilizar um pouco? Minha mesa começa em poucos minutos.

— Senhora — disse a mulher atrás da mesa, olhando não para os olhos de Laura, mas para seu cabelo. — Poderia, por favor, retirar a identificação da carteira?

Outro nível de verificação que Laura não antecipara. Novamente viu que as mãos tremiam enquanto tentava tirar o cartão do bolso plástico. De acordo com o falsificador de Toronto, a identidade era perfeita, mas a vocação do homem era a fraude. E se a garota atrás da mesa encontrasse uma falha? E se uma foto da verdadeira Alex Maplecroft tivesse sido registrada ali? O *politi* arrastaria Laura para fora algemada? Será que seis meses de planejamento cuidadoso cairiam por terra por causa de um simples cartão de plástico?

— Dra. Maplecroft!

Todos se viraram para encontrar a origem do grito.

— Andrew, venha conhecer a dra. Maplecroft!

Laura sempre soubera que Nicholas Harp era bonito de tirar o fôlego. De fato, a mulher atrás da mesa suspirou enquanto ele se aproximava.

— Dra. Maplecroft, que maravilha revê-la — disse Nick, apertando a mão dela.

A piscadela claramente tinha o objetivo de tranquilizá-la, mas Laura não ficou tranquila daquele momento em diante.

— Eu fiz seu curso de economia 401 em Berkeley. Disparidades raciais e de gênero nas economias ocidentais. Mal consigo acreditar que finalmente me lembrei.

— Sim — disse Laura, que sempre ficava chocada com a facilidade com que Nick mentia. — Adorável vê-lo novamente, senhor…

— Harp. Nicholas Harp. Andrew!

Ele acenou para outro jovem, bonito, mas nem tanto, igualmente vestindo calças de algodão e uma camisa polo azul-clara. Futuros capitães de indústria, aqueles jovens. Seus cabelos clareados pelo sol diziam isso. Peles com um belo bronzeado saudável. Colarinhos rígidos virados para cima. Sem meias. Mocassins.

— Andy, seja rápido. A dra. Maplecroft não tem o dia inteiro — disse Nick.

Andrew Queller parecia agitado. Laura podia entender o motivo. O plano determinava que todos permanecessem anônimos e separados. Andrew olhou para a garota atrás da mesa, e naquele momento pareceu entender por que Nick arriscara acabar com o disfarce.

— Dra. Maplecroft, acredito que esteja na mesa do meu pai às 14 horas? "Ramificações sócio-políticas da Correção de Queller".

— Sim, isso mesmo — disse Laura, tentando dar alguma naturalidade a sua voz. — Você é Andrew, filho do meio de Martin?

— Culpado — respondeu Andrew, sorrindo para a garota. — Há algum problema, senhorita?

A aura de poder era evidente em Andrew. A mulher estendeu o crachá da dra. Alex Maplecroft, e assim Laura foi legitimada.

— Obrigado — repetiu Nick à garota, que parecia encantada com a atenção.

— Sim, obrigada — repetiu Laura, as mãos consideravelmente mais firmes enquanto prendia o crachá no peito de seu blazer azul-marinho.

— Madame — disse o *politi*, afastando-se.

Laura encontrou sua bengala. Queria se afastar da mesa.

— Não tão rápido, dra. Maplecroft — disse Nick, sempre um artista, juntando as mãos. — Podemos lhe oferecer um drinque?

— É cedo demais — respondeu Laura, embora de fato uma bebida fosse ideal para acalmar os nervos. — Não sei ao certo que horas são.

— Falta pouco para uma — respondeu Andrew, que estava usando um lenço para limpar um nariz já vermelho. — Lamento, peguei um maldito resfriado no voo.

Ela tentou impedir que seu sorriso tivesse um tom triste. Desde o início Laura queria cuidar dele como uma mãe.

— Deveria tomar uma sopa.

— Deveria mesmo — respondeu, enfiando o lenço no bolso. — Então vemos você em uma hora? Sua mesa será no salão de baile Raufoss. Meu pai foi avisado para chegar dez minutos antes da hora marcada.

— Talvez queira alguns instantes de privacidade antes disso?

Nick apontou com a cabeça para o banheiro feminino. Estava se divertindo com a encenação.

— É impressionante que tenham se dado o trabalho de preparar um banheiro feminino, dra. Maplecroft. Todas as esposas foram fazer compras em Storo. Aparentemente a senhora é a única mulher escalada para falar na conferência.

— Nick — alertou Andrew. — É tênue a linha entre inteligência e estupidez.

— Ih, meu velho… Sei que é hora de ir embora quando você começa a citar *Spinal Tap*.

Nick deu outra piscadela para Laura antes de permitir que Andrew o levasse embora. O rio de homens de terno se virava enquanto os dois jovens, tão cheios de vida e expectativas, avançavam.

Laura franziu os lábios e inspirou levemente. Fingiu procurar algo na bolsa enquanto tentava recuperar o equilíbrio.

Como costumava ser o caso sempre que estava perto de Nick e Andrew, Laura se lembrou do filho mais velho. No dia em que foi assassinado, David Juneau tinha dezesseis anos. A penugem sobre o maxilar havia começado a parecer uma barba. O pai já lhe mostrara no espelho do banheiro quanto creme de barbear usar, como deslizar a lâmina bochecha abaixo e pescoço acima. Laura ainda conseguia se lembrar daquela clara manhã de outono, a última manhã deles, de como o sol lançara seus dedos por entre os pelos finos no queixo de David enquanto ela colocava suco de laranja em seu copo.

— Dra. Maplecroft? — chamou uma voz hesitante, as vogais arredondadas do sotaque tipicamente escandinavo. — Dra. Alex Maplecroft?

Laura procurou Nick furtivamente para que ele a salvasse novamente.

— Dra. Maplecroft? — repetiu o homem, convencido de que acertara a pessoa. Não havia nada mais afirmativo do que um crachá de uma conferência. — Professor Jacob Brundstad, *Norges Handelshøyskole*. Eu estava ansioso para discutir...

— É um prazer conhecê-lo, professor Brundstad — disse Laura, apertando a mão dele com firmeza. — Podemos conversar depois de minha mesa? Falta menos de uma hora e eu preciso organizar minhas anotações. Espero que entenda.

Ele era educado demais para discutir.

— É claro.

— Estarei esperando — afirmou Laura, firmando a bengala no chão enquanto se virava.

Ela se enfiou no meio da multidão de homens grisalhos com seus cachimbos, cigarros, maletas e rolos de papéis nas mãos. Era inegável que todos os olhos estavam sobre ela. Lançou-se à frente, cabeça erguida. Ela estudara a dra. Alex Maplecroft o suficiente para entender que a arrogância da mulher era lendária. Laura a observara do fundo de salas de aula lotadas enquanto Maplecroft fazia picadinho dos estudantes mais lentos e censurava colegas por não chegarem diretamente ao ponto.

Ou talvez não fosse tanto arrogância, mas o muro que Maplecroft construíra para se proteger dos olhares de homens raivosos. Nick estava certo quando dissera que a renomada professora de economia era a única mulher convidada a palestrar na conferência. Os olhares de acusação — *Por que aquela garçonete não está uniformizada? Por que não está esvaziando os cinzeiros?* — eram duplamente justificados.

Laura hesitou. Estava indo diretamente para o nada: uma parede com um cartaz anunciando voos Moonlight Special da Eastern Airline. Sob o escrutínio, ela sentiu que não poderia mudar de direção. Fez uma curva fechada à direita e se viu diante da porta de vidro fechada que levava ao bar.

Felizmente descobriu que a porta estava destrancada.

Fumaça velha com um toque de uísque caro tomava o bar. Havia uma pista de dança de madeira com uma bola espelhada sem iluminação. Os reservados eram baixos. Espelhos escurecidos pendiam do teto. O relógio de Laura marcava a hora de Toronto, mas ela deduziu pelo salão vazio que ainda era cedo demais para tomar um drinque.

Depois daquele dia a reputação da dra. Maplecroft seria a última de suas preocupações.

Laura podia ouvir o som das teclas do piano enquanto ocupava um lugar nos fundos do bar. Apoiou a bengala na parede. Sua mão estava razoavelmente firme quando pegou o maço de Marlboro na bolsa. Havia uma caixa de fósforos no cinzeiro de vidro. O clarão da combustão acalmou os nervos à flor da pele.

O barman surgiu pela porta vaivém. Era corpulento e engomado, com um avental amarrado na cintura grossa.

— Madame?

— Gim tônica — disse em voz suave.

As notas cacofônicas do piano transformaram-se em uma melodia conhecida. Não era Rossini ou, considerando o local, Edvard Grieg, mas uma melodia lenta que ganhava uma energia familiar.

Laura sorriu ao soprar uma nuvem de fumaça.

Reconheceu a canção do rádio. A-ha, a banda norueguesa com o clipe engraçado em desenho animado. "Take On Me" ou "Take Me On" ou alguma variação dessas palavras repetida *ad nauseam* com um incansável teclado elétrico ao fundo.

Quando a filha de Laura ainda era viva, o mesmo tipo de música melosa de sintetizadores sempre saía a todo volume do aparelho de som de Lila, do Walkman ou mesmo da boca enquanto ela tomava banho. Toda viagem de carro, por mais curta que fosse, começava com a filha colocando o rádio na estação The Quake. Laura nunca se cansava de explicar à filha por que essas músicas tolas a irritavam. Os Beatles. Os Rolling Stones. James Brown. Stevie Wonder. *Esses* eram artistas.

Laura nunca se sentira tão velha quanto quando Lila a obrigara a assistir um clipe da Madonna na MTV. O único comentário positivo que Laura conseguiu fazer foi: "Que escolha ousada vestir a lingerie por cima."

Laura pegou uma caixa de lenços na bolsa e enxugou os olhos.

— Madame — disse o barman, pronunciando a palavra como um pedido de desculpas e colocando suavemente o drinque sobre um guardanapo de coquetel.

— Posso acompanhá-la?

Laura ficou assustada ao encontrar Jane Queller junto ao seu cotovelo. A irmã de Andrew era uma total estranha, e assim deveria permanecer. Laura se esforçou para impedir que a expressão facial traísse seu disfarce. Ela só vira a garota em fotografias ou a grande distância. De perto ela parecia mais jovem que seus 23 anos. Sua voz também era mais grave do que Laura imaginara.

— Por favor, perdoe a interrupção — disse Jane, que certamente tinha visto as lágrimas de Laura. — Estava sentada ali imaginando se seria cedo demais para beber sozinha.

Laura se recuperou rapidamente.

— Acho que sim. Me acompanha?

Jane hesitou.

— Tem certeza?

— Eu insisto.

Jane sentou-se e pediu ao barman o mesmo drinque.

— Jane Queller. Acho que a vi conversando com meu irmão, Andrew.

— Alex Maplecroft — disse, e pela primeira vez em toda aquela empreitada Laura lamentou uma mentira. — Estou em uma mesa com seu pai daqui a 45 minutos — anunciou, conferindo o relógio na parede.

Jane se esforçou desajeitadamente para disfarçar sua reação. Seus olhos, mais uma vez, foram na direção da linha do cabelo de Laura.

— Sua foto não estava no programa da conferência.

— Não gosto muito de tirar fotos.

Laura ouvira Alex Maplecroft dizer a mesma coisa em uma palestra em São Francisco. Além de usar um apelido, a doutora achava que esconder o fato de ser mulher era a única forma de garantir que seu trabalho fosse levado a sério.

— Meu pai já se encontrou com você pessoalmente? — perguntou Jane.

Laura achou a formulação curiosa — em vez de perguntar se ela conhecera Martin Queller, perguntar se Martin Queller a havia conhecido.

— Não, não que eu me lembre.

— Então acho que de fato vou gostar de assistir a uma das mesas do velho — comentou Jane, pegando o copo assim que o barman o pousou no balcão. — Estou certa de que você conhece a fama dele.

— Conheço — respondeu Laura, erguendo o copo em um brinde. — Algum conselho?

Jane torceu o nariz enquanto pensava.

— Não escute as primeiras cinco palavras que ele lhe disser, porque nenhuma fará com que se sinta bem consigo mesma.

— Essa é uma regra geral?

— Está gravada no brasão da família.

— Antes ou depois de "*arbeit macht frei*"?

Jane engasgou com uma gargalhada, cuspindo gim tônica no bar.

Usou o guardanapo de coquetel para limpar a bagunça. Seus dedos longos e elegantes pareciam não servir para a função.

— Posso filar um?

Ela se referia aos cigarros. Laura deslizou o maço, mas alertou:

— Eles matam.

— Sim, é o que o dr. Koop nos diz — respondeu Jane, levando o cigarro aos lábios.

Quando abriu a caixa de fósforos, acabou derrubando todos.

— Caramba. Eu lamento muito — disse, parecendo uma criança desconfortável enquanto catava a bagunça. — Jinx, a Desastrada, ataca novamente.

A frase soava ensaiada. Laura conseguia imaginar que Martin Queller descobrira formas únicas e precisas de lembrar aos filhos que eles nunca seriam perfeitos.

— Madame? — disse o barman, oferecendo fogo.

— Obrigada — disse Jane, inclinando-se na direção do fósforo em vez de colocar as mãos em concha sobre a dele.

Ela tragou profundamente, os olhos fechados como um gato desfrutando os raios do sol. Quando viu que Laura a observava, riu e soltou a fumaça.

— Desculpe, estou na Europa há três meses. É bom fumar um cigarro americano.

— Achei que todos vocês expatriados gostavam de fumar Gauloises e debater Camus e a tragédia da condição humana.

— Quem me dera — disse Jane, tossindo outra nuvem de fumaça escura.

Laura sentiu um repentino afeto maternal pela garota. Ela queria arrancar o cigarro da sua mão, mas sabia que o gesto não faria sentido. Aos 23, Laura estava desesperada para que os anos passassem mais rapidamente, para mergulhar mais fundo na maturidade, se estabelecer, se tornar alguém. Ela ainda não sentira o desejo de fazer o tempo voltar porque o rosto ainda não enrugara como um pano molhado, não sentira que um dia suas costas poderiam doer quando subisse as escadas, que sua barriga poderia ficar flácida pela gravidez, que sua coluna poderia ficar deformada por um tumor canceroso.

— Discorde dele — disse Jane, segurando o cigarro entre polegar e indicador, da mesma forma que o irmão. — Esse é meu conselho em relação ao meu pai. Ele não suporta que as pessoas o contradigam.

— Eu apostei minha reputação em contradizê-lo.

— Espero que esteja preparada para a batalha — disse, indicando a balbúrdia da conferência fora do bar. — Foi Jonas ou Daniel quem esteve na cova do leão?

— Jonas esteve na barriga de uma baleia. Daniel esteve na cova dos leões.

— Sim, claro. E Deus mandou um anjo fechar as bocas dos leões.

— Seu pai realmente é tão ruim assim?

Laura se deu conta tarde demais da falta de sentido da pergunta. Todos os três filhos de Queller tinham encontrado seu próprio modo de viver à sombra do pai.

— Estou certa de que você dá conta do Poderoso Martin — disse Jane. — Você não foi convidada para vir aqui à toa. Apenas tenha em mente que, assim que ele se fixar em algo, não recuará. Tudo ou nada é o estilo Queller.

Ela não parecia esperar uma réplica. Seus olhos continuavam a se voltar para o espelho atrás do bar enquanto examinava o salão vazio. Ali estava o polvo do saguão, diante de Laura, desesperadamente em busca de algo, qualquer coisa que a deixasse inteira.

— Você é a mais nova? — perguntou Laura.

— Sim. O primeiro é Jasper, depois Andrew e eu, por fim. Jasper abriu mão da glória na Força Aérea para entrar para os negócios da família.

— Assessoria econômica?

— Não, não. Imagine. O lado que gera dinheiro. Temos um enorme orgulho dele.

Laura ignorou o sarcasmo. Ela sabia muito bem os detalhes da ascensão de Jasper Queller.

— Era você ao piano?

Jane revirou os olhos de modo autodepreciativo.

— Grieg me pareceu demasiadamente aforístico.

— Eu a vi tocar uma vez.

O choque da verdade criou uma imagem na mente de Laura: Jinx Queller ao piano, a plateia inteira encantada enquanto suas mãos flutuavam sobre o teclado. Pensar que aquela artista tão confiante era aquela jovem ansiosa ao seu lado — unhas roídas até o sabugo, os olhares furtivos para o espelho — era uma tarefa difícil.

— Você não atende mais por Jinx? — perguntou Laura.

Outro revirar de olhos.

— Uma cruz infeliz que eu trago da infância.

Laura sabia por Andrew que Jane detestava o apelido de família. Parecia errado saber tanto sobre a garota quando ela não sabia nada sobre Laura, mas era assim que o jogo tinha que ser jogado.

— Acho que Jane combina mais com você.

— Gosto de pensar que sim.

Jane bateu silenciosamente a cinza do cigarro. O fato de que Laura a vira se apresentar claramente era um incômodo para ela. Se Jane fosse retratada em tela, linhas de ansiedade irradiariam de seu corpo. Ela finalmente perguntou:

— Onde você me viu tocar?

— No Hollywood Bowl.

— Ano passado?

— Oitenta e quatro.

Laura se esforçou para evitar um tom melancólico. O concerto havia sido um convite feito em cima da hora pelo marido. Tinham jantado no restaurante italiano preferido dos dois. Laura bebera chianti demais. Conseguia lembrar de se apoiar no marido enquanto caminhavam para o estacionamento. A sensação da mão dele em sua cintura. O cheiro de seu perfume.

— Parte do Jazz Bowl pré-Olimpíadas — explicou Jane. — Eu me apresentei com a Richie Reedie Orchestra. Era um tributo a Harry James e — fez uma pausa, apertando os olhos para lembrar — eu perdi o tempo durante "Two O'Clock Jump". Graças a Deus os metais entraram cedo.

Laura não notara nenhum erro. Lembrava apenas que ao final a multidão estava de pé.

— Você só se lembra de suas apresentações pelos erros?

Ela balançou a cabeça, mas havia algo mais ali. Jane Queller havia sido uma pianista internacional. Sacrificara a juventude à música. Desistira da música clássica pelo jazz, e depois do jazz pelo trabalho de estúdio. No conjunto, havia se apresentado em alguns dos palcos mais venerados.

E então largara tudo.

— Eu li seu ensaio sobre tributação punitiva — disse Jane, erguendo o queixo na direção do barman, pedindo outro drinque silenciosamente. — Caso esteja estranhando, meu pai espera que acompanhemos a vida profissional dele. Mesmo a dez mil quilômetros de distância.

— Edificante.

— Eu diria que é mais alarmante do que edificante. Ele enfia recortes nas cartas da minha mãe para economizar na postagem. "Querida filha, fomos jantar com os Flanningan este fim de semana e, por favor, esteja preparada para responder a perguntas sobre variáveis macroeconômicas na Nicarágua. Resumo anexado."

Jane observou o gim caindo da garrafa. O barman estava sendo mais generoso com o álcool do que havia sido com Laura, mas jovens bonitas sempre conseguiam mais.

— Sua passagem sobre a transformação da política financeira como arma contra as minorias realmente me fez pensar de um modo diferente sobre o governo — continuou Jane. — Embora meu pai ache que seu tipo de engenharia social irá arruinar o mundo.

— Apenas para homens como ele.

— Cuidado — disse, ficando séria e olhando nos olhos de Laura. — Como eu disse antes, ele odeia que alguém o contradiga. Especialmente mulheres. Especialmente mulheres como você.

Laura se lembrou de algo que a mãe lhe dissera muito tempo antes.

— Curioso que os homens nunca fiquem desconfortáveis perto de mulheres, mas nós nos sentimos assim o tempo todo perto deles.

Jane deu uma risada triste enquanto esmagava o cigarro no cinzeiro.

Laura fez um gesto pedindo outro gim tônica, embora o primeiro estivesse ardendo em seu estômago. Ela precisava que as mãos parassem de tremer e conter o coelho assustado que era seu coração naquele momento.

O relógio só lhe dava meia hora para se preparar.

Na melhor das circunstâncias, Laura nunca ficara à vontade falando em público. Era uma observadora por natureza, preferia sumir na multidão. Depois da fala de Iacocca, a mesa com Queller seria a com maior público da conferência. Os ingressos tinham esgotado no dia em que foi anunciada. Dois outros homens se juntariam a eles, um analista alemão da RAND Corporation e um executivo belga da Royal Dutch Shell, mas a atenção dos oitocentos espectadores estaria voltada diretamente para os dois americanos.

Até mesmo Laura tinha que admitir que o currículo de Martin Queller atrairia uma multidão: ex-presidente da Queller Serviços de Saúde, professor emérito da Faculdade de Economia Queller, em Long Beach, ex-conselheiro do governador da Califórnia, atual membro do Conselho de Desenvolvimento Econômico do presidente, no topo da lista para substituir James Baker como secretário do Tesouro e, mais importante, criador da Correção de Queller.

Tinha sido a Correção que levara todos até ali. Embora Alex Maplecroft tenha se distinguido primeiro em Harvard, depois em Stanford e Berkeley, provavelmente teria vivido em obscuridade acadêmica se seus escritos e publicações não tivessem conseguido algo que nenhum homem tinha ousado: questionar com veemência a moralidade não apenas da Correção de Queller, mas do próprio Martin Queller.

Considerando a posição de Martin nas comunidades econômica e de negócios, isso era equivalente a martelar as Noventa e Cinco Teses nas portas das igrejas.

Laura se contava alegremente entre aqueles convertidos a Maplecroft.

Resumindo, a Correção de Queller afirmava que a expansão econômica fora historicamente sustentada por uma minoria indesejável ou por uma classe trabalhadora imigrante que é contida por correções nativistas.

O progresso de muitos nas costas de um *outro*.

Imigrantes irlandeses erguendo as pontes e os arranha-céus de Nova York. Trabalhadores chineses construindo a ferrovia transcontinental. Trabalhadores italianos alimentando a indústria têxtil. Essa era a chamada correção nativista: leis limitando a compra de terras por estrangeiros. Proibido irlandeses. Proibido negros. Proibido cães. A lei de quota de emergência. A lei de alfabetização. *Dred Scott versus Sandford*. A lei de exclusão de chineses. Jim Crow. *Plessy versus Ferguson*. O Programa Bracero de trabalho rural mexicano. Impostos de votação. Deportações de trabalhadores rurais mexicanos na Operação Wetback.

A pesquisa por trás da teoria de Martin era bastante sólida. Era mais um resumo dos fatos do que uma teoria propriamente dita. O problema — pelo menos de acordo com Alex Maplecroft — era que a Correção de Queller estava sendo usada não como uma expressão acadêmica para descrever um fenômeno histórico, mas como uma justificativa para estabelecer as políticas monetárias e sociais. Uma espécie de "a história se repete", mas sem a habitual ironia.

Eis algumas das Correções de Queller mais recentes: menos financiamento para o combate à aids visando reduzir a população homossexual, penas mais duras para usuários de crack afro-americanos, penas maiores para condenados, penas obrigatórias de prisão perpétua para reincidentes, a privatização de prisões e instituições de saúde mental a fim de gerar lucros.

Em um artigo no *Los Angeles Times*, Alex Maplecroft debochou do raciocínio que moldava a Correção de Queller com uma frase cáustica: "*É de se pensar se Hermann Göring realmente engoliu aquela cápsula de cianureto.*"

— Doutora? — chamou Jane, arrancando Laura de seus pensamentos. — Incomoda-se se eu…

A garota queria outro cigarro. Laura tirou dois do maço.

Dessa vez o barman estendeu fogo para ambas.

Laura tragou a fumaça. Observou Jane observando o espelho.

— Por que você parou de se apresentar?

Jane não respondeu a princípio. Devia ter ouvido aquela mesma pergunta dezenas de vezes. Talvez estivesse se preparando para dar a Laura a mesma resposta pronta, mas algo mudou em sua expressão quando ela se virou no banco.

— Sabe quantas pianistas famosas existem?

Laura não era especialista em música — esse passatempo era do marido —, mas tinha uma vaga lembrança.

— Há uma brasileira, Maria Arruda, ou...

— Martha Argerich, da Argentina, mas muito bem — disse Jane, sorrindo sem humor. — Diga outra.

Laura deu de ombros. Tecnicamente ela não tinha dito sequer uma.

— Eu estava no camarim do Carnegie, olhei ao redor e me dei conta de que era a única mulher ali. O que havia acontecido antes, muitas vezes, mas essa foi a primeira vez que realmente reparei nisso. E percebi que as pessoas reparavam em *mim* — disse, girando o cigarro para tirar a cinza. — E depois meu professor me largou.

O repentino surgimento de lágrimas nos cantos dos olhos indicou que a garota ainda sofria com a perda.

— Eu tinha aulas com Pechenikov desde os oito anos, mas ele disse que me levara o mais longe que eu podia ir.

Laura sentiu necessidade de perguntar:

— Não conseguiu encontrar outro?

— Ninguém quis me ensinar — disse, e deu uma tragada. — Pechenikov era o melhor, então eu procurei o segundo melhor. Depois o terceiro. Quando tinha descido até os diretores de bandas escolares me dei conta de que todos estavam usando o mesmo código — explicou, sustentando o olhar de Laura com uma expressão segura. — Quando eles diziam "Não tenho tempo para receber uma nova aluna", o que queriam dizer era: "Não vou desperdiçar meu talento e esforço com uma garota boba que vai desistir de tudo quando se apaixonar."

— Ah — disse Laura, porque realmente era tudo o que podia dizer.

— Em certo sentido é mais fácil. Eu dediquei três ou quatro horas por dia, todos os dias da minha vida, a praticar. Música clássica é uma coisa muito exata. É preciso tocar todas as notas como são escritas. A dinâmica importa quase mais que o toque. Com o jazz há uma expressão melódica que você pode dar à peça. E o rock... Você conhece The Doors?

Laura teve que levar seu raciocínio em outra direção.

— Jim Morrison?

Jane tamborilou com os dedos no balcão do bar. Inicialmente Laura só ouviu o ruído frenético, mas então, de modo impressionante...

— "Love Me Two Times", disse Laura, rindo do truque.

— Manzarek tocou a parte do teclado e a parte do baixo ao mesmo tempo — explicou Jane. — É um feito impressionante, é como se cada mão trabalhasse totalmente independente da outra. Quase uma dupla personalidade. Mas as pessoas não se concentram nos aspectos técnicos. Elas simplesmente adoram o som — disse, e continuou a tamborilar a música enquanto falava. — Se eu não posso tocar uma música que as pessoas apreciem, então quero tocar algo que elas adorem.

— Muito bom — respondeu Laura, deixando que as batidas soassem no silêncio por um momento antes de perguntar: — Você disse que está na Europa faz três meses?

— Berlim — disse Jane, as mãos finalmente pousando. — Estava trabalhando como pianista de estúdio no Hansa Tonstudio.

Laura balançou a cabeça. Nunca tinha ouvido falar.

— É um estúdio de gravação que fica perto do Muro. Eles têm um espaço, a Meistersaal, que tem a mais bela acústica para todo tipo de música; clássica, de câmara, pop, rock. Bowie gravou lá. Iggy Pop. Depeche Mode.

— Parece que você conheceu algumas pessoas famosas.

— Ah, não. Minha parte já está feita quando eles chegam. Essa é a beleza da coisa. Apenas eu e meu desempenho trabalhando isoladamente. Ninguém sabe quem está atrás do teclado. Ninguém liga se é mulher, homem ou um poodle. Eles só querem que você sinta a música, e eu sou boa nisso, sentir aonde as notas vão — disse, um brilho de empolgação aumentando sua beleza natural. — Se você ama música, se ama realmente, de verdade, então você toca para si mesma.

Laura concordou. Ela não tinha referência musical, mas entendia que o puro amor por algo não apenas nos fortalece, mas também nos impulsiona.

Ainda assim, ela disse:

— Você abriu mão de muita coisa.

— Será? — perguntou Jane, parecendo verdadeiramente curiosa. — Como posso ter aberto mão de algo que nunca me foi realmente oferecido em virtude do que eu tenho entre as pernas? — disse, soltando um riso duro. — Ou do que eu *não* tenho, ou do que poderia sair do meio delas em algum momento no futuro.

— Os homens sempre podem se reinventar — disse Laura. — Para as mulheres, assim que você é mãe, será mãe para sempre.

— Vindo de você, isso não é muito feminista, dra. Maplecroft.

— Não, mas você entende porque é um camaleão como eu. Se não der para tocar uma música que as pessoas apreciem, então toque uma que elas adorem.

Laura torcia para que isso um dia mudasse. Mas toda manhã ao acordar ela esperava ouvir a música medonha de Lila no rádio, ver Peter correndo pela sala em busca dos tênis e encontrar David falando em voz baixa ao telefone porque não queria que a mãe soubesse que ele tinha uma namorada.

— Melhor você ir — disse Jane, apontando para o relógio. Os 45 minutos haviam quase chegado ao fim.

Laura queria continuar a conversa, mas sabia que não tinha escolha. Enfiou a mão na bolsa para pegar a carteira.

— É por minha conta — disse Jane.

— Eu não posso…

— Eu diria que é por conta da família Queller.

— Certo.

Laura deslizou do banco, contendo uma careta de dor ao colocar peso sobre a perna. Agarrou o castão de prata da bengala, olhou para Jane e ficou imaginando se aquela seria a última pessoa com a qual ela teria uma conversa normal. Se esse fosse o caso, ficaria contente.

— Foi um prazer conversar com você — disse à garota.

— O prazer foi todo meu. Estarei na primeira fila caso você precise de um rosto amigo.

Laura ficou extremamente triste com a notícia. De modo nada típico, cobriu a mão de Jane com a sua. Podia sentir o frescor na pele da garota. Laura ficou imaginando quanto tempo se passara desde que tocara outro ser humano para oferecer consolo.

— Você é uma pessoa magnífica.

— Meu Deus — reagiu Jane, corando.

— Não é por você ser talentosa ou bonita, embora certamente seja ambas as coisas. É por ser tão unicamente você — disse Laura, com as palavras que gostaria de ter tido tempo de dizer à própria filha. — Tudo a seu respeito é impressionante.

A vermelhidão aumentou enquanto Jane lutava por uma reação vigorosa.

— Não — interrompeu Laura, que não deixaria o sarcasmo da garota estragar aquele momento. — Você vai encontrar seu caminho, Jane, e será o caminho certo, não importa como, porque é o caminho que você mesma escolherá — disse, e apertou a mão da garota uma última vez. — Esse é o meu conselho.

Laura sentiu os olhos de Jane a acompanhando enquanto cruzava o salão lentamente. Tinha passado tempo demais sentada no bar e os pés estavam dormentes. A bala alojada nas suas costas parecia uma coisa viva. Ela amaldiçoou o fragmento de metal, não maior do que a unha do seu dedo mindinho, perigosamente perto da coluna vertebral.

Pelo menos desta vez, desta última vez, ela queria se locomover rapidamente, recuperar um pouco de sua antiga agilidade e completar a missão antes que Jane pudesse encontrar seu lugar na primeira fila.

O saguão se esvaziara de homens importantes, mas a fumaça de seus cigarros e cachimbos permanecia. Laura empurrou a porta do banheiro feminino.

Vazio, como Nick previra.

Ela caminhou até o último reservado. Abriu e fechou a porta. Atrapalhou-se com a tranca. A lingueta não encaixava na fenda. Bateu duas vezes, metal contra metal, e a trava finalmente encaixou.

Tomada por uma tontura súbita, apoiou-se nas paredes. Demorou um pouco para recuperar o equilíbrio. Somados ao *jet lag*, os dois drinques haviam sido um equívoco, mas ela poderia perdoar suas escolhas fatalistas naquele dia em especial.

O banheiro era antiquado, a descarga ficava presa bem alto na parede. Enfiou a mão atrás dela, o coração acelerado enquanto procurava às cegas. Sentiu primeiramente a fita. Seu pânico só diminuiu levemente quando os dedos subiram na direção do saco de papel. A porta se abriu.

— *Hej-hej?* — disse uma voz de homem.

Laura ficou paralisada, o coração acelerou.

— Olá? — disse o homem, arrastando algo pesado sobre o piso. — Limpeza aqui. Olá?

— Só um momento — respondeu Laura, as palavras tropeçando em sua garganta.

— Limpeza — repetiu ele.

— *Nej* — disse ela, numa voz estridente. — Ocupado.

Ele deu um suspiro aborrecido.

Ela esperou.

Outro suspiro.

Outro momento.

Ele finalmente arrastou novamente pelo chão o que quer tivesse trazido para o toalete. Fechou a porta com tanta força que a porta do reservado escapou da tranca frágil e se abriu.

Laura sentiu o ferrolho apertar a base de sua coluna.

De modo improvável, uma risada escorreu pelo fundo da garganta. Imaginava sua aparência naquele momento, saia erguida, de pé com uma perna de cada lado do vaso, a mão atrás da descarga.

Tudo o que faltava era o som de um trem passando e Michael Corleone.

Laura pegou o saco de papel. Enfiou-o na bolsa. Foi até a pia. Conferiu cabelo e batom no espelho. Estudou seu reflexo enquanto lavava as mãos trêmulas.

A sombra sobre os olhos era desagradável. Ela nunca usara maquiagem em sua vida normal. O cabelo normalmente ficava preso para trás. Em geral vestia jeans e uma das camisas do marido com um par de tênis que o filho costumava deixar junto à porta.

Quase sempre tinha uma câmera pendurada do pescoço.

Vivia correndo de um lado para o outro, tentando marcar sessões, cumprir sessões, planejar recitais, ensaios, treinos e refeições e ainda ter tempo para cozinhar, para ler e para amar.

Mas o normal não era mais normal.

Laura enxugou as mãos no papel-toalha. Passou batom. Conferiu os dentes brancos no espelho.

O faxineiro esperava do lado de fora do banheiro feminino. Estava fumando, apoiado em uma grande lata de lixo que tinha garrafas de spray nas laterais.

Laura reprimiu a necessidade de se desculpar. Conferiu o saco de papel na bolsa. Fechou o zíper. A tonteira voltou, mas ela conseguiu aguentar. Não havia o que fazer para diminuir a agitação em seu estômago. O coração era um metrônomo na base da garganta. Laura sentia o fluxo sanguíneo. A visão afunilou como uma ponta de alfinete.

— Dra. Maplecroft? — chamou uma jovem agitada vestindo um vestido floral, saída do nada. — Acompanhe-me, por favor. Sua mesa já vai começar.

Laura tentou acompanhar o passo vigoroso, quase em pânico, da garota. Elas estavam praticamente na metade do salão quando Laura se deu conta de que estava ficando sem fôlego. Desacelerou, deixando a mão apoiar mais tempo na bengala. Tinha que permanecer calma. O que estava prestes a executar não podia ser feito às pressas.

— Madame — suplicou a jovem, fazendo um gesto para Laura se apressar.

— Eles não vão começar sem mim.

Mas não tinha certeza disso porque, considerando sua reputação, Martin Queller não devia esperar. Encontrou a caixa de lenços na bolsa. Enxugou o suor da testa.

Uma porta foi escancarada.

— Minha jovem — disse Martin Queller, estalando os dedos como quem chama um cachorro. — Onde está Maplecroft?

Ele olhou para Laura.

— Café, duas pedras de açúcar.

— Doutor... — tentou a garota.

— Café — repetiu Martin, visivelmente aborrecido. — É surda?

— Eu sou a dra. Maplecroft.

Ele titubeou. Duas vezes.

— *Alex* Maplecroft?

— Alexandra — disse ela, estendendo a mão. — Fico contente por esta oportunidade de conhecê-lo pessoalmente.

Um grupo de colegas se reunira atrás dele. Martin não teve escolha a não ser apertar a mão dela. Seus olhos, como acontecera com tantos antes dele, foram na direção de seu cabelo. Era o que a denunciava. O tom de pele de Laura era mais parecido com o da mãe, que era branca, mas tinha o cabelo crespo característico do pai negro.

— Agora entendo — disse Martin. — Suas experiências pessoais coloriram sua pesquisa.

Laura baixou os olhos para a mão muito branca que segurava.

— Colorir é uma palavra interessante, Martin.

— Dr. Queller — corrigiu ele.

— Sim, ouvi falar de você quando estava em Harvard — disse Laura, se voltando para o homem à direita de Martin. O alemão, a julgar pelo terno cinza elegante e pela gravata azul-marinho fina. — Dr. Richter?

— Friedrich, por favor. É um prazer — respondeu o homem, sem esconder o sorriso. Ele chamou outro homem, grisalho, mas vestindo um elegante paletó azul-esverdeado. — Permita-me apresentar nosso outro debatedor, *Herr* dr. Maes?

— É um prazer enorme conhecê-los — disse Laura, apertando a mão do belga, alimentando o óbvio desprezo de Martin. Depois se virou para a jovem. — Estamos prontos para começar?

— Certamente, madame.

A garota os escoltou pelo salão até a entrada do palco.

As apresentações já haviam começado. As luzes eram baixas nas coxias. A garota usou uma lanterna para mostrar o caminho. Laura podia ouvir o rugido de vozes masculinas vindo da plateia. Outro homem, o apresentador, falava em um microfone. O francês dele era rápido demais para que Laura acompanhasse. Ficou grata quando ele passou para o inglês.

— E agora chega de falatório, sim? Sem mais demora, vamos dar as boas-vindas aos nossos quatro debatedores.

O aplauso estremeceu o piso sob os pés de Laura. Borboletas bateram asas em seu estômago. Oitocentas pessoas. As luzes agora estavam acesas. Atrás da cortina, era possível ver o lado direito do auditório. A plateia, na maioria homens, estava de pé, aplaudindo, esperando o começo do espetáculo.

— Doutora? — murmurou Friedrich Richter.

Seus colegas de debate esperavam que Laura abrisse o caminho. Até Martin Queller tinha o hábito de não caminhar à frente de uma mulher. Era o momento pelo qual Laura esperara. Era o que a tirara de sua cama de hospital, a levara a completar as terapias excruciantes, a colocara nos quatro aviões para chegar ali.

E ainda assim Laura se viu paralisada, momentaneamente perdida, sem saber o que devia fazer.

— Pelo amor de Deus — murmurou Martin, rapidamente ficando impaciente e entrando no palco a passos largos.

A plateia rugiu quando ele apareceu. Bateram pés. Acenaram. Ergueram os punhos.

Friedrich e Maes fizeram uma pantomima ao estilo "o gordo e o magro" sobre quem teria a honra de deixar que Laura o antecedesse.

Ela precisava se mover. Precisava fazer aquilo.

Imediatamente.

O ar ficou sufocante enquanto ela caminhava para o palco. A despeito do caos de aplausos e gritos, Laura tinha consciência da batida dura de sua bengala nas tábuas de madeira. Sentiu seus ombros encolhendo. A cabeça baixando. A ânsia de se tornar menor era esmagadora.

Ergueu os olhos.

Mais luzes. Uma névoa de fumaça de cigarro tomava as vigas do teto.

Ela se virou para a plateia — não para ver a multidão, mas para encontrar Jane. Estava na primeira fila, como prometido. Andrew estava à sua esquerda, Nick, à direita, mas era Jane quem tinha a atenção de Laura. Elas trocaram sorrisos em particular antes que Laura se voltasse para o palco.

Precisava começar aquilo para poder terminar.

Microfones apontavam como fuzis para quatro cadeiras separadas por pequenas mesas laterais. Como não fora instruída sobre assentos marcados, Laura parou diante da primeira cadeira. Gotas de suor brotaram em cima dos lábios. As luzes intensas pareciam lasers. Ela se deu conta tarde demais de que aquela era a parte que deveria ter ensaiado. A cadeira tinha o típico design escandinavo: bonita, mas baixa e sem muito apoio nas costas. Pior ainda, parecia ser giratória.

— Doutora? — chamou Maes, segurando o encosto da cadeira adjacente com firmeza.

Então Laura deveria ficar no meio. Ela se sentou na cadeira baixa. Espasmos de dor brotaram nos músculos dos ombros e das pernas.

— Posso? — perguntou Maes, oferecendo-se para pousar sua bengala no chão.

— Sim — Laura respondeu, apertando a bolsa no colo. — Obrigada.

Maes pegou a cadeira à esquerda dela. Friedrich foi até a extremidade oposta, deixando a cadeira ao lado de Laura vazia.

Ela olhou para além dos microfones, para a multidão. Os aplausos estavam diminuindo. As pessoas começavam a se sentar.

Martin Queller ainda não estava pronto para deixar que se acomodassem. Permaneceu de pé com a mão erguida, saudando a plateia. Má ideia, considerando a frase de Maplecroft sobre Göring. Assim como a leve mesura que ele fez antes de finalmente ocupar a cadeira no centro do palco.

Só então a plateia começou a se sentar. Os últimos aplausos isolados morreram. As luzes da plateia foram reduzidas e as do palco intensificadas.

Laura piscou, momentaneamente cega. E então esperou pelo inevitável: Martin Queller ajustou o microfone a seu gosto e começou a falar.

— Em nome de meus colegas debatedores, gostaria de agradecer a presença de todos vocês — disse ele. — Torço muito para que tenhamos um debate animado e civilizado e, mais importante, que ele corresponda às suas expectativas. — Olhou à esquerda e à direita, enquanto levava a mão ao bolso do peito e tirava uma pilha de fichas. — Vamos começar com o que o camarada secretário-geral Gorbatchev apelidou de "Era da Estagnação".

Houve risos na plateia.

— Dr. Maes, vamos deixar essa por sua conta.

Verdade seja dita: Martin Queller era capaz de dominar uma plateia. Ele estava claramente se exibindo, contornando pelas beiradas o tema que todos tinham ido ver ser debatido. Em sua juventude ele provavelmente teria sido considerado atraente, tanto quanto dinheiro pode tornar um homem tedioso subitamente interessante. A idade fora generosa com ele. Laura sabia que ele tinha 63 anos, mas seu cabelo escuro tinha poucos toques grisalhos. O nariz aquilino era menos pronunciado que nas fotografias, que provavelmente tinham sido escolhidas por seu poder de gerar respeito em vez de admiração física. As pessoas com frequência confundiam personalidade com caráter.

— E quanto a Chernenko, *Herr* Richter? — ecoou a voz de Martin, sem a ajuda de microfone. — É provável que vejamos a total implementação das reformas razoavelmente modestas de Andropov?

— Bem — começou Friedrich. — Como talvez nos dissessem os russos: "Quando o dinheiro fala, a verdade permanece calada."

Houve novas risadas.

Laura se ajeitou na cadeira enquanto tentava aliviar a dor que descia pela perna. O nervo ciático cantava como as cordas de uma harpa. Em vez de ouvir a resposta densamente acadêmica de Friedrich, olhou para a lateral da plateia. Havia holofotes pendendo de uma vara de metal. Em uma plataforma elevada, um operador movia uma Betacam apoiada no ombro. Sua mão girava a lente. A luz provavelmente afetara o foco automático.

Laura baixou os olhos para a própria mão. O polegar e dois dedos ainda tinham calos de anos ajustando o foco de sua Hasselblad.

Um mês antes de Lila morrer, ela tinha dito a Laura que queria começar a fazer aulas de fotografia, mas não com a mãe. Laura ficara magoada. Ela era fotógrafa profissional. Mas então um amigo lembrara que adolescentes não queriam aprender nada com as mães até terem os próprios filhos, e Laura decidira dar tempo ao tempo.

E então o tempo acabara.

Tudo por causa de Martin Queller.

— ... a justaposição de política social e economia — dizia Martin. — Então, dra. Maplecroft, embora você possa discordar do que chama de "tom atávico" da Correção de Queller, eu simplesmente busquei dar nome a um fenômeno estatisticamente significativo.

Laura viu o peito dele estufar enquanto tomava fôlego para continuar, então aproveitou a oportunidade.

— Eu me pergunto, dr. Queller, se você compreende que suas políticas têm implicações no mundo real.

— Não se tratam de políticas, querida. São teorias acerca do que você mesma descreveu como moralidade tribal.

— Mas doutor...

— Se acha minhas conclusões frias, gostaria de alertá-la que estatísticas de fato são uma amante pouco calorosa — continuou ele, parecendo gostar da frase de efeito que aparecia em muitos de seus artigos e ensaios. — Usar emoção ou histeria para interpretar dados abre todo o campo ao ridículo. Seria o mesmo que pedir a um zelador que explique como a erupção vulcânica em Beerenberg influenciará padrões climáticos em Guam.

Ele parecia muito satisfeito com a declaração. Laura ansiava por tirar aquele sorriso presunçoso do rosto dele. Ela começou:

— Você diz que suas teorias não são políticas, mas na verdade suas teorias econômicas foram usadas para afetar políticas.

— Você me lisonjeia — disse ele, embora de um modo que indicava que a lisonja era merecida.

— Seu trabalho influenciou a Lei Lanterman-Petris-Short de 67.

Martin franziu a testa para o comentário, mas depois se virou para a plateia e disse:

— Em benefício dos europeus, seria bom explicar que a Carta de Direitos dos Pacientes foi uma legislação marcante do estado da Califórnia. Entre outras coisas ela ajudou a acabar com a prática de internar pessoas em hospitais psiquiátricos contra a sua vontade.

— A lei também cortou o financiamento para hospitais psiquiátricos estaduais, certo?

O sorrisinho em seus lábios dizia que ele sabia para onde aquilo estava indo.

— Os cortes foram temporários. Reagan, então governador, restabeleceu os recursos no ano seguinte.

— De volta aos níveis anteriores?

— Você passou sua vida inteira diante de um quadro-negro, Maplecroft. As coisas são diferentes no mundo real. Virar uma política governamental é como virar um navio de guerra. É necessário um espaço enorme para correções.

— Alguns chamariam tais "correções" de erros — disse Laura, erguendo a mão para impedi-lo de retrucar. — E outra *correção* foi o que aconteceu no ano seguinte, quando o sistema de justiça viu duas vezes mais doentes psiquiátricos ingressando e permanecendo no sistema penal.

— Bem...

— A superlotação do sistema carcerário da Califórnia levou ao surgimento de gangues violentas, ao reencarceramento de milhares de indivíduos, aumentando o número de casos de HIV. — Laura se virou para a plateia. — Churchill nos disse que "aqueles que não aprendem com a história estão condenados a repeti-la". Meu colega parece estar dizendo que "Repetir nossa história é a única forma de permanecermos no poder".

— Pacientes! — disse ele, tão alto que a palavra ecoou na parede dos fundos.

— Senhor? — perguntou Laura no silêncio que se seguiu.

— Doutor — corrigiu Martin, alisando a gravata e fazendo um esforço visível para controlar uma explosão. — A lei que você menciona foi corretamente chamada de Carta de Direitos dos Pacientes. Aqueles que saíram dos hospitais psiquiátricos foram transferidos para asilos ou receberam tratamento ambulatorial para que pudessem se tornar membros úteis da sociedade.

— E eles eram capazes de ser úteis?

— Claro que sim. Esse é o problema dos socialistas. Vocês acham que a função do estado é acalentar o homem do berço ao túmulo, mas foi exatamente esse tipo de raciocínio que transformou metade dos Estados Unidos em um Estado de bem-estar social. — Ele se inclinou para a frente e se dirigiu à plateia. — Eu acredito, e a maioria dos americanos concorda, que todo homem merece uma chance de se erguer sobre os próprios pés. Isso é o que chamamos de "sonho americano", disponível a todos que estejam dispostos a se esforçar por isso.

Laura apontou para sua bengala.

— E se eles não puderem se erguer sobre os próprios pés?

— Por Deus, mulher… É uma figura de linguagem — disse, e se voltou para a plateia. — A estrutura das instituições psiquiátricas…

— Quais instituições? Aquelas gerenciadas pela Queller Serviços de Saúde?

Isso o abalou um pouco, mas só por um momento.

— Investimos na empresa por meio de um fundo administrado por terceiros. Eu não tenho nenhum poder de decisão.

— Então você não tem conhecimento de que mais de trinta por cento do lucro anual da Queller Serviços de Saúde vem da administração de instituições psiquiátricas? — perguntou, abrindo os braços. — Que coincidência maravilhosa que sua posição como conselheiro econômico do governo lhe tenha permitido defender que dinheiro público fosse desviado para o setor privado, gerando o lucro que tem sido a fonte de grande parte da riqueza de sua família.

Martin suspirou. Balançou a cabeça dramaticamente.

— Sua empresa está prestes a abrir o capital, não é verdade? Você atraiu alguns grandes investidores para a oferta de modo a garantir que os números subissem — frisou Laura. Essa era a razão por trás da urgência daquilo tudo, a razão pela qual não havia como voltar atrás. — A fortuna de sua família vai aumentar consideravelmente quando o modelo Queller for expandido para o resto dos Estados Unidos. Não é verdade?

Martin suspirou novamente e balançou a cabeça. Deu uma espiada na multidão, como se tentasse trazê-la para seu lado.

— Sinto que seus interesses pessoais interferem neste debate, Maplecroft. Não importa o que eu diga. Você parece ter feito sua cabeça. Eu sou um homem mau. O capitalismo é um sistema mau. Todos estaríamos melhor colhendo flores e trançando o cabelo.

Laura disse as palavras pelas quais tinha mentido, roubado, sequestrado e, finalmente, voado nove mil e seiscentos quilômetros para dizer na cara de Martin Queller.

— Robert David Juneau.

Novamente, Martin foi apanhado de guarda baixa, mas teve uma recuperação rápida, novamente se dirigindo à plateia.

— Para aqueles de vocês que não leem os jornais do norte da Califórnia, Robert David Juneau era um operário negro que...

— Engenheiro — interrompeu Laura.

Ele se virou, aparentemente chocado por ela tê-lo corrigido.

— Juneau era engenheiro. Estudou na CalTech. Não era um operário, embora fosse negro, se é isso que você está querendo dizer.

Ele começou a balançar o dedo para ela.

— Vamos deixar claro que é você quem continua levantando a questão da raça.

— Robert Juneau se machucou quando visitava um canteiro de obras no centro de São Francisco — continuou Laura, virando-se para a multidão e tentando manter a voz estável enquanto contava a história. — Um dos operários cometeu um erro. Acontece. Mas Juneau estava no lugar errado na hora errada. Uma viga de aço o atingiu aqui — disse, apontando para a própria cabeça, e por um momento seus dedos sentiram a grande cicatriz no couro cabeludo de Robert. — Seu cérebro começou a inchar. Ele teve uma série de derrames durante a cirurgia para reduzir o inchaço. Os médicos não tinham certeza de sua recuperação, mas ele conseguiu caminhar novamente, falar, reconhecer filhos e esposa.

— Sim — interrompeu Martin. — Não há necessidade de dramatizar demais a história. Houve danos graves no lobo frontal. A personalidade do homem foi permanentemente alterada pelo acidente. Alguns chamam de Síndrome de Jekyll e Hyde. Juneau era um homem de família competente antes da lesão. Depois se tornou violento.

— Você gosta de traçar linhas retas em um mundo torto, não é mesmo?

Laura estava enojada com a avaliação arrogante dele. Finalmente deixou que seu olhar pousasse em Jane na primeira fila. E então se dirigiu a ela porque queria que a garota soubesse a verdade.

— Robert Juneau era um homem bom antes do acidente. Lutou por seu país no Vietnã. Conseguiu seu diploma por causa da lei de apoio a veteranos. Pagava seus impostos. Economizou dinheiro, comprou uma casa, cuidou da família, buscou o sonho americano com as próprias mãos e…. — Laura ela fez uma pausa para engolir. — E quando não pôde mais ficar sobre os próprios pés, quando chegou a hora do país cuidar dele…

Ela se virou para Martin.

— Homens como você disseram não.

Martin deu um suspiro dolorido.

— É uma história trágica, Maplecroft, mas quem vai pagar a conta de cuidados médicos supervisionados 24 horas por dia? Isso corresponde a três médicos de plantão, pelo menos cinco enfermeiros, as instalações, a infraestrutura, a conta do plano de saúde, secretárias, faxineiras, a equipe do refeitório, a água sanitária, a limpeza, multiplicados por quantas sejam as pessoas com doenças psiquiátricas graves nos Estados Unidos. Você gostaria de pagar oitenta por cento de imposto como pagam aqui em nosso país anfitrião? Se sua resposta for sim, sinta-se livre para se mudar. Se a resposta for não, então me diga onde conseguimos o dinheiro?

— Nós somos o país mais rico do…

— Porque não desperdiçamos…

— De você! — berrou Laura, e a imobilidade na plateia invadiu o palco. — Que tal conseguirmos o dinheiro do seu bolso?

Ele bufou em resposta.

— Robert Juneau foi chutado de seis instituições diferentes gerenciadas pela Queller Serviços de Saúde. Sempre que ele retornava, inventavam um motivo diferente para mandá-lo embora.

— Eu não tive nada a ver com…

— Você sabe quanto custa enterrar três filhos?

Laura ainda podia ver suas crianças naquele dia claro de outono. David sussurrando com alguma garota ao telefone. Lila no andar de cima escutando rádio enquanto se vestia para a escola. Peter correndo pela sala de estar procurando os sapatos.

Pou.

Um único tiro na cabeça abateu o filho menor.

Pou-pou.

Duas balas abriram o peito de David.

Pou-pou.

Lila tinha escorregado quando descia correndo as escadas. Duas balas entraram no topo da sua cabeça. Uma delas saíra pelo pé.

A outra ainda estava alojada na coluna de Laura.

Ela batera com a cabeça na lareira ao cair no chão. Havia seis balas no revólver. Robert o trouxera de seu período no Vietnã.

A última coisa que Laura tinha visto naquele dia fora o marido colocando o cano da arma sob o queixo e puxando o gatilho.

Ela se dirigiu a Martin Queller.

— Quanto você acha que três funerais custam? Caixões, roupas, sapatos, porque os cadáveres precisam de sapatos, sepultura, lápides, aluguel de carro funerário, carregadores e um pastor para abençoar os corpos de um garoto de dezesseis anos, uma garota de catorze e um garotinho de cinco?

Ela sabia que era a única pessoa naquele salão que podia responder a pergunta, porque tinha feito o cheque.

— Quanto valiam as vidas deles, Martin? Elas valiam mais para a sociedade do que o custo de manter um homem doente hospitalizado? Aquelas três crianças não valiam nada mais que uma maldita *correção*?

Martin parecia ter ficado sem palavras.

— Então? — cobrou Laura, esperando. Todos estavam esperando.

— Ele serviu — começou Martin. — O Hospital de Veteranos...

— Estava superlotado e subfinanciado. Robert ficou em uma lista de espera de um ano. Não podia recorrer a uma instituição psiquiátrica pública porque não havia verba do governo. O hospital comum o havia recusado. Ele já atacara uma enfermeira e ferira um ajudante. Eles sabiam que Robert era violento, mas o transferiram para um asilo porque não havia nenhum outro lugar onde colocá-lo. Uma instituição gerenciada pela Queller Serviços de Saúde.

— Você — disse Martin, porque o respeitado pensador finalmente a desmascarara. — Você não é Alex Maplecroft.

— Não — disse, e enfiou a mão na bolsa. Encontrou o saco de papel.

Pacotes de tinta.

Que deveriam estar dentro do saco.

Na Califórnia eles tinham concordado com os pacotes de tinta vermelha, finos, menores que um pager. Bancos escondiam a tinta explosiva nas pilhas de papel-moeda para que eventuais ladrões ficassem indelevelmente marcados quando tentassem contar o produto.

O plano era ver Martin Queller humilhado em cenário internacional, manchado pelo proverbial sangue de suas vítimas.

Laura perdera fé em provérbios quando seus filhos foram assassinados pelo pai.

Então ela respirou fundo novamente. Localizou Jane na plateia.

A garota chorava. Ela balançou a cabeça e formou em silêncio as palavras que o pai dela nunca diria: *Eu sinto muito*.

Laura sorriu. Ela esperava que Jane se lembrasse do que tinha lhe dito no bar. Ela era magnífica. Ela *iria* encontrar seu próprio caminho.

A parte seguinte foi rápida, talvez porque Laura a tivesse repassado muitas vezes na cabeça — isto é, quando não estava tentando evocar lembranças de seus filhos, o cheirinho dos pés de David quando bebê, o leve assovio que saía dos lábios de Peter enquanto ele coloria com seus lápis de cor, a testa enrugada de Lila quando estudava como emoldurar uma fotografia. Até mesmo Robert às vezes assombrava seus pensamentos. O homem antes do acidente, com quem tinha dançado ao som do piano de Jinx Queller no Hollywood Bowl. O paciente que queria tão desesperadamente ficar bem. O interno violento do hospital. O criador de caso que fora chutado de tantas instituições. O sem-teto repetidamente preso por roubo, agressão, embriaguez em público, mendicância agressiva, perturbação da paz, vagabundagem, tendências suicidas, ameaças terroristas, ameaça de agressão corporal.

De certa forma você teve sorte, a oncologista de Laura lhe dissera depois do tiro. *Se a bala tivesse entrado em suas costas três centímetros mais abaixo, o exame de imagem nunca teria encontrado o câncer.*

Laura enfiou a mão no saco de papel.

Desde o momento em que o tirara de trás da descarga, ela sabia que não estava com os pacotes de tinta, mas com algo melhor.

Um revólver de seis balas, exatamente como aquele que o marido usara.

Primeiro ela atirou na cabeça de Martin Queller.

Depois pressionou o cano da arma sob o queixo e se matou.

21 DE AGOSTO DE 2018

CAPÍTULO OITO

A NDY SE SENTIA ANESTESIADA enquanto cruzava o Alabama na Reliant K secreta da mãe, com dinheiro secreto, rumo a um destino que Laura parecera ter tirado do nada. Ou talvez não. Talvez sua mãe soubesse exatamente o que estava fazendo, porque ninguém mantém um depósito secreto cheio de tudo que é necessário para recomeçar a vida do zero a não ser que tenha um monte de coisas a esconder.

As identidades falsas. O revólver com o número de série raspado. As fotos de Andy na neve que ela não se lembrava de um dia ter visto, segurando a mão de uma pessoa de quem ela não conseguia lembrar.

As polaroides.

Andy as enfiara na bolsa de praia nos fundos da Reliant. Ela poderia ter passado o resto do dia olhando para elas, tentando descobrir as coisas terríveis que tinham acontecido com a mulher jovem nas fotos. Espancada. Ferida. Mordida — era isso que o talho na perna dela parecia, como se um animal tivesse tirado um pedaço de sua carne.

Aquela jovem havia sido a sua mãe.

Quem fizera todas aquelas coisas medonhas a Laura? Teriam sido *eles* que haviam mandado Moletom? Teriam sido *eles* que provavelmente estavam rastreando Andy?

Andy não estava fazendo um bom trabalho em enganá-los. Ela chegara a Birmingham antes de se lembrar de que não havia soltado os cabos da bateria da picape do homem morto. Laura lhe dissera para se assegurar de que o GPS não estava funcionando. O GPS funcionava com o motor desligado? Entrar em conexão com um satélite parecia ser algo que o computador faria, significando que o computador precisava estar operando, logo o carro precisava estar ligado.

Certo?

O sistema de recuperação de veículos LoJack tinha bateria própria e Andy sabia disso por trabalhar com boletins de ocorrência. Também sabia que a Ford tinha um sistema Sync, mas era preciso estar inscrito no serviço de monitoramento em tempo real, e Andy não achava que um sujeito que se dava o trabalho de bloquear todas as luzes do seu veículo abriria mão do anonimato só para usar comandos de voz e localizar o restaurante mexicano mais próximo.

Certo?

O que aconteceria se a picape fosse encontrada? Andy repassou a investigação de cabeça, da mesma forma que fizera enquanto fugia da casa da mãe.

Primeiramente a polícia teria de identificar Moletom, também conhecido como Samuel Godfrey Beckett. Considerando a vocação do sujeito, ele muito provavelmente tinha antecedentes, de modo que uma digital bastaria para levar ao seu nome. Assim que tivessem o nome, descobririam o registro da picape e lançariam um alerta geral que apareceria nas telas de todos os carros de patrulha de três estados.

Claro, isso supondo que tudo o que deveria acontecer tivesse acontecido. Havia milhares de alertas gerais o tempo todo. Mesmo aqueles de alta prioridade eram ignorados por muitas das patrulhas, que tinham talvez um bilhão de coisas a fazer em seus turnos, incluindo tentar não levar um tiro, e parar para ler um alerta com frequência não era uma das prioridades.

Isso não significava necessariamente que Andy estava a salvo. Se a polícia não encontrasse a picape, as bibliotecárias, ou mais provavelmente o velho rabugento com o discurso político, provavelmente denunciariam o veículo abandonado. Então a polícia apareceria. O policial investigaria as placas e o registro do veículo, veria que havia um alerta, notificaria Savannah, então os peritos encontrariam os tênis e a camisa de Andy e suas digitais e DNA por todo o carro.

Andy sentiu um buraco no estômago.

Suas digitais na frigideira podiam ser justificadas — Andy preparava ovos na cozinha da mãe o tempo todo —, mas roubar a picape do homem morto e atravessar vários estados a deixava diretamente em circunstâncias especiais, o que significava que, se Palazzolo acusasse Andy pelo assassinato de Moletom, o promotor poderia pedir a pena de morte.

A pena de morte.

Ela abriu a boca para respirar quando uma onda de náusea a envolveu. Suas mãos tremiam novamente. Grandes lágrimas correram pelas bochechas. As árvores do lado de fora das janelas do carro ficaram borradas. Andy deveria se entregar. Ela não deveria estar fugindo. Ela deixara a mãe afundada em um monte de merda. Não importava que Laura tivesse dito a Andy para ir embora. Ela deveria ter ficado. Pelo menos assim Andy não estaria tão sozinha naquele momento.

A verdade a fez soluçar.

— Se controle — ordenou a si mesma. — Pare com isso.

Andy agarrou o volante. Piscou para afastar as lágrimas. Laura dissera que ela devia ir para Idaho, então era isso que ela precisava fazer. Assim que estivesse lá, assim que cruzasse a divisa do estado, poderia desmoronar e chorar todos os dias até o celular tocar e Laura lhe dizer que era seguro ir para casa. Seguir as ordens de Laura era a única forma de passar por aquilo.

A mãe também lhe dissera para soltar os cabos da bateria do Ford.

— Merda — murmurou Andy, e depois, seguindo a lógica de Gordon, disse a si mesma: — O que está feito está feito.

A objetividade da declaração reduziu o aperto no peito de Andy. Isso também tinha a vantagem de ser verdade. Se o Ford seria encontrado ou não, e o que a polícia faria com ele, estavam totalmente fora do controle de Andy.

Havia outra questão com a qual ela precisava se preocupar: durante as buscas no computador da biblioteca, exatamente em que momento ela usara o modo anônimo do Google? Pois, assim que a polícia encontrasse a picape, conversaria com as bibliotecárias, e as bibliotecárias contariam que Andy usara o computador. Embora ela achasse que as bibliotecárias fossem resistir — como grupo, elas eram em grande medida defensoras da Primeira Emenda —, um mandado de busca no computador não levaria mais de uma hora, e então um técnico levaria cinco segundos para encontrar o histórico de buscas de Andy.

Ela estava certa de que estava usando o modo anônimo quando procurou Paula Kunde de Austin, Texas, mas estava quando procurou o caminho para Idaho?

Andy não conseguia lembrar.

A segunda coisa preocupante: e se não fossem os policiais que fizessem essas perguntas às bibliotecárias? E se os *eles* oniscientes de Laura encontrassem alguém para procurar a picape de Moletom, e se *eles* conversassem com as bibliotecárias e se *eles* fizessem a busca no computador?

Andy limpou o nariz no braço. Reduziu a velocidade porque a Reliant começava a sacudir inteira se ela passasse de 85 quilômetros por hora.

Será que ela tinha colocado em risco a vida de outras pessoas ao abandonar a picape? Será que tinha colocado a própria vida em risco ao procurar o caminho para Idaho? Andy tentou mais uma vez repassar a sua manhã. Entrara na biblioteca. Pegara o café. Sentara ao computador. Ela primeiramente olhara o *Belle Isle Review*, certo? E depois clicara no modo anônimo?

Estava dando muito crédito ao modo anônimo do Google. Parecia muito improvável que algo tão comum pudesse enganar um perito em informática. Andy provavelmente deveria ter limpado a memória e apagado todos os cookies como tinha aprendido a fazer naquela época horrível em que Gordon acidentalmente vira as cenas eróticas de *Outlander* que Andy acessara no laptop dele.

Andy limpou o nariz novamente. As bochechas pareciam quentes. Viu uma placa de trânsito.

FLORENCE 8km

Andy supôs que estava indo na direção certa, algum lugar no canto esquerdo superior do Alabama. Não tinha parado para comprar um novo mapa e traçar a rota para Idaho. Assim que saíra do depósito seu único objetivo fora se afastar o tanto quanto possível de Carrollton. Ela tinha as anotações de rodovias e interestaduais feitas na biblioteca, mas estava basicamente confiando no verso do mapa da Geórgia, que tinha anúncios de outros mapas. Havia uma pequena versão dos *Estados Contíguos dos Estados Unidos da América* disponível por 5,99 dólares, mais postagem e entrega. Andy crescera olhando para mapas parecidos, motivo pelo qual chegara aos vinte anos sem entender como o Canadá e o estado de Nova York podiam partilhar as Cataratas do Niágara.

O plano era o seguinte: depois do Alabama, ela passaria por um canto do Tennessee, um do Arkansas, Missouri, um pedacinho do Kansas, pegaria a esquerda em Nebraska, depois Wyoming, e então iria literalmente se suicidar se não chegasse a Idaho.

Andy se inclinou para a frente, apoiando o queixo no volante que tremia. As vértebras na base das costas haviam se transformado em cactos. As árvores começaram a ficar borradas novamente. Ela não estava mais chorando, apenas exausta. Suas pálpebras continuavam a tremer. Ela as sentia pesadas como se estivessem cobertas por uma camada de gesso.

Ela se obrigou a endireitar a postura. Apertou os grossos botões brancos do rádio e girou o dial de um lado para o outro. Tudo o que encontrou foram sermões, relatórios agrícolas e música country, mas do tipo que fazia você querer enfiar um lápis no ouvido.

Andy abriu a boca e gritou o mais alto que conseguiu.

Foi bom, mas não daria para passar o resto da vida gritando.

Em algum momento ela teria que dormir um pouco. A viagem de cinco horas e meia desde Belle Isle já havia sido bastante exaustiva. Já fazia mais quatro horas e meia que saíra de Carrollton, por causa do trânsito, que Andy parecia fadada a encontrar independentemente da rota que escolhesse. Eram quase três da tarde. A não ser pelas poucas horas de apagão em seu apartamento e pelo cochilo no estacionamento do Walmart, Andy não dormira de verdade desde que se levantara para seu turno na emergência dois dias antes. Durante todo esse tempo ela sobrevivera a um tiroteio, vira a mãe ser ferida, se angustiara diante do centro cirúrgico, surtara com um interrogatório policial e matara um homem. Considerando tudo, não era surpreendente que se sentisse com vontade de vomitar, gritar e chorar ao mesmo tempo.

Isso sem mencionar que a bexiga havia se transformado em uma garrafa de água quente. Ela só fizera uma parada desde que saíra do depósito, no acostamento da estrada, escondendo-se entre as portas da frente e de trás do carro. Esperara o trânsito diminuir e se agachara para se aliviar na grama. Estava aterrorizada de sair de perto da Reliant.

Duzentos e quarenta mil dólares.

Andy não podia deixar todo aquele dinheiro no carro enquanto corria para um Burger King, e levar a mala seria como carregar um anúncio em neon pedindo que fosse roubada. Que merda Laura estava pensando quando reuniu todo aquele dinheiro? Quanto tempo tinha levado para poupar aquilo?

Será que ela era uma ladra de banco?

A questão era só um pouco absurda. Ser uma ladra de banco explicaria o dinheiro, e isso combinava com a piada de colocar D.B. Cooper na identidade canadense e talvez até com a arma no porta-luvas.

O coração de Andy doeu ao pensar na arma.

A questão é que ladrões de banco raramente se safavam. Havia um risco muito grande para uma recompensa pequena, porque o FBI era encarregado de todas as investigações relacionadas a recursos com seguro federal. Andy pensou que a lei tinha origem em algo relacionado a Bonnie e Clyde ou John Dillinger, ou talvez o governo simplesmente quisesse garantir que as pessoas soubessem que seu dinheiro estava em segurança.

De qualquer modo, não conseguia imaginar a mãe colocando uma balaclava e roubando um banco.

Mas antes dos tiros no restaurante ela não conseguia imaginar a mãe enfiando uma faca no pescoço de um garoto.

Mas, novamente, Andy não conseguia imaginar sua mãe confiável e sensata fazendo muitas das coisas absurdas que fizera nas 36 horas anteriores. A *nécessaire* escondida, a chave atrás da fotografia, o depósito, a caixa de sapato Thom McAn.

O que levou Andy à foto da pequena Andy na neve.

Essa era a pergunta de um milhão de dólares: Andy havia sido sequestrada quando criança? Será que Laura vira um bebê em um carrinho de compras ou sem vigilância em um parque e decidira levá-lo para casa?

Andy conferiu no retrovisor. O formato dos olhos, idêntico aos de Laura, lhe dizia que ela era sua mãe.

As polaroides mostravam Laura espancada, o lábio inferior cortado. Talvez Jerry Randall fosse um homem medonho. Talvez em 1989 ele estivesse espancando a esposa, que então havia surtado e fugido levando Andy. Talvez Jerry estivesse procurando por elas desde então.

O que era um filme com a Julia Roberts. Ou com a Jennifer Lopez. Ou Kathy Bates. Ou Ashley Judd, Keri Russell, Ellen Page...

Andy bufou.

Havia muitos filmes sobre mulheres ficando de saco cheio de parceiros que as espancavam.

Mas as polaroides mostravam que sua mãe de fato fora espancada, então talvez isso não fosse tão absurdo.

Andy se viu balançando a cabeça.

Laura não tinha dito que *ele* podia rastrear Andy. Tinha dito *eles*.

Segundo os filmes, *eles* em geral queria dizer empresas escusas, presidentes corruptos ou bilionários da tecnologia sedentos de poder e com recursos ilimitados. Andy tentou aplicar cada cenário com sua mãe no centro de alguma enorme conspiração. E depois decidiu que deveria parar de usar a Netflix como enciclopédia criminal.

A saída para Florence estava perto. Andy não podia se acocorar na rodovia novamente. Não tinha almoçado porque não conseguia suportar comer outro hambúrguer dentro do carro. A parte do seu cérebro que ainda era capaz de pensar lhe dizia que não podia fazer a viagem de trinta horas até Idaho sem dormir. Em algum momento ela teria de parar em um hotel.

O que significava que, em algum momento, teria de descobrir o que fazer com o dinheiro.

Sua mão havia ligado a seta antes que ela conseguisse impedir. Pegou a saída para Florence. A adrenalina mantivera Andy funcionando por tanto tempo que quase não restava nada para animá-la. Havia placas indicando seis motéis diferentes. Ela virou à direita no sinal porque era mais fácil. Foi para o primeiro simplesmente porque era o primeiro. Segurança e limpeza eram luxos de sua antiga vida.

Ainda assim seu coração começou a bater mais forte quando saltou da Reliant. O motel tinha dois andares, um projeto baixo de concreto dos anos 1970 com uma balaustrada decorada contornando o andar de cima. Andy entrara de ré tortamente na vaga, de modo que a traseira do carro não ficasse fora de vista. Agarrou a *nécessaire* enquanto entrava na recepção. Conferiu o celular. Laura não tinha ligado. Andy consumira metade da carga da bateria constantemente conferindo a tela.

Havia uma mulher mais velha na recepção. Penteado alto. Permanente. Sorriu para Andy, que deu uma espiada no carro. Havia janelas enormes por todo o saguão. A Reliant estava onde ela a deixara, intocada. Ela não sabia se parecia esquisita ou normal girando a cabeça para frente e para trás, mas àquela altura não se importava com nada além de se jogar em uma cama.

— Olá — disse a mulher. — Temos alguns quartos no andar de cima caso esteja interessada.

Andy sentiu os vestígios de seu cérebro desperto começarem a sumir. Ela ouvira o que a mulher dissera, mas aquilo não fazia sentido.

— A não ser que prefira algo no térreo? — ofereceu a mulher, parecendo em dúvida.

Andy era incapaz de tomar uma decisão.

— Ahn… — disse, a garganta tão seca que ela mal conseguiu falar. — Certo.

A mulher pegou uma chave em um gancho na parede.

— Quarenta pratas por duas horas — explicou a Andy. — Sessenta pela noite.

Andy enfiou a mão na *nécessaire*.

Tirou algumas notas de vinte.

— A noite toda, então — disse a mulher, devolvendo uma das notas e deslizando o livro de registro sobre o balcão. — Nome, placa do carro, marca e modelo — falou, olhando para a Reliant por sobre o ombro de Andy. — Caramba, não vejo um desses há muito tempo. Eles continuam fabricando no Canadá? Parece que você acabou de tirar da fábrica.

Andy anotou as informações sobre o carro. Teve que olhar para a placa três vezes antes de colocar a combinação correta de números e letras.

— Você está bem, querida?

Andy sentiu cheiro de batatas fritas. Seu estômago roncou. Havia um restaurante anexo ao motel. Reservados com assentos de vinil vermelho, cromado por todos os cantos. Seu estômago roncou novamente.

O que era mais importante, comer ou dormir?

— Querida?

Andy se virou. A recepcionista claramente esperava uma resposta.

A mulher se inclinou sobre o balcão.

— Você está bem, docinho?

Andy se esforçou para engolir. Não podia ser esquisita naquele momento. Não precisava se tornar marcante.

— Obrigada — foi a primeira coisa que saiu. — Apenas cansada. Eu vim de…

Ela tentou pensar em um lugar que fosse longe de Belle Isle. Escolheu um.

— Passei o dia dirigindo. Para visitar meus pais. Em I-Iowa.

Ela riu.

— Querida, acho que você errou Iowa por uns mil quilômetros.

Merda.

Andy tentou novamente.

— O carro é da minha avó — disse, procurando no cérebro uma mentira convincente. — Quer dizer, eu estava na praia. No Alabama. O golfo. Uma cidade chamada Mystic Falls.

Cristo, ela parecia maluca. Mystic Falls era de *Vampire Diaries*.

— Minha avó é meio nômade. Sabe, quem vive…

— Entendi — interrompeu a recepcionista, dando uma espiada no nome que Andy escrevera no registro de hospedes. — Daniela Cooper. Nome bonito.

Andy a encarou sem piscar. Por que tinha escrito aquele nome?

— Meu docinho, talvez você devesse descansar — disse, empurrando a chave sobre o balcão. — Primeiro andar, no canto. Acho que se sentirá mais segura lá.

— Obrigada.

Ele estava novamente em lágrimas quando se sentou ao volante da Reliant. O restaurante era muito perto, talvez devesse pegar algo para comer. Seu estômago estava doendo tanto que ela não sabia dizer se era de fome ou se estava doente.

Andy saiu novamente do carro e percorreu os seis metros até o restaurante ainda com a *nécessaire* nas mãos. O sol batia direto em sua cabeça. O calor produziu uma camada grossa de suor. Parou junto à porta. Olhou novamente para o carro. Será que devia levar a mala? Não ia parecer estranho? Ela podia levar a mala logo para o quarto, mas não sabia se ficaria tranquila com a mala lá e…

O restaurante estava vazio quando ela entrou. Uma garçonete solitária lia um jornal no bar. Andy foi primeiro ao banheiro porque sua bexiga não deixava escolha. Estava com tanta pressa que não lavou as mãos. O carro ainda estava lá quando saiu do banheiro. Ninguém de boné de beisebol azul e jeans espiava pelas janelas. Ninguém estava fugindo correndo com uma mala Samsonite 1989 na mão.

Ela encontrou um reservado junto à vitrine que dava para o estacionamento. Colocou a *nécessaire* entre as pernas. O cardápio era gigantesco, tinha desde tacos até frango frito. Seus olhos passavam pelas palavras, mas elas não chegavam plenamente à consciência. Nunca conseguiria fazer uma escolha. Poderia pedir um monte de coisas, mas isso chamaria ainda mais atenção. Talvez devesse sair, dirigir um pouco mais e encontrar um motel diferente onde não agisse como idiota. Ou poderia simplesmente enfiar a cabeça nas mãos e ficar ali por alguns minutos, no ar-condicionado, enquanto tentava colocar as ideias em ordem.

— Querida?

Andy tomou um susto, completamente desorientada.

— Você está esgotada, não é mesmo? — disse a mulher do hotel. — Pobrezinha. Eu disse a eles para deixar você dormir.

Andy sentiu um buraco no estômago. Ela caíra no sono de novo. Em público. Baixou os olhos. A *nécessaire* ainda estava entre as pernas. Usou um guardanapo para enxugar a baba na mesa e a mão para limpar a boca. Tudo estava vibrando. Seu cérebro parecia ter sido esmagado em um espremedor de frutas.

— Querida? Melhor você ir para o quarto. Está ficando cheio aqui.

Ela olhou em volta.

— Eu lamento — disse.

— Está tudo bem. — A mulher deu um tapinha no ombro de Andy. — Eu pedi a Darla que preparasse um prato para você. Quer comer aqui ou prefere levar para o quarto?

Andy a encarou.

— Leve para o quarto — decidiu a mulher. — Assim você pode voltar a dormir assim que tiver terminado.

Andy assentiu, grata por alguém estar lhe dizendo o que fazer.

Então se lembrou do dinheiro.

Seu pescoço doeu quando ela se virou para olhar o carro. A Reliant azul ainda estava estacionada em frente ao escritório do motel. Será que alguém tinha aberto o porta-malas? Será que a mala continuava lá?

160

— Seu carro está bem — disse a mulher, entregando-lhe um recipiente de isopor. — Pegue sua comida. Seu quarto é o último do primeiro andar. Não gosto de colocar jovens no térreo. Garotas mais velhas como eu até gostariam de um estranho batendo na porta, mas você... — disse, dando uma risada rouca. — Apenas fique na sua e tudo ficará bem.

Andy pegou a caixa, que pesava o equivalente a um bloco de cimento. Colocou a *nécessaire* em cima. Suas pernas estavam trêmulas quando se levantou. Seu estômago roncava. Ela ignorou as pessoas que a encaravam enquanto voltava para o estacionamento. Andy se atrapalhou com as chaves para abrir a porta traseira. Não conseguia decidir o que levar para dentro, então pegou tudo como uma mula de carga, pendurando a bolsa no ombro, enfiando o saco de dormir sob o braço, agarrando a alça da mala e equilibrando a pilha de bolsa e comida com a mão livre.

Conseguiu chegar à escada e parou para rearrumar a carga. Seus ombros pareciam moles como gelatina. Era exaustão, mas a sensação era de ter perdido toda a massa muscular depois de quase dez horas ao volante.

Ela estudou os números enquanto caminhava pela estreita varanda do primeiro andar. Havia grelhas hibachi queimadas, latas de cerveja vazias e caixas de pizza engorduradas diante de algumas das portas. O cheiro de cigarro era forte. Isso trouxe de volta a imagem de Laura filando um cigarro do ajudante diante do hospital.

Andy sentiu saudade do tempo em que sua maior preocupação era a mãe ter um cigarro entre indicador e polegar, como uma viciada.

Atrás dela uma porta se abriu. Uma mão sem corpo jogou uma caixa de pizza vazia no concreto da varanda. Bateram a porta.

Andy tentou desacelerar o coração, que explodira de susto. Respirou fundo, depois expirou. Reajustou o saco de dormir sob o braço. Invocou o pai mentalmente e tentou fazer uma lista de coisas que precisaria fazer. A primeira coisa era parar de entrar em pânico sempre que ouvia um barulho. Segunda: parar de cair no sono em lugares públicos. Coisas que pareciam muito mais simples do que na verdade eram. Terceira: descobrir o que fazer com todo aquele dinheiro. Quarta: encontrar outra biblioteca para poder ler o *Belle Isle Review*. Quinta: parar de ser esquisita, porque naquele momento, se a polícia surgisse perguntando por Andy, as possíveis testemunhas pensariam nela imediatamente.

Em dois segundos teriam o nome de Daniela Cooper e saberiam os detalhes do carro, e isso seria o fim.

Andy olhou para a rua. Havia um bar do outro lado. Anúncios em neon tomavam as janelas. O estacionamento estava lotado de picapes. Ela podia ouvir o barulho de música country. Naquele momento desejava tanto um drinque que seu corpo era atraído para o bar como uma planta se voltava para o sol.

Ela pousou a mala e usou a chave para abrir a porta do quarto. Era o tipo de lugar barato que Laura costumava reservar nas férias quando Andy era pequena. A única janela dava para o estacionamento. O ar-condicionado fazia barulho. Havia duas camas *queen-size* com colchas de aparência pegajosa e uma mesa de jantar de plástico com duas cadeiras. Andy colocou na mesa a caixa pesada de comida para viagem. O gaveteiro tinha espaço para uma mala. Ela colocou a Samsonite em cima. Largou a bolsa, a *nécessaire* e o saco de dormir na cama. Baixou a cortina da janela e o blecaute. Ou pelo menos tentou. A vara da cortina parava a mais de dois centímetros do fim da janela. A luz penetrava pela beirada.

Havia uma televisão de tela plana na parede. Os fios pendiam como tentáculos. Por hábito, Andy encontrou o controle remoto e ligou a TV.

CNN. O homem do tempo diante de um mapa. Andy nunca ficara tão aliviada de ver um alerta de furacão.

Tirou o som. Sentou-se à mesa. Abriu a caixa de isopor.

Frango frito, purê de batatas, ervilhas, um pão de milho. Normalmente teria odiado aquela comida, mas seu estômago fez um barulho que era como um coro de aleluia.

Não havia talheres, mas Andy não desconhecia esse dilema. Usou a coxa de frango para comer a batata, depois comeu o frango, usou os dedos para catar as ervilhas, e terminou usando o pão de milho como uma esponja para limpar qualquer resíduo comestível de pele de frango frita ou sumo de ervilha. Só ao fechar a caixa vazia ela pensou em como suas mãos estavam imundas. Ela as lavara pela última vez no chuveiro de casa. A coisa mais limpa que ela tocara desde então provavelmente fora a escrivaninha no depósito secreto de Laura.

Ergueu os olhos para a televisão. Como se aproveitasse a deixa, no lugar do furacão estava agora sua mãe. O vídeo do restaurante estava parado em Laura erguendo as mãos para mostrar a Jonah Helsinger o número de balas.

Muito estranho o modo como ela fizera aquilo — quatro dedos na mão esquerda, um na direita. Por que não erguer apenas uma das mãos para mostrar cinco dedos para cinco balas?

De repente a surgiu na tela uma fotografia. Andy sentiu seu coração dar um salto mortal ao ver Laura. Vestia seu traje habitual de festa: vestido preto simples com uma echarpe de seda colorida. Andy se ajoelhou diante da TV para analisar os detalhes. O peito de Laura estava reto de um dos lados. Cabelo curto. Via-se uma estrela iluminada atrás dela, o arremate de uma árvore de Natal. A mão na cintura deveria pertencer a Gordon, mas ele fora cortado da imagem. A foto provavelmente era da última festa de Natal do escritório de Gordon, um evento que Laura nunca perdera, mesmo quando eles queriam se matar. Ela sorria para a câmera, a expressão ligeiramente contida, no que Andy sempre imaginou que era seu modo "Esposa de Gordon".

Ela colocou o som.

— ... para a hipótese remota de que pudesse acontecer. Ashleigh?

Andy tinha perdido a matéria. A câmera cortou para Ashleigh Banfield.

— Obrigada, Chandra. Temos a notícia de um tiroteio no condado de Green, Oregon.

Andy desligou o som novamente. Sentou na beirada da cama. Viu o rosto de Ashleigh Banfield dividir espaço com uma casa de aparência dilapidada cercada por uma equipe da SWAT. A chamada dizia: *Homem mata a própria mãe, dois filhos, mantém a esposa ferida como refém e exige pizza e cerveja.*

Outro atirador maluco.

Andy zapeou os canais. Queria ver a foto de Laura novamente, ou pelo menos um vislumbre da mão de Gordon. MSNBC. Fox. Noticiários locais. Todos mostravam ao vivo a negociação com o homem que queria pizza depois de assassinar a maior parte da família.

Isso era uma coisa boa ou ruim? Não o homem matar pessoas, mas os noticiários estarem cobrindo ao vivo? Isso significava que eles tinham abandonado a cobertura de Laura? Haveria outra *máquina mortífera* para acompanhar?

A cabeça de Andy estava balançando antes mesmo de se fazer a pergunta óbvia: onde estava a história do assassinato de Samuel Godfrey Beckett no bangalô de Laura Oliver? Porque essa era uma grande notícia. A vítima havia sido abatida por uma frigideira, aparentemente por uma mulher que horas antes matara o filho de um policial.

Ainda assim, as legendas na base da tela exibiam as chamadas habituais: a renúncia de outro senador, provavelmente por causa de assédio sexual, outro homem armado morto por policiais, taxas de juro em alta, custos de cuidados médicos em alta, mercado de ações em baixa.

Nada sobre Moletom.

Andy franziu a testa. Nada daquilo fazia sentido. Será que Laura de algum modo conseguira manter a polícia fora de casa? Como isso seria possível? A mensagem que Andy enviara para a emergência era um respaldo legal para arrombamento. Por que todos os noticiários não estavam gritando *Máquina mortífera ataca novamente*? Mesmo com a SWAT negociando o sequestro em Oregon, a foto mais recente de Laura deveria ser seu registro quando foi fichada, ou, pior, um vídeo dela entrando algemada na cadeia, não uma foto de uma festa de Natal.

O cérebro de Andy estava sobrecarregado de perguntas.

Finalmente se permitiu desabar na cama e fechar os olhos. Quando os abriu novamente não havia luz passando pela cortina fechada. Olhou para o relógio: nove e meia da noite.

O certo era voltar a dormir, mas seus olhos se recusaram a permanecer fechados. Olhou para os pontos marrons no teto. O que sua mãe estaria fazendo naquele momento? Estaria em casa? Estaria conversando com Gordon em um telefone da prisão com um vidro grosso entre os dois? Andy virou a cabeça para a televisão. Ainda a matéria da SWAT, tantas horas depois. Suas narinas arderam. A roupa de cama cheirava como se um urso tivesse dormido nela. Andy cheirou as axilas.

Eca.

O urso era ela.

Ela conferiu a fechadura da porta. Passou a tranca.

Enfiou uma das cadeiras sob a maçaneta. Um invasor ainda seria capaz de quebrar a janela, mas nesse cenário ela estaria ferrada de qualquer jeito. Andy tirou jeans, camisa polo e lingerie. O sutiã era repulsivo. A armação de metal ferira a pele sob a axila. Ela o jogou na pia e abriu a água fria.

O sabonete do hotel era minúsculo e cheirava como os últimos vestígios de um buquê de flores mortas. Ela o levou ao chuveiro e, quando cheiro do sabonete se misturou com o do xampu, o banheiro minúsculo ficou cheirando como um bordel. Ou ao menos como ela imaginava que cheirava um bordel.

Desligou o chuveiro. Secou-se com a toalha do hotel, que tinha a consistência de papel de parede. O sabonete se desmanchou em suas mãos enquanto ela tentava tirar o fedor do sutiã. Passou a loção vagabunda do hotel no corpo enquanto ia para o quarto. Depois limpou a loção na toalha e lavou as mãos na pia para remover os pelinhos.

Desenrolou o saco de dormir na cama. Abriu o fecho lateral. O material era grosso, recheado com alguma espécie de tecido sintético e com uma camada exterior de náilon impermeável. Forro de flanela. Não do tipo que seria usável em Belle Isle, então talvez Laura não tivesse tirado Idaho do nada, afinal.

Andy abriu a mala e pegou a camada de cima de notas de vinte. Maços e maços de dois mil dólares que somavam... Muito dinheiro para esconder dentro de um saco de dormir.

Colocou os maços em uma fileira na base do saco. Alisou o náilon e fechou o zíper. Começou a enrolar o saco a partir de baixo, mas o dinheiro formou um bolo. Andy respirou fundo. Desenrolou o saco novamente. Enfiou a mão no fundo e puxou os maços para o centro. Enrolou o saco cuidadosamente a partir do alto, o prendeu com a fita de velcro depois se afastou para avaliar o resultado do trabalho.

Parecia um saco de dormir.

Andy avaliou o peso. Mais pesado que um saco normal, mas não tanto a ponto de desconfiarem que havia ali uma pequena fortuna.

Virou-se para a mala. Restava um terço do dinheiro. Nos filmes os caras maus sempre acabavam escondendo dinheiro em guarda-volumes de estações ferroviárias. Andy duvidava que houvesse alguma em Florence, Alabama.

A melhor solução seria dividir. Provavelmente esconderia um pouco no carro. Haveria espaço no encaixe do estepe na mala. Desse modo, caso ficasse sem o saco de dormir, ainda teria algum dinheiro para a fuga. Pela mesma razão, ela poderia colocar um pouco do dinheiro na bolsa. Só que sua bolsa estava em casa.

Andy encontrou o bloco do hotel. Escreveu *bolsa*, depois *sabonete, loção, sutiã*.

Esvaziou a sacola branca. Lanterna. Pilhas. Três livros novos, títulos populares aproximadamente onze bilhões de anos antes. O estojo plástico de primeiros socorros tinha alguns band-aids. Andy cobriu o arranhão no queixo, que de repente se lembrou de ter sido causado pelo pedal da bicicleta. Usou os lenços antissépticos para limpar as bolhas. Seria preciso mais do que band-aids para permitir que ela calçasse algo diferente de Crocs. Havia um corte na lateral do pé que parecia bastante feio. Colocou outro band-aid e rezou pelo melhor.

O kit lhe dera uma ideia. Ela poderia prender um pouco de dinheiro na cintura e cobrir com bandagem. Seria desconfortável para dirigir, mas não era uma má ideia manter um pouco do dinheiro o mais perto possível.

Ou era? Andy se lembrou de uma matéria da NPR sobre policiais em áreas rurais parando pessoas e confiscando seu dinheiro. Confisco cível. A placa do Canadá a transformaria em um alvo perfeito.

Andy abriu a *nécessaire*. Puxou o celular. Nenhuma chamada.

Pegou a carteira de motorista de Daniela Cooper na mala. Andy levara a identidade canadense, o cartão de plano de saúde e o registro do carro ao deixar o depósito. Observou a foto da mãe. Elas sempre tinham parecido mãe e filha. Mesmo estranhos haviam comentado isso. Os olhos eram um sinal claro, mas ambas tinham o rosto no formato de coração e o cabelo do mesmo tom de castanho. Andy havia esquecido como a mãe costumava pintá-lo em tom mais escuro. Depois da quimioterapia ele crescera com um grisalho muito bonito. Laura agora o usava em um corte curto e elegante, mas na foto da carteira de motorista ele chegava até os ombros. O cabelo de Andy era do mesmo comprimento, mas ela o usava preso em um rabo de cavalo, preguiçosa demais para tratá-lo.

Olhou no espelho em frente à cama. Abatida. Olheiras escuras. A Andy do reflexo parecia mais velha que seus 31 anos, sem dúvida alguma, mas será que podia se passar pela mulher na foto? Andy ergueu a carteira de motorista. Moveu os olhos de um lado para o outro. Afofou o cabelo molhado. Baixou a franja. Isso a ajudava ou não a parecer 24 anos mais velha do que realmente era?

Não dava para saber.

Andy enxaguou o sutiã na pia. O sabonete do hotel o deixara com cheiro da bunda de uma velha, mas já era uma melhora. Secar com a toalha deixou pelos brancos no tecido. Usou o secador até que o sutiã estivesse apenas levemente úmido. Depois secou o cabelo com mais desleixo que de hábito, puxando para a frente para que ficasse mais parecido com o cabelo de Laura na foto da carteira canadense. Vestiu outro jeans, outra camisa polo branca. Fez uma careta enquanto deslizava os pés para dentro dos Crocs novamente. Precisava de meias e sapatos de verdade. E precisava escrever uma lista de verdade para manter o controle de tudo.

Pegou um bolo de dois mil dólares, dividiu ao meio e enfiou cada metade em um dos bolsos de trás. Os jeans eram velhos, de uma época em que os fabricantes costuravam nas roupas femininas bolsos que realmente podiam ser usados. Olhou para si mesma no espelho. Tinha funcionado.

Andy pegou mais alguns maços de notas de vinte e escondeu alguns entre o colchão e a cama. Outros foram embolados na toalha molhada, que ela colocou habilidosamente no chão do banheiro. O restante cobriu o fundo da bolsa de lona. Colocou os livros por cima, juntamente com a caixa de primeiros socorros e a *nécessaire*.

Depois de todo esse trabalho, havia ainda uma camada de notas no fundo da mala. Dez de comprimento, três de largura, multiplicado por dois mil dólares dava... Muito dinheiro para carregar em uma mala. Não havia nada a fazer a não ser fechá-la e deixá-la ali. Andy torcia para que um possível invasor ficasse tão feliz com aquela quantia que não procurasse pelo resto.

Andy colocou a bolsa de lona no ombro e saiu. O ar da noite atingiu seu rosto como uma repentina onda de calor quando se abre um forno. Ela analisou o estacionamento enquanto descia as escadas. Havia algumas vans de serviço de limpeza, uma picape vermelha com um adesivo de Trump de um lado e uma bandeira confederada do outro, e um Mustang dos anos 1990 com o para-choque dianteiro preso com fita adesiva.

O restaurante estava fechado. O escritório do motel continuava com as luzes acesas. Andy imaginou que fosse por volta de dez da noite. O funcionário atrás do balcão estava com o nariz enfiado no telefone.

Ela se sentou ao volante da Reliant e levou o carro até o ponto mais distante do estacionamento. Havia luzes de segurança no prédio, mas várias lâmpadas estavam queimadas. Andy foi até a traseira do carro e abriu a mala. Conferiu para garantir que ninguém estava olhando, então abriu o fundo da mala.

Meu Deus.

Mais dinheiro, desta vez notas de cem, guardado ao redor do estepe.

Andy rapidamente recolocou a cobertura no lugar. Fechou a mala. Manteve a mão sobre a porta traseira do carro. O coração batia com força nas costelas.

Deveria se sentir bem por sua mãe ter dividido o dinheiro da mesma forma que Andy pretendera ou surtar por Laura ter planejado uma fuga tão cuidadosamente que tinha mais de meio milhão de dólares guardados na mala de um carro impossível de ser rastreado?

Nesse momento Andy ficou imaginando onde ela se encaixaria no desaparecimento de Laura, porque tudo que havia descoberto até o momento apontava para apenas uma pessoa fugindo.

Qual Laura era sua verdadeira mãe? Aquela que enxotara Andy ou a que dissera que tudo que havia feito na vida tinha sido por ela?

— Certo — murmurou Andy, reconhecendo que a pergunta havia sido feita enfim, mas inteiramente preparada para não pensar mais nela.

A nova Andy que fazia contas, planejava rotas, pensava nas consequências e lidava com problemas financeiros estava deixando exausta a velha Andy, que precisava desesperadamente de um drinque.

Ela carregou a bolsa de lona como uma sacola até o bar em frente ao motel. Havia meia dúzia de picapes no estacionamento. Todas tinham letreiros nas laterais: Joe Bombeiro Hidráulico, Bubba Chaveiro, Knepper's Knippers. Andy estudou com mais atenção essa última, que aparentemente pertencia a um jardineiro. O logotipo na lateral, um gafanhoto de bigodes segurando tesouras, prometia: *Seu gramado em boa forma!*

Todos os olhos se ergueram quando Andy passou pela porta da frente. Ela tentou fingir naturalidade, mas foi difícil, considerando que era a única mulher. Havia uma TV aos berros no canto. Algum tipo de programa esportivo. Os caras estavam quase todos sentados em reservados, sozinhos ou em dupla. Dois homens jogavam sinuca. Ambos pararam, tacos erguidos, para vê-la atravessar o salão.

Havia apenas um cliente junto ao balcão, mas sua atenção estava na televisão. Andy ocupou o lugar mais distante possível dele, seu traseiro sobrando no banco, a bolsa de lona presa entre seu braço e a parede.

O barman foi até ela, uma toalha branca sobre o ombro.

— O que você quer, gatinha?

Não ser chamada de gatinha.

— Vodca com gelo — pediu, porque pela primeira vez desde a faculdade seu crédito estudantil não determinava o que podia beber.

— Tem identidade?

Ela pegou a carteira de Laura na *nécessaire* e a deslizou para ele.

Ele olhou rapidamente.

— Vodca com gelo, então?

Andy o encarou.

Ele preparou o drinque na frente dela, usando muito mais gelo do que Andy teria gostado.

Ela pegou uma das notas de vinte do bolso de trás. Esperou que ele saísse, depois tentou não virar a vodca como um gnu. "Shot de personalidade", era como suas colegas de quarto costumavam chamar o primeiro drinque da noite. Coragem líquida. Qualquer que fosse o nome, a ideia era desligar a voz em sua cabeça que lhe lembrava de tudo o que havia de errado em sua vida.

Andy virou a bebida. A sensação de ardência do álcool escorrendo pela garganta relaxou a musculatura dos ombros pela primeira vez no que pareciam décadas.

O barman voltara com o troco. Ela o deixou em cima do balcão e indicou o copo com a cabeça. Ele serviu outra dose e se apoiou para assistir TV. Um cara meio calvo de terno estava falando sobre a possibilidade de um técnico de futebol americano ser demitido.

— Babaquice — murmurou o homem no último banco do bar.

Ele esfregou o queixo, que tinha barba por fazer. Por alguma razão, o olhar de Andy pousou na mão dele. Os dedos eram compridos e magros, combinando com o resto do corpo.

— Não consigo acreditar no que esse idiota acabou de dizer.

— Quer que desligue? — perguntou o barman.

— Melhor. Por que eu iria querer ficar escutando essa bosta?

O sujeito tirou o boné de beisebol bordô e o jogou no bar. Correu os dedos pelo cabelo grosso. Virou-se para Andy, e ela ficou boquiaberta.

Alabama.

Do hospital.

Tinha certeza.

— Eu conheço você — disse ele, apontando para ela. — Certo? A gente se conhece?

O medo fez com que ela fechasse a boca.

O que ele estava fazendo ali? Será que fora seguida?

— Você estava no... — disse ele, ficando de pé. Era mais alto do que ela lembrava, mais magro. — Você está me seguindo? — perguntou, pegando o boné no bar enquanto caminhava na sua direção.

Ela olhou para a porta. Ele estava no caminho dela. Cada vez mais perto, até que ficaram frente a frente.

— Você é aquela garota, certo? — perguntou, e esperou por uma resposta que Andy não podia dar. — Do hospital?

Andy estava com as costas coladas na parede. Não tinha para onde ir.

A expressão dele mudou de aborrecido para preocupado.

— Você está bem?

Andy não conseguiu responder.

— Ei, camarada — disse Alabama ao barman. — O que você deu a ela?

O barman pareceu insultado.

— Que porra você está...

— Desculpe — disse Alabama, levantando a mão, mas mantendo os olhos em Andy. — O que você está fazendo aqui?

Ela não conseguia engolir, quanto mais falar.

— Falando sério, garota. Você me seguiu?

O barman agora estava prestando atenção.

— Ela é do Canadá — disse, como se isso pudesse esclarecer as coisas.

— Canadá? — reagiu Alabama, de braços cruzados, parecendo desconfortável. — Que porra de coincidência bizarra — disse, e se virou para o barman.

— Eu vi essa garota ontem em Savannah. Lembra que eu falei que minha avó estava mal? Tive de ir até lá fazer uma visita. E agora a garota está aqui bem na minha frente. Bizarro, certo?

O barman concordou.

— Bizarro.

Alabama se virou para Andy.

— Você vai falar comigo ou não?

— É — ecoou o barman. — O que está acontecendo, gatinha? Você está perseguindo esse cara? — perguntou, e se virou para Alabama. — Você poderia ser perseguido por coisa pior, irmão.

— Isso não tem graça, cara — cortou Alabama, e se virou para Andy. — Desembucha, porco-espinho. Ou eu devo chamar a polícia?

— Eu… — começou Andy, que não podia deixá-lo chamar a polícia. — Eu não sei.

Ela se deu conta de que não era suficiente.

— Eu estava visitando… minha mãe. E…

Porra, porra, porra. O que ela podia dizer? Como podia dar um jeito naquilo?

Seu Gordon mental ofereceu a solução: ela poderia virar o jogo.

Andy tentou engrossar a voz.

— O que *você* está fazendo aqui?

— Eu?

— Você — disse, porque a presença dele fazia tanto sentido quanto a dela. — Eu estou voltando de uma visita aos meus pais. Por isso estou aqui — falou, endireitando a postura. — E o seu motivo, qual seria? Por que *você* está aqui?

— Por que eu estou aqui? — repetiu, levando a mão às costas.

Andy se preparou para um distintivo policial, ou algo pior, uma arma.

Mas ele pegou a carteira. Não havia distintivo, apenas sua carteira de motorista do Alabama. Ele a colocou diante do rosto dela.

— Eu moro aqui.

Andy verificou o nome.

Michael Benjamin Knepper.

Ele se apresentou.

— Mike Knepper. O *K* é mudo.

— Mi'e? — reagiu ela, incapaz de evitar a piada.

Ele deu uma risada surpresa. O rosto ganhou um sorriso.

— Cacete, não consigo acreditar que vivi 38 anos sem que alguém fizesse essa piada.

O barman também estava rindo. Eles claramente se conheciam, o que fazia sentido, porque tinham aproximadamente a mesma idade. Em uma cidade pequena, provavelmente tinham ido à escola juntos.

Andy sentiu parte da tensão deixar seu peito. Era mesmo uma coincidência. *Não era?*

Ela não examinara atentamente a foto da carteira. Não vira de qual cidade ele era.

— Você é engraçada — disse Mike, que já estava enfiando a carteira no bolso. — O que está bebendo?

— Vodca — respondeu o barman.

Mike ergueu dois dedos enquanto se sentava no banco ao lado dela.

— Como vai sua mãe?

— Minha...

Andy de repente se sentiu tonta por causa do álcool. Aquilo não parecia muito certo. Ela provavelmente não deveria beber mais nada.

— Olá? — chamou Mike. — Ainda está aqui?

— Minha mãe está bem — respondeu Andy. — Só precisa descansar.

— Aposto que sim.

Ele estava coçando o queixo novamente. Ela tentou não olhar para os dedos dele. Ele parecia homem, e isso era o que continuava a chamar sua atenção. Andy só havia saído com caras mais jovens que pareciam moleques. Seu último pseudo-namorado fazia a barba uma vez por semana e precisava ser acalmado sempre que Andy falava sobre as ligações que atendia na emergência.

— Aí vai.

O barman colocou uma cerveja Sam Adams na frente de Mike e outro copo de vodca na frente de Andy. Esse tinha menos gelo e mais álcool. Ele cumprimentou Mike antes de ir para o lado oposto do bar.

— Às coincidências — disse Mike, erguendo sua cerveja.

Andy tocou seu copo na garrafa e desviou os olhos das mãos dele. Deu um gole antes de se lembrar que devia parar de beber.

— Você parece bem mais descansada — comentou Mike.

Andy sentiu um rubor subir pelo pescoço.

— Falando sério. O que está fazendo em Muscle Shoals?

Ela tomou um gole de vodca para se dar tempo para pensar.

— Achei que aqui era Florence?

— Seja como for.

Ele deu um sorriso torto. Havia toques âmbar em seus olhos castanhos. Ele estava flertando com ela? Não podia ser. Ele era bonito demais, e Andy sempre parecera demais com a irmã mais nova de alguém.

— Você vai me dizer por que está aqui ou eu vou ter que adivinhar?

Andy poderia ter chorado de alívio.

— Vai ter que adivinhar.

Ele estreitou os olhos na direção dela como se Andy fosse uma bola de cristal.

— As pessoas vêm aqui pelas livrarias ou pela música. Como seu cabelo tem um ar meio rock'n'roll, vou chutar a segunda opção.

Andy gostou do elogio, embora não fizesse ideia do que ele estava falando.

— Música.

— É preciso agendar para fazer um tour pelos estúdios.

Ele continuava olhando para sua boca de um modo muito evidente. Ou talvez não fosse evidente. Talvez ela estivesse imaginando o brilho nos belos olhos dele, porque em sua longa história como Andy nenhum homem nunca flertara abertamente com ela assim.

— Na verdade ninguém toca durante a semana, mas há um bar perto do rio…

— Tuscumbia — disse o barman.

— Certo, seja como for, muitos músicos saem das boates e trabalham em material novo. Dá para checar na internet quem vai estar lá — disse, e tirou o celular do bolso de trás. Ela o viu teclar a senha, que tinha números 3. — Minha mãe conta que quando era nova viu George Michael ao vivo, testando aquela música "Careless Whisper". Sabe qual é?

Andy balançou a cabeça. Ele estava apenas sendo gentil. Não estava flertando. Ela era a única mulher ali e ele era o cara de melhor aparência, então era ele quem devia conversar com ela.

Mas ela devia estar conversando? Ele estivera no hospital. Agora estava ali. Não podia ser normal. Andy precisava ir embora. Mas não queria.

Sempre que o pêndulo da dúvida começava a afastá-la dali, Mike conseguia atraí-la novamente na sua direção.

— Lá vamos nós — disse Mike.

Ele colocou o celular no balcão para que ela pudesse ver a tela. Tinha entrado em um site que listava vários nomes que ela nunca vira e boates às quais ela nunca iria.

Para ser gentil, Andy fingiu ler. Depois achou que talvez ele esperasse uma iniciativa dela para irem a alguma boate, depois pensou em como seria constrangedor se chamasse Mike para sair e ele dissesse não, então terminou sua bebida em um gole e pediu outra.

— Para onde você vai depois daqui? — perguntou ele.

Andy quase lhe disse, mas ainda tinha um pouco de sanidade sob o encanto de Mike.

— O que aconteceu com sua cabeça? — perguntou ela.

Andy não notara a princípio, mas ele tinha aquelas bandagens esquisitas ao redor de uma cicatriz considerável na têmpora.

— O cortador de grama jogou uma pedra no meu rosto. Está muito feio? Nada poderia deixá-lo feio.

— Como você sabia que ele era meu pai?

O sorriso torto voltou.

— O cortador de grama?

— O cara que estava com a gente. Dirigindo o carro. No hospital ontem... Anteontem, enfim — disse Andy, que perdera a noção do tempo. — Você disse ao meu pai que lamentava que a família dele estivesse passando por aquilo. Como você sabia que ele era meu pai?

Mike coçou o maxilar novamente.

— Eu sou meio enxerido — disse, com uma mistura de constrangimento e orgulho. — A culpa é das minhas três irmãs mais velhas. Elas estavam sempre escondendo coisas de mim, então eu meio que virei enxerido como forma de autopreservação.

— Eu não bebi tanto a ponto de não perceber que você não respondeu à pergunta — retrucou Andy.

Ela nunca tinha articulado seus pensamentos assim, o que deveria ser um aviso, mas estava farta de se sentir aterrorizada o tempo todo.

— Como você sabia que ele era meu pai?

— Seu celular — admitiu Mike. — Eu vi quando você abriu as mensagens, li PAI e sua mensagem "rápido" — disse, e apontou para os olhos. — Eles simplesmente vão para onde querem.

Como se provasse o que dizia, ele baixou os olhos para a boca de Andy novamente.

Andy usou o resto de bom senso que tinha para se virar na direção do balcão. Girou o copo entre as mãos. Precisava parar de agir feito idiota com aquele homem. Mike estava flertando com ela e ninguém nunca flertara com

Andy. Ele estivera no hospital, e agora estava a centenas de quilômetros de distância em uma cidade cujo nome Andy nunca tinha ouvido antes de ler na placa de acesso na estrada. Deixando de lado os atos criminosos cometidos até então, era simplesmente muito perturbador ele estar ali. Não apenas *ali*, mas sorrindo para ela, olhando para sua boca, fazendo-a se sentir atraente, oferecendo bebida.

Mas Mike morava ali. O barman o conhecia. E as explicações dele faziam sentido, especialmente sobre Gordon. Ela se lembrava de Mike colado ao seu ombro na frente do hospital enquanto ela escrevia a mensagem. Lembrava do olhar que o fizera ir para o banco no lado oposto.

— Por que você ficou? — perguntou ela.

— Fiquei onde?

— Na frente do hospital — explicou, e o encarou, porque queria saber se ele estava mentindo. — Você se afastou, mas não voltou para dentro. Você se sentou no banco do lado de fora.

— Ah — disse ele, tomando um gole de cerveja. — Bem, falei que minha avó estava internada, certo? Ela não é uma pessoa muito gentil. O que é difícil, porque, bem, nas próprias palavras dela, quando alguém morre a gente às vezes esquece que essa pessoa era babaca. Mas naquele momento em que você me viu do lado de fora ela ainda não estava morta. Ainda estava viva e desaprovando a mim e minhas irmãs, especialmente minhas irmãs, então eu precisava de um tempo.

Ele tomou outro gole. Olhou de soslaio para ela.

— Certo, isso não é totalmente verdade.

Andy se sentiu idiota, porque tinha caído feito um patinho até ele lhe dizer que era mentira.

— Eu vi o noticiário e… — Mike baixou a voz. — Não sei, é meio esquisito, mas eu vi você na sala de espera e a reconheci do vídeo, e simplesmente quis falar com você.

Andy ficou sem palavras.

— Eu não sou esquisito — disse ele, rindo. — Entendo que isso é o que um cara esquisito diria, mas aconteceu uma coisa quando eu era criança, e… — Ele se inclinou na direção dela e baixou ainda mais a voz. — Um cara invadiu a nossa casa e meu pai atirou nele.

Andy sentiu a mão indo na direção da garganta.

— É, foi bastante ruim. Porque, tipo, que merda, né? Eu era um garoto, não me dei conta de como aquilo tinha sido realmente ruim. Mas no fim o cara em quem ele atirou era ex-namorado de uma das minhas irmãs. O sujeito entrou lá em casa com um monte de merdas, algemas, mordaça, uma faca, enfim... — Ele fez um gesto como se apagasse o que dissera. — Depois do que aconteceu eu fiquei com uma sensação ruim o tempo todo. Tipo, por um lado aquele cara ia sequestrar minha irmã e provavelmente machucá-la muito. Por outro, meu pai tinha matado alguém. — Então deu de ombros. — Eu vi você e pensei: bem, tem alguém ali que sabe qual é a sensação. Tipo, pela primeira vez na minha vida.

Andy levou a vodca aos lábios, mas não bebeu. A história era boa demais. Em algum ponto no fundo da mente ela ouvia os sinais de alerta soando. Era muita coincidência. Ele estivera no hospital, ele estava ali. Ele tinha uma história parecida com a dela.

Mas ele tinha uma carteira de motorista. E a picape do lado de fora. E aquele evidentemente era o bar que frequentava, e coincidências acontecem, do contrário não haveria a palavra *coincidência*.

Andy olhou para o líquido claro em seu copo. Ela precisava sair dali. Era arriscado demais.

— ... não faz sentido — dizia Mike. — Se você vê a parte em que...

— Como?

— Aqui, olha — disse ele, ficando de pé. Ele virou o banco de Andy para que ela o encarasse. — Então eu sou o cara mau com a faca no pescoço, certo?

Andy assentiu, só então se dando conta de que ele estava falando sobre o vídeo do Rise-n-Dine.

— Coloque as costas da sua mão esquerda no lado esquerdo do meu pescoço, como sua mãe fez — continuou ele.

Ele já havia tendo erguido a mão dela e a colocado em posição. A pele dele era quente.

— Então ela está com a mão esquerda presa no pescoço dele, e passa o outro braço por baixo e coloca a mão direita aqui — falou, pegando a mão direita de Andy e a colocando em seu ombro direito. — Faz sentido, passar a mão por baixo, toda essa distância?

Andy pensou na posição das mãos. Bastante sem jeito. Um braço estava torcido abaixo do outro. A base da mão mal chegava ao ombro dele.

Uma mão empurrando, uma mão puxando.

A expressão calma no rosto de Laura.

— Certo — disse Mike. — Mantenha a mão esquerda onde está, presa no meu pescoço. Empurre com a mão direita.

Ela empurrou, mas não com força, porque seu braço direito já estava quase todo estendido. O ombro direito dele mal se moveu. O restante do corpo permaneceu imóvel. A mão esquerda, aquela em cima do pescoço, permaneceu firme ali.

— Agora aqui — disse ele, passando mão direita dela para o centro do peito. — Empurre.

Dessa vez foi mais fácil empurrar com força. Mike deu um passo para trás. Se ela tivesse uma faca se projetando das costas da mão, ela teria saído do pescoço dele.

— Viu?

Andy repassou os movimentos na cabeça, viu Laura com a faca, empurrando e puxando, mas talvez não.

— Sem ofensa, mas ambos sabemos que sua mãe sabia o que estava fazendo. Ninguém pega uma faca daquele modo e depois sacode o agressor pelo ombro. Se você vai matá-lo, vai empurrar com força, bem no meio do peito.

Andy anuiu. Estava começando a entender. Laura não tentou empurrar Jonah para longe. A mão direita dela buscara o ombro. Ela estava tentando puxá-lo.

— Você reparou nos pés dela? — perguntou Mike.

— Os pés dela?

— A pessoa que estivesse planejando puxar a faca avançaria, certo? Iria equilibrar o movimento com um pé na frente e o outro atrás. Física básica. Mas não é isso o que ela faz.

— O que ela faz?

— Ela coloca os pés paralelos, assim — diz, e desliza o pé até a linha do ombro, como um pugilista, ou como alguém que não quer perder o equilíbrio enquanto tenta impedir outra pessoa de se mover. — E aí é o cara quem começa a recuar. Veja o vídeo de novo. Dá para ver o cara levantando o pé, claro como o dia.

Andy não tinha reparado em nada disso. Ela supusera que a mãe era uma espécie de máquina mortífera, quando na verdade a mão direita dela fora até o ombro de Jonah Helsinger para impedi-lo de se mover, não para ajudar a assassiná-lo violentamente.

— Você tem certeza de que ele estava recuando por conta própria? — perguntou Andy. — E não recuando para se equilibrar?

— É o que me parece.

Andy repassou a sequência familiar na cabeça. Será que Jonah realmente tinha recuado? Ele havia escrito um bilhete de suicídio. Claramente tinha desejo de morrer. Mas um garoto de dezoito anos era realmente capaz de se afastar da faca sabendo a morte horrível que o aguardava?

— Ela disse alguma coisa, não disse? — perguntou Mike.

Andy quase respondeu.

Mike deu de ombros.

— Os especialistas vão descobrir. Mas o que eu estou dizendo é que todos ficaram olhando para os rostos no vídeo, quando deveriam estar olhando para os pés.

A cabeça de Andy estava girando enquanto ela tentava processar aquilo. Será que aquele cara estava certo? Ou era uma espécie de conspiracionista de Belle Isle tentando disseminar teorias e Andy estava caindo naquilo porque desejava desesperadamente outra explicação?

— Ei, olha, preciso resolver um probleminha rapidinho — disse Mike.

Andy assentiu. Ela queria algum tempo para pensar naquilo. Precisava ver o vídeo novamente.

— Nada de me seguir dessa vez, hein? — brincou Mike.

Andy não riu. Ela o viu ir para os fundos do bar e desaparecer em um corredor. A porta do sanitário masculino rangeu e fechou com uma batida.

Andy esfregou o rosto. Estava mais que tonta depois de todos aqueles drinques idiotas. Precisava pensar no que Mike tinha dito sobre o vídeo do restaurante. E considerar sua própria culpa, porque ela havia suposto que a mãe era uma assassina. Ninguém, nem Andy nem Gordon, tinha por um momento sequer pensado que Laura estava tentando fazer a coisa certa.

Então por que Laura não dissera isso aos policiais? Por que agira como se fosse culpada? E de onde diabos Moletom tinha vindo? E quanto ao depósito?

Sempre que Andy achava que alguma coisa fazia sentido, o mundo saía do eixo de novo.

Andy levou a mão na direção do copo.

Mike tinha deixado o celular em cima do balcão.

Ela vira a senha dele. Seis números 3.

O barman estava assistindo televisão. Os jogadores de sinuca discutiam uma jogada. O longo corredor ainda estava vazio. Ela ouviria a porta quando Mike saísse do banheiro. Tinha ouvido quando ele entrou.

Andy pegou o telefone. Digitou os números 3. A tela tinha a foto de um gato, e ela pensou bizarramente que um homem que tinha um fundo de tela como esse não podia ser tão ruim. Andy abriu o Safari. Entrou no site da *Belle Isle Review*. A capa tinha a nova foto de Laura na festa, a mesma que ela vira na CNN. Dessa vez Gordon não havia sido cortado. Andy deu uma olhada na matéria, que era basicamente a mesma que estivera lá no dia anterior.

Ela baixou para ver outras notícias. Ficou mais aliviada que chocada ao ver o título.

CORPO ENCONTRADO SOB A PONTE YAMACRAW

Andy leu os detalhes. Ferimento na cabeça. Sem identidade. Jeans e casaco com capuz preto. Tatuagem de golfinho no quadril. Encontrado por pescadores. Não havia suspeita de crime. A polícia pedia que pessoas com informações se apresentassem.

Ela ouviu a porta do banheiro se abrir. Fechou a página. Voltou para a tela inicial. Apagou a tela e já o tinha devolvido ao balcão quando Mike apareceu no corredor.

Andy bebericou a vodca.

Corpo não identificado?

Ferimento na cabeça?

Sem suspeita de crime?

Mike grunhiu ao se sentar de novo no banco.

— Precisei levantar umas sete toneladas de pedras hoje.

Andy murmurou com simpatia, mas sua cabeça só pensava na notícia. A ponte de Yamacraw era sobre o rio Tugaloo. Como o corpo de Moletom chegara lá? Laura não poderia ter levado pessoalmente. Mesmo sem a polícia vigiando, ela só tinha um braço e uma perna bons.

Que porra estava acontecendo?

— Alô? — disse Mike, novamente batendo no balcão com os nós dos dedos, desta vez para chamar a atenção de Andy. — Bem, já passei da hora de dormir. Preciso começar um grande trabalho amanhã. Quer que eu acompanhe você até o carro?

Andy não achou que seria uma boa ideia ficar sozinha no bar. Olhou ao redor procurando o barman.

— Ele vai colocar na minha conta — disse Mike, guardando o celular no bolso.

Indicou que Andy deveria ir na frente. Manteve distância até ela chegar à porta, então se adiantou para abri-la.

Do lado de fora o calor era apenas ligeiramente menos medonho do que antes. Andy tomaria outro banho antes de ir para a cama. Talvez ligasse o ar-condicionado e entrasse no saco de dormir. Ou talvez na Reliant, porque continuava a ser estranho ter encontrado Mike logo ali. E estranho que ele estivesse lhe dizendo as coisas que ela queria ouvir. E que a tivesse escoltado para fora do bar, o que significava que saberia para onde ela iria a seguir.

Knepper Knippers. Havia equipamento de jardinagem na traseira da picape — uma roçadeira, um soprador de folhas, ancinhos e uma pá. Havia manchas de terra e grama nos painéis laterais. Mike estava no bar quando ela chegara ali, não o contrário. A picape claramente era usada para jardinagem. Ele tinha uma carteira de motorista com identificação. Tinha uma conta no bar, pelo amor de Deus. Ou ele era um psicopata clarividente ou Andy estava perdendo a cabeça.

Ele deu um tapinha na picape.

— Esta é minha.

— Gostei do gafanhoto — disse ela.

— Você é bem bonita.

Andy foi pega de surpresa.

Ele riu.

— Bem, isso foi esquisito, certo? Eu acabei de conhecer você. Quero dizer, de realmente conhecer. Flertamos, foi legal, mas ainda é meio estranho que estejamos os dois aqui ao mesmo tempo, certo?

— Toda hora você diz as coisas que estão passando pela minha cabeça, mas como se fossem normais em vez de algo com o qual eu devesse me preocupar — disse Andy, e quis tapar a boca com as mãos. Ela não pretendia dizer aquilo em voz alta. — Acho melhor eu ir embora.

— Certo.

Mas ela não foi. Por que ele dissera que ela era bonita?

— Você está com uma... — disse ele, estendendo a mão para tirar algo do cabelo dela: um fiapo da toalha barata do motel.

Andy segurou a mão dele, porque aparentemente a Andy com fetiche por mãos também era muito mais corajosa que a Andy normal.

— Você realmente é bonita para cacete — disse ele, como se estivesse impressionado. Como se falasse sério.

Andy encaixou o rosto na mão dele. Sentiu a mão áspera em sua bochecha. As luzes neon do bar ressaltaram o castanho dos olhos de Mike, e ela sentiu vontade de se dissolver naquele homem. Era terrivelmente bom ser olhada, ser tocada por alguém. Pelo corpo dele. Por aquele estranho homem atraente.

E então ele a beijou.

A princípio ele foi delicado, mas depois os dedos dela estavam no cabelo dele e o beijo ficou mais intenso. Andy ficou totalmente fora de si. Seus pés deixaram o chão. Ele a empurrou sobre a picape, apertou-a com força. Sua boca estava no pescoço dela, seus seios. Cada centímetro do corpo de Andy o queria. Nunca fora tão tomada por desejo. Ela esticou a mão para acariciá-lo e...

— Chaveiro — disse ele.

Mike estava rindo, então Andy também riu. Ela sentira o chaveiro no bolso da frente dele.

Seus pés voltaram ao chão. Ambos estavam ofegantes.

Ela se inclinou para beijá-lo novamente, mas Mike se virou.

— Sinto muito — disse ele.

Ah, Deus.

— Eu só... — começou ele, a voz rouca. — Eu...

Andy quis desaparecer.

— Acho melhor eu ir...

Ele colocou os dedos sobre a boca de Andy para calá-la.

— Você realmente é muito bonita. Lá dentro eu só pensava em beijar você — disse, o polegar correndo por seus lábios. Ele parecia prestes a beijá-la novamente, mas então recuou um passo e enfiou a mão no bolso. — Eu realmente estou muito atraído. Quer dizer, isso é óbvio, mas...

— Por favor, pare.

— Eu preciso dizer isso — continuou Mike, porque seus sentimentos eram a coisa mais importante no momento. — Eu não sou assim. Esse cara que pega mulheres em bares, que vai com elas até o estacionamento e...

— Eu não ia — disse Andy, mas era uma mentira deslavada. — Eu não...

— Você poderia...

Andy esperou.

Mike não terminou a frase. Apenas deu de ombros.

— Melhor eu ir embora.

Ela continuou esperando por mais, porque era idiota.

— Seja como for — continuou ele, tirando as chaves do bolso e girando o chaveiro nos dedos. E depois riu.

Por favor, não faça uma piada sobre eu dar uma chupada no seu chaveiro.

— Eu podia... Quer dizer, eu deveria acompanhar você...

Andy foi embora. Seu rosto queimava quando ela atravessou a rua. Mais uma vez aquele homem observava sua partida, como tinha feito em frente ao hospital.

— Burra, burra, burra... Mas que porra? Mas que *porra*? — murmurou ela.

Sentia-se nauseada consigo mesma enquanto subia as escadas do motel. A picape de Mike estava chegando à rua. Ele a observava percorrer a varanda.

Andy desejou ter uma bazuca para explodi-lo. Ou uma arma com a qual se matar. Ela nunca ficara com um estranho. Nem na faculdade. Que merda estava acontecendo com ela? Por que estava tomando tantas decisões estúpidas? Ela era uma criminosa em fuga. Não podia confiar em ninguém. E daí se Mike tinha uma carteira de motorista do Alabama? Laura tinha uma de Ontário. Cacete. Ela estava dirigindo um carro com registro falso. Mike poderia muito bem ter uma picape igualmente falsa. O anúncio com o gafanhoto era magnético, não era permanente. O barman poderia ser amistoso com Mike porque atendentes sempre são amigáveis com os clientes.

Andy enfiou a chave na fechadura e abriu com força a porta do quarto. Estava tão aborrecida que mal notou a mala e o saco de dormir onde os havia deixado.

Sentou-se na cama, cabeça nas mãos, e tentou não cair em lágrimas.

Tinha sido manipulada por aquele cara? Mas com que objetivo? Mike era só um cara esquisito que estava interessado em Andy porque a vira no vídeo do restaurante? Ele certamente passara muito tempo analisando a interação entre Laura e Jonah Helsinger. Criando uma versão do que ele achava que tinha acontecido. Provavelmente tinha um blog de conspirações. Provavelmente ouvia aqueles programas malucos no rádio.

Mas ele dissera que era bonita. E ele de fato estivera excitado. A não ser que de algum modo entre abrir a porta da frente do bar e caminhar até a picape tivesse enfiado uma lata de refrigerante dentro das calças.

— Cristo!

Aquele chaveiro idiota.

Andy se levantou. Tinha de caminhar. Tinha de repassar todas as muitas coisas idiotas que tinha feito. Tinha beijado com intensidade demais? Saliva demais? Sem língua suficiente? Talvez seus seios fossem pequenos demais. Ou, Deus, não...

Ela cheirou o sutiã, que tinha o cheiro do repulsivo sabonete do hotel.

Os homens ligavam para esse tipo de coisa?

Andy cobriu os olhos com as mãos. Caiu de volta na cama.

A lembrança de seus dedos acariciando o chaveiro idiota no bolso dele fez suas bochechas arderem. Ele provavelmente se sentira insultado. Ou talvez não quisesse tirar vantagem de alguém que era tão ridiculamente desajeitada. Que tipo de idiota confunde um pênis com um chaveiro de pé de coelho?

Mas que tipo de homem adulto leva um pé de coelho gigante no bolso?

Aquele cara.

O que aquilo significava? *Aquele cara*?

Andy tirou as mãos do rosto.

Sentiu o queixo cair.

A picape.

Não a picape de gafanhoto de Mike ou a picape do homem morto, mas a velha Chevrolet amassada que estava estacionada na rampa dos Hazelton mais cedo naquela manhã.

Aquela manhã…

Depois de Andy ter matado um homem. Depois de ter corrido pela praia procurando pelo Ford do homem morto porque Laura tinha mandado.

Havia duas picapes estacionadas na rampa dos Hazelton, não uma.

As janelas estavam baixadas. Andy olhara dentro da cabine. Tinha pensado em roubar a velha Chevrolet em vez de pegar o Ford. Teria sido fácil, porque a chave estava na ignição. Ela vira claramente à luz do dia que estava nascendo.

Estava em um chaveiro de pé de coelho, exatamente como o que Mike Knepper tirara do bolso e girara nos dedos.

31 DE JULHO DE 1986

CINCO DIAS DEPOIS DO TIROTEIO EM OSLO

CAPÍTULO NOVE

Jane Queller acordou suando frio. Estivera novamente chorando durante o sono. Seu nariz estava inchado. Seu corpo doía. Começou a tremer de modo incontrolável. O pânico fez seu coração estremecer. Na semiescuridão, pensou que estava de volta a Berlim, depois no quarto do hotel de Oslo, e então se deu conta de que estava em seu quarto de infância na casa de Presidio Heights. Papel de parede cor-de-rosa. Colcha e travesseiros de cetim cor-de-rosa. Mais cor-de-rosa no tapete, no sofá, na cadeira da escrivaninha. Pôsteres, animais de pelúcia e bonecas.

Sua mãe tinha escolhido a decoração porque Jane não tinha tempo para escolher ela mesma. Desde os seis anos de idade quase todos os momentos despertos da vida de Jane haviam sido passados diante do piano. Experimentando. Praticando. Tocando. Aprendendo. Apresentando-se. Excursionando. Julgando. Fracassando. Recuperando-se. Estimulando. Vencendo. Dominando.

No começo Martin ficava atrás de Jane enquanto ela tocava, os olhos acompanhando as notas, as mãos nos ombros dela, pressionando levemente quando cometia um erro. Pechenikov pedira que Martin abandonasse seu posto de professor da filha como condição para aceitar Jane, mas a tensão da presença de Martin sempre fora uma sombra em sua carreira. Sua vida. Seus triunfos. Seus fracassos. Estivesse ela em Tóquio, Sydney ou Nova York, ou mesmo durante seus três meses isolada em Berlim, Jane sempre podia sentir o pai, invisível, pairando atrás de si.

Jane estremeceu novamente. Olhou para trás, como se Martin pudesse estar ali. Sentou-se e apertou as costas contra a cabeceira. Puxou os lençóis sobre o corpo.

O que eles haviam feito?

Nick diria que eles não tinham feito nada. Laura Juneau puxara o gatilho, visivelmente em paz com a decisão. Poderia muito bem ter ido embora a qualquer momento. Mas assassinar Martin, depois matar a si mesma, era um ato de bravura, e também um ato que cometera sozinha.

Pela primeira vez nos seis anos desde que conhecera Nicholas Harp, ela se viu incapaz de acreditar nele.

Todos eles haviam colocado Laura naquele palco com Martin — Jane, Andrew, Nick, as outras células nas outras cidades. De acordo com o projeto de Nick, cada um era uma engrenagem em uma máquina descentralizada. Um homem misterioso de dentro ajudara Chicago a se infiltrar na empresa que produzia a tinta vermelha que supostamente deveria estar dentro do saco de papel pardo. Nova York conseguira o falsificador de documentos em Toronto. São Francisco pagara pelas passagens de avião, pelos quartos de hotel, pelas corridas de táxi e refeições. Assim como a sombra de Martin atrás de Jane, todos haviam permanecido invisíveis atrás de Laura Juneau enquanto ela tirava o revólver da bolsa e apertava o gatilho duas vezes.

Seria loucura?

Estavam todos insanos?

Todas as manhãs ao longo dos dezoito meses anteriores Jane se vira acordando cheia de dúvidas. Suas emoções oscilavam violentamente como o badalo de um sino. Em um momento ela pensava que estavam, sim, agindo como lunáticos — ensaiando movimentos, fugas, aprendendo a usar armas. Aquilo não era ridículo? Por que Jane precisava aprender combate corpo a corpo? Por que precisava decorar as localizações de esconderijos e compreender diagramas de painéis falsos e compartimentos secretos? Eles eram só umas pessoas, todas com menos de trinta anos, acreditando que tinham os meios necessários e o poder de levar a cabo atos extraordinários de oposição.

Essa não era exatamente a definição de delírio?

Mas então, no momento seguinte, Nick começava a falar e Jane ficava convencida, sem qualquer sombra de dúvida, de que tudo aquilo fazia sentido.

Jane colocou a cabeça entre as mãos.

Ela ajudara uma mulher a assassinar seu próprio pai. Ela planejara a morte dele. Ela sabia o que iria acontecer e não dissera nada.

Depois de Oslo, havia acabado o ridículo. O ceticismo. Agora tudo era real. Tudo aquilo estava acontecendo.

Jane estava perdendo o juízo.

— Aí está você — disse Nick, entrando no quarto com uma caneca em uma das mãos e um jornal na outra. Apenas de cueca. — Beba tudo.

Jane pegou a caneca. Chá quente e uísque. A última vez que tomara um drinque fora com Laura Juneau no bar e agora o coração estava acelerado como estivera na ocasião. Laura estava certa quando chamou Jane de camaleão. A mulher não tinha ideia de que Jane fazia parte do grupo. Elas tinham conversado como estranhas, depois como íntimas, e então Laura partira.

Você é uma pessoa magnífica, Laura dissera a Jane antes de partir. *Você é magnífica por ser tão unicamente você.*

— Acabaram de chegar mais federais — disse Nick, que estava à janela olhando para o pátio abaixo. — Pela merda de carro eu imagino que seja o FBI.

Nick lançou um sorriso malicioso, como se a presença de mais federais além dos agentes da CIA, NSA, Interpol, Receita e do Serviço Secreto com os quais já haviam falado fosse uma banalidade.

— Você será Bonnie, e eu, Clyde.

Jane tomou um gole do chá. Mal sentiu o gosto do líquido quente que escaldava seu estômago. Martin havia sido assassinado cinco dias antes. Seu funeral seria no dia seguinte. Nick parecia estar se alimentando do estresse, quase frívolo durante as entrevistas que cada vez mais pareciam interrogatórios. Jane queria gritar para ele que aquilo era real, que eles haviam assassinado alguém, que o que estavam planejando a seguir poderia colocá-los na prisão pelo resto das vidas — ou pior.

Em vez disso ela sussurrou:

— Estou com medo, Nicky.

— Querida — disse ele na cama, envolvendo-a num abraço antes que ela pudesse impedir. Colou os lábios ao seu ouvido. — Você vai ficar bem. Confie em mim. Já passei por várias coisas muito piores. Enfrentar esse momento vai fortalecer você, vai fazer você lembrar o motivo pelo qual estamos fazendo isto.

Jane fechou os olhos enquanto tentava absorver as palavras dele. Ela não via mais sentido naquilo tudo. Por que estava sofrendo por causa do pai? Durante tantos anos tinha acreditado que qualquer vestígio de amor por Martin havia sido eliminado a pancadas. Então por que estava tão tomada pela culpa? Por que doía sempre que se lembrava de que Martin partira?

— Pare — disse Nick, que sempre sabia quando ela estava perturbada. — Pense em outra coisa. Em algo bom.

Jane balançou a cabeça. Ela não tinha o talento de Nick para separar as coisas. Não conseguia sequer fechar os olhos sem ver a cabeça de Martin explodindo. O tiro o atingira na têmpora. Cérebro, tecidos e ossos cobriram Friedrich Richter como lama lançada pelo pneu de um carro. Depois Laura puxara o gatilho de novo, e o interior de sua cabeça fora lançado para o teto.

Sinto muito, Jane fizera com a boca para a mulher segundos antes.

Será que Laura chegou a saber o motivo pelo qual Jane pedia desculpas?

— Vamos lá — insistiu Nick, apertando o ombro de Jane para trazê-la de volta ao presente. — Lembra-se de quando nos conhecemos?

Jane balançou a cabeça novamente, mas apenas para tentar apagar as imagens violentas da mente. A arma. As explosões. O banho e o jorro.

— Vamos lá, Jinx. Você esqueceu? Em dezembro vai fazer seis anos, sabia?

Jane limpou o nariz. Claro que ela sabia. O momento em que viu Nick pela primeira vez estava gravado em cada fibra do seu ser. Andrew e Nick chegando em casa da faculdade, puxando e empurrando um ao outro na sala da frente como adolescentes. Jane saíra da sala de visitas para reclamar do tumulto. Quando ele sorriu, sentiu o coração se encher como um balão de ar quente querendo flutuar para fora do peito.

— Jinx?

Ela sabia que ele não desistiria até que ela entrasse no jogo, então ela entrou.

— Você mal me notou.

— Você não era nem maior de idade.

— Eu tinha dezessete.

Ela odiara quando ele a tratara como se fosse uma criança. Como Andrew, ele era apenas três anos mais velho.

— E você me ignorou o fim de semana inteiro porque você e Andy estavam correndo atrás daquelas vagabundas de North Beach.

Ele riu.

— Você nunca teria me dado uma chance se eu me desmanchasse todo como os outros idiotas.

Não havia outros idiotas. Ninguém nunca se desmanchara por Jane. Os homens olhavam para ela com assombro ou tédio, como se ela fosse uma boneca dentro de uma redoma. Nick fora o primeiro amigo de Andrew a vê-la como mulher.

Ele acariciou o cabelo dela. Levou novamente a boca até sua orelha. Ele sempre sussurrava ao lhe dizer coisas importantes.

— Eu não ignorei você o fim de semana *inteiro*.

Jane não conseguiu impedir seu coração de flutuar outra vez. Mesmo em um momento horrível como aquele, ela ainda se lembrava da emoção que sentiu quando Nick a surpreendeu na cozinha. Ela estava lendo uma revista quando ele entrou. Jane dissera alguma coisa rude para fazê-lo ir embora, mas, sem dizer uma palavra, ele a beijara antes de sair e fechar a porta.

— Eu era praticamente órfão quando conheci você — continuou Nick. — Eu não tinha ninguém. Estava completamente sozinho. E de repente ali estava você. — Ele segurava a cabeça dela por trás. De repente, ficou sério. — Diga que você ainda está comigo. Eu preciso saber.

— É claro que sim.

Ele tinha feito isso em Oslo, depois no voo de volta e então em sua primeira noite de volta a São Francisco. Nick parecia temer que os três meses que haviam passado separados tivessem de algum modo enfraquecido a determinação dela.

— Eu estou com você, Nick. Sempre.

Ele procurou nos olhos dela um sinal, um indício de que estava mentindo, como tantas pessoas tinham feito em sua vida.

— Eu sou sua — repetiu ela, com firmeza. — Cada parte de mim.

— Boa menina.

O sorriso dele foi hesitante. Ele fora ferido por muitas pessoas antes.

Jane queria abraçá-lo, mas ele odiava quando ela ficava grudenta. Em vez disso inclinou o rosto para que ele a beijasse. Nick o fez, e pela primeira vez em dias Jane conseguiu respirar novamente.

— Minha querida — sussurrou ele em seu ouvido.

As mãos dele deslizaram sob sua camisola. A boca foi na direção dos seios. Jane finalmente conseguiu passar os braços ao redor dele. Ela não queria sexo, mas sabia que dizer não iria ferir seus sentimentos. O que ela mais ansiava era o depois. Quando ele a abraçava. Quando dizia que a amava. Quando a fazia sentir que tudo ficaria bem.

Esse seria o momento de contar a ele.

Enquanto Nick a deitava na cama, Jane sentiu chegarem aos lábios todas as palavras que ensaiara silenciosamente durante o mês anterior: *Eu sinto muito. Estou assustada, mas ao mesmo tempo em êxtase, encantada, ansiosa, e em pânico, e exultante, morrendo de medo de que você me deixe, porque...*

Eu estou grávida.

— Olá?

Ambos se sentaram. Jane puxou os lençóis até o pescoço.

— Estão acordados? — perguntou Andrew, batendo na porta antes de olhar dentro do quarto. — Decentes?

— Nunca — respondeu Nick.

Ele ainda segurava um dos seios sob o lençol. Jane tentou se afastar, mas Nick passou o braço pela sua cintura para impedi-la. Acariciou a base de suas costas, os olhos em Andrew.

— Mais dois agentes estacionaram no pátio da frente — disse Nick.

— Eu vi — respondeu Andrew, limpando o nariz com a manga. Ainda estava com a gripe da Noruega. Disse a Nick o que Jane não ousava: — Não seja agressivo com eles, Nicky. Por favor.

Todos se entreolharam. A mão de Nick desceu pelas costas de Jane. Ela sentiu uma onda de calor subir pelo pescoço até o rosto. Ela odiava quando ele fazia esse tipo de coisa na frente de Andrew.

— Acho que deveríamos tocar a lateral de nossos narizes como eles fizeram em *Golpe de mestre* — brincou Nick.

— Isto aqui é a vida real — disparou Andrew, em tom duro.

Todos estavam morrendo de medo de que a casa fosse grampeada. Os dias anteriores haviam sido como andar na ponta dos pés no fio da navalha.

— Nosso pai foi assassinado. Uma mulher foi sequestrada. Você precisa levar isto a sério.

— Pode deixar que ao menos vou fazer isso limpo — retrucou Nick, mordendo o ombro de Jane antes de ir para o banheiro.

Jane puxou os lençóis com mais força. Olhou para a porta fechada do banheiro. Queria ir atrás dele, suplicar que escutasse Andrew, mas ela nunca tinha sido capaz de dizer a Nick que ele estava errado sobre algo.

— Jane… — começou Andrew.

Ela fez um gesto para que ele se virasse para poder se vestir.

Ele obedeceu.

— Mamãe estava perguntando por você.

Jane vestiu uma meia-calça. A cintura pareceu apertada quando ela se levantou.

— Era com Ellis-Anne que você estava falando ao telefone hoje de manhã?

Andrew não respondeu. A ex-namorada de algum modo era um assunto proibido agora.

Ainda assim ela tentou.

— Vocês passaram dois anos juntos. Ela só…

— Jane — murmurou Andrew.

Ele tentara conversar com ela sobre Martin desde que tinham chegado em casa, mas Jane tinha medo demais de que isso abrisse dentro dela algo que não pudesse ser fechado.

— Você deveria ir ao médico ver essa gripe — disse Jane.

Seus dedos se atrapalharam com os pequenos botões de pérola da blusa. Arrancou a saia pendurada no cabide.

— Eu sinto… — começou ele, a cabeça se movendo lentamente de um lado para o outro. — Sinto como se faltasse alguma coisa dentro de mim. Como se um órgão tivesse sido removido. Isso é estranho?

Jane tentou fechar o zíper na lateral da saia. Os dedos pareciam desajeitados, e ela precisou limpar o suor das mãos. Estava apertada. Tudo estava apertado porque ela estava grávida, eles tinham matado o próprio pai e provavelmente iriam matar mais pessoas antes que aquilo terminasse.

— Andy, eu não posso… — disse, mas as palavras foram cortadas por um soluço.

Eu não posso conversar com você. Não posso escutar você. Não posso estar perto de você porque você vai dizer o que eu estou pensando e isso vai acabar nos destruindo.

Como Laura Juneau tinha feito aquilo?

Não o ato físico — Jane estava lá, testemunhara cada detalhe do assassinato e do suicídio —, mas como Laura acionara esse interruptor interno que a transformara em uma assassina a sangue-frio? Como aquela mulher gentil e interessante com quem Jane dividira um cigarro no bar do centro de conferências podia ser a mesma mulher que sacara uma arma, assassinara um homem e depois se suicidara?

Jane retornava o tempo todo à expressão de absoluta serenidade no rosto de Laura Juneau. Foi o leve sorriso nos lábios da mulher que a entregara. Laura claramente estava em paz com suas ações. Não houve hesitação. Nenhuma mudança de ideia ou dúvida. Quando Laura enfiou a mão na bolsa para pegar o revólver, poderia muito bem estar em busca de um chiclete.

— Jinx? — chamou Andrew, que tinha se virado. Havia lágrimas em seus olhos, o que fez Jane chorar ainda mais. — Deixa eu te ajudar.

Ela o observou puxando o zíper na lateral da saia. O hálito dele tinha um cheiro doentio. Sua pele parecia viscosa.

— Você perdeu peso — disse ela.

— Pronto.

O irmão beliscou de brincadeira a nova dobra de gordura na cintura dela.

— Nick disse que vamos superar isso, certo? E Nick está sempre certo, não é mesmo?

Eles sorriram, mas nenhum dos dois riu, pois não sabiam se Nick estava ou não escutando do outro lado da porta.

— Melhor a gente se recompor — disse Jane, encontrando lenços de papel. Ofereceu alguns a Andrew, depois pegou alguns.

Ambos assoaram os narizes. Andrew tossiu. O chiado no peito era como bolas de gude se chocando.

Ela levou a mão à testa dele.

— Você precisa ir ao médico.

Ele deu de ombros e perguntou:

— Quando?

A porta do banheiro se abriu. Nick saiu, nu, enxugando o cabelo.

— O que eu perdi?

— Eu vou descer antes que Jasper venha nos procurar — disse Andrew.

— Vá você também — disse Nick a Jane. — Use as botas. São mais intimidadoras.

Jane encontrou um par de meias pretas na gaveta. Calçou por cima da meia-calça. Apresentou alguns pares de botas até que Nick se desse por satisfeito. Estava se curvando para afivelar a bota quando sentiu a pressão de Nick atrás do corpo. Ele falou com Andrew enquanto as mãos acariciavam a base de suas costas.

— Jane está certa. Você deveria tirar um tempo para ir ao médico. Não pode estar doente para o... para o funeral.

Jane sentiu bile subir por sua garganta enquanto acabava de afivelar as botas de montaria. Não sabia se era o terrível enjoo matinal ou o medo. Nick sempre fazia esses jogos verbais desnecessários. Jane sabia que ele se empolgava imaginando um agente do FBI dentro de uma van na rua, de sentinela, prestando atenção em tudo que ele dizia.

Ele levou a boca à orelha dela novamente.

— Acabe com eles, minha querida.

Ela assentiu.

— Pronta.

Nick deu um tapa em sua bunda enquanto ela saía do quarto. Jane sentiu o imenso constrangimento de antes. Era inútil pedir que parasse. Só o tornava pior.

Andrew deixou que Jane fosse à frente. Ela se esforçou para recobrar a calma, diminuir o calor que tomara sua face. Ela sabia que Nick crescera sem amor, que para ele era importante que as pessoas entendessem que ele tinha um lugar, mas odiava quando era tratada como um troféu de caça.

— Tudo bem? — perguntou Andrew.

Jane se deu conta de que levara a mão à barriga. Ela não contara ao irmão nem a ninguém sobre o bebê. A princípio tinha usado a desculpa de que Nick deveria ser o primeiro a saber, mas com o passar das semanas se deu conta de que estava morrendo de medo de que ele não quisesse o bebê e ela tivesse de explicar a todos por que não estava mais grávida.

Da próxima vez, dissera ele na vez anterior. *Vamos ficar com o bebê da próxima vez.*

— Srta. Queller? — perguntou um homem que esperava por eles no corredor da frente, ostentando a carteira aberta com um distintivo dourado. — Agente Barlow, FBI. Este é o agente Danberry.

Danberry estava de pé dentro da sala de visitas com as mãos cruzadas às costas. Parecia uma versão inferior de Barlow: menos cabelo, menos confiança, até menos dentes, pois parecia não ter um canino superior. Estivera conversando com Jasper, que vestia seu uniforme da reserva da Força Aérea. Medalhas e emblemas coloridos tomavam o peito do irmão. Jasper era doze anos mais velho que Jane, o irmão superprotetor de sempre. Tinha comparecido aos recitais, perguntado sobre os deveres de casa e a levado ao baile quando ninguém mais o faria. Jane sempre o vira como um adulto em miniatura, uma figura heroica que brincava com seus soldados de brinquedo e lia livros de história militar, mas que lhe daria dinheiro para comprar batom e certamente colocaria para correr qualquer garoto que ousasse magoá-la.

— Srta. Queller? — repetiu o agente Barlow.

— Desculpe — disse Jane, pegando um lenço de papel da caixa na mesinha de centro.

Barlow pareceu se conter.

— Sinto muito por sua perda.

Jane enxugou os olhos enquanto olhava no espelho atrás do sofá. A pele estava vermelha. Os olhos inchados. O nariz era de um vermelho brilhante. Ela passara quase cinco dias seguidos chorando.

— Não tenha pressa — disse Barlow, mas parecia ansioso para começar.

Jane assoou o nariz o mais silenciosamente que conseguiu.

Nick os obrigara a passar horas ensaiando seus depoimentos, mas nada pudera preparar Jane para o estresse de ser ouvida. Na primeira vez ela soluçara descontroladamente, em pânico de dizer a coisa errada. Em entrevistas posteriores se dera conta de que as lágrimas eram uma benção, porque chorar era o que se esperava dela. Andrew também parecia ter descoberto uma estratégia. Diante de uma pergunta difícil ele fungava, enxugava os olhos e desviava a cabeça enquanto pensava em sua resposta.

Era Nick quem os deixava nervosos — não apenas Jane e Andrew, mas qualquer um que por acaso estivesse na sala. Ele parecia sentir um prazer perverso em provocar os agentes, chegando até o limite e depois inventando uma explicação inocente que os tirava da beira do precipício.

Observando-o conversar com os agentes do Serviço Secreto no dia anterior, Jane se perguntou se ele era suicida.

— Jinx? — chamou Jasper.

Todos aguardavam que ela se sentasse, então ela se instalou na beirada do sofá. Andrew se sentou ao seu lado e Barlow no sofá em frente, com as mãos nos joelhos. Apenas Jasper e Danberry permaneceram de pé, o primeiro para andar de um lado para o outro, e o segundo aparentemente para examinar a sala. Em vez de fazer uma pergunta, Danberry abriu uma caixa de ônix em uma das estantes de livros e olhou lá dentro.

Barlow, por sua vez, tirou um bloco de notas do bolso da camisa e folheou as páginas. Os olhos se moviam de um lado para o outro enquanto ele lia silenciosamente as anotações.

Jane olhou para Andrew e depois para Jasper, que deu de ombros.

Aquilo era novidade. Os outros agentes tinham começado falando de coisas triviais, perguntado sobre a casa, a decoração. Normalmente era Andrew quem oferecia os detalhes. A sala de visitas, como o restante da casa, era estilo Beaux-Arts, uma mistura de neoclassicismo francês e gótico, com móveis esguios e papel de parede aveludado entre os painéis de mogno escuro. Os candelabros gêmeos tinham pertencido a um antepassado Queller que planejara a decoração com o sr. Tiffany. A mesinha de centro era de sequoias derrubadas pelo lado materno da família. Um adulto conseguia ficar de pé confortavelmente dentro da lareira. Corria o boato de que o tapete fora tomado de uma família japonesa enviada para um campo de detenção durante a guerra.

Andrew se acomodou no sofá. Jasper voltou a andar.

Barlow virou uma página do bloco. No silêncio, aquilo soou como duas lixas sendo esfregadas. Danberry inclinara a cabeça para poder ler os títulos nas lombadas dos livros.

Jane precisava fazer alguma coisa com as mãos. Encontrou um maço de cigarros na mesinha de centro. Andrew, que só estava parcialmente estático, riscou um fósforo para ela enquanto balançava a perna. Jane ficou pensando em como pareceria se estendesse a mão para parar com aquilo. Ou se pedisse a Barlow que começasse. Ou se gritasse o mais alto possível até que todos fossem embora e ela pudesse voltar para o quarto e ficar com Nick.

Aquela era uma tática de manipulação, evidentemente. Barlow e Danberry estavam testando os nervos de todos para que cometessem erros idiotas.

Jane repassou silenciosamente as perguntas que todos os outros agentes tinham feito.

Alguma vez você se encontrou com a verdadeira Alexandra Maplecroft? O que Laura Juneau disse a você na conferência? Como você não notou que se tratava de uma impostora? Onde acha que pode estar a verdadeira Alexandra Maplecroft?

Sequestrada.

A resposta à última pergunta era de conhecimento geral. O bilhete de resgate havia sido publicado na primeira página do *San Francisco Chronicle* do dia anterior.

Estamos com a dra. Alexandra Maplecroft, uma ferramenta do regime fascista...

— Srta. Queller? — disse Barlow, finalmente erguendo os olhos do caderno. — Vou apenas resumir o que já sabemos pelas outras conversas, tudo bem?

Jane mal conseguiu assentir. Seu corpo estava rígido de tensão. Havia algo diferente naqueles homens. Com seus ternos amarrotados, gravatas manchadas, dente faltando e cortes de cabelo ruins, eles pareciam paródias de TV de agentes, mas não estariam ali se fossem de segunda ou terceira categoria.

— Vamos lá — começou Barlow. — Você disse que nunca encontrou Laura Juneau antes da conferência. Mas poderia ter reconhecido o nome de antes, de quando o marido matara os filhos, porque saiu nos jornais. Você estava em Berlim cobrindo um amigo em um estúdio durante dois meses. Você...

— Três — corrigiu Jasper.

— Certo, três meses. Obrigado, major Queller. — Barlow continuou, voltando-se para Jane. — Você não conhecia a dra. Alexandra Maplecroft e só tinha ouvido o nome dela em conexão com o de seu pai, porque era uma rival que...

— Não — interrompeu Jasper. — Para serem rivais é necessário estar em pé de igualdade. Maplecroft era um aborrecimento.

— Obrigado novamente, major — disse o agente, que claramente queria que Jasper se calasse, mas prosseguiu: — Srta. Queller, para começar, eu gostaria de falar sobre sua conversa com a sra. Juneau no bar.

Jane piscou e reviu a expressão encantada no rosto de Laura ao reconhecer que Jane tamborilava "Love Me Two Times" no balcão do bar.

— Você abordou a sra. Juneau ou a iniciativa foi dela?

A garganta de Jane estava tão fechada que ela precisou tossir antes de conseguir falar.

194

— Eu a abordei. Eu estava ao piano, tocando, quando ela entrou. Imaginei que fosse americana por causa...

— Das roupas — disse Barlow por ela. — Você queria conversar com uma americana depois de tanto tempo na Alemanha.

Jane sentiu uma espécie de tontura. Por que ele terminara sua frase? Estaria tentando provar que falara com os outros agentes, que eles haviam comparado anotações, ou simplesmente tentando acelerar o processo?

Ou, ainda mais aterrorizante, será que Nick os obrigara a ensaiar demais? Será que suas escolhas de palavras, seus gestos, seus comentários estavam tão ensaiados que acabavam chamando atenção?

Jane abriu os lábios. Tentou levar ar aos pulmões.

— Sobre o que você e a sra. Juneau conversaram? — perguntou Barlow.

Jane sentiu um peso no peito. A sala de repente pareceu opressiva. Pousou o cigarro no cinzeiro e se preocupou em alinhá-lo no sulco. A mão tremia novamente. Não sabia o que fazer, então disse a verdade.

— Ela tinha me visto tocar há alguns anos. Nós conversamos sobre a apresentação, e sobre música em geral.

— Então Bach, Beethoven, Mozart? — perguntou Barlow, parecendo tirar nomes do nada. — Chopin? Chacopsky?

Tchaikovsky, Jane quase corrigiu, mas se conteve no último instante porque — seria um truque? Será que ela havia dito algo diferente a outro agente?

Andrew tossiu novamente. Pegou o cigarro que Jane deixara queimando no cinzeiro.

— Srta. Queller? — insistiu Barlow.

Jane encontrou os lenços e assoou o nariz. Conseguiu conter o pânico.

Atenham-se à verdade, instruíra Nick. *Apenas se assegurem de que não seja toda a verdade.*

— Bem... — começou Jane, tentando não atropelar as palavras. — Conversamos sobre Edvard Grieg, porque ele é norueguês. A-ha, o grupo de música pop, também norueguês. Sobre Martha Argerich, da Argentina. Não sei muito bem de onde ela surgiu, mas surgiu.

— Você viu Juneau ir ao banheiro? — perguntou Barlow, analisando Jane atentamente enquanto ela balançava a cabeça. — Esteve no banheiro em algum momento antes dos tiros?

— Foi uma conferência longa. Tenho certeza de que sim.

Jane tinha consciência de que sua voz tremia. Seria bom? Fazia com que sua história soasse mais crível? Ela olhou para Danberry, que contornava a sala como um tubarão. Por que não estava fazendo perguntas?

— Havia resíduos de fita atrás da descarga de um dos reservados. Achamos que a arma estava escondida ali — comentou Barlow.

— Fantástico — reagiu Jasper. — Então vocês têm digitais. Caso encerrado.

— Luvas — explicou Barlow, e então se voltou para Jane. — Ficamos sabendo que antes do assassinato você tinha ouvido sobre Laura e Robert Juneau. E quanto a Maplecroft?

— Juneau e Maplecroft na sala de visitas! — berrou Nick, escolhendo aquele momento para fazer sua entrada. — Deus do céu, parecem personagens da versão canadense de Detetive. Qual das duas segurava o candelabro?

Todos tinham se virado para olhar para Nick parado na entrada. De algum modo ele conseguira sugar todo o ar da sala. Jane o vira fazer isso inúmeras vezes. Nick era capaz de aumentar ou baixar o tom como um DJ apertando botões em sua mesa.

— Sr. Harp — cumprimentou Barlow. — Que bom que pode se juntar a nós.

— O prazer é meu — disse Nick, entrando na sala com um sorriso satisfeito no rosto.

Jane ficou de olho em Barlow, que analisava os belos traços de Nick. A expressão do agente era neutra, mas ela podia sentir sua antipatia. A boa aparência e o encanto de Nick trabalhavam a favor dele ou contra ele. Nunca havia um meio-termo.

— Agora, cavalheiros — disse Nick, colocando um braço protetor ao redor de Jane enquanto se metia entre ela e Andrew no sofá. — Suponho que já tenham ouvido que nenhum de nós conhecia Maplecroft ou Juneau antes que Martin fosse assassinado? — perguntou, os dedos acariciando o cabelo de Jane. — A pobre garota está arrasada. Não sabia que alguém podia ter tantas lágrimas dentro do corpo.

Barlow sustentou o olhar de Nick por um momento antes de se virar para Andrew.

— Por que o senhor e o senhor Harp não partiram de São Francisco no mesmo voo?

— Nick foi embora um dia antes — respondeu Andrew, pegando o lenço e limpando o nariz. — Creio que tinha negócios em Nova York.

— Que tipo de negócios?

Andrew pareceu confuso. Por que Barlow não estava perguntando isso a Nick?

— Major Queller — começou Barlow, fazendo questão de virar a cabeça na direção de Jasper. — Como sua família conheceu o sr. Harp?

— Nick é nosso amigo há alguns anos — respondeu Jasper em tom neutro, o que era surpreendente, porque ele nunca dera atenção a Nick. — Passamos férias e feriados juntos. Esse tipo de coisa.

— A família dele mora na Costa Leste — acrescentou Andrew. — Nick era meio que um órfão na cidade. Minha mãe e meu pai o receberam como um membro da família.

— Ele veio para cá aos quinze anos, certo? — perguntou Barlow, mas ninguém respondeu. — Teve alguns problemas com a polícia em casa, não é mesmo? E aí a mãe o mandou para morar com a avó do outro lado do país?

— Nick nos contou tudo sobre isso — disse Andrew, olhando tenso para Nick. — Foi um caminho difícil, mas ele ainda assim conseguiu chegar a Stanford.

— Certo — concordou Barlow, voltando a estudar suas anotações.

Usavam novamente a tática do silêncio.

Nick fingiu indiferença. Tirou uma sujeira imaginária da calça. Piscou rapidamente para Jane. Apenas ela conseguia sentir a tensão no corpo dele. O braço atrás dos seus ombros ficara rígido. Podia sentir os dedos dele cravados em sua pele.

Estaria com ódio dela? Jane deveria defendê-lo? Dizer aos agentes que Nick era um homem bom, que conseguira se erguer do nada, que não tinham o direito de tratá-lo daquele modo porque ele estava...

Perdendo.

Nick não conseguia ver, mas ele tinha perdido o jogo no instante em que entrara na sala. Tinha passado dias debochando dos agentes do governo, fazendo discursos sobre a estupidez deles, se vangloriando da própria esperteza. Não se dera conta de que eram tão capazes quanto ele de fazer uma encenação.

Jane soluçou. Começara a chorar novamente. Nada era mais aterrorizante do que vê-lo tentar escapar à força de uma armadilha.

— Sr. Queller — começou Barlow, erguendo os olhos para Andrew. — O sr. Harp mencionou ter ido a uma das palestras da dra. Maplecroft?

Andrew lançou a Jane um olhar aterrorizado que refletia seus sentimentos. *O que dizer? O que Nick queria?*

— Eu posso responder essa — ofereceu Nick.

— Por que não? — disse Barlow, recostando-se no sofá.

Atrás dele, Danberry abriu e fechou outra caixa.

Nick os fez esperar.

Pegou o cigarro no cinzeiro. Tragou de modo audível, depois soprou uma nuvem de fumaça. Bateu as cinzas. Recolocou o cigarro no sulco do cinzeiro de mármore. Recostou-se no sofá. Recolocou o braço atrás de Jane.

Finalmente ergueu os olhos, fingindo estar surpreso que estivessem esperando.

— Ah, quer minha resposta agora?

Danberry cruzou os braços.

Jane engoliu um jorro de bile que subiu pela garganta.

— Vocês têm algum registro da minha presença nessa tal palestra? — perguntou ele a Barlow.

— Segundo sua assistente, a dra. Maplecroft não gostava de manter registros.

— Uma pena.

— Vamos conversar com outros alunos esta semana.

— Uma missão e tanto, hein? — comentou Nick. — Quantos alunos há em Berkeley agora? Trinta, quarenta mil?

Barlow respirou fundo. Abriu o bloco novamente. Retomou o jogo, dirigindo-se a Andrew.

— Na conferência, quando o sr. Harp abordou Laura Juneau, que se fazia passar pela dra. Maplecroft, mencionou ter ido a uma das palestras dela. O policial e a garota na mesa de credenciamento o ouviram dizer a mesma coisa.

— Eu não estava presente neste momento da conversa, mas estou certo de que Nick pode...

— O senhor está ciente de que o sr. Harp já foi condenado por uso de drogas?

— O senhor está ciente de que o sr. Queller também? — interrompeu Nick.

— Meu Deus — murmurou Jasper.

— Estou apenas me certificando de que eles conhecem todos os fatos — disse Nick. — É crime mentir para um agente do FBI. Não é verdade, sr. Danberry?

Danberry permaneceu calado, mas Jane pôde ver que ele percebeu que Nick não estava ali quando se apresentaram. Jane tinha certeza de que ele ficara escutando no alto das escadas. Ela aprendera do modo mais difícil que Nick ouvia as coisas escondido.

Andrew se pronunciou:

— Há dois anos eu fui condenado por posse de cocaína. Fiz trabalhos voluntários em troca de não ter isso registrado na minha ficha.

— É o tipo de coisa que não permanece um segredo em momentos como este, não é mesmo? — acrescentou Nick.

— Não, de fato — observou Barlow.

Jane tentou não se encolher quando Nick correu os dedos rispidamente pelo seu cabelo.

— Eu conheci Laura Juneau na sala da KLM em Schiphol — explicou Nick. — Estávamos ambos a caminho de Oslo. Ela me abordou. Perguntou se o assento ao meu lado estava ocupado. Eu disse que não. Ela se apresentou como dra. Alexandra Maplecroft. Disse que me reconhecia de uma de suas palestras, o que podia ser verdade, mas honestamente, cavalheiros, eu estava completamente doidão durante a maioria das minhas aulas, então dificilmente sou uma testemunha confiável.

— Dificilmente — ecoou Barlow.

Danberry continuou sem dizer nada. Ele chegara ao Bösendorfer Imperial Concert Grand do outro lado da sala. Jane tentou não se ofender quando ele deslizou os dedos silenciosamente sobre as teclas graves adicionais.

— Então, sr. Harp, pelo que pode se lembrar, você encontrou a dra. Maplecroft pela primeira vez no aeroporto de Amsterdã, depois uma segunda vez em Oslo?

— Isso — disse Nick, e Jane poderia ter chorado de alívio quando ele retornou ao roteiro. — Para ser gentil fingi reconhecer a mulher que pensei ser a dra. Maplecroft. Depois a vi novamente na conferência e mais uma vez fingi para ser educado. — Ele deu de ombros. — Acho que a palavra importante aqui é "fingir", cavalheiros. Ela fingiu me conhecer. Eu fingi conhecê-la. Apenas um de nós tinha intenções mais sinistras.

Barlow fez uma anotação no bloco.

Andrew assumiu o discurso.

— Na conferência Nick me apresentou à tal Juneau como sendo a dra. Maplecroft. Eu reconheci o nome, mas não o rosto. Não há muitas fotos de Maplecroft circulando, como estou certo de que perceberam agora que estão procurando por ela. Acredito ter dito algo sobre a falsa Maplecroft estar na mesa do meu pai. Ela estava sem crachá, então perguntei se havia algum problema com o credenciamento — disse, e deu de ombros exatamente como Nick tinha feito. — Essa foi toda a minha interação com a mulher. Da próxima vez que a vi ela estava assassinando meu pai.

Jane se encolheu. Não conseguiu evitar.

— É uma explicação bem ordenada — disse Barlow.

— A maioria das explicações é — retrucou Nick. — As complicadas são aquelas que eu investigaria — disse, alisando a perna da calça. — Mas sabem de uma coisa, cavalheiros? Parece que eu já disse isso aos seus amigos. Todos dissemos, várias e várias vezes. Permitam que eu me retire.

Nenhum dos agentes tentou impedi-lo.

Nick hesitou apenas levemente antes de beijar Jane na boca, depois cruzou a sala a passos largos. Jane sentiu o coração pesado ao ver que ele virara à esquerda e não à direita. Ele não iria esperar por ela lá em cima.

Ele estava indo embora.

A porta da frente foi aberta e fechada. Ela sentiu o som reverberar como uma faca em seu coração. Teve novamente que respirar pela boca. Estava dividida entre o alívio pela partida dele e o medo de nunca mais vê-lo.

— Lamento por Nick ser tão idiota — disse Jasper a Barlow. — Mas ele tem razão. Não podemos continuar com isto. As respostas não vão mudar.

— A investigação está em curso, senhor. As pessoas que orquestraram o assassinato em Oslo ainda estão com a dra. Maplecroft.

— Uma tragédia — garantiu Jasper. — Mas não há nada que minha família possa fazer quanto a isso.

— O bilhete de resgate pela dra. Maplecroft pede um reconhecimento de culpa por parte da empresa do seu pai — retrucou Barlow. — Os sequestradores o culpam pelo surto assassino de Robert Juneau.

— A empresa é da família — disse Jasper, que era sensível quanto a isso desde que assumira no ano anterior. — Os sequestradores também pediram um milhão de dólares, o que é absurdo. Não podemos assumir a responsabilidade pelos atos de um louco. Sabe quantas instituições a Queller Serviços de Saúde gerencia? Só na área da baía de São Francisco?

— Quinze — respondeu Andrew, mas apenas Jane ouviu.

— Os sequestradores chamam a si mesmos de Exército do Mundo em Mutação. Nunca ouviram falar neles?

Jane e Andrew balançaram as cabeças.

Do outro lado da sala, Danberry fechou a tampa do piano.

Jane sentiu uma pontada no coração. O marfim fica amarelado sem a luz do sol.

Jasper percebeu sua angústia.

— Aquilo não deveria ficar aberto? — perguntou a ela.

Ela assentiu. Nick lhe diria para deixar que as teclas amarelassem. Para parar de praticar. Parar de exigir tanto de si mesma. Martin não poderia puni-la lá do túmulo.

— Major Queller? — perguntou Barlow, esperando. — Já ouviu falar do Exército do...

— É claro que não — respondeu Jasper, prestes a perder a calma, mas se recuperando rapidamente. — Não preciso lhe dizer como essas mentiras são prejudiciais à empresa. Estávamos nos preparando para abrir o capital esta semana. Temos alguns investidores muito poderosos que estão ficando bastante ansiosos por causa dessa confusão toda. As acusações dos sequestradores são ridículas. Meu Deus, nós não torturamos doentes. Não estamos na União Soviética.

— Major Queller... — tentou Danberry.

— Meu pai era um bom homem — insistiu Jasper. — Reconheço que ele dava algumas declarações polêmicas, mas sempre teve em mente o bem da família, o bem do país. Ele era um patriota. Sua missão na vida era servir aos outros, e isso o levou à morte.

— Ninguém discorda disso.

— Vejam — disse Jasper em tom mais contido. — Laura Juneau obviamente tinha um parafuso a menos. Talvez nunca venhamos a saber por que ela...

— O motivo é bastante claro — disse Andrew em voz baixa, mas todos estavam escutando. — Robert Juneau foi chutado de meia dúzia das instituições administradas pela Queller. Ele deveria ter sido hospitalizado, mas nenhum hospital estava disponível. Você pode dizer que o sistema falhou com ele, mas nós somos o sistema, Jasper. Queller é o sistema. Ergo...

— Ergo cala a porra da boca, Andy. — Jasper estava furioso, os olhos em chamas. — A empresa pode ser destruída por causa de toda essa babaquice. Os investidores podem nos abandonar de uma vez por todas. Você entende isso?

— Eu preciso de um pouco de ar — disse Jane, se levantando.

Andrew e Barlow fizeram o mesmo. Ela estava tonta. O estômago revirava. Precisou olhar para o chão enquanto se afastava. Parecia andar sobre uma corda bamba. Ela queria ir ao banheiro e vomitar, chorar ou simplesmente ficar sentada lá, sozinha, tentando entender o que estava acontecendo.

Para onde Nick foi?

Ele estava com raiva dela? Jane tinha dito alguma coisa? Tinha se omitido quando Nick foi atacado? Será que ele estava com raiva? Será que a mandaria embora de novo?

Jane não suportaria ser deixada de fora novamente. Não. Não naquele momento.

Não quando estava carregando o filho dele.

Em vez de ir ao banheiro ou parar na cozinha para deixar uma mensagem desesperada na secretária eletrônica de Nick, Jane foi para os fundos da casa e saiu.

Ficou parada no pátio com os olhos fechados e tentou respirar. O ar fresco liberou um pouco o aperto no peito. Jane ergueu os olhos para o céu nublado. Podia ver uma nesga de sol por trás da Golden Gate. A neblina da manhã ainda tomava a península de Marin Headlands. O ar estava frio, mas ela não queria entrar novamente para pegar o suéter.

Viu na mesa de ferro forjado sinais de que sua mãe estivera ali. A xícara de Annette suja de batom, um cinzeiro cheio, o jornal preso por um peso de papel de vidro bisotado.

Os olhos de Jane percorreram a primeira página do *Chronicle*, embora soubesse a carta de resgate de cor. Nick se vangloriava do tom perspicaz do texto, embora Jane sentisse que soava como os supervilões do mal de um desenho animado...

Este é um comunicado direto do Exército do Mundo em Mutação. Nós sequestramos a dra. Alexandra Maplecroft, uma ferramenta do regime fascista, um peão no jogo perigoso jogado por Martin Queller e sua dita empresa de saúde. Exigimos retratação pelo papel que Martin Queller desempenhou no genocídio da família Juneau e de tantas outras na região da Califórnia. A Queller Serviços de Saúde precisa ser detida. Eles sistematicamente exploraram, torturaram e agrediram pacientes de suas instituições. Mais vidas serão perdidas se...

— Belo lugar.

Jane levou um susto.

— Desculpe — disse o agente Danberry, parado junto à porta, com um cigarro apagado nos lábios. Desfrutava da vista com evidente admiração. — Lá de casa só dá para ver o beco que divido com o vizinho. Se abro a janela sinto o cheiro do vômito dos drogados que dormem ali.

Jane não soube o que dizer. Seu coração batia tão forte que ela estava certa de que ele podia vê-lo se movendo sob a blusa.

— Eles a fecharam há alguns anos. A ponte. Rajadas de vento. — Danberry tirou o cigarro da boca. — Aquele piano lá dentro... Provavelmente vale o preço do meu carro, certo?

Provavelmente o Bösendorfer valia cinquenta carros novos, mas ele não estava ali para falar sobre pianos.

— Para que servem aquelas teclas extras? — perguntou.

E esperou.

E esperou mais.

Jane enxugou os olhos. Não podia simplesmente ficar ali chorando. Precisava falar alguma coisa... Qualquer coisa... Sobre a ponte, a neblina, a vista, mas sua mente estava tão tomada de pânico que não conseguiu emitir nem mesmo a observação mais inócua.

Danberry assentiu, como se esperasse isso. Acendeu o cigarro. Olhou para além das árvores, na direção da ponte. O barulho distante de sirenes de neblina vinha das pedras.

Jane também olhou para a ponte. Pensou na primeira vez que ela e Nick ficaram ali para ver a neblina chegar. Apenas naquele momento Jane se dera conta de que considerara a vista algo normal. Apenas Nick entendia como eles tinham sorte.

— Eu vi você tocar uma vez — comentou Danberry.

Jane sabia o que ele estava fazendo. Tentando conduzi-la a um tópico familiar, para que ficasse à vontade.

— Minha mulher me arrastou para uma boate em Vallejo. Keystone Korner. Isso foi há muito tempo. Ouvi dizer que se mudaram para o outro lado da baía. — Ele puxou uma cadeira para Jane. Ela não teve escolha senão se sentar. — Sei que isto é difícil para você.

Jane enxugou os olhos novamente. A pele parecia queimada pelas lágrimas.

Ele se sentou sem ser convidado.

— O que você estava fazendo na Alemanha?

Jane sabia a resposta à pergunta, pelo menos a que ela deveria dar.

— Srta. Queller?

— Trabalhando — obrigou-se a dizer.

A voz era pouco mais que um sussurro. Ela precisava se controlar. Eles tinham praticado aquilo. Era apenas mais uma apresentação. Todas as notas estavam em sua cabeça. Ela só precisava extraí-las com seus dedos.

Esfregou a garganta para relaxar os músculos e falou:

— Era temporário. Eu estava cobrindo um amigo em Berlim como pianista de estúdio.

— Berlim Ocidental, espero.

Ele sorriu, então ela sorriu.

— Sei o que você está pensando — disse a ela —, que nós sabemos que você esteve lá. Nós sabemos onde você morou, onde trabalhou, onde almoçou, que foi algumas vezes ao lado oriental. Também sabemos que seu voo para Oslo partiu de Berlim Oriental, o que não é incomum, certo? As passagens são mais baratas — disse, e olhou para a casa. — Não que você precise economizar, mas quem resiste a uma promoção?

Jane sentiu o pânico recomeçar. Ele realmente sabia de tudo ou estava jogando verde?

— O que achou do lado oriental?

Ela tentou entender a pergunta. Estavam insinuando que ela era comunista? Uma espiã?

— Ouvi dizer que todos observam você. Tipo, o que você está fazendo, com quem conversa, o que está dizendo. — Ele bateu o cigarro no cinzeiro abarrotado. — Meio que como eu agora, não?

Ele sorriu de novo, Jane também.

— É permitido ouvir música lá?

Jane mordeu o lábio. Ouviu a voz de Nick em sua cabeça: *Se eles tentarem deixá-la confortável, deixe que pense que estão conseguindo.*

— Um pouco de Springsteen, talvez um Michael Jackson? — insistiu Danberry.

Ela disse as palavras bem ensaiadas.

— A música popular não é estimulada, mas não é totalmente *verboten*.

— Música é liberdade, certo?

Jane balançou a cabeça. Não havia roteiro para aquilo.

— É porque… — começou ele, estendendo as mãos, os dedos bem abertos. — Música move as pessoas. Inspira. Faz com que queiram dançar, encontrar uma garota, se divertir. Música tem poder.

Jane assentiu porque era exatamente assim que ela se sentira assistindo aos concertos improvisados que os alunos tinham feito no Parque Treptow. Quisera desesperadamente contar a Nick sobre eles, mas precisava ter cuidado com a Alemanha, porque não queria que ele se sentisse deixado de fora.

— Você se interessa por política? — perguntou Danberry.

Ela balançou a cabeça. Tinha de jogar o jogo.

Eles vão saber que você nunca votou.

— Eu nunca votei — disse ao agente.

— Mas você faz muito trabalho voluntário. Cozinhas comunitárias. Abrigos para os sem-teto. Mesmo aquela ala para a aids que abriram na Universidade da Califórnia. Não tem medo de ficar doente?

Jane o observou fumando o cigarro.

— Rock Hudson me deixou chocado — disse ele. — Nunca imaginei que ele era um deles. — Depois olhou para a Golden Gate e perguntou: — Seu pai estava dando uma de cupido?

Não responda se não entender a pergunta.

Danberry explicou:

— Você passou três meses na Alemanha. Seu namorado ficou aqui na farra com seu irmão — disse, lançando um olhar para ela, depois de novo para a ponte. — Ellis-Anne MacMillan disse que o término com Andrew foi muito inesperado. Mas todos os términos costumam ser, certo?

Não deixe que a façam reagir de surpresa.

— Então foi por isso que seu velho mandou o sr. Harp para a Noruega? Para juntar os dois novamente?

Simplesmente apresente os fatos. Não explique demais.

— Nick e eu nunca estivemos separados de fato. Eu estava em Berlim trabalhando. Ele precisou ficar pelo mesmo motivo. — Jane sabia que deveria parar de falar, mas não conseguiu. — Meu pai ofereceu a ele um cargo na Queller. Provavelmente ele mesmo queria Nick em Oslo. A mesa com Maplecroft era algo grande. Nick é encantador, muito fácil de lidar. As pessoas sempre gostam dele. São atraídas para ele. Meu pai, que não era exceção, só queria ajudar Nick a subir na vida.

— Caras assim sempre caem para cima.

Jane mordeu a ponta da língua. Teve que desviar os olhos para que o agente não visse a raiva neles. Ela nunca conseguira deixar alguém falar mal de Nick. Ele tinha sofrido muito quando criança. Pessoas como Danberry nunca entenderiam.

— Bem, o sujeito tem carisma, não dá pra negar — disse Danberry, apagando o cigarro na sola do sapato e jogando a guimba no cinzeiro. — Rosto bonito. Respostas rápidas. Roupas legais. Mas é mais do que isso, não é? Ele tem essa coisa incomum. As pessoas querem escutá-lo. Segui-lo.

O vento aumentou, agitando as páginas do *Chronicle*. Jane dobrou o jornal. Viu a manchete sensacionalista: RESGATE DE 1 MILHÃO DE DÓLARES OU PROFESSORA MORRE!

Uma manchete ridícula para combinar com o manifesto ridículo. Nick fez com que soassem como uns desequilibrados.

— "Morte ao inseto fascista que se alimenta da vida das pessoas" — disse Danberry.

Jane não reconheceu a frase do bilhete de resgate. Fingiu examinar o jornal.

— Não está aí — disse ele. — Eu estava falando do sequestro de Patty Hearst. Era como o Exército Simbionês de Libertação assinava seus manifestos: "Morte ao inseto fascista que se alimenta da vida das pessoas" — repetiu, analisando a expressão de Jane. — Sua família tem outra casa perto dos Hearst, certo? Em Hillsborough?

— Eu era criança quando isso aconteceu.

Seu riso dizia que ele ainda a achava uma criança.

— Carter não conseguiu libertar os reféns, mas tirou Patty Hearst da cadeia.

— Eu disse que nunca acompanhei política.

— Nem quando estava na faculdade? Meu velho me disse que todos são socialistas até começarem a pagar impostos.

Ela devolveu o sorriso novamente.

— Sabe de onde vem a palavra "simbionês"?

Jane esperou.

— Aquele cretino que era o líder deles, Donald DeFreeze, não conhecia a palavra "simbiótico", então inventou a palavra "simbionês" — contou Danberry, recostando-se na cadeira e pousando o tornozelo sobre o joelho. — Os jornais os chamaram de terroristas, e eles de fato cometeram ataques, mas todas as células terroristas são basicamente cultos, e todos os cultos costumam ter no centro um cara que está dirigindo o ônibus. Um Manson, um Jim Jones ou um Reverendo Moon.

Eles parecerão quase despreocupados quanto chegarem perto do objetivo.

— DeFreeze era um cara preto, um vigarista, fugitivo, cumprindo prisão perpétua por roubar uma prostituta, e como muitos condenados era um sujeito altamente carismático. Os garotos que o seguiam eram todos brancos, de classe média, a maioria na faculdade. Ou seja, não eram idiotas. Eram algo pior. Eram verdadeiros convertidos. Sentiam pena dele por ser um negro pobre na prisão enquanto eles eram garotos brancos mimados com acesso a tudo, e realmente acreditavam em toda a merda que saía da boca dele sobre insetos fascistas e todos vivendo juntos em fraternidade. Como eu disse, ele tinha isso. Carisma.

Preste atenção nas palavras que eles repetem, porque é o que importa na história.

Danberry continuou.

— Ele convenceu todo mundo em seu círculo de que era mais inteligente do que realmente era. Mais esperto. O fato é que ele era só mais um vigarista liderando outro culto a fim de levar garotas bonitas para a cama e brincar de Deus com os rapazes. Ele sabia quando as pessoas estavam se afastando. Ele sabia como trazê-las de volta.

Danberry olhou para a ponte. Seus ombros estavam relaxados.

— Eles eram como ioiôs que ele conseguia trazer de volta com um movimento de pulso.

Faça contato visual. Não demonstre nervosismo.

— Enfim — disse Danberry, cruzando as mãos e as apoiando na barriga. — O que aconteceu foi que a maioria dos garotos que o seguiam acabou com uma bala na cabeça ou morreu queimada. E isso não é incomum, sabia? Esses grupos anarquistas pensam que estão fazendo a coisa certa até que acabam na prisão ou numa gaveta de necrotério.

Jane enxugou os olhos. Conseguia ver tudo o que ele estava fazendo, mas se sentia impotente para impedir.

O que Nick faria? Como jogaria isso de volta na cara de Danberry?

— Srta. Queller... Jinx — disse Danberry se inclinando para a frente, os joelhos quase tocando sua perna.

Eles vão invadir seu espaço pessoal para tentar intimidá-la.

— Eu estou do seu lado, ok? Mas seu namorado...

— Você já viu alguém levar um tiro na cabeça?

A expressão chocada no rosto dele disse a Jane que ela tinha feito o movimento certo. Como Nick, ela extraíra forças do erro dele.

— Você foi tão superior quando disse que os garotos acabaram com uma bala na cabeça. Só estou me perguntando se você sabe como é.

— Eu não... Só quis dizer que...

— Há um buraco, um buraco preto não maior que uma moeda, bem aqui — disse, apontando para a própria têmpora, onde Martin Queller fora baleado. — E do lado oposto, por onde a bala sai, escorre aquela massa ensanguentada que faz a gente se dar conta de que tudo que compõe aquela pessoa, tudo que a torna quem é, está espalhado no chão. Algo que um faxineiro irá lavar e jogar no ralo. Acabado. Para sempre.

— Eu... Eu lamento, srta. Queller. Eu não... — A boca do agente abria e fechava.

Jane se levantou. Voltou para dentro de casa e bateu a porta. Usou a mão para limpar o nariz enquanto seguia pelo corredor. Sabia que não seria capaz de manter aquela farsa por muito mais tempo, então precisava sair dali. Encontrar Nick. Contar a ele o que estava acontecendo.

Sua bolsa estava no aparador. Jane procurou as chaves do carro, então se deu conta de que Nick as pegara.

Para onde ele fora?

— Jinx?

Jasper ainda estava na sala de visitas. Sentado no sofá ao lado de Andrew. Ambos tinham drinques nas mãos. Até o agente Barlow, de pé junto à lareira, segurava um copo de uísque.

— O que houve? — perguntou Jasper, ficando de pé quando ela entrou na sala.

— Você está bem? — perguntou Andrew.

Ele também tinha se levantado, e os dois pareciam alarmados, quase com raiva. Nenhum deles jamais conseguira suportar vê-la sofrendo.

— Eu estou bem — disse, agitando as mãos para acalmá-los. — Por favor, alguém pode me emprestar o carro?

— Pegue o meu — disse Jasper, entregando as chaves a Andrew. — Andy, você dirige. Ela não está em condições.

— Eu não… — disse Jane.

— Aonde você quer ir? — perguntou Andrew, já indo pegar os casacos no closet.

Jasper enfiou a mão no bolso.

— Precisa de dinheiro?

— Não — disse Jane, que não tinha forças para lutar com os dois irmãos. — Eu preciso… — começou, e teve consciência de que Barlow estava escutando. — Ar. Eu preciso de ar.

— Não há o suficiente nos fundos? — perguntou Barlow.

Jane deu as costas para ele. Não esperou por Andrew. Pegou a bolsa na mesa. Caminhou até a porta da frente, desceu os degraus. O Porsche de Jasper estava estacionado ao lado da garagem.

— Estou aqui — disse Andrew, que tinha corrido para alcançá-la.

Ele esticou a mão para abrir a porta.

— Andy.

Jane agarrou o braço do irmão. Seus joelhos estavam tão fracos que ela mal conseguia ficar de pé.

— Está tudo bem — disse ele, tentando ajudá-la a entrar no carro. — Relaxe, está bem?

— Não — retrucou Jane. — Você não está entendendo, Andrew. Eles sabem.

CAPÍTULO DEZ

E STAVAM COM MEDO DEMAIS para conversar abertamente no carro. Jasper não fazia parte daquilo, mas só eles sabiam disso. O FBI, a CIA, a NSA ou outra agência podia ter plantado escutas em qualquer canto do Porsche. Até o telefone do carro podia estar grampeado.

Antes de Oslo, antes de todas as divisões da lei terem convergido para a casa em Presidio Heights, antes do agente Danberry ter encurralado Jane no pátio, parecera paranoia de Nick quando ele dissera que deviam supor que todos os ambientes familiares estavam monitorados, que havia sempre alguém na escuta. Deviam ir a parques ou cafés quando quisesses falar abertamente. Deviam se esgueirar pelos becos. Atravessar prédios, dizer senhas, conhecer técnicas de interrogatório, praticar defesa pessoal e ensaiar inúmeras vezes para que soubessem de cor suas histórias.

Coisa que sabiam bem demais.

Era claro para Jane naquele momento. Enquanto repassava as conversas que tivera com todos os agentes nos cinco dias anteriores, percebia como os interrogadores haviam registrado certas frases, certos gestos, para comparar depois.

Eu fingi reconhecer a mulher que pensei ser a dra. Maplecroft.

Apenas um de nós tinha intenções mais sinistras.

Eu queria conversar com outro americano após tanto tempo na Alemanha.

— Encoste — Jane disse a Andrew, o medo dando um nó no estômago.

Ela abriu a porta do carro antes que ele tivesse parado totalmente. As botas deslizaram sobre o chão. Ainda estavam dentro dos limites da cidade. Não havia grama, apenas concreto. Jane não teve escolha a não ser vomitar na calçada.

Encontrei Laura Juneau na sala da KLM em Schiphol.

Vi que era americana pelo modo como se vestia.

Jane vomitou com tanta força que acabou de joelhos. Uma bile negra. Não conseguira comer mais que torrada e ovos desde o assassinato. O chá que Nick lhe dera naquela manhã tinha gosto de casca de árvore enquanto desceu queimando pela garganta.

Nick. Ela precisava encontrar Nick para que ele explicasse como tudo ficaria bem.

— Jinx.

Andrew se ajoelhou ao lado dela e pôs a mão em seu ombro.

Jane ficou de cócoras. Limpou a boca. Não conseguia conter o tremor nos dedos. Era como se os ossos estivessem vibrando sob a sua pele.

Elessabemelessabemelessabem…

— Você está bem?

O riso dela foi incontrolável.

— Jane…

— Nenhum de nós está bem! — respondeu, e dizer essas palavras deu alguma sanidade àquela loucura. — O cerco está se fechando. Eles conversaram com Ellis-Anne.

— Eu a mantive fora disto. Ela não sabe de nada.

— *Eles* sabem de tudo — retrucou. Como ele não conseguia enxergar? — Meu Deus, Andy, eles acham que fazemos parte de um culto.

Ele riu.

— Como o Templo do Povo? A Família Manson?

Jane não estava rindo.

— O que vamos fazer?

— Seguir o plano — disse ele em voz baixa. — É para isso que ele existe. Em caso de dúvida, basta seguir o plano.

— O plano — repetiu Jane, mas não com a reverência dele.

Esse maldito plano idiota. Tão cuidadosamente elaborado, tão incansavelmente debatido e implantado.

Tão errado.

— Vamos lá — chamou Andrew. — Vamos encontrar um café e…

— Não.

Jane precisava encontrar Nick. Ele poderia resolver aquilo. Ou talvez já tivesse feito isso. A simples ideia de Nick assumindo o controle a acalmou um pouco. Talvez o que tinha acontecido com Danberry e Barlow fosse parte de um plano secreto maior. Nick às vezes fazia isso — os levava a pensar que estavam no caminho de um trem descontrolado e aí, de repente, revelava ser ele mesmo o maquinista freando no último instante para afastá-los do perigo. Ele os testava assim o tempo todo. Em Berlim, Nick pedira a Jane que fizesse coisas, se colocasse em perigo, apenas para ter certeza de que ela obedeceria.

Nick tinha muita dificuldade em confiar nas pessoas. Todos na sua família tinham lhe dado as costas, e ele fora obrigado a viver nas ruas. Conseguira se reerguer sem ajuda, mas inúmeras vezes confiara em pessoas que o haviam ferido. Não espantava que Jane tivesse de se provar repetidamente.

Eles eram como ioiôs que ele conseguia trazer de volta com um movimento de pulso.

— Jane.

Ele sentia as palavras de Danberry ecoando em sua cabeça. Ela era um ioiô? Nick era um vigarista? Um líder de culto? Quão diferente ele era de Jim Jones? O Templo do Povo começara fazendo coisas maravilhosas. Alimentando os sem-teto. Cuidando dos idosos. Trabalhando para erradicar o racismo. E então, uma década depois, novecentas pessoas, muitas delas crianças, morreram tomando refresco com cianeto.

Por quê?

— Qual é, Jane — disse Andrew. — Os porcos não *sabem* de nada. Não com certeza.

Jane tentou afastar os pensamentos soturnos. Nick tinha dito que a polícia iria tentar separá-los, que suas psiques seriam testadas e provocadas na esperança de que acabassem se voltando uns contra os outros.

Se ninguém falar, então ninguém saberá.

Será que Nick realmente acreditava nas coisas malucas que saíam de sua boca ou era assim que ele trazia Jane de volta? Ela passara seis anos correndo atrás dele, o satisfazendo, o amando, brigando com ele, rompendo com ele. Ela sempre voltava. Não importava como, ela sempre encontrava o caminho de volta.

Fácil.

— Anda. Vamos sair daqui.

Jane deixou que Andrew a ajudasse a se levantar.

— Vamos ao apartamento de Nick.

— Ele não vai estar lá.

— Vamos esperar.

Jane voltou para dentro do carro. Procurou um lenço de papel na bolsa. A boca parecia apodrecida por dentro. Talvez estivesse. Talvez tudo estivesse apodrecendo, até o bebê que tinha gerado.

Estava ansiosa pela reação sarcástica de Nick: *problema resolvido*.

— Vai ficar tudo bem — disse Andrew, virando a chave e fazendo o Porsche derrapar quando se afastou do meio-fio. — Vamos dar mais algumas voltas de carro, tá bem? De repente passamos na casa do Nick?

Jane ficou confusa com o tom tolerante dele, mas então se deu conta de que Andrew estava falando para o possível grampo instalado no carro.

— Danberry comparou Nick com Donald DeFreeze — disse ela.

— O marechal de campo Cinque? — perguntou Andrew, lançando um olhar cauteloso na sua direção. Ele imediatamente compreendeu a dimensão da observação de Danberry. — Isso faz de você Patricia Hearst?

— Eles acham que fazemos parte de um culto.

— Hare Krishnas dirigem Porsches? — retrucou Andrew, sem se dar conta de que ela queria uma resposta de verdade. Ele ainda estava falando para um ouvinte fantasma. — Qual é, Jinx. Isso é maluquice. Os porcos não gostam de Nick, o que é compreensível. Ele está sendo um babaca sem motivo algum. Assim que se derem conta de que ele está jogando com eles, vão começar a investigar os caras maus de verdade.

Jane ficou imaginando se Andrew teria acidentalmente chegado à verdade. Por que Nick precisava sempre fazer aqueles joguinhos? Deveriam estar levando aquela operação toda a sério — operação que desde Oslo havia se tornado mortalmente séria. O que eles estavam prestes a fazer em São Francisco, Chicago e Nova York lançaria sobre eles toda a máquina do governo federal. Nick não podia continuar voando tão perto do sol. Os três acabariam despencando na cadeia.

— Não é nada — continuou Andrew. — Não existe isso de culto, Jinx. Nick é meu melhor amigo há sete anos. É seu namorado há seis. Aqueles agentes estão atrás dele porque precisam prender alguém. Esses caras precisam sempre de um bode expiatório. Até David Berkowitz culpou o cachorro do vizinho.

Jane não sentiu alívio com o tom despreocupado.

— E se eles não mudarem o foco?

— Eles terão que seguir em frente. Nosso pai foi assassinado diante de nossos olhos.

Jane se encolheu.

— O FBI não vai desapontar a gente. Jasper não deixará isso acontecer. Eles vão pegar quem fez isso.

Ela balançou a cabeça. Lágrimas correram pelo seu rosto.

Era exatamente com isso que ela estava preocupada.

O carro se inclinou em uma curva fechada.

Jane levou a mão à garganta. A náusea ameaçou voltar. Olhou pela janela e viu as casas passando num borrão. Pensou em Nick porque era a única coisa que a impedia de desmoronar. Jane tinha parado de questioná-lo, até mesmo em pensamento. A única coisa que Nick não suportava era deslealdade, motivo pelo qual houvera tantos testes em Berlim: enviar Jane para um bar de motociclistas perto do posto de controle Bornholmer, enviar por correio um pacote de cocaína para que ela vendesse a um universitário, enviá-la a uma delegacia de polícia para registrar o roubo de uma bicicleta que nunca existiu.

A justificativa dele na época era que a estava ajudando a praticar, refinando sua capacidade de se adaptar a situações perigosas. Nunca tinha ocorrido a Nick que Jane poderia ter sido estuprada no bar, presa por causa da cocaína ou acusada de denúncia falsa à polícia.

Ou talvez tivesse.

Jane respirou fundo quando Andrew fez outra curva. Agarrou o apoio. Ela o observou costurando o tráfego sem prestar muita atenção.

Manobras evasivas.

Tinham dirigido ida e volta a San Luis Obispo muitas vezes, três ou quatro carros juntos, aperfeiçoando suas habilidades ao volante. Nick, previsivelmente, havia sido o melhor de todos, mas Andrew chegava perto, em segundo. Ambos eram naturalmente competitivos. Ambos partilhavam um perigoso desprezo à vida que lhes permitia acelerar e fazer curvas com impunidade moral.

Estavam entrando na cidade. Andrew tossiu na dobra do braço para não precisar tirar as mãos do volante, os olhos fixos na estrada. À luz do sol, Jane via a linha fina de uma cicatriz no pescoço de quando ele tentara se enforcar. Aquilo havia sido três anos antes, depois de ingerir comprimidos demais, mas antes de injetar heroína suficiente para parar o coração. Jasper o encontrara pendurado no porão. A corda era fina, uma corda de varal, na verdade, com um arame que cortara uma fatia da pele de Andrew.

Jane era tomada por um misto de dor e arrependimento sempre que via a cicatriz. A verdade é que na época da tentativa ela odiava o irmão. Não por Andrew ser mais velho ou por sua falta de traquejo social ou por provocá-la sobre seus joelhos ossudos, mas porque durante a maior parte da vida ele fora um viciado e não havia nada que ele não fizesse para sustentar seu vício. Roubar Annette, brigar com Jasper. Roubar Martin. Ignorar Jane sempre.

Cocaína. Diazepam. Heroína. Anfetamina.

Jane tinha doze anos quando ficou claro que Andrew era viciado, e como a maioria das pessoas dessa idade ela só via o sofrimento dele pelas lentes de sua privação. À medida que ficou mais velha, Jane fora obrigada a aceitar que os caminhos de sua vida sempre seriam determinados pelo irmão. A compreender que a família inteira sempre seria refém do que Martin chamava de "fraqueza de Andrew". As detenções, as clínicas de reabilitação, os comparecimentos ao tribunal, os favores, o dinheiro passado por baixo da mesa, as doações políticas. Tudo isso continuamente sugava a atenção dos pais. Jane nunca tivera uma vida normal, até aí tudo bem, mas Andrew eliminara qualquer esperança de uma existência pacífica e banal.

Aos dezesseis, Jane já havia perdido a conta de quantas reuniões familiares haviam sido feitas para discutir o problema de Andrew, os gritos, responsabilizações, acusações, agressões, falatórios e a esperança. Era a pior parte de tudo, a esperança. Talvez ele agora tome jeito. Talvez no próximo aniversário, ou no dia de Ação de Graças, ou no Natal ele apareça sóbrio.

E talvez, apenas talvez, aquele recital ou apresentação que era tão importante para Jane, o primeiro no qual ela pudera escolher a própria música, aquele especial ao qual ela tinha dedicado milhares de horas de prática, não fosse obscurecido por outra overdose, tentativa de suicídio, hospitalização, reunião familiar em que Martin faria censuras, Jasper olharia feio e Jane soluçaria enquanto Andrew suplicava por uma nova chance, tudo isso com Annette compreensivelmente bêbada.

Então, de repente, Nick fez Andrew ficar limpo.

A prisão por posse de cocaína dois anos antes havia aberto os olhos de ambos, mas não da forma esperada e incansavelmente desejada. Eles haviam sido presos por um subxerife do condado de Alameda, do contrário Martin como de hábito teria feito a acusação sumir. O sub de Alameda era especialista em meninos ricos e mimados. Estava determinado a fazer com que o caso fosse levado adiante. Ameaçou procurar os jornais se não houvesse algum tipo de justiça.

E foi assim que Andrew e Nick acabaram indo morar na Casa de Saúde Queller em Bayside, a última instituição da qual Robert Juneau havia sido chutado.

Foi onde Laura encontrou Nick, apresentado por Andrew. Depois Nick elaborou um plano, e esse plano finalmente deu a Andrew uma causa que exigia com urgência a sua sobriedade.

O Porsche parou cantando pneu. Estavam em frente ao prédio de Nick, uma construção baixa com uma grade metálica frágil ao redor da varanda do segundo andar. Ele não morava em uma região muito boa, mas também não era o pior que a cidade tinha a oferecer. O lugar era limpo. Os sem-teto eram mantidos a distância. Ainda assim, Jane odiava que Nick não pudesse morar em Presidio Heights com eles.

Mas agora ele podia.

Certo?

— Eu vou verificar — disse Andrew. — Você fica aqui.

Jane abriu a porta do carro antes que Andrew pudesse impedi-la, tomada por uma sensação de urgência. Todas as dúvidas que tivera na meia hora anterior seriam eliminadas nos braços de Nick e descartadas. Quanto mais cedo estivesse com ele, melhor se sentiria.

— Jinx — chamou Andrew, indo atrás dela. — Jinx, espere.

Ela começou a correr, tropeçando na calçada, subindo as escadas metálicas enferrujadas. As botas duras machucavam, mas Jane não se importava. Podia sentir que Nick estava em casa. Que estava esperando. Que estaria imaginando por que eles tinham demorado tanto, talvez já não se importassem com ele, talvez tivessem perdido a fé.

Jane *tinha* perdido a fé. Jane *tinha* duvidado.

Jane não era tola. Ela era um monstro.

Então correu mais. Andrew seguia em seus calcanhares, chamando seu nome, pedindo que fosse mais devagar, parasse de correr, mas Jane não podia.

Ela deixara o agente Danberry entrar em sua cabeça. Nick não era um vigarista ou o líder de um culto. Ele era um sobrevivente. Sua primeira lembrança era ver a mãe transando com um policial uniformizado em troca de heroína. Ele nunca conhecera o pai. Uma série de cafetões abusou dele e o espancou. Nick já havia frequentado dezenas de escolas quando atravessou o país de carona para encontrar a avó. A velha o odiara à primeira vista, acordava o garoto no meio da noite chutando e gritando com ele. Nick acabara na rua, depois em um abrigo para sem-teto enquanto terminava a escola. Que tivesse conseguido entrar para Stanford a despeito de todo esse sofrimento era prova de que Nick era mais inteligente, mais esperto do que todos haviam reconhecido.

Especialmente o agente Danberry, com seu dente faltando e seu terno barato.

— Jinx — chamou Andrew, do outro lado da varanda.

Ele vinha andando lentamente, exaurido da corrida. Ela podia ouvir sua tosse a distância.

Jane enfiou a mão na bolsa para pegar a chave — não a que tinha no chaveiro, mas aquela para emergências que mantinha no bolso com zíper. Suas mãos tremiam e suavam tanto que deixou a chave cair. Ela se abaixou para pegá-la.

— Jinx — chamou Andrew, que estava curvado, mãos nos joelhos, arquejando.

Jane recuperou a chave e abriu a porta.

E nesse momento seu mundo saiu de órbita.

Nick não estava lá.

Pior, as coisas dele não estavam lá. O apartamento estava quase vazio. Todas as coisas de que ele gostava — o colchão de couro sobre o qual meditara por horas, as elegantes mesinhas laterais de vidro, a luminária pendurada, o carpete marrom espesso. Tudo tinha desaparecido. Havia apenas uma cadeira enorme com estofamento grande demais virada para a parede dos fundos. O belo conjunto de cobre e vidro da mesa da cozinha desaparecera. A televisão imensa. O aparelho de som com suas caixas também imensas. A coleção de discos. As paredes estavam nuas. Todas as estimadas obras de arte tinham sido removidas, até mesmo as peças que Andrew desenhara para ele.

Ela quase caiu de joelhos. Levou a mão ao peito quando sentiu o coração se partir em dois.

Nick os tinha abandonado?

Abandonado a ela?

Levou a mão à boca para não começar a gritar. Caminhou sobre pernas trêmulas até o meio da sala. Nada das revistas, dos livros, dos sapatos largados junto à porta da varanda. Cada objeto faltando era como uma flecha perfurando seu coração. Jane estava tão aterrorizada que se sentia quase anestesiada. Os piores pensamentos giravam em sua cabeça...

Nick a abandora. Ele sabia que ela estava duvidando dele. Que tinha deixado de acreditar nele, mesmo que apenas por um momento. E então ele desaparecera. Tivera uma overdose. Encontrara outra pessoa.

Ele tinha tentado se matar.

Andando pelo corredor, ela sentiu os joelhos fraquejarem. Nick ameaçara se matar mais de uma vez, e a ideia de perdê-lo era tão devastadora que todas as vezes Jane havia chorado como uma criança, suplicando a ele que, por favor, continuasse com ela.

Eu não posso viver sem você. Eu preciso de você. Você é o ar que eu respiro. Por favor, nunca me abandone.

— Jane? — chamou Andrew, que tinha conseguido chegar à porta. — Jane, onde você está?

A porta do quarto de Nick estava fechada. Jane andava apoiando-se nas paredes do corredor. Passou pelo banheiro — escova de dente, pasta de dente, nada de perfume, nada de aparelho de barbear, nada de escova ou pente.

Mais flechas rasgando seu coração.

Parou diante da porta derradeira. Sua mão mal conseguiu agarrar a maçaneta. Ar nenhum era suficiente para encher os pulmões. O coração tinha parado de bater.

Abriu.

Emitiu um som abafado, vindo garganta.

Nada da cama com a colcha macia. Nada de mesinhas de cabeceira com luminárias combinando. Nada do gaveteiro antigo que Nick reformara com carinho. Apenas um saco de dormir esticado no chão.

A porta do armário estava aberta.

Jane começou a chorar novamente, quase soluçando de alívio, ao ver que as roupas dele ainda estavam penduradas do cabideiro. Nick adorava aquelas roupas. Jamais iria embora sem elas.

— Jinx?

Andrew chegou e a apoiou para ela não cair.

— Eu achei… — começou ela. Os joelhos finalmente bateram no chão. Ela se sentia enjoada mais uma vez. — Eu achei que ele…

— Vem cá — chamou Andrew, colocando-a de pé e praticamente carregando-a para fora do quarto.

Apoiada nele, Jane arrastou os pés pelo piso nu até a sala de estar.

Andrew acendeu a luz e a intensidade fez Jane estreitar os olhos. Até as luminárias tinham sumido. Lâmpadas nuas pendiam dos soquetes. A não ser pela enorme cadeira que parecia ter sido achada na rua, tudo de que Nick gostava tinha sumido.

Mas as roupas ainda estavam no armário. Ele não iria embora sem as roupas. *Iria?*

— Ele… — disse começou, mas não conseguiu dizer as palavras. — Andrew, onde…

Andrew levou o dedo aos lábios, indicando que poderia haver alguém escutando.

Jane balançou a cabeça. Ela não era mais capaz de fazer aquele jogo. Precisava de palavras, de garantias.

— Está tudo bem — disse Andrew, lançando novamente o olhar de cuidado, como se ela estivesse deixando passar algo importante.

Jane olhou ao redor, buscando desesperadamente algum tipo de compreensão. O que ela poderia estar deixando passar naquele lugar vazio?

O lugar vazio.

Nick tinha se livrado de tudo. Tinha vendido ou doado. Seria uma tática para atrapalhar a polícia? Para que não tivessem onde plantar escutas?

Jane não aguentava mais. Sentou-se no chão e lágrimas de alívio rolaram. A resposta precisava ser essa. Nick não os abandonara, só estava tornando as coisas mais difíceis para aqueles filhos da puta. O apartamento quase vazio era apenas mais um dos seus jogos.

— Jinx? — Andrew estava claramente preocupado.

— Eu estou bem — disse ela, enxugando as lágrimas, sentindo-se boba por fazer aquela cena. — Por favor, não conte a Nick que eu fiquei tão perturbada. Por favor.

Andrew abriu a boca para responder, mas em vez disso tossiu. Jane teve um esgar com o som úmido e congestionado. Ele tossiu novamente, depois mais uma vez, e finalmente foi à cozinha, onde encontrou um copo secando junto à pia.

Jane limpou o nariz com as costas da mão. Olhou ao redor da sala novamente, notando uma pequena caixa de papelão ao lado da cadeira hedionda. Seu coração se animou à visão da foto emoldurada pousada em cima.

Nick se livrara de quase tudo menos daquilo...

O último natal de Jane e Nick na casa de Hillsborough. Sorrindo para a câmera, mas não um para o outro, a despeito do braço dominador de Nick sobre seus ombros. Jane passara as três semanas anteriores em turnê e, na volta, encontrara Nick inquieto e distraído. Jane suplicara que ele dissesse o que estava acontecendo, mas ele insistia que não havia nada de errado. Esse jogo havia durado horas, do pôr ao nascer do sol, até que finalmente Nick contara a Jane sobre conhecer Laura Juneau.

Ele fumava um cigarro diante dos portões da frente da Casa de Saúde Queller em Bayside. Isso foi depois do flagrante de cocaína no condado de Alameda. Ele e Andrew estavam cumprindo pena. Fora puro acaso Nick ter conhecido Laura, que havia meses procurava um modo de chegar a Queller. Tinha abordado inúmeros pacientes e funcionários em busca de alguém, qualquer um, que pudesse ajudá-la a encontrar provas de que o sistema tinha fodido com a vida do seu marido.

Laura encontrou em Nick um ouvinte verdadeiramente empático. Nick, que durante quase toda a vida tinha ouvido de pessoas em posição de autoridade que ele não tinha importância, que não era inteligente o bastante, que não vinha da família certa ou não pertencia a tal ambiente. Atrair Andrew devia ter sido ainda mais fácil. Seu irmão passara a maior parte da vida concentrado em seus próprios desejos e necessidades. Voltar a atenção para a tragédia de outra pessoa era sua forma de deixar a escuridão.

Eu me senti muito egoísta quando ouvi a história dela, Andrew tinha contado a Jane. *Eu achava que estava sofrendo, mas não tinha ideia do que é o verdadeiro sofrimento.*

Jane não sabia ao certo em que momento Nick atraíra outras pessoas. Isso era o que ele fazia melhor — coletar desgarrados, marginais, pessoas como ele que sentiam que suas vozes não eram ouvidas. Naquela noite de Natal na casa de Hillsborough em que Nick finalmente contara o plano a Jane, havia dezenas de pessoas em outras cidades prontas para mudar o mundo.

A ideia inicial teria vindo de Laura? Não apenas Oslo, mas São Francisco, Chicago e Nova York?

A Queller Serviços de Saúde era uma empresa local, fazendo coisas ruins a pessoas boas em apenas um estado, mas abrir o capital daria a ela dinheiro suficiente para levar seu programa de negligência a todo o país. A concorrência claramente seguia o mesmo plano de negócios. Nick contara a Jane histórias sobre instituições na Geórgia e no Alabama que estavam jogando pacientes nas ruas. Uma em Maryland havia sido flagrada deixando pacientes mentalmente incapacitados em pontos de ônibus no auge do inverno. Illinois tinha uma lista de espera que efetivamente negava atendimento por anos.

Como Nick explicara, Martin seria o primeiro alvo, mas uma mudança significativa demandava atos significativos de resistência. Eles tinham que mostrar ao restante do país, ao mundo, o que estava acontecendo com os pobres e desassistidos. Eles tinham que usar as lições de grupos como o ACT UP, o Weather Underground e a United Freedom Front, e sacudir as fundações daquelas instituições corruptas.

O que era fantástico.

Não era?

A verdade era que Nick sempre parecia furioso ou animado com alguma coisa. Ele mandava cartas a políticos cobrando atitudes. Submetia textos raivosos aos editores do *San Francisco Gate*. Se oferecia para trabalhos voluntários ao lado de Jane em abrigos de sem-teto e clínicas de aids. Estava sempre tendo ideias de invenções incríveis ou fazendo anotações sobre novos empreendimentos. Jane sempre o encorajava, porque Nick levar a cabo todas essas ideias era algo totalmente diferente. Ou ele achava que as pessoas que podiam ajudá-lo eram idiotas ou intransigentes demais, ou ficava entediado e passava para outra coisa.

Jane supusera que Laura Juneau era uma das coisas das quais ele logo se cansaria. Quando se deu conta de que daquela vez era diferente, que Andrew também estava envolvido, que levavam muito a sério aqueles planos mirabolantes, Jane não conseguiu recuar. Tinha muito medo de que Nick seguisse sem ela. De acabar sendo deixada para trás. Uma voz insistente dentro dela sempre a lembrava de que precisava de Nick mais do que ele precisava dela.

— Jinx.

Andrew estava esperando que ela lhe desse atenção. Segurava a fotografia do Natal. Abriu o verso da moldura. Havia uma pequena chave presa com fita ao papelão.

Jane se conteve antes de perguntar o que ele estava fazendo. Olhou ao redor da sala, nervosa. Nick lhe contara que era possível esconder câmeras em luminárias, dentro de vasos de plantas ou atrás de saídas de ar-condicionado.

Então se deu conta de que Nick retirara todos os arremates. Não havia nada além das bocas dos dutos abertos nas paredes.

Só é paranoia se você estiver errado.

Andrew deu a chave a Jane. Ela a deslizou para o bolso de trás. Ele recolocou a foto em seu lugar na caixa de papelão.

Ele empurrou de lado o mais silenciosamente possível a pesada cadeira com excesso de estofamento.

— Mas que... — Jane deixou escapar antes de se conter.

Olhou para o irmão, curiosa.

Que merda é essa?

A única resposta de Andrew foi levar novamente o dedo aos lábios.

Ele deixou um gemido escapar da boca ao se ajoelhar. Arrancou o material na base da cadeira. Jane sufocou as perguntas que queriam escapar. Em vez disso, observou o irmão desmontar a cadeira. Ele afastou uma parte das molas metálicas. Enfiou a mão fundo na espuma e tirou uma caixa metálica retangular com uns dez centímetros de espessura, e do comprimento e da largura de uma folha ofício.

Jane sentiu os músculos tensos enquanto pensava em todas as coisas que podia conter: armas, explosivos, mais fotos, todo tipo de coisa que Jane não queria ver porque Nick não esconderia algo a não ser que não quisesse que fosse encontrado.

Andrew colocou a caixa no chão. Ficou de cócoras. Estava tentando recuperar o fôlego, embora só tivesse virado uma cadeira. A iluminação intensa não fazia nenhum bem à sua aparência. Ele parecia ainda mais doente. As olheiras eram marcadas por pequenos pontinho de vasos sanguíneos rompidos. O chiado em seu peito não diminuíra.

— Andy?

Ele enfiou a caixa debaixo do braço.

— Vamos.

— E se Nick...

— Agora.

Ele colocou a cadeira de volta em posição. Esperou que Jane fosse na frente, depois esperou que ela trancasse a porta.

Jane ficou em silêncio enquanto cruzavam a varanda. Podia ouvir os passos pesados que davam no concreto, o estalo agudo das botas, a batida dura dos mocassins de Andrew. O chiado estava ainda mais pronunciado. Jane tentou manter o ritmo lento. Estavam no primeiro patamar da escada quando ele estendeu a mão para detê-la.

Jane ergueu os olhos para o irmão. O vento agitava seu cabelo. A luz do sol traçava uma linha fina sobre sua testa. Ficou imaginando como ele conseguia ainda se manter de pé. Estava pálido como um defunto.

Ela se sentiu segura para perguntar:

— O que estamos fazendo, Andrew? Não estou entendendo por que temos de ir embora. Não é melhor esperar por Nick?

— Lá em casa, você ouviu Jasper contar aos federais como nosso pai era um homem bom?

Jane não podia fazer uma piada sobre Jasper naquele momento. Morria de medo de que ele de algum modo fosse arrastado para aquela coisa que nenhum deles conseguia controlar.

— Andrew, por favor, você vai me contar o que está acontecendo?

— Jasper defendeu nosso pai porque é igual a ele.

Jane quis revirar os olhos. Não acreditava que ele estava fazendo aquilo naquele momento.

— Não seja tão cruel. Jasper ama você. Sempre amou.

— É você quem ele ama. E tudo bem. É bom que ele cuide de você.

— Não sou criança, não preciso de babá — retrucou Jane, sem conter a irritação. Eles brigavam por causa de Jasper desde pequenos. Andrew sempre vira o pior nele. Jane o via como seu salvador. — Você sabe quantas vezes Jasper me levou para jantar quando nosso pai estava de mau humor, me ajudou a escolher algo para vestir quando nossa mãe estava bêbada, tentou conversar comigo sobre música ou me ouviu chorar por causa de garotos e...

— Aham. Ele é um santo. Você é a irmãzinha perfeita dele — disse Andrew, sentando-se na escada. — Sente-se.

Jane se sentou no degrau abaixo dele, de má vontade. Havia muitas coisas que ela podia dizer sobre Jasper apenas para ferir Andrew, como o fato de que, sempre que Andrew tinha uma overdose, desaparecia ou ia parar no hospital, era Jasper que garantia que Jane ficasse bem.

— Me dê a chave — pediu Andrew.

Jane obedeceu e analisou o rosto do irmão enquanto colocava a chave na fechadura. Ainda respirava pesado, suando muito, apesar da brisa fresca.

— Aqui — disse Andrew, finalmente abrindo a tampa da caixa metálica.

Jane viu que estava cheia de pastas de arquivo. Ela reconheceu o logotipo da Queller Serviços de Saúde.

— Veja estas — disse ele, lhe entregando uma pilha de arquivos. — Você sabe que nosso pai deu um emprego a Nick na Queller.

Jane mordeu a língua para não retrucar que era óbvio que ela sabia que o namorado estava trabalhando na empresa do pai. Ela analisou os formulários dentro das pastas, tentando entender por que eram importantes o suficiente para que Nick as escondesse. Reconheceu com facilidade a documentação de pacientes com códigos de cobrança e formulários de admissão. Martin costumava levá-los para casa em sua maleta, depois Jasper começou a fazer o mesmo quando entrou para a empresa.

— Nick tem bisbilhotado.

Aquilo também não era novidade para ela. Nick era o homem deles infiltrado, como gostava de dizer. Jane folheou os formulários. Nomes de pacientes, números de seguro social, endereços, boletos, correspondência com agentes do governo, com médicos, contadores. Casa de Saúde Queller em Bayside. Casa de Saúde Queller em Hilltop. Unidade para Jovens Queller.

— Nós já vimos isso antes. São parte do plano. Nick vai mandá-las aos jornais.

Andrew folheou as pastas até encontrar a que estava procurando.

— Leia esta.

Jane abriu a pasta. Reconheceu imediatamente o nome no formulário de admissão.

ROBERT DAVID JUNEAU.

Deu de ombros. Eles sabiam muito bem que Robert Juneau estivera em Bayside. Todo mundo sabia. Era onde tudo aquilo tinha começado.

— As datas de admissão.

Ela leu em voz alta.

— Primeiro a 22 de abril de 1984; 6 a 28 de maio de 1984; 21 de junho a 14 de julho de 1984.

Ergueu os olhos para Andrew, confusa, porque eles também sabiam disso. A Queller estivera fraudando o sistema. Pacientes que permaneciam internados por mais de 23 dias eram considerados pacientes de longa duração, o que significava que o estado pagava uma diária menor pelos cuidados. Martin contornava isso chutando os pacientes antes da marca de 23 dias, então os readmitia dias depois.

— Isso vai ser divulgado depois de Chicago e Nova York — disse Jane. — Nick preparou os envelopes para mandar aos jornais e aos escritórios regionais do FBI.

Andrew riu.

— Você realmente consegue ver Nick sentado enchendo quase cem envelopes? Lambendo selos e endereçando tudo?

Ele apontou para a ficha nas mãos de Jane.

— Olhe a página seguinte.

Ela estava estressada e exausta demais para joguinhos, mas ainda assim virou a página do formulário. Viu mais datas e as resumiu para Andrew.

— Vinte e dois dias em agosto, novamente em setembro, então em... Ah.

Jane olhou para os números. O nojo que ela sentia pelo pai foi aumentado.

Robert Juneau assassinara os filhos e depois se matara em 9 de setembro de 1984. De acordo com as informações em sua ficha, ele continuara a ser admitido e readmitido em várias instituições pelos seis meses seguintes.

Todas gerenciadas pela Queller.

O pai não havia apenas lucrado com a enfermidade de Robert Juneau. Ele mantivera os lucros mesmo depois de o homem ter cometido assassinato múltiplo e se suicidado.

Jane teve que engolir antes de conseguir perguntar:

— Laura sabia que nosso pai fez isto? Quer dizer, sabia antes de Oslo? — perguntou, olhando para Andrew. — Ela viu isto?

Ele assentiu.

Suas mãos tremiam quando ela baixou os olhos.

— Eu me sinto uma estúpida. Eu estava me sentindo culpada. Hoje de manhã, ontem. Ficava me lembrando dos momentos idiotas em que nosso pai não era um monstro, mas ele era...

— Ele era — concordou Andrew. — Ele explorou o sofrimento de milhares de pessoas. E, quando a empresa abrisse o capital, exploraria outras centenas de milhares, tudo para ganhar mais dinheiro. A gente precisava impedi-lo.

Nada do que Nick tinha dito nos cinco dias anteriores deixara Jane se sentindo tão em paz com o que eles tinham feito.

Ela foi até o fim da ficha de Robert Juneau. Queller lucrara centenas de milhares de dólares com a morte de Robert. Ela encontrou faturas quitadas, boletos e provas de que o governo continuara a pagar pelo tratamento de um paciente que já não precisava mais de leito, medicamentos, refeições.

— Olhe a próxima pa…

Mas Jane já estava procurando o Relatório de Atendimento. Um alto executivo tinha que autorizar as múltiplas readmissões para que um conselho consultivo pudesse se reunir e debater a melhor forma de dar a assistência necessária ao paciente em questão. Ao menos em tese era isso que devia acontecer, já que a Queller Serviços de Saúde supostamente estava no ramo para ajudar as pessoas.

Jane foi até o nome do alto executivo e na mesma hora o coração deu um salto. Ela conhecia a assinatura tão bem quando a sua própria. Tinha aparecido em formulários escolares e cheques em branco que ela levava ao shopping para comprar roupas, quando cortava o cabelo ou precisava de dinheiro para a gasolina.

Jasper Queller.

Seus olhos se encheram de lágrimas. Ela colocou o formulário sob a luz.

— Isso só pode ter sido falsificado porque…

— Você sabe que não foi. É a assinatura dele, Jinx. Provavelmente feita com a maldita Montblanc especial que nosso pai deu a ele quando saiu da Força Aérea.

Jane sentiu a cabeça balançar. Já sabia aonde iriam chegar.

— Por favor, Andrew. Ele é nosso irmão.

— Você precisa aceitar os fatos, Jinx. Sei que você acha que Jasper é seu anjo da guarda, mas ele fez parte disso o tempo todo. Tudo o que nosso pai estava fazendo, ele também estava.

Jane continuava balançando a cabeça, embora estivesse com a prova bem na sua frente. Jasper fora comunicado a respeito da morte de Robert Juneau. Tinha conversado com Jane sobre as matérias nos jornais, tão horrorizado quanto ela por a Queller ter falhado de forma tão espetacular com um paciente.

Mas esse mesmo Jasper ajudara a empresa a lucrar com aquilo.

Jane agarrou as outras pastas e conferiu as assinaturas, certa de que havia algum equívoco. Quanto mais olhava, maior era o desespero.

A assinatura de Jasper estava em todas as páginas.

Ela se esforçou para engolir o pânico.

— Todos esses pacientes estão mortos?

— A maioria. Alguns saíram do estado, mas as credenciais continuam a ser usadas para receber o financiamento do governo. Jasper e nosso pai estavam falsificando os números. Os investidores estavam inquietos, com medo de que a oferta pública de ações não fosse boa.

Os investidores. Martin aceitara essa colaboração alguns anos antes para comprar toda a concorrência. Jasper era obcecado com o grupo de investidores, como se fossem uma espécie de monólito onisciente que pudesse destruí-los por capricho.

— Precisamos impedir Jasper, Jinx. Se o capital da empresa for aberto ele vai sentar em cima de milhões de dólares sujos de sangue. Não podemos deixar isso acontecer.

Jane estremeceu. Era exatamente como tinha começado no caso de Martin. Uma revelação ruim se seguira a outra e então de repente Laura Juneau estava atirando na cabeça dele.

— Eu sei que você quer protegê-lo, mas isto é indefensável.

— Não podemos… — Mas Jane se interrompeu. Aquilo era demais. Tudo aquilo era demais. — Eu não vou causar nenhum mal a ele, Andy. Não vai ser como foi com nosso pai. Independentemente do que você disser.

— Jasper não vale a bala. Mas ele precisa pagar por isso.

— Quem somos nós para brincar de… — Mais uma vez ela se interrompeu, porque tinham brincado de Deus em Oslo, e nenhum deles hesitou em ir até o final. — O que você vai fazer?

— Mandar para os jornais.

Jane agarrou o braço dele.

— Andy, por favor. Eu imploro. Sei que Jasper não foi o irmão perfeito para você, mas ele te ama. Ele ama nós dois.

— Nosso pai teria dito a mesma coisa.

As palavras dele foram como um tapa.

— Você sabe que é diferente.

Andrew travou o maxilar.

— Existe um volume limitado de recursos públicos para cuidar dessas pessoas, Jinx. Jasper roubou esse dinheiro para manter os investidores felizes.

Quantos outros como Robert Juneau estão por aí por causa do que nosso irmão fez?

Ela sabia que ele estava certo, mas era Jasper.

— Não podemos…

— Não adianta argumentar, Jinx. Nick já colocou isso em movimento. Por isso ele me disse para vir aqui primeiro.

— Primeiro? — repetiu ela, alarmada. — Antes do quê?

Em vez de responder, Andrew esfregou o rosto com as mãos, o único sinal de que algo naquilo o incomodava.

— Por favor.

Ela não conseguia parar de pedir por favor. As lágrimas não paravam de rolar.

Pense que destruir Jasper trará consequências para mim, ela queria dizer para o irmão. *Eu não posso machucar mais ninguém. Não posso desligar de novo aquele interruptor que faz com que me sinta responsável.*

— Jinx, você tem de saber que essa decisão não cabe a nós — disse Andrew.

Ela entendeu o recado. Nick queria vingança. Não apenas pelas coisas ruins que Jasper tinha feito, mas por ignorá-lo à mesa do jantar, menosprezá-lo, fazer perguntas maldosas sobre sua vida passada, deixar claro que ele não era *um de nós*.

Andrew enfiou a mão novamente na caixa metálica. Jane se encolheu quando ele tirou um maço de fotos polaroide. Andrew tirou o elástico e o colocou no pulso.

— Não — sussurrou ela.

Ele a ignorou, analisando cuidadosamente cada foto, um catálogo do espancamento que Jane sofrera.

— Nunca vou perdoar nosso pai por ter feito isso com você — disse, mostrando a ela uma foto da barriga esmurrada.

Tinha sido na primeira vez que Jane ficara grávida.

— Onde Jasper estava quando isto aconteceu, Jane? — perguntou Andrew, agora com raiva. Nada o convenceria do contrário. — Eu sei qual era o meu papel. Eu vivia doidão. Estava cagando demais para mim mesmo para ligar para outra pessoa. Mas Jasper?

Jane olhou para o estacionamento. As lágrimas continuavam a rolar.

— Jasper estava em casa quando isto aconteceu, não estava? Trancado no quarto? Ignorando os gritos?

Todos eles ignoravam os gritos.

— Pelo amor de Deus, sabe? — disse Andrew, estudando a foto seguinte, que mostrava o talho profundo em sua perna. — Nos últimos meses, sempre que eu me sentia perdendo a coragem, Nick me mostrava isto aqui para que a gente não se esquecesse do que o velho tinha feito com você — contou, mostrando para Jane uma foto de seu olho inchado. — Quantas vezes ele bateu em você, Jinx? Quantos olhos roxos nós ignoramos à mesa do café? Quantas vezes mamãe riu ou Jasper a provocou por ser tão desastrada?

Ela tentou amenizar dizendo seu apelido de família.

— Jinx, a Desastrada.

— Nunca mais vou deixar alguém machucar você — garantiu Andrew. — Nunca.

Jane estava exausta, mas não conseguia parar de chorar. Tinha chorado pela família destruída de Laura Juneau. Tinha chorado por Nick. Tinha chorado, inexplicavelmente, por Martin. Mas agora as lágrimas eram de vergonha.

Andrew fungou alto. Recolocou o elástico sobre as polaroides e as jogou na caixa.

— Não vou perguntar se você sabia sobre a arma.

Jane apertou os lábios. Manteve os olhos fixos no estacionamento.

— Eu também não vou perguntar.

Ele inspirou com dificuldade, chiando.

— Então o Nick...

— Por favor, não diga.

A mão de Jane estava novamente sobre a barriga. Ela desejava a serenidade de Laura Juneau, desejava ter confiança no propósito do que estavam fazendo.

— Laura teve escolha — disse Andrew. — Ela poderia ter ido embora ao encontrar a arma no saco.

Quando Nick dissera as mesmas palavras, não tinham consolado Jane. Ela sabia que Laura nunca teria recuado. A mulher estava determinada, totalmente em paz com sua escolha. Talvez até mesmo contente. Havia algo de bom em controlar o próprio destino. Ou, como Nick dissera, levar um escroto para o túmulo com você.

— Ela pareceu legal — disse Jane.

Andrew fingiu estar ocupado fechando a tampa da caixa, conferindo a tranca.

— Ela simplesmente pareceu legal de verdade.

Ele pigarreou diversas vezes.

— Ela era uma pessoa maravilhosa.

O tom revelava sua angústia. Nick deixara Andrew encarregado de lidar com Laura. Ele era o único contato dela com o grupo. Fora Andrew quem explicara todos os detalhes a ela, lhe dera o dinheiro, passara informações sobre voos, onde encontrar o falsificador em Toronto, como se apresentar, quais palavras secretas abririam ou fechariam as portas.

— Por que você falou com ela? — perguntou ele a Jane. — Em Oslo?

Jane balançou a cabeça. Não podia responder à pergunta. Nick a alertara de que o anonimato era a única coisa que os protegeria se algo desse errado. Jane, sempre ansiosa para seguir as ordens dele, estava se escondendo no bar quando Laura Juneau entrou. Faltava menos de uma hora para a mesa. Era cedo demais para beber, e Jane sabia que não deveria mesmo estar bebendo. O piano sempre a ajudara a acalmar os nervos, mas por alguma razão inexplicável fora atraída por Laura sentada sozinha no bar.

— Melhor irmos embora — sugeriu Andrew.

Jane não discutiu. Simplesmente foi atrás dele em silêncio escada abaixo até o carro.

A caixa metálica ficou no colo dela enquanto se embrenhavam mais e mais na cidade.

Jane se esforçou para não pensar em Jasper. E não podia perguntar a Andrew para onde estavam indo. Não era apenas uma possível escuta no carro que mantinha o irmão calado. Seu instinto lhe dizia que havia algo mais. O tempo que Jane passara em Berlim de algum modo a havia distanciado do círculo. Ela notara isso em Oslo e era especialmente evidente agora que estavam todos novamente em casa. Nick e Andrew saíam para longas caminhadas, conversavam pelos cantos, as vozes sumindo rapidamente quando Jane aparecia.

A princípio ela pensara que eles estavam lidando com a culpa, mas agora ficava imaginando se havia outras coisas que não queriam que ela soubesse.

Haveria mais caixas escondidas?

Quem mais Nick planejava ferir?

Subiram uma colina. Jane fechou os olhos quando o brilho do sol surgiu de repente. Deixou que sua mente voltasse para Laura Juneau. Queria descobrir o que a levara a abordar a mulher no bar. Era a coisa errada a fazer. Nick alertara Jane repetidamente de que devia se manter longe de Laura, que interagir com ela só faria com que os porcos investigassem Jane mais cuidadosamente.

Ele estava certo.

Ela sabia disso mesmo quando estava ali com Laura. Talvez Jane estivesse se rebelando contra Nick. Ou talvez tivesse sido atraída pela clareza de propósito de Laura. As cartas codificadas de Andrew reverenciavam aquela mulher. Ele dissera a Jane que, de todos eles, Laura era a única que parecia nunca vacilar.

Por quê?

— Procure uma vaga — disse Andrew.

Eles haviam chegado a Mission District. Jane conhecia a área. Quando era jovem ela costumava ir lá para ouvir bandas punk no antigo quartel dos bombeiros. Depois da esquina havia um abrigo de sem-teto e cozinha comunitária onde ela costumava fazer trabalho voluntário. A área havia sido marcada por atividades marginais desde que os frades franciscanos tinham construído a primeira missão no final dos anos 1700. Lutas de ursos, duelos e corridas de cavalos haviam dado lugar a estudantes, sem-teto e viciados. Havia uma energia violenta emanando dos armazéns abandonados e das casas dilapidadas de imigrantes. Havia grafites anarquistas por toda parte. Lixo espalhado pela rua. Prostitutas de pé nas esquinas. Era quase meio-dia, mas tudo tinha o tom escuro e desbotado do crepúsculo.

— Você não pode estacionar o Porsche de Jasper aqui. Alguém vai roubar.

— Nunca tocaram nele antes.

Antes, Jane pensou. *Está se referindo a todas aquelas vezes em que o irmão que você diz odiar veio aqui de carro no meio da noite para resgatar você?*

Andrew se meteu entre uma motocicleta e uma lata-velha abandonada. Começou a sair do carro, mas Jane colocou a mão sobre a dele. Sentiu o quanto a pele estava áspera. Havia uma área de pele seca no pulso sob o relógio. Ela ameaçou tocar no assunto, mas não queria que as palavras contaminassem aquele momento.

Eles não haviam ficado sozinhos desde que ela saíra de casa. Desde que Laura Juneau disparara aquela última bala no crânio. Desde que o *politi* tirara Jane e Nick do auditório.

O policial confundira Nick com Andrew, e quando entenderam por que Jane gritava o nome do irmão, Andrew esmurrava a porta com os punhos.

Ele parecera um desequilibrado. A parte da frente da camisa estava suja de sangue, o mesmo que pingava de suas mãos, encharcava suas calças. Sangue de Martin. Enquanto todos corriam para longe do palco, Andrew fora na direção dele. Empurrara o segurança para o lado. Caíra de joelhos. No dia seguinte Jane veria uma foto daquele momento em um jornal. Andrew segurando no colo o que restava da cabeça do pai, os olhos erguidos para o teto, a boca aberta enquanto gritava.

— Engraçado — dizia Andrew. — Eu não lembrava que o amava até ver aquela arma apontada para a cabeça dele.

Jane assentiu, porque também sentira isso. Um aperto no coração, o suor e o frio do arrependimento.

Quando Jane era pequena, ela costumava sentar no joelho de Martin enquanto ele lia histórias. Martin a colocara diante do seu primeiro piano. Ele entrara em contato com Pechenikov para que ela aprimorasse suas técnicas. Ele fora a recitais e concertos. Ele mantivera um bloco no bolso de cima do paletó onde registrava seus erros. Ele dera socos em suas costas quando ela se curvava sobre o teclado. Ele batera em suas pernas com uma régua metálica quando ela não praticava o suficiente. Ele a mantivera tantas noites acordada, gritando, lhe dizendo que era inútil, que desperdiçava seu talento, que fazia tudo errado.

— Havia muitas coisas que eu queria ter dito a ele — falou Andrew.

Jane novamente se viu incapaz de conter as lágrimas.

— Eu queria que ele tivesse orgulho de mim. Não agora, eu sabia que não podia ser agora, mas um dia — continuou o irmão, e se virou para ela. Ele sempre fora magro, mas naquele momento, em sua dor, suas bochechas estavam tão fundas que ela podia ver a forma do maxilar. — Acha que isso teria acontecido? Que nosso pai poderia sentir orgulho de mim um dia?

Jane sabia a verdade, mas não a falou.

— Sim.

Ele voltou a olhar para a rua.

— Lá está Paula.

Jane sentiu os pelos dos braços e da nuca se arrepiando.

Paula Evans, com seus coturnos habituais, vestido sujo e luvas sem dedos, se encaixava perfeitamente no cenário. O cabelo cacheado estava frisado. Os lábios eram vermelho-vivo. Por razões desconhecidas, ela escurecera a pele sob os olhos com carvão. Viu o Porsche e mostrou os dedos médios das duas mãos para eles. Em vez de vir na direção do carro, foi pisando duro para o armazém.

— Ela me assusta — disse Jane a Andrew. — Tem alguma coisa errada com ela.

— Nick confia nela. Ela faria qualquer coisa que ele pedisse.

— É exatamente isso que me assusta.

Jane estremeceu enquanto via Paula desaparecer dentro do armazém. Se Nick estava jogando roleta-russa com o futuro deles, Paula era a única bala na arma.

Jane saltou do carro. O ar tinha um fedor gorduroso que lembrou a ela Berlim Oriental. Deixou a caixa metálica no banco para poder colocar o casaco. Encontrou as luvas de couro e a echarpe na bolsa.

Andrew enfiou a caixa debaixo do braço enquanto trancava o carro.

— Fique por perto — pediu a Jane.

Eles entraram no armazém, mas só para sair pelos fundos. Jane não estivera ali em três meses, mas conhecia a rota de cor. Todos eles conheciam, porque Nick os fizera estudar diagramas, correr por becos, disparar por quintais e até mesmo deslizar por canos de esgoto.

O que parecera maluquice até aquele momento.

A paranoia tomou conta de Jane enquanto ela seguia pelo caminho familiar. Um beco os levou à rua seguinte. Eles pareciam pertencer ao local, a despeito das roupas caras. A vizinhança estava apinhada de brechós e apartamentos caindo aos pedaços cheios de estudantes da Universidade do Estado de São Francisco, que ficava ali perto. Jornais cobriam janelas quebradas. As latas de lixo transbordavam de entulho. Jane sentia o cheiro doce e nauseante de mil baseados sendo acesos para dar as boas-vindas à nova manhã.

O esconderijo ficava na esquina da 17th Street com a Valencia, a um quarteirão da Mission. Em algum momento o local tinha sido uma casa vitoriana de família, mas acabara dividida em cinco apartamentos de quarto e sala que agora aparentemente eram habitados por um traficante de drogas, um grupo de strippers e um jovem casal com aids que perdera tudo a não ser um ao outro. Assim como muitas construções na área, a casa estava condenada. Como em muitas construções na área, os habitantes não se importavam.

Ambos subiram os degraus instáveis até a porta da frente.

Pela centésima vez Andrew olhou por cima do ombro antes de entrar. O corredor da frente era tão estreito que foi preciso ficar de lado para passar pela porta aberta da cozinha. O quintal tinha uma antiga estrutura, parecida com um galpão, agora transformada em moradia. Uma extensão elétrica laranja que ia da casa ao barraco servia de fonte de energia. Não havia encanamento. O andar de cima se equilibrava precariamente no que originalmente deveria ser um depósito. Música alta pulsava contra as janelas fechadas. A ruidosa "Bring the Boys Back Home", do Pink Floyd.

Andrew olhou para o segundo andar, depois novamente por cima do ombro. Bateu duas vezes na porta. Fez uma pausa. Bateu uma última vez e então a porta se abriu.

— Idiotas! — gritou Paula, agarrando Andrew pela camisa e o puxando para dentro. — Que merda vocês tinham na cabeça? Nosso acordo era usar tinta. Quem colocou a maldita arma no saco?

Andrew ajeitou a camisa. A caixa metálica caíra no chão. Tentou falar.

— Paula, nós...

O ar ficou frio.

— Do que você me chamou?

Andrew não respondeu imediatamente. No silêncio, Jane só conseguia ouvir o disco tocando. Largou a bolsa no chão para o caso de precisar ajudar o irmão. Os punhos de Paula estavam cerrados. Nick lhes dissera que deviam usar apenas os apelidos e, como sempre, Paula recebera a ordem de Nick como um evangelho.

— Desculpe — disse Andrew. — Eu quis dizer Penny. Podemos conversar sobre isso depois, Penny?

Paula não recuou.

— Você está no comando agora?

— Penny — disse Jane. — Pare com isso.

Paula se virou para ela.

— Você não...

Quarter pigarreou.

Jane se assustou com o ruído. Não o vira quanto entraram. Ele estava sentado à mesa e segurava uma maçã vermelha. Apontou com o queixo para Jane, depois Andrew, à guisa de solidariedade.

— O que está feito está feito — disse a Paula.

— Você está de sacanagem comigo? — reagiu Paula, levando as mãos aos quadris. — Isso é assassinato, seus filhos da mãe. Sabiam? Agora somos todos parte de uma quadrilha formada para cometer assassinato.

— Aham, na Noruega — continuou Quarter. — Mesmo se conseguirem nos extraditar, pegaremos sete anos, no máximo.

Paula bufou, insatisfeita.

— Você acha que o governo dos Estados Unidos vai deixar que a gente vá a julgamento em outro país? Foi você, não foi? — acusou Paula, apontando para Jane. — Você colocou a arma no saco, sua demente.

Jane se recusou a ser atacada por aquela babaca infeliz.

— Você está puta comigo porque Nick não te contou sobre a arma ou porque Nick está trepando comigo e não com você?

Quarter deu uma risada.

Andrew suspirou enquanto se curvava para pegar a caixa metálica. Então ficou paralisado.

Todos ficaram.

Havia alguém do lado de fora. Jane ouviu o som dos passos. Prendeu a respiração enquanto esperava a batida secreta — duas vezes, uma pausa, outra vez.

Nick?

Jane sentiu o coração dar um pulo com a possibilidade, e a ansiedade só passou quando abriu a porta e viu o sorriso no rosto dele.

— Olá, gangue — disse Nick, beijando Jane no rosto e aproximando a boca de seu ouvido para sussurrar: — Suíça.

Jane sentiu uma onda de amor por ele.

Suíça.

O apartamentinho dos sonhos deles em Basileia, cercados de estudantes em um país que não tinha tratado de extradição formal com os Estados Unidos. Nick tinha mencionado a Suíça na noite de Natal em que lhe revelara os planos. Jane ficara chocada por ele ter conseguido se concentrar não apenas no caos que iriam causar, mas em como escapariam das consequências.

Minha querida, sussurrara ele em seu ouvido. *Você não sabe que eu penso em tudo?*

— Muito bem — disse Nick, batendo as mãos e se dirigindo ao grupo. — E aí, soldados? Como estamos?

Quarter apontou para Paula.

— Esta aí estava surtando.

— Não estava — retrucou Paula. — Nick, o que aconteceu na Noruega foi…

— Excepcional! — disse, agarrando a mulher pelos braços, sua empolgação tomando o aposento como um raio de luz. — Foi incrível! Decididamente a coisa mais importante que aconteceu a um americano neste século!

Paula piscou, e Jane viu a mente dela imediatamente adotando o raciocínio de Nick.

Nick também notou claramente a mudança.

— Ah, Penny, se você pudesse estar lá para testemunhar a cena. A plateia ficou em choque. Laura puxou o revólver no instante em que Martin estava falando todo empolgado sobre o custo de um limpador de chão. Então… — disse, e fez uma arma com os dedos — *pou.* Um tiro ouvido em todo o mundo. Por nossa causa.

Ele piscou para Jane, depois abriu os braços para incluir o grupo.

— Meu Deus, soldados. Isso que nós fizemos, o que estamos prestes a fazer, é nada menos que heroico.

— Ele está certo — disse Andrew, como sempre apoiando Nick. — Laura tinha escolha. Todos tínhamos. Ela decidiu fazer o que fez. Nós decidimos fazer o que estamos fazendo. Certo?

— Certo — disse Paula, apressando-se para ser a primeira a concordar. — Todos sabíamos no que estávamos nos metendo.

Nick olhou para Jane, esperou que anuísse.

Quarter grunhiu, mas sua lealdade nunca estivera em questão.

— O que vamos fazer com os porcos? — perguntou a Nick.

— Aquele agente Danberry... — disse Jane.

— Não se trata apenas da polícia — interrompeu Nick. — Todas as agências federais do país estão investigando. E a Interpol — disse, parecendo encantado com a última parte. — E é exatamente isso o que queríamos, gangue. Os olhos do mundo estão sobre nós. O que vamos fazer agora, em Nova York, Chicago, Stanford, o que já aconteceu em Oslo... Nós vamos mudar o mundo.

— Isso aí — disse Paula, uma fiel respondendo ao pregador.

— Vocês sabem como é raro causar mudanças? — perguntou Nick.

Seus olhos ainda reluziam com uma determinação contagiosa. Todos estavam inclinados na direção dele, uma manifestação física de que estavam se aferrando a cada palavra.

— Cada um de vocês sabe como é verdadeira e legitimamente raro que pessoas comuns como nós façam diferença nas vidas de... bem, nas vidas de milhões de pessoas, não é? Milhões de pessoas que estão doentes, outras que não têm ideia de como seus impostos estão sendo usados para rechear os cofres de empresas desalmadas enquanto pessoas de verdade, pessoas comuns que precisam de ajuda, são deixadas de lado.

Ele olhou ao redor e estabeleceu contato visual com cada um deles. Era disso que Nick se alimentava, de saber que os estava inspirando a buscar a grandeza.

— Penny, seu trabalho em Chicago vai deixar o mundo em choque — disse ele. — Crianças irão aprender na escola sobre seu papel nesse evento. Saberão que você lutou por algo. E Quarter, seria impossível estarmos aqui não fosse por sua logística. Seus planos para Stanford são o cerne de toda esta operação. E Andrew, querido Dime. Meu Deus, o modo como você conduziu Laura, como você juntou todas as peças. Jane...

Paula bufou novamente.

— Jane — disse Nick, pousando as mãos nos ombros dela. Levou os lábios à sua testa, e ela se sentiu inundada de amor. — Você, minha querida. Você me dá forças. Você me permitiu liderar nossa tropa gloriosa rumo à grandeza.

Paula interrompeu:

— Vão pegar a gente — disse, embora não parecesse mais furiosa com essa possibilidade. — Vocês sabem disso, certo?

— E daí? — retrucou Quarter, que estava descascando a maçã com seu canivete. — Está com medo, é? Todo aquele papo babaca e agora...

— Eu não estou com medo — interrompeu Paula. — Eu estou dentro. Disse que estava dentro, então estou. Você pode contar comigo sempre, Nick.

— Boa menina — disse ele, acariciando as costas de Jane.

Jane quase se aninhou nele como um gatinho. Era fácil assim. Bastava colocar a mão no lugar certo, dizer a palavra certa, e ela ficava firme ao lado dele.

Ela era um ioiô?

Ou uma verdadeira crente porque o que Nick dizia era certo? Eles tinham que despertar as pessoas. Não podiam ficar imóveis enquanto tanta gente por aí sofria. A inação era inaceitável.

— Certo, soldados — disse Nick. — Sei que a arma em Oslo foi uma surpresa, mas não conseguem enxergar como as coisas estão fantásticas para nós agora? Laura nos fez um tremendo favor apertando aquele gatilho e sacrificando a própria vida. Ela é uma mártir, uma mártir que deve ser celebrada. E o que faremos a seguir, os passos que daremos, farão as pessoas compreenderem que não podem continuar se comportando como ovelhas. As coisas terão que mudar. As pessoas terão que mudar. Os governos, as empresas. Só nós podemos fazer isso acontecer. Somos nós que devemos acordar todos os outros.

Todos sorriam para ele, seus acólitos. Até Andrew brilhava com os elogios de Nick. Talvez fosse a devoção cega deles que impedia que a ansiedade de Jane retornasse.

As coisas haviam mudado enquanto ela estava em Berlim. A energia ali era mais cinética.

Quase fatalista.

Será que Paula também havia esvaziado o próprio apartamento?

Será que Quarter tinha se livrado de seus bens mais queridos?

Andrew terminara com Ellis-Anne. Era claro que não estava bem, mas continuava se recusando a ir ao médico.

Seria a devoção cega deles outra forma de doença?

Com a exceção de Jane, todos haviam estado em alguma instituição psiquiátrica. Nick roubara as fichas deles na Queller ou, no caso dos outros membros das células, encontrou alguém que lhes daria acesso às fichas. Ele conhecia suas esperanças, seus medos, seus colapsos, suas tentativas de suicídio, seus distúrbios alimentares, suas fichas criminais e, mais importante, Nick sabia como usar essas informações.

Ioiôs descendo ou subindo segundo o capricho de Nick.

— Vamos nessa — disse Quarter, enfiando a mão no bolso e batendo uma moeda de 25 centavos na mesa ao lado da maçã descascada. — A equipe de Stanford está pronta.

Maníaco-depressivo. Tendências esquizoides. Reincidência violenta.

Paula se jogou em uma cadeira enquanto colocava uma moeda de um centavo na mesa.

— Chicago está pronto há um mês.

Comportamento antissocial. Cleptomania. Anorexia nervosa. Desequilíbrio.

Nick jogou no ar uma moeda de cinco centavos. Pegou com a mão e a colocou na mesa.

— Nova York mal pode esperar.

Sociopatia. Transtorno de controle de impulsos. Vício em cocaína.

Andrew olhou para Jane novamente antes de enfiar a mão no bolso. Colocou uma moeda de dez ao lado das outras e se sentou.

— Oslo está concluído.

Todos se viraram para Jane. Ela enfiou a mão no bolso do casaco, mas Nick a deteve.

— Leve isto para cima por favor, querida? — pediu, dando a Jane a maçã que Quarter descascara.

— Eu posso fazer isso — Paula se ofereceu.

— Você consegue ficar quieta?

Nick não a estava mandando se calar. Estava fazendo uma pergunta.

Paula voltou a se sentar.

Jane pegou a maçã. A fruta deixou um ponto molhado em sua luva de couro. Procurou no painel secreto até encontrar o botão. Uma das ideias de Nick. Queriam dificultar ao máximo que alguém encontrasse as escadas. Jane empurrou o painel de volta, depois usou o gancho para fechar com firmeza atrás dela.

Houve um estalo agudo quando o mecanismo de travamento se encaixou.

Ela subiu as escadas lentamente, tentando ouvir o que eles diziam. A canção de Pink Floyd que ainda saía a todo o volume de um pequeno alto-falante fazia um ótimo trabalho. Apenas a voz alta de Paula podia ser ouvida acima do instrumental de "Comfortably Numb".

— Escrotos — repetia ela, obviamente tentando impressionar Nick com sua furiosa devoção. — Vamos mostrar àqueles idiotas escrotos.

Jane podia sentir uma empolgação quase animal subindo pelas tábuas enquanto chegava ao topo da escada. Havia incenso queimando dentro do aposento fechado. Lavanda. Paula provavelmente trouxera um de seus talismãs vodu para manter os espíritos em paz.

Laura Juneau tinha lavanda em casa. Um dos muitos detalhes aleatórios que Andrew conseguira transmitir em suas cartas em código. Assim como o fato de que Laura gostava de cerâmica. E que, assim como Andrew, era uma pintora bastante boa. Que acabara de vir do jardim de casa e estava de joelhos na sala de estar procurando um vaso na cristaleira quando Robert Juneau usou sua chave para abrir a porta da frente.

Um único tiro na cabeça de um garoto de cinco anos.

Duas balas no peito de um garoto de dezesseis.

Mais duas balas no corpo de uma menina de catorze.

Uma dessas balas alojada na coluna de Laura Juneau.

A última bala, a derradeira, entrara no crânio de Robert Juneau pelo queixo.

Clorpromazina. Valium. Xanax. Cuidados 24 horas. Médicos. Enfermeiras. Contadores. Faxineiros. Limpeza.

"Você sabe quanto custa cuidar de um homem 24 horas por dia?", Martin cobrara de Jane. Estavam à mesa do café. O jornal estava aberto diante deles, manchetes horrendas transmitindo o horror do assassinato múltiplo: HOMEM ASSASSINA FAMÍLIA E DEPOIS SE MATA. Jane perguntava ao pai como aquilo tinha acontecido, por que Robert Juneau havia sido chutado de tantos asilos da Queller.

"Quase cem mil dólares por ano", dissera Martin enquanto mexia seu café com uma antiga colher de prata da Liberty & Company, presente dado a um Queller distante. "Sabe quantas viagens à Europa isso representa? Carros para seus irmãos? Quantas viagens de carro, excursões e aulas com seu precioso Pechenikov?", perguntara ele.

Por que você deixou de se apresentar?

Por que eu não podia mais tocar com sangue nas mãos.

Jane encontrou a chave no gancho e a enfiou na fechadura. Do outro lado da porta o disco chegara à parte em que David Gilmour assumia o refrão...

There is no pain, you are receding... Não há dor, você se afasta...

Jane entrou no aposento e foi engolfada pelo aroma de lavanda. Um vaso de vidro tinha flores recém-cortadas e o incenso queimava em uma bandeja de metal. Jane se deu conta de que aquilo não era para afastar maus espíritos, mas para cobrir o cheiro de merda e mijo no balde junto à janela.

When I was a child, I had a fever… Quando era criança, tive uma febre…

Havia apenas duas janelas no pequeno espaço, uma dando para a casa vitoriana na frente, a outra para a casa na rua de trás. Jane abriu as duas, esperando que o vento cruzado aliviasse um pouco o cheiro.

Ficou de pé no meio do aposento, segurando a maçã descascada. Deixou tocar o solo de guitarra. Acompanhou as notas de cabeça. Imaginou seus dedos nas cordas. Ela tocara violão durante algum tempo, depois violino, violoncelo, bandolim e, por puro prazer, uma rabeca de cordas de aço.

Então Martin a mandara escolher entre ser boa em muitas coisas ou perfeita em uma.

Jane ergueu a agulha do disco.

Ouviu os outros no andar de baixo. Primeiro Andrew tossindo com sua congestão preocupante. Os breves comentários importantes de Nick. Quarter dizendo a todos para manter as vozes baixas, mas então Paula começou outra diatribe sobre como *os malditos porcos vão pagar* que abafou tudo.

— Vamos lá — disse Nick, atiçando a gangue. — Estamos muito perto. Sabe como seremos importantes quando tudo isto estiver acabado?

Quanto tudo isto estiver acabado…

Jane levou a mão à barriga enquanto cruzava o aposento.

Será que um dia estará acabado?

Será que poderiam continuar depois daquilo? Poderiam trazer uma criança para este mundo que estavam tentando criar? Haveria realmente um apartamento esperando por eles na Suíça?

Jane lembrou novamente: Nick tinha vendido todos os móveis. Retirado tudo do apartamento. Estava dormindo no chão. Aquele era um homem que acreditava haver um futuro?

Aquele era um homem que poderia ser pai do seu filho?

Jane se ajoelhou ao lado da cama.

Baixou a voz algumas oitavas.

— Não diga uma palavra — avisou.

Tirou a mordaça da boca da mulher.

Alexandra Maplecroft começou a gritar.

23 DE AGOSTO DE 2018

CAPÍTULO ONZE

ANDY TIROU UMA CAIXA de tênis velha e pesada do porta-malas da Reliant. As gotas pesadas de chuva bateram no papelão. Vapor subia do asfalto. O céu despencara após dias de um calor cruel. Agora, além de enfrentar o calor cruel, Andy estava molhada. Correu de um lado para o outro entre a mala do carro e o depósito, cabeça baixa sempre que um raio caía entre as nuvens da tarde.

Tinha seguido o exemplo da mãe e alugara dois depósitos diferentes de duas empresas diferentes em estados diferentes para esconder a quantidade absurda de dólares que havia dentro da Reliant. Na verdade, Andy tinha superado Laura. Em vez de simplesmente empilhar o dinheiro no piso do depósito como Skyler tinha feito em *Breaking Bad*, ela comprara tudo que havia dentro de uma loja do Exército da Salvação em Little Rock, depois escondera os maços de dinheiro sob roupas velhas, equipamento de acampamento e um monte de brinquedos quebrados.

Assim, qualquer observador pensaria que Andy estava fazendo o que a maioria dos americanos faz, pagando para guardar um monte de lixo desnecessário em vez de doar para pessoas que realmente pudessem usar.

Andy correu de volta até a Reliant e apanhou outra caixa. Água da chuva entrou nos tênis novinhos em folha. As meias novas já estavam parecendo areia movediça. Andy tinha parado em outro Walmart após deixar o primeiro depósito no lado de Texarkana que pertencia a Arkansas. Finalmente vestia roupas que não eram dos anos 1980. Comprara uma mochila e um notebook de 350 dólares. E também óculos escuros, calcinhas que não apertavam a bunda e, estranhamente, um senso de propósito.

Quero que você viva a sua vida, tinha dito Laura no restaurante. *Por mais que eu queira facilitar as coisas para você, sei que não vai dar certo a não ser que você faça tudo sozinha.* Andy certamente estava por conta própria agora. Mas o que tinha mudado? Ela não conseguia explicar nem a si mesma por que se sentia tão diferente. Apenas sabia que estava farta de flutuar de um desastre a outro como uma ameba em uma placa de Petri. Teria sido porque descobrira que a mãe era uma mentirosa espetacular? Teria sido a vergonha por ter sido tão ingênua, tão facilmente enganada? Teria sido porque um assassino de aluguel seguira Andy até o Alabama e, em vez de seguir seu instinto e ir embora, ela tinha tentado transar com ele?

O rosto de Andy ardeu de vergonha enquanto puxava outra caixa da traseira da Reliant.

Andy tinha ficado em Muscle Shoals tempo suficiente para ver a picape de Mike Knepper passar pelo motel duas vezes no espaço de duas horas. Esperara três, e finalmente quatro horas, até ter certeza de que ele não voltaria, depois carregou a Reliant e caiu na estrada novamente.

Fizera tudo isso totalmente trêmula, pilhada com a cafeína de um café do McDonald's, aterrorizada demais para ir ao banheiro porque, àquela altura, ainda estava com todo o dinheiro escondido dentro do carro. A viagem até Little Rock, Arkansas, levara cinco horas, mas cada uma delas pesara em sua alma.

Por que Laura tinha mentido para ela? De quem ela tinha tanto medo? Por que mandara Andy para Idaho?

Mais importante, por que Andy continuava a obedecer cegamente às ordens da mãe?

A privação de sono tinha piorado a incapacidade de Andy de responder a essas perguntas. Tinha parado em Little Rock por ser uma cidade da qual tinha ouvido falar, depois escolhera o primeiro hotel com estacionamento subterrâneo por imaginar que deveria esconder a Reliant caso Mike de algum modo a estivesse seguindo.

Andy estacionara o carro de ré em um espaço que dificultava o acesso ao porta-malas. Depois entrara de novo no carro e avançara para pegar o saco de dormir e a bolsa. Por fim, recuara o carro outra vez. Então saiu e fez check-in no hotel, onde dormira quase dezoito horas seguidas.

Na última vez que dormira tanto assim, Gordon a levara ao médico por suspeita de narcolepsia. Andy pensou no sono de Arkansas como um sono terapêutico. Não estava agarrada ao volante. Não estava gritando ou soluçando dentro do carro vazio. Não estava conferindo o celular de Laura a cada cinco minutos. Não estava com medo por causa de todo o dinheiro que a prendia à Reliant. Não estava preocupada com a possibilidade de Mike tê-la seguido, já que tinha se enfiado embaixo do carro e não havia nenhum GPS colado ali.

Mike.

Com aquele K idiota no sobrenome, aquele gafanhoto idiota na picape e aquele beijo idiota no estacionamento. Aquele projeto de psicopata que claramente estava ali para seguir Andy, torturá-la ou fazer algo horrível, e que em vez disso a seduzira.

Ela deixara que ele fizesse isso. O que era ainda pior.

Andy tirou a última caixa do bagageiro e foi caminhando para dentro do depósito coberta de vergonha. Jogou a caixa no chão. Sentou-se em um banco de madeira com uma terceira perna instável. Esfregou o rosto. As bochechas ardiam.

Idiota, ela se censurou silenciosamente. *Ele viu na sua cara.*

Mas a dolorosa verdade era que não havia muito a contar sobre a vida sexual de Andy. Ela sempre citava o caso com o professor da faculdade para parecer sofisticada, mas deixava de fora que só tinham feito sexo três vezes e meia. E que o cara era maconheiro. E basicamente impotente.

E que normalmente terminavam a noite sentados no sofá, ele fumando um baseado atrás do outro e ela assistindo a reprises de *Supergatas*.

Ainda assim, tinha sido melhor do que o namorado do ensino médio. Eles se conheceram no clube de teatro, o que deveria ter sido um baita sinal. Como eram muito amigos, tinham decidido que a primeira vez deles deveria ser um com o outro.

Andy não ficara nada satisfeita com o sexo, mas mentiu para que ele se sentisse melhor. Ele ficara igualmente insatisfeito, mas não foi tão gentil.

Você fica molhada demais, dissera, estremecendo dramaticamente. E, embora ele tenha admitido na frase seguinte que provavelmente era gay, Andy carregara essa crítica arrasadora por uma década e meia.

Molhada demais. Ela remoeu a frase na cabeça enquanto olhava para a chuva do lado de fora do depósito. Havia muitas coisas que ela diria para aquele imbecil se ele aceitasse seu pedido de amizade no Facebook.

O que a levou ao seu namorado de Nova York. Andy o achara muito gentil e atencioso até estar no banheiro do apartamento de um amigo e o ouvir conversando com os colegas.

Ela é tipo aquela bailarina dentro da caixinha, confidenciara. *No instante em que a gente curva o corpo dela, a música para.*

Andy sacudiu a cabeça como um cachorro. Correu de volta para o carro, pegou a Samsonite azul-clara e a arrastou para o depósito. Com a porta fechada, colocou roupas secas. Não havia nada que pudesse fazer em relação ao tênis, mas pelo menos tinha meias secas que não estavam desmanchando nos pés já machucados. Quando ergueu a porta a chuva tinha parado. A primeira sorte que tinha em dias.

Andy colocou no trinco um dos cadeados que comprara no Walmart. Em vez de cadeado com chave, ela escolhera um que usava combinação de letras, não de números. O código de Texarcana era FUCKR, porque estava se sentindo particularmente hostil quando o programou. Para o Hook 'Em & Store, no subúrbio de Austin, Texas, ela ficara com o mais óbvio, Kunde, como em...

Eu poderia falar com Paula Kunde.

Ouvi dizer que ela está em Seattle.

Austin. Boa tentativa.

Em Little Rock, Andy decidira que não iria seguir como uma ameba até Idaho como Laura mandara fazer. Se não podia conseguir respostas com a mãe, então talvez pudesse consegui-las com a professora Paula Kunde.

Esticou a mão para fechar o bagageiro. O saco de dormir e a sacola de lona ainda estavam cheios de dinheiro, mas achou que não seria perigoso deixá-los no carro. Provavelmente deveria colocar a pequena geladeira e a caixa de salame Slim Jims no depósito, mas estava ansiosa para pegar a estrada novamente.

O motor da Reliant fez uma série de estalos quando deu a partida. Em vez de pegar a interestadual, Andy entrou na primeira à direita, rumo a um McDonald's. Usou o drive-thru para pedir um café grande e conseguir a senha do wi-fi.

Escolheu uma vaga perto da lanchonete. Jogou o café pela janela porque estava certa de que seu coração explodiria se ingerisse mais um grama de cafeína. Tirou o notebook novo da mochila e acessou a internet.

Olhou para o cursor piscando na barra de busca.

Como de hábito teve um momento de indecisão sobre criar ou não uma conta falsa de e-mail e enviar uma mensagem para Gordon. Andy redigira diversos esboços de cabeça, fingindo ser um coordenador da Habitat para a Humanidade ou um colega da Phi Beta Sigma, com alguma mensagem cifrada para que o pai soubesse que ela estava bem.

Escrevendo só para saber se você viu aquele supercupom do Subway com dois sanduíches pelo preço de um?

Vi uma matéria sobre o uísque Knob Creek que achei que você poderia gostar!

243

Como sempre, Andy achou melhor evitar. Naquele momento confiava na mãe em poucos aspectos, mas mesmo a menor chance de colocar Gordon em perigo era um risco grande demais.

Ela digitou o endereço do *Belle Isle Review*.

A foto de Laura e Gordon na festa de Natal continuava na capa.

Andy analisou o rosto da mãe. Perguntava-se como aquele sorriso familiar poderia ser da mesma mulher que enganara a única filha durante tantos anos. Então deu zoom, porque Andy nunca prestara muita atenção no calombo no nariz da mãe. Será que tinha sido quebrado em algum momento?

As polaroides no depósito da mãe diziam a Andy que a explicação era possível.

Será que um dia saberia a verdade?

Andy rolou a página. A matéria sobre o corpo que aparecera sob a ponte Yamacraw também permanecia na página principal. Ainda não se sabia a identidade do homem de moletom de capuz. Nenhuma notícia de um veículo roubado. O que significava que Laura não apenas mantivera um batalhão de policiais fora de sua casa, como de algum modo conseguia arrastar um homem de quase noventa quilos até seu Honda, depois o jogara no rio a trinta quilômetros de casa.

Com um braço preso ao peito e praticamente incapaz de ficar em pé.

Sua mãe era uma criminosa.

Essa era a única explicação que fazia sentido. Andy sempre enxergara Laura como uma mulher passiva e reativa, mas agora todos os indícios apontavam para uma Laura lógica e dissimulada. Aquele quase milhão de dólares em espécie não tinha vindo de ajudar pacientes a trabalhar sequelas na dicção provocadas por derrame. As identidades falsas eram suficientemente assustadoras, mas Andy se dera conta de que Laura tinha um contato — um falsificador — que fazia documentos para ela. Toda vez que ela entrara no Canadá para renovar a carteira de motorista ou a documentação do carro, Laura havia violado uma lei federal. Andy duvidava que a Receita soubesse da existência desse dinheiro, o que violava diversas leis federais. Laura não tinha medo da polícia. Sabia que podia recusar um interrogatório. Agia com frieza sobrenatural perto das autoridades. Isso não vinha de Gordon, portanto Laura aprendera isso por conta própria.

Portanto, Laura Oliver não era uma *cidadã de bem*.

Andy fechou o notebook e o guardou na mochila. Não havia memória suficiente no computador para começar a listar todas as coisas que sua mãe precisava explicar. Àquela altura, como ela se livrara do corpo morto de Moletom não estava sequer entre as três principais.

Nuvens escuras tinham se formado no céu e a chuva batia no para-brisa. Andy saiu da vaga e seguiu as placas indicando UT-AUSTIN. O grande campus ocupava 170 mil metros quadrados de uma área privilegiada. Havia uma faculdade de medicina com hospital, uma de direito, todo tipo de artes e, embora não tivesse seu próprio time de futebol americano, inúmeras bandeiras e adesivos dos Texas Longhorns.

De acordo com a programação no site da faculdade, a dra. Kunde dava um curso matinal chamado "Perspectivas feministas sobre violência doméstica e agressão sexual", e depois reservava uma hora para aconselhar alunos. Andy verificou a hora no rádio. Mesmo supondo que as sessões de Paula tivessem demorado, que ela tivesse parado para almoçar ou talvez encontrado um colega para outra reunião, provavelmente estaria em casa naquele momento.

Andy tinha tentado descobrir mais sobre a mulher, mas não havia muito sobre Paula Kunde na internet. O site da Universidade do Texas em Austin tinha toneladas de textos acadêmicos e conferências, mas nada sobre sua vida pessoal. O site ProfRatings.com dava a ela apenas meia estrela, mas quando Andy buscou as avaliações dos alunos viu que quase todos se queixavam de notas ruins que a dra. Kunde se recusara a mudar ou falavam longamente sobre como a dra. Kunde era uma cabeça-dura do cacete, basicamente a marca que sua geração deixara no ensino superior.

A única parte fácil da investigação no Google foi descobrir onde ela morava. Os registros de impostos de Austin estavam todos disponíveis na internet. Andy só precisou digitar Paula Kunde e não apenas descobriu que os impostos imobiliários haviam sido pagos regularmente nos dez anos anteriores, como também entrou no Google Street View e viu a casa térrea em uma área da cidade chamada Travis Heights.

Andy conferiu o mapa novamente enquanto descia a rua de Paula. Tinha estudado a rua no computador, como um ladrão escolhendo o alvo, mas as imagens haviam sido feitas no meio do inverno, quando todos os arbustos e árvores estavam hibernando. Nada como os jardins abarrotados e exuberantes pelos quais ela estava passando. O bairro parecia estar na moda, com carros híbridos nas rampas e ornamentos artísticos nos jardins. A despeito da chuva, as pessoas faziam suas corridas na rua. As casas eram pintadas em padrões próprios, independentemente do que os vizinhos escolhiam. Árvores antigas.

Ruas largas. Painéis solares e um moinho miniatura de aparência estranha na frente de um bangalô dilapidado.

Andy estava olhando as casas com tanta atenção que passou direto pela de Paula na primeira vez. Desceu até a South Congress e fez a volta, dessa vez conferindo os números nas caixas de correio.

Paula Kunde morava em uma casa de estilo "artes e ofícios" americano, mas com um toque de extravagância que não a deixava destoar do restante do bairro. Um Prius branco de um modelo mais antigo estava estacionado diante da porta fechada da garagem. Andy viu mansardas no telhado da garagem. Ficou imaginando se Paula Kunde teria uma filha da qual também não conseguia se livrar. Seria um bom primeiro assunto para quebrar o gelo, ou pelo menos um segundo ou terceiro, porque Andy teria o ônus de tentar ser convidada a entrar.

Quem sabe.

Todas as perguntas que ela tinha sobre Laura poderiam ter sido respondidas quando Andy voltasse para a Reliant.

A ideia fez seus joelhos fraquejarem quando desceu do carro. Falar nunca fora o seu forte. Amebas não têm bocas. Ela colocou a nova mochila no ombro. Conferiu o conteúdo para dar ao cérebro algo mais em que se concentrar enquanto ia na direção da casa. Havia algum dinheiro, o computador, a *nécessaire* de Laura com o celular anônimo, creme para as mãos, colírio, brilho labial. Apenas o suficiente para fazê-la se sentir mulher e humana novamente.

Andy analisou as janelas da casa. Todas as luzes apagadas do lado de dentro, pelo menos pelo que ela podia ver. Talvez Paula não estivesse. Andy tinha feito conjecturas a partir da programação das aulas. O Prius poderia pertencer a outra pessoa. Ou Mike podia ter trocado a picape.

A ideia fez um arrepio correr pela sua coluna enquanto ela seguia para a porta da frente. Longas petúnias pendiam de canteiros de madeira. Trechos mortos no gramado bem cuidado mostravam onde o sol do Texas torrava o solo. Andy olhou por cima do ombro enquanto subia os degraus da varanda. Ela se sentia dissimulada, mas não sabia se a sensação era justificada ou não.

Eu não vou ferir você. Vou só deixar você em pânico.

Talvez por isso Mike tivesse beijado Andy. Talvez soubesse que ameaças não tinham funcionado contra Laura, então tenha optado por fazer algo babaca com Andy e usar isso a seu favor.

— Quem diabos é você?

Andy estivera tão distraída com os próprios pensamentos que não percebera a porta da frente sendo aberta.

Paula Kunde segurava um taco de beisebol de alumínio com as duas mãos. Usava óculos escuros. Havia uma echarpe no pescoço.

— Ei! — Paula esperava com o taco ainda para trás, como se estivesse prestes a bater. — O que você quer, garota? Fale.

Andy tinha ensaiado no carro, mas a visão do taco de beisebol lhe dera um branco. Ela só conseguiu gaguejar.

— Eu-eu-eu...

— Meu Deus do céu — disse Paula, finalmente baixando o taco e o apoiando no batente. Parecia a mulher no site da universidade, só que mais velha e muito mais furiosa. — Você é minha aluna? Veio falar sobre nota? — perguntou, a voz rascante como um cacto. — Já vou avisando que não vou mudar sua nota, minha filha. Pode ir enxugando as lágrimas no caminho para a faculdade comunitária.

— Eu... — tentou Andy novamente. — Eu não...

— Qual é o seu maldito problema?

Paula remexeu na echarpe de seda. Era quente demais para o clima e não combinava com o short e a camisa sem manga que ela usava. Apontou o nariz comprido para Andy.

— A não ser que vá falar alguma coisa, pode ir tirando esse traseiro...

— Não! — disse Andy, em pânico, quando ela começou a fechar a porta. — Eu preciso falar com você.

— Sobre?

Andy olhou para ela. Sentiu sua boca tentando formar palavras. A echarpe. Os óculos. A voz rascante. O taco junto à porta.

— Sobre alguém ter tentado sufocar você. Com um saco plástico.

Paula apertou os lábios, que formaram uma linha fina.

— Seu pescoço — disse Andy, tocando no seu próprio pescoço. — Você está usando a echarpe para esconder os arranhões e seus olhos provavelmente estão com...

Paula tirou os óculos.

— Estão com o quê?

Andy tentou não ficar de queixo caído. Um dos olhos da mulher era de um branco leitoso. O outro estava vermelho como se tivesse chorado, sido estrangulada, ou ambas as coisas.

— Por que você está aqui? — perguntou Paula. — O que você quer?

— Quero conversar... Minha mãe. Quer dizer, você a conhece? A minha mãe?

— Quem é sua mãe?

Boa pergunta.

Paula observou um carro passar pela casa.

— Você vai dizer algo ou ficar aí com essa boca aberta de peixe morto?

Andy sentiu sua determinação começar a evaporar. Precisava pensar em algo. Não podia desistir agora. De repente se lembrou de um jogo que costumavam usar no teatro, um exercício de improviso chamado *Sim, e…* A coisa consistia em aceitar a declaração da outra pessoa e partir dela para sustentar a conversa.

— Sim, e estou confusa porque recentemente descobri algumas coisas sobre minha mãe que não estou entendendo.

— Eu não vou fazer parte do seu *bildungsroman*. Agora cai fora ou eu vou chamar a polícia.

— Sim! — reagiu Andy, quase gritando. — Quer dizer, sim, chame a polícia. Em pouco tempo estarão aqui.

— Que é o objetivo de chamar a polícia.

— Sim — repetiu Andy, entendendo por que o jogo realmente demandava duas pessoas. — E então eles vão fazer um monte de perguntas. Perguntas que você não quer responder. Como o motivo de seu olho estar desse jeito, por exemplo.

Paula olhou por sobre o ombro de Andy novamente.

— Aquele carro ali na minha rampa é seu? Aquele que parece um pacote de absorventes?

— Sim, e é uma Reliant.

— Tire os sapatos se for entrar. E pare com essa babaquice de *Sim, e*, coisinha. Não estamos num clube de teatro.

Paula se virou e entrou.

Andy se sentiu estranhamente aterrorizada e empolgada por ter conseguido chegar até ali.

Era isso. Ela ia descobrir a verdade sobre a mãe.

Colocou a mochila no chão. Apoiou a mão na mesa do corredor. Uma tigela de vidro cheia de moedas fez barulho contra o tampo de mármore. Andy tirou os tênis e os deixou na frente do taco de beisebol de alumínio. Colocou as meias molhadas dentro deles. Estava tão nervosa que começou a suar. Puxou a frente da camisa ao entrar na sala de estar rebaixada de Paula.

O senso estético de Paula era espartano. Não havia nada "artes e ofícios" dentro da casa, a não ser algum revestimento nas paredes. Tudo havia sido pintado de branco. Os móveis eram brancos, os tapetes eram brancos. As portas eram brancas. Os azulejos eram brancos.

Andy seguiu o som de uma faca de picar até o corredor de trás. Tentou a porta vaivém, empurrando apenas o bastante para enfiar a cabeça. Então se viu olhando para a cozinha, cercada por ainda mais branco: balcões, armários, azulejos, até mesmo luminárias. A única cor vinha de Paula Kunde e a televisão no mudo na parede.

— Entre logo — chamou Paula com a comprida faca de chef. — Preciso colocar os legumes antes que a água ferva.

Andy abriu a porta até o fim. Entrou na cozinha. Sentiu o cheiro de caldo cozinhando. Vapor subia de uma grande panela no fogão.

Paula fatiou brócolis em pequenos buquês.

— Você sabe quem fez?

— Fez...

Andy entendeu que ela falava de Moletom. Ela balançou a cabeça, que era apenas parcialmente mentira. Moletom fora enviado por alguém. Alguém que claramente era conhecido de Laura. Alguém que poderia ser conhecido de Paula Kunde.

— Ele tinha olhos esquisitos, como... — disse Paula, e a voz morreu. — Foi tudo que eu consegui dizer aos porcos. Eles queriam que eu fizesse um retrato falado, mas qual o sentido?

— Eu poderia...

O ego de Andy a deteve. Ela estivera prestes a se oferecer para desenhar Moletom, mas não havia desenhado um rabisco sequer desde seu primeiro ano em Nova York.

Paula bufou.

— Meu Deus do céu, garota. Se eu perdesse um dólar toda vez que você deixa uma frase pela metade, provavelmente não conseguiria bancar a vida no Texas.

— Eu só estava... — Andy tentou pensar em uma mentira, mas então ficou imaginando se Moletom realmente tinha ido lá antes. Talvez Andy tivesse entendido mal o diálogo no escritório de Laura. Talvez Mike tivesse sido mandado para Austin e Moletom para Belle Isle.

— Posso fazer um desenho para você? Caso tenha papel... — disse a Paula.

— Ali — respondeu Paula, usando o cotovelo para indicar uma pequena escrivaninha no final do balcão.

Andy abriu a gaveta. Esperava encontrar o lixo habitual — cópias de chaves, lanterna, moedas perdidas, canetas demais —, mas havia apenas dois itens, um lápis afiado e um bloco de papel.

— Então seu negócio é arte? — perguntou Paula. — Herdou isso de alguém da família?

— Eu...

Andy não precisou ver a expressão no rosto de Paula para saber que tinha feito de novo.

Então abriu o bloco, que estava cheio de páginas em branco. Andy não se deu tempo para sentir medo do que estava prestes a fazer, questionar seu talento ou se convencer a desistir da arrogância de acreditar que ainda tinha alguma habilidade com as mãos. Em vez disso, quebrou a ponta afiada do lápis e esboçou o que se lembrava do rosto de Moletom.

— É — disse Paula, assentindo antes mesmo que ela terminasse. — Parece o desgraçado. Especialmente os olhos. Dá para dizer muito sobre alguém pelos olhos.

Andy se viu olhando para o olho cego de Paula, o esquerdo.

— Como você sabe a aparência dele? — perguntou Paula.

Andy não respondeu. Passou para uma nova página. Desenhou outro homem, com maxilar quadrado e um boné de beisebol do Alabama.

— E esse cara? Você já o viu por aqui?

Paula observou a imagem.

— Não. Ele estava com o outro cara?

— Talvez. Não estou certa — disse, e percebeu que estava balançando a cabeça. — Não sei. Sobre nada, na verdade.

— Estou percebendo.

Andy precisava ganhar tempo para pensar. Devolveu bloco e lápis à gaveta. Aquela conversa inteira estava saindo do controle. Andy não era tão idiota a ponto de não saber que estava sendo manipulada. Ela fora lá em busca de respostas, não de mais perguntas.

— Você se parece com ela — disse Paula.

Andy sentiu um calafrio percorrê-la da cabeça aos dedos dos pés.

Você-se-parece-com-ela-você-se-parece-com-ela-você-se-parece-com-sua-mãe.

Andy se virou lentamente.

— Principalmente os olhos — disse Paula, usando a ponta de uma grande faca de chef para indicar os olhos. — O formato de coração do rosto.

Andy se sentiu paralisada. Continuava repetindo as palavras de Paula na cabeça porque o coração batia com tanta força que ela mal conseguia ouvir.

Os olhos... O formato do rosto...

— Ela nunca foi tímida como você — continuou Paula. — Isso veio do seu pai?

Andy não sabia, porque não sabia nada a não ser que precisava se apoiar no balcão e travar os joelhos para não cair.

Paula voltou a cortar.

— O que você sabe sobre ela?

— Que... — começou Andy, novamente com dificuldade de falar. Seu estômago estava cheio de abelhas. — Que ela é minha mãe há 31 anos.

Paula assentiu.

— É uma matemática interessante.

— Por quê?

— De fato, por quê.

O som da faca batendo na tábua ressoava dentro da cabeça de Andy. Precisava parar de reagir. Precisava fazer perguntas. Tinha uma lista elaborada durante a viagem de sete horas, e agora...

— Você poderia...

— Mais um dólar. Termine as frases, garota. Eu poderia o quê?

Andy se sentia tonta. O corpo sentia de novo a dormência estranha de dias antes. Os braços e as pernas pareciam prestes a flutuar na direção do teto, o cérebro se desconectara da boca. Ela não podia retornar aos velhos hábitos. Não naquele momento. Não agora que estava tão perto.

— Pode... — Andy tentou uma terceira vez. — De onde a senhora a conhece? Minha mãe?

— Eu não sou dedo-duro.

Dedo-duro?

Paula ergueu os olhos dos legumes. Sua expressão era inescrutável.

— Olha só, eu não quero ser escrota, tá bem? Embora, reconhecidamente, ser escrota meio que seja a minha marca — disse, picando um maço de aipo e cenouras. Todos os pedaços do mesmo tamanho. A faca se movia tão rápido que parecia imóvel. — Eu aprendi a cozinhar na cozinha da prisão. Tínhamos de ser rápidas.

Prisão?

— Eu sempre quis aprender — continuou Paula, pegando os vegetais com as mãos e indo até o forno. Jogou tudo na panela de cozido. — Demorou uma década para eu conseguir o privilégio. Eles só deixavam as garotas que estavam lá há mais tempo manipularem facas.

Mais de uma década?

251

— Imagino que você não tenha visto isso quando me procurou no Google — disse Paula.

Andy se deu conta da língua colada no céu da boca. Estava assombrada demais para processar todas aquelas revelações.

Dedo-duro. Prisão. Mais de uma década.

Andy passara dias dizendo a si mesma que Laura era uma criminosa. Ouvir a teoria confirmada foi como um soco no estômago.

— Eu pago para manter isso fora das buscas principais. Não é barato, mas… — disse, dando de ombros, os olhos novamente sobre Andy. — Você *pesquisou* meu nome no Google, certo? Encontrou meu endereço no registro de imposto imobiliário. Viu o cronograma do meu curso, leu as resenhas dos merdinhas dos meus alunos? — perguntou, sorrindo. Parecia gostar do efeito que estava produzindo. — Depois analisou meu currículo e se perguntou: UC-Berkeley, Stanford, Universidade do Estado de West Connecticut. Qual dessas não combina? Certo?

Andy só conseguiu assentir.

Paula começou a picar uma batata.

— Há uma penitenciária federal feminina perto de West Connecticut. Danbury… Você provavelmente conhece por causa do programa de TV. Eles costumavam deixar que a gente fizesse várias graduações. Não muito mais. Martha Stewart foi hóspede, mas isso foi depois dos meus dois de dez.

Dois de dez?

Paula olhou para Andy novamente.

— As pessoas na faculdade sabem. Não é segredo. Mas eu também não gosto de falar sobre isso. Meus dias de revolucionária chegaram ao fim. Com a minha idade, a maior parte da minha vida chegou ao fim…

Andy baixou os olhos para as mãos dela. Os dedos pareciam bigodes de gato. Que coisa horrível alguém precisava fazer para passar vinte anos em uma prisão federal? Laura teria passado o mesmo tempo na prisão e depois roubado um monte de dinheiro, fugido e criado uma vida nova enquanto Paula Kunde contava os dias até ser velha o bastante para trabalhar na cozinha da prisão?

— Acho melhor eu… — disse Andy, a garganta tão apertada que não conseguia respirar. Ela precisava pensar, mas não estava conseguindo naquela cozinha abarrotada sob o olhar atento daquela mulher. — Ir embora. Acho que…

— Calma, Bambi. Eu não conheci sua mãe na prisão, se é por isso que você está surtando — disse Paula, pegando outra batata. — Embora seja impossível saber o que você está pensando já que você não fez nem uma pergunta de fato.

Andy engoliu o chumaço de algodão na garganta. Tentou se lembrar das perguntas.

— Como... Como você a conheceu?

— Qual é o nome dela?

Andy não entendia as regras daquele jogo cruel.

— Laura Oliver. Quer dizer, Mitchell. Ela se casou e agora...

— Eu sei como funciona a mecânica do casamento — disse Paula, abrindo um pimentão. Usou a ponta afiada da lâmina para tirar as sementes. — Já ouviu falar da QuellCorp?

Andy balançou a cabeça, mas respondeu:

— A empresa farmacêutica?

— Como é a sua vida?

— Minha vi...

— Escolas legais? Carro chique? Bom emprego? Namorado bonito que vai filmar o momento em que pedir sua mão e colocar no YouTube?

Andy finalmente sacou a dureza no tom da mulher. Ela não estava mais sendo objetiva. O sorriso no rosto dela era de desprezo.

— Ahn... — começou Andy, indo na direção da porta. — Acho melhor eu...

— Ela é uma boa mãe?

— Sim — disse Andy, a resposta vindo facilmente, porque respondeu sem pensar.

— Levou você a bailes na escola, entrou para a associação de pais e mestres, tirou fotos suas na formatura?

Andy assentiu para tudo isso, porque era verdade.

— Eu a vi assassinando aquele garoto no noticiário — disse Paula, dando as costas para Andy enquanto lavava as mãos na pia. — Embora estejam dizendo agora que ela foi inocentada. Estava tentando salvá-lo. Por favor, não se mova.

Andy estava completamente imóvel.

— Eu não estava...

— Não estou dizendo "Por favor, não se mova" para você, garota. "Por favor" é uma criação patriarcal concebida para fazer com que as mulheres se desculpem por suas vaginas — disse, enxugando as mãos em um pano de prato. — Eu estava falando o que sua mãe disse antes de assassinar aquele garoto. Está em todos os noticiários.

Andy olhou para a televisão sem som na parede. O vídeo do restaurante de novo. Laura erguia as mãos daquele modo estranho, quatro dedos na esquerda, um na direita, para mostrar a Jonah Helsinger quantas balas ele já tinha usado.

253

As legendas corriam na tela, mas Andy foi incapaz de processar a informação.

— Os especialistas entraram em ação — disse Paula. — Alegam saber o que sua mãe disse a Helsinger: *Por favor, não se mova*, no sentido de *Por favor, não se mova ou a parte de dentro de sua garganta cairá no chão*.

Andy levou a mão ao próprio pescoço e sentiu a pulsação furiosa. Deveria estar aliviada por sua mãe ter sido inocentada, mas cada célula em seu corpo lhe dizia para sair daquela casa. Ninguém sabia que ela estava ali. Paula podia estripá-la como um porco e ninguém saberia.

— É engraçado, não é? — perguntou Paula, apoiando os cotovelos no balcão e travando o olho bom em Andy. — Sua doce mãezinha mata um garoto a sangue-frio, mas se safa porque pensou em dizer *Por favor, não se mova* em vez de *Hasta la vista, baby*. Laura Oliver, a sortuda. — Paula parecia rolar a frase na boca. — Você viu a expressão no rosto dela ao fazer isso? Não me parecia incomodada. Parecia saber exatamente o que estava fazendo, não acha? E que estava bem com isso. Como sempre.

Andy estava novamente paralisada, mas não de medo. Ela queria ouvir o que Paula tinha a dizer.

— Fria como um pepino. Nunca chora sobre o leite derramado. Os problemas escorrem dela como água das penas de um pato. Era o que costumávamos dizer sobre ela. Quer dizer, aqueles que emitiam alguma opinião. A gente conhece Laura Oliver, mas não a *conhece* realmente, só o que está na superfície. Águas paradas não são profundas. Você notou?

Andy queria balançar a cabeça, mas estava paralisada.

— Eu odeio dizer isso, menina, mas sua mãe é cheia do pior tipo de merda. Aquela diaba sempre foi uma atriz interpretando o grande papel da carreira. Você nunca notou?

Andy finalmente conseguiu balançar a cabeça, mas estava pensando...

Modo "Mãe". Modo "Dra. Oliver, Fonoaudióloga". Modo "Esposa de Gordon".

— Fique aqui — disse Paula, deixando a cozinha.

Andy não conseguiria acompanhá-la nem se quisesse. Seus pés descalços pareciam colados no piso de ladrilhos. Nada do que aquela estranha assustadora dissera sobre Laura era novidade a essa altura, mas, depois da maneira como Paula apresentara Laura, Andy estava começando a compreender que as diferentes facetas da mãe não eram peças de um todo. Eram camuflagem.

Você não tem ideia de quem eu sou. Nunca teve, e nunca terá.

— Você ainda está aí? — chamou Paula do outro lado da casa.

Andy esfregou o rosto. Tinha que esquecer por ora o que Paula tinha dito e desaparecer dali. A mulher era perigosa. Claramente estava maquinando algo. Andy nunca deveria ter ido ali.

Abriu a gaveta na escrivaninha. Arrancou do bloco os desenhos de Moletom e Mike, os enfiou no bolso de trás, depois abriu a porta da cozinha.

Foi recebida por Paula Kunde apontando uma escopeta para seu peito.

— Meu Deus do céu! — exclamou Andy, recuando sobre a porta vaivém.

— Mãos para o alto, imbecil.

Andy obedeceu imediatamente.

— Você está grampeada?

— O quê?

— Grampeada. Com microfone — disse Paula, dando tapinhas na camisa de Andy, depois nos bolsos, descendo pelas pernas e subindo de novo. — Ela mandou você aqui para montar uma armadilha?

— O quê?

— Anda! — disse Paula, apertando o cano sobre o esterno de Andy. — Abre a boca, macaquinha. Quem mandou você?

— N-n-ninguém.

— Ninguém — bufou Paula. — Diga à sua mãe que essa sua ceninha quase me enganou. Mas se você voltar a aparecer eu vou puxar o gatilho até esta coisa estar vazia. Então vou recarregar e ir atrás dela.

Andy quase perdeu o controle da bexiga. O corpo inteiro tremia. Ela manteve as mãos erguidas, os olhos em Paula, e recuou de costas pelo corredor. Tropeçou na escada que descia para a sala de estar.

Paula apoiou a escopeta no ombro. Olhou feio para Andy por mais alguns segundos, depois voltou para a cozinha.

Andy engoliu bile negra enquanto se virava para correr. Passou correndo pelo sofá, subiu o degrau até a entrada e tropeçou novamente no chão de ladrilho. Sentiu uma dor lancinante no joelho, mas se apoiou na mesinha lateral. Moedas caíram da tigela de vidro e bateram no chão. Cada nervo de seu corpo estava preso pelos dentes de uma armadilha de urso. Ela não conseguiu enfiar o pé no calçado. Então se deu conta de que as malditas meias estavam emboladas ali dentro. Olhou para trás enquanto enfiava as meias na mochila e calçava os tênis. A mão estava tão suada que quase não conseguiu girar a maçaneta para abrir a porta da frente.

Cacete.

Mike estava de pé na varanda.

Deu o mesmo sorriso de quando estavam na frente do bar em Muscle Shoals.

— Mas que estranha coinciden…

Andy agarrou o taco de beisebol.

— Opa, opa! — disse Mike, lançando as mãos para cima enquanto ela apoiava o taco no ombro. — Vamos lá, gracinha. Vamos conversar sobre…

— Cala a boca, seu maldito psicopata — gritou Andy, agarrando o taco com tanta força que seus dedos doíam. — Como você me encontrou?

— Bem, essa é uma história engraçada.

Andy ergueu ainda mais o taco.

— Espere! — disse ele, erguendo a voz. — Acerte aqui — disse, apontando para a lateral do corpo — e você poderá quebrar uma costela com facilidade. Provavelmente eu vou cair no chão como um saco de merda. Ou aqui no centro do peito. Não há algo como plexo solar, mas…

Andy balançou o taco, mas não com força, porque não estava tentando acertá-lo.

Mike recuou um passo e agarrou facilmente a extremidade do taco. Estava com as pernas abertas na largura dos ombros. À distância exata do pé dela, algo que Andy descobriu assim que o chutou no saco com toda a força.

Mike de fato caiu no chão como um saco de merda.

— Ca…

Mike tossiu, depois tossiu de novo. Apertava as mãos entre as pernas, rolando no patamar da frente. A boca soltava a mesma espuma que Moletom soltara ao ser atingido, mas dessa vez era diferente, porque ele não ia morrer, ia apenas sofrer.

— Mandou bem.

Andy deu um pulo.

Paula Kunde estava de pé atrás dela. A escopeta ainda apoiada no ombro.

— Esse é o cara do segundo desenho, certo?

O medo que Andy tinha de Paula era menor que a raiva que sentia de Mike. Estava de saco cheio de as pessoas a tratarem como saco de pancadas. Então vasculhou nos bolsos dele e encontrou a carteira e o chaveiro idiota de pé de coelho. Mike não resistiu. Estava ocupado demais segurando as bolas.

— Calma aí — disse Paula. — Sua mãe não mandou você aqui, mandou?

Andy enfiou carteira e chaves na mochila. Passou por cima de Mike, que ainda se contorcia.

— Espera aí, porra!

Andy parou. Virou-se e lançou para Paula o olhar mais cheio de ódio que conseguiu invocar.

— Você vai precisar disto — disse Paula, procurando no fundo da tigela de moedas e encontrando uma nota dobrada de um dólar que entregou a Andy. — Clara Bellamy. Illinois.

— O quê?

Paula bateu a porta com tanta força que a casa tremeu.

Quem diabos era Clara Bellamy, cacete?

Por que Andy estava escutando uma lunática maldita?

Enfiou a nota de um dólar no bolso enquanto descia os degraus. Mike ainda bufava como um silenciador quebrado. De volta à Reliant, Andy se sentiu culpada. Essa culpa a acompanhou enquanto se afastava da casa. Continuou se sentindo culpada quando entrou na rua seguinte. Ela se sentiu culpada até ver a picape branca de Mike estacionada na esquina.

Escroto.

Ele mudara a identificação magnética na porta.

JARDINAGEM POR GEORGE

Andy parou a Reliant na frente da picape. Abriu a mala. Encontrou a caixa de Slim Jims e a abriu. Nada além de Slim Jims. E então abriu o pequeno cooler, algo que não tinha feito desde que o encontrara no depósito de Laura.

Idiota.

Havia um rastreador preso com fita na face interna da tampa. Pequeno, preto, mais ou menos do tamanho de um iPod antigo. A luz vermelha piscava, enviando as coordenadas de sua localização para um satélite em algum lugar do espaço. Mike devia ter colocado ali enquanto Andy estava apagada no motel de Muscle Shoals.

Ela arremessou a tampa do cooler pela rua como um Frisbee. Enfiou a mão na mala e tirou o saco de dormir e a sacola de lona. Jogou os dois na frente da picape de Mike. Depois pegou duas roçadeiras e um par de tesouras de podar e as jogou na calçada. As identificações magnéticas foram facilmente retiradas das portas. Ela as colocou no capô da Reliant. Andy pensou em deixar a chave, mas, afinal, ele que se fodesse. O restante do dinheiro estava guardado nos depósitos. Seria bom que passasse um tempo dirigindo a caixa de absorventes.

Entrou na picape. Colocou a mochila no assento ao seu lado. O volante tinha uma capa bizarra de couro sintético. Dois dados pendiam do retrovisor. Andy enfiou a chave na ignição. O motor roncou. Dave Matthews berrou pelos alto-falantes.

Ela se afastou do meio-fio. Seu cérebro invocou um mapa enquanto dirigia na direção da universidade. Imaginou que tinha pela frente uns 1.600 quilômetros, o que dava umas vinte horas dirigindo, ou dois dias inteiros se ela dividisse direito. Primeiro Dallas, depois direto para Oklahoma, e então Missouri e Illinois, onde torcia muito para conseguir encontrar uma pessoa ou coisa chamada Clara Bellamy.

31 DE JULHO DE 1986

CAPÍTULO DOZE

Os gritos de Alexandra Maplecroft pareciam uma sirene cada vez mais aguda. A sirene de um carro de polícia. Do FBI. Do camburão.

Jane sabia que deveria fazer algo para impedir os uivos, mas só conseguiu ficar ali escutando os pedidos de ajuda desesperados da mulher.

— Jane! — gritou Andrew do andar de baixo.

O som da voz do irmão arrancou Jane do transe. Foi difícil recolocar a mordaça, já que Maplecroft começou a se sacudir na cama, puxando para libertar o pulso e os tornozelos. Sacudia a cabeça para a frente e para trás. A venda escorregou. Um olho girou desesperadamente antes de localizar Jane. De repente uma das mãos da mulher estava solta, a seguir um pé. Jane se inclinou para segurá-la, mas não foi rápida o bastante.

Maplecroft socou o rosto de Jane com tanta força que ela caiu no chão, estrelas literalmente dançando diante dos olhos.

— Jane!

Ela podia ouvir passos soando pesados na escada.

Maplecroft também ouviu. Lutou tanto contra as cordas que a estrutura metálica da cama tombou no chão. Ela se esforçou furiosamente para desamarrar a outra mão enquanto sacudia a perna para a frente e para trás.

Jane tentou se levantar, mas suas pernas estavam trêmulas. Os pés não firmavam. E mesmo com sangue escorrendo pelo rosto e tomando sua garganta, sabe-se lá como Jane encontrou forças para se levantar. Só conseguiu pensar em lançar o corpo sobre o de Maplecroft e rezar para conseguir contê-la tempo suficiente para que a ajuda chegasse.

Segundos depois ela chegou.

— Jane! — gritou Andrew, abrindo a porta.

Primeiro pegou Jane e a ergueu, passando o braço ao redor dela.

Maplecroft também estava de pé. No meio do aposento, punhos erguidos como um pugilista, um tornozelo ainda amarrado à cama. As roupas estavam rasgadas, os olhos selvagens, o cabelo colado no crânio com sujeira e suor. Gritava de modo ininteligível enquanto se movia para a frente e para trás sobre os pés.

Paula, que bloqueava a porta, riu daquela cena.

— Desista, vagabunda.

— Me soltem! — berrou Maplecroft. — Não vou contar para ninguém. Não vou...

— Faça ela parar — disse Nick.

Jane não entendeu o que ele disse até ver Quarter erguer a faca.

— Não... — gritou, mas tudo aconteceu rápido demais.

Quarter golpeou. A lâmina brilhou à luz do sol.

Jane ficou parada, impotente, vendo a faca percorrer um arco para baixo.

Mas então ela parou.

Maplecroft pegara a faca com a mão.

A lâmina perfurara o centro da palma.

Foi como uma granada de efeito moral. Ninguém conseguiu falar. Estavam todos chocados demais.

Exceto Maplecroft.

Ela sabia exatamente o que fazer. Diante de seus sequestradores paralisados, Maplecroft esticou o braço à frente do corpo, preparando um golpe da lâmina na direção de Jane.

O punho fechado de Nick se projetou e atingiu a mulher no rosto.

Sangue se projetou do nariz. A mulher rodopiou, cortando o ar com a lâmina que perfurava sua mão.

Nick desferiu mais um soco.

Jane ouviu o estalo agudo do nariz quebrando.

Maplecroft tropeçou. A estrutura da cama foi para trás, arrastando o pé dela.

— Nick... — tentou Jane.

E então um terceiro soco.

A cabeça de Maplecroft foi lançada para trás. Ela começou a cair, mas a perna presa a jogou de lado. A têmpora atingiu a beirada metálica da cama e emitiu um estalo nauseante antes de bater no chão. Uma poça de sangue se espalhou abaixo dela, escorreu pela madeira e penetrou nas rachaduras entre as tábuas.

Os olhos da mulher estavam arregalados. Os lábios entreabertos. O corpo imóvel.

Todos observavam. Ninguém conseguiu falar até...

— Meu Deus — sussurrou Andrew.

— Ela está morta? — perguntou Paula.

Quarter se ajoelhou para conferir, mas deu um pulo para trás quando os olhos de Alexandra Maplecroft piscaram.

Jane deu um grito antes de conseguir cobrir a boca com as duas mãos.

— Meu Deus — sussurrou Paula.

Uma poça de urina se formou entre as pernas da mulher. Eles quase podiam ouvir o som de sua alma deixando o corpo.

— Nick. O que você fez? O que você fez? — perguntou Jane, ofegante.

— Ela...

Nick parecia assustado. Ele nunca parecia assustado.

— Eu não queria...

— Fui eu — disse Quarter. — Fui eu quem ergueu a faca.

— Porque Nick mandou!

— Eu não... Eu disse para fazer ela parar, não para...

— O que você fez? — perguntou Jane, sentindo a cabeça balançar furiosamente de um lado para o outro. — O que nós fizemos? O que nós fizemos?

Ela não parava de repetir a pergunta. Aquilo havia cruzado o limite da insanidade. Estavam todos psicóticos. Todos.

— Como você pôde? — perguntou a Nick. — Como você pôde...

— Ele estava protegendo você, sua idiota — exclamou Paula, sem conseguir ou tentar esconder o desprezo na voz. — Isso é culpa sua.

— Penny — disse Andrew.

— Jinx, acredite em mim. Eu...

— Você esmurrou ela... Você matou...

A garganta de Jane parecia travada. Todos tinham visto a cena, ela não precisava repetir. Maplecroft perdera o controle depois do primeiro golpe. Nick poderia ter simplesmente agarrado o braço dela, mas em vez disso desferiu mais dois socos, e agora o sangue da mulher escorria pelas rachaduras no piso.

— Foi você quem a deixou se desamarrar — disse Paula a Jane. — Agora podemos dar adeus ao pedido de resgate. Nossa vantagem está aí no chão, mijando no próprio túmulo.

Jane foi até a janela aberta nos fundos, tentando finalmente levar ar aos pulmões. Não queria mais testemunhar aquilo, não suportava mais ficar ali.

Nick havia cruzado uma linha. Paula estava arrumando desculpas para ele. Andrew mantinha a boca fechada. Quarter estivera disposto a matar por ele. Todos tinham perdido completamente o juízo.

— Querida... — tentou Nick mais uma vez.

Jane firmou as mãos no parapeito. Olhou para os fundos da casa do outro lado do beco porque não conseguia encará-lo. Um par de cortinas cor-de-rosa se agitou à brisa do final da manhã. Ela queria voltar para sua cama, em casa. Queria esquecer Oslo, rebobinar os dois anos anteriores de sua vida e abandonar Nick antes que ele os empurrasse todos para o abismo.

— Jane — chamou Andrew, usando seu tom de voz paciente.

Ela se virou, mas não para encará-lo. Os olhos automaticamente foram até a mulher caída no chão.

— Não — suplicou Jane. — Por favor, não me diga para ficar calma...

Maplecroft piscou novamente.

Jane não gritou como na primeira vez, porque, quanto mais aquilo acontecia, mais parecia normal. Era como Nick os tinha conquistado. Os exercícios, os ensaios e o estado constante de paranoia os hipnotizaram, de modo que acreditavam que o que estavam fazendo era não apenas razoável, mas necessário.

Dessa vez foi Paula quem rompeu o silêncio.

— Precisamos acabar com isso.

Jane só conseguiu olhar para ela.

— Use o travesseiro, ou simplesmente as mãos, para cobrir a boca e apertar o nariz — disse ela. — A não ser que prefira tentar uma punhalada no coração. Afogá-la naquele balde de mijo?

Jane sentiu bile subir pela garganta. Ela se virou, mas não rápido o bastante. Vômito sujou o chão. Ela apertou as mãos na parede. Abriu a boca e tentou não gemer.

Como ela poderia trazer uma criança para este mundo terrível e violento?

— Meu Deus — disse Paula. — Você consegue ver seu próprio pai sendo morto, mas uma garota bate a cabeça...

— Penny — avisou Andrew.

— Jinx — disse Nick.

Jane afastou a mão dele quando tentou tocá-la nas costas.

— Não era a minha intenção. Eu só... Não estava pensando. Ela machucou você. Ainda estava tentando machucar você.

— Não faz mais diferença — disse Quarter, que pressionava dois dedos no pescoço da mulher. — Sem pulso.

— Cacete — murmurou Paula. — Que surpresa.

— Não importa. O que está feito está feito — disse Andrew, também olhando para Jane. — Está tudo bem. Quero dizer, claro que não está, mas foi um acidente, e precisamos superar porque há coisas mais importantes em jogo aqui.

— Ele tem razão — disse Quarter. — Ainda temos Stanford, Chicago, Nova York.

— Você sabe que eu ainda estou dentro, certo, Nick? — disse Paula. — Não sou como a princesinha aqui. Você deveria ter se limitado ao trabalho voluntário com as outras senhoras ricas. Sabia que você iria fugir no instante em que as coisas ficassem complicadas.

Jane finalmente se permitiu olhar para Nick. Ele respirava pesado. Os punhos ainda cerrados. A pele nos nós dos dedos estava esfolada onde ele socara o rosto de Maplecroft.

Quem era aquele homem?

— Eu não posso... — começou Jane, mas não conseguiu prosseguir.

— Não pode o quê? — perguntou Nick.

Ele limpou as costas da mão nas calças, espalhando sangue como marcas de digitais sujas de sangue. A manga da camisa também estava suja, e Jane baixou os olhos para suas calças. Listras vermelhas cruzavam suas pernas. A roupa toda estava salpicada de vermelho.

— Eu não posso... — tentou novamente.

— Não pode o quê? — perguntou Nick. — Jinx, fale comigo. O que você não pode?

Não posso fazer isto, ser parte disto, machucar mais pessoas, viver com esses segredos, com a culpa, dar vida ao seu filho, porque eu nunca, jamais, serei capaz de explicar à criança que você é o pai.

— Jinx?

Nick tinha se recuperado do choque e agora exibia seu meio sorriso habitual. Segurou os braços dela. Levou os lábios à sua testa.

Jane quis resistir. Disse a si mesma que devia resistir, mas imediatamente seu corpo foi na direção dele e então ele a estava abraçando e ela se permitia ser consolada.

O ioiô fazendo o caminho de volta.

— Vamos voltar para baixo e... — disse Andrew.

De repente Quarter pareceu engasgar.

O corpo inteiro dele sacudiu, os braços esticados no ar. Sangue jorrou de seu peito.

Um milissegundo depois Jane ouviu o estalo alto de um fuzil disparando, o som de vidro quebrando na janela.

Ela já estava deitada no chão quando se deu conta do que estava acontecendo.

Alguém estava atirando neles.

Jane podia ver os pontos vermelhos enlouquecidos das miras dos fuzis deslizando pelas paredes como se estivessem em um filme de ação. A polícia os encontrara. Tinham rastreado o carro de Jasper, alguém no bairro os denunciara, ou tinham seguido Andrew e Jane, e nada disso importava mais, porque Quarter estava morto, Maplecroft estava morta. Todos morreriam naquele quarto horrível com o balde de merda e mijo e o vômito de Jane no chão.

Outra bala quebrou o restante do vidro. Depois mais uma zuniu pelo quarto. E outra. Então foram totalmente engolidos pela percussão aguda dos tiros.

— Corram! — gritou Nick, levantando o colchão para bloquear a janela da frente. — Vamos, soldados! Vamos!

Eles estavam preparados para aquilo. Na época parecera absurdo, mas Nick os fizera treinar exatamente para aquela situação.

Andrew correu agachado na direção da porta aberta no final da escada. Paula engatinhou de quatro na direção da janela dos fundos. Jane começou a segui-la, mas uma bala passou rente a sua cabeça. Ela se jogou no chão. O vaso de flores explodiu. Buracos surgiam nas paredes frágeis, e as linhas de luz criavam um efeito de discoteca.

— Aqui! — disse Paula, já à janela.

Jane começou a engatinhar novamente, mas parou, gritando, quando o corpo de Quarter se ergueu no ar. Estavam atirando nele. Ela ouviu o chiado nauseante de balas penetrando sua carne morta. A cabeça de Maplecroft foi rachada. Sangue se espalhou por toda parte. Osso. Cérebro. Tecidos.

Outra explosão mais embaixo. A porta da frente sendo explodida.

— FBI! FBI!

Os gritos dos agentes se sobrepunham uns aos outros. Jane ouviu o som dos coturnos no piso do térreo, punhos esmurrando as paredes, procurando as escadas.

— Não esperem por mim! — disse Andrew, que já havia fechado a porta.

Jane o viu erguer a trave pesada que se encaixava nos suportes dos dois lados do batente.

— Jane, rápido! — gritou Nick.

Ele estava ajudando Paula a colocar a escada extensível na janela dos fundos. Era pesada demais para apenas uma pessoa. Como haviam treinado, duas deveriam executar essa tarefa e uma terceira bloquear a porta. Deviam colocar o colchão contra a janela.

Agachar e correr, fazer tudo o mais rápido possível, não parar por nada.

Paula foi a primeira a sair pela janela. A escada instável fez barulho enquanto ela engatinhava até a casa do outro lado do beco. A distância entre as duas janelas era de pouco mais de quatro metros. Abaixo ficava uma pilha de lixo podre cheia de agulhas e vidro quebrado. Ninguém se enfiaria ali voluntariamente. A não ser que a escada quebrasse e a pessoa despencasse seis metros.

— Vai, vai, vai! — gritou Nick.

As batidas no térreo estavam ficando mais altas. Os agentes ainda estavam procurando a escada. Ouviram a madeira lascando quando os agentes usaram as coronhas das escopetas nas paredes.

— Porra! — gritou um homem. — Traga a porra da marreta!

Jane foi a próxima a usar a escada. As mãos estavam molhadas de suor. Os degraus de metal frio pressionavam seus joelhos. A escada vibrava por causa das marretadas nas paredes abaixo.

— Rápido! — disse Paula, ainda olhando para a pilha de lixo.

Jane deu uma espiada e viu que havia três agentes do FBI de paletós azuis ao redor da pilha, tentando descobrir um modo de entrar.

Um tiro soou, disparado não pelos agentes, mas por Nick. Inclinado para fora da janela, ele dava cobertura a Andrew, que avançava lentamente pela escada. A caixa metálica estava enfiada sob o braço. Ele só podia usar uma das mãos. Jane não se lembrava de ele ter subido com a caixa.

— Escrotos! — berrou Paula, brandindo o punho para os agentes no chão, exibindo uma excitação doentia diante daquela carnificina. — Malditos porcos fascistas escrotos!

Andrew escorregou na escada. Jane engasgou. Ela o ouviu praguejar. Quase deixara cair a caixa.

— Por favor — sussurrou, suplicando.

Esqueça a caixa. Esqueça o plano. Simplesmente vamos desistir disso tudo. Vamos ser sãos novamente.

— Nickel! — gritou Paula. — Jogue para mim!

Ela se referia à arma. Nick a arremessou pelos quatro metros e meio. Paula a pegou com as duas mãos no momento em que Andrew descia da escada.

Jane já o abraçava antes que os pés dele tocassem o chão.

— Escrotos! — gritou Paula, e abriu fogo contra os agentes do FBI.

De olhos fechados e boca aberta, ela gritava como uma louca, porque, claro, era louca. Todos eles eram desequilibrados, e se morressem ali, naquele dia, isso era exatamente o que mereciam.

— Segura a minha mão! — gritou Andrew.

Ele estendeu a mão para Nick e o puxou pelo trecho final. Os dois caíram no chão.

Jane ficou à janela. Olhou para o barraco em frente. Tinham encontrado a escada. Os atiradores de elite tinham parado de disparar. Havia um agente, um homem mais velho, aos moldes de Danberry e Barlow, de pé logo em frente a ela.

Ele ergueu a arma e apontou para o peito de Jane.

— Idiota! — gritou Paula.

Paula fez Jane se agachar no momento do disparo. Esticou as mãos para empurrar a escada da beirada do parapeito. Ouviram o metal bater contra a casa, depois cair no entulho.

— Por aqui.

Andrew começou a abrir caminho correndo agachado. Tinham descido a escada e estavam no andar principal quando ouviram carros parando na rua. Tudo bem. Sair pela porta da frente nunca fora o plano.

Andrew correu os dedos pela parede. Encontrou outro botão secreto, teve acesso a outro painel secreto, que revelou os degraus para o porão.

Por isso Nick tinha escolhido aquele barraco de dois andares após meses procurando. Dissera ao grupo que precisavam de um lugar seguro para manter Alexandra Maplecroft, mas também precisavam de uma rota de fuga segura. Ao que constava, havia muito poucos porões em Mission. O lençol freático era alto demais, a areia pantanosa demais. O porão baixo sob a casa vitoriana era um dos muitos vestígios do Arsenal que um dia houvera na cidade. Soldados haviam se escondido nas masmorras quando ficaram sitiados e Nick conhecia essas passagens de seus dias como sem-teto. Um túnel ligava aquela casa a um armazém uma rua depois.

Nick fechou o painel atrás de si. Jane sentiu um arrepio quando a temperatura caiu. Na base da escada Andrew tentava empurrar a estante que cobria a entrada do túnel. Nick teve que ajudar. A estante deslizou sobre o concreto. Jane viu arranhões no piso e rezou para que o FBI não notasse aquilo até ser tarde demais.

Paula colocou uma lanterna na mão de Jane e a empurrou para o túnel. Nick ajudou Andrew a puxar a corda que recolocava a estante no lugar. Quarter era quem deveria puxar a corda. Ele era o carpinteiro do grupo, era quem transformara todos os esboços de Nick em projetos realmente funcionais.

Mas ele estava morto.

Jane ligou a lanterna antes que o bloqueio da estante os mergulhasse na completa escuridão. O trabalho dela era liderá-los pelo túnel. Nick a obrigara a cruzá-lo dezenas de vezes, às vezes com lanterna, às vezes sem. Jane não estivera ali havia três meses, mas ainda se lembrava de todas as pedras irregulares que podiam prender um calçado ou causar uma queda que quebraria seus ossos.

Como a queda de Alexandra Maplecroft.

— Para de embromar — sussurrou Paula, empurrando as costas de Jane com força. — Anda.

Jane tropeçou em uma pedra que sabia que estaria ali. Nenhum dos treinamentos tinha importância. Não dava para simular adrenalina. Quanto mais fundo iam, mais claustrofóbica ela se sentia. O foco de luz era limitado demais. A escuridão era sufocante. Jane sentiu um grito borbulhando em sua garganta. Água do riacho Mission penetrava por todas as fendas, empoçava sob os pés. O túnel tinha quase quinze metros de comprimento. Jane apoiou a mão na parede para se equilibrar. O coração estava na garganta. Quis vomitar outra vez, mas não ousou parar. Agora que estava longe do abraço de Nick, de sua influência calmante, a mesma questão continuava a disparar dentro de sua cabeça...

Que porra eles estavam fazendo?

— Vamos — disse Paula, empurrando Jane de novo. — Rápido.

Jane acelerou o passo e esticou a mão à frente, porque sabia que deviam estar perto. Finalmente a lanterna revelou o fundo de madeira da segunda estante. Sem pedir ajuda, Jane criou uma abertura suficiente para que se espremessem por ali.

Todos piscaram com a luz repentina. Havia janelas altas nas paredes do porão, Jane viu pés passando. Então, com se uma espécie de piloto automático interno tivesse sido acionado, subiu a escada correndo. Virou à direita porque havia treinado para virar à direita. Trinta metros depois virou à esquerda porque havia treinado para virar à esquerda. Abriu uma porta, passou por uma abertura na parede e encontrou a van estacionada em uma baia cavernosa que cheirava a pimenta-do-reino porque, numa vida anterior, o prédio havia sido um depósito de especiarias.

Paula correu na frente de Jane, porque a primeira pessoa a chegar à van devia ser o motorista. Jane foi a segunda, então abriu a porta lateral. Nick já estava indo na direção da porta da baia. Havia um cadeado com uma combinação numérica.

8-4-14.

Todos sabiam de cor.

Andrew jogou a caixa metálica na van. Tentou entrar, mas começou a cair para trás. Jane agarrou seu braço, desesperada para colocá-lo dentro, Nick ergueu a porta da baia. Voltou correndo para a van. Jane fechou a porta de deslizar atrás dele.

Paula já estava saindo do armazém. Tinha prendido o cabelo e enfiado um boné marrom na cabeça. Uma jaqueta marrom combinando cobria a parte de cima de seu vestido largo. A luz do sol atravessava como navalha o para-brisa. Jane fechou os olhos com força, lágrimas correndo pelas bochechas. Ela estava atrás, deitada entre Nick e Andrew em uma colchonete. Cada lombada e buraco da estrada reverberava em seus ossos. Esticou o pescoço, tentando ver pela janela. Em segundos estavam em Mission, depois penetrando mais na cidade, quando ouviram as sirenes passando.

— Fique fria — sussurrou Nick.

Estava segurando a mão de Jane. Jane segurava a de Andrew. Estava totalmente desnorteada, mas ao mesmo tempo tão grata por estar em segurança entre eles, por estar viva, que não conseguia parar de chorar.

Ficaram lá deitados de costas, juntos, até Paula lhes dizer que haviam chegado à rodovia.

— Chicago está a trinta horas de distância — disse Paula, precisando gritar para ser ouvida acima do barulho da estrada, que ecoava dentro da van como uma broca de dentista. — Vamos parar em Idaho Falls para informar os demais de que estamos em segurança a caminho do esconderijo.

Segurança.

Uma fazenda na periferia de Chicago com um celeiro vermelho, vacas e cavalos. Que diferença isso faria se eles nunca mais estariam seguros novamente?

— Vamos trocar de motorista em Sacramento depois de deixar Nick no aeroporto — disse Paula. — Respeitaremos o limite de velocidade. Respeitaremos todas as leis de trânsito. Vamos ter certeza de não chamar atenção.

Ela estava repetindo as instruções de Nick. Todos estavam, porque ele alegava sempre saber o que estava fazendo, mesmo quando tudo estava fora de controle.

Isto é loucura. Uma loucura completa.

— Meu Deus do céu, foi por pouco — disse Nick.

Ele se sentou e esticou os braços para cima. Lançou a Jane um dos seus sorrisos encantadores. Ele também tinha aquele interruptor interno, aquele que Laura Juneau acionou para assassinar Martin e depois se matar. Jane agora via isso claramente. Para Nick, tudo o que tinha acontecido no barraco ficara para trás.

Jane não conseguiu olhar para ele. Analisou Andrew, ainda deitado ao seu lado. O rosto estava muito pálido. Linhas vermelhas riscavam suas bochechas. Jane não conseguia saber de onde o sangue vinha. Quando pensava no barraco só conseguia ver morte, carnificina e balas ricocheteando por toda parte como mosquitos.

Andrew tossiu, cobrindo a boca com o braço. Quando esticou a mão e tocou o rosto do irmão, Jane sentiu que a pele parecia algodão-doce.

— Agora estão gratos por terem praticado, não é, soldados? — disse Nick.

O cabelo de Nick tinha caído sobre o rosto, cobrindo seu olho esquerdo. Assim como Andrew, o rosto dele estava coberto de sangue, mas ostentava sua velha expressão de entusiasmo, como se tudo estivesse perfeito.

— Imagine passar por aquela escada pela primeira vez sem vocês terem treinado…

Em vez de se aproximar de Nick, Jane apoiou as costas no encaixe da roda. Será que ela conseguiria chamar Jasper? Encontrar um telefone, suplicar ajuda e esperar que o irmão mais velho aparecesse para salvar todos? Como poderia contar a ele que tinha sido responsável pelo assassinato do pai? Como poderia olhar nos olhos dele e explicar que tudo o que tinham feito até aquele momento não tinha sido fruto de uma espécie de loucura coletiva?

Um culto.

— Jinx? — chamou Nick.

Ela balançou a cabeça, mas não para ele. Nem mesmo Jasper podia salvá-la agora. E como ela o recompensava, caso ele tentasse? Participando de um esquema cujo objetivo era mandá-lo para a prisão por fraude contra o serviço de saúde?

Nick engatinhou até a caixa trancada que Quarter chumbara no piso. Colocou a combinação…

6-12-32.

Todos sabiam de cor.

Então levantou a tampa e pegou um cobertor e uma garrafa térmica com água. Tudo parte do plano de fuga. Havia Slim Jims, um pequeno cooler, vários suprimentos de emergência e, escondidos sob um fundo falso, 250 mil dólares em dinheiro.

Nick colocou um pouco de água na tampa da garrafa térmica. Pegou um lenço no bolso de trás e limpou o rosto, depois se inclinou e limpou as bochechas de Andrew até que ficassem coradas.

Jane observou o namorado limpar sangue do rosto do irmão.

Sangue de Maplecroft? De Quarter?

— A gente nem sabe o nome verdadeiro dele — disse Jane.

Ambos olharam para ela.

— Quarter — explicou ela. — Não sabemos o nome dele, onde ele morava, quem são seus pais, e agora ele está morto. A gente viu ele morrer e nem sabemos a quem dar a notícia.

— O nome dele era Leonard Brandt — disse Nick. — Sem filhos. Nunca se casou. Morava sozinho no número 1239 da Van Duff Street. Era carpinteiro em Marin. Claro que eu sei quem ele é, Jinx. Eu conheço todo mundo que está envolvido nisso porque sou responsável pelas vidas de vocês. Porque vou fazer o que for preciso para proteger todos vocês.

Jane não sabia dizer se ele estava mentindo ou não. As lágrimas que ela chorava borravam as feições dele.

Nick recolocou a tampa na garrafa térmica.

— Você não parece muito bem, meu velho.

Andrew tentou abafar uma tossida.

— Eu não estou me sentindo muito bem.

Nick agarrou os ombros de Andrew. Andrew agarrou os braços de Nick. Pareciam dois jogadores de futebol americano se preparando para o confronto.

— Escuta — disse Nick. — Passamos por um momento ruim, mas estamos de volta nos eixos. Vocês irão descansar no esconderijo, você e Jane. Eu voltarei de Nova York assim que puder e veremos o mundo desmoronar juntos. Certo?

— Certo — disse Andrew, assentindo.

Meu Deus.

Nick deu tapinhas no rosto de Andrew. Deslizou pela van na direção de Jane, porque era a vez de dar a ela um estímulo que a trouxesse de volta para ele.

— Querida — começou Nick, passando o braço por sua cintura, os lábios raspando em sua orelha. — Está tudo certo, meu amor. Vai ficar tudo bem.

As lágrimas de Jane vieram rápido.

— A gente poderia ter morrido. Todos nós poderíamos...

— Pobrezinha — disse Nick, pressionando os lábios no alto da sua cabeça. — Você não acredita em mim quando digo que vamos todos ficar bem?

Jane abriu a boca. Tentou trazer ar para seus pulmões trêmulos. Ela queria desesperadamente acreditar nele. Disse a si mesma as únicas coisas que importavam naquele exato momento: Nick estava em segurança. Andrew estava em segurança. O bebê estava em segurança. A escada os salvara. O túnel os salvara. A van os salvara.

Nick os salvara.

Ele fizera Jane continuar treinando mesmo em Berlim. Tão distante de tudo, Jane achara tolice repetir os movimentos toda manhã, as mãos deslizando uma pela outra, punhos boxeando, como se preparasse para ir para a guerra.

Em São Francisco, o que mais a motivara tinha sido o prazer de chutar o traseiro de Paula sempre que lutavam. Em Berlim, Jane tinha deslizado bem longe daquela determinação, longe do plano, longe de Nick.

O que você tem feito, minha querida?, perguntava ele em meio ao chiado do telefonema de longa distância.

Nada, mentia ela. *Sinto saudade demais para fazer algo além de ficar desanimada e contar os dias que faltam.*

Jane sentira falta dele, mas só da parte encantadora. Da parte amorosa. Da parte que ficava satisfeita com ela. Que não forçava intencionalmente, quase com prazer, até tudo estar quase no ponto de ruptura.

O que Jane não compreendera até estar em segurança em Berlim fora que, desde que tivera consciência de estar viva, sempre tivera uma bola de medo adormecida dentro de si. Durante anos dissera a si mesma que ser neurótica era a maldição de ser uma artista solo de sucesso, mas na verdade a coisa que a mantinha atenta, censurando suas palavras, controlando suas emoções, era a presença pesada dos dois homens de sua vida. Às vezes era Martin quem despertava seu medo. Às vezes era Nick. Com suas palavras. Com suas ameaças. Com suas mãos. E às vezes, eventualmente, com seus punhos.

Em Berlim, pela primeira vez desde que conseguia lembrar, Jane experimentara uma vida sem medo.

Ela fora às boates. Dançara com alemães desajeitados e doidões com tatuagens nas mãos. Fora a concertos, vernissages e reuniões políticas clandestinas. Sentara-se em cafés discutindo Camus e fumando Gauloises e debatendo a tragédia da condição humana. A distância, algumas vezes Jane tinha vislumbres de como sua vida deveria ser. Ela era uma artista de nível internacional. Tinha trabalhado por duas décadas para chegar a esse ponto, àquela posição de prestígio, e ainda assim...

Jane nunca fora criança. Nunca fora adolescente. Nunca fora uma jovem de vinte e poucos anos. Nunca fora realmente solteira. Ela pertencera ao pai, depois a Pechenikov, e finalmente a Nick.

Em Berlim ela não pertencia a ninguém.

— Ei — disse Nick, estalando os dedos diante do seu rosto. — Volte para nós, minha querida.

Jane se deu conta de que estavam tendo uma conversa sem ela.

— Estávamos falando sobre o melhor momento para soltar os arquivos de Jasper. Depois de Chicago? Depois de Nova York?

Jane balançou a cabeça.

— Não podemos fazer isso — disse a Nick. — Por favor. Já machucamos gente demais.

— Jane — interveio Andrew. — Não estamos fazendo isto por capricho. Pessoas se machucaram por causa disso. Pessoas morreram. Não podemos recuar apenas porque perdemos a coragem. Não quando elas levaram uma bala por nossa causa.

— Literalmente — disse Nick, como se Jane precisasse ser lembrada. — Duas pessoas. Duas balas. Laura e Quarter realmente acreditavam no que estamos fazendo. Como decepcioná-los agora?

— Eu não posso fazer isso.

E não havia mais o que acrescentar. Ela simplesmente não podia mais.

— Você está exausta, meu amor.

Nick abraçou a cintura de Jane, mas não lhe disse o que ela queria ouvir: que iriam parar com aquilo tudo, que os arquivos de Jasper seriam destruídos, que dariam um jeito de chegar à Suíça e tentar compensar o mal que tinham causado.

— Vamos dormir em turnos — instruiu ele, depois ergueu a voz para que Paula conseguisse ouvir. — Eu vou para Nova York de Chicago. Está quente demais para ir de Sacramento. Paula, você fica com a sua equipe para garantir que esteja tudo certo para Chicago. Vamos coordenar os horários quando chegarmos ao esconderijo.

Jane esperou que Paula falasse, mas ela estava atipicamente quieta.

— Jinx? — perguntou Andrew. — Você está bem?

Ela assentiu, mas ele viu que mentia.

— Eu estou bem — repetiu Jane, sem conseguir impedir que a voz falhasse.

— Vai ficar com Penny — disse Nick a Andrew. — Não a deixe dormir. Jane e eu vamos descansar, depois cobriremos o turno seguinte.

Jane queria dizer a ele que não, que Andrew deveria dormir primeiro, mas não tinha energia e, além disso, Andrew já estava de joelhos.

Ela viu o irmão engatinhar até a frente da van. Ele se sentou ao lado de Paula e grunhiu enquanto estendia a mão na direção do rádio. O noticiário era um murmúrio baixo. Eles deveriam escutar, mas Andrew girou o dial até achar uma estação de músicas antigas.

Jane se virou para Nick.

— Ele precisa ir ao médico.

— Temos problemas maiores.

Jane soube instantaneamente de qual problema ele estava falando: não que as coisas tinham dado errado, mas que Nick sabia que ela estava duvidando dele.

— Eu disse que o que aconteceu com Maplecroft foi um acidente — começou Nick, a voz tão baixa que só Jane conseguia escutar. — Eu perdi a cabeça quando vi o que ela tinha feito com o seu rosto tão lindo.

A dor foi instantânea quando Jane tocou o nariz. Tanta coisa tinha acontecido desde aquele momento assustador que ela se esquecera do soco que Maplecroft lhe dera.

— Eu sei que deveria ter só agarrado, ou feito alguma outra coisa. Não sei o que me deu, querida. Simplesmente senti muita raiva. Mas não estava descontrolado. Não totalmente. Eu prometo que nunca vou deixar isso acontecer novamente.

Novamente.

Jane tentou não pensar no bebê crescendo dentro dela.

— Querida, diga que está tudo bem — pediu Nick. — Que nós estamos bem. Diga, por favor.

Jane assentiu, relutante. Faltava-lhe energia para argumentar.

— Meu amor.

Nick a beijou na boca com uma paixão surpreendente e ela se viu incapaz de sentir desejo quando suas línguas se tocaram. Ainda assim o abraçou porque precisava desesperadamente se sentir normal. Estavam tão ansiosos em Oslo que não tinham feito sexo, mesmo após três meses de separação. Depois do tiroteio, ficaram morrendo de medo de dizer ou fazer algo errado, então de repente estavam de volta a São Francisco e ele a deixara sozinha até aquela manhã. Jane também não o quisera, mas se lembrava de desejar muito o *depois*. Ficar nos braços dele. Colocar o ouvido em seu peito e escutar a batida constante e satisfeita de seu coração. Contar a ele sobre o bebê. Ver a felicidade em sua expressão.

Ele não ficara feliz da primeira vez.

— Vamos, amor — disse Nick, lhe dando um beijo pudico na testa. — Vamos dormir um pouco.

Jane deixou que ele a puxasse para o colchonete. Sua boca foi ao ouvido dela novamente, mas apenas para roçar os lábios. Ele envolveu o corpo dela com o seu. Pernas trançadas, braços fortes. Nick fez um travesseiro para a cabeça dela com o cotovelo. Em vez da sensação habitual de paz, Jane sentiu-se presa nos braços de um polvo.

Olhou para o teto da van. A cabeça estava vazia, exausta demais. O corpo também parecia anestesiado, mas de um modo distinto de antes. Jane não estava no meio de um tiroteio, não estava nervosa com o interrogatório de Danberry, nem de luto por Martin ou com medo de que todos fossem pegos. Estava olhando para o futuro e se dando conta de que nunca conseguiria escapar daquilo. Mesmo que todos os aspectos do plano de Nick funcionassem, mesmo se conseguissem fugir para a Suíça, Jane sempre estaria vivendo em um carrossel.

A respiração de Nick começou a desacelerar e Jane finalmente sentiu que o corpo dele estava relaxando. Quase escapou de seu abraço, mas não tinha forças para isso. Suas pálpebras começaram a palpitar. Quase podia sentir cada batida do coração. Então se entregou e adormeceu pelo que parecera ser apenas um momento, mas quando acordaram Paula parava em um posto de gasolina depois da divisa com Nevada.

Eram os únicos clientes. O atendente mal levantou os olhos da televisão quando saltaram da van.

— Biscoitos? — perguntou Paula.

Ninguém respondeu, então enfiou as mãos nos bolsos da jaqueta marrom e entrou.

Andrew operou a bomba de combustível. Fechou os olhos e se apoiou na van enquanto enchia o tanque.

Nick não falou com ninguém. Não bateu palmas e tentou animar seus soldados. Ficou afastado, as mãos enfiadas nos bolsos de trás, o olhar perdido na estrada. Jane viu quando ele olhou para o céu, depois para a ampla paisagem marrom.

Todos estavam contidos, mas Jane não sabia dizer se porque finalmente estavam em choque ou porque a fadiga os debilitava. Havia uma sensação quase tangível de que haviam chegado a um ponto sem volta. O barato que tinham experimentado com a ideia de serem fora da lei, como gângsteres em um filme de James Cagney, tinha sido eliminado pelo choque da realidade.

Nick era o único que poderia interromper aquela queda livre. Jane sabia porque vira isso acontecer muitas vezes antes. Ela testemunhara naquela manhã antes da fuga quanto ele era capaz de entrar em um ambiente e instantaneamente deixar tudo melhor. Andrew e Jane estavam discutindo com Paula, que estava prestes a matar todos, então Nick de algum modo os transformara novamente em um grupo coeso. Todos buscavam a força e a determinação dele.

O carisma.

Nick deu as costas à estrada e foi arrastando os pés na direção dos banheiros na lateral do prédio, os ombros caídos. Cruzou os olhos com Jane e ela ficou de coração partido com a cena. Jane o vira assim poucas vezes, tão mergulhado na tristeza que mal conseguia erguer a cabeça.

Era culpa dela.

Ela duvidara dele, a única traição que Nick não conseguia suportar. Ele era um homem, não um deus onisciente. Sim, o que acontecera no esconderijo fora terrível, mas eles ainda estavam vivos. Nick garantira isso. Ele planejara treinamentos e fizera esboços para mapear a fuga. Insistira nos treinamentos até que braços e pernas estivessem exaustos. Tudo isso para mantê-los em segurança. Para mantê-los no rumo. Para manter a disposição, as mentes concentradas e os corações motivados. Ninguém mais tinha a capacidade de fazer todas essas coisas.

E ninguém, especialmente Jane, tinha parado para pensar quanto essas responsabilidades pesavam sobre ele.

Ela seguiu Nick até o banheiro masculino. Não pensou no que iria encontrar quando abrisse a porta, mas sua responsabilidade a deixou nauseada quando viu Nick.

Ele estava com as mãos apoiadas na pia, a cabeça baixa. Quando ergueu os olhos para Jane, lágrimas corriam dos olhos.

— Eu volto em um minuto — disse, dando as costas e pegando um punhado de papel. — Você pode ajudar Penny com...

Jane o abraçou. Pousou o rosto em suas costas.

Ele riu, mas só consigo mesmo.

— Eu pareço estar desmoronando.

Jane o apertou o mais forte que ousou.

O peito dele subiu quando inspirou, trêmulo. Os braços dele cobriram os dela. Apoiou seu peso nela e Jane o sustentou porque era o que fazia melhor.

— Eu amo você — disse a ele, beijando sua nuca.

Ele confundiu as intenções dela.

— Receio não estar no clima para farra, minha Jinx, mas significa um mundo para mim o que está oferecendo.

Jane o amou ainda mais por tentar soar como o velho Nick confiante. Ela o forçou a se virar. Pousou as mãos em seus ombros da mesma forma que ele sempre fazia com todos os outros. Levou a boca ao seu ouvido como ele só fazia com ela. Disse as três palavras que mais importavam para ele, não *eu amo você*, mas...

— Estou com você.

Nick piscou, depois riu, constrangido pela evidente onda de emoção.

— Mesmo?

— Mesmo.

Jane beijou Nick, e de modo inexplicável tudo pareceu certo. Os braços dele ao redor dela. Os corações pulsando juntos. Até mesmo estar naquele banheiro masculino imundo pareceu certo.

— Meu amor. Meu único amor — repetia Jane.

Andrew dormia profundamente no banco do passageiro quando retornaram à van. Paula estava ligada demais para fazer algo que não continuar dirigindo. Nick ajudou Jane a subir na traseira e voltou a envolvê-la com braços e pernas enquanto deitavam no colchonete. Dessa vez Jane se aninhou e, em vez de fechar os olhos para dormir, começou a falar, coisas corriqueiras a princípio, como a sensação de alegria na primeira vez que tivera sucesso em uma apresentação, ou a empolgação de ser aplaudida de pé. Não estava se vangloriando, estava contextualizando, porque nada se comparava ao absoluto prazer que Jane experimentara na primeira vez que Nick a beijara, a primeira vez que tinham feito amor, a primeira vez que ela se dera conta de que ele lhe pertencia.

Porque Nick pertencia a ela, tão certamente quanto Jane pertencia a ele.

Ela contou como seu coração flutuara como um balão de ar quente ao vê-lo pela primeira vez, criando tumulto com Andrew no saguão de entrada. De como se sentira elétrica quando Nick entrara na cozinha, a beijara e depois fugira como um ladrão. Então contou quanto sentira falta dele em Berlim. Como sentira falta do gosto de sua boca. Como nada que fazia conseguia afastar a saudade que sentia do seu toque.

Então de repente estavam em Wyoming, depois Nebraska, a seguir Utah, e finalmente Illinois.

Jane passara quase todas as 28 horas para chegar à periferia de Chicago acordada, contando a Nick quanto o amava.

Ela era um ioiô. Ela era Patricia Hearst. Ela tinha bebido o refrigerante de cianeto. Ela estava recebendo ordens do cachorro do vizinho.

Mas Jane não se importava mais em ser parte de um culto. Na verdade, ela não ligava mais para o plano, porque, seja como for, sua parte terminara. Os outros membros da célula estavam na linha de frente agora. É claro que ela ainda se sentia ultrajada com as atrocidades cometidas pelo pai e pelo irmão mais velho. Lamentava as perdas de Laura e Robert Juneau. Sentia-se mal pelo que havia acontecido com Quarter e Alexandra Maplecroft. Mas Jane não precisava mais acreditar naquela missão e no propósito dela.

Ela só tinha que acreditar em Nick.

— Vire à esquerda aqui — disse Paula.

Ela estava ajoelhada atrás do banco do motorista e colocou a mão no ombro de Jane, o que era preocupante, pois Paula nunca a tocava a não ser para machucar.

— Procure uma entrada à direita. É meio escondida entre as árvores.

Jane viu a entrada alguns metros depois. Deu seta, embora a van fosse o único veículo em quilômetros.

— Idiota — disse Paula, socando seu braço.

E então ela desapareceu nos fundos da van.

O humor de Paula melhorara porque o humor de Nick melhorara. O mesmo acontecera com Andrew. O efeito era mágico. No instante em que viram o sorriso do líder, qualquer preocupação ou dúvida desapareceram.

E isso era graças a Jane.

— Jinx? — chamou Andrew, mexendo-se no banco do carona, quando os pneus tocaram a estrada de cascalho.

— Chegamos.

Jane deu um lento suspiro de alívio quando deixaram as árvores para trás. A fazenda era exatamente como ela imaginara a partir das cartas de Andrew. Vacas pastando. Um enorme celeiro vermelho erguendo-se acima de uma charmosa casa térrea também vermelha. Havia margaridas plantadas no jardim. Um pequeno gramado e uma cerca de madeira branca. Era o tipo de lugar feliz onde dava para criar um filho.

Jane apoiou a mão na barriga.

— Tudo certo? — perguntou Andrew.

Ela olhou para o irmão. O sono não fizera bem a ele. Embora soasse impossível, a aparência dele estava pior do que antes.

— Eu devo me preocupar?

— De forma alguma — respondeu ele, mas o sorriso não foi convincente. — Aqui poderemos descansar em segurança.

— Eu sei — disse Jane, mas ela não se sentiria segura até Nick voltar de Nova York.

O pneu dianteiro caiu em uma vala na estrada de cascalho. Jane fez uma careta quando galhos de árvore rasparam na lateral da van. Ela quase rezou em agradecimento quando finalmente estacionou ao lado de dois carros diante do celeiro.

— Olá, Chicago! — disse Nick.

Ele então deslizou a porta lateral e saltou. Esticou os braços e arqueou as costas, o rosto erguido para o céu.

— Meu Deus, como é bom estar fora dessa caixa de lata.

—Porra, nem fala — grunhiu Paula, tentando se esticar.

Ela só era alguns anos mais velha que Nick, mas a raiva tinha curvado o seu corpo.

Jane suspirou novamente quando seus pés tocaram a terra. Fazia frio, a temperatura consideravelmente mais baixa do que quando eles deixaram a Califórnia. Esfregou os braços em busca de calor enquanto olhava para o horizonte. O sol estava baixo, logo acima da linha das árvores. Ela imaginou que fosse por volta de quatro da tarde. Não sabia qual era o dia do mês, onde exatamente estavam ou o que iria acontecer a seguir, mas ficou tão aliviada por estar fora da van que quase chorou.

— Fiquem aqui.

Depois de dar a instrução, Paula foi pisando duro em direção à casa, as botas levantando uma nuvem de poeira. Ela havia tirado as luvas sem dedos e limpara o carvão negro sob os olhos. O cabelo estava sujo e embaraçado. A bainha do vestido estava imunda. Como todos os outros, tinha manchas de sangue nas roupas.

Jane olhou na direção da casa de fazenda. Não ia mais pensar em sangue. Ou ela estava com Nick ou não estava.

Tudo ou nada. O estilo dos Queller.

A porta da frente se abriu e revelou uma mulher pequena com um xale sobre os ombros estreitos. Ao lado dela um homem alto com cabelo comprido e um bigode elaborado, torcido nas pontas, segurava uma escopeta. Ele viu Paula, mas não baixou a arma até que ela colocasse um centavo na palma da mulher.

Tinha sido ideia de Nick. Cada codinome representava uma célula, cada célula usava a nomenclatura das moedas de dólar para a indicar ao outro que era seguro falar. *Penny* para um centavo, *Nickel*, ele mesmo, para cinco centavos, *Dime* para dez, *Quarter* para 25. Nick adorava aquela brincadeira. Eram o

Exército do Mundo em Mutação. Ele os fizera vestir preto da cabeça aos pés, incluindo a roupa de baixo, entrar em formação como soldados enquanto colocava uma moeda na mão de cada um para atribuir seus codinomes.

O cretino não conhecia a palavra "simbiótico", então inventou a palavra "simbionês".

Jane trincou os dentes enquanto bania da mente as palavras de Danberry. Tinha feito sua escolha.

— Não sei quanto a vocês, soldados, mas estou morrendo de fome — disse Nick, colocando o braço sobre os ombros de Andrew. — Andy, como era mesmo aquele ditado? Alimente um resfriado e deixe a febre com fome ou o contrário?

— Acho que o certo seria dar a ambos uísque e uma noite de sono em uma cama de verdade — disse Andrew, arrastando-se na direção da casa.

Ele e Nick estavam evidentemente exaustos, mas a energia de Nick os impelia para a frente, como sempre.

Jane não os seguiu. Preferiu esticar as pernas e olhar a fazenda, atraída pela possibilidade de ficar um momento a sós e em silêncio. Tinha passado toda a vida em uma cidade grande. A casa em Hillsborough era perto demais do aeroporto para ser chamada de interior. Enquanto outras garotas da idade dela aprendiam a montar e frequentavam acampamentos de escoteiros, Jane ficava sentada diante do piano de cinco a seis horas por dia, tentando aprimorar a coordenação motora fina dos dedos.

A mão, como sempre, repousou sobre a barriga.

Será que sua filha tocaria piano?

Jane estava certa de que seria uma menina. Ela queria dar a ela um nome maravilhoso, não algo simples como Jane, ou uma besteira tipo Jinx, ou aquela palhaçada de Janey que Nick às vezes usava com ela. Queria dar à filha todas as suas forças e nenhuma de suas fraquezas. Queria garantir que não passaria aquele medo todo para sua criança preciosa.

Jane parou junto à cerca de madeira. Dois cavalos brancos pastavam no campo. Ela sorriu quando eles encostaram os focinhos.

Andrew e Jane ficariam ali pelo menos uma semana, talvez mais. Quando Nick voltasse de Nova York ficariam escondidos mais uma semana antes de entrar no Canadá. A Suíça era o sonho, mas como seria criar a filha em uma fazenda como aquela? Levá-la até a beira da estrada e esperar o ônibus da escola? Esconder ovos de Páscoa em fardos de feno? Levar os cavalos para o campo e fazer um piquenique — Jane, o bebê e Nick.

Da próxima vez, dissera Nick na vez anterior. *Vamos ficar com o bebê da próxima vez.*

— Olá — disse a mulher magra com o xale quando passava pelo celeiro.
— Desculpe incomodá-la, mas estão chamando você. Tucker pode levar a van para o celeiro. Spinner e Wyman já estão lá dentro.

Jane assentiu, solene. Os tenentes de cada célula haviam recebido como codinomes os nomes de antigos secretários do Tesouro dos Estados Unidos. Quando Nick contou a Jane a ideia, ela se esforçara para não rir. Agora ela entendia que toda a trama de capa e espada tivera uma razão. As identidades da célula de Stanford haviam morrido com Quarter.

— Ah — disse a mulher, que parara no meio do caminho, o queixo caído de surpresa.

Jane estava igualmente chocada de ver o rosto familiar. Elas nunca haviam se encontrado, mas ela conhecia Clara Bellamy de revistas, jornais e cartazes em frente ao State Theater do Lincoln Center. Ela fora a *prima ballerina*, uma das últimas estrelas fulgurantes de Balanchine, até que uma contusão no joelho a forçou a se aposentar.

— Ora, veja — disse Clara, voltando a andar na direção de Jane com um sorriso no rosto. — Você deve ser Dollar Bill, a nota de um.

Outra parte necessária da arte da espionagem.

— Abreviamos para D.B., que é mais fácil e rápido — explicou para Clara. — Mas Penny prefere Diaba.

— A boa e velha Penny — comentou Clara, que captara facilmente a natureza espinhosa de Paula. — Prazer em conhecê-la, D.B. Eles me chamam de Selden.

Jane apertou a mão da mulher. Depois riu para deixar claro que achava bizarro que se conhecessem naquelas circunstâncias, em uma fazenda escondida nos arredores de Chicago.

— Engraçado esse mundo, não é? — disse Clara.

A ex-bailarina passou o braço pelo de Jane enquanto caminhavam na direção da casa. Ela mancava ligeiramente.

— Eu vi você no Carnegie há três anos. Fui às lágrimas. Era o Concerto n. 24 em dó menor, acredito.

Jane sentiu seus lábios se curvando em um sorriso. Ela adorava quando as pessoas gostavam verdadeiramente de música.

— Aquele vestido verde era impressionante — comentou Clara.

— Mas os sapatos quase me mataram.

Ela sorriu com pena.

— Lembro que foi logo depois do concerto de Horowitz no Japão. Ver um homem tão grandioso falhar de modo tão espetacular... Você devia estar pisando em ovos quando subiu naquele palco.

— Não estava — disse Jane, surpresa com a própria honestidade, mas alguém como Clara Bellamy entenderia. — Cada nota que eu toquei tinha aquela sensação de *déjà-vu*, como se eu já tivesse executado perfeitamente.

— Um *fait accompli* — disse Clara, assentindo. — Eu vivia para esses momentos, mas eles nunca eram suficientes. Isso faz a gente entender os viciados em drogas, não é?

Ela tinha parado de andar.

— Aquela foi sua última apresentação clássica, não foi? Por que desistiu?

Jane sentia vergonha demais para responder. Clara Bellamy havia parado de dançar porque não tinha escolha. Ela jamais entenderia escolher desistir.

— Pechenikov espalhou que você era pouco ambiciosa — ofereceu Clara. — Eles sempre dizem isso das mulheres, mas não consigo acreditar. Eu vi seu rosto durante a apresentação. Você não estava simplesmente tocando a música. Você *era* a música.

Jane olhou por sobre o ombro de Clara na direção da casa. Estava tentando manter a animação por causa de Nick, mas a lembrança de sua vida artística perdida a fez cair em lágrimas. Ela tinha adorado tocar música clássica, depois amara a energia do jazz, e então tivera de descobrir um modo de gostar de estar sozinha dentro de um estúdio sem a reação de ninguém a não ser do técnico que fumava um cigarro atrás do outro do outro lado do vidro à prova de som.

— Jane?

Ela balançou a cabeça, descartando aquela dor como um luxo tolo. Como sempre, optou por uma versão da verdade que o ouvinte pudesse aceitar.

— Eu costumava achar que meu pai sentia orgulho de mim quando eu tocava. Então um dia me dei conta de que tudo o que eu fazia, todos os prêmios, apresentações e matérias de jornal e revista, eram um sucesso dele. Era o que ele extraía disso. Não era admiração por mim, era admiração por ele mesmo.

Clara assentiu.

— Minha mãe era assim. Mas não desista por muito tempo — disse, e sem avisar colocou a palma da mão sobre a barriga redonda de Jane. — Você vai querer tocar para ela.

Jane sentiu um nó na garganta.

— Como você...

— Seu rosto — disse Clara, acariciando a face de Jane. — Está muito mais cheio do que nas fotos. E você está com essa barriguinha, claro. Está alta, motivo pelo qual eu imaginei que era menina. Nick deve estar...

— Não comente com ele — pediu Jane, depois levou a mão à boca como se pudesse retirar o desespero de sua voz. — Ele ainda não sabe. Ainda não encontrei o momento certo para contar.

Clara pareceu surpresa, mas concordou.

— Entendo. Isso pelo que vocês estão passando não é fácil. Você quer alguma tranquilidade antes de contar a ele.

Jane forçou uma mudança de assunto.

— Como você se envolveu com o grupo?

— Edwin... — começou Clara, depois riu e se corrigiu. — Tucker. Ele conheceu Paula em Stanford. Ele cursava direito e ela ciências políticas. Tiveram um casinho breve, acho. Mas agora ele é meu.

Jane tentou esconder sua surpresa. Ela não conseguia imaginar Paula como estudante, quanto mais tendo um caso.

— É ele quem vai lidar com as eventuais questões jurídicas?

— Exatamente. Nick tem sorte de contar com ele. Tucker tratou de algumas questões contratuais bem difíceis quando meu joelho estourou. Nós meio que nos demos bem de cara. Eu sempre tive uma queda por homens com pelos faciais interessantes. Enfim. Paula apresentou Tucker a Nick, quer dizer, Nickle. Tucker apresentou Nickle a mim e, bem, você sabe como é. A gente acredita em cada palavra que sai da boca daquele homem quando o conhece. Achei bom que ele não tenha tentado me vender um carro usado.

Jane riu porque Clara riu.

— Eu não sou uma seguidora de fato — disse Clara. — Bem, eu entendo o que vocês estão fazendo, e claro que acho importante, mas eu sou uma medrosa na hora de me colocar na linha de fogo. Prefiro assinar uns cheques e oferecer abrigo.

— Não menospreze o que você está fazendo. Esse tipo de ajuda é muito importante — disse Jane, se sentindo uma imitadora de Nick, mas todos tinham que fazer sua parte. — Na verdade, é até mais importante, porque você está nos mantendo em segurança.

— Eita, você parece mesmo com ele falando.

— Pareço?

Jane sabia que sim. Era o preço de se entregar a Nick: estava começando a se transformar nele.

— Eu quero ter muitos filhos — disse Clara. — Não podia quando estava dançando, mas agora — disse, apontando para a fazenda. — Comprei esta fazenda para poder criá-los em um lugar feliz e seguro. Edwin está aprendendo a cuidar das vacas. Eu estou aprendendo a cozinhar. Por isso estou ajudando Nick. Quero construir um lugar melhor para os meus filhos. Nossos filhos.

Jane analisou o rosto da mulher em busca de um sorriso revelador.

— Eu realmente acredito nisso, Jane. Não estou inventando. É empolgante fazer parte disso, mesmo que superficialmente. Não estou correndo um risco enorme, mas ainda há risco. Um de vocês, ou todos, podem acabar em uma sala de interrogatório. Imagine o tipo de cobertura da mídia que poderiam conseguir apontando um dedo para mim? — Ela deu uma risada assustada. — Mas eu meio que sinto ciúmes, sabe? Acho que você é mais famosa que eu, então já estou odiando você por ficar com toda a atenção da mídia.

Jane não riu. Estivera tempo suficiente sob os holofotes para saber que a mulher não estava brincando.

— Edwin acha que vamos ficar bem. Eu confio muito na opinião dele.

— Você… — começou Jane, mas se conteve, porque estava prestes a dizer exatamente a coisa errada.

Você sabia que Quarter levou um tiro? Que Maplecroft foi morta? E se os prédios não estivessem realmente vazios? E se tivéssemos matado um segurança ou um policial? E se o que estamos fazendo for errado?

— Eu o quê? — perguntou Clara.

— Tem remédio para tosse? — Jane respondeu a primeira coisa que lhe ocorreu. — Você tem? Meu irmão…

— Pobre Andy. Ele realmente está indo de mal a pior, não é? — disse Clara, franzindo a testa para demonstrar empatia. — Foi um grande choque. Mas já vimos isso acontecer tantas vezes, não é? Impossível estar no mundo artístico sem conhecer dezenas de homens extraordinários infectados.

Infectados?

— Jinx? — chamou Nick, de pé junto à porta aberta. — Você vai entrar? Você precisa ver isso. As duas.

Clara acelerou o passo.

Jane mal conseguiu encontrar forças para erguer as pernas.

A boca estava seca. O coração dava pulos dentro do peito. Jane lutou para sustentar a força para ir em frente. Percorrer o caminho, os degraus até a varanda, até a porta da frente, até o interior da casa.

Infectado?

Jane teve de se apoiar na parede, travar os joelhos para não desabar. A dormência estava de volta. Seus músculos pareciam líquidos.

Mas já vimos isso acontecer tantas vezes.

Jane tinha conhecido muitos homens jovens e vigorosos que tossiam como Andrew. Que tinham aquele aspecto doentio, a mesma pele pálida, as mesmas pálpebras pesadas. Um saxofonista de jazz, um primeiro violoncelista, um tenor, um cantor de ópera, um dançarino, outro dançarino, e outro...

Todos mortos.

— Vamos, querida — acenou Nick, chamando-a para a sala.

Estavam todos reunidos ao redor da televisão. Paula estava no sofá ao lado do homem que provavelmente era Tucker. Os outros dois, Spinner e Wyman, uma mulher e um homem, respectivamente, estavam em cadeiras dobráveis. Clara se sentou no chão porque dançarinas sempre se sentam no chão.

— Andrew dormiu — contou Nick, que estava de joelhos, ajustando o volume da TV. — É impressionante, Jinx. Aparentemente eles estão com uma cobertura especial há dois dias.

Jane via a boca de Nick se mover, mas era como se o som viajasse pela água.

Ele estava de cócoras, encantado com a notoriedade do grupo.

Jane assistiu porque todos os outros estavam assistindo.

Dan Rather falava sobre os acontecimentos em São Francisco. A câmera cortou para um repórter de pé do lado de fora da casa vitoriana atrás da qual ficava o esconderijo deles.

— De acordo com fontes do FBI — disse o jornalista —, equipamentos de escuta ajudaram a confirmar que Alexandra Maplecroft já havia sido assassinada pelos conspiradores. O provável culpado é o líder, Nicholas Harp. Andrew Queller tinha a companhia de uma segunda mulher que os ajudou a escapar por um prédio adjacente ao esconderijo.

Jane se encolheu quando viu aparecer primeiro o rosto de Nick, depois o de Andrew. Paula foi representada por um perfil escuro com um ponto de interrogação no centro. Jane fechou os olhos. Invocou a foto de Andrew que acabara de ver. Um ano antes, pelo menos. As bochechas estavam coradas. Uma echarpe elegante no pescoço. Uma festa de aniversário, ou outro tipo de celebração? Ele parecia feliz, vibrante, vivo.

Ela abriu os olhos.

O repórter ainda falava.

— A dúvida agora é se Jinx Queller é outra refém ou cúmplice. Voltamos com você em Nova York, Dan.

Dan Rather empilhou seus papéis na bancada.

— William Argenis Johnson, outro conspirador, foi morto por atiradores de elite enquanto tentava escapar. Casado e pai de dois filhos, era aluno de graduação na Universidade Stan...

Nick tirou o volume. Não olhou para Jane.

— William Johnson — murmurou ela, porque não entendera.

O nome dele era Leonard Brandt. Sem filhos. Nunca se casou. Morava sozinho no número 1239 da Van Duff Street. Era carpinteiro em Marin.

— Uma porra de um ponto de interrogação? Tudo o que eu valho é a porra de um ponto de interrogação? — reclamou Paula, ficando de pé e começando a andar de um lado para o outro. — Enquanto isso a pobre Jinx Queller fica na boa, cacete. Que tal se eu escrevesse a porra de uma carta e contasse a eles que você faz parte do time, hein? Isso a deixaria feliz, sua piranha?

— Penny — disse Nick. — Não temos tempo para isso. Soldados, escutem. Vamos precisar acelerar tudo. As coisas tomaram dimensões maiores do que eu esperava. Como estamos com Chicago?

— As bombas estão prontas — disse Spinner, como se estivesse dizendo a eles que o jantar acabara de ser servido. — Só precisamos plantá-las na garagem subterrânea, depois nos afastar pelo menos quinze metros do prédio para acionar o detonador.

— Fantástico! — exclamou Nick, batendo palmas. Ele se balançava na ponta dos pés, deixando todos novamente animados. — As coisas devem estar nesse pé em Nova York também. Vou descansar aqui algumas horas, depois pego a estrada. Já mostraram minha foto no noticiário. O FBI deve ter aumentado a segurança nos aeroportos. Não estou certo de que minha identidade passaria por esse tipo de exame.

— Mas o cara de Toronto... — começou Wyman.

— Ele cobra caro e nós já estouramos o orçamento nas credenciais de Maplecroft, já que nada disto importaria se Laura não tivesse chegado àquela conferência — respondeu Nick, esfregando as mãos.

Jane quase podia ver o cérebro dele funcionando. Aquela a parte que ele adorava mais do que o planejamento em si: manter o grupo hipnotizado.

— Nebecker e Huston estão esperando por mim no esconderijo do Brooklyn —acrescentou Nick. — Vamos levar a van para a cidade depois da hora do rush, plantar os dispositivos, depois retornar na manhã seguinte e detoná-los.

— Quando você quer que minha equipe instale? — perguntou Paula.

— Amanhã de manhã — disse Nick, analisando as expressões de todos à medida que cada um compreendia o que ia acontecer. — Precisam ser rápidos. Instalem tudo antes do fluxo de pessoas que vão para o trabalho, se afastem o máximo possível e explodam aquela porra toda.

— Isso aí, porra! — exclamou Paula, erguendo o punho no ar. Os outros a acompanharam.

— Vamos conseguir, soldados! — gritou Nick para ser ouvido acima do tumulto. — Vamos fazer com que acordem e prestem atenção. Antes de consertar o sistema, nós vamos destruí-lo!

— Isso aí, porra! — gritou Wyman.

— Isso, porra! — repetiu Paula, ainda andando de um lado para o outro, um animal pronto para fugir da jaula. — Vamos mostrar a esses porcos malditos!

Jane olhou ao redor da sala. Estavam todos no mesmo clima, batendo palmas, batendo os pés, gritando como se assistissem a uma partida de futebol.

— Ei! Escutem!

Tucker tinha se levantado, as mãos erguidas para chamar atenção. Tucker na verdade era Edwin, o namorado de Clara. Com seu bigode de pontas torcidas e cabelo cacheado, ele parecia mais Friedrich Nietzsche que um advogado, mas Nick confiava nele, então todos confiavam nele.

— Lembrem-se, vocês têm o direito legal de se recusar a responder a qualquer pergunta feita pelas forças de repressão. Perguntem: "Eu estou preso?" Se disserem que não, vão embora. Se disserem que sim, bico calado. E não apenas para os porcos, mas para todo mundo, especialmente pelo telefone. Decorem o meu número, combinado? Vocês têm o direito de chamar um advogado. Clara e eu estaremos na cidade de prontidão caso seja necessário ir até alguma delegacia.

— Você é um bom homem, Tuck, mas não vai chegar a esse ponto. E foda-se o descanso. Eu vou partir agora!

Houve outra rodada de gritos e aplausos.

Nick sorria como um idiota. Virou-se para Clara.

— Vá acordar Dime. Preciso que alguém reveze na direção comigo. São só doze horas, mas acho…

— Não — disse Jane.

Mas ela não tinha apenas dito. Ela tinha gritado.

O silêncio que se seguiu pareceu uma agulha arranhando um disco. Jane tinha estragado a brincadeira. Não havia mais ninguém sorrindo.

— Meu Deus — começou Paula. — Você vai começar a choramingar de novo?

Jane a ignorou.

Era Nick quem importava. Ele parecia confuso, provavelmente porque nunca tinha ouvido Jane dizer *não*.

— Não — repetiu ela. — Andrew não vai. Chega. Ele já fez a parte dele. Oslo era o combinado e Oslo chegou ao fim.

Jane estava chorando novamente, mas era diferente do choro da semana anterior. Não estava lamentando algo que já havia acontecido, mas algo que iria acontecer muito em breve.

Agora ela enxergava com clareza, todos os sinais que tinha deixado passar nos meses e dias anteriores. Os arrepios repentinos de Andrew. A exaustão. A fraqueza. As feridas na boca que ele mencionava como se fossem banais. As dores de barriga. A irritação esquisita no pulso.

Infecção.

— Jinx? — perguntou Nick, esperando. Todos estavam esperando.

Jane seguiu pelo corredor. Ela nunca estivera naquela casa, então teve que abrir diversas portas antes de finalmente encontrar o quarto onde Andrew dormia.

Ele estava de bruços na cama, inteiramente vestido. Não se dera o trabalho de tirar as roupas, se meter sob as cobertas, nem mesmo tirar os sapatos. Jane colocou a mão nas costas dele. Esperou pelo sobe e desce da respiração antes de se permitir ela mesma respirar.

Tirou os sapatos dele e o virou de costas, tudo com muito cuidado.

Andrew gemeu, mas não acordou. A respiração era seca por entre os lábios rachados. A pele estava branca como papel. Ela conseguia ver o azul e o vermelho de veias e artérias tão facilmente quanto se fosse um diagrama. Desabotoou parte de sua camisa e viu as lesões de um roxo escuro. Sarcoma de Kaposi. Provavelmente havia mais lesões nos pulmões, na garganta, talvez até no cérebro.

Jane se sentou na cama.

Ela não conseguira passar mais de seis meses como voluntária na ala dos pacientes com aids na Universidade da Califórnia em São Francisco. Ver todos aqueles homens entrando com a certeza de que não sairiam com vida foi demais para ela. Jane achou que o rufar no peito daqueles pacientes em seus últimos suspiros eram o pior som que ouviria na vida.

Até aquele momento, quando ouviu o mesmo som vindo do peito do irmão.

Jane abotoou a camisa dele devagar.

Pegou uma colcha azul no encosto de uma cadeira de balanço e a colocou sobre o irmão. Beijou sua testa. Andrew estava gelado. As mãos. Os pés. Ela ajeitou a colcha ao redor do corpo dele e acariciou aquele rosto pálido.

Jane tinha dezessete anos quando encontrou a velha caixa de charutos no porta-luvas do carro de Andrew. Achou ter flagrado o irmão roubando os charutos de Martin, mas então levantou a tampa e o susto foi imenso. Um isqueiro. Uma colher de chá amassada de um dos preciosos faqueiros da mãe. Chumaços de algodão sujos. O fundo de uma lata de Coca. Cotonetes imundos. Um tubo de creme para pele apertado no meio. Borracha para fazer torniquete. Seringas de insulina com pontos pretos de sangue nas pontas das agulhas afiadas. Pequenas pedras sujas que por seus anos nas coxias ela reconheceu como heroína barata.

Andrew tinha parado havia dezoito meses. Depois de conhecer Laura. Depois de Nick ter bolado o plano.

Mas era tarde demais.

— Jinx?

Nick estava parado no limiar da porta. Chamou Jane até o corredor com um gesto de cabeça.

Ela passou direto e entrou no banheiro. O espaço era grande e frio e seu corpo inteiro tremia. Havia uma banheira de ferro fundido sob a janela por onde o ar passava, e o vaso era do tipo antiquado, com a descarga bem acima do assento.

Assim como a descarga em Oslo.

— Certo — disse Nick, fechando a porta atrás dele. — O que a deixou tão perturbada, srta. Queller?

Jane olhou para seu reflexo no espelho. Viu seu rosto, mas não o reconheceu. A base de seu nariz estava quase preta. Sangue seco cobria as narinas. Como ela estava se sentindo? Não sabia.

Uncomfortably numb. Desconfortavelmente anestesiada.

— Jinx?

Ela deu as costas ao espelho. Olhou para Nick. Viu o rosto dele, mas não o reconheceu. A ligação entre eles não era mais uma ligação.

Ele tinha mentido quando dissera saber o nome de Quarter. Tinha mentido sobre o futuro deles. Tinha mentido todas as vezes que fingira que seu irmão não estava morrendo.

E naquele momento tinha a audácia de conferir o relógio.

— O que houve, Jinx? Não temos muito tempo.

— Tempo? — reagiu, precisando repetir a palavra para verdadeiramente entender a crueldade. — Você está preocupado com o tempo?

— Jane...

— Você me roubou — disse, a garganta tão apertada que ela mal conseguia falar. — Você tirou isso de mim.

— Meu amor, o que você...

— Eu poderia ter ficado aqui com meu irmão, mas você me mandou para longe. Milhares de quilômetros — disse, cerrando os punhos. Jane agora sabia o que estava sentindo. Fúria. — Você é um mentiroso. Tudo que sai da sua boca é mentira.

— Andy estava...

Ela deu um tapa forte no rosto dele.

— Ele está doente! — gritou Jane, tão alto que a garganta doeu. — Meu irmão está com aids e você me mandou para a porra da Alemanha.

Nick levou os dedos à bochecha. Baixou os olhos para a mão aberta.

Ele já havia levado tapas antes. Ao longo dos anos contara a Jane sobre as agressões que sofrera quando criança. A mãe prostituta. O pai ausente. A avó violenta. O ano que viveu como sem-teto. As coisas repulsivas que as pessoas tinham pedido que fizesse. O desprezo por si mesmo, o ódio e o medo de que seu destino fosse ruim independentemente do quanto tentasse fugir dele.

Jane entendia bem demais aquelas emoções. Desde os oito anos ela sabia o que era querer desesperadamente fugir. A mão de Martin cobrindo sua boca no meio da noite. Todas as vezes que ele agarrara sua nuca e pressionara seu rosto contra o travesseiro.

Nick sabia.

Era por isso que as histórias que contava surtiam tanto efeito nela. Jane viu essa fórmula funcionar repetidamente com todas as pessoas que ele conhecia. Ele refletia o medo mais profundo de cada um nas histórias que contava sobre sua própria vida.

Era assim que ele Nick conquistava os outros: ele se colocava em terreno conhecido.

Mas naquele momento ele simplesmente perguntou:

— O que você quer que eu diga, Jinx? Sim, Andy está com aids. Sim, eu sabia disso quando você foi para Berlim.

— Ellis-Anne tamb... — começou Jane, mas a voz falhou. A namorada de Andrew por dois anos. Tão doce e dedicada. Desde Oslo ela ligava todos os dias. — Ela também deu positivo?

— Não. Ela fez o teste ELISA mês passado — disse Nick, o tom cheio de autoridade e lógica.

Era o mesmo que usara quando mentira sobre o verdadeiro nome de Quarter.

— Olha só — prosseguiu ele. — Você está certa sobre tudo isto. E é horrível e eu sei que Andrew está perto do fim. Sei que estar em ação provavelmente está acelerando a piora e eu tenho estado muito preocupado com ele, mas o grupo inteiro depende de mim, o grupo inteiro espera a minha liderança e no momento eu não posso me permitir pensar nisso. Eu preciso olhar para a frente, senão vou findar curvado em posição fetal, totalmente inútil. Não posso me dar a esse luxo, nem deixar que você se dê, porque preciso de você, querida. Todo mundo pensa que eu sou forte, mas eu só sou forte quando você está do meu lado.

Jane não conseguia crer que mesmo naquele momento Nick estava fazendo um de seus discursos motivacionais.

— Você sabe como eles morrem, Nick. Você ouviu as histórias. Ben Mitchell, se lembra dele? — disse Jane, baixando a voz como se recitasse um sacramento. — Eu cuidei dele quando esteve internado, mas depois os pais finalmente disseram que ele podia ir para casa para morrer. Eles o levaram ao hospital e nenhuma das enfermeiras tocou nele por medo de serem infectadas. Você lembra que eu contei sobre isso? Eles nem sequer lhe deram morfina. Você lembra?

O rosto de Nick estava impassível.

— Eu lembro.

— Ele sufocou com o fluido dos pulmões. Demorou quase oito minutos agonizando até morrer, acordado durante cada um desses segundos. — Jane esperou, mas Nick não disse nada. — Ele estava aterrorizado. Continuava tentando gritar, levando as mãos ao pescoço, suplicando ajuda. Ninguém o socorreu. A própria mãe teve que deixar o quarto. Você se lembra dessa história, Nick? Hein?

— Eu lembro.

— É isso o que você quer para Andrew? — perguntou, mas novamente ele não respondeu. — Ele está tossindo igual a Ben. Do mesmo modo que Charlie Bray. O processo é o mesmo. Charlie foi para casa na Flórida e...

— Você não precisa repetir tudo, Jinx. Eu já disse que me lembro das histórias. Sim, a morte deles foi horrível. Tudo isso foi horrível. Mas não temos escolha.

Ela quis sacudi-lo.

— É claro que temos.

— Foi ideia de Andy mandar você para Berlim.

Jane sabia que ele estava dizendo a verdade, assim como sabia que Nick era um cirurgião no que dizia respeito a transplantar suas ideias para as línguas das outras pessoas.

— Ele achou que, se você soubesse que ele estava doente, você iria... Sei lá, Jinx. Fazer alguma coisa idiota. Nos obrigar a parar. Parar com tudo. Só que seu irmão acredita nessa missão e quer que tudo aconteça. E é por isso que ele vai comigo para o Brooklyn. Você pode vir também, se quiser. Cuidar dele. Fazer com que ele viva tempo o bastante para...

— Pare. — Jane não conseguia mais ouvir aquela babaquice. — Não vou deixar meu irmão sufocar até a morte nos fundos daquela van imunda.

— Isso não diz mais respeito à vida dele — insistiu Nick. — Diz respeito ao legado dele. Esse é o desejo dele, Jinx. Morrer nos seus próprios termos, como um homem. É o que ele sempre quis. As overdoses, o enforcamento, os comprimidos e agulhas, aparecer em lugares onde não deveria estar, conviver com as pessoas erradas. Você sabe que a vida dele foi um inferno. Ele ficou limpo para isso aqui que está fazendo... Que nós todos estamos fazendo. Foi isso que deu a ele a força para parar de se drogar, Jane. Não tire isso dele.

Ela apertava as mãos, aflita.

— Ele está fazendo isso por você, Nick. Bastaria uma palavra sua e ele iria para o hospital para morrer em paz.

— Você o conhece melhor do que eu?

— Eu conheço *você* melhor. Andy só quer te agradar, Nick. Todos querem. Só que isso aqui é diferente. É cruel. Ele vai sufocar como...

— Está bem, Jane, já saquei. Ele vai sufocar com o fluido dos pulmões. Vai experimentar oito minutos de terror agonizante, o que será bastante angustiante, de fato, mas você precisa me escutar com muita atenção, querida, porque esta parte é muito importante. Você vai ter que escolher entre mim e ele.

O quê?

— Se Andy não for comigo, você vai.

O quê?

— Eu não consigo mais confiar em você — disse Nick, dando de ombros. — Sei como a sua cabeça funciona. No instante em que eu partir você vai levar Andy para o hospital. E aí vai ficar ao lado dele porque é isso o que você faz, Jinx. Você fica com as pessoas. Você sempre foi leal, fazendo companhia aos sem-teto no abrigo, ajudando a servir sopa no projeto voluntário, limpando saliva das bocas de moribundos no hospital. Não vou dizer que você é um cachorrinho bonzinho porque isso seria cruel. Mas sua lealdade a Andrew nos colocará na prisão, porque no instante em que você entrar no hospital a polícia vai prender você e então saberão que estamos em Chicago. E eu não posso permitir que isso aconteça.

Ela ficou boquiaberta.

— Você só tem essa chance. Escolha agora, imediatamente: ele ou eu.

Jane sentiu tudo girar. Aquilo não podia estar acontecendo.

Ele a olhou com frieza, como se fosse um espécime sob o microscópio.

— Você deveria saber que as coisas chegariam a esse ponto, Jane. Você é ingênua, mas não é idiota — disse ele, depois fez uma pausa. — Escolha.

Ela teve que apoiar a mão na pia para não deslizar para o chão.

— Ele é seu melhor amigo. — A voz de Jane não era mais que um sussurro. — Ele é meu irmão.

— Eu preciso que você decida.

Jane ouviu um som agudo dentro do ouvido, como se o crânio tivesse sido golpeado por um diapasão. Ela não sabia o que estava acontecendo. O pânico fez o medo escapar de sua boca.

— Você está me deixando? Terminando comigo?

— Eu disse ele ou eu. A escolha é sua, não minha.

— Nick, eu não posso…

Ela não sabia como terminar a frase. Aquilo era um teste? Ele estava fazendo o que sempre fazia, avaliando sua lealdade?

— Eu amo você.

— Então me escolha.

— Eu… Você sabe que é tudo para mim. Eu abri mão de…

Ela estendeu os braços, indicando o mundo, porque não havia nada que ela não tivesse abandonado por ele. O pai. Jasper. Sua vida. Sua música.

— Por favor, não me faça escolher. Ele está morrendo.

Nick a encarou, absolutamente frio.

Jane sentiu um gemido sair de sua boca. Ela sabia como Nick ficava quando chegava ao fim seu interesse por uma pessoa. Seis anos de sua vida, seu coração, seu amor, evaporavam ali, bem diante de seus olhos. Como ele podia jogar tudo fora tão facilmente?

— Nick, por favor.

— A morte iminente de Andrew deveria tornar sua escolha fácil. Mais algumas horas com um homem moribundo ou o resto de sua vida comigo. — Ele esperou um instante. — Escolha.

— Nick...

Outro soluço a interrompeu. Ela sentia como se estivesse morrendo. Ele não podia abandoná-la. Não naquele momento.

— Não são só mais algumas horas. São horas de terror ou... — Jane não conseguia sequer imaginar pelo que Andrew passaria se fosse abandonado. — Você não pode estar falando sério. Sei que você está me testando. Eu amo você. É claro que você sabe disso. Eu já disse que estou do seu lado.

Nick estendeu a mão na direção da porta.

— Por favor!

Jane agarrou Nick pela camisa, mas ele virou o rosto quando ela tentou beijá-lo. Jane colou o rosto ao peito dele. Chorava tanto que mal conseguia falar.

— Por favor, Nicky. Por favor, não me faça escolher. Você sabe que não consigo viver sem você. Eu não sou nada sem você. Por favor!

— Então vamos?

Ela ergueu os olhos para ele. Tinha chorado tanto por tanto tempo que as pálpebras pareciam arame farpado.

— Preciso que você diga, Jane. Preciso ouvir sua escolha.

— Eu n-não posso... — gaguejou. — Nick, eu não posso...

— Não pode escolher?

— Não — disse, e a compreensão quase fez seu coração parar. — Eu não posso deixar meu irmão.

O rosto de Nick não traiu nada.

— Eu... — A boca estava tão seca que Jane parecia que ia engasgar. Estava tomada de puro terror, mas sabia que estava fazendo a escolha certa. — Não vou deixar meu irmão morrer sozinho.

— Certo — disse Nick, novamente estendendo a mão na direção da porta. Mas então mudou de ideia.

Por um instante ela pensou que Nick iria dizer que estava tudo bem.

Mas ele não fez isso.

Ele empurrou Jane para o outro lado do banheiro. A cabeça dela foi para trás e quebrou o vidro da janela.

Em choque, ela levou a mão ao ponto de impacto, esperando encontrar sangue.

— Por que você...

Nick a socou na barriga.

Jane caiu de joelhos. Bile subiu à sua boca. Sentiu gosto de sangue. Sentiu cólicas tão fortes que seu corpo inteiro envergou, a testa tocando o chão.

Nick agarrou seu cabelo, puxou a cabeça para trás. Estava ajoelhado diante dela.

— O que você achou que aconteceria depois de fazermos isto, Janey, que fugiríamos para um apartamentinho na Suíça e criaríamos nosso bebê?

O bebê...

— Olhe para mim. — Nick fechou os dedos ao redor do pescoço de Jane e a sacudiu como uma boneca. — Você foi idiota o bastante para achar que eu deixaria você levar isso até o fim? Que eu iria me transformar em um velho gordo que lê o jornal de domingo enquanto você lava a louça e conversamos sobre o projeto escolar do Júnior?

Jane não conseguia respirar. As unhas dela se cravaram nos pulsos dele. Ele a estava sufocando.

— Não entende que eu sei tudo sobre você, Jinx? Nós nunca fomos pessoas saudáveis. Nós só fazemos sentido quando estamos juntos — disse, e apertou mais forte com as duas mãos. — Nada pode se colocar entre nós. Nem um bebê chorão. Nem seu irmão moribundo. Nada. Você está ouvindo?

Ela arranhou as mãos dele, desesperada por ar. Ele bateu sua cabeça na parede.

— Eu mato você antes de deixar que me abandone. — Nick a olhava nos olhos, e Jane soube que dessa vez ele estava dizendo a verdade. — Você me pertence, Jinx Queller. Se você um dia tentar me deixar, eu vou até o inferno para trazer você de volta. Você está entendendo? — perguntou, e a sacudiu de novo. — Entendeu?

O aperto era intenso demais. Jane sentiu a escuridão se fechando. Os pulmões estremeceram. A língua não conseguia ficar dentro da boca.

— Olhe para mim! — O rosto de Nick brilhava de suor, os olhos ardiam e na boca havia o habitual sorriso de satisfação. — Como é a sensação de sufocar, querida? É tudo o que você imaginava?

As pálpebras começaram a palpitar. Pela primeira vez em dias a visão de Jane ficou clara. Não havia mais lágrimas.

Nick acabara com elas, assim como havia acabado com tudo o mais.

26 DE AGOSTO DE 2018

CAPÍTULO TREZE

A NDY ESTAVA SENTADA EM um reservado nos fundos de um McDonald's na periferia de Big Rock, Illinois. Ficara tão feliz de estar fora da picape de Mike após dois dias e meio de monotonia ao volante que se permitiu um milk-shake. Colesterol e sedentarismo eram problemas para a Andy do futuro.

A Andy do presente já tinha problemas demais. Não era mais uma ameba, mas havia algumas tendências obsessivas que ela precisava aceitar que faziam parte do seu DNA. Havia passado o primeiro dia da viagem surtando com todos os erros cometidos até então e com todos que provavelmente estava cometendo: nunca ter checado o cooler no bagageiro da Reliant em busca de um rastreador GPS, ter deixado o revólver sem registro no porta-luvas para Mike encontrar, possivelmente ter acabado com os testículos dele, ter roubado a carteira do cara e cruzar diversas divisas de estado com um veículo roubado.

Isso tudo além da questão realmente importante: será que Mike tinha ouvido Paula dizer a Andy para procurar Clara Bellamy em Illinois, ou estava preocupado demais com os testículos implodindo?

A Andy do futuro vai acabar descobrindo isso.

Ela mastigou o canudo do milk-shake. Viu o protetor de tela ricochetear pela tela do notebook. Ela teria de guardar sua neurose com relação a Mike para quando estivesse tentando pegar no sono e precisasse de algo para se atormentar. Por ora ela tinha que descobrir que merda tinha colocado Paula Kunde na prisão por vinte anos e por que ela claramente nutria tanto ressentimento por Laura.

Até aquele momento as buscas on-line tinham sido em vão. Três noites passadas em três diferentes motéis com o notebook sobre a barriga haviam resultado em nada mais que um retângulo vermelho de pele irritada.

O caminho mais rápido para descobrir as merdas de uma pessoa sempre era o Facebook. Na noite em que deixara Austin, Andy criara um perfil falso com o nome de Stefan Salvatore e o logotipo dos Texas Longhorns como foto do perfil. Previsivelmente, Paula Kunde não tinha perfil. O ProfRatings.com deixou Andy usar as credenciais do Facebook para entrar como usuária. Então ela acessou a página de Paula com sua classificação acumulada de meia estrela. Enviou dezenas de mensagens particulares aos maiores críticos de Paula, todos os textos dizendo a mesma coisa:

CARA!!! Kunde em PRISÃO FEDERAL 20 anos?!?!?! PRECISO DOS DETALHES!!! A piranha não muda minha nota!!!

Andy não recebera de volta muito mais que *Foda-se aquela piranha escrota espero que você acabe com ela*, mas sabia que alguém entediado acabaria mergulhando fundo na internet para tentar descobrir.

Uma criança pequena berrou do outro lado do McDonald's.

Andy observou a mãe carregá-lo para o banheiro. Ficou imaginando se algum dia teria estado naquele McDonald's com a mãe. Laura não havia tirado Chicago do nada como local de nascimento e morte de Jerry Randall.

Certo?

Andy sugou o resto do milk-shake. Aquele não era o momento de mergulhar na sequência boba de mentiras da mãe. Ela analisou o pedaço de papel junto ao cotovelo. Quando se sentira suficientemente segura fora de Austin, Andy parara no acostamento e rabiscara tudo de que conseguia se lembrar de sua conversa com Paula Kunde.

Vinte anos em Danbury?

QuellCorp?

Conhecia Moletom, mas não Mike?

31 anos — matemática interessante?

Laura cheia do pior tipo de merda?

Escopeta? O que a fez mudar de ideia — Clara Bellamy???

Andy tinha começado pelas buscas mais fáceis. Os registros da Penitenciária Federal Danbury podiam ser acessados pelo localizador de detentos BOP. gov, mas Paula Kunde não estava registrada. Nem relacionada nas páginas de ex-alunos da Universidade da Califórnia em Berkeley, em Stanford ou na Universidade de West Connecticut. A explicação óbvia era que Paula em algum momento se casara e, deixando de lado a questão patriarcal, mudara o sobrenome.

Eu sei como funciona a mecânica do casamento.

Andy já havia checado registros de casamento e divórcio em Austin, depois em condados vizinhos, depois feito o mesmo em Western Connecticut, Berkeley e Palo Alto, e então decidira que estava perdendo tempo porque Paula poderia ter voado para Vegas para casar. Mas, para começo de conversa, por que uma lunática que brandia escopetas teria lhe contado a verdade sobre ter estado na prisão?

Dedo-duro e *dois de dez* eram termos falados em basicamente em todos os seriados sobre prisão. Bastava usar os termos com atitude, o que Paula Kunde tinha muito, e pronto.

Seja como for, a pesquisa no BOP não deu em nada.

Andy tamborilou os dedos na mesa enquanto analisava a lista. Tentou voltar à conversa na cozinha de Paula. Decididamente houvera um antes e um depois. Antes, quando Paula estava conversando com ela, e depois, quando apanhou a escopeta e mandou Andy desaparecer.

Andy não conseguia descobrir o que dissera de errado. Elas estavam conversando sobre Laura, sobre como ela cheia de merda — do pior tipo de merda e...

E então Paula mandara Andy esperar e depois ameaçara atirar nela.

Andy só conseguiu balançar a cabeça, porque não fazia sentido.

Ainda mais perturbador foi o depois do depois, porque Paula não dera o nome de Clara Bellamy até Andy ter acertado Mike em cheio. Andy não podia ser ingênua a ponto de supor que Paula tivesse ficado impressionada com a violência, mas algo lhe dizia que estava no caminho errado. Paula era muito inteligente. Ninguém entra em Stanford sendo idiota. Ela manipulara Andy desde o momento em que abrira a porta e muito provavelmente ainda estava manipulando Andy agora, mas tentar descobrir o jogo de um maníaco estava bem além das capacidades de dedução de Andy.

Ela conferiu novamente as anotações, se concentrando no item que mais a incomodava:

31 anos — matemática interessante?

Será que Paula havia ido para a prisão havia 31 anos, enquanto uma Laura grávida fugia com quase um milhão de dólares e uma identidade falsa para levar sua vida fabulosa à beira-mar por três décadas até que, de repente, aquele vídeo apareceu em rede nacional, indicando sua localização para os caras maus?

Moletom havia estrangulado tanto Laura quanto Paula, então obviamente as duas mulheres tinham informações que alguém queria.

Os misteriosos *eles* que podiam rastrear os e-mails e telefonemas de Andy?

Andy se voltou para o notebook e acessou novamente QuellCorp.com, porque só o que podia fazer era voltar e ver se havia deixado passar algo nas últimas vinte vezes que visitara o site.

A página inicial oferecia uma imagem no estilo Ken Burns, o zoom se fechando lentamente em um jovem grupo multicultural de cientistas de jaleco olhando atentamente para um tubo de ensaio com um líquido brilhante. Violinos soavam ao fundo como se Leonardo da Vinci tivesse acabado de descobrir a cura do herpes.

Andy tirou o som.

Ela conhecia o laboratório farmacêutico da mesma forma que todo mundo conhecia band-aids. A QuellCorp fazia tudo, de lenços umedecidos a remédios para disfunção erétil. A única informação disponível na aba HISTÓRIA era que um sujeito chamado Douglas Paul Queller fundara a empresa nos anos 1920, depois seus descendentes a haviam vendido nos anos 1980, e que então, no começo dos anos 2000, a QuellCorp basicamente engolira o mundo, porque era o que corporações do mal faziam.

Eles certamente podiam ser uma corporação do mal. Essa era a trama de quase todos os filmes de ficção científica que Andy tinha visto, de *Avatar* a todos os episódios de *Exterminador do Futuro*.

Ela fechou a página da QuellCorp e abriu a página da Wikipédia de Clara Bellamy.

Se era estranho que Laura conhecesse Paula Kunde, era absolutamente chocante que Paula Kunde conhecesse uma mulher como Clara Bellamy. Clara havia sido *prima ballerina*, o que, segundo outra página, era uma honra concedida a pouquíssimas mulheres. Clara dançara para George Balanchine, um coreógrafo cujo nome até mesmo Andy reconhecia. Clara excursionara pelo mundo. Dançara nos palcos mais celebrados. Estivera no auge de sua carreira. Então uma horrenda lesão no joelho a obrigara a se aposentar.

Como Andy não tinha nada melhor a fazer além de dirigir o dia inteiro, assistira a quase todos os vídeos de Clara Bellamy disponíveis no YouTube. Havia inúmeras apresentações e entrevistas com todos os tipos de pessoas famosas, mas a preferida de Andy era, pela que ela entendeu, no primeiro Festival Tchaikovsky montado pelo Balé de Nova York.

Andy era uma nerd de teatro, então a primeira coisa que notara no vídeo foi o cenário espetacular, com tubos translúcidos bizarros ao fundo que faziam tudo parecer preso em gelo. Andy imaginara que seria tedioso assistir àquelas mulheres miudinhas girando na ponta do pé ao som de música de velho, mas Clara Bellamy era tão delicada que era impossível desviar os olhos. Embora Andy nunca tenha ouvido falar dela até então, Clara fora extraordinariamente famosa. Aparecera na capa da *Newsweek* e da *Times*. Várias menções na *New York Times Magazine* ou em destaque na seção "Goings On About Town" da *New Yorker*.

E então as buscas de Andy bateram em um muro. Ou, para ser mais precisa, em uma página de cobrança. Ela só tinha acesso a um determinado número de artigos em muitos dos sites na internet, então precisava ter cuidado ao escolher, já que não poderia simplesmente sacar um cartão de crédito e comprar mais acesso.

Pelo que podia dizer, Clara desaparecera da vida pública por volta de 1983. A última foto no *Times* mostrava a mulher de cabeça baixa, um lenço de papel sobre o nariz, saindo do velório de George Balanchine.

Assim como no caso de Paula, Andy supusera que Clara Bellamy se casara em algum momento e mudara de nome, embora fosse difícil compreender por que alguém trabalharia tanto para construir um nome para depois mudá-lo. Clara não tinha perfil no Facebook, mas havia um grupo fechado de apreciadores e um outro, público, demasiadamente obcecado em discutir o peso da ex-bailarina.

Andy não conseguira localizar qualquer documento de casamento ou divórcio para Clara Bellamy em Nova York, no condado de Cook em Chicago ou nas áreas próximas, mas descobrira um artigo interessante no *Chicago Sun Times* sobre um processo que acontecera depois da lesão de joelho de Clara.

A *prima ballerina* processara uma empresa de roupas de balé chamada Elite-Dream BodyWear pelo pagamento de um contrato de publicidade. O advogado que a representara não era identificado na matéria, mas a foto mostrava Clara deixando o tribunal com um homem alto, magro e de bigode que para Andy parecia a encarnação perfeita de um advogado hippie, ou um *millennial* hipster tentando parecer um. Mais importante ainda: quando o fotógrafo fizera o clique, Advogado Hippie estava olhando diretamente para a câmera.

Andy fizera diversos cursos de fotografia na SCAD. Sabia como era incomum um registro em que alguém não estivesse piscando ou movendo os lábios de modo bizarro. Advogado Hippie desafiara as probabilidades. Os dois olhos estavam abertos. Os lábios, levemente entreabertos. O bigode ridiculamente curvado bem centralizado no enquadramento. O longo cabelo sedoso caía sobre os ombros. A imagem era tão clara que Andy podia ver até mesmo as pontas das orelhas se projetando do cabelo como pequenas azeitonas.

Andy precisava supor que Advogado Hippie não mudara muito ao longo dos anos. Um sujeito que na casa dos trinta modelava o bigode como Wyatt Earp simplesmente não acordava aos sessenta e se dava conta desse erro.

Ela fez uma nova busca: *Chicago + Advogado + Bigode + Cabelo.*

Em segundos estava em um grupo chamado Funkadelic Fiduciaries, uma autodescrita "banda capilar". Eles tocavam toda quarta-feira à noite em um bar chamado EZ Inn. Todos tinham barbas bizarras, fossem cavanhaques diabólicos tipo Van Dyke ou costeletas estilo Elvis, e havia coques suficientes para criar uma colônia emo. Andy deu zoom em cada rosto do grupo de oito integrantes e identificou a curva familiar do bigode do baterista.

Andy conferiu o nome.

Edwin Van Wees.

Ela esfregou os olhos. Estava cansada de dirigir o dia inteiro e olhar para uma tela de computador a noite inteira. Não podia ser assim tão fácil.

Comparou aquela imagem com o antigo registro do jornal. Edwin estava um pouco mais roliço, muito menos cabeludo e não tão bonito, mas ela teve certeza.

Andy olhou pela janela, tirando um momento para reconhecer a sorte que tivera. Será que encontrar Edwin, que poderia saber como encontrar Clara Bellamy, seria assim tão fácil?

Abriu outra janela de busca.

Assim como Clara, Edwin Van Wees não estava no Facebook, mas em um site meio tosco descobriu que ele estava parcialmente aposentado, mas ainda disponível para palestras e solos de bateria. Clicou em "sobre". Edwin era advogado, formado em Stanford, ex-representante da União Americana pelas Liberdades Civis com uma longa e bem-sucedida carreira defendendo artistas, anarquistas, agitadores e revolucionários que postavam fotos sorridentes ao lado do advogado que os mantivera fora da prisão. Mesmo alguns dos que acabaram na cadeia ainda tinham coisas ótimas a dizer sobre ele. Fazia todo o sentido que um cara como Edwin conhecesse uma maluca como Paula Kunde.

Meus dias de revolucionária chegaram ao fim.

Andy acreditava de todo o coração que Edwin Van Wees ainda sabia como entrar em contato com Clara Bellamy. A intimidade do toque no braço naquela foto do tribunal. Também o olhar feio que Edwin lançava na direção do homem atrás da lente. Talvez Andy estivesse interpretando coisas demais, mas, se o professor do curso Emoções da Luz na Fotografia em Preto e Branco lhe desse a tarefa de encontrar a foto de uma mulher frágil com seu protetor, aquela teria sido a foto que ela escolheria.

A criança pequena voltou a gritar.

A mãe a levou ao banheiro novamente.

Andy fechou o notebook e o enfiou na mochila. Jogou o lixo fora e voltou para a picape de Mike. "Interstate Love Song", do Stone Temple Pilots, continuava a tocar. Andy esticou a mão para desligar o rádio, mas não conseguiu. Ela odiava o fato de que adorava o gosto musical de Mike. A seleção dele era impressionante, de Dashboard Confessional a Blink 182, e uma quantidade surpreendente de J-Lo.

Andy conferiu a hora no letreiro do McDonald's enquanto pegava a rua. Duas da tarde. Não era a pior hora para aparecer sem se anunciar. Em seu site, Edwin Van Wees dera como endereço comercial uma fazenda a cerca de uma hora e meia de carro de Chicago. Andy imaginou que isso significava que ele trabalhava em casa, o que tornava altamente provável que estivesse lá quando Andy chegasse. Ela mapeara o caminho no Google Earth, ampliando e reduzindo a imagem das fazendas luxuriantes, até localizar o grande celeiro vermelho de Edwin com a casa vermelha e seu teto metálico brilhante.

A partir do McDonald's ela demorou dez minutos para encontrar a fazenda. Quase perdeu a entrada, escondida por um grupo de árvores, e estacionou a picape pouco antes dela. A estrada estava deserta. O piso do carro vibrava enquanto deixava o motor no ponto morto.

Ela não sentia o mesmo nervosismo de quando caminhara na direção da casa de Paula. Andy entendia agora que encontrar uma pessoa não significava que ela diria a verdade. Nem garantia que a pessoa não fosse apontar uma escopeta para o seu peito. Talvez Edwin Van Wees agisse do mesmo modo que Paula. Fazia sentido que ela tivesse enviado Andy a alguém que não ficasse feliz em vê-la. A viagem desde Austin dera a Paula muito tempo para ligar com antecedência e alertar Clara Bellamy de que a filha de Laura Oliver poderia estar procurando por ela. Se Edwin Van Wees ainda fosse próximo de Clara, então Clara poderia ter ligado para Edwin e…

Andy esfregou o rosto. Ela podia passar o resto do dia fazendo aquela dança idiota ou podia ir descobrir pessoalmente. Virou o volante e pegou a entrada. Só depois de quase um quilômetro surgiu uma clareira. Andy divisou o telhado do celeiro vermelho, depois um grande pasto com vacas, e finalmente a pequena casa de fazenda com varanda ampla, em frente à qual havia um jardim de girassóis.

Andy estacionou diante do celeiro. Não havia outros carros à vista, o que era um mau sinal. A porta da frente da casa permaneceu fechada. Nada de movimento nas cortinas nem rostos furtivos às janelas. Ainda assim, ela não era tão idiota a ponto de partir sem bater na porta.

Andy começou a descer do carro, mas então se lembrou do celular descartável para o qual Laura supostamente ligaria quando a barra estivesse limpa. Na verdade, perto de Tulsa, Andy perdera a esperança de que um dia ele fosse tocar. O *Belle Isle Review* fornecera os principais fatos. O corpo de Moletom continuava sem identificação. Após analisar o vídeo do restaurante, a polícia havia chegado à mesma conclusão de Mike: Laura tentara impedir que Jonah Helsinger se matasse. Ela não seria acusada de homicídio. A família do garoto continuava a protestar, mas, sendo da realeza policial ou não, a simpatia popular dera as costas a eles, e o promotor local era péssimo, agindo sempre por interesses políticos. Resumindo: qualquer que fosse o perigo à espreita que mantinha Andy longe de casa, não tinha a ver com aquilo ou era simplesmente outra parte da colossal teia de mentiras de Laura.

Andy abriu o zíper da *nécessaire* e conferiu o celular para ter certeza de que a bateria estava carregada antes de simplesmente enfiá-lo no bolso de trás do jeans. Viu a carteira de motorista e o cartão do plano de saúde canadenses de Laura. Analisou o rosto da mãe, tentando ignorar a pontada de saudade que não queria sentir. Tentou se distrair analisando seu próprio reflexo no espelho. Talvez fosse a dieta de merda que vinha seguindo, a falta de sono ou o fato de que começara a deixar o cabelo solto, mas a cada dia que passava Andy ficava mais parecida com a mãe. Os três últimos recepcionistas de motel mal conferiram quando Andy usou a carteira de motorista para se registrar.

Ela a recolocou na mochila, ao lado de uma carteira de couro preta.

A carteira de Mike.

Durante os dois dias e meio anteriores Andy intencionalmente evitara abrir a carteira e olhar para o belo rosto dele, especialmente quando estava deitada na cama à noite, tentando não pensar nele porque ele era um psicopata e ela era patética.

Ela olhou para a casa da fazenda, depois conferiu o caminho, e então abriu a carteira.

— Puta merda — murmurou.

Mike tinha quatro carteiras de motorista, todas falsificações muito boas: Michael Knepper, Alabama; Michael Davey, Arkansas; Michael George, Texas, e Michael Falcone, Geórgia. Havia uma aba de couro grossa dividindo a carteira. Andy a abriu.

Puta merda.

Mike tinha um distintivo falso de oficial de justiça dos Estados Unidos. Andy vira um de verdade antes, uma estrela dourada dentro de um círculo. Era uma boa réplica, tão convincente quanto todas as identidades falsas. Quem quer fosse seu falsificador, tinha feito um belo trabalho.

Houve uma batida na janela.

— Cacete! — disse Andy, deixando cair a carteira e erguendo as mãos.

Então ficou de queixo caído, porque a pessoa que batera na janela parecia terrivelmente com Clara Bellamy.

— Ei, você — disse a mulher com um sorriso radiante nos lábios. — O que está fazendo sentada aí nessa picape suja?

Andy ficou imaginando se seus olhos estavam lhe pregando peças, ou se tinha assistido a tantos vídeos que estava vendo Clara Bellamy em toda parte. A mulher era mais velha, o rosto enrugado, o cabelo comprido salpicado de branco, mas sem dúvida alguma Andy estava diante da ex-bailarina.

— Vamos, bobinha — disse Clara. — Está frio aqui fora. Vamos entrar.

Por que aquela mulher estava falando com Andy como se a conhecesse?

Clara abriu a porta. Estendeu a mão para ajudar Andy a descer.

— Meu Deus. Você parece cansada. Andrea tem deixado você acordada novamente? Você a deixou no hotel?

Andy abriu a boca, mas não havia como responder. Olhou nos olhos de Clara, imaginando o que a mulher via olhando de volta.

— O que foi? — perguntou Clara. — Quer falar com Edwin?

— Ahn… — começou Andy, lutando para responder. — Ele está… Edwin está aqui?

Ela olhou para a área em frente ao celeiro.

— O carro dele não está aqui.

Andy esperou.

— Acabei de colocar Andrea para dormir — disse Clara, como se não tivesse perguntado dois segundos antes se Andrea estava no hotel.

Ela se referia a Andrea, como se fosse Andy, ou a alguém mais?

— Que tal um chá? — perguntou Clara, mas não esperou resposta. Passou o braço pelo de Andy e a levou na direção da casa de fazenda. — Não faço ideia do motivo, mas estive pensando em Andrew hoje de manhã. O que aconteceu com ele — disse, levando a mão até a garganta. Clara começou a chorar. — Jane, eu lamento tanto.

— Ahn...

Andy não tinha ideia sobre o que ela estava falando, mas sentiu uma estranha vontade de chorar também.

Andrew? Andrea?

— Mas não vamos conversar sobre coisas tristes hoje — continuou Clara. — Você já tem tristezas demais em sua vida no momento. — Ela empurrou a porta da frente com o pé. — Agora me conte como tem passado. Está tudo bem? Ainda com dificuldade para dormir?

— Ahn... — tentou Andy, porque aparentemente era a única coisa de que era capaz de falar. — Eu tenho estado...

Ela tentou pensar em algo a dizer que mantivesse aquela mulher falando.

— E quanto a você? O que tem feito?

— Ah, várias coisas. Tenho recortado fotos de revistas com ideias para o quarto do bebê e ando trabalhando em alguns álbuns de recortes sobre meus anos de glória. O pior tipo de cabotinismo, eu sei. Mas quer saber de uma coisa esquisita? Eu me esqueci da maioria das minhas apresentações. Isso aconteceu com você?

— Ahn...

Andy ainda não tinha ideia sobre que merda a mulher estava falando.

Clara riu.

— Aposto que você se lembra de todas. Você sempre foi muito boa nisso — disse, empurrando com o pé uma porta vaivém. — Sente-se. Vou preparar chá para nós.

Andy se deu conta de estar em outra cozinha com outra estranha que poderia ou não saber tudo sobre a sua mãe.

— Acho que tenho alguns biscoitos — disse Clara, começando a abrir os armários.

Andy analisou a cozinha. O espaço era pequeno, isolado do restante da casa, e provavelmente não mudara muito desde que fora construído. Os armários metálicos estavam pintados de um azul esverdeado brilhante. Os balcões eram feitos de cepos de açougueiro. Os eletrodomésticos pareciam pertencer ao cenário de *A Família Dó-Ré-Mi*.

Havia um grande quadro branco na parede junto à geladeira. Alguém tinha escrito:

Clara: hoje é domingo. Edwin estará na cidade entre 13h e 16h. O almoço está na geladeira. Não use o fogão.

Clara ligou o fogão. O acendedor estalou diversas vezes antes de inflamar o gás.

— Camomila?

— Ahn… Claro.

À mesa, Andy tentava pensar em algumas perguntas que devia fazer para Clara, tipo que ano era ou quem era o presidente, mas nada disso era necessário. Ninguém coloca bilhetes em um quadro como aquele a não ser que tenha problemas de memória.

Andy sentiu uma tristeza quase esmagadora, rapidamente acompanhada por uma dose saudável de culpa. Se Clara tinha Alzheimer precoce, isso significava que fatos da semana passada haviam sumido, mas fatos de três décadas atrás provavelmente estavam na superfície.

— Em quais cores estava pensando para o quarto do bebê? — perguntou Andy.

— Nada cor-de-rosa. Talvez verde e amarelo?

— Parece bom — respondeu Andy, tentando mantê-la falando. — Como os girassóis lá fora.

— Sim, exatamente! — reagiu Clara, parecendo contente. — Edwin diz que tentaremos assim que isso tiver terminado, mas não sei. Eu acho que deveríamos começar logo, sabe? Não estou ficando mais jovem.

Ela levou a mão à barriga enquanto ria. Havia algo tão bonito no som que Andy sentiu uma pontada no coração.

Clara Bellamy transpirava gentileza. Sentia-se suja tentando enganá-la.

— Mas como está se sentindo? — perguntou Clara. — Ainda está exausta?

— Estou melhor.

Clara serviu água fria em duas xícaras. Ela não aquecera a chaleira. A chama alta tremeluzia no fogão. Andy se levantou para apagar.

— Você se lembra de quando nos conhecemos? — perguntou Andy. — Eu estava tentando lembrar dos detalhes outro dia.

— Ah, foi horrível — disse Clara, levando os dedos à garganta. — Pobre Andrew.

Andrew novamente.

Andy voltou a se sentar à mesa. Não estava equipada para aquele tipo de subterfúgio. Uma pessoa mais inteligente teria sabido como arrancar informações daquela mulher claramente perturbada. Paula Kunde provavelmente a teria feito cantar como um passarinho.

O que deu uma ideia a Andy.

— Eu vi Paula há alguns dias.

Clara revirou os olhos.

— Espero que não a tenha chamado assim.

— Do que mais eu a chamaria? — disse Andy. — Piranha?

Clara riu enquanto se sentava à mesa. Colocou os saquinhos de chá na água fria.

— Eu não diria isso na cara dela. Penny provavelmente teria nos matado no ato.

Penny?

Andy revirou a palavra na cabaça. E então se lembrou da nota de um dólar que Paula Kunde enfiara em sua mão. Andy estava usando o mesmo jeans daquele dia. Enfiou a mão no bolso e encontrou a nota enrolada em uma bola. Andy a alisou sobre a mesa e deslizou na direção de Clara.

— Ah — disse Clara, os lábios sorrindo maliciosamente. — Dollar Bill se apresentando para o trabalho.

Outro sucesso espetacular.

Andy precisava parar de ser sutil.

— Você se lembra do sobrenome de Paula? — perguntou.

Clara ergueu a sobrancelha.

— Esse é alguma espécie de teste? Acha que não consigo lembrar?

Andy tentou decifrar o tom repentinamente seco de Clara. Estava irritada? Será que Andy tinha estragado tudo?

Clara riu, rompendo a tensão.

— Claro que lembro. O que deu em você, Jane? Você está agindo de um jeito muito estranho.

Jane?

Clara disse o nome novamente.

— Jane?

Andy brincou com o cordão do saco de chá. A água ficara laranja.

— Eu esqueci, esse é o problema. Ela está usando outro nome agora.

— Penny?

Penny?

— Eu só… — começou Andy, mas ela não podia continuar com aqueles jogos. — Apenas me diga, Clara. Qual é o sobrenome dela?

Clara pareceu ressentida. Lágrimas correram de seus olhos.

Andy se sentiu uma escrota.

— Desculpe. Não deveria ter sido grossa com você.

Clara se levantou. Foi até a geladeira e abriu a porta, mas, em vez de pegar algo, simplesmente ficou ali parada.

— É Evans. Paula Louise Evans.

A empolgação de Andy foi consideravelmente contida por sua vergonha.

— Eu não estou completamente maluca — disse Clara, as costas rígidas. — Eu me lembro das coisas importantes. Sempre lembrei.

— Eu sei disso. Lamento muito.

Clara não disse o que estava pensando enquanto olhava para a geladeira aberta.

Andy queria escorregar para o chão e pedir um milhão de desculpas. Também queria correr até o carro e pegar o notebook, mas precisava de acesso à internet para pesquisar Paula Louise Evans. Hesitou, mas apenas brevemente, antes de perguntar a Clara.

— Você sabe a...

Ela se interrompeu, porque Clara provavelmente não tinha ideia do que era wi-fi, quanto mais saber a senha.

— Há um escritório na casa?

— Claro — respondeu Clara, fechando a geladeira e se virando, o sorriso caloroso de volta. — Precisa dar um telefonema?

— Sim — disse Andy, porque concordar era a forma mais rápida de avançar. — Você se importa?

— É interurbano?

— Não.

— Ah, ótimo. É que ultimamente Edwin tem reclamado comigo por causa da conta. — O sorriso começou a murchar. Ela perdera o fio da conversa novamente.

— Quando eu terminar meu telefonema no escritório poderíamos conversar mais um pouco sobre Andrew? — sugeriu Andy.

— Claro. — O sorriso de Clara se iluminou. — É por aqui, mas não tenho certeza se Edwin está. Ele tem trabalhado muito. E evidentemente as notícias o deixaram muito aborrecido.

Andy não perguntou quais eram as notícias porque não podia correr o risco de perder a mulher novamente.

Ela seguiu Clara pela casa. Mesmo com o joelho ruim, o passo da bailarina era tão gracioso que tirava o fôlego. Seus pés mal tocavam o chão. No entanto,

Andy não conseguiu apreciar plenamente aqueles movimentos porque tinha questões demais na cabeça. Quem era Jane? Quem era Andrew? Por que Clara chorava sempre que dizia o nome desse homem?

E por que Andy queria proteger aquela mulher frágil que nunca tinha visto antes?

— Aqui.

Clara estava no final do corredor. Abriu a porta para o que provavelmente havia sido um quarto em algum momento, mas que agora era um escritório bem arrumado com uma parede de arquivos trancados, uma escrivaninha com tampa de correr e um MacBook Pro no braço de um sofá de couro.

Clara sorriu para Andy.

— Do que você precisa?

Andy hesitou novamente. Ela poderia voltar ao McDonald's e usar o wi-fi. Não havia motivo para fazer a pesquisa ali. Só que ainda queria as respostas. E se não houvesse registro on-line de Paula Louise Evans? Então Andy teria que voltar, e Edwin Van Wees provavelmente estaria em casa e provavelmente não iria querer Clara conversando com Andy.

— Posso ajudar em alguma coisa? — perguntou Clara.

— O computador?

— É fácil. Eles não são tão assustadores quanto parecem — disse a mulher.

Clara então se sentou no chão e abriu o MacBook. Surgiu o campo da senha. Andy esperava que ela tivesse dificuldades com isso, mas Clara colocou o dedo sobre o leitor e destravou o desktop.

— Sente-se aqui, senão a luz da janela escurece a tela.

Clara se referia à janela gigantesca atrás do sofá. Andy podia ver a picape de Mike estacionada em frente ao celeiro vermelho. Ainda podia ir embora. Edwin chegaria em casa em menos de uma hora. Aquele seria o momento certo de partir.

— Venha, Jane — chamou Clara. — Vou lhe mostrar como usar. Não é muito complicado.

Andy se sentou no chão ao lado de Clara.

Clara colocou o notebook no assento do sofá para que ambas vissem.

— Eu tenho assistido a vídeos das minhas apresentações — contou. — Isso faz de mim terrivelmente vaidosa?

Andy olhou para aquela estranha sentada tão junto a ela, que continuava conversando como se tivessem sido amigas por muito tempo, e disse:

— Eu também vi seus vídeos. Quase todos. Você era... É... Uma bailarina belíssima, Clara. Nunca achei que gostaria de balé, mas ver você me fez entender quanto é adorável.

Clara levou os dedos à perna de Andy.

— Ah, querida, você é tão doce. Você sabe que sinto o mesmo por você.

Andy não soube o que dizer. Estendeu a mão para o notebook. Encontrou o ícone do navegador, mas seus dedos se atrapalharam com o teclado. Estava suada e trêmula sem motivo. Cerrou os punhos em uma tentativa de controlá-los. Apoiou os dedos no teclado. Digitou lentamente.

PAULA LOUISE EVANS.

O dedo mínimo de Andy ficou parado na tecla ENTER, mas ela não apertou. Alguma coisa estava prestes a mudar. Ela iria descobrir algo — pelo menos alguma coisa — sobre a mulher horrível que conhecera sua mãe havia 31 anos.

Andy teclou ENTER.

Puta merda.

Paula Louise Evans estava na Wikipédia.

Andy clicou no link.

Um aviso no topo da página alertava que a informação era polêmica. O que fazia sentido, porque Andy achava que Paula parecia de fato uma mulher que adorava uma boa polêmica.

Andy ficou cada vez mais nervosa enquanto lia as informações, passando por uma extensa biografia que relacionava tudo, do hospital onde Paula havia nascido até seu número de detenta na Penitenciária Federal Feminina Danberry.

Criada em Corte Madera, Califórnia... Berkeley... Stanford... Assassinato.

Andy sentiu um buraco no estômago.

Paula Evans assassinara uma mulher.

Andy olhou para o teto por um momento. Pensou em Paula apontando a escopeta para seu peito.

— Olha quanta informação sobre ela... — disse Clara. — É horrível que eu sinta um pouco de inveja?

Andy rolou para a seção seguinte.

ENVOLVIMENTO COM O EXÉRCITO DO MUNDO EM MUTAÇÃO.

Havia uma foto borrada de Paula. A legenda indicava "Julho de 1986".

Trinta e dois anos antes.

Andy se lembrava de fazer contas retroativas no computador da biblioteca de Carrollton. Tinha procurado por acontecimentos da época em que teria sido concebida.

Bombas, sequestros de aviões e assaltos a bancos.

Andy observou a foto de Paula Evans.

Ela usava um vestido bizarro que parecia uma camisola de algodão. Linhas grossas e escuras de maquiagem borravam a pele sob os olhos.

Tinha luvas sem dedos nas mãos. Coturnos, boina. Um cigarro pendendo dos lábios. Um revólver em uma das mãos e uma faca de caça na outra. Teria sido engraçado, se Paula não tivesse assassinado alguém.

E aparentemente estivera envolvida em uma conspiração para fazer o mundo desmoronar.

— Jane? — chamou Clara, colocando uma colcha azul sobre os ombros. — Que tal um chá?

— Em um instante — disse Andy, procurando a palavra *JANE* na página da Wikipédia de Paula.

Nada.

ANDREW.

Nada.

Clicou no link que a levava à página sobre o EXÉRCITO DO MUNDO EM MUTAÇÃO.

Começando pelo assassinato de Martin Queller em Oslo...

— QuellCorp — disse Andy.

Clara soltou um suspiro longo.

— Assustadores, não é?

Andy rolou a página. Viu uma foto do líder deles, um sujeito que parecia Zac Efron com os olhos de Charles Manson. Havia uma relação dos crimes do tal Exército depois do assassinato de Martin Queller. Eles haviam sequestrado e assassinado uma professora de Berkeley. Estiveram envolvidos em um tiroteio, uma caçada por todo o país. Seu líder ensandecido escrevera um manifesto, um pedido de resgate que aparecera na primeira página do *San Francisco Chronicle*.

Andy clicou no manifesto.

Leu a primeira parte falando sobre o regime fascista e então seus olhos começaram a perder foco.

Parecia algo que Calvin e Haroldo conceberiam durante uma reunião de planejamento para se vingar de Susie Derkins.

Andy voltou à página do Exército do Mundo em Mutação e encontrou uma seção falando dos membros. A maioria dos nomes estava em hyperlink azuis em meio a um mar de texto em fonte preta. Dezenas de pessoas. Como Andy nunca esbarrara em algum documentário da NBC sobre esse culto insano?

William Johnson. Morto.

Franklin Powell. Morto.

Metta Larsen. Morta.

Andrew Queller...

O coração de Andy deu um pulo, mas o nome de Andrew estava em preto, o que significava que ele não tinha uma página. Mas não era preciso ser um Sherlock Holmes para ligá-lo à QuellCorp e ao Queller que havia sido assassinado.

Ela voltou até Martin Queller e clicou no nome. Aparentemente havia muito mais Quellers famosos sobre os quais Andy não sabia nada. A árvore genealógica da esposa dele, Annette Queller, nascida Logan, levaria horas para ser explorada. O filho mais velho, Jasper Queller, tinha um hyperlink, mas Andy já conhecia o bilionário babaca que continuava, sem sucesso, tentando concorrer à presidência.

O cursor deslizou para o nome seguinte: Filha, Jane "Jinx" Queller.

— Jane? — chamou Clara.

O Alzheimer prendia sua mente em algum ponto do tempo mais de trinta anos antes, quando conhecia uma mulher chamada Jane que era igual a Andy.

Assim como Andy parecia a mulher na carteira de motorista canadense falsa, Daniela B. Cooper.

Sua mãe.

Andy começou a chorar. Soluçar, na verdade. Um gemido saiu de sua boca. Lágrimas e muco correram por seu rosto. Ela se curvou para a frente, a testa no assento do sofá.

— Ah, querida — disse Clara, de joelhos, os braços sobre os ombros de Andy.

A dor era tão intensa que sacudia o corpo de Andy. O nome real de Laura era Jane Queller? Por que essa mentira importava tão mais do que as outras?

— Aqui, me dê isso — disse Clara, pegando o notebook e começando a digitar. — Está tudo bem, querida. Eu também choro às vezes quando vejo os meus, mas veja este. É perfeito.

Clara recolocou o notebook no centro.

Andy tentou enxugar os olhos. Clara colocou um lenço de papel em sua mão. Andy assoou o nariz, tentou conter as lágrimas. Olhou para a tela.

Clara acessara um vídeo do YouTube.

!!!RARO!!! JINX QUELLER NO CARNEGIE HALL 1983!!!

O quê?

— Aquele vestido verde! — Com os olhos brilhando de empolgação, Clara clicou no ícone de tela cheia. — Um *fait accompli*.

Andy não soube o que fazer além de assistir ao vídeo. A gravação era embaçada e tinha cores esquisitas, como tudo que vinha dos anos 1980. Já havia uma orquestra no palco. Um enorme piano de cauda preto estava na frente, bem no centro.

— Ah! — exclamou Clara, aumentando o som.

Andy ouviu os múrmuros suaves da plateia.

— Essa sempre era minha parte preferida — comentou Clara. — Eu sempre dava uma espiada para sentir o clima.

Por alguma razão Andy prendeu a respiração.

A plateia ficara em silêncio.

Uma mulher muito magra em um vestido longo verde-escuro saiu das coxias.

— Tão elegante — murmurou Clara, mas Andy mal registrou o comentário.

A mulher cruzando o palco era jovem, talvez dezoito anos, e estava evidentemente desconfortável caminhando com os sapatos elegantes. O cabelo era descolorido, quase branco, com um permanente pesado. A câmera se voltou para a plateia. Aplaudiam de pé antes mesmo que ela se virasse na sua direção.

A câmera deu zoom no rosto da mulher.

Andy sentiu um nó no estômago.

Laura.

No vídeo, a mãe fazia uma leve mesura. Pareceu totalmente serena ao olhar para os rostos de milhares de pessoas. Andy vira aquela expressão nos rostos de várias artistas. Era certeza absoluta. Andy sempre adorara ver a transformação de um ator quando estava nas coxias, a assombrava que conseguissem se colocar diante de críticos desconhecidos e fingir de modo tão crível ser outra pessoa.

Como sua mãe fingira durante toda a vida de Andy.

O pior tipo de merda.

Os aplausos começaram a morrer quando Jinx Queller sentou-se ao piano.

Ela assentiu para o maestro.

Ele ergueu as mãos.

A plateia se calou de repente.

Clara aumentou o volume o máximo possível.

Violinos soaram. A vibração baixa cutucou os tímpanos de Andy. Então o andamento acelerou, diminuiu, acelerou novamente.

Andy não sabia muito de música, especialmente clássica, um estilo que Laura nunca escutava em casa. Red Hot Chili Peppers. Heart. Nirvana. Era esse tipo de coisa que a mãe ouvia no rádio enquanto dirigia pela cidade, fazia suas tarefas ou trabalhava nos prontuários dos pacientes. Tinha decorado a letra de "Mr. Brightside", do The Killers, antes de qualquer um. Havia baixado "Lemonade", da Beyoncé, na noite em que o álbum foi lançado. Seu gosto eclético fazia dela a mãe legal, aquela com quem todos podiam conversar, porque não faria julgamentos.

Porque ela tinha tocado no Carnegie Hall e sabia de que merda estava falando.

No vídeo Jinx Queller continuava esperando ao piano, as mãos pousadas no colo, olhos diretamente à frente. Outros instrumentos tinham se juntado aos violinos. Andy não sabia quais, porque a mãe nunca lhe ensinara música. Ela desencorajara Andy quando ela quis entrar para uma banda e fazia uma careta toda vez que Andy pegava os címbalos.

Flautas. Andy podia ver os músicos na frente franzindo os lábios.

Arcos se moviam. Oboé. Violoncelo. Trompas.

Jinx Queller continuava esperando pacientemente sua vez no piano de cauda.

Andy colocou a palma da mão na barriga para acalmá-la. Estava enjoada de tanta tensão por ver aquela mulher no vídeo.

Sua mãe.

Aquela estranha.

Em que Jinx Queller estava pensando enquanto esperava? Estaria imaginando como seria o futuro? Será que sabia que um dia teria uma filha? Que teria apenas mais quatro anos antes que Andy surgisse e de algum modo a arrancasse daquela vida impressionante?

Aos 2:22 a mãe finalmente ergueu as mãos.

Houve uma clara tensão antes que os dedos tocassem levemente as teclas.

Inicialmente suaves, apenas algumas notas, um avanço lento, preguiçoso.

As mãos passaram a se mover mais rápido quando os violinos retornaram, flutuando para cima e para baixo, produzindo o som mais bonito que Andy já havia escutado.

Fluido. Voluptuoso. Rico. Exuberante.

Não havia adjetivos suficientes no mundo para descrever o que Jinx Queller extraía do piano.

Inchaço, era o que Andy sentia. Um inchaço no coração.

Orgulho. Prazer. Confusão. Euforia.

As emoções de Andy correspondiam à expressão no rosto da mãe à medida que a música passava de solene a dramática, depois empolgante, e de volta ao início. Cada nota parecia se refletir na expressão de Jane: sobrancelhas erguidas, olhos fechados, lábios sorrindo de prazer. Ela estava absolutamente arrebatada. Confiança irradiava como raios do sol do vídeo pixelado. Havia um sorriso nos lábios da mãe, mas era um sorriso secreto que Andy nunca vira antes. Jinx Queller, ainda tão inacreditavelmente jovem, tinha a expressão de uma mulher que estava exatamente onde queria estar.

Não em Belle Isle. Não em uma reunião de pais e mestres ou no sofá de seu escritório trabalhando com um paciente, mas no palco, com o mundo na palma da mão.

Andy enxugou as lágrimas. Não conseguia parar de chorar. Era incompreensível que a mãe não tivesse chorado todos os dias pelo resto da vida.

Como alguém pode abandonar algo tão mágico?

Andy ficou sentada, totalmente hipnotizada, durante toda a duração do vídeo. Não conseguiu tirar os olhos da tela. Às vezes as mãos da mãe disparavam para cima e para baixo do teclado, em outros momentos pareciam estar sobrepostas, os dedos se movendo de modo independente pelas teclas brancas e pretas, o que a fazia se lembrar de Laura amassando massa na cozinha.

O sorriso permaneceu em seu rosto até as últimas notas.

Fim.

As mãos de Jinx Queller flutuaram para o colo.

A plateia enlouqueceu. Todos estavam de pé. As palmas se transformaram em uma parede sólida de som, o ruído constante de uma chuva de verão.

Jinx Queller permaneceu sentada, mãos no colo, olhando para as teclas. Com a respiração ofegante e os ombros retraídos, ela começara a assentir. Parecia desfrutar de um momento a sós com o piano, consigo mesma, absorvendo a sensação de absoluta perfeição.

Assentiu mais uma vez. Levantou-se. Cumprimentou o maestro. Acenou para a orquestra. Todos os músicos estavam de pé, saudando Jinx com os arcos, batendo palmas furiosamente.

Ela se virou para a plateia e o aplauso aumentou. A mãe se curvou para a esquerda, depois direita, e então ao centro. Sorriu — um sorriso diferente, não tão confiante, não tão alegre — e deixou o palco.

E pronto.

Andy fechou o notebook antes que o vídeo seguinte pudesse começar.

Olhou para a janela atrás do sofá. O sol brilhava no céu azul. Lágrimas corriam até a gola da camisa. Ela tentou pensar em uma palavra para descrever como se sentia...

Assombrada? Perturbada? Esmagada? Atônita?

Laura tinha sido a única coisa que Andy quisera ser quase toda a sua vida. *Uma estrela.*

Andy analisou as próprias mãos. Tinha dedos normais — não longos ou finos demais. Quando Laura estava doente e incapaz de cuidar de si mesma, Andy lavara as mãos da mãe, passara loção nelas, as esfregara, segurara. Mas qual era o real aspecto daquelas mãos? Deviam ser graciosas, encantadas, dotadas de uma espécie de graça sobrenatural. Andy deveria ter sentido algo misterioso enquanto as massageava, ou um feitiço, ou... *qualquer coisa.*

Mas eram as mesmas mãos normais que haviam gesticulado para que Andy se apressasse para não perder a hora da escola. Que na primavera escavavam a terra do jardim para plantar flores. Que enlaçavam o pescoço de Gordon quando dançavam. Que apontavam para Andy em fúria quando ela fazia algo errado.

Por quê?

Andy piscou, tentando afastar as lágrimas dos olhos. Clara tinha desaparecido. Talvez não tivesse se dado conta da dor de Andy, ou da dor que Jane Queller sentira ao ver sua versão mais jovem tocando. As duas mulheres claramente haviam conversado antes sobre a apresentação.

Aquele vestido verde!

Andy enfiou a mão no bolso e pegou o celular descartável.

Discou o número da mãe.

Ouviu o telefone tocar.

Fechou os olhos para a luz do sol, imaginando Laura na cozinha. Caminhando até o celular carregando sobre o balcão. Vendo o número desconhecido na tela. Tentando decidir se atendia ou não. Seria uma chamada automática? Um novo cliente?

— Alô? — disse Laura.

O som de sua voz fez Andy desmoronar. Ela passara quase uma semana desejando que a mãe telefonasse, sonhando ouvir que era seguro ir para casa, mas agora que ela estava ao telefone Andy era incapaz de fazer outra coisa a não ser chorar.

— Alô? — repetiu Laura. E então, porque havia recebido telefonemas semelhantes antes: — Andrea?

Andy perdeu o pouco do controle que tinha conseguido manter. Ela se curvou sobre os joelhos, a cabeça na mão, tentando não gemer novamente.

— Andrea, por que está ligando? — perguntou Laura em um tom objetivo.

— O que há de errado? O que aconteceu?

Andy abriu a boca, mas apenas para respirar.

— Andrea, por favor — pediu Laura. — Preciso que você me diga que consegue me ouvir.

Ela esperou.

— Andy...

— Quem é você?

Laura ficou em silêncio. Segundos se passaram, depois o que pareceu um minuto inteiro.

Andy olhou para a tela, imaginando se a ligação havia caído. Colocou o celular no ouvido novamente. Finalmente veio o ruído suave de ondas quebrando na praia. Laura havia saído. Estava na varanda dos fundos.

— Você mentiu para mim — disse Andy.

Nada.

— Meu aniversário. Minha data de nascimento. Onde moramos. Aquela foto falsa dos meus avós falsos. Você pelo menos sabe quem é meu pai?

Laura continuou sem dizer nada.

— Você era alguém, mãe. Eu vi na internet. Você no palco... no-no-no Carnegie Hall. As pessoas idolatrando você. Deve ter demorado anos para ficar tão boa assim. A vida inteira. Você era alguém, e abriu mão disso.

— Você está errada — disse Laura finalmente. Não havia emoção no seu tom, apenas uma objetividade fria. — Eu não sou ninguém, e é exatamente quem eu quero ser.

Andy apertou os dedos sobre os olhos. Ela não aguentava mais aqueles malditos enigmas. Sua cabeça ia explodir.

— Onde você está? — perguntou Laura.

— Estou em lugar nenhum.

Andy queria fechar o celular, dar a Laura o maior *foda-se* do mundo, mas o momento era desesperador demais para gestos vazios.

— Você pelo menos é minha mãe de verdade?

— Claro que sou. Passei dezesseis horas em trabalho de parto. Os médicos achavam que iriam perder nós duas. Mas não perderam. Nós sobrevivemos.

Andy ouviu um carro chegando.

Merda.

— An-Andrea — disse Laura, lutando com o nome. — Onde você está? Preciso saber que está em segurança.

Andy se ajoelhou no sofá e olhou pela janela. Edwin Van Wees com seu bigode curvado idiota. Ele viu a picape de Mike e praticamente caiu do carro para vir correndo na direção da porta da frente.

— Clara! — gritou ele. — Clara, onde...

Clara respondeu, mas Andy não conseguiu entender as palavras.

Laura devia ter ouvido algo, porque perguntou:

— Onde você está?

Andy escutou as botas pesadas batendo no corredor.

— Andrea — chamou Laura, com seu tom objetivo. — Isto é muito sério. Você precisa me dizer...

— Quem é você, porra? — perguntou Edwin para Andy de costas. — Merda — disse ele quando Andy se virou. — Andrea.

— Esse é... — começou Laura do outro lado da linha, mas Andy apertou o celular no peito.

— Como você me conhece? — perguntou ela ao homem.

— Saia de perto da janela — mandou Edwin, puxando Andy para fora do escritório. — Você não pode ficar aqui. Você precisa ir. Agora.

Andy não se moveu.

— Como você me conhece?

Edwin viu o celular na mão dela.

— Com quem você está falando?

Como Andy não respondeu, ele arrancou o aparelho da mão dela e o levou ao ouvido.

— Quem é... Porra — disse, e então deu as costas para Andy e começou a falar com Laura. — Não, eu não faço ideia do que Clara disse a ela. Você sabe que ela não está bem. — Então começou a assentir, escutando. — Eu não contei a ela... Não. Clara não precisa saber. É informação privilegiada. Eu nunca...

Ele parou novamente.

— Laura, você precisa se acalmar. Ninguém sabe onde está além de mim.

Eles se conhecem. Estão discutindo como velhos amigos. Edwin reconheceu Andy imediatamente. Clara pensara que ela era Jane, que na verdade era Laura...

Andy ouvia o ranger dos próprios dentes. Ela se sentia fria, quase gelada. Esfregou os braços com as mãos.

— Laura, eu... — disse Edwin, baixando a cabeça e olhando pela janela. — Escute, você precisa confiar em mim. Você sabe que eu nunca...

E então ele se virou e olhou para Andy, que viu a raiva dele se transformar em outra coisa. Edwin abriu o mesmo sorriso que Gordon exibia quando Andy tinha feito tudo errado, mas ele ainda assim queria que ela soubesse que a amava.

Por que um homem que ela nunca encontrara a olhava como seu pai?

— Eu vou fazer isso, Laura. Eu juro que...

Houve um estalo alto.

Depois outro.

Depois mais um.

Andy se jogou imediatamente no chão, como fizera na última vez que ouvira uma sequência repentina de tiros.

Tudo era exatamente igual.

Vidro quebrando. Papéis voando. Estilhaços pelo ar.

Edwin recebeu a maioria das balas, os braços lançados para cima, o crânio quase pulverizado, ossos e pedaços do couro cabeludo sobre o sofá, nas paredes, no teto.

Andy estava deitada de bruços, as mãos sobre a cabeça, quando ouviu o baque nauseante do corpo dele atingindo o chão.

Olhou para o rosto do homem morto. Nada além de um buraco escuro com pedaços brancos de crânio a olhava de volta. O bigode ainda estava curvado nas pontas, fixados por uma cera grossa.

Andy sentiu gosto de sangue na boca. O coração parecia bater nos tímpanos. Pensou brevemente ter perdido a audição, mas não havia nada para ouvir.

O atirador havia parado.

Andy examinou a sala em busca do celular descartável. Estava a poucos metros, no corredor. Não tinha ideia se ainda estava funcionando, mas ouviu a voz da mãe tão clara como se estivesse na sala...

Você precisa correr, querida. Ele não vai conseguir recarregar rápido o bastante para atirar em você.

Andy tentou se levantar, mas mal conseguiu ficar de joelhos antes de vomitar de dor. O milk-shake do McDonald's estava rosa de sangue. Sempre que ela arfava parecia que fogo subia pelo lado esquerdo do corpo.

Passos. Do lado de fora. Chegando mais perto.

Andy se obrigou a ficar de quatro. Engatinhou na direção da porta, cacos de vidro se cravando em suas mãos, os joelhos escorregando pelo chão. Conseguiu chegar ao corredor antes de ser interrompida por uma dor lancinante. Caiu por cima do quadril. Conseguiu se sentar. Colou as costas na parede. A cabeça estava tomada por um zumbido agudo. Cacos de vidro se projetavam de seus braços nus.

E então Andy escutou.

Um som estranho vindo do outro lado da casa.

Clique-clique-clique-clique.

O cilindro de um revólver girando?

Olhou para o celular. A tela estava quebrada.

Não havia para onde ir. Nada a fazer senão esperar.

Andy levou a mão até a lateral do corpo. A camisa estava encharcada de sangue. Os dedos acharam um buraquinho no tecido.

Depois a ponta do dedo encontrou outro buraco na pele.

Ela havia levado um tiro.

2 DE AGOSTO DE 1986

CAPÍTULO CATORZE

J ANE SENTIU AS TECLAS de marfim do Steinway Concert Grand ficando mais leves sob as pontas dos dedos. As luzes do palco aqueciam a lateral direita do corpo. Permitiu-se então um olhar furtivo para a plateia e reconheceu alguns dos rostos sob as luzes.

Rapsódico.

Os ingressos para a apresentação no Carnegie esgotaram em um dia. Mais de dois mil lugares. Jane era a mulher mais jovem a ocupar o centro daquele palco. A acústica da sala era impressionante. A reverberação escorria como mel em seus ouvidos, curvando e alongando cada nota. O Steinway dava a Jane mais do que ela ousara esperar. O movimento da tecla era leve o suficiente para produzir a sutil delicadeza que banhava a sala em uma onda de som quase etérea. Jane sentia-se como uma ilusionista realizando o truque mais maravilhoso do espetáculo. Cada toque era perfeito. A orquestra era perfeita. A plateia era perfeita. Ela baixou o olhar para além das luzes, observando a primeira fila.

Jasper, Annette, Andrew, Martin...

Nick.

Ele batia palmas. Sorria de orgulho.

Jane perdeu uma nota, depois outra, e de repente estava acompanhando o *staccato* das mãos de Nick como não tinha feito desde que Martin a sentara pela primeira vez no banco e ordenara que tocasse. O barulho ficou mais agudo com as palmas de Nick se espalhando pela sala. Jane precisou cobrir os ouvidos. A música parou. A boca de Nick produziu um sorriso de desprezo. Ele continuou a aplaudir. E então o sangue começou a escorrer de suas mãos, pelos braços e até o colo. Ele aplaudiu com mais força. Mais alto. Sangue esguichava sobre sua camisa branca, sobre Andrew, seu pai, o palco.

Jane abriu os olhos.

O quarto estava escuro. Confusão e medo se misturaram. O coração batia na garganta. Pouco a pouco ela foi recobrando os sentidos e compreendeu que estava deitada na cama. Afastou a colcha. Reconheceu a cor azul.

A casa da fazenda.

Sentou-se tão rápido que quase foi derrubada por uma onda de tontura. Procurou o interruptor da luminária.

Havia uma seringa e um frasco na mesinha de cabeceira.

Morfina.

A seringa ainda estava tampada, mas o frasco estava quase vazio.

Em pânico, Jane olhou para os braços, as pernas, os pés em busca de marcas de agulha.

Nada. Mas o que ela temia? Que Nick a tivesse drogado? Que de algum modo a tivesse infectado com o sangue contaminado de Andrew?

A mão foi ao pescoço. Nick a estrangulara. Ela ainda se lembrava com clareza daqueles últimos momentos no banheiro, quando tentava desesperadamente respirar. A garganta agora pulsava sob seus dedos. A pele estava sensível. Jane baixou a mão. A protuberância redonda de sua barriga encheu a palma. Lentamente foi baixando a mão à procura de manchas de sangue entre as pernas. Nada. O alívio quase a deixou sem fôlego.

Nick não arrancara outra criança do seu corpo.

Dessa vez, ao menos por enquanto, ela e o bebê estavam seguros.

Jane encontrou as meias no chão, enfiou as botas. Foi até a grande janela em frente à cama e abriu as cortinas. Escuridão. Identificou a silhueta da van estacionada em frente ao celeiro, mas os dois outros carros haviam sumido.

Prestou atenção aos sons da casa.

Havia vozes baixas, pelo menos duas pessoas conversando, no lado oposto da casa. Alguma coisa sendo picada. Potes e panelas batendo.

Jane se curvou para afivelar as botas. Ela se lembrava de ter feito a mesma coisa alguns dias antes. Antes de descer para falar com os agentes Barlow e Danberry. Antes de saírem no Porsche de Jasper sem se dar conta de que nunca mais voltariam. Antes de Nick ter feito Jane escolher entre ele e o irmão.

Esses grupos anarquistas pensam que estão fazendo a coisa certa até que acabam na prisão ou numa gaveta de necrotério.

A porta se abriu.

Jane não sabia quem esperava ver. Certamente não Paula, que rosnou:

— Espere na sala.

— Onde está Andrew?

— Foi na padaria. Onde você acha, cacete?

Paula saiu pisando duro, os passos como dois martelos batendo no chão.

Jane sabia que precisava procurar o irmão, mas tinha que se recompor antes disso. Seus últimos dias ou horas de vida não poderiam ser gastos com recriminações.

Ela atravessou o corredor até o banheiro. Sentou-se no vaso, rezando para não sentir a dor aguda, para não ver os pontos de sangue.

Jane olhou dentro do vaso.

Nada.

A banheira chamou sua atenção. Não tomava um banho de verdade havia quase quatro dias. A pele parecia encerada, mas a ideia de ficar nua, procurar sabonete e uma toalha era demais. Deu descarga. Os olhos evitaram o espelho enquanto lavava as mãos e depois o rosto com água quente. Pegou um pedaço de pano qualquer e limpou sob os braços e entre as pernas. Sentiu outra onda de alívio quando viu que ainda não havia sangue.

Você foi idiota o bastante para achar que eu deixaria você levar isso até o fim?

Jane foi para a sala. Procurou um telefone, mas não havia nenhum. E de qualquer modo não faria sentido ligar para Jasper. Todas as linhas da família estariam grampeadas. Mesmo se ele estivesse inclinado a ajudar, estaria de mãos atadas. Jane estava por conta própria.

Ela tinha feito sua escolha.

Pelo som, alguém tinha levado a TV para a cozinha. Num piscar de olhos, veio uma lembrança. Nick de joelhos diante do aparelho, ajustando o volume, insistindo que todos vissem seus crimes sendo listados para o país. O grupo se acomodara ao redor dele como as pás de um ventilador. Clara no chão absorvendo a energia frenética. Edwin solene e atento. Paula olhando com admiração para Nick, como se ele fosse Cristo renascido. Jane de pé ali, chocada com a notícia que Clara lhe dera.

Mesmo naquela ocasião Jane permanecera na sala em vez de se juntar a Andrew porque ainda não queria decepcionar Nick. Nenhum deles queria. Serem pegos, passar o resto da vida na prisão, ou mesmo morrer, não temiam nada disso mais do que temiam desapontar Nick.

Ela sabia que agora haveria uma punição pelo seu desafio. Nick a deixara ali com Paula por uma razão.

Jane apoiou a mão na porta vaivém da cozinha e escutou.

Ouviu a lâmina de uma faca batendo em uma tábua. O murmúrio de um programa de televisão. Sua própria respiração.

Empurrou a porta. A cozinha era pequena e apertada, a mesa enfiada no final de um balcão, mas ainda assim era charmosa. Os armários de metal eram pintados de um amarelo alegre. Os eletrodomésticos eram todos novos.

Andrew estava à mesa.

Jane imediatamente se animou ao vê-lo. Ele estava ali. Ainda estava vivo, embora o sorriso que deu fosse fraco.

Ele fez um gesto para que Jane baixasse o volume da televisão. Ela girou o botão. Não tirou os olhos nele.

Será que ele sabia o que Nick tinha feito com Jane no banheiro?

— Eu mandei você esperar lá — disse Paula, jogando temperos em uma panela no fogão. — Ei, retardada, eu disse...

Jane mostrou o dedo médio e se sentou de costas para Paula.

Andrew deu um risinho. A caixa metálica estava aberta diante dele. Havia pastas espalhadas na mesa. A pequena chave estava junto ao cotovelo dele. Um grande envelope era endereçado ao *Los Angeles Times*. Ele estava desempenhando seu papel para Nick. Mesmo à beira da morte, ainda era um soldado leal.

Jane se esforçou para afastar a tristeza de seu rosto. Parecia impossível, mas o irmão estava ainda mais pálido. Seus olhos pareciam desenhados a lápis vermelho. Os lábios estavam ficando azulados. Cada respiração era como uma serra se movimentando sobre um pedaço de madeira molhada. Ele deveria estar repousando no conforto de uma cama de hospital, não lutando para ficar sentado em uma cadeira de madeira dura.

— Você está morrendo — disse ela.

— Mas você não — respondeu ele. — Nick fez o teste ELISA mês passado. Ele está limpo. Você sabe que ele morre de medo de agulhas. E o outro modo de contrair... Ele nunca foi disso...

Jane sentiu brotar um suor frio. A ideia nem lhe passara pela cabeça, mas, agora que estava ali, sentiu-se enjoada ao compreender que, mesmo se Nick tivesse sido infectado, provavelmente nunca teria lhe contado. Eles continuariam transando e Jane teria prosseguido com a gestação e não teria descoberto a verdade até que viesse da boca de um médico.

Ou de um legista.

— Você vai ficar bem — disse Andrew. — Eu garanto.

Não era hora de chamar o irmão de mentiroso.

— E Ellis-Anne?

— Limpa também. Eu disse a ela para fazer o teste assim que… — A voz de Andrew morreu. — Ela queria ficar comigo mesmo assim. Dá para acreditar? Eu não podia permitir uma coisa dessas. Não é justo. E havia tudo isto acontecendo, então… — A voz dele sumiu novamente e Andrew deu um longo suspiro. — Barlow, o agente do FBI. Ele me contou que conversaram com ela. Sei que ela deve ter ficado com medo. Eu lamento que… Bem, eu lamento muitas coisas.

Jane não queria que ele se afundasse em arrependimentos. Pegou as mãos do irmão. Pareciam pesadas, como se de algum modo já segurassem o fardo do que estava por vir. Pelo colarinho aberto da camisa, Jane viu as lesões arroxeadas no peito do irmão.

Ele não podia ficar ali naquela casa quente demais com menos de metade de uma dose de morfina. Ela não iria permitir.

— O que foi? — perguntou ele.

— Eu amo você.

Andrew nunca foi de expressar sentimentos, mas apertou as mãos dela e sorriu novamente para que soubesse que sentia o mesmo.

— Meu Deus — murmurou Paula.

Jane olhou feio para ela, que começara a cortar um tomate com uma faca cega. A pele rasgava como papel.

— Vocês dois agora curtem incesto? — perguntou Paula.

Jane se virou.

— Vou descansar um pouco. Tudo bem? — disse Andrew.

Ela assentiu. Eles teriam maior chance de partir se Andrew não se envolvesse na negociação.

— Pegue um cachecol — sugeriu Paula. — Mantenha o pescoço aquecido. Ajuda com a tosse.

Andrew ergueu uma sobrancelha para Jane, cético, enquanto tentava se levantar. Descartou a oferta de ajuda.

— Não cheguei a esse ponto.

Ele se arrastou na direção da porta vaivém. A camisa estava encharcada de suor. O cabelo estava úmido. Jane só desviou os olhos da porta quando ela parou de se mover.

Sentou-se no lugar de Andrew ao lado de Paula porque não queria dar as costas à mulher. Baixou os olhos para as fichas sobre a mesa. Eram as duas coisas que Nick mais valorizava: a assinatura de Jasper atestando sua participação na fraude; as polaroides com a fita elástica vermelha.

— Sei o que você está pensando, e você não vai a lugar algum — disse Paula.

Jane tinha achado que seria incapaz de sentir mais alguma emoção, mas nunca odiara Paula tanto quanto naquele momento.

— Eu só quero levá-lo ao hospital.

— E deixar os porcos descobrirem onde estamos? — perguntou Paula, dando uma risada. — Pode ir tirando suas botas elegantes, você não vai a lugar nenhum.

Jane virou para o outro lado e colocou as mãos juntas sobre a mesa.

— Ei, diaba — disse Paula, levantando a camisa e mostrando a arma enfiada na cintura do jeans. — Pode tirar o cavalinho da chuva. Eu adoraria abrir seis buracos novos nessa bunda que você chama de cara.

Jane conferiu o relógio na parede. Dez da noite. A equipe de Chicago já estaria na cidade. Nick estava a caminho de Nova York. Ela precisava fugir dali.

— Onde estão Clara e Edwin? — perguntou.

— Selden e Tucker estão em posição.

O apartamento de Edwin na cidade. Ele deveria ficar esperando telefonemas caso alguém fosse preso.

— O Northwestern não fica longe daqui — disse Jane. — É um hospital universitário. Lá eles poderão cuidar de...

— O Northwestern fica descendo a I-88, a uns 45 minutos, mas podia muito bem ficar na lua, porque você não vai para porra de lugar nenhum, nem ele. — Paula apoiou a mão no quadril. — Escute, sua vagabunda, eles não podem fazer nada pelo seu irmão. Você fez seu lance de menina rica, ficou lá vendo os miseráveis com aids. Sabe como a história termina. O príncipe não volta a cavalgar. Seu irmão vai morrer. Tipo, esta noite. Ele não vai ver o sol nascer.

Sentiu um nó na garganta ao ouvir seus medos serem confirmados.

— Os médicos podem aliviar o sofrimento.

— Nick deixou um frasco de morfina para isso.

— Está quase vazio.

— Foi só o que deu para encontrar na pressa, e temos sorte de ter um pouco. Provavelmente vai ser o bastante, mas caso contrário... — Deu de ombros. — Não há nada que possamos fazer.

Jane pensou novamente em Ben Mitchell, um dos primeiros jovens com aids que conheceu no hospital. Ele estava desesperado para voltar a Wyoming e ver os pais antes de morrer. Os pais finalmente concordaram, mas os últimos oito minutos da vida de Ben foram de terror, sufocando porque a equipe do hospital do interior tinha medo demais de enfiar um tubo em sua garganta para ajudá-lo a respirar.

Jane conhecia o pânico da asfixia. Nick a estrangulara antes. Uma vez durante o sexo. Uma segunda da última vez que ela engravidara. Outra algumas horas antes, quando ele ameaçara matá-la. Não importava quantas vezes acontecesse, não havia como se preparar para a sensação aterrorizante de não conseguir colocar ar nos pulmões. O coração parecia se encher de sangue. A dor lancinante dos músculos se contraindo. A queimação nos pulmões. A dormência nas mãos e nos pés enquanto o corpo abria mão de tudo para permanecer vivo.

Jane não podia deixar o irmão experimentar aquele terror. Nem por um minuto, quanto mais por oito.

— Os médicos podem apagá-lo para que esteja inconsciente no pior momento — disse a Paula.

— Talvez ele queira estar consciente. Talvez queira sentir.

— Parece Nick falando.

— Vou aceitar isso como um elogio.

— Não — respondeu Jane. — Isso deveria fazer você repensar o que está fazendo, porque é errado. Tudo isto aqui é errado.

— Os conceitos de *certo* e *errado* são construções patriarcais para controlar o populacho.

Jane virou a cabeça para encarar a mulher.

— Você não pode estar falando sério.

— Você está cega demais, sua idiota — disse Paula, que tinha pegado uma faca e picava cenouras com brutalidade. — Eu ouvi vocês ontem na van. Toda aquela babaquice melosa, dizendo a Nick como ele é maravilhoso, quanto você o ama, como acredita no que estamos fazendo, e então aqui estamos e de repente você resolve abandoná-lo.

— Você também o ouviu no banheiro, quando ele estava me estrangulando e me deixou inconsciente?

— Poderia ouvir isso alegremente todos os dias do resto da minha vida.

Um pedaço de cenoura caiu no chão ao lado de Jane.

Se Jane se levantasse, se desse um pequeno passo, poderia reduzir a distância entre elas. Poderia arrancar a faca da mão de Paula, tirar a arma de sua cintura.

E então?

Será que Jane conseguiria matá-la? Havia uma diferença entre odiar alguém e assassiná-la.

— Isso aconteceu antes de Berlim, certo? — perguntou Paula, apontando para sua própria barriga com a faca. — Achei que você estava engordando, mas... — Deu um suspiro. — Não tive tanta sorte.

Jane olhou para a barriga. Todo o medo de contar às pessoas sobre o bebê tinha sido em vão, porque, aparentemente, todos tinham descoberto por conta própria.

— Você não merece carregar o filho dele.

Jane olhou a faca se movendo para cima e para baixo. Paula não estava prestando atenção em Jane.

Levantar, dar um passo, agarrar a faca...

— Se dependesse de mim eu arrancaria essa criança de você — continuou Paula, apontando a faca para Jane. — Quer que eu faça isso?

Jane tentou fingir que a ameaça não havia perfurado seu coração. Ela tinha que pensar no bebê, porque aquilo não dizia respeito apenas a Andrew. Se ela atacasse Paula e falhasse, talvez perdesse o bebê antes mesmo de poder segurá-lo no colo.

— Foi o que eu pensei — disse Paula, se voltando para as cenouras com um sorriso no rosto.

Jane colou o queixo no peito. Nunca fora boa em confrontos. Seu jeito era permanecer calada e esperar que a explosão passasse. Era o que sempre tinha feito com o pai. Era o que fazia com Nick.

Olhou para a pilha de polaroides na mesa. A foto no topo mostrava o talho fundo em sua perna. Jane tocou o ponto da ferida, sentindo a elevação da cicatriz rosada.

Marca de mordida.

Ela se lembrava claramente do momento em que as fotos foram tiradas. Ela estava com Nick em Palm Beach enquanto os cortes e os hematomas se curavam. Nick saíra para almoçar e voltara com a câmera e o filme.

Lamento, querida, sei que você está sofrendo, mas acabei de ter uma ótima ideia.

Em casa, Andrew tinha dúvidas sobre o plano. Havia bons motivos. Andrew não queria que Laura Juneau fosse presa por atacar Martin com os pacotes de tinta vermelha. Sentia-se especialmente temeroso de ferir o orgulho de Martin. A despeito das surras e das decepções, e mesmo das coisas horríveis que Nick descobrira trabalhando na Queller Serviços de Saúde, Andrew ainda sentia algum amor pelo pai.

Então, quando voltaram de Palm Springs, Nick mostrara as polaroides a Andrew.

Olha só o que seu pai fez com a sua irmã. Preciso fazer com que ele pague por isso. Martin precisa pagar por todos esses pecados.

Nick supusera que Jane aceitaria fazer aquilo, e por que não? Por que ela não iria querer esconder do irmão o fato de que havia sido Nick quem socara seu rosto, abrira a sua pele com os dentes, espancara sua barriga até sangue escorrer entre suas pernas e o bebê deixar de existir?

Por que não?

Jane jogou as polaroides na caixa metálica. Enxugou as mãos suadas nas pernas. Pensou na conversa com o agente Danberry, no quintal. Em menos de uma semana os policiais tinham despido o disfarce Nick.

Ele convenceu todo mundo em seu círculo de que era mais inteligente do que realmente era. Mais esperto.

— Eu costumava sentir muito ciúme de você — disse Paula. — Sabia disso?

Jane empilhou as fichas e as recolocou na caixa.

— Não diga?

— É, bem. — Paula começou a picar uma batata com um cutelo. — Na primeira vez que a vi eu pensei: "O que essa piranha pretensiosa está fazendo aqui? Por que ela quer mudar todas as merdas do mundo se são justamente essas merdas que a beneficiam?"

Jane não tinha mais resposta. Ela odiava o pai. Tinha sido esse o ponto de partida. Martin a estuprara quando era criança, a espancara durante toda a adolescência, a aterrorizara aos vinte, e Nick lhe dera um meio de fazer isso parar. Não em causa própria, mas em nome de outras pessoas. Pessoas como Robert Juneau.

Como Andrew. Como todos os outros pacientes que haviam sido prejudicados. Jane não era forte suficiente para se afastar de Martin sozinha, então Nick bolara um plano para arrancar Martin de Jane.

Ela levou a mão à boca. Queria rir, porque acabara de se dar conta de que Nick fizera a mesma coisa com Andrew, usando as polaroides para fortalecer sua raiva em benefício de Jane.

Eles eram como ioiôs que ele conseguia trazer de volta com um movimento de pulso.

— Andy também tem tudo, mas ele tem muitos conflitos com isso, sabe? — disse Paula, e depois rasgou com os dentes o plástico que envolvia um aipo. — Ele luta com isso, diferente de você, que sempre pareceu apática. Mas acho que é natural para garotas do seu tipo, não é? As escolas certas, as roupas certas, o corte de cabelo certo. Eles cuidam de suas bundas brancas e magras desde o nascimento, assim vocês nunca parecem ter por que lutar. Vocês sabem quais garfos usar, quem pintou a Mona Lisa e essa besteira toda. Mas por baixo vocês estão cheias de ódio — concluiu, cerrando as mãos.

Jane nunca pensara em si mesma como uma pessoa cheia de ódio, mas entendia agora que o tempo todo era isso o que havia sob a camada de medo.

— A raiva é um luxo. É como a porra de uma droga — retomou Paula, rindo ao atacar um talo do aipo com a faca. — Por isso Nick é tão bom para mim. Ele me ajudou a transformar minha raiva em poder.

Jane sentiu as sobrancelhas se erguendo.

— Você está de babá para a namorada dele enquanto ele está lá fora plantando bombas.

— Cale a merda da boca! — exclamou Paula, jogando a faca no balcão. — Você se acha muito esperta, não é? Se acha que melhor do que eu, não acha?

Jane não respondeu.

— Olhe para mim, sua piranha idiota. Diga na minha cara. Diga que é melhor que eu. Eu te desafio.

Jane se virou de lado na cadeira para encarar Paula.

— Nick já comeu você?

Paula ficou de queixo caído. A pergunta evidentemente a deixara abalada. Jane não sabia bem de onde aquilo tinha vindo, mas continuou a pressionar.

— Tudo bem se tiver. Estou bastante certa de que ele comeu Clara. — Ela riu, porque agora conseguia ver claramente. — Ele sempre foi atraído por mulheres frágeis e famosas. E mulheres frágeis e famosas são atraídas por caras como Nick.

— Quanta babaquice.

Jane ficou perturbada ao perceber que a ideia de Nick e Clara juntos não produzia absolutamente nenhum ciúme. Por que ela estava tão à vontade com isso? Por que na verdade sentia inveja de Clara, que de algum modo conseguira o que queria de Nick sem se perder inteiramente?

— Aposto que ele não comeu você — insistiu Jane, percebendo, pela expressão de dor da outra, que tinha acertado. — Não que ele não a comeria se precisasse, mas você é desesperada demais por qualquer demonstração de gentileza. Não dar isso a você é muito mais eficaz do que dar. Certo? E isso oferece ao seu drama, Paula, uma vilã, eu, porque sou a única coisa que o impediria de ficar com você.

O lábio inferior de Paula começou a tremer.

— Cala a boca.

— Um dos agentes do FBI disse isso há alguns dias. Que Nick era apenas outro vigarista liderando um culto para poder transar com garotas bonitas e brincar de Deus com os rapazes.

— Eu mandei você calar a boca — disse Paula, mas sua voz tinha perdido a arrogância. Ela pressionava a beirada do balcão, e lágrimas corriam pelas bochechas enquanto ela balançava a cabeça sem parar. — Você não sabe. Não sabe nada sobre nós.

Jane fechou a tampa da caixa metálica. Havia uma pequena alça na lateral, pequena demais para a mão de Andrew, mas os dedos de Jane deslizaram facilmente pelo espaço.

Ela se levantou da mesa.

Paula esticou a mão para a faca enquanto começava a se virar.

Jane deu um passo para frente e acertou a caixa na cabeça de Paula.

Pou.

Como uma arma de brinquedo disparando.

A boca de Paula se abriu.

A faca escorregou da sua mão.

Ela desabou no chão.

Jane se curvou sobre Paula e conferiu o pulso constante no pescoço. Ergueu as pálpebras. Havia um tom branco leitoso no olho esquerdo, mas a pupila direita dilatou à luz dura do teto.

Jane passou pela porta vaivém, a caixa enfiada sob o braço. Passou pela sala e pelo corredor. Andrew dormia no quarto. O frasco de morfina estava vazio. Ela o sacudiu, chamando.

— Andy, Andy, acorda.

Ele se virou na direção da voz, um olhar vidrado.

— O que é?

— Você não ouviu o telefone? — disse Jane, pensando na única mentira que o faria se mover. — Nick ligou. Precisamos ir embora.

— Cadê... — começou, lutando para se sentar. — Cadê a Paula?

— Ela foi embora. Havia outro carro estacionado na estrada — disse Jane, esforçando-se para levantá-lo. — Eu estou com a caixa. Precisamos ir, Andrew. Agora. Nick mandou que saíssemos.

Ele tentou se levantar. Jane teve que colocá-lo de pé. Andrew já não pesava quase nada.

— Para onde vamos? — perguntou ele.

— Precisamos correr.

Jane quase deixou a caixa metálica cair enquanto o guiava pelo corredor e pela porta da frente. A caminhada até a van pareceu levar horas. Ela deveria ter amordaçado Paula. Amarrado. Quanto tempo até que ela acordasse e começasse a gritar? Será que Andrew iria embora se pensasse que estavam traindo Nick e o plano?

Jane não podia correr esse risco.

— Vamos, Andy — suplicou ao irmão. — Vamos. Você pode voltar a dormir na van, ouviu?

— Tá — foi tudo o que ele conseguiu dizer entre respirações entrecortadas.

Jane teve que arrastá-lo pelos últimos metros. Apoiou-o na van, usando o joelho para impedir que os dele dobrassem e para poder abrir a porta. Estava colocando-o no banco quando se lembrou...

As chaves.

— Fique aqui.

Jane correu de volta para a casa. Passou pela porta e entrou na cozinha. Paula estava de quatro, balançando a cabeça como um cachorro.

Sem pensar, Jane a chutou no rosto.

Paula deu uma bufada, depois desabou no chão.

Jane apalpou os bolsos de Paula até achar as chaves. Estava a meio caminho da van quando se lembrou da arma na cintura dela. Poderia voltar e pegar, mas qual o sentido? Era melhor ir embora logo do que arriscar dar a Paula outra chance de impedi-los.

— Jay... — disse Andrew, vendo-a se sentar ao volante. — Como... Como eles descobriram...

— Selden — disse a ele. — Clara. Ela deu para trás. Mudou de ideia. Nick disse que precisamos correr.

Jane engatou a ré. Apertou o acelerador até o fundo enquanto seguia pelo acesso. Conferiu o retrovisor. Só conseguia ver poeira. O coração continuou batendo na garganta ao longo das sinuosas estradas rurais. Só na interestadual Jane finalmente sentiu a respiração voltando ao normal. A cabeça de Andrew estava caída de lado. Jane foi contando cada respiração dolorosa do irmão lutando por ar.

Mas pela primeira vez em quase dois anos Jane se sentia em paz. Havia sido tomada por uma calma sobrenatural porque sabia que estava fazendo a coisa certa. Após se entregar à insanidade de Nick por tanto tempo, finalmente voltara a ficar lúcida.

Jane estivera no Northwestern Hospital uma vez. Estava no meio de uma turnê quando foi acometida por uma dor de ouvido. Pechenikov a levara à emergência e permanecera ao seu lado, inquieto, dizendo às enfermeiras que Jane era a paciente mais importante da qual iriam cuidar. Jane revirara os olhos com o elogio, mas por dentro ficara contente de ser tratada com tanto carinho. Ela amara muito Pechenikov, não apenas por ser um professor, mas por ser um homem decente e amoroso.

Provavelmente o motivo pelo qual Nick obrigara Jane a deixá-lo.

Por que você desistiu?

Porque meu namorado sentia ciúmes de um homossexual de setenta anos.

Uma ambulância passou em disparada à direita de Jane, que a seguiu pelo mesmo acesso. O letreiro do Northwestern Memorial Hospital brilhava a distância.

— Jane? — perguntou Andrew, que fora acordado pela sirene da ambulância. — O que você está fazendo?

— Nick pediu para levar você ao hospital — disse, e ligou a seta, esperando o sinal abrir.

— Jane…

Andrew cobriu a boca em um acesso de tosse.

— Só estou cumprindo as ordens dele — mentiu Jane, com a voz trêmula. Ela precisava permanecer forte. Eles estavam muito perto. — Ele me fez prometer, Andrew. Quer que eu quebre a promessa que fiz a Nick?

— Você não… — começou, mas precisou parar para recuperar o fôlego. — Eu sei o que você… Que Nick não…

Jane olhou para o irmão. Ele esticou a mão, os dedos tocando o pescoço dela suavemente.

Ela olhou pelo retrovisor, viu os hematomas do estrangulamento. Andrew sabia o que tinha acontecido no banheiro, que Jane escolhera ficar com ele.

E foi nesse momento que ela se deu conta de que Nick devia ter dado o mesmo ultimato a Andrew. Ele não tinha ido para Nova York com Nick. Tinha ficado na casa da fazenda com Jane.

— Nós formamos uma bela dupla, não é? — disse ela ao irmão.

Andrew fechou os olhos.

— Não podemos, Jinx — disse. — Nossos rostos... No noticiário... A polícia.

— Não interessa.

Jane murmurou um xingamento para o sinal fechado, depois para si mesma. A van era o único veículo à vista. Mas como não fazia sentido obedecer às leis de trânsito àquela hora, ela pisou no acelerador e avançou o sinal.

— Jane... — Andrew teve outro surto de tosse. — V-você não pode fazer isso. Eles vão pegar você.

Jane virou à direita, seguiu outra placa azul com um H branco.

— Por favor.

Ele esfregou o rosto, algo que costumava fazer quando ficava frustrado demais desde que era pequeno.

Jane avançou outro sinal. Estava no piloto automático. Tudo dentro dela estava anestesiado novamente. Ela era uma máquina tanto quanto a van, um meio de transporte que levaria seu irmão ao hospital para que ele pudesse morrer em paz, dormindo.

Andrew insistiu.

— Por favor. Escute...

Outro acesso de tosse. Jane ouvia o barulho de sucção a cada respiração dele, como se Andrew tentasse sugar oxigênio por um canudo.

— Tente poupar o fôlego.

— Jane — repetiu ele, a voz não mais que um sussurro. — Se você me deixar... Você precisa ir. Não pode deixar que eles peguem você. Você precisa...

Foi interrompido por um novo acesso de tosse, que deixou pontos de sangue na sua mão.

Jane engoliu a dor. Ela o estava levando ao hospital. Andrew seria entubado para respirar melhor, seria medicado para dormir. Aquela provavelmente era a última conversa que eles teriam.

— Eu sinto muito, Andy. Eu amo você — disse ela.

Os olhos dele estavam úmidos. Lágrimas correram pelo seu rosto.

— Eu sei que você me ama. Mesmo quando sentia ódio. Eu sei que você me amava.

— Eu nunca odiei você.

— Eu perdoo você, mas... — disse, e tossiu. — Me perdoe também, tá bem?

Jane acelerou.

— Não há o que o perdoar.

— Eu sabia, Janey. Eu sabia quem ele era. O que ele era. Foi tudo... Tudo culpa minha. Minha. Eu estou tão...

A voz dele não passava de um chiado. Jane olhou para o irmão, mas seus olhos estavam fechados. A cabeça balançava para a frente e para trás com o movimento da van.

— Andrew?

— Eu sabia — murmurou ele. — Eu sabia.

Ela fez uma curva fechada à esquerda. Seu coração deu um pulo ao ver o letreiro em frente ao setor de emergência.

— Andy?

Jane entrou em pânico. Não conseguia mais ouvir a respiração dele. A mão estava fria como gelo.

— Estamos quase lá, meu querido. Aguente um pouco mais.

As pálpebras dele se abriram.

— Troque... — disse, e conteve uma tossida. — Troque ele.

— Andy, não tente falar — disse, o letreiro do hospital chegando mais perto. — Estamos quase lá. Apenas aguente, meu querido. Só mais um pouco.

— Troque todos...

As pálpebras de Andrew tremularam outra vez. O queixo se colou ao peito. Apenas o chiado do ar sendo sugado por entre os dentes lhe dizia que ele ainda estava vivo.

O hospital.

Jane quase perdeu o controle do volante quando os pneus bateram no meio-fio. A traseira da van derrapou, mas de algum modo Jane conseguiu parar cantando pneus na entrada da emergência. Dois assistentes fumavam em um banco próximo.

— Socorro! — gritou Jane, saltando da van. — Ajudem meu irmão. Por favor!

Os homens já haviam se levantado do banco. Um deles entrou correndo no hospital. O outro abriu a porta da van.

— Ele tem... — começou Jane, a voz engasgando. — Está infectado com...

— Saquei — disse o homem, passando os braços pelas costas de Andrew e o ajudando a saltar da van. — Vamos lá, companheiro. Nós vamos cuidar de você.

As lágrimas de Jane, havia muito secas, começaram a correr novamente.

— Você está bem — disse o homem a Andrew com tanta gentileza que Jane quis se jogar no chão e beijar seus pés. — Consegue andar? Vamos até este banco e...

— Onde... — perguntou Andrew, procurando por Jane.

— Eu estou bem aqui, querido.

Jane tocou o rosto dele, pressionou os lábios sobre sua testa. Andrew estendeu a mão e tocou a barriga protuberante.

— Troque... — sussurrou. — Todos eles.

O outro assistente passou correndo pelas portas com uma maca.

Os dois homens ergueram Andrew. Estava tão leve que eles mal precisaram se esforçar para erguê-lo. Andrew virou a cabeça, procurando por Jane.

— Eu amo você — disse ele.

Começaram a empurrar a maca para dentro. Andrew manteve os olhos em Jane pelo máximo de tempo que conseguiu.

As portas se fecharam.

Pelo vidro, Jane viu o irmão ser empurrado para os fundos da emergência. As portas duplas se abriram. Enfermeiras e médicos se reuniram ao redor dele. As portas se fecharam novamente e ele sumiu.

Eles vão pegar você.

Jane respirou o ar frio da noite. Ninguém saiu correndo do hospital com uma arma, ordenando que ela se deitasse no chão. Nenhuma das enfermeiras estava ao telefone atrás do balcão.

Ela estava em segurança. Andrew estava sendo assistido. Ela podia ir embora. Ninguém sabia que ela estava ali. Ninguém poderia encontrá-la a não ser que ela quisesse ser encontrada.

Jane caminhou de volta para a van. Fechou a porta do carona e sentou-se ao volante. O motor ainda estava ligado. Ela então tentou se lembrar de tudo que Andrew lhe dissera. Momentos antes estava falando com ele e agora ela sabia que nunca mais ouviria a voz do irmão.

Engrenou o carro.

Dirigiu sem objetivo, passando pelas vagas marcadas da emergência. Passou pelo estacionamento do hospital, da universidade, do shopping center no final da rua.

Canadá. O falsificador.

Jane podia criar uma vida nova para si mesma e sua filha. Os 255 mil dólares em espécie provavelmente ainda estavam no fundo da van. O cooler. A garrafa térmica de água. A caixa de Slim Jims. O cobertor. O colchonete. Toronto ficava a oito horas de distância. Contornar o alto de Indiana, passar por Michigan e chegar ao Canadá. Aquele era o plano arquitetado para quando Nick fizesse seu retorno triunfal de Nova York. Eles passariam algumas semanas na fazenda esperando baixar a poeira das bombas, depois iriam de carro até o Canadá. Lá comprariam mais documentos do falsificador da East Kelly Street e voariam para a Suíça.

Nick tinha pensado em tudo.

Uma buzina soou atrás de Jane. Ela se assustou. Tinha parado no meio da rua. Pelo retrovisor, Jane viu um homem brandindo o punho. Ela acenou em pedido de desculpas e pisou no acelerador.

O motorista raivoso passou por ela apenas para provar que podia. Jane dirigiu mais alguns metros, mas então desacelerou e seguiu uma placa na direção de um estacionamento privado. A temperatura dentro da van diminuiu enquanto ela descia a rampa em espiral. Ela localizou uma vaga entre dois sedans no último andar subterrâneo. Entrou de ré. Conferiu se não estava sendo observada. Nenhuma câmera nas paredes. Nenhum espelho falso.

A preciosa caixa de metal de Nick estava no chão entre os assentos. Jane colocou-a sob o braço assim como o irmão sempre tinha feito. Agachou para ir até o fundo da van. O cadeado pendia da caixa que era presa ao piso.

6-12-32.

Todos sabiam a combinação.

O dinheiro ainda estava lá. A garrafa térmica. A geladeira. A caixa de Slim Jims.

Jane acrescentou a caixa de Nick ao conjunto. Pegou trezentos dólares, depois fechou a tampa. Girou o segredo. Saltou da van. Foi até o fundo. O para-choque de metal era oco por dentro. Jane equilibrou a chave na beirada. Depois subiu a rampa em espiral. Não havia recepcionista naquele turno, apenas uma pilha de envelopes e uma caixa de correio. Jane escreveu o número da vaga na qual estacionara a van, depois colocou trezentos dólares no envelope, o suficiente para deixá-la ali por um mês.

Na rua, seguiu a direção da brisa fria até o lago Michigan. Sua blusa fina se agitava ao vento. Jane se lembrava da primeira vez que voara até Milwaukee para tocar no Performing Arts Center. Achou que o avião tinha saído da rota e acabado sobre o Atlântico, porque mesmo a vinte mil pés ela não conseguia ver as margens do enorme lago. Pechenikov lhe dissera que era possível colocar o Reino Unido inteiro no lago sem que os limites tocassem nas laterais.

Jane foi dominada por uma tristeza profunda e indesejada. Parte dela pensara — esperara — que um dia poderia voltar. A se apresentar. Para Pechenikov. Não mais. Seus dias de turnê tinham chegado ao fim. Ela provavelmente nunca voaria de avião novamente. Nunca excursionaria de novo. Nunca tocaria de novo.

Uma descoberta repentina a fez rir.

As últimas notas que havia tocado ao piano foram os compassos animados e alegres de "Take On Me", do A-ha.

A sala de espera do hospital estava lotada quando ela voltou. Jane se deu conta de qual devia ser sua aparência. Não lavava o cabelo havia dias. As roupas estavam sujas de sangue. O nariz parecia quebrado. Hematomas escuros haviam surgido em seu pescoço. Provavelmente os vasos sanguíneos rompidos se espalhavam pelo branco dos olhos. Ela podia ver as perguntas nos olhos das enfermeiras.

Espancada? Viciada? Garota de programa?

Irmã era a última coisa que pensariam. Ela encontrou Andrew atrás de uma cortina nos fundos da emergência, finalmente entubado. Jane ficou contente por ele conseguir respirar, mas entendia que jamais ouviria sua voz novamente. Ele nunca mais iria provocá-la, fazer piada sobre o seu peso, e não conheceria o bebê que estava crescendo dentro dela.

A única coisa que Jane podia fazer pelo irmão naquele momento era segurar sua mão e escutar os batimentos cardíacos cada vez mais lentos pelo monitor. Ela o segurou enquanto eles o empurravam até o elevador para levá-lo para a UTI. Ela se recusou a sair do lado dele mesmo depois que as enfermeiras disseram que os visitantes não podiam passar mais de vinte minutos por vez.

Não havia janelas no quarto de Andrew. O único vidro era a janela e a porta de deslizar que davam para o posto das enfermeiras. Jane nunca teve boa noção do tempo, então não sabia quanto levaria para alguém — um médico, um ajudante, uma enfermeira — reconhecê-los. Até que o tom de voz deles mudou. Um único policial apareceu do lado de fora da porta de vidro, mas não entrou. Ninguém entrou no pequeno quarto de Andrew a não ser a enfermeira da UTI, cuja disposição para conversar desaparecera. Jane esperou uma hora, depois mais uma, então perdeu a conta. Nada de CIA, NSA, Serviço Secreto, FBI, Interpol. Não havia ninguém para impedir Jane quando ela pousou a cabeça ao lado da de Andrew na cama.

Ela levou os lábios ao ouvido dele. Quantas vezes Nick tinha feito a mesma coisa com ela, compartilhando segredos com Jane de tal modo que a fazia acreditar que eles eram as únicas pessoas no mundo?

— Eu estou grávida — contou ao irmão, a primeira vez que dizia as palavras em voz alta para alguém. — E estou feliz. Estou muito feliz, Andy, porque vou ter um bebê.

Os olhos de Andrew se moveram sob as pálpebras, mas a enfermeira dissera a Jane para não se importar com aquilo. Ele estava em coma. Não iria despertar. Jane jamais saberia se o irmão tinha ou não consciência de sua presença. Mas Jane sabia que estava ali, e isso era tudo o que importava.

Eu nunca mais vou deixar alguém machucar você.

— Jinx?

Jasper estava parado junto à porta. Jane deveria ter imaginado que ele acabaria aparecendo. O irmão mais velho sempre vinha a seu resgate. Jane quis se levantar e abraçá-lo, mas só tinha forças para ficar jogada na cadeira. Jasper parecia igualmente incapaz enquanto deslizava a porta de vidro. O policial assentiu para ele antes de atravessar o corredor até o posto das enfermeiras. Efeito da farda da Força Aérea, amarrotada, mas ainda impressionante. Jasper evidentemente não trocara de roupa desde que ela o vira pela última vez na sala de casa em Presidio Heights.

Ele se virou, a boca formando uma linha fina. Jane se sentiu nauseada de culpa. A pele de Jasper estava pálida, o cabelo estava desgrenhado, a gravata, torta. Ele devia ter vindo diretamente do aeroporto depois do voo de quatro horas desde São Francisco.

Quatro horas no ar. Trinta horas na van. Doze horas para Nova York.

Nick devia estar no Brooklyn naquele momento.

— Você está bem? — perguntou Jasper.

Jane teria chorado caso ainda tivesse lágrimas. Ela segurou a mão de Andrew e estendeu a outra para Jasper.

— Estou feliz que esteja aqui.

Ele segurou os dedos dela por um momento antes de soltá-los. Recuou alguns passos. Apoiou-se na parede. Ela esperava perguntas sobre seu papel no assassinato de Martin, mas em vez disso ele simplesmente disse:

— Uma bomba explodiu na Bolsa Mercantil de Chicago.

A informação soou estranha vinda de sua boca. Eles haviam passado tanto tempo planejando, e agora realmente tinha acontecido.

— Pelo menos uma pessoa morta e outra em estado crítico. A polícia acha que estavam tentando instalar o detonador quando a bomba explodiu.

Spinner e Wyman.

— Essa é a única razão pela qual a polícia não está toda em cima de você. Todo mundo com um distintivo ou uniforme está revirando os escombros em busca de outras vítimas.

Jane apertou a mão de Andrew com força. O rosto dele estava murcho, a pele tinha a mesma cor dos lençóis.

— Jasper, Andy está...

— Eu sei — disse Jasper em um tom seco, indecifrável. Ele não olhara para Andrew uma só vez desde que entrara no quarto. — Precisamos conversar. Você e eu.

Jane sabia que ele iria lhe perguntar sobre Martin. Ela desviou o olhar para Andrew porque não queria ver a esperança, depois a decepção e o desprezo no rosto de Jasper.

— Nick é uma fraude. Ele nem sequer se chama Nick.

Jane o encarou.

— Aquele agente do FBI, Danberry, me contou que o verdadeiro nome dele é Clayton Morrow. Identificaram a partir das digitais no seu quarto.

Jane estava sem palavras.

— O verdadeiro Nicholas Harp morreu de overdose há seis anos, no seu primeiro dia em Stanford. Eu vi a certidão de óbito. Heroína.

O verdadeiro Nicholas Harp?

— O traficante de Nick, Clayton Morrow, assumiu a identidade dele. Você entende o que estou dizendo, Jinx? Nick não é Nick. Ele roubou a identidade de um morto. Talvez tenha sido ele mesmo quem deu a Harp a overdose fatal. Quem sabe do que ele é capaz?

Roubou a identidade de um morto?

— Clayton Morrow foi criado em Maryland. O pai é piloto da Eastern. A mãe é presidente da associação de pais e mestres. Ele tem quatro irmãos e uma irmã mais novos. A polícia do estado acredita que ele assassinou a namorada, parece que ele quebrou o pescoço da garota. Encontraram ela tão espancada que precisaram usar registros dentários para identificar o corpo.

Ele quebrou o pescoço da garota.

— Jinx, preciso que você me diga que entende o que eu estou dizendo — disse Jasper, que havia deslizado pela parede e apoiado os cotovelos nos joelhos, para ficar no mesmo nível que ela. — Esse homem que você conhece como Nick mentiu para nós. Para todos nós.

— Mas... — Jane lutava para compreender o que ele dissera. — O agente Barlow nos disse na sala que a mãe de Nick o mandara para a Califórnia para morar com a avó. Foi a mesma história que Nick nos contou.

— A mãe do verdadeiro Nick fez isso — disse Jasper, esforçando-se para não deixar que a frustração contaminasse sua voz. — Ele engravidou uma garota na cidade, mas os pais não queriam que isso estragasse seu futuro. Então o mandaram para cá para morar com a avó. Essa parte da mudança é verdade, mas o resto não passou de merda para que sentíssemos pena dele.

Jane não tinha mais perguntas, porque nada daquilo parecia real. A mãe prostituta. A avó agressiva. O ano como sem-teto. O triunfo ao ser aceito por Stanford.

— Clayton Morrow simplesmente usou parte da história do verdadeiro Nick para tornar verossímeis as mentiras que nos contou — disse Jasper, e esperou, mas Jane ainda não tinha mais palavras. — Você entende o que eu estou dizendo, Jinx? Nick, ou Clayton Morrow, ou quem quer que seja, é uma fraude. Ele mentiu para todos nós. Ele não passa de um traficante vigarista.

Só mais um vigarista liderando outro culto a fim de levar garotas bonitas para a cama e brincar de Deus com os rapazes.

Jane sentiu um ruído abrir caminho pela sua garganta. Não dor, mas riso. Ela ouviu o som ecoar pelo quarto pequeno, tão incongruente em meio aos aparelhos de hospital. Levou a mão à boca. Lágrimas corriam pelo seu rosto. Os músculos da barriga doeram de tanto que ela riu.

— Meu Deus — exclamou Jasper, novamente de pé e olhando para a irmã como se ela tivesse enlouquecido. — Jinx, isto é sério. Você vai ser presa se não fizer um acordo.

Jane enxugou os olhos. Olhou para Andrew, tão perto da morte que a pele parecia translúcida. Era isso o que ele estivera tentando dizer a Jane na van. O verdadeiro Nick tinha sido seu colega de quarto em Stanford. Jane conseguia facilmente ver Nick persuadindo Andrew a entrar em seu o jogo, assim como conseguia ver Andrew fazendo qualquer coisa para ficar amigo do traficante do homem morto.

Ela enxugou os olhos novamente. Apertou com força a mão de Andrew. Nada disso importava. Ela o perdoava por tudo, exatamente como ele a perdoara.

— O que há de errado com você? — perguntou Jasper. — Você está rindo do escroto que assassinou nosso pai.

Agora ele finalmente está chegando ao ponto.

— Laura Juneau assassinou nosso pai — disse ela.

— Você acha que alguém naquele maldito culto faz qualquer coisa sem que ele ordene? — retrucou Jasper, as palavras sibilando por entre dentes trincados. — Isto é sério, Jinx. Componha-se. Se você quer ter algo parecido com uma vida normal, vai precisar dar as costas aos soldados.

Soldados?

— Eles já pegaram aquela idiota de São Francisco. Ela roubou um carro e atirou em um policial. — Ele afrouxou a gravata enquanto andava pelo quarto. — Você precisa se pronunciar antes dela, porque eles vão fazer um acordo com a primeira pessoa que abrir o bico. Se quisermos salvar o seu futuro, temos de agir rápido.

Jane observou o vaivém nervoso do irmão. Ele estava agitado, pingava suor. Em qualquer outra pessoa seria uma reação típica, mas o maior dom de Jasper era sua capacidade de sempre manter a frieza. Jane podia contar nos dedos de uma das mãos as vezes que ele realmente explodira.

Pela primeira vez em horas ela soltou a mão de Andrew. Levantou para ajeitar o cobertor ao redor dele. Levou os lábios à sua testa fria. Desejou por um momento poder ler a mente dele, porque ele claramente soubera muito mais do que ela.

— Você os chamou de soldados — disse a Jasper.

Jasper parou de andar.

— O quê?

— Você passou quinze anos na Força Aérea. Você ainda é da reserva. Você jamais desonraria essa palavra usando-a para descrever os integrantes de um culto. — Ela conseguia ver Nick batendo palmas e se preparando para fazer um de seus discursos motivacionais. — É assim que Nick nos chama. Seus *soldados*.

Jasper poderia ter pagado para ver, mas não conseguia deixar de olhar com ansiedade para o policial do outro lado do corredor.

— Você sabia. Sobre Oslo, pelo menos.

Ele balançou a cabeça, mas fazia sentido que Nick tivesse descoberto um modo de arrastá-lo para sua loucura. Jasper tinha deixado a Força Aérea para comandar a empresa. Martin continuava prometendo se afastar, mas então o prazo chegava e ele encontrava outra desculpa para permanecer.

— A verdade, Jasper — pediu Jane. — Eu preciso ouvir de você.

— Fique quieta — disse ele, a voz pouco mais que um sussurro. Então ele reduziu o espaço entre eles, colocando o rosto a centímetros do dela. — Estou tentando ajudar você a sair dessa.

— Você ofereceu dinheiro a ele? — perguntou Jane.

Muitas pessoas tinham doado para a causa. De todos eles, apenas Jasper se beneficiaria pessoalmente com a humilhação pública de Martin.

— Por que eu daria dinheiro àquele escroto?

A superioridade de Jasper o traiu. Ela o vira usá-la como arma a vida inteira, mas ele nunca, jamais a dirigira a Jane.

— Abrir o capital da empresa seria muito mais lucrativo se papai fosse forçado a renunciar. Todos os ensaios e artigos sobre a Correção de Queller o tornavam polêmico demais.

Jasper cerrou o maxilar. Ela viu no rosto do irmão que estava certa.

— Nick estava chantageando você — deduziu Jane.

A estúpida caixa de metal com os troféus de Nick. Como ele deve ter ficado feliz ao contar a Jasper que roubara os formulários bem diante do nariz dele.

— Conte a verdade, Jasper.

Os olhos dele se voltaram para o policial. O homem ainda estava do outro lado do corredor, conversando com uma enfermeira.

— Eu estou do seu lado, quer você acredite em mim ou não — disse Jane. — Nunca quis que você se desse mal, Jasper. Eu só fiquei sabendo sobre os papéis pouco antes de todo o inferno começar.

— Que papéis? — perguntou Jasper, após pigarrear.

Ela quis revirar os olhos. Aquele joguinho não fazia sentido.

— Nick roubou os relatórios com a sua assinatura. Você autorizou que a empresa recebesse subsídio em nome de pacientes mortos, como Robert Juneau, ou de pacientes que já haviam deixado o programa. Isso é fraude. Nick pegou você em flagrante, e sei que ele usou isso para...

A expressão de Jasper era quase cômica em seu assombro. As sobrancelhas dispararam para cima. Os brancos dos olhos eram completamente visíveis. A boca se abriu em um círculo perfeito.

— Você não sabia?

Jane soube imediatamente a resposta. Nick tinha traído Jasper. Tirar dinheiro dele não havia sido suficiente. Nick queria que Jasper pagasse por tê-lo humilhado à mesa de jantar, por tê-lo desprezado, feito perguntas constrangedoras sobre seu passado, deixado claro que Nick não era *um de nós*.

— Meu Deus — disse Jasper, colocando as mãos na parede. O rosto estava totalmente branco. — Acho que vou vomitar.

— Lamento, Jasper. Mas está tudo bem.

— Eu vou ser preso. Eu...

— Nada disso vai acontecer — garantiu Jane, massageando as costas dele, tentando aplacar seus medos. — Jasper, eu estou com...

— Por favor. — Ele agarrou os braços da irmã em desespero. — Você precisa ficar do meu lado. Independentemente do que Nick diz, você precisa...

— Jasper, eu estou...

— Cala a boca, Jinx. Escute. Você pode dizer... Nós podemos... Foi Andrew, certo? — disse, finalmente olhando para o irmão, que morria diante deles. — Vamos dizer que foi tudo culpa de Andrew.

Jane se concentrou na dor dos dedos de Jasper apertando sua pele.

— Vamos dizer que ele falsificou minha assinatura nos relatórios. Ele fez isso antes. Falsificou a assinatura do nosso pai em boletins escolares, cheques, recibos de cartão de crédito. Há um longo histórico que podemos documentar. Sei que nosso pai tem tudo isso guardado no cofre. Estou certo de que eles...

— Não — interrompeu Jane com firmeza suficiente para se fazer ouvir. — Não vou deixar você fazer isso com Andrew.

— Ele está morrendo, Jinx. Que diferença faz?

— O legado dele importa. A reputação dele, Jasper.

— Você ficou maluca, cacete? — reagiu Jasper, sacudindo-a com tanta força que os dentes dela bateram. — A reputação de Andrew é igual à do resto deles. Ele era bicha e está tendo uma morte de bicha.

Jane tentou se afastar, mas Jasper a segurou.

— Sabe quantas vezes eu o resgatei de mais uma bicha que o ameaçava no Tenderloin? Quanto dinheiro dei a ele para que pudesse pagar ao michê que ameaçava procurar nosso pai?

— Mas Ellis-Anne...

— Ellis-Anne não tem aids porque Andy nunca conseguiu transar com ela — disse Jasper, finalmente soltando Jane e levando a mão à testa. — Meu Deus, Jinx, você nunca pensou em por que Nick enfiava a língua na sua boca ou agarrava sua bunda sempre que Andrew estava por perto? Para provocá-lo. Todo mundo via isso, até mamãe.

Eram claros para Jane agora. Mais sinais que tinha deixado passar. Ela voltou a entrelaçar os dedos nos de Andrew. Olhou para seu rosto arruinado. Ela não havia notado antes, mas a testa dele tinha rugas prematuras de constante preocupação.

Por que ele nunca contara a Jane?

Ela não teria deixado de amá-lo. Talvez o tivesse amado mais, porque de repente sua vida de ódio e tortura a si mesmo fazia sentido.

— Não importa — disse ela a Jasper. — Não vou desonrar a morte dele.

— Foi Andy quem desonrou a própria morte — retrucou Jasper. — Você não vê que ele está recebendo exatamente o que merece? Com sorte, todos dessa laia receberão.

Jane sentiu o sangue congelar nas veias.

— Como você pode dizer uma coisa dessas? Ele ainda é nosso irmão.

— Pense por um minuto. —Jasper estava agora mais calmo e novamente tentava controlar a situação. — Andy pode finalmente ser útil para nós dois. Você pode dizer à polícia que ele e Nick a sequestraram. Olha só o seu estado, Jinx. Seu nariz provavelmente está quebrado. Alguém tentou estrangular você. Andy deixou que isso acontecesse. Ele ajudou a assassinar nosso pai. Ele não se importava que pessoas morressem. Não tentou impedir.

— Não podemos...

— O que está acontecendo com ele agora é uma *correção* — disse Jasper, invocando a teoria de Martin como se de repente fosse o evangelho. — Precisamos aceitar que nosso irmão é uma abominação. Ele desafiou a ordem natural. Ele se apaixonou por Nick, levou esse cara para dentro da nossa casa. Você deveria ter deixado Andy apodrecer na rua. Eu deveria tê-lo deixado se enforcar no porão. Nada disto teria acontecido se não fosse por essa perversão repulsiva dele.

Jane mal conseguia olhar para aquele homem a quem admirara a vida inteira. Jane fizera de tudo para defendê-lo. Ela lutara com Andrew para protegê-lo.

— Você precisa se salvar, Jinx — insistiu Jasper. — E a mim. Ainda podemos tirar o nome desta família da sarjeta. Em seis meses, talvez um ano, poderemos abrir o capital da empresa. Não vai ser fácil, mas vai dar certo se ficamos juntos. Andrew não passa de um pus que temos de drenar da linhagem Queller.

Jane afundou na cama de Andrew, a mão apoiada na perna dele. Repetiu silenciosamente as palavras de Jasper, porque no futuro, se um dia vacilasse na decisão de nunca mais falar com o irmão, queria lembrar em detalhes tudo o que ele dissera.

— Eu estou com a papelada, Jasper — disse a ele. — Está tudo comigo. Eu vou dizer diante do juiz que é a sua assinatura. Vou dizer a eles que você sabia sobre Oslo e direi que você queria incriminar Andrew por tudo.

Jasper a encarou.

— Então é isso? Você está escolhendo Andrew e não a mim?

Jane estava farta de homens pensando que podiam lhe dar ultimatos.

— Eu estou aqui de pé escutando você tentar justificar seus crimes e falar sobre Andrew como se ele fosse uma aberração, mas é de você que eu mais me envergonho.

Ele conteve um riso de desprezo.

— Você está *me* julgando?

— Você concordou com Oslo porque queria poder, dinheiro, os jatinhos e outro Porsche, e a única forma de assumir o controle era tirando nosso pai do caminho. Isso faz de você pior do que todos nós somados. Pelo menos nós fizemos isso por ser algo no qual acreditávamos. Você fez por ganância.

Jasper foi na direção da porta. Jane achou que ele iria embora, mas em vez disso ele fechou a cortina sobre o vidro. O policial ergueu o queixo para se certificar de que estava tudo certo. Jasper o dispensou novamente.

Ele se virou. Alisou a gravata. Falou com Jane.

— Você não entende como isto funciona.

— Então explique.

— Tudo que você disse é verdade. Aquela merda acadêmica do papai estava prejudicando nossa cotação na Bolsa. Estávamos prestes a perder milhões. Os investidores queriam que ele se afastasse, mas ele se recusava.

— Então você achou que os pacotes de tinta dariam o golpe.

— Não há golpe nisso, Jinx. Nós estamos lidando com homens muito, muito ricos. Que vão ficar muito putos se perderem dinheiro por causa de uma filha da puta mimada que não consegue ficar de boca calada.

— Eu vou ser presa, Jasper — disse Jane, e ouvir as palavras em voz alta não a assustou tanto quanto imaginava. — Eu vou contar ao FBI tudo o que fizemos. E não estou nem aí para os danos colaterais. A única forma de pagar por nossas atrocidades é contando a verdade.

— Você realmente é tão idiota que acha que eles não podem nos matar na prisão?

— Eles?

— Os investidores — respondeu Jasper, olhando para Jane como se estivesse lidando com uma criança teimosa. — Eu sei de coisas demais. Não apenas a fraude. Você não tem ideia das merdas que papai estava fazendo para maquiar os números. Eu não vou ser preso, Jinx. Essa gente não pode correr o risco de que eu faça um acordo para salvar minha pele. Eles vão me matar, e depois vão matar você.

— Eles são homens ricos, não criminosos.

— *Nós* somos ricos, Jinx. Veja o que papai fez com Robert Juneau. Veja o que nós três fizemos a ele — disse, depois baixou a voz. — Você realmente acha que somos a única família no mundo capaz de conspirar para assassinar inimigos a sangue-frio?

Ele pairava acima dela.

Jane se levantou para fazê-lo recuar.

— Você estará assinando sua sentença de morte se disser uma só palavra contra eles. — Jasper enfiou o dedo no peito dela. — Eles vão te caçar e enfiar uma bala na sua cabeça.

A mão de Jane foi na direção da barriga.

Troque-o.

— Eu não estou de sacanagem.

— Você acha que eu estou? A diferença é que eu não estou pensando só em mim, Jasper.

Jasper baixou os olhos para a barriga dela. Ele também tinha percebido.

— Motivo pelo qual você tem que ser ainda mais cuidadosa com o que vai fazer. Não tem creche na prisão.

Troque todos eles.

— Esses homens, eles não esquecem, Jane. Se você for contra eles…

— Que horas são? — interrompeu ela.

— O quê?

Ela virou a mão dele para poder ver o relógio: 3h09.

— Essa é a hora de Chicago?

— Você sabe que eu sempre acerto quando pouso.

Ela soltou a mão do irmão.

— Você precisa ir para casa, Jasper. Eu não quero ver você nunca mais.

Ele pareceu chocado.

— Leve sua vida corrupta. Foda com quem você quiser. Mantenha felizes seus homens perigosos, mas se lembre de que eu tenho aqueles papéis e posso destruir sua vida, e a deles, quando eu quiser.

— Jane, não faça isso.

— O que eu faço não é mais da sua conta. Não preciso que você me salve. Eu estou me salvando.

Ele riu, depois viu que ela falava sério.

— Espero que você esteja certa, Jinx, porque, se qualquer merda sua respingar em mim, eu não vou hesitar em dizer a eles onde encontrar você. Você fez sua escolha.

— Você está totalmente certo quanto a isso. E, se alguém vier atrás de mim, eu vou usar tudo que tenho para garantir que você caia junto comigo.

Jane abriu a cortina. Deslizou a porta de vidro.

O policial já havia se virado. A mão sobre a arma.

Ela se dirigiu a ele.

— Diga ao FBI que eles têm menos de três horas para me oferecer um acordo ou outra bomba vai destruir muita coisa em Nova York.

26 DE AGOSTO DE 2018

CAPÍTULO QUINZE

Andy sentiu na ponta do dedo o buraco em sua pele.

Ela havia levado um tiro.

Apoiou a cabeça na parede. Sugou ar por entre os dentes e tentou não desmaiar.

Edwin Van Wees estava caído no chão do escritório. Cacos de vidro se espalhavam ao redor do corpo. Pedaços de papel. Sangue. O MacBook que Andy usara para descobrir sobre sua mãe.

Laura.

Andy esticou a mão, os dedos passando de raspão pelo celular com a tela rachada. Ela fechou os olhos, concentrada em escutar. Seria a voz da sua mãe? Laura ainda estava na linha?

Um grito feminino veio do outro lado da casa.

O coração de Andy parou.

O segundo grito foi mais alto, abruptamente interrompido por uma batida alta.

Andy cerrou o maxilar com força para não gritar também.

Clara.

Andy não podia permanecer paralisada desta vez. As pernas tremeram quando ela tentou se levantar, apoiada na parede. A dor quase a partiu ao meio, e Andy precisou se curvar para conter as cãibras. Sangue escorria do buraco de bala e as pernas tremeram quando ela tentou avançar. Era culpa dela. Tudo aquilo. Laura a avisara para ser cuidadosa, e ainda assim Andy os tinha levado até ali.

Eles.

Para matar Edwin. Para matar Clara.

O ombro de Andy deslizou pela parede enquanto tentava encontrar Clara, para se entregar, para colocar um fim naquele horror que sua chegada tinha criado. Tropeçou no tapete e sentiu outra onda de dor. Os olhos entravam e saíam de foco enquanto tentava discernir as fotos na parede. Molduras diferentes, poses diferentes, algumas coloridas, outras em preto e branco. Clara e Edwin com duas mulheres mais ou menos da idade de Andy. Alguns registros dessas mulheres quando jovens, no ensino médio, no jardim de infância, e então...

Andy ainda criança, na neve.

Andy se sentiu anestesiada ao ver a imagem de seu eu mais jovem.

Seria a mão de Edwin que ela estava segurando? A foto seguinte mostrava Andy bebê no colo de Clara e Edwin. Laura havia cortado Andy da vida deles e a superposto na foto de arquivo dos avós Randall falsos.

— Legal, não é?

Andy virou a cabeça. Imaginou encontrar Mike, mas a voz era feminina. De uma mulher que ela conhecia bem demais.

Paula Kunde estava parada no final do corredor.

Apontou um revólver familiar para Andy.

— Obrigada por deixar isto para mim no carro. Você raspou o número de série ou foi a mamãe?

Andy não respirava. Não conseguia tomar fôlego.

— Você está hiperventilando — disse Paula. — Pegue o celular.

Andy virou a cabeça. O celular descartável estava no chão atrás dela. Em sua imobilidade, ela podia ouvir a mãe gemendo.

— Meu Deus — disse Paula, pisando duro pelo corredor, pegando o aparelho e o levando ao ouvido. — Cale a boca, piranha idiota.

Laura não calou a boca. Sua voz abafada vibrava de ódio.

Paula ligou o viva-voz.

— ...*toque na porra de um fio de cabelo dela*...

— Ela está morrendo — disse Paula, sorrindo com o silêncio repentino de Laura. Colocou o celular sob o queixo de Andy. — Diga a ela, docinho.

Andy apertou a mão na lateral do corpo. Podia sentir o sangue escorrendo.

— Andrea? — chamou Laura. — Por favor, fale com...

— Mãe...

— Ah, querida — disse Laura, chorando. — Você está bem?

Andy desmoronou, um grito abafado vindo do fundo de seu corpo.

— Mãe...

— O que aconteceu? Por favor... Ah, meu Deus, por favor, me diga que você está bem!

— Eu... — começou Andy, sem saber se teria forças continuar. — Eu levei um tiro. Ela atirou em mim...

— Já chega — disse Paula, erguendo a arma, e Andy ficou calada. Ela disse para Laura: — Você sabe o que eu quero, sua piranha idiota.

— Edwin...

— Está morto — interrompeu Paula, erguendo as sobrancelhas para Andy, como se aquilo fosse uma brincadeira.

— Sua maldita imbecil — sibilou Laura. — Ele é o único que sabe...

— Pare com essa babaquice. Você sabe. De quanto tempo precisa?

— Eu posso... — começou Laura, e se interrompeu. — Dois dias.

— Certo, sem problema — disse Paula, sorrindo para Andy. — Talvez sua menina entre em choque antes de perder todo o sangue.

— Sua piranha maldita.

Andy ficou abalada com as palavras de ódio. Ela nunca ouvira sua mãe falar assim.

— Eu vou abrir a porra da sua garganta se você machucar minha filha — ameaçou Laura. — Está entendendo?

— Piranha idiota — retrucou Paula. — Eu estou fazendo isso nesse exato instante.

Andy viu um clarão.

Tudo ficou preto.

Andy teve consciência de que havia algo errado antes mesmo de abrir os olhos. Não houve um momento em que tudo retornou porque ela não esqueceu por um instante o que havia acontecido.

Ela havia levado um tiro. Estava na mala de um carro. Suas mãos e seus pés estavam imobilizados por algum tipo de algema. Uma toalha fora presa em sua cintura com fita adesiva para estancar o sangramento. A mordaça em sua boca tinha uma bola de borracha que tornava difícil respirar, já que o nariz estava cheio de sangue, fruto de uma coronhada.

No meio de tudo aquilo, Andy conseguia se lembrar dos golpes de revólver. Ela não apagara realmente. Meio que fora apanhada entre o sono e a vigília. Quando Andy estava na faculdade de artes, era o tipo de êxtase pelo qual ansiava porque era quando tinha as melhores ideias. Com a mente aparentemente vazia, mas ainda funcionando, ela extraía do lápis vários tons de preto e cinza.

Será que ela sofrera uma concussão?

Ela devia ter entrado em pânico, mas o pânico havia sido drenado, como a água que circula num ralo. Uma hora antes? Duas? Naquele momento a sensação dominante era um intenso desconforto. O lábio estava rachado. A bochecha parecia machucada. O olho estava inchado. As mãos e os pulsos dormentes. Se deitasse do modo certo, se mantivesse a coluna curvada, se respirasse sem fazer muita força, a dor na lateral do corpo era suportável.

Mas a culpa que sentia era outra questão.

Andy continuava a repassar o que havia acontecido dentro da casa, tentando identificar o momento em que tudo dera errado. Edwin a mandara ir embora. Será que Andy poderia ter ido embora antes que a frente da camisa dele fosse rasgada pelas balas que atravessavam suas costas?

Ela apertou os olhos com força.

Clique-clique-clique-clique.

O cilindro do revólver girando.

Andy tentou analisar os dois gritos diferentes de Clara, o tom assustado do primeiro, a batida que interrompera o segundo. Não fora um tapa ou um soco. Será que Paula também apagara Clara a coronhadas? Será que Clara tinha acordado tonta em sua própria cozinha, ido até o corredor e encontrado Edwin caído, morto?

Ou será que nem voltara a abrir os olhos?

Andy gritou quando o carro passou por um calombo na estrada.

Paula desacelerou para fazer uma curva. Andy sentiu a mudança de velocidade, a força da gravidade. O brilho das luzes de freio encheu a escuridão. Andy viu o fecho de abertura de emergência da mala. Paula o havia cortado para que Andy não conseguisse escapar.

Estavam em um carro alugado com placas do Texas. Andy vira isso ao ser jogada na mala. Paula não podia embarcar num avião com a arma. Devia ter vindo de carro desde Austin, assim como Andy, mas Andy estivera esporadicamente procurando por Mike. O que significava que Paula soubera exatamente onde Andy acabaria chegando. Andy fizera exatamente o que a filha da puta queria.

Sentiu gosto de bile na boca.

Por que não escutara a mãe?

O carro desacelerou de novo, mas dessa vez parou totalmente.

Paula tinha parado uma vez antes. Fazia vinte minutos? Trinta? Andy não tinha certeza. Tentara manter uma contagem, mas seus olhos insistiam em fechar e ela tinha que se esforçar para ficar acordada e começava tudo de novo.

Estava morrendo?

Seu cérebro parecia estranhamente indiferente a tudo o que acontecia. Ela se sentia aterrorizada, mas seu coração não estava acelerado, as mãos não suavam. Sentia dor, mas não hiperventilava, chorava ou suplicava por um fim.

Estava em choque?

Andy ouviu o clique de uma seta.

As rodas do carro passaram a girar sobre cascalho.

Ela tentou não se lembrar de todos os filmes de terror que começavam com um carro seguindo por uma estrada assim até um camping deserto ou um barracão abandonado.

— *Não.*

Ela disse a palavra em voz alta na escuridão da mala do carro. Ela não deixaria que o pânico ganhasse força novamente, porque isso só a deixaria cega a qualquer oportunidade de fuga. Andy era uma refém. Laura tinha alguma coisa que Paula queria. Paula não mataria Andy até conseguir isso.

Certo?

Os freios guincharam quando o carro parou novamente. Dessa vez o motor foi desligado. Som de uma porta abrindo e fechando.

Andy esperou que a mala fosse aberta. Ela imaginou diversos cenários e o que fazer quando visse Paula novamente. No principal deles ela erguia os pés e chutava a cara da filha da puta. O problema era que você precisava dos músculos da barriga para erguer os pés, e Andy mal conseguia respirar sem sentir um maçarico queimando a ferida.

Ela deixou a cabeça pousar no piso da mala. Prestou atenção aos sons. Só conseguiu ouvir o bloco do motor resfriando.

Clique-clique-clique-clique.

Como o cilindro da arma girando, só que mais lentamente.

Andy começou a contar para ter o que fazer. Todas aquelas horas trancada na Reliant, depois na picape de Mike, transformaram-na no tipo de pessoa que dizia coisas em voz alta apenas para acabar com a monotonia.

— Um — murmurou. — Dois… Três…

Estava em novecentos e oitenta e cinco quando a mala finalmente foi aberta.

Andy piscou. Estava escuro do lado de fora, nenhuma lua no céu. A única luz vinha da escadaria em frente à mala aberta. Só sabia que estavam em outro motel de merda em outra cidade de merda.

— Olhe para mim — disse Paula, enfiando o revólver sob o queixo de Andy.
— Não tente qualquer merda comigo ou eu atiro em você de novo. Entendido?

Andy assentiu.

Paula enfiou a arma na cintura do jeans. Usou as chaves nas algemas. Andy gemeu de alívio quando braços e pernas finalmente ficaram livres. Agarrou a mordaça com a bola. As tiras de couro rosa arrebentaram atrás. Parecia algo saído de *Cinquenta tons de cinza*.

Paula sacou o revólver novamente. Olhou para o estacionamento.

— Saia e fique de boca fechada.

Andy tentou se mover, mas o ferimento, somado às longas horas de confinamento, tornou isso impossível.

— Deus do céu — reclamou Paula, puxando Andy pelo braço.

Andy só conseguiu rolar, batendo no para-choque e caindo no chão. Seu corpo doía tanto que ela não conseguia identificar a fonte. Sangue escorreu da boca. Ela mordera a própria língua. A circulação voltando a fluir fez seus pés formigarem.

— Levanta — ordenou Paula, agarrando o braço de Andy e a colocando de pé.

Andy uivou, curvando-se na cintura para interromper os espasmos.

— Pare de choramingar. Vista isto.

Andy reconheceu a camisa polo branca da mala Samsonite azul. Parte do material de fuga que Laura deixara no depósito de Carrollton.

— Rápido — disse Paula, mais uma vez conferindo o estacionamento enquanto ajudava Andy a vestir a camisa. — Se estiver pensando em gritar, não faça isso. Eu não posso atirar em você, mas posso atirar em qualquer um que tente ajudá-la.

Andy começou a abotoar a blusa.

— O que você fez com Clara?

— Sua segunda mamãe? — disse, rindo da expressão de Andy. — Ela criou você por quase dois anos, sabia? Ela e Edwin.

Andy se forçou para não esboçar qualquer reação. Manteve a cabeça abaixada, observou seus dedos trabalhando nos botões.

Será que Edwin olhara para ela como pai porque ele era seu pai?

Paula continuou falando.

— Eles queriam ficar com você, mas Jane a pegou porque esse é o tipo de piranha egoísta que ela é — disse Paula, observando Andy atentamente. — Você não parece surpresa de ouvir que o verdadeiro nome da sua mãe é Jane.

— Por que você matou Edwin?

— Meu Deus, garota. — Paula pegou algemas na mala. — Você passou a vida inteira com um anzol de peixe na boca?

— Evidentemente — murmurou Andy.

Paula bateu a porta do bagageiro. Pegou duas sacolas plásticas com uma das mãos. Enfiou a arma na cintura do jeans, mas manteve a mão na coronha.

— Anda.

— Edwin… — começou Andy, tentando pensar em algum modo inteligente de levá-la a admitir a verdade, mas seu cérebro era incapaz de qualquer acrobacia. — Ele é o meu pai?

— Se ele fosse seu pai eu já teria atirado no meio do seu peito e cagado no buraco — disse Paula, acenando para que Andy se movesse. — Sobe.

Andy se viu caminhando com relativa facilidade, mas subir as escadas quase a matou. Manteve a ferida pressionada, mas não havia como deter a sensação de uma faca sendo enfiada na carne. Sempre que erguia o pé, sentia vontade de gritar. Gritar provavelmente atrairia pessoas para fora dos quartos, e então Paula atiraria nelas, e desse modo Andy teria em sua consciência mais mortes além das de Edwin Van Wees e Clara Bellamy.

— À esquerda — disse Paula.

Andy seguiu por um longo corredor escuro. Sombras dançavam diante de seus olhos. A náusea tinha retornado. A dor era novamente lancinante e ela precisou apoiar na parede para não tropeçar ou cair. Por que ela estava passando por tudo como um rato? Por que não gritara no estacionamento? As pessoas não corriam mais para ajudar nos dias de hoje. Elas corriam para chamar a polícia, e então a polícia iria…

— Aqui — disse Paula, usando o cartão para abrir a porta.

Andy entrou no quarto antes dela e viu que as luzes já estavam acesas. Duas camas *queen-size*, televisão, escrivaninha, uma pequena mesa de bistrô com duas cadeiras combinando. O banheiro era junto à porta. As cortinas nas janelas estavam fechadas, mas provavelmente davam para o estacionamento.

Paula largou as sacolas de compras na mesa. Garrafas de água. Frutas. Batatas fritas.

Andy fungou e sentiu sangue descendo pela garganta. Era como se todo o lado esquerdo do rosto estivesse cheio de água quente.

— Certo — disse Paula, a mão pousada na coronha da arma. — Vá em frente e berre se quiser. A ala inteira está vazia e, de qualquer forma, este não é o tipo de hotel onde as pessoas se preocupam se ouvem uma garota implorando por ajuda.

Andy olhou com ódio para a mulher.

Paula sorriu, se alimentando daquele sentimento.

— Se precisar mijar, a hora é agora. Não vou oferecer de novo.

Andy tentou fechar a porta do banheiro, mas Paula impediu. Observou Andy sofrer para se sentar no vaso sem usar os músculos da barriga. Um gemido escapou dos lábios de Andy quando a bunda tocou o assento. Teve de se curvar sobre os joelhos para conter a dor. Normalmente a bexiga de Andy era tímida, mas depois de tanto tempo no carro ela não teve dificuldade de urinar.

Levantar foi outro problema. Seus joelhos começaram a se esticar e de repente ela estava de volta ao vaso, gemendo.

— Cacete.

Paula puxou Andy pela axila. Fechou o zíper e abotoou o jeans de Andy como se ela tivesse três anos, depois a empurrou para o quarto.

— Sente-se à mesa.

Andy manteve as costas curvadas enquanto abria caminho até a cadeira instável. A lateral do corpo queimou como se tivesse sido atingida por um raio.

Paula enfiou a cadeira sob a mesa.

— Você tem de fazer o que eu mando quando eu mando.

— Vai se foder — disse Andy, as palavras saindo antes que ela conseguisse impedir.

— Vai se foder você também.

Paula agarrou o braço esquerdo de Andy. Prendeu uma algema em seu pulso, depois puxou a mão para baixo da mesa e prendeu a algema à base metálica.

Andy puxou. A mesa sacudiu. Ela colou a testa no tampo.

Por que ela não foi para Idaho?

— Se sua mãe tiver pegado o primeiro voo, ainda vai levar umas duas horas para chegar. — Paula pegou um frasco de ibuprofeno em uma das sacolas. Usou os dentes para romper o lacre. — Quanto está doendo ?

— Tanto quanto se eu tivesse levado um tiro, sua filha da puta psicopata.

— Justo.

Em vez de puta, Paula parecia encantada com a raiva de Andy. Colocou quatro cápsulas na mesa. Abriu uma das garrafas de água.

— Churrasco ou comum?

Andy a encarou.

Paula ergueu dois sacos de batatas fritas.

— Você precisa comer algo ou ficará com dor de barriga por causa dos comprimidos.

Andy não sabia o que dizer, mas respondeu:

— Churrasco.

Paula abriu o saco com os dentes. Desembrulhou dois sanduíches.

— Mostarda e maionese?

Andy assentiu, observando a maluca que atirara nela e a sequestrara usar uma faca plástica para espalhar maionese e mostarda no pão do seu sanduíche de peito de peru.

Por que aquilo estava acontecendo?

— Coma pelo menos metade — disse Paula, deslizando o sanduíche e começando a passar mostarda no dela. — Falando sério, garota. Metade. Depois pode tomar os comprimidos.

Andy pegou, mas teve uma visão idiota do sanduíche saindo pelo buraco do tiro. Depois se lembrou.

— Não se deve comer antes de uma cirurgia.

Paula a encarou.

— A bala. Se... *quando* minha mãe chegar aqui, ela vai...

— Eles não vão operar. Mais fácil deixar a bala aí dentro. É com uma infecção que você deve se preocupar. Esse é o tipo de merda que mata.

Paula ligou a televisão. Zapeou até encontrar o Animal Planet, então tirou o som.

Pitbulls e Condenados.

— Esse episódio é bom — disse Paula, girando na cadeira e passando maionese no sanduíche. — Eles deviam ter esse programa em Danbury.

Andy a viu usar a faca plástica para espalhar a maionese uniformemente sobre o pão.

Aquilo deveria parecer estranho, mas não parecia. Por que seria, afinal? Andy tinha começado a semana vendo a mãe matar um garoto, depois Andy assassinara um matador de aluguel, depois começou a fugir, nocauteou um cara com um chute no saco e fez com que uma, talvez duas pessoas fossem mortas. Por que não pareceria natural estar algemada a uma mesa, vendo criminosos em condicional tentando recuperar animais agredidos ao lado de uma professora universitária vigarista e psicótica?

Paula fechou o sanduíche novamente. Puxou a echarpe enrolada no pescoço, a mesma que ela estava usando dois dias e meio antes em Austin.

— Achei que tinham asfixiado você.

Paula deu uma grande mordida e falou de boca cheia.

— Estou ficando gripada. É bom manter o pescoço aquecido para impedir a tosse.

Andy não se preocupou em corrigir o conselho de saúde idiota. Um resfriado explicava a voz rouca de Paula.

— Seu olho... — perguntou Andy.

— Foi a maldita da sua mãe — respondeu Paula, deixando cair comida da boca, mas continuando a falar. — Ela me acertou na cabeça. Não fizeram merda nenhuma por mim na cadeia, então o esquerdo ficou branco e eu tive uma infecção no direito. Ainda é sensível à luz, por isso uso óculos escuros. Graças à sua mãe este é o meu visual há 32 anos.

Matemática interessante.

— O que mais você quer saber? — perguntou Paula.

Andy sentiu que não tinha nada a perder.

— Você mandou o cara até a casa da minha mãe, certo? Para torturá-la?

— Samuel Godfrey Beckett — bufou Paula, depois tossiu quando o sanduíche desceu pelo lugar errado. — Valeu o dinheiro só pelo nome idiota. Eu tinha certeza de que Jane iria desistir, porque ela nunca foi boa em confrontos. Mas ela matou aquele garoto no restaurante. Eu quase me caguei quando reconheci o rosto dela no noticiário. *Maldita Laura Oliver.* Morando em uma maldita praia enquanto o resto de nós apodrecia na cadeia.

Andy pressionou a língua contra o céu da boca. A arma ainda estava enfiada no jeans de Paula, mas as mãos dela estavam ocupadas comendo. Será que Andy conseguiria empurrar a mesa sobre Paula, esticar a mão livre e agarrar a arma?

— O que mais, garota?

Andy repassou os movimentos na cabeça. Nenhum deles funcionaria. Seu pulso algemado estava esticado demais sob a mesa. Ela acabaria se empalando se tentasse pegar a arma com a mão livre.

— Vamos lá — disse Paula, dando outra mordida no sanduíche. — Faça todas as perguntas que quiser fazer sobre sua mãe.

Andy desviou os olhos. Para a horrível colcha florida sobre a cama. Para a porta a quase seis metros de distância. Paula estava lhe oferecendo tudo, mas depois de procurar por tanto tempo Andy não queria simplesmente respostas. Ela queria uma explicação, e isso era algo que ela só poderia conseguir com a mãe.

Paula procurou um lenço de papel na sacola.

— Está ficando tímida?

Andy não queria, mas perguntou:

— Como vou saber que está dizendo a verdade?

— Eu sou mais honesta que aquela puta que você chama de mãe.

Andy mordeu a ponta da língua já machucada para se impedir de responder.

— Quem você matou?

— Uma piranha que tentou me esfaquear na prisão. Eles não podiam me processar por causa da Noruega. Maplecroft não foi culpa minha. Foi Quarter quem acabou com ela. E as outras coisas não foram culpa minha — disse, fazendo uma pausa para mastigar. — Eu me declarei culpada de fugir do local de um crime. Isso me custou seis anos. A piranha eu furei em legítima defesa, mas eles me trancaram por vinte anos. Próxima pergunta.

— Como você conseguiu o emprego na universidade?

— Eles estavam numa onda de procurar diversidade, e eu tive sorte com minha triste história de criminosa recuperada. Próxima.

— Clara está bem?

— Ha, boa tentativa. Que tal essa: por que eu odeio tanto a filha da puta da sua mãe?

Andy esperou, mas Paula também estava esperando.

Andy usou o tom mais entediado e desinteressado que conseguiu, e perguntou:

— Por que você odeia a minha mãe?

— Porque ela se virou contra nós. Todos nós, a não ser Edwin e Clara, mas isso porque ela queria controlá-los. — Ela esperou por uma reação de Andy, que não veio. — Jane entrou no programa de proteção a testemunhas em troca de nos dedurar. Conseguiu um amorzinho de acordo porque o relógio estava literalmente correndo. Tínhamos outra bomba pronta para explodir, mas aquela maldita boca grande dela acabou com tudo.

Andy procurou algum sinal de mentira na expressão de Paula, mas não encontrou.

Proteção a testemunhas.

Andy tentou compreender aquela informação, descobrir o que aquilo a fazia sentir. Laura tinha mentido para ela, mas Andy já se acostumara a esse fato àquela altura. Talvez o que estivesse sentindo fosse uma leve sensação de alívio. Durante todo aquele tempo, Andy supusera que Laura era uma criminosa. E ela era, de fato, mas na verdade fizera algo bom entregando todos eles.

Certo?

— Os porcos a colocaram na prisão por dois anos. Os filhos da puta podem fazer isso, sabe? Mesmo com a proteção a testemunhas. E Jane fez umas merdas horrendas. Todos nós fizemos, mas a diferença é que fizemos isso pela causa. Jane fez porque era uma piranha mimada e entediada de gastar o dinheiro do papai.

— QuellCorp — disse Andy.

— Bilhões — disse Paula. — Tudo com o sofrimento e a exploração dos doentes.

— Então você está me mantendo refém por causa de dinheiro?

— É claro que não! Eu não quero a porra desse dinheiro sujo de sangue. Isso aqui não tem nada a ver com a QuellCorp. A família saiu da empresa há anos. Ninguém mais tem relação com a empresa além dos acionistas.

Andy ficou imaginando se era essa a origem do dinheiro na Reliant. Era preciso pagar imposto sobre ganhos com ações, mas, se Laura estava no sistema de proteção a testemunhas, então tudo teria corrido por fora.

Certo?

— Jane nunca lhe contou nada disso?

Andy não se deu o trabalho de confirmar o que a mulher já sabia.

— Ela contou quem é o seu pai?

Andy manteve a boca fechada. Ela sabia quem era seu pai.

— Você quer saber?

Gordon era seu pai. Ele a tinha criado, cuidado dela, aturara seus silêncios enlouquecedores e a sua indecisão.

Paula deu um pesado suspiro de decepção.

— Nicholas Harp. Ela nunca lhe contou?

Andy sentiu a curiosidade aumentar, mas não pela razão óbvia. Ela reconhecera o nome da página da Wikipédia. Harp tinha morrido de overdose anos antes de Andy nascer.

— Você está mentindo — disse a Paula.

— Não estou, não. Nick era o líder do Exército do Mundo em Mutação. Todos deveriam conhecer o nome dele, especialmente você.

— A Wikipédia diz que Clayton Morrow…

— Nicholas Harp. Esse é o nome que seu pai escolheu. Metade daquela babaquice na Wikipédia é mentira. A outra metade é especulação. — Paula se inclinou sobre a mesa, entusiasmada. — O Exército do Mundo em Mutação defendia algo. Nós realmente íamos mudar o mundo, então sua mãe perdeu a coragem e tudo virou essa merda.

Andy balançou a cabeça, porque na verdade o que haviam feito fora matar pessoas e aterrorizar o país.

365

— Aquela professora que foi assassinada em São Francisco. A maioria das pessoas do seu grupo está morta. Martin Queller foi assassinado.

— Você se refere ao seu avô?

Andy sentiu um choque. Ela não tivera tempo de fazer a conexão.

Martin Queller era seu avô.

Ele fora casado com Annette Queller, sua avó.

O que significava que Jasper Queller, o bilionário babaca, era seu tio.

Laura também era bilionária?

— Finalmente juntando os pontos, né? — disse Paula, jogando uma fatia de rosbife na boca. — Seu pai passou três décadas na prisão por causa de Jane. Ela a manteve afastada dele. Vocês poderiam ter tido uma relação, você teria conhecido quem ele é, mas ela lhe negou essa honra.

Andy sabia exatamente quem Clayton Morrow era, e não queria ter nada com ele. Ele não era seu pai mais do que Jerry Randall. Ela precisava acreditar nisso, porque a alternativa faria com que se encolhesse em posição fetal.

— Vamos lá — disse Paula, limpando a boca com as costas da mão. — Quero mais algumas perguntas.

Andy pensou nos dias anteriores, na lista de dúvidas que ela anotara depois de conhecer Paula.

— O que a fez mudar de ideia em Austin? Você estava me mandando embora e no minuto seguinte me disse para procurar Clara Bellamy.

Paula assentiu, como se aprovasse a pergunta.

— O porco que você derrubou com o chute no saco. Eu entendi que você não teria feito aquilo se estivesse trabalhando com a sua mãe.

— O quê?

— O porco. O oficial de justiça.

Andy sentiu um calor subir pelo pescoço.

— Você acabou com o cara. O escroto ficou uma hora caído na minha varanda.

Andy apoiou a cabeça na mesa para que Paula não visse seu rosto.

Mike.

Os oficiais de justiça eram encarregados do programa de proteção a testemunhas. Eles podiam fazer todas as carteiras de motoristas que quisessem porque fazer novos documentos era parte do trabalho deles — falsificar certidões de nascimento, restituições do imposto de renda e até um obituário falso para um cara chamado Jerry Randall.

Andy sentiu o estômago revirar.

Mike era o oficial que cuidava do caso de Laura. Por isso ele estava no hospital quando ela saiu. Será que estava seguindo Andy? Estaria tentando ajudá-la porque ela involuntariamente também fazia parte do programa?

Ela havia nocauteado a única pessoa que poderia salvá-las daquele monstro?

— Ei — chamou Paula, batendo os nós dos dedos na mesa. — Mais perguntas. Mande. Não tenho nada melhor pra fazer.

Andy balançou a cabeça. Tentou compreender o envolvimento de Mike desde o início. A picape dele na rampa dos Hazelton com o chaveiro de pé de coelho. Os cartazes magnéticos que trocava em cada cidade.

O GPS dentro do cooler.

Mike devia ter plantado aquilo enquanto Andy estava apagada no motel de Muscle Shoals. Depois atravessara a rua para uma cerveja de comemoração e improvisara ao ver Andy passar pela porta.

Ela imaginara que ele era amigo do barman, mas caras como Mike faziam amizade onde quer que fossem.

— Ei — repetiu Paula. — Concentre-se em mim, garota. Se você não vai me manter distraída, vou amarrar você e assistir aos meus programas.

Andy teve que sacudir a cabeça para clareá-la. Ergueu o queixo, o apoiou na mão livre. Ela não sabia o que mais fazer a não ser retornar à lista.

— Por que você me mandou encontrar Clara?

— A vagabunda se recusou a falar comigo quando ainda era lúcida, e Edwin ameaçou me dedurar para meu agente de condicional. Eu esperava que ver você despertasse as lembranças dela. Então eu pegaria você, você me daria a informação e seria um final feliz para todo mundo. Só que Edwin se meteu no caminho. Mas quer saber? Que ele se foda. Foi ele que negociou o acordo para manter Jane fora da cadeia por trinta anos. — Paula enfiou um punhado de batatas na boca. — Sua mãe fez parte da conspiração para matar seu avô. Ela viu Alexandra Maplecroft morrer. Ela estava lá quando Quarter levou um tiro no coração. Ela ajudou a dirigir a van até a fazenda. Estava cem por cento conosco a cada passo do caminho.

— Até não estar mais — disse Andy, porque era a essa parte que ela queria se aferrar.

— Aham. Mas nós derrubamos a Bolsa Mercantil de Chicago antes de tudo acabar — disse Paula, flagrando o olhar vazio de Andy. — É onde negociam *commodities*. Derivativos. Já ouviu falar? E Nick estava a caminho de Manhattan quando o pegaram tentando explodir a Bolsa de Valores. Teria sido glorioso.

Assim como todo mundo no país, Andy tinha visto aviões atingindo prédios e caminhões esmagando pedestres e todos os horrores entre esses dois acontecimentos. Ela sabia que ataques assim não eram gloriosos, assim como sabia que não importava o que aqueles grupos malucos tentavam derrubar, o objeto era sempre reconstruído. Mais alto, mais forte, melhor.

— Então por que eu estou aqui? O que você quer da minha mãe?

— Demorou para chegar a essa pergunta — disse Paula. — Jane tem alguns papéis com a assinatura do seu tio Jasper.

Tio Jasper.

Andy não conseguia se acostumar a ter uma família, embora não estivesse certa de que gostaria de ter os Queller como família.

— Nick pediu condicional seis vezes nos últimos doze anos — continuou Paula, amassando o saco de batatas fritas e o jogando na lata de lixo. — Todas as malditas vezes esse escroto do Jasper apareceu com suas insígnias idiotas da Força Aérea, bóton com a bandeira americana, choramingando que Nick matou o pai dele, infectou seu irmão e fez com que ele perdesse a irmã, e blá-blá-blá.

— Infectou o irmão?

— Nick não teve nada a ver com isso. Seu tio era bicha. Ele morreu de aids.

Andy se encolheu.

Paula bufou.

— Sua geração e a porra do politicamente correto.

— Sua geração e a porra da homofobia.

Paula bufou novamente.

— Meu Deus, se eu soubesse que só bastava levar um tiro para você crescer eu teria te feito esse favor ainda em Austin.

Andy fechou os olhos por um segundo. Estava odiando aquela discussão.

— O que há nos papéis? Por que são tão importantes?

— Fraude — respondeu Paula, erguendo as sobrancelhas, esperando a reação de Andy. — A Queller Serviços de Saúde estava jogando os pacientes na rua, mas continuava recebendo grana do governo pelo tratamento deles.

Andy esperou por mais, mas aparentemente era só.

— E?

— O que quer dizer com *e*?

— Eu poderia entrar na internet agora mesmo e encontrar dezenas de vídeos mostrando pessoas pobres sendo expulsas de hospitais — disse Andy, dando de ombros. — Os hospitais simplesmente se desculpam e pagam uma multa.

Às vezes nem isso. Ninguém perde o emprego, a não ser talvez o segurança que estava seguindo ordens.

Paula claramente ficou perturbada com a indiferença de Andy.

— Ainda é crime.

— Estou sabendo.

— Você vê o noticiário ou lê jornal? Jasper Queller quer ser presidente.

Andy não estava tão certa de que uma condenação por fraude o impediria. Paula continuava a lutar segundo as regras dos anos 1980, antes que especialistas em opinião pública e equipes de gerenciamento de crises se tornassem parte do vocabulário popular. Bastaria Jasper fazer uma turnê de desculpas, chorar um pouco, e no fim sairia mais popular do que era antes de tudo começar.

Paula cruzou os braços. Tinha uma expressão satisfeita no rosto.

— Acredite em mim, Jasper vai desmoronar ao primeiro sinal de escândalo. Ele só se importa com a reputação da família Queller. Vamos manipulá-lo como uma marionete.

Andy tinha que estar deixando passar alguma coisa. Tentou descobrir.

— Você viu minha mãe na TV. Você contratou um cara para torturá-la para revelar a localização desses documentos. Agora está me mantendo refém por causa dos mesmos documentos, achando que vai chantagear Jasper para ele não se meter no pedido de condicional de Clayton, ou Nick, tanto faz?

— Óbvio. Não é como construir um foguete, garota.

Nem mesmo como construir um modelo de foguete.

Como a mãe dela tinha se envolvido com aqueles idiotas?

— Eu preparei tudo para quando Nick sair — explicou Paula. — Vamos comprar umas obras de arte para pendurar nas paredes, encontrar os móveis certos. Nick tem um olho ótimo. Eu não escolheria essas coisas sem ele.

Andy se lembrou da falta de personalidade dentro da casa de Paula. Vinte anos na prisão, pelo menos uma década solta, e ela ainda esperava que Clayton Morrow lhe dissesse o que fazer.

— Foi Nick quem pediu que você fizesse isso? — perguntou Andy, lembrando-se de algo que Paula dissera. — Por isso você não me matou, certo? Porque sou filha dele.

Ela sorriu.

— Acho que você não é tão burra quanto parece.

Andy ouviu o celular vibrando.

Paula procurou nas sacolas e encontrou o aparelho com a tela quebrada. Piscou para Andy antes de atender.

— E aí, piranha idiota? — perguntou, depois ergueu as sobrancelhas. — Porter Motel. Sei que você conhece. Quarto 310.

Andy a viu fechar o celular.

— Ela está a caminho?

— Está aqui. Acho que usou alguns daqueles bilhões dos Queller para alugar um jatinho — disse Paula, levantando-se e ajustando a arma na cintura. — Estamos em Valparaiso, Indiana. Imaginei que você gostaria de ver onde nasceu.

Andy, que já havia mordido a língua, começou a morder a bochecha.

— A filha da puta se achava boa demais para ser jogada junto com a população carcerária média. Então Edwin arranjou uma estadia para ela na cadeia do condado de Porter, onde ela passou o tempo todo na solitária, mas e daí? Melhor que ter que se preocupar com alguma filha da puta esfaqueando você pelas costas porque você disse que a bunda dela era grande.

O cérebro de Andy não conseguiu dar conta de tanta informação ao mesmo tempo. Ela começou:

— E quanto a...

Paula tirou a echarpe e a enfiou fundo na boca de Andy.

— Lamento, garota, mas eu não posso ser distraída por suas baboseiras. — Ficou de joelhos e soltou a algema da base da mesa. — Coloque o braço direito aqui embaixo.

Andy esticou os dois braços na direção da base, e Paula fechou as algemas.

— Hmm — balbuciou Andy, mas a echarpe estava enfiada na garganta. Ela tentou tirar com a língua.

— Se sua mãe tiver agido de acordo com o combinado, você vai ficar bem — disse Paula, tirando uma corda de varal da sacola. Amarrou os tornozelos de Andy às pernas da cadeira. — Só para evitar que você tenha alguma ideia idiota.

Andy começou a tossir. Quanto mais ela se esforçava para expulsar a echarpe, mais ela afundava na garganta.

— Sabe que seu tio morto, Andrew, tentou se enforcar com essa coisa uma vez? — perguntou, enfiando a mão na sacola plástica novamente. Pegou uma tesoura recém-comprada e usou os dentes para rasgar a embalagem. — Imagino que não. Enfim, isso deixou uma cicatriz no pescoço, aqui... — contou, usando a ponta das tesouras para mostrar o pescoço, logo abaixo de um grupo de verrugas escuras.

Andy pensou que aquelas verrugas bem que poderiam indicar um câncer.

— Jasper o salvou daquela vez — disse Paula, cortando a ponta da corda. — Andy estava sempre precisando ser salvo. Esquisito que sua mãe chame você pelo nome dele.

370

Laura não gostava de usar o apelido. Ela fazia uma careta sempre que dizia sem querer qualquer coisa que não Andrea.

Paula conferiu as algemas novamente, depois os nós, para garantir que estivessem firmes.

— Certo. Vou mijar — disse, enfiando a tesoura no bolso de trás. — Não faça nada idiota.

Andy esperou que a porta do banheiro se fechasse, então procurou algo idiota para fazer. O celular ainda estava na mesa. As mãos estavam fora de cogitação, mas talvez ela pudesse usar a cabeça. Tentou empurrar a cadeira para a frente, mas a ardência foi tão intensa que vômito subiu pela sua garganta.

A echarpe o empurrou para baixo.

Porra.

Andy correu os olhos pelo quarto do chão ao teto. Balde de gelo e copos descartáveis na escrivaninha sob a TV. Garrafas de água. Lata de lixo. Andy passou os dedos pelos pés da mesa. Testou o peso o máximo que conseguiu, mas era pesada demais. Além disso, havia uma bala alojada em seu corpo. Mesmo se conseguisse suportar a dor e levantar a mesa, cairia de cara no chão porque seus tornozelos estavam amarrados à cadeira.

Ela ouviu a descarga. A torneira da pia sendo aberta. Paula saiu com uma toalha nas mãos. Jogou-a na escrivaninha. Em vez de se dirigir a Andy, sentou-se na beirada da cama e assistiu à TV.

Andy deixou a testa apoiada na mesa. Fechou os olhos. Sentiu um grunhido vibrar em sua garganta. Aquilo era demais. Tudo aquilo simplesmente era demais.

Mike era oficial de justiça.

Sua mãe estava no programa de proteção a testemunhas.

Seu pai biológico era o líder de um culto assassino.

Edwin Van Wees estava morto.

Clara Bellamy...

Andy ainda podia ouvir claramente a batida que cortara o grito de Clara.

O *clique-clique-clique-clique* do cilindro do revólver.

A bailarina e o advogado haviam cuidado de Andy nos primeiros dois anos de sua vida, e ela não se lembrava de nenhum detalhe deles.

Houve um som no corredor.

O coração de Andy deu um pulo. Ela ergueu a cabeça.

Duas batidas na porta, em seguida uma pausa, e mais uma batida.

Paula bufou.

— Sua mãe acha que está me surpreendendo chegando aqui mais cedo do que disse que chegaria.

Ela desligou a TV. Levou o dedo aos lábios, como se Andy fosse capaz de alguma coisa além do silêncio.

O revólver estava na mão de Paula no momento em que abriu a porta.

Mãe.

Andy começou a chorar. Não conseguiu evitar. O alívio foi tão esmagador que ela sentiu como se seu coração fosse explodir.

Os olhos delas se encontraram.

Laura balançou a cabeça uma vez, mas Andy não entendeu o motivo.

Não faça nada?

Acabou?

Paula enfiou a arma no rosto de Laura.

— Vamos lá. Rápido.

Laura se apoiou pesadamente em uma bengala de alumínio enquanto entrava no quarto. Seu casaco estava jogado sobre os ombros. O rosto estava cansado. Ela parecia frágil, como uma mulher com o dobro da idade. Ela se dirigiu a Andy.

— Você está bem?

Andy assentiu, alarmada com a aparência frágil da mãe. Ela tivera quase uma semana para se recuperar dos ferimentos. Será que estava doente novamente? Alguma infecção causada pelo ferimento na perna, pelo corte na mão?

— Cadê? — perguntou Paula, pressionando o cano da arma atrás da cabeça de Laura. — Os arquivos. Onde estão?

Laura manteve o olhar fixo em Andy. Era como um feixe de laser entre elas. Andy se lembrava desse olhar. Era o mesmo que Laura dera quando as enfermeiras a empurraram para a cirurgia, para a radioterapia, para a ala de quimioterapia.

Aquela era a sua mãe. Aquela mulher, aquela estranha, sempre fora a mãe de Andy.

— Vamos lá — disse Paula. — Cadê os…

Laura ergueu o ombro direito, deixando o casaco escorregar para o chão. Seu braço esquerdo estava em uma tipoia. Havia um pacote cheio de pastas de arquivo enfiado nela. A tala do hospital tinha sido removida. Ela usava uma bandagem elástica ao redor da mão. Os dedos inchados se projetavam da abertura, curvados como a língua de um gato.

Paula arrancou os arquivos e os abriu na escrivaninha. Continuou apontando a arma para Laura enquanto folheava as páginas. A cabeça de Paula se moveu para cima e para baixo como se tivesse medo de que Laura desse um pulo.

— Está tudo aqui?

— O suficiente.

Laura continuou sem desviar os olhos de Andy.

O que ela estava tentando dizer?

— Abra as pernas — disse Paula, revistando Laura vigorosamente com as mãos, subindo e descendo pelo seu corpo. — Tire a tipoia.

Laura não se moveu.

— Agora — ordenou Paula, com um tom de voz que Andy não tinha ouvido antes.

Paula estava com medo? A filha da puta destemida realmente estava com medo de Laura?

— Tire — repetiu Paula. Seu corpo estava tenso e ela alternava o peso entre os pés. — Agora, sua piranha idiota.

Laura suspirou enquanto apoiava a bengala na cama. Levou a mão ao pescoço. Encontrou o velcro e tirou a tipoia cuidadosamente. Afastou do corpo a mão com a bandagem.

— Não estou com uma escuta.

Paula levantou a camisa de Laura, passou o dedo pela cintura.

Os olhos de Laura encontraram Andy. Ela balançou a cabeça mais uma vez.

Por quê?

— Senta na cama — disse Paula.

— Você já está com o que pediu — respondeu Laura, a voz calma, quase fria. — Agora deixa a gente ir e ninguém mais vai se machucar.

Paula encostou a arma no rosto da outra mulher.

— Você é a única que vai ficar machucada.

Laura assentiu para Andy, como se aquilo fosse exatamente o que ela esperava. Finalmente olhou para Paula.

— Eu fico. Deixa ela ir.

Não! A palavra ficou presa na garganta de Andy. Ela se esforçou furiosamente para cuspir a echarpe. *Não!*

— Senta.

Paula empurrou Laura para a cama. Não havia como Laura se equilibrar com um braço. Ela caiu de lado e Andy viu a expressão de dor em seu rosto.

A raiva tomou conta de Andy como uma febre. Começou a grunhir, bufar, fazer todos os ruídos possíveis.

Paula chutou a bengala de alumínio para longe.

— Sua filha vai ver você morrer.

Laura não disse nada.

— Pegue isso — disse Paula, jogando o rolo de corda para Laura.

Ela o pegou com uma das mãos. Seus olhos foram na direção de Andy. Depois olhou novamente para Paula.

O quê? Andy quis gritar. *O que eu devo fazer?*

Laura ergueu a corda.

— Isso é para me deixar triste?

— Isso é para amarrar você como um porco para que eu possa estripar.

Estripar?

Andy começou a forçar as algemas. Pressionou o peito na beirada da mesa. A dor era quase insuportável, mas ela precisava fazer alguma coisa.

— Penny, pare com isso — disse Laura, deslizando para a beirada da cama.
— Nick não iria querer…

— Que porra você sabe sobre o que Nick quer? — perguntou Paula, agarrando a arma com as duas mãos, trêmula de fúria. — Sua maldita piranha fria.

— Eu fui amante dele por seis anos. Eu pari a filha dele — disse Laura, firmando os pés no chão. — Acha que ele iria querer que a filha testemunhasse o assassinato brutal da mãe?

— Eu deveria simplesmente atirar em você. Está vendo o meu olho? Está vendo o que você fez comigo?

— Na verdade eu me orgulho bastante disso.

Paula bateu com a arma no rosto de Laura.

Pá.

Andy sentiu um nó no estômago ao ver Laura lutando para permanecer sentada.

Paula ergueu a arma novamente.

Andy fechou os olhos com força, mas ouviu o horrível som esmagador de metal atingindo osso. Estava de volta à casa de fazenda. Edwin morto. Clara dando o primeiro grito, e então…

Clique-clique-clique-clique.

O cilindro do revólver girando.

Andy abriu os olhos.

— Piranha maldita — gritou Paula, acertando o rosto de Laura novamente.

374

Tinha aberto um talho em seu rosto. A boca sangrava.

Mãe! O grito de Andy saiu como um grunhido. *Mãe!*

— Vai ficar pior — disse Paula para Andy. — Prepare-se.

Mãe!, Andy tentou gritar. Olhou para Laura, depois para a arma, depois novamente para Laura.

Pense!

Por que Paula estava ameaçando estripá-la? Por que não tinha atirado em Clara na fazenda? Por que não estava atirando em Laura e Andy naquele momento?

Os cliques na casa de fazenda foram o som de Paula conferindo para ver se todos os cartuchos do revólver haviam sido disparados.

Ela não tinha mais balas na arma.

Mãe! Andy sacudiu a cadeira com tanta força que sangue fresco escorreu pela ferida. A mesa bateu em seu peito. Ela torceu os pulsos, tentando erguer as mãos para que Laura pudesse vê-las.

Olhe!, grunhiu Andy, forçando as cordas vocais, suplicando a atenção da mãe.

Laura foi atingida por outra coronhada. Desnorteada, deixou a cabeça tombar de lado.

Mãe! Andy sacudiu a mesa com mais força. Seus pulsos estavam feridos. Ela agitou as mãos, tentando furiosamente chamar atenção.

— Para com isso, garota — disse Paula. — Você só vai conseguir cair no chão.

Andy grunhiu, agitando as mãos no ar com tal força que as algemas cortaram sua pele.

Olhe!

Com dolorosa lentidão os olhos de Laura finalmente se concentraram nas mãos de Andy.

Quatro dedos erguidos na esquerda. Um dedo erguido na direita.

O mesmo número de dedos que Laura mostrara a Jonah Helsinger no restaurante.

Por isso você ainda não puxou o gatilho. Só resta uma bala.

Enquanto Laura observava, Andy ergueu o polegar da mão esquerda.

Seis dedos.

Seis balas.

A arma estava vazia.

Laura se sentou na cama.

Paula se surpreendeu com a repentina recuperação, exatamente a reação que a mãe precisava.

Laura agarrou a arma com a mão direita e girou a esquerda, acertando Paula na garganta.

O tempo parou.

Nenhuma das três se moveu.

O punho de Laura estava apertando a garganta de Paula.

A mão de Paula estava presa sob o braço de Laura.

Um relógio tiquetaqueava em algum lugar no quarto.

Andy ouviu um borbulhar.

Laura liberou a mão ferida.

Uma fita vermelha tingiu o colarinho da camisa de Paula. Sua garganta fora cortada, a pele agora aberta em um ferimento em forma de lua.

Sangue pingava da gilete que Laura segurava entre os dedos.

Eu vou abrir a porra da sua garganta se você machucar minha filha.

Por isso Laura não estava usando a tala. Ela precisava dos dedos livres para segurar a gilete e acertar o pescoço de Paula.

Paula tossiu um jato de sangue. Estava tremendo. Dessa vez não de medo, mas de uma fúria quente.

Laura se aproximou e sussurrou algo no ouvido da outra.

A fúria bruxuleou como uma vela em seus olhos e Paula tossiu novamente. Os lábios tremeram. Os dedos. Os pálpebras.

Andy pressionou a testa na mesa.

Sentiu que sua consciência vagava para longe da carnificina. Não estava mais chocada com a violência. Ela finalmente entendia a serenidade no rosto da mãe quando matara Jonah Helsinger.

Ela vira tudo aquilo antes.

UM MÊS DEPOIS

Senti minha mente se partindo —
Como se meu cérebro em dois se dividisse —
Sulco a sulco — tentei encaixar —
Mas não houve maneira de conseguir.

Meus pensamentos tentei, em vão
Juntar uns aos outros —
Mas sem sentidos se tornaram
Como bolas — rolando no chão.

— EMILY DICKINSON

EPÍLOGO

Laura Oliver estava sentada em um banco de madeira em frente ao Instituto Federal de Correção em Maryland. O complexo parecia uma grande escola de ensino médio. A instalação adjacente lembrava mais um acampamento de verão para meninos. Segurança mínima, em sua maioria presos por crimes de colarinho branco que haviam roubado fundos de investimento ou se esquecido de pagar impostos durante décadas. Havia quadras de tênis e basquete e duas pistas de corrida. A cerca no perímetro parecia uma formalidade. As torres de vigia eram poucas. Muitos internos eram autorizados a sair durante o dia para trabalhar nas fábricas próximas.

Considerando a seriedade de seus crimes, Nick não deveria estar ali, mas ele sempre fora bom em se inserir em lugares aos quais não pertencia. Tinha sido condenado por homicídio culposo na morte de Alexandra Maplecroft e por conspiração para usar uma arma de destruição em massa na parte nova-iorquina do plano. O júri decidira não apenas poupar a vida de Nick, mas dar a ele a possibilidade de condicional. Provavelmente era por isso que conseguira sua transferência para o Club Fed, como chamavam o instituto, numa brincadeira com os resorts Club Med. A pior coisa com a qual os detentos tinham de se preocupar dentro de suas unidades de tetos azuis que se projetavam do prédio principal era o tédio.

Laura sabia tudo sobre o tédio do encarceramento, mas não do tipo refinado que Nick experimentava. O acordo que fizera estipulou que cumprisse a pena de dois anos na solitária. A princípio ela achou que iria enlouquecer. Uivara, chorara e até criara um teclado na estrutura da cama, tocando notas que apenas ela conseguia ouvir. Com o avanço da gravidez, Laura fora tomada pela exaustão. Quando não estava dormindo, lia. Quando não estava lendo, esperava pelas refeições ou olhava para o teto, recriando conversas com Andrew que ela nunca teria com ele.

Eu posso ser forte. Eu posso mudar isto. Eu posso resistir.

Ela estava sofrendo pela perda dos irmãos: Andrew para a morte, Jasper para a própria ganância. Estava sofrendo pela perda de Nick, porque ela o amara por seis anos e sentia a falta daquele amor tanto quanto sentiria a perda de um membro. Então Andrea nasceu, e ela sofreu pela perda de sua filha.

Laura pôde segurar Andy apenas uma vez antes que Edwin e Clara a levassem embora. De todas as coisas que havia perdido na vida, os primeiros dezoito meses da vida de Andy eram a única ferida que nunca iria cicatrizar.

Ela encontrou um lenço de papel no bolso. Enxugou os olhos. Virou a cabeça, e lá vinha Andy caminhando na direção do banco. Sua bela filha estava com os ombros retos, a cabeça erguida. Ter estado na estrada mudara tanto Andy que Laura ainda não se acostumara. Durante muito tempo Laura temera que Andy houvesse herdado todas as suas fraquezas, mas agora via que também havia transmitido a ela sua resiliência.

— Você estava certa — disse Andy, sentando-se no banco ao lado dela. — Os banheiros são repugnantes.

Laura colocou o braço sobre os ombros de Andy. Beijou a lateral de sua cabeça, embora Andy se afastasse.

— Mãe.

Laura desfrutou da normalidade de seu tom aborrecido. Andy se irritava com o excesso de proteção desde que recebera alta do hospital, mas não tinha ideia do quanto Laura estava se contendo. Se pudesse, teria alegremente colocado a filha crescida no colo e lido uma história para ela.

Agora que Andy conhecia a verdade — pelo menos a parte da verdade que Laura estava disposta a compartilhar —, ela vivia pedindo a mãe que contasse histórias.

— Eu conversei com as filhas de Clara ontem — disse Andy. — Elas encontraram um lugar especializado em pacientes com Alzheimer. Um lugar legal, não um asilo, tipo uma comunidade. Disseram que ela não tem perguntado muito sobre Edwin.

Laura esfregou o ombro de Andy, engolindo o ciúme.

— Que bom. Fico contente.

— Eu estou nervosa — disse Andy. — E você?

Laura balançou a cabeça, mas não estava certa.

— É bom estar sem a tala — disse, flexionando a mão. — Minha filha está saudável e em segurança. Meu ex-marido está falando comigo novamente. Acho que, no geral, tenho mais motivos para estar feliz do que triste.

— Uau, uma dissimulação de primeira categoria.

Laura deu uma risada surpresa, chocada que os pensamentos de Andy finalmente estivessem saindo da boca.

— Talvez eu esteja um pouco nervosa. Ele foi meu primeiro amor.

— Ele espancava você. Isso não é amor.

As polaroides.

Andy fora a primeira pessoa a quem Laura contara a verdade sobre quem a espancara.

— Você tem razão, querida. Não era amor. Não no final.

Andy apertou os lábios. Parecia oscilar entre querer saber tudo sobre o pai biológico e não querer saber absolutamente nada.

— Como foi? A última vez que você o viu?

Laura não tinha de se esforçar muito para invocar as lembranças de estar no banco de testemunhas.

— Eu estava aterrorizada. Ele advogou em causa própria, então tinha o direito de me questionar no tribunal. Nick sempre se achou muito mais inteligente que todos os outros. Enfim, o julgamento durou seis dias. O juiz ficava me pedindo que falasse mais alto porque mal conseguia sussurrar. Eu me senti muito impotente. E então olhei para o júri, e me dei conta de que eles não estavam comprando a encenação de Nick. Porque para ser um bom vigarista é preciso tempo. Ele analisa a vítima, descobre o que está faltando dentro dela e só então faz com que a pessoa sinta que só aquele sujeito pode preencher essa lacuna.

— O que estava faltando dentro de você? — perguntou Andy.

Laura decidira poupar Andy dos detalhes dos estupros de Martin. Nos dias bons ela conseguia até se convencer de que estava escondendo isso pelo bem de Andy e não de si mesma.

— Eu tinha acabado de completar dezessete anos quando Andrew levou Nick para casa. Tinha passado a maior parte da vida sozinha diante de um piano. Só passava algumas horas na escola, depois era eu e um tutor… Estava desesperada por atenção. — Deu de ombros. — Agora, olhando em retrospecto, parece ridículo, mas foi tudo o que precisou para eu ser fisgada. Ele reparar em mim.

— Era para onde você ia quando desaparecia nos fins de semana? — perguntou Andy, mais uma vez deixando Nick de lado. — Como quando você foi ao Tubman Museum e levou o globo de neve para mim?

— Eu ia me encontrar com meu agente. Do programa de pro...

— De proteção à testemunha. Eu sei — disse Andy, revirando os olhos.

Ela se considerava especialista em direito penal desde que se colocara em fuga.

Laura sorriu enquanto acariciava o cabelo da filha.

— Eu passei quinze anos em condicional. Meu primeiro agente era muito mais tranquilo do que Mike, mas eu ainda tinha que me apresentar.

— Imagino que você não goste de Mike?

— Ele não confia em mim porque eu sou uma criminosa e eu não confio nele porque ele é um policial.

Andy chutou o chão com a ponta do calçado. Ela claramente ainda tentava conciliar o passado sórdido de Laura com a mulher que ela sempre conhecera como mãe. Ou talvez estivesse tentando ficar em paz com os próprios crimes.

— Você não pode contar a Mike o que aconteceu — lembrou Laura a ela. — Tivemos muita sorte de ele não ter descoberto.

Andy concordou, mas não disse nada. Não parecia mais sentir culpa por matar o homem que todos haviam passado a chamar de Moletom, mas, como Laura, ela se esforçava para se perdoar por ter colocado em risco a segurança de Gordon.

Na noite em que Andy fugira de casa, Laura tinha ficado sentada no chão do escritório, o cadáver de Moletom ao seu lado, esperando que a polícia derrubasse a porta e a prendesse.

Em vez disso, ouvira homens gritando no gramado da frente.

Ao abrir a porta, encontrara Mike caído no chão. Meia dúzia de policiais apontava as armas para o homem de bruços. Ele tinha sido nocauteado, provavelmente por Moletom, o que tinha sido merecido por se esgueirar pelo seu jardim. Se Laura quisesse envolver os oficiais no caso Jonah Helsinger, teria chamado Mike ela mesma.

Mas Laura tentava pegar leve com o agente, considerando que tinha sido ele a única razão para ela não ter sido presa naquela noite.

A mensagem de texto de Andy fora bastante vaga.

Seaborne Av. 419 homem armado perigo real favor rápido

Se Laura era adepta de algo era de subterfúgios. Ela dissera aos policiais que entrara em pânico ao ver um homem pela janela, que jamais imaginou que era

Mike, que não fazia ideia de quem o acertara e que não estava entendendo por que eles queriam entrar na casa, mas que sabia que tinha o direito de recusar.

Só acreditaram nela porque Mike estava grogue demais para dizer que ela estava mentindo. Levaram Mike para o hospital em uma ambulância. Laura esperara até o nascer do sol para chamar Gordon. Os dois esperaram até anoitecer para tirar o corpo de casa e colocá-lo no rio.

Essa era a transgressão que Andy não conseguia superar. Matar Moletom havia sido legítima defesa. Envolver Gordon no acobertamento do crime era mais complicado.

Laura tentou aplacar a culpa dela.

— Querida, seu pai não se arrepende. Ele disse isso várias vezes a você. O que ele fez foi errado, mas pelos motivos certos.

— Ele podia ter se ferrado.

— Não vai acontecer nada se ficarmos de boca fechada. Lembre-se de que Mike não a estava seguindo para manter você em segurança. Ele estava tentando descobrir o que você estava fazendo porque achava que eu estava violando a lei. — Laura segurou a mão de Andy. — Vamos ficar bem se ficarmos juntas. Confie em mim quanto a isso. Eu sei como me safar de um crime.

Andy olhou para ela, depois desviou o olhar. Agora, seus silêncios tinham significado. Não eram mais um sintoma de indecisão e normalmente vinham seguidos de uma pergunta difícil.

Laura prendeu a respiração e esperou.

Aquele era o momento em que Andy finalmente iria perguntar sobre Paula. Por que Laura a matara em vez de pegar a arma descarregada. O que sussurrara no ouvido de Paula enquanto ela morria. Por que mandara Andy dizer à polícia que estava inconsciente no momento da morte.

— Havia apenas uma mala no depósito — disse Andy.

Laura voltou a respirar. Seu cérebro levou um momento para reduzir a ansiedade e encontrar a reação certa.

— Você acha que aquele é o único depósito?

Andy ergueu as sobrancelhas.

— O dinheiro é da sua família?

— É dos esconderijos, das vans. Eu não ficaria com dinheiro dos Queller.

— Paula disse a mesma coisa.

Laura prendeu a respiração novamente.

— Não é tudo dinheiro de sangue? — disse Andy.

— É.

Laura dissera a si mesma que o dinheiro escondido era diferente. Justificou para si mesma que estava ficando com ele por estar morrendo de medo de que Jasper fosse atrás dela. A *nécessaire* escondida dentro do sofá. Os depósitos. As identidades falsas que ela comprara do mesmo falsificador que fizera as credenciais de Alexandra Maplecroft. Todos os seus planos foram criados para o caso de Jasper descobrir onde ela estava.

Todos os seus medos eram equivocados, porque Andy estava certa.

Jasper claramente estava se lixando para a papelada fraudulenta. O crime de fraude prescrevera anos antes, e a turnê para se desculpar publicamente na verdade aumentara sua aprovação nas primeiras pesquisas presidenciais.

Andy continuou enfiando a ponta do calçado no chão.

— Por que você desistiu?

Laura quase riu, porque não ouvia essa pergunta havia tanto tempo que seu primeiro pensamento foi: *desisti do quê?*

— A resposta mais curta é Nick, mas é mais complicado que isso.

— Temos tempo para uma resposta longa.

Laura não achava que havia horas suficientes em sua vida, mas tentou.

— Quando você toca música clássica, está tocando as notas exatamente como foram escritas. É preciso praticar sem parar para manter a dinâmica, que é basicamente como você expressa as notas. Bastam alguns dias parada e já dá para sentir a destreza deixando seus dedos. Manter isso demanda muito tempo. Tempo roubado de outras coisas.

— Como Nick.

— Como Nick — confirmou Laura. — Ele nunca me pediu explicitamente para parar, mas vivia fazendo comentários sobre as outras coisas que poderíamos estar fazendo juntos. Então, quando eu abri mão da parte clássica da carreira, achei que estava tomando a decisão por mim mesma, quando na verdade foi ele quem colocou a ideia na minha cabeça.

— E então você foi para o jazz.

Laura se viu sorrindo. Tinha adorado o jazz. Mesmo agora, tantos anos depois, ela não conseguia ouvir porque a perda era dolorosa demais.

— Jazz não tem a ver com as notas, mas com a expressão melódica. Menos prática, mais emoção. No clássico há uma muralha entre o músico e a plateia. No jazz a jornada é compartilhada. A gente não quer mais sair do palco. E, de um ponto de vista técnico, é um toque completamente diferente.

— Toque?

— A maneira de pressionar as teclas. A velocidade, a profundidade. É difícil colocar em palavras, mas o toque é o que representa a essência do artista. Eu adorava ser parte de algo tão vibrante. Se eu tivesse conhecido o jazz primeiro, nunca teria seguido o caminho clássico. E Nick percebeu isso, antes mesmo que eu.

— Então ele a convenceu a desistir disso também?

— Isso foi escolha minha — respondeu Laura, porque era a verdade. Tudo havia sido escolha dela. — Então de repente eu estava num estúdio e descobri um modo de amar aquilo. Até que Nick começou a resmungar de novo e... — Deu de ombros. — Eles limitam a nossa vida. É o que homens como Nick fazem. Eles afastam você de tudo que você ama, para que sejam a única coisa na qual se concentrar — disse Laura, e sentiu a necessidade de acrescentar: — Se você permitir.

A atenção de Andy fora atraída para longe. Mike Falcone estava saltando do carro. Vestia terno e gravata. Um sorriso brotou em seu rosto bonito quando se aproximou delas. Laura tentou ignorar o modo como Andy endireitou a postura. Mike era charmoso, autodepreciativo, e tudo nele irritava Laura.

Carisma.

Quando ele chegou suficientemente perto, Andy disse:

— Que coincidência.

Ele apontou para o ouvido.

— Perdão, mas não consigo ouvi-la. Um dos meus testículos ainda está alojado no meu canal auditivo.

Andy riu, mas Laura sentiu seu estômago embrulhar.

— Belo dia para visitar um psicopata — disse ele.

— Você está sendo modesto — provocou Andy, com um sorriso fácil que Laura nunca tinha visto. — Como vão suas três irmãs mais velhas?

— Essa parte era verdade.

— E aquela coisa sobre seu pai?

— Também é verdade — falou. — Quer explicar como você foi parar na casa de Paula Kunde? Ela está no topo da lista de desafetos da sua mãe.

Laura sentiu Andy se enrijecer ao seu lado. Toda vez que pensava em Andy escutando sua conversa com Moletom, Laura ficava abaladíssima. Nunca iria se perdoar por inadvertidamente mandar a filha para a cova dos leões.

Ainda assim, Andy se controlou, ignorando a pergunta de Mike.

— E quanto àqueles tijolos de notas nos seus bolsos de trás? Aquilo quebrou o clima — disse Mike.

Andy sorriu, mais uma vez dando de ombros.

Laura esperou, mas não houve mais nada, a não ser o peso da tensão sexual.

— Nervosa? — perguntou Mike para Laura.

— Por que estaria?

Ele deu de ombros.

— Só um dia comum, indo encontrar o sujeito que você mandou para a prisão pelo resto da vida.

— Ele se mandou para a prisão. São vocês os idiotas que continuam deixando que ele tenha audiências de condicional.

— É um trabalho difícil — disse Mike, apontando para a cicatriz rosada em sua têmpora onde fora atingido na cabeça. — Já descobriu quem me nocauteou no seu jardim?

— Como você sabe que não fui eu?

Laura sorriu porque ele sorriu.

Ele fez uma leve mesura, se rendendo e apontando para a prisão.

— Depois de vocês, senhoras.

Elas caminharam à frente de Mike na direção da entrada de visitantes. Laura olhou para o prédio alto com grades sobre o vidro reforçado nas janelas. Nick estava lá dentro. Esperando por ela. Laura sentiu um abalo repentino após dias de confiança. Será que conseguiria fazer aquilo?

Tinha escolha?

Ela sentiu a tensão nos ombros quando foram autorizados a passar pelas portas da frente. O guarda que os recebeu era enorme, mais alto que Mike, a barriga se projetando além do cinto de couro. Seus sapatos guincharam enquanto os fazia passar pela segurança. Guardaram bolsas e celulares em armários de metal, depois ele os conduziu por um longo corredor.

Laura lutou contra um estremecimento. As paredes pareciam se fechar sobre ela. Sempre que uma porta ou portão batia, ela sentia um nó no estômago. Passara apenas dois anos confinada, mas a ideia de estar trancada sozinha em uma cela novamente a fazia suar frio.

Ou estaria pesando em Nick?

Andy deu a mão para a mãe quando chegaram ao final do corredor. Seguiram o guarda até uma pequena sala abafada. Monitores mostravam imagens de todas as câmeras. Havia seis guardas com fones de ouvido, escutando as conversas dos detentos na sala de visitas.

— Oficial? — disse um homem de pé com as costas para a parede. Diferentemente dos outros, vestia terno e gravata. Apertou a mão de Mike. — Oficial Rosenfeld.

— Oficial Falcone — respondeu Mike. — Essa é minha testemunha. E sua filha.

Rosenfeld assentiu para ambas enquanto tirava do bolso uma pequena caixa de plástico.

— Coloque isso nos ouvidos. O sinal será transmitido para o posto, onde iremos gravar tudo que for dito entre você e o detento.

Laura franziu o cenho para os fones no estojo.

— Parecem aparelhos para surdez.

— É de propósito — disse Rosenfeld, pegando as escutas e as colocando na palma da mão aberta. — Suas palavras serão captadas pelas vibrações no maxilar. Para captar o áudio de Clayton Morrow, ele precisa estar perto. Há muito ruído ambiente na sala de visitas e todos os detentos sabem se valer das zonas mortas. Se você quer que ele seja gravado, não deve estar a menos de um metro de distância.

— Não será um problema.

Laura estava mais preocupada com a vaidade. Não queria que Nick pensasse que ela era uma velha que precisava de aparelhos auditivos.

— Caso se sinta ameaçada — continuou Rosenfeld —, ou não consiga mais continuar, é só dizer a frase "Eu gostaria de uma Coca". Há uma máquina de refrigerante dentro da sala, então ele não achará estranho. Nesse momento o guarda mais próximo vai interferir, mas se Morrow tiver uma lâmina ou uma arma...

— Não estou preocupada com isso. Ele usaria as mãos.

Andy claramente engoliu em seco.

— Vou ficar bem, querida. É só uma conversa — disse Laura, enfiando as peças plásticas nos ouvidos. Pareciam cascalho. Perguntou a Rosenfeld: — O que exatamente ele precisa dizer? O que é incriminador?

— Qualquer coisa que revele responsabilidade pelas ações de Paula Evans-Kunde. Se Morrow disser que a mandou à fazenda já é suficiente. Ele não precisa dizer que a mandou matar alguém, ou sequestrar sua filha. Essa é a beleza da conspiração. Você só precisa gravá-lo assumindo o crédito pelas ações dela.

O velho Nick adorava ganhar crédito por tudo, mas Laura não tinha fazia a menor ideia se o Nick atual aprendera ou não a lição.

— Só me resta tentar.

— Tudo certo — disse um dos guardas, erguendo o polegar. — O som está chegando perfeitamente.

386

Rosenfeld respondeu com o polegar erguido. Depois perguntou a Laura.

— Pronta?

Laura sentiu um nó na garganta. Sorriu para Andy.

— Estou bem.

Mike falou:

— Preciso dizer que todos nós estamos um pouco nervosos de ter você na mesma sala com aquele sujeito.

Laura sabia que ele estava tentando melhorar o clima.

— Tentaremos não explodir nada.

Andy deu uma gargalhada.

— Eu a levo até a porta — disse Mike. — Ainda está bem por Andy ouvir tudo isso?

— Claro.

Laura apertou a mão de Andy, embora no fundo não estivesse tão segura. Estava preocupada que Nick de algum modo conseguisse atrair Andy para o lado dele. Estava preocupada com a própria sanidade, porque ele a cooptara centenas de vezes, mas ela só conseguira escapar uma.

— Você vai ser ótima, mãe — disse Andy, sorrindo, e o gesto lembrou tanto Nick que Laura quase perdeu o fôlego. — Eu estarei aqui quando tudo terminar. Certo?

Laura só conseguiu assentir.

Mike recuou para que Laura pudesse seguir o guarda por outro longo corredor. Ele manteve distância, mas ela podia ouvir os passos pesados logo atrás. Laura foi arrastando os dedos na parede para se impedir de esfregar as mãos. Borboletas voavam na barriga.

Ela levara um mês para se preparar para aquilo e, agora que estava ali, via-se terrivelmente despreparada.

— Como ela tem estado? — perguntou Mike, evidentemente tentando distraí-la novamente. — Andy. Como ela está?

— Ela está perfeita — respondeu Laura, o que não era exatamente um exagero. — O cirurgião retirou a maior parte da bala. Não haverá nenhum dano duradouro.

Mike não perguntara sobre a recuperação física, mas Laura não revelaria questões pessoais a um homem que flertava tão abertamente com sua filha.

— Ela encontrou um apartamento na cidade. Talvez volte à faculdade.

— Andy poderia tentar trabalhar para a justiça. Fez um excelente trabalho de detetive na estrada.

Laura olhou feio para ele.

— Eu a trancaria no porão antes de deixar que se juntasse aos porcos.

Ele riu.

— Ela é ridiculamente adorável.

Laura se esquecera das escutas. Ele estava falando porque sabia que Andy estava ouvindo. Laura abriu a boca para passar uma reprimenda, mas qualquer comentário significativo que ela pudesse ter feito foi afogado pelo zumbido de conversas distantes.

Sentiu a garganta apertar. Ainda se lembrava de como soava uma sala de visitas.

O guarda enfiou a chave na fechadura.

— Senhora — disse Mike, fazendo uma saudação, depois voltou para a sala de monitoramento.

Laura trincou os dentes enquanto o guarda abria a porta. Ela passou. Ele fechou a porta, depois pegou a chave da seguinte.

Ela não conseguiu evitar retorcer as mãos. Era aquilo de que ela mais se lembrava de seu tempo na cadeia: uma série de portas e portões trancados, nenhum dos quais ela podia abrir por conta própria.

Laura olhou para o teto. Trincou os dentes com ainda mais força. Ela estava de volta ao tribunal com Nick. Estava no banco de testemunhas, retorcendo as mãos, tentando não olhar nos olhos dele porque sabia que, caso se permitisse essa única fraqueza, iria desmoronar e tudo teria fim.

Troque-o.

O guarda abriu a porta. As conversas ficaram mais altas. Ela ouviu crianças rindo. Bolas de pingue-pongue acertando raquetes. Tocou as escutas para se assegurar de que não haviam caído. Por que estava tão nervosa? Enxugou as mãos nos jeans, de pé diante do portão trancado, a última barreira entre ela e Nick.

Tudo parecia errado.

Ela queria rebobinar até a manhã e recomeçar. Ela se recusara a se arrumar para a ocasião, mas naquele momento se via questionando a escolha de um suéter preto simples e jeans. Deveria ter calçado salto alto. Deveria ter tingido o cabelo grisalho. Deveria ter dado mais atenção à maquiagem. Deveria ter dado as costas e partido. Mas então o portão se abriu, ela virou uma esquina e ali estava ele.

Nick estava sentado a uma das mesas no fundo da sala.

Ergueu o queixo à guisa de saudação.

Laura fingiu não notar, fingiu que seu coração não estava trêmulo, que seus olhos não vibravam dentro do corpo.

Ela estava ali por causa de Andrew, porque o desejo dele ao morrer tinha de significar algo.

Ela estava ali por causa de Andrea, porque a vida dela finalmente ganhara sentido.

Ela estava ali em causa própria, porque queria que Nick soubesse que ela finalmente havia escapado.

Laura teve vislumbres de movimento enquanto atravessava o grande espaço aberto. Pais de uniformes cáqui erguendo bebês no ar. Casais conversando em voz baixa e de mãos dadas. Advogados falando aos sussurros. Crianças brincando em um canto isolado. Duas mesas de pingue-pongue ocupadas por adolescentes aparentemente felizes. Câmeras instaladas a cada três metros, microfones se projetando do teto, guardas de pé junto às portas, a máquina de refrigerante, a saída de emergência.

Nick estava sentado a poucos metros. Laura ainda não estava preparada para fazer contato visual. Seu coração deu um salto quando viu um piano de armário na parede dos fundos. Um Baldwin Hamilton School em nogueira lisa. Faltava a tampa das teclas, que estavam gastas. Imaginou que devia ser afinado muito raramente. Ficou tão emocionada pela visão do piano que quase passou direto por Nick.

— Jinx?

Ele estava com as mãos entrelaçadas sobre a mesa. De modo improvável, parecia exatamente como ela lembrava. Não no tribunal, não quando Laura estava desmaiando no banheiro da casa da fazenda, mas no andar de baixo do esconderijo. Alexandra Maplecroft ainda viva. Nenhuma das bombas detonada. Nick desabotoando sua japona enquanto a beijava no rosto.

Suíça.

— Devo chamá-lo de Clayton? — perguntou ela, ainda incapaz de olhar para ele.

Ele indicou o assento do outro lado da mesa.

— Minha querida, você pode me chamar do que quiser.

Laura quase engasgou, envergonhada porque o som suave da voz dele ainda era capaz de tocá-la. Ela se sentou. Os olhos mediram a distância entre eles, avaliando se estavam dentro do limite de um metro. Ela apertou as mãos com força sobre a mesa. Por apenas um momento, se permitiu o prazer de olhar para o rosto dele.

Ainda bonito.

Um pouco enrugado, mas não muito. Sua energia era palpável, como se uma mola estivesse contraída dentro dele.

Carisma.

— Agora é Laura? — perguntou Nick, sorrindo. Ele sempre crescia sob escrutínio. — Em homenagem à nossa heroína de Oslo?

— Escolha aleatória — mentiu ela, olhando para a parede atrás dele, depois para o piano. — O programa de segurança a testemunhas não permite que você estabeleça os termos. Ou a gente obedece ou não.

Ele balançou a cabeça, como se os detalhes não o interessassem.

— Você parece a mesma.

Laura levou os dedos nervosos ao cabelo grisalho.

— Não se envergonhe, meu amor. Combina com você. Mas você sempre fez tudo com muita graça.

Ela finalmente o olhou nos olhos.

Os pontos dourados em suas íris eram um padrão tão familiar quanto as estrelas. Os cílios longos. O toque de curiosidade misturado a assombro, como se Laura fosse a pessoa mais interessante que ele já havia conhecido.

— Eis minha garota — disse ele.

Laura lutou contra o choque empolgante de sua atenção, aquela onda inexplicável de *necessidade*. Podia facilmente ser tragada novamente por aquele vórtice. Podia muito bem ter dezessete anos outra vez, o coração flutuando para fora do peito como um balão de ar quente.

Laura rompeu o contato primeiro, olhando para o piano atrás dele.

Lembrou a si mesma que, no final do corredor, Andy estava naquela pequena sala escura escutando tudo o que diziam. E também Mike. O oficial Rosenfeld. Os seis guardas com os fones de ouvido e monitores.

Laura não era mais uma adolescente solitária. Era uma mulher de 55 anos. Era mãe, sobrevivente de câncer, mulher de negócios.

Essa era a sua vida.

Não Nick.

Ela pigarreou.

— Você também está igual.

— Não há muito estresse aqui. Tudo é planejado para mim. Eu só preciso aparecer. Ainda assim… — disse ele, virando a cabeça de lado, olhando para a orelha dela. — A idade é uma punição cruel para a juventude.

Laura tocou a escuta. A mentira saiu com facilidade.

— Todos aqueles anos de concertos finalmente cobraram seu preço.

Ele estudou atentamente a expressão dela.

— Sim, ouvi dizer. Algo a ver com as células nervosas.

— Células capilares no ouvido médio — corrigiu. Ela sabia que ele a estava testando. — Elas transformam os sons em sinais elétricos que ativam os nervos. Isto é, se não tiverem sido destruídos por música alta em excesso.

Ele pareceu aceitar a explicação.

— Diga, meu amor. Como tem passado?

— Estou bem. E você?

— Bem, eu estou na prisão. Não soube o que aconteceu?

— Acho que vi algo no noticiário.

Ele se inclinou sobre a mesa.

Laura se afastou, como se ele fosse uma cobra.

Nick sorriu, o brilho em seus olhos se transformando em chamas.

— Eu só estava tentando dar uma olhada nos danos.

Ela ergueu a mão esquerda para que Nick pudesse ver a cicatriz onde a faca de Jonah Helsinger penetrara.

— Você fez a Maplecroft, hein? — disse ele. — Com um pouco mais de sucesso que nossa velha amiga.

— Eu preferiria não brincar sobre a mulher que você matou.

O riso dele foi quase de júbilo.

— Homicídio culposo, mas sim, entendo seu ponto de vista.

Laura apertou as mãos sob a mesa, obrigando-se fisicamente a retomar o controle.

— Imagino que tenha visto o vídeo do restaurante.

— Sim. E nossa filha. Ela é tão adorável, Jinx. Ela se parece com você.

O coração dela começou a bater violentamente. Andy estava escutando. O que pensaria do elogio? Será que ainda conseguiria ver que Nick era um monstro? Ou aqueles disparos verbais ajudariam de algum modo a normalizá-lo?

— Ouviu falar do que aconteceu com Paula? — perguntou ela.

— Paula? — disse ele, balançando a cabeça. — Não sei quem é.

Laura estava retorcendo as mãos novamente. Ela se obrigou a parar outra vez.

— Penny.

— Ah, sim. Pobre Penny. Um soldado tão leal. Ela estava sempre atacando você, não é mesmo? Acho que não importa quão reluzente seja a personalidade, sempre há detratores.

— Ela me odiava.

— De fato. — Ele deu de ombros. — Um pouco invejosa, acho. Mas por que lembrar dos velhos tempos quando estávamos nos divertindo tanto?

Laura procurou palavras. Ela não podia continuar com aquilo. Ela tinha ido ali por uma razão e essa razão estava escorrendo pelos seus dedos.

— Eu sou fonoaudióloga.

— Eu sei.

— Trabalho com pacientes que... — começou, mas precisou parar para engolir. — Eu queria ajudar as pessoas. Depois do que fizemos. E quando eu estava na cadeia o único livro que eu tinha era um sobre fala...

Nick a interrompeu com um grunhido alto.

— Sabe, isso é triste, Jinxie. Nós costumávamos ter muito sobre o que conversar, mas você mudou. Você está tão... — disse ele, e então fez uma pausa, parecendo procurar a palavra certa. — Suburbana.

Laura riu, porque Nick claramente queria que ela fizesse o oposto.

— Eu *sou* suburbana. Eu queria que minha filha tivesse uma vida normal.

Ela esperou que ele a corrigisse com um *nossa filha*, mas ele não fez isso.

— Parece fascinante.

— De fato é.

— Também soube que se casou com um cara preto. Muito cosmopolita de sua parte.

Cara preto.

Cerca de um milhão de anos antes, o agente Danberry tinha usado as mesmas palavras para descrever Donald DeFreeze.

— Você se divorciou. O que aconteceu, Jinx? Ele a traiu? Você o traiu? Você sempre teve um olho atento.

— Eu não sei o que eu tinha — disse ela, plenamente consciente da plateia na sala distante. — Eu achava que estar amando era estar empolgada o tempo todo. Paixão e fúria, discutir e reatar.

— E não é?

Ela balançou a cabeça, porque tinha aprendido pelo menos uma coisa com Gordon.

— Não. É levar o lixo para fora e poupar para as férias. Garantir que os boletins escolares sejam assinados. Lembrar de comprar leite.

— É realmente assim que você se sente, Jinx Queller? Não sente falta da excitação? Da emoção? De trepar loucamente?

Laura tentou se impedir de corar.

— O amor não precisa manter a gente em estado de agitação constante. Amor traz paz.

Ele colou a testa na mesa e fingiu roncar.

Ela riu, embora não quisesse.

Nick abriu um olho, sorriu para ela.

— Senti falta desse som.

Laura olhou por cima do ombro dele na direção do piano.

— Fiquei sabendo que você teve câncer de mama.

Ela balançou a cabeça. Não iria conversar com ele sobre aquilo.

— Eu consigo me lembrar de como era levar a boca aos seus seios. O modo como você costumava gemer e se contorcer quando eu lambia entre suas pernas. Você pensa nisso, Jinx? Como éramos bons juntos?

Laura o encarou. Não estava mais preocupada com Andy. O defeito fatal de Nick mostrara a sua cara feia. Ele sempre apostava mais alto do que deveria.

— Como você vive com isso? — perguntou ela.

Ele ergueu uma sobrancelha. Ela despertara seu interesse novamente.

— A culpa? — perguntou ela. — Por matar pessoas. Por colocar tudo em movimento.

— *Pessoas*? — retrucou ele, uma vez que o júri ficara dividido sobre a participação dele na bomba de Chicago. — Me diga você, querida. Jonah Helsinger? Era esse o nome dele? — perguntou, e esperou que Laura assentisse. — Você cortou a garganta dele, embora eles borrem essa parte na TV.

Ela mordeu o interior da bochecha.

— Como você vive com isso? Como se sente por assassinar aquele garoto?

Laura deixou uma pequena parte de seu cérebro pensar no que tinha feito. Era difícil — por muito tempo ela só fora capaz de encarar cada dia descartando o anterior.

— Lembra-se da expressão no rosto de Laura Juneau? Quando estávamos em Oslo?

Nick assentiu e ela se maravilhou com o fato de que ele era a única pessoa viva com quem podia conversar sobre um dos momentos mais determinantes da sua vida.

— Ela parecia quase em paz quando puxou o gatilho — disse Laura. — Nas duas vezes. Lembro-me de ficar imaginando como ela fez aquilo. Como tinha desligado o seu lado humano. Mas acho que o que aconteceu foi que ela o ligou. Isso faz sentido? Aquela mulher estava completamente em paz com o que estava fazendo. Por isso parecia tão serena.

Ele ergueu a sobrancelha novamente, e dessa vez ela soube que estava esperando que chegasse ao ponto.

— Eu repetia para mim mesma que não queria ver o vídeo do restaurante, mas então finalmente desisti e assisti, e a expressão em meu rosto era exatamente a mesma de Laura. Não acha?

— Sim — disse Nick. — Eu também notei isso.

— Eu farei tudo o que puder para proteger minha filha. Qualquer coisa.

— A pobre Penny descobriu isso do modo mais difícil.

Ele ergueu as sobrancelhas, esperando.

Laura deixou a isca no anzol, embora ainda pudesse sentir o sangue quente de Paula pingando das mãos.

— Você viu Jasper no noticiário? — perguntou ela.

Nick riu.

— A grande turnê do arrependimento. Sei que é cruel dizer isso, mas estou gostando bastante do fato de que ele ficou muito, muito gordo.

Laura manteve uma expressão neutra.

— Imagino que tenha havido algum tipo de reunião familiar? Uma reposição de contas bancárias a partir dos cofres dos Queller?

Laura não respondeu.

— Mas saiba que tem sido um prazer ver o major Jasper pessoalmente todas as vezes que há uma porra de audiência de condicional. Ele é sempre muito eloquente quando explica como minhas ações fizeram que ele perdesse a família inteira.

— Ele sempre foi bom em falar publicamente.

— Imagino que tenha herdado isso de Martin. Fiquei muito surpreso quando Jasper se tornou liberal. Ele mal suportava o vício de Andrew, mas quando descobriu que ele era uma bichona... — disse Nick, fazendo um movimento de corte na garganta. — Ah, querida, perdão. O gesto a faz lembrar demais de Penny?

Laura sentiu a boca secar. Ela baixara a guarda apenas o suficiente para que ele a machucasse.

— Pobre Andrew, tão desesperado — continuou Nick. — Você garantiu a ele uma boa morte? Valeu a sua escolha, Jinx?

— Nós rimos de você — disse ela, porque sabia que era a forma mais fácil de machucá-lo. — Por causa dos envelopes. Lembra deles? Aqueles que você disse que seriam mandados para todos os escritórios do FBI e os principais jornais?

Nick cerrou o maxilar.

— Andrew riu quando eu os mencionei. Por uma boa razão. Você nunca foi bom em levar as coisas até o fim, e isso é péssimo. Se tivesse mantido a palavra, Jasper teria ido para a prisão há muito tempo e você estaria em condicional escolhendo móveis com Penny.

— Móveis? — reagiu Nick.

— Eu vi as cartas que você trocou com ela.

Nick ergueu uma sobrancelha.

O diretor e os oficiais de justiça que examinaram a correspondência dele não entenderam porque não conheciam o código.

Laura sim.

Nick obrigara todos a decorá-lo.

— Você a manipulou o tempo todo. Dizendo a ela que ficariam juntos se ao menos você desse um jeito de sair daqui.

Ele deu de ombros.

— Papo furado. Não achei que ela iria fazer alguma coisa. Ela sempre foi meio maluca.

Mike tinha dito que o júri veria da mesma forma. Mesmo escrevendo em código, Nick tomava cuidado.

Só é paranoia se você estiver errado.

— Quando tudo começou a acontecer, em momento algum eu achei que fosse você — disse Laura. Ela precisava ter cuidado para não falar de Moletom, porque Mike faria perguntas, mas ela queria que Nick soubesse. — Nunca passou pela minha cabeça.

Foi a vez de Nick olhar para a sala por cima do ombro de Laura.

— Eu achei que era Jasper, que ele tinha me visto no vídeo do restaurante e estava indo atrás de mim — contou Laura, fazendo uma pausa e escolhendo as palavras cuidadosamente. — Quando ouvi a voz de Penny ao telefone na fazenda, fiquei chocada.

Nick sempre foi bom em ignorar aquilo de que não gostava. Apoiou os cotovelos na mesa, o queixo nas mãos.

— Conte sobre a arma, Jinx.

Ela hesitou, mudando de ritmo, ansiosa.

— Que arma?

— O revólver que Laura Juneau encontrou preso atrás da descarga e usou para assassinar seu pai. — Ele piscou para ela. — Como ele chegou a Oslo?

Laura olhou ao redor. Para as câmeras instaladas nas paredes, os microfones se projetando do teto, os guardas de sentinela. Sentiu os nervos abalados.

395

— Só estamos tendo uma conversa, meu amor — disse Nick. — Não precisa se preocupar? Alguém está escutando?

Laura apertou os lábios. A mesa ao lado deles ficou vazia. Ela só conseguia ouvir o ruído constante da bola de pingue-pongue quicando na mesa.

— Querida? — chamou Nick. — Nossa visita já chegou ao fim? — disse, estendendo as mãos para ela. — Aqui é permitido nos tocar.

Laura olhou para as mãos dele. Assim como o rosto, elas estavam quase paradas no tempo.

— Jane?

Sem pensar, ela estava esticando a mão sobre a mesa, trançando seus dedos nos dele. A conexão foi instantânea, uma tomada se encaixando na parede. Seu coração ficou leve. Ela quis chorar ao sentir aquele velho magnetismo fluindo pelo corpo.

Era devastador que Nick conseguisse desarmá-la tão facilmente.

— Me conte — pediu ele.

Ele se inclinou sobre a mesa. Seu rosto estava perto do dela. A sala de visitas desapareceu. Ela estava novamente na cozinha, lendo uma revista. Ele entrou, a beijou sem dizer nada, e depois recuou.

— Se você mantiver a voz baixa eles não podem ouvir — disse Nick.

— Ouvir o quê?

— Onde você conseguiu a arma, Jane? Aquela que Laura Juneau usou para assassinar o seu pai. Porque não foi comigo. Eu não fazia ideia até que a vi tirá-la do saco.

Laura desviou o olhar para o piano atrás dele. Ela ainda não tocara para Andy. Primeiro sua mão ferida e depois sua ansiedade a haviam impedido.

— Querida — sussurrou Nick. — Conte sobre o revólver.

Laura desviou a atenção do piano. Baixou a mão para os dedos entrelaçados. As mãos dela pareciam velhas, as rugas mais pronunciadas. Tinha artrite. A cicatriz da faca de caça de Jonah Helsinger ainda estava vermelha e bem viva. A pele de Nick parecia tão macia quanto sempre fora. Ela se lembrava da sensação das mãos dele em seu corpo. O modo suave como ele a acariciava. Os toques íntimos e demorados na base das costas. Ele fora o primeiro homem com quem ela fizera amor. Ele tocara Laura como ninguém nunca a tocou, antes ou depois.

— Diga — pediu ele.

Ela não tinha escolha senão dar o que ele queria. Muito suavemente, ela contou.

— Eu comprei a arma em Berlim por oitenta marcos.

Ele sorriu.

— Eu...

A garganta dela se fechou em um sussurro rouco. Laura quase podia sentir o cheiro de cigarro no bar subterrâneo para onde Nick a mandara. Os motociclistas lambendo os lábios. Provocando-a. Tocando-a.

— Eu peguei um voo saindo de Berlim Oriental porque a segurança era ruim. Levei a arma para Oslo. Coloquei no saco de papel. Prendi atrás da descarga para que Laura Juneau a encontrasse.

— E nossa velha amiga nem hesitou, não é? — disse Nick, sorrindo. — Foi magnífico.

— Você mandou Penny atrás dos papéis de Jasper? — perguntou Laura. Nick tentou se afastar, mas ela segurou suas mãos. — Você queria a papelada da caixa metálica. Achou que podia conseguir sua condicional. Mandou Penny pegá-la.

O sorriso de Nick lhe disse que ele estava entediado com aquele jogo. Afastou as mãos das dela. Cruzou os braços sobre o peito.

Ainda assim, Laura tentou.

— Você sabia o que ela estava fazendo? Sabia que ela ia sequestrar minha filha? Tentar me assassinar? — perguntou, mas Nick não disse nada. — Penny matou Edwin. Bateu tanto em Clara que quebrou a mandíbula dela. Você fica bem com isso, Nick? Era o que você queria que ela fizesse?

Ele virou a cabeça. Limpou uma sujeira imaginária das calças.

Laura sentiu um buraco no estômago. Conhecia a expressão que Nick fazia quando havia terminado com alguém. O plano não dera certo. Os oficiais. As escutas. Andy esperando no fim do corredor. Tudo desandara porque ela o forçara demais.

Teria sido de propósito?

Será que Laura sabotara tudo porque o poder de Nick sobre ela ainda era forte demais?

Ela olhou para o piano, desejando, sofrendo, desesperada por um modo de fazer aquilo funcionar.

— Você ainda toca? — perguntou Nick.

O coração de Laura deu um pulo dentro do peito, mas ela manteve o olhar no piano.

— Você não para de olhar para ele — disse ele, virando-se ele mesmo para olhar. — Você ainda toca?

— Eu fui proibida — respondeu, um nervo contraindo em sua pálpebra enquanto ela tentava não se trair. — Alguém poderia reconhecer meu som, e então…

— Bem, hora do show — disse ele, sorrindo. — Sabia que eu tenho feito aulas de piano, meu amor?

— Jura? — disse Laura, dando um tom de sarcasmo à palavra, mas por baixo mal conseguia respirar.

— Ele ficou anos juntando poeira na sala de recreação, mas então algum idiota fez uma petição para transferi-lo para cá por causa das crianças, e claro que todos assinaram *por causa das crianças* — disse, revirando os olhos. — Você não pode imaginar como é doloroso ouvir crianças de três anos de idade catando milho para tocar uma musiquinha boba.

Ela respirou rápido para conseguir dizer algo.

— Toque alguma coisa para mim.

— Ah, não, Jinxie. Não é assim que as coisas funcionam.

Nick ficou de pé, fez um gesto para chamar a atenção do guarda e apontou para o piano.

— Minha amiga aqui quer tocar, tudo bem?

O guarda deu de ombros, mas Laura balançou a cabeça.

— Não, não quero. Não vou.

— Ah, querida. Você sabe como eu odeio quando você recusa um pedido meu.

O tom era brincalhão, mas não havia nenhuma brincadeira ali. Laura sentiu o antigo medo renascendo. Parte dela sempre seria aquela garota aterrorizada que tinha desmaiado no banheiro.

— Eu quero ouvir você tocar de novo, Jinx. Eu a fiz desistir uma vez. Não posso fazer voltar de novo?

As mãos delas tremeram no colo.

— Eu não toco desde… Desde Oslo.

— Por favor.

Ele ainda conseguia dizer as palavras sem que soassem como um pedido.

— Eu não…

Nick foi até o lado dela da mesa. Dessa vez Laura não se encolheu. Ele passou os dedos levemente ao redor de seu braço e levantou suavemente.

— É o mínimo que você pode fazer por mim. Prometo que não vou pedir mais nada.

Laura deixou que ele a levantasse. Caminhou com relutância até o piano. Estava tomada de adrenalina. Aterrorizada.

Sua filha estava escutando.

— Vamos, não seja tímida — disse Nick, que havia bloqueado a visão do guarda. Ele a empurrou para o banco com tanta força que ela sentiu o cóccix doer. — Toque para mim, Jinx.

Os olhos de Laura haviam se fechado por conta própria. Ela sentiu um nó no estômago. A bola de medo que permanecera adormecida por tanto tempo começou a se mover.

— Jane — disse ele, cravando os dedos em seus ombros. — Eu disse para tocar algo para mim.

Ela se obrigou a abrir os olhos. Olhou para as teclas. Nick estava perto, mas não pressionava seu corpo. Os dedos cravados em seus ombros tinham sido o suficiente para despertar todo o seu antigo medo.

— Agora.

Laura ergueu a mão. Colocou os dedos suavemente sobre as teclas, mas não as pressionou. O verniz sintético estava gasto. Havia lascas de madeira.

— Algo animado — disse Nick. — Rápido, antes que eu fique entediado.

Ela não iria se aquecer para ele. Não sabia se havia algum valor em tentar. Pensou em tocar algo especificamente para Andy, alguma daquelas medonhas bandas adolescentes que ela adorava. A filha passara horas assistindo a antigos vídeos de Jinx Queller no YouTube, escutando cópias piratas. Laura não tinha mais nada clássico em seus dedos. Então se lembrou daquele bar enfumaçado de Oslo, da conversa que tivera com Laura Juneau, e lhe ocorreu que as coisas deveriam terminar como haviam começado.

Ela inspirou fundo.

Fez a linha do baixo com a mão esquerda, tocando as notas que eram tão familiares em sua cabeça. Brincou no mi menor, depois lá, de volta para mi menor, a seguir descendo para ré, e as tercinas no dó antes de chegar ao refrão em tom maior, sol para ré, depois dó, si com sétima e de volta ao mi menor.

Ela ouviu na cabeça a música se formando — Ray Manzarek dominando a divisão esquizofrênica entre piano e baixo. A guitarra de Robby Krieger. John Densmore entrando na bateria, finalmente Jim Morrison cantando...

Love me two times, baby... Me ame duas vezes...

— Fantástico — disse Nick, elevando a voz para ser ouvido acima da música.

Love me two times, girl...

Laura deixou os olhos se fecharem novamente. Ela se perdeu nas tercinas mais animadas. O tempo estava acelerado demais, mas ela não ligava porque seu coração estava cheio. Aquele havia sido seu verdadeiro primeiro amor, não Nick. Tocar novamente era um presente. Laura não ligava que seus dedos estivessem velhos e desajeitados, que estivesse errando a *fermata*. Estava de volta a Oslo. Tamborilando a batida no balcão do bar. Laura Juneau vira o camaleão dentro de Jane Queller, fora a primeira pessoa a realmente apreciar a parte dela que estava constantemente se adaptando.

Se não posso tocar uma música que as pessoas apreciem, então quero tocar algo que elas adorem.

— Minha querida.

A boca de Nick estava junto ao ouvido de Laura.

Ela tentou não estremecer. Sabia que chegariam a esse ponto. Ela o sentira pairando junto ao seu ouvido com muita frequência, primeiramente durante os seis anos que passaram juntos, depois em seus sonhos, a seguir nos pesadelos. Rezara por esse momento porque sabia que, se conseguisse levá-lo ao piano, ele não resistiria.

— Jane — disse ele, o polegar acariciando a lateral do seu pescoço, crente que o piano abafava sua voz.— Você ainda tem medo de ser sufocada?

Laura apertou os olhos com força. Bateu os pés para manter o ritmo. Aumentou a intensidade dos dedos. Era realmente simples. Aquela era a beleza da música. Era quase como uma partida de pingue-pongue, as mesmas notas sendo jogadas de um lado para o outro.

— Lembro que você disse isso sobre Andrew, que sufocar era como ter um saco amarrado na cabeça. Foram vinte segundos, não é?

Ele estava assumindo o crédito por mandar Moletom. Laura cantarolou a música, torcendo para que as vibrações em seu maxilar parassem a gravação de Mike.

Yeah, my knees got weak... É, sinto as pernas bambas...

— Você sentiu medo? — perguntou Nick.

Last me all through the week... Para durar a semana inteira...

— Isso tudo é culpa sua, meu amor. Não consegue ver isso?

Laura parou de cantarolar. Ela conhecia o ritmo das ameaças de Nick tão bem quanto as notas da canção.

— É culpa sua eu ter precisado mandar Penny à casa da fazenda.

A boca junto ao seu ouvido parecia uma lixa, mas ela não se afastou.

— Se você tivesse me dado o que eu queria, Edwin estaria vivo, Clara não teria se machucado, Andrea estaria em segurança. É tudo culpa sua, meu amor, porque você não me escutou.

Conspiração.

Laura continuou tocando, mesmo sentindo o ar escapar do balão em seu coração. Ele confessara ter mandado Paula. Estava tudo gravado na salinha escura. Os dias de Nick no Club Fed tinham chegado ao fim.

Mas ele não tinha terminado.

Os lábios dele roçaram a ponta da sua orelha.

— Mas vou te dar mais uma chance, querida. Eu preciso que nossa filha fale a meu favor. Diga ao comitê de condicional que quer que o papai vá para casa. Você pode convencê-la a fazer isso?

Ele pressionou o polegar sobre a artéria carótida dela, como quando a estrangulara e deixara inconsciente.

— Ou eu terei que obrigá-la a fazer outra escolha. Desta vez não Andrew, mas sua preciosa Andrea. Seria péssimo perdê-la depois de tudo isso, não é? Não gostaria de machucar nossa filha, mas se for necessário é o que eu farei.

Ameaças terroristas. Intimidação. Extorsão.

Laura continuou tocando, porque Nick nunca sabia quando parar.

— Eu disse que iria até o inferno para ter você de volta, minha querida. Não ligo quantas pessoas eu tenha que mandar, ou quantas pessoas morrem. Você ainda me pertence, Jinx Queller. Cada parte de você me pertence.

Ele esperou pela reação dela, o polegar sobre sua pulsação, pelo sinal revelador de pânico.

Mas Laura não estava em pânico. Estava exultante. Estava tocando música novamente. Sua filha estava escutando. Laura poderia ter parado naquele momento, Nick tinha dado o suficiente a eles, mas não ia se negar o prazer de terminar o que havia começado. Subindo para o lá, de volta ao mi menor, descendo para ré, então a tercina em dó novamente, e ela estava no Hollywood Bowl. No Carnegie. Tivoli. Musikverein. Hansa Tonstudio. Estava segurando sua filha bebê. Estava amando Gordon. Mandando Gordon embora. Estava lutando contra o câncer. Estava mandando Andrea embora. Estava vendo a filha finalmente se transformar em uma jovem vibrante e interessante. E estava se aferrando a ela, porque Laura nunca mais iria desistir de outra coisa que amasse por causa daquele homem odioso.

One for tomorrow... One just for today... Uma para amanhã... Outra só para hoje...

Ela havia cantarolado a letra da canção em sua cela. Tamborilara as notas em seu teclado imaginário na estrutura da cama, da mesma forma que fizera no balcão do bar para Laura Juneau. Mesmo naquele momento, com Nick ainda bancando o demônio em seu ombro, Laura se permitiu a alegria de tocar a canção até que o *staccato* seco final a levasse ao fim abrupto...

I'm goin' away. Estou indo embora.

As mãos de Laura pousaram no colo. Ela manteve a cabeça baixa.

Houve a habitual pausa dramática, e então...

Aplausos. Gritos. Pés batendo no chão.

— Fantástico! — gritou Nick, refestelando-se no calor do aplauso, como se as palmas fossem para ele. — Essa é a minha garota, senhoras e senhores.

Laura se levantou, afastando a mão dele. Passou por Nick, pelas mesas de piquenique e pela área para as brincadeiras das crianças, mas então se deu conta de que aquela era a última vez que veria novamente o homem que chamava a si mesmo de Nicholas Harp.

Ela se virou. Olhou nos olhos dele.

— Eu não estou mais quebrada.

Houve um aplauso perdido antes que a sala ficasse em silêncio.

— O que disse, querida? — perguntou Nick, o sorriso trazendo um alerta seco.

— Eu não estou ferida — disse ela. — Eu me curei. Minha filha me curou. *Minha* filha. Meu marido me curou. Minha vida sem você me curou.

Ele deu um risinho.

— Certo, Jinxie. Agora vá embora. Você tem uma decisão a tomar.

— Não — disse Laura com a mesma determinação que expressara três décadas antes na casa da fazenda. — Eu nunca vou escolher você. Não importa qual seja a outra opção. Eu não escolho você.

Ele trincava os dentes. Ela podia sentir sua fúria aumentando.

— Eu sou magnífica.

Ele deu outra risada, mas não estava realmente rindo.

— Eu sou magnífica — repetiu ela, os punhos cerrados ao lado do corpo. — Sou magnífica por ser tão unicamente eu mesma — disse, levando a mão ao coração. — Sou talentosa. E bonita. E incrível. E encontrei meu caminho, Nick. E foi o caminho certo porque foi o caminho que eu escolhi para mim.

Nick cruzou os braços. Ela o estava constrangendo.

— Conversaremos sobre isso mais tarde.

— Conversaremos sobre isso no inferno.

Laura se virou. Contornou o canto, parou diante do portão trancado. Suas mãos tremiam enquanto ela esperava que o guarda encontrasse a chave. As vibrações subiram pelos seus braços, para o tronco, dentro do peito. Seus dentes tinham começado a bater quando o portão se abriu.

Laura passou por ele. Então houve outra porta. Outra chave.

Seus dentes estalavam como bolas de gude. Ela olhou para a janela. Mike estava parado entre as duas portas trancadas. Parecia preocupado.

Devia estar preocupado.

Laura sentiu uma onda de náusea quando se deu conta do que acabara de acontecer. Nick ameaçara Andy. Ele lhe dissera para escolher. Laura tinha feito sua escolha. Estava tudo acontecendo de novo.

Não gostaria de machucar nossa filha, mas se for necessário é o que eu farei.

A porta se abriu.

— Ele ameaçou minha filha — disse a Mike. — Se ele vier atrás de nós...

— Vamos cuidar disso.

— Não. Eu vou cuidar disso. Você me entende?

— Opa, opa — disse Mike, erguendo as mãos. — Faça o favor de me ligar antes, tá bem? Como você deveria ter feito antes de ir para aquele quarto de hotel. Ou quando participou de um tiroteio no shopping. Ou...

— Apenas mantenha esse homem longe da minha família.

Laura sentiu uma ardência na coluna que lhe disse para tomar cuidado. Mike era da polícia. Ela fora inocentada da morte de Paula, porém, mais que todas as pessoas, Laura sabia que o governo sempre encontra um modo de foder você caso queira.

— Ele vai para a segurança máxima — disse Mike. — Sem cartas nem visitas. Banho uma vez por semana, terá talvez uma hora de luz do dia, se tiver sorte.

Laura tirou as escutas. Jogou-as na mão de Mike. A descarga de adrenalina estava acabando. Seus dedos estavam firmes. O coração não tremia mais como os bigodes de um gato. Ela tinha cumprido seu objetivo ali. Tinha acabado. Nunca mais teria que ver Nick.

A não ser que escolhesse isso.

— Preciso admitir que achei que você estava com um parafuso a menos quando me pediu para dar um jeito de transferir aquele piano.

Laura sabia que precisava cair nas graças de Mike.

— A ideia da petição foi um truque esperto.

— É o básico do curso de oficiais de justiça: você pode levar um detento a fazer qualquer coisa por quase nada — disse Mike, se exibindo, peito estufado. Ele claramente adorava aquilo. — O modo como você ficou olhando para o piano como uma criança vidrada em um saco de doces. Você realmente o manipulou.

Laura viu Andy pelo vidro da porta. Ela parecia mais velha, mais mulher que garota. A testa estava franzida. Preocupação.

— Eu farei qualquer coisa necessária para manter minha filha em segurança —disse Laura a Mike.

— Eu posso citar dois cadáveres que descobriram isso do pior modo.

Ela se virou para olhar para ele.

— Tenha isso em mente se um dia pensar em chamá-la para sair.

A porta se abriu.

— Mãe… — disse Andy, correndo para os braços de Laura.

— Eu estou bem — respondeu Laura, querendo que fosse verdade. — Só um pouco abalada.

— Ela foi ótima — comentou Mike, piscando para Laura como se estivessem naquilo juntos. — Ela manipulou o oponente como Mike Tyson.

Andy sorriu.

Laura desviou os olhos. Não conseguia ver Nick em sua filha.

— Eu preciso sair daqui — disse a Mike.

Ele acenou para o guarda. Laura quase tropeçou nos sapatos do homem enquanto passavam pela segurança. Esperou que Andy pegasse bolsa, celular e chaves no armário.

— Eu estive pensando — disse Mike, porque era incapaz de permanecer calado. — O velho Nick não sabia que você já havia confessado transportar a arma para Oslo, certo? Foi por isso você passou dois anos presa. O juiz lacrou essa parte de seu acordo de imunidade. Não queria aumentar as tensões internacionais. Se os alemães descobrissem que uma americana contrabandeara uma arma de Berlim Oriental para usar em um assassinato, teria sido um inferno.

Laura pegou a bolsa com Andy. Conferiu se a carteira estava dentro.

Mike continuou:

— Então, quando você contou a Nick aquela coisa sobre a arma, ele achou que você estava se incriminando. Mas não estava.

— Obrigada, Michael, por me contar exatamente o que acabou de acontecer — disse ela, e apertou a mão dele. — Nós continuamos daqui. Sei que você tem muito trabalho a fazer.

— Certamente. Pensei em colocar alguns sentimentos no papel, talvez abrir um pinot noir — disse, piscando para Laura enquanto estendia a mão a Andy. — É sempre um prazer, bela.

Laura não ia ficar assistindo a sua filha flertar com um porco. Seguiu o guarda até o último conjunto de portas. Finalmente, graças a Deus, estava do lado de fora, onde não havia mais trancas e grades.

Laura inspirou fundo o ar fresco. Manteve o ar nos pulmões até ter a sensação de que iam explodir. O brilho intenso do sol fez seus olhos lacrimejarem. Ela queria estar na praia tomando chá, lendo um livro e vendo a filha brincar nas ondas.

Andy passou a mão pelo braço de Laura.

— Pronta?

— Você dirige?

— Você odeia quando eu dirijo. Você fica nervosa.

— A gente se acostuma com tudo — disse Laura, entrando no carro.

A perna ainda doía do fragmento no restaurante. Olhou para a prisão. Não havia janelas daquele lado do prédio, mas parte dela não conseguia afastar a sensação de que Nick a observava.

Na verdade, ela sentira isso por mais de trinta anos.

Andy saiu da vaga de ré. Passou pelo portão. Laura não se permitiu relaxar até que finalmente estivessem na rodovia. A direção de Andy melhorara em sua interminável viagem de carro. Laura só engasgava a cada vinte minutos em vez de a cada dez.

— A parte sobre amar Gordon, eu falei sério — disse Laura. — Ele foi a melhor coisa que me aconteceu. Além de você. E eu não me dei conta.

Andy assentiu, mas a garotinha que rezara para que os pais ficassem juntos de novo não existia mais.

— Você está bem, querida? — perguntou Laura. — Foi tudo bem ouvir a voz dele ou...

— Mãe.

Andy conferiu o retrovisor antes de ultrapassar um caminhão lento. Apoiou o cotovelo na porta. Apertou os dedos na lateral da cabeça.

Laura viu as árvores passando, borradas. Fragmentos da conversa com Nick voltavam à mente, mas ela não ia se permitir remoer o que fora dito. Se havia uma coisa que Laura tinha aprendido era que precisava continuar avançando. Se ela parasse, Nick a alcançaria.

— Você fala do mesmo jeito que ele — disse Andy. Como Laura não respondeu, continuou: — Ele a chama de querida e meu amor, assim como você faz comigo.

— Eu não falo do mesmo jeito que ele. Ele é que fala como a minha mãe falava — explicou ela, ajeitando o cabelo de Andy para poder ver seu rosto.

— Eram esses termos que ela usava comigo. E sempre me faziam me sentir amada. Eu não ia deixar Nick me impedir de usar as mesmas palavras com você.

— A mulher que sempre sabia onde estavam as tampas dos potes de plástico — citou Andy, uma das poucas frases que Laura usava para transmitir a essência de sua mãe.

— Tipo isso, mas na verdade ela sabia quais porcelanas tinham vindo do lado Queller, onde a prataria dos Logan tinha sido fundida, e todas as outras coisas desimportantes que ela achava que lhe davam controle sobre a própria vida — disse, e depois acrescentou algo de que apenas recentemente havia se dado conta. — Minha mãe foi tão vítima do meu pai quanto nós.

— Ela era adulta.

— Ela não foi criada para se tornar adulta. Foi criada para ser a esposa de um homem rico.

Andy pareceu pensar na diferença. Laura achou que a filha não tinha mais perguntas a fazer, mas estava enganada.

— O que você disse a Paula quando ela estava morrendo?

Laura temera a pergunta sobre Paula por tanto tempo que precisou de um momento para se preparar.

— Por que está perguntando isso agora? Já tem mais de um mês.

O ombro de Andy subiu. Em vez de mergulhar em um de seus longos silêncios, ela falou:

— Não estava certa de que você me diria a verdade.

Laura não admitiria isso.

— Foi uma variação do que eu disse a Nick. Que o veria no inferno.

— Mesmo?

— Sim.

Laura não estava certa de por que suas últimas palavras para Paula estavam na longa lista de partes de si que ainda escondia de Andy. Talvez não quisesse testar os limites da moral dúbia que a filha tão recentemente adquirira. Parecia ciumento e mesquinho dizer a uma maluca com uma gilete enfiada na garganta: *Agora Nick nunca vai querer comer você.*

E era provável que Laura tenha dito aquilo exatamente por ser ciumenta e mesquinha.

— O que eu fiz com Paula incomoda você? — perguntou Laura, e Andy deu de ombros novamente.

— Ela era uma pessoa ruim. Tipo, talvez seja possível alegar que ela ainda era um ser humano e talvez houvesse outra forma de lidar com a situação, mas é fácil dizer isso quando não é a sua vida que corre perigo.

A sua vida, Laura quis dizer, porque, quando escondeu a gilete dentro da mão com bandagem, ela sabia que ia matar Paula Evans por machucar sua filha.

— Na prisão, quando você estava indo embora, por que não contou a ele sobre a escuta? Que tudo o que ele dissera no seu ouvido estava gravado? Tipo um *foda-se* final.

— Eu disse o que precisava dizer.

A verdade é que, com Nick, Laura nunca se sentia totalmente segura de si. Fora muito bom dizer aquelas coisas na cara dele. Agora que estava longe dele, tinha dúvidas.

O ioiô voltando mais uma vez.

Andy pareceu contente de encerrar a conversa assim. Ligou o rádio. Passou pelas estações.

— Gostou da música que eu toquei? — perguntou a Laura.

— Acho que sim. É meio velha.

Laura levou a mão ao coração, magoada.

— Vou aprender alguma coisa. Escolha.

— Que tal "Filthy"?

— Justin Timberlake? Que tal algo que seja realmente música?

Andy revirou os olhos. Apertou os botões de busca, provavelmente procurando alguma outra música bem fútil.

— Eu sinto muito pelo seu irmão.

Laura fechou os olhos para conter lágrimas que surgiram de repente.

— Você fez o certo por ele — disse Andy. — Ficou ao lado dele até o fim. Isso exigiu muito.

Laura achou um lenço de papel e enxugou os olhos. Ela ainda não estava em paz com o que tinha acontecido.

— Eu nunca saí do lado dele. Mesmo quando estávamos negociando o acordo com o FBI.

Andy parou de mexer no rádio.

— Andrew morreu uns dez minutos depois do acordo ser assinado. Foi muito pacífico. Eu estava segurando a mão dele. Pude dizer adeus.

Andy segurou as lágrimas, sempre sensível ao humor da mãe.

— Ele continuou vivo tempo suficiente para ter certeza de que você ficaria bem.

Ela colocou o cabelo de Andy atrás da orelha novamente.

— É o que eu gosto de pensar.

Andy enxugou os olhos. Deixou o rádio de lado enquanto dirigia pela interestadual quase vazia. Estava claramente pensando em algo, mas também claramente contente em guardar esses pensamentos para si.

Laura apoiou a cabeça no banco. Observou mais uma vez o borrão das árvores passando. Tentou desfrutar do conforto daquele silêncio. Desde que Andy voltara para casa não se passava uma noite sem que Laura acordasse suando frio. Não era estresse pós-traumático ou preocupação com a segurança de Andy. Era o mais puro terror diante da ideia de ver Nick novamente. De que o truque do piano e as escutas não funcionassem. De que ele não caísse na armadilha. De cair ela mesma em uma armadilha dele.

Ela o odiava demais.

Esse era o problema.

Você não odeia alguém a não ser que uma parte de você ainda o ame. Desde o início os dois extremos estiveram juntos no DNA deles.

Durante seis anos, embora o amasse, parte de Laura odiara Nick daquele modo infantil com que odiamos aquilo que não conseguimos controlar. Nick era teimoso, idiota e bonito, o que lhe dava abertura para cometer um volume infernal de erros. Sempre os mesmos, um atrás do outro. Afinal, por que experimentar novos quando os antigos funcionavam tão bem a seu favor?

Além disso, era encantador. Esse era o problema. Ele a enfeitiçava. Ele a deixava furiosa. E, depois a enfeitiçava de novo, então ela não sabia mais se Nick era o rato, ou se ela era o rato, e ele, o flautista.

O ioiô voltando para a palma da sua mão.

Então ele embarcava no seu encanto e na sua fúria, magoava pessoas, encontrava coisas novas que o interessavam mais e deixava as antigas para trás, quebradas.

Jane fora uma dessas coisas quebradas e descartadas. Nick a mandara embora para Berlim porque estava cansado dela. Inicialmente ela gostara da liberdade, mas a ideia de que ele pudesse não a querer de volta a deixara em pânico. Ela suplicara e implorara e fizera todo o possível para chamar a atenção dele.

Então Oslo acontecera.

Então seu pai estava morto, Laura Juneau estava morta.

Até que, de repente, o encanto deixou de funcionar. Um trem sem maquinista. Um bonde descarrilado. Os erros não podiam mais ser perdoados. E, por fim, o mesmo erro não podia ser negligenciado uma segunda vez, e a terceira vez teve graves consequências, uma pena de morte a Andrew, a vida ceifada de Alexandra Maplecroft e depois quase duas, sendo a segunda a dela própria, no banheiro da fazenda.

De modo inexplicável, Laura ainda o amava. Talvez o amasse ainda mais.

Nick a deixara viver, era o que ela continuava a dizer a si mesma enquanto ficava louca dentro de sua cela de prisão. Ele deixara Paula na fazenda para vigiá-la. Ele planejara voltar para ela. Para levá-la para seu pequeno apartamento muito sonhado na Suíça, um país que não tinha tratado de extradição com os Estados Unidos.

O que lhe dera um tipo delirante de esperança.

Andrew estava morto, Jasper tinha partido e Laura erguera os olhos para o teto da cela, lágrimas escorrendo pelo rosto, o pescoço ainda latejando, os hematomas ainda visíveis, a barriga crescendo com a filha. Ainda assim ela o amara desesperadamente.

Clayton Morrow. Nicholas Harp. Em sua infelicidade ela não ligava.

Por que ela era tão idiota?

Como era possível ainda amar alguém que havia tentado matá-la?

Quando estavam juntos — e ela decididamente ficara com ele durante a longa queda —, eles haviam lutado contra o sistema. Os asilos. As emergências. Os manicômios. Os sanatórios. O desleixo. Os funcionários negligentes com os pacientes. Os auxiliares que apertavam as camisas de força. As enfermeiras que faziam vista grossa. Os médicos que distribuíam comprimidos. A urina no chão. As fezes nas paredes. Os internos, os companheiros de prisão, debochando, querendo, batendo, mordendo.

A centelha de fúria, não a injustiça, era o que mais excitava Nick. A novidade de uma nova causa. A oportunidade de aniquilar. O jogo perigoso. A ameaça de violência. A promessa de fama. Seus nomes em destaque. Seus feitos valorosos nas bocas de crianças que aprendiam o valor das moedas.

Um centavo, cinco centavos, dez centavos, 25 centavos, nota de um dólar...

No final seus feitos entraram para os registros, mas não do modo como Nick havia prometido. O testemunho sob juramento de Jane Queller revelara o plano, do conceito à execução. O treinamento. Os ensaios. Os exercícios. Jane esquecera quem tivera a ideia, mas, como sempre, o plano deixara de ser apenas de Nick e se tornara de todos, um incêndio furioso que no final iria consumir cada uma de suas vidas.

O que Jane mantivera escondido, o único pecado que ela nunca poderia confessar, era que ela acendera a primeira centelha.

Pacotes de tinta.

Era o que todos haviam concordado que haveria no saco de papel. Esse era o plano para Oslo: Martin Queller ser manchado com o sangue de suas vítimas diante do mundo. A célula de Paula se infiltrara na fábrica na periferia de Chicago. Nick dera os pacotes a Jane quando ela chegara a Oslo.

Assim que ele partiu Jane os jogou no lixo.

Aquilo começara como uma brincadeira — não uma brincadeira de Jane, mas sugerida por Laura Juneau. Andrew mencionara isso para a irmã em uma de suas cartas em código para Berlim.

A pobre Laura me disse que não seria uma má ideia encontrar uma arma no saco no lugar de um pacote de tinta. Ela tem a fantasia recorrente de matar papai com um revólver como aquele que o marido usou para assassinar seus filhos, e depois apontar a arma para si mesma.

Ninguém, nem mesmo Andrew, soube que Jane tinha decidido levar a brincadeira a sério. Ela comprara o revólver de um motociclista alemão naquele bar vagabundo, o mesmo ao qual Nick a mandara ao chegar a Berlim. Aquele onde Jane temera sofrer estupro coletivo. O bar onde ela ficara exatamente durante uma hora porque Nick lhe dissera que ficaria sabendo caso ela saísse um minuto antes.

Por mais de uma semana Jane deixara a arma no balcão de seu apartamento, esperando que fosse roubada. Decidira não a levar a Oslo, mas acabou levando. Decidira deixá-la no quarto do hotel, mas acabou levando. Quando deu por si, estava com a arma dentro de um saco de papel pardo no banheiro feminino. Prendendo o saco com fita atrás da descarga como em uma cena de *O poderoso chefão*. E então estava sentada na primeira fila, vendo seu pai pontificar no palco, rezando a Deus para que Laura Juneau não levasse a cabo a sua fantasia.

E também rezando para que sim.

Nick sempre fora atraído para coisas novas e excitantes. Nada o entediava mais do que o previsível. Jane odiava o pai, mas ela havia sido motivada por muito mais do que vingança. Ela estava desesperada para chamar a atenção de Nick, provar que seu lugar era ao lado dele. Esperava desesperadamente que o violento choque de ajudar Laura Juneau a cometer assassinato fizesse Nick amá-la novamente.

E dera certo. Mas depois não.

E Jane ficara esmagada pela culpa. Mas então Nick fez com que ela deixasse isso de lado.

E Jane se convenceu se que tudo teria acontecido da mesma forma sem a arma.

Mas então ela pensou...

Que era o padrão típico dos seis anos deles juntos. O empurra e puxa. O vórtice. O ioiô. A montanha-russa. Ela o idolatrava. Ela o desprezava. Ele era a sua fraqueza. Ele era seu destruidor. Seu tudo ou nada supremo. Havia muitas formas de descrever aquele pequeno pedaço dela que Nick sempre conseguia levar à loucura.

Laura só conseguira se afastar pelo bem de outra pessoa.

Primeiramente Andrew, depois Andrea.

E tinha sido essa a verdadeira razão que a levara à prisão naquele dia: não para punir Nick, mas para afastá-lo. Para mantê-lo trancado, para que ela mesma pudesse ser livre.

Laura sempre acreditara — veementemente e com grande convicção — que a única forma de mudar o mundo era destruí-lo.

Agradecimentos

Muito obrigada à minha editora, Kate Elton, e minha equipe na Victoria Sanders and Associates, incluindo, mas não me limitando a Victoria Sanders, Diane Dickensheid, Bernadette Baker-Baughman e Jessica Spivey. Há muita gente na HarperCollins International e na Morrow que merecem agradecimentos: Liate Stehlik, Heidi Richter-Ginger, Kaitlin Harri, Chantal Restivo-Alessi, Samantha Hagerbaumer e Julianna Wojcik. E eu tiro o chapéu para todas as fantásticas divisões que visitei ano passado e para as pessoas com quem passei algum tempo em Miami. Também quero incluir Eric Rayman na escalação — obrigada por tudo o que você faz.

Escrever este livro demandou muita pesquisa, algumas das quais não foram incorporadas ao livro, mas tenho uma lista de pessoas que foram fundamentais para que eu criasse certos climas e sentimentos. Minha boa amiga e colega escritora, Sara Blaedel, me colocou em contato com Anne Mette Goddokken e Elisabeth Alminde para um histórico da Noruega. Outra fantástica escritora e amiga, Regula Venske, falou sobre a Alemanha. Lamento muito que apenas um por cento de nossa conversa fascinante em Düsseldorf tenha sido incluído na narrativa. Elise Diffie me ajudou com referências culturais. Sou muito grata a Brandon Bush e Martin Kearns por me oferecer um vislumbre da vida de um pianista profissional.

Um agradecimento muito sincero a Sal Towse e Burt Kendall, meus queridos amigos e especialistas em São Francisco.

Sarah Ives e Lisa Palazzolo ganharam o concurso "faça seu nome aparecer no próximo livro". Adam Humphrey, espero que esteja aproveitando a vitória.

Ao meu pai, muito obrigada por cuidar de mim quando estou sofrendo para escrever e tentando cuidar da vida. Finalmente, para D.A., meu coração, por também não ser ninguém.

Este livro foi impresso em 2022,
pela Lisgráfica, para a HarperCollins Brasil.
O papel do miolo é avena 80g/m², e o da capa é cartão 250g/m².